金 學 叢 書
第二輯 17

吳 敢
胡衍南 霍現俊
主編

王平《金瓶梅》研究精選集

王平 著

臺灣 學生書局 印行

金學叢書第二輯序

　　2013 年 5 月第九屆（五蓮）國際《金瓶梅》學術討論會期間，胡衍南、霍現俊忙裏偷閒，時而小聚，漢書下酒，就中便有本叢書編輯出版一事。當時即擬與吳敢商談，以期盡快成議。只是吳敢當時會務繁多，此議終未提及。2013 年 7 月 3 日，胡衍南到徐州公幹，當晚至吳敢舍下小酌，此事即進入操作程序。此後電郵往來，徐州、臺北、石家莊三方輾轉，叢書編撰框架日漸明朗。2013 年 11 月 23 日，胡衍南再度到徐州公幹，代表臺灣學生書局與吳敢詳盡商談編輯出版事宜，本叢書遂成定案。

　　此「金學叢書」之由來也。

　　中國古代小說研究，重大課題眾多。近代以降，紅學捷足先登。20 世紀 80 年代，金學亦成顯學。明代長篇白話小說《金瓶梅》是中國文學史上一部里程碑式的重要作品，其橫空出世，破天荒打破以帝王將相、英雄豪傑、妖魔神怪為主體的敘事內容，以家庭為社會單元，以百姓為描摹對象，極盡渲染之能事，從平常中見真奇，被譽為明代社會的眾生相、世情圖與百科全書。幾乎在其出現同時，即被馮夢龍連同《三國演義》《水滸傳》《西遊記》一起稱為「四大奇書」。不久，又被張竹坡譽為「第一奇書」。《紅樓夢》庚辰本第十三回脂評：「深得《金瓶》壺奧」。魯迅《中國小說史略》認為「同時說部，無以上之」。

　　自有《金瓶梅》小說，便有《金瓶梅》研究。明清兩代的筆記叢談，便已帶有研究《金瓶梅》的意味。如明代關於《金瓶梅》抄本的記載，雖然大多是隻言片語的傳聞、實錄或點評，但已經涉及到《金瓶梅》研究課題的思想、藝術、成書、版本、作者、傳播等諸多方向，並頗有真知灼見。在《金瓶梅》古代評點史上，繡像本評點者、張竹坡、文龍，前後紹繼，彼此觀照，相互依連，貫穿有清一朝，形成筆架式三座高峰。繡像本評點拈出世情，規理路數，為《金瓶梅》評點高格立標；文龍評點引申發揚，撥亂反正，為《金瓶梅》評點補訂收結；而尤其是張竹坡評點，踵武金聖歎、毛宗崗，承前啟後，成為中國古代小說評點最具成效的代表，開啟了近代小說理論的先聲。明清時期的《金瓶梅》研究，具有發凡起例、啟導引進之功。

　　20 世紀是人類歷史上可足稱道的一個百年。對中國人來說，世紀伊始，產生了驚天動地的兩件大事：1911 年封建王朝的終結，1919 年「五四」新文化運動的興起。中國人

心裏承接有豐富的傳統，中國人肩上也負荷著厚重的擔當。揚棄傳統文化，呼喚當代文明，這一除舊佈新的文化使命，在中國用了大半個世紀的時間。觀念形態的更新、研究方法的轉變、思維體式的超越、科學格局的營設一旦萌發生成，便產生無量的影響，具有劃時代的意義。《金瓶梅》研究即為其中一例。

以 1924 年魯迅《中國小說史略》出版，標誌著《金瓶梅》研究古典階段的結束和現代階段的開始；以 1933 年北京古佚小說刊行會影印發行《金瓶梅詞話》，預示著《金瓶梅》研究現代階段的全面推進；以 30 年代鄭振鐸、吳晗等系列論文的發表，開拓著《金瓶梅》研究的學術層面；以中國大陸、臺港、日韓、歐美（美蘇法英）四大研究圈的形成，顯現著《金瓶梅》研究的強大陣容；以版本、寫作年代、成書過程、作者、思想內容、藝術特色、人物形象、語言風格、文學地位、理論批評、資料彙編、翻譯出版、藝術製作、文化傳播等課題的形成與展開，揭示著《金瓶梅》的研究方向。一門新的顯學——金學，已經赫然出現在世界文壇。

20 世紀 70 年代以來的當代金學，中國的吳曉鈴、王利器、魏子雲、朱星、徐朔方、梅節、孫述宇、蔡國梁、甯宗一、陳詔、盧興基、傅憎享、杜維沫、葉朗、陳遼、劉輝、黃霖、王汝梅、周中明、王啟忠、張遠芬、周鈞韜、孫遜、吳敢、石昌渝、白維國、陳昌恆、葉桂桐、張鴻魁、鮑延毅、馮子禮、田秉鍔、羅德榮、李申、魯歌、馬征、鄭慶山、鄭培凱、卜鍵、李時人、陳東有、徐志平、陳益源、趙興勤、王平、石鐘揚、孟昭連、何香久、許建平、張進德、霍現俊、陳維昭、孫秋克、曾慶雨、胡衍南、李志宏、潘承玉、洪濤、楊國玉、譚楚子等老中青三代，辨章學術，考鏡源流，營造了一座輝煌的金學寶塔。其考證、新證、考論、新探、探索、揭秘、解讀、探秘、溯源、解析、解說、評析、評注、匯釋、新解、索引、發微、解詁、論要、話說、新論等，蘊含宏富，立論精深，使得金學園林花團錦簇，美不勝收，可謂源淵流長，方興未艾。中國的《金瓶梅》研究，經過 80 年漫長的歷程，終於在 20 世紀的最後 20 年登堂入室，當仁不讓也當之無愧地走在了國際金學的前列。

此「金學叢書」之要義也。

本叢書暫分兩輯，第一輯為臺灣學人的金學著述，由魏子雲領銜，包括胡衍南、李志宏、李梁淑、鄭媛元、林偉淑、傅想容、林玉惠、曾鈺婷、李欣倫、李曉萍、張金蘭、沈心潔、鄭淑梅，可說是以老帶青；第二輯為中國大陸 20 世紀 80 年代以來學人的《金瓶梅》研究精選集，計由徐朔方、甯宗一、傅憎享、周中明、王汝梅、劉輝、張遠芬、周鈞韜、魯歌、馮子禮、黃霖、吳敢、葉桂桐、張鴻魁、陳昌恆、石鐘揚、王平、李時人、趙興勤、孟昭連、陳東有、孫秋克、卜鍵、何香久、許建平、張進德、霍現俊、曾慶雨、楊國玉、潘承玉、洪濤諸位先生的大作組成，凡 31 人 30 冊（其中徐朔方、孫秋克，

傅憎享、楊國玉，王平、趙興勤，因字數兩人合裝一冊），每冊 25 萬字左右。

天津師範學院（今天津師範大學）朱星是中國大陸金學新時期名符其實的一顆啟明星，他在 1979 年、1980 年連續發表多篇論文，並於 1980 年 10 月由百花文藝出版社結集出版了中國大陸新時期《金瓶梅》研究的第一部專著《金瓶梅考證》。朱星的研究結論不一定都能經得住學術的檢驗，但朱星繼魯迅、吳晗、鄭振鐸、李長之等人之後，重新點燃並高舉起這一支學術火炬，結束了沉寂 15 年之久的局面，這一歷史功績，應載入金學史冊。遺憾的是，朱星先生 1982 年逝世，後人查訪困難，只能闕如。

香港夢梅館主梅節可謂《金瓶梅》校注出版的大家，1988 年由香港星海文化出版有限公司出版《全校本金瓶梅詞話》；1993 年由梅節校訂，陳詔、黃霖注釋，香港夢梅館出版《重校本金瓶梅詞話》（該本後由臺灣里仁書局 2007 年 11 月初版，2009 年 2 月修訂一版，2013 年 2 月修訂一版八刷）；1998 年梅節再為校訂，陳少卿抄寫，香港夢梅館出版《夢梅館校定本金瓶梅詞話》。前後三次合共校正詞話原本訛錯衍奪七千多處，成為可讀性較好的一個本子。梅節由校書而研究，關於《金瓶梅》作者、傳播、成書、故事發生地等問題的認識，亦時有新見。可惜的是，梅節先生的論文集《瓶梅閒筆硯——梅節金學文存》2008 年 2 月由北京圖書館出版社出版，版權協商匪易，未能入選。

上海音樂學院蔡國梁 20 世紀 50 年代末即開始研習《金瓶梅》，寫下不少筆記，1980 年前後即依據筆記整理成文，1981 年開始發表金學論文，1984 年出版第一部專著[1]，累計出版金學專著 3 部[2]、編著 1 部[3]，發表論文多篇，內容涉及《金瓶梅》的思想、源流、人物、作者、評點、文化等諸多研究方向，是早期《金瓶梅》研究的主力成員。無奈聯繫不上，不得已而割愛。

國人研究《金瓶梅》的論著，最早是闞鐸的《紅樓夢抉微》[4]，但其只是一個讀書筆記。天津書局 1940 年 8 月出版之姚靈犀《瓶外卮言》，嚴格說也只是一個資料彙編。香港大源書局 1961 年出版之南宮生著《金瓶梅》簡說，算得上是一個原著導讀。臺北時報文化出版公司 1978 年 2 月出版之孫述宇著《金瓶梅的藝術》，可說是第一部文本研究的學術著作。該書全文收入石昌渝、尹恭弘編選的《臺港金瓶梅研究論文選》[5]。2011 年 3 月上海古籍出版社再版，增加了一篇作者自序，更名為《金瓶梅：平凡人的宗教劇》。

1　《金瓶梅考證與研究》，西安：陝西人民出版社，1984 年。
2　另兩部為：《明清小說探幽——明人、清人、今人評金瓶梅》，杭州：浙江文藝出版社，1985 年；《金瓶梅社會風俗》，天津：百花文藝出版社，2002 年。
3　《金瓶梅評注》，桂林：灕江出版社，1986 年。
4　天津大公報館 1925 年 4 月鉛印。
5　南京：江蘇古籍出版社，1986 年。

孫述宇先生本已與上海古籍出版社洽商同意編入金學叢書，並授權主編代理，忽中途撤稿，原因還是版權問題。

還有其他一些因故未能入選的師友：或已作仙遊[6]，或礙於本輯叢書的體例[7]，或因為版權期限，或失去聯繫等。凡此種種，均為缺憾。

儘管如此，第二輯連同第一輯 14 人 16 冊總計所入選的此 45 人 46 冊，已經是中國當代金學隊伍的主力陣容，反映著當代金學的全面風貌，涵蓋了金學的所有課題方向，代表了當代金學的最高水準。

此「金學叢書」之大略也。

臺灣學生書局高瞻遠矚，運籌帷幄，以戰略家的大眼光，以謀略家的大手筆，決計編撰出版「金學叢書」，實金學之幸，學術之福。主編同仁視本叢書為金學史長編，精心策劃，傾心編審。各位入選師友打造精品，共襄盛舉。《金瓶梅》研究關聯到中國小說批評史、中國小說史、中國文學史、中國文學評點史、中國文學批評史等諸多學科，是一個應該也已經做出大學問的領域。為彌補本叢書因為容量所限有很多師友未能入選的不足，特附設一冊《金學索引》[8]，廣輯金學專著、編著、單篇論文與博碩士論文，臚列學會、學刊與所舉辦之金學會議，立此存照，用供備覽。本叢書的編選，既是對過往的總結，也是對未來的期盼。本叢書諸體皆備，雅俗共賞，可以預測，將為金學做出新的貢獻。

此「金學叢書」之宗旨也。

金學已經不是一座象牙塔，而是一處公眾遊樂的園林。三百多部論著，四千多篇學術論文，二百多篇博碩士論文，既有挺拔的大樹，也有似錦的繁花，吸引著越來越多的研究者與愛好者探幽尋奇。不容置疑，傳統的金學，加上以文化與傳播為標誌的、以經典現代解讀為旗幟的新金學，必然展示著甯宗一先生的經典命題：說不盡的《金瓶梅》。

此「金學叢書」之感言也。

吳敢、胡衍南、霍現俊（吳敢執筆）

2014 年元旦

6　如王啟忠、鮑延毅、孔繁華、許志強諸先生等，駕鶴西去的徐朔方先生的精選集由其高足孫秋克代為編選，劉輝先生的精選集由其摯友吳敢代為編選。

7　本輯叢書乃論文精選集，字典、詞典與小塊文章結集便未能入選，《金瓶梅》語言研究的幾位專家如白維國、李申、張惠英、許仰民等因此失選。

8　吳敢編著，分上下兩編。

王平《金瓶梅》研究精選集

目　次

《金瓶梅》的早期傳播
及其成書時間與作者問題

　　《金瓶梅》的成書時間與作者問題是「金學」中的兩個重要問題，同時也是兩個長期
爭論不休的問題。研究者們之所以歧見迭出，一方面固然是由於資料缺乏，另一方面也
是由於對同樣的材料產生了不同的見解。要想徹底解決這兩個問題，繼續挖掘有關資料
固然十分必要，但對現有資料進行實事求是的綜合分析，尤其是從傳播角度來加以觀照，
或許能夠有一個更為接近真實的認識。

一

　　《金瓶梅》的早期傳播是通過人際之間進行的，這些最早看到或聽到《金瓶梅》的接
受者所透露出的資訊，是我們瞭解其成書時間的重要依據。明代萬曆二十四年（1596），
著名文人袁宏道給著名書畫家董其昌寫了一封信，信中說：「《金瓶梅》從何得來？伏
枕略觀，雲霞滿紙，勝於枚生〈七發〉多矣。後段在何處？抄竟當於何處倒換？幸一的
示。」[1]這是我們今天所知道的有關《金瓶梅》流傳的有年代可考的最早的記載。儘管這
封信篇幅不長，卻給我們提供了許多重要資訊：一，最遲在萬曆二十四年，《金瓶梅》
已經在社會上開始流傳。二，當時是以抄本的形式流傳著，而且流傳的範圍極其有限，
像袁宏道如此有名氣的文人，都不知道其來源。三，袁宏道雖然僅僅看了前段，但已經
讚不絕口，認為要遠遠勝過枚乘的〈七發〉。

　　與這一記載密切相關的是袁宏道的弟弟袁中道在《遊居柿錄》中的一段話：「往晤
董太史思白，共說諸小說之佳者。思白曰：『近有一小說，名《金瓶梅》，極佳。』予
私識之。後從中郎真州，見此書之半，大約模寫兒女情態俱備，乃從《水滸傳》潘金蓮
演出一支。」[2]這裏說到的董太史思白，即董其昌；中郎即袁宏道。那麼，袁中道是何時

---

[1]　袁宏道：〈與董思白書〉，見朱一玄《明清小說資料選編》，濟南：齊魯書社，1989 年，頁 613。
[2]　袁中道：《遊居柿錄》，見朱一玄《明清小說資料選編》，頁 614。

見的董其昌呢？臺灣學者魏子雲先生認為袁中道從乃兄袁宏道在真州是萬曆二十六年，因此袁中道與董其昌見面的時間應在萬曆二十六年之前。與前所引袁宏道給董其昌的信相對照，可以進一步證實，董其昌是較早擁有《金瓶梅》的少數人之一，並認為《金瓶梅》「極佳」。董其昌只對袁中道提到了《金瓶梅》，但並沒有拿給他看。袁中道後來在真州才從其兄袁宏道處看到了「全書之半」。言外之意，經過了將近兩年的時間，袁宏道仍然未能擁有全書。

以後袁宏道又多次提到《金瓶梅》，如在給謝肇淛的信中說：「《金瓶梅》料已成誦，何久不見還也？……蒲桃社光景，便已八年……」[3]袁宏道與兄袁宗道、弟袁中道及友人江盈科、潘士藻、謝肇淛等在京結蒲桃社是萬曆二十七年的事，八年後應是萬曆三十四年（1606）。袁宏道稱「久不見還」，看來所借時間非止數日。但這時袁宏道似乎仍然只有全書的一部分，謝肇淛在〈金瓶梅跋〉中說道：「余於袁中郎得其十三，於丘諸城得其十五，稍為釐正，而闕所未備，以俟他日。」[4]從1596年到1606年，十年的時間過去了，袁宏道依然未能得到全書，這不僅是一個十分有趣的現象，而且是一個值得深思的問題。儘管如此，袁宏道仍然對《金瓶梅》給予很高的評價，在《觴政·十之掌故》中說：「詩餘則柳舍人、辛稼軒等，樂府則董解元、王實甫、馬東籬、高則誠等，傳奇則《水滸傳》《金瓶梅》等為逸典。不熟此典者，保面甕腸，非飲徒也。」[5]顯然已將《金瓶梅》與許多著名作家作品相提並論了。

還有兩條資料也應引起足夠的重視，一是屠本畯在《山林經濟籍》中所說：「往年予過金壇，王太史宇泰出此，云以重貲購抄本二帙。予讀之，語句宛似羅貫中筆。復從王徵君百穀家，又見抄本二帙，恨不得睹其全。」[6]王宇泰即王肯堂，王百穀即王穉登。據劉輝先生考證，屠本畯見到王肯堂的抄本約在萬曆二十年至萬曆二十一年（1592-1593），若此說能夠成立，則比袁宏道見到《金瓶梅》的時間還要早三、四年。但屠本畯同樣「不得睹其全」，只是說「書帙與《水滸傳》相埒」，又說「王大司寇鳳洲先生家藏全書，今已失散」。二是薛岡在《天爵堂筆餘》中所說：「往在都門，友人關西文吉士以抄本不全《金瓶梅》見示，余略覽數回，……後二十年，友人包岩叟以刻本全書寄鄖齋，予得盡覽。」[7]有研究者指出，薛岡見刻本的時間大約在萬曆四十七年（1619），那麼他見文吉士抄本應在萬曆二十七年（1599），該抄本也是一不全抄本。種種跡象使我

3　袁宏道：〈與謝在杭書〉，見朱一玄《明清小說資料選編》，頁613。

4　謝肇淛：〈金瓶梅跋〉，見朱一玄《明清小說資料選編》，頁620。

5　袁宏道：《觴政·十之掌故》，見朱一玄《明清小說資料選編》，頁614。

6　屠本畯：《山林經濟籍》，見朱一玄《明清小說資料選編》，頁616。

7　薛岡：《天爵堂筆餘》，見朱一玄《明清小說資料選編》，頁616。

們不能不產生這樣一種看法，即《金瓶梅》還未全部寫完時，已經開始在有限的人群中如董其昌、袁宏道、袁中道、劉承禧、王穉登、王肯堂、屠本畯、丘志充、謝肇淛、沈德符文吉士、薛岡等人中流傳開了。

關於《金瓶梅》的成書時間，沈德符《萬曆野獲編》中的一段話也常被人們所引用。這段話說，袁宏道《觴政》以《金瓶梅》配《水滸傳》為外典，但自己「恨未得見」。萬曆三十四年（1606），在京城裏遇見了袁宏道，他問袁宏道是否有全書，袁宏道回答說「第睹數卷，甚奇快，今唯麻城劉涎白承禧家有全本，蓋從其妻家徐文貞錄得者。」又過了三年，即萬曆三十七年（1609），袁中道進京參加考試，「已攜有其書」，他便借來抄寫了一部並帶回了家鄉。這段話與謝肇淛〈金瓶梅跋〉所說基本一致，但也有一些細微區別，按照沈德符的說法，萬曆三十四年時，袁宏道不僅沒有《金瓶梅》全書，甚至也沒有讀過全書，但他知道劉承禧家有全書。再一個重要資訊是，到了萬曆三十七年，袁中道也有全書了。

沈德符又接着說，他將此書帶回家鄉後，他的朋友著名文學家馮夢龍「見之驚喜」，慫恿書商出重價購刻。另一友人馬仲良「時榷吳關」，也勸他滿足書商的要求。但沈德符認為，這類書必定會有人刊刻，一旦刊刻後，就會「壞人心術」，因此他將此書「固篋之」。令他始料未及的是，「未幾時，而吳中懸之國門矣。」[8]從一般情理上看，這部「懸之國門」的《金瓶梅》應是最早的刻本。問題在於，沈德符所說的「未幾時」究竟是什麼時間。魯迅先生《中國小說史略》稱「萬曆庚戌（1610），吳中始有刻本」[9]，就是根據了沈德符的這段話，並且將「未幾時」定為一年。但據李時人先生考證，馬仲良榷吳關的時間為萬曆四十一年至萬曆四十二年（1613-1614），因此，這一刻本只能出現在該年之後。而我們今天所能見到的《金瓶梅詞話》卷首有東吳弄珠客的序言，該序言寫於萬曆丁巳年（1617），與萬曆四十二年僅僅相隔三年，因而有理由認為，這一丁巳年的刻本即使不是初刻本，也是與初刻本相距時間不長的一個刻本。

二

沈德符的上述記載對我們瞭解《金瓶梅》抄本、刻本的情況提供了重要資訊，但他的另一段話又使人們對《金瓶梅》的成書時間陷入了迷霧之中。他說：「聞此（指《金瓶梅》）為嘉靖間大名士手筆，指斥時事，如蔡京父子則指分宜、林靈素則指陶仲文、朱

8　沈德符：《萬曆野獲編》卷二十五〈詞曲·金瓶梅〉，見朱一玄《明清小說資料選編》，頁615。
9　魯迅：《中國小說史略》，北京：中華書局，2010年，頁110。

動則指陸炳，其他各有所屬云。」根據這段話，在很長一段時間，人們認為《金瓶梅》應成書於嘉靖年間。直至 20 世紀 30 年代，這一看法才發生了動搖。

實際上明清兩代的許多人都主張「成書於嘉靖說」，除了沈德符外，前面提到的屠本畯、謝肇淛以及眾多清人都持此說。近代學者蔣瑞藻、現代學者馮沅君、龍傳仕、徐朔方、朱星、周鈞韜、劉輝、陳詔、卜鍵等依然堅持此說。其主要論據一是明人筆記的記載不應輕易推翻；二是書中的許多內證如佛道二教的活動，海鹽腔及【山坡羊】等小令的流行，太監、皇莊、女番子、金華酒、書帕等均為嘉靖朝事。卜鍵《金瓶梅作者李開先考》[10]一書根據小說中寫的都是嘉靖時事，其中的戲曲演出無萬曆劇碼、聲腔無崑曲，從而判斷該書「寫作在嘉靖末年並基本完成於這一時期」。

1932 年在山西介休發現了一部明萬曆丁巳刻本《新刻金瓶梅詞話》，很快引起了人們的研究興趣。第二年鄭振鐸先生發表〈談《金瓶梅詞話》〉一文，認為「把《金瓶梅詞話》的時代放在明萬曆間，當不會是很錯誤的。」[11]吳晗先生在〈《金瓶梅》的著作時代及其社會背景〉一文中，通過對明代一些典章器物的考證，進一步認為「大約是在萬曆十年到三十年這二十年中。」[12]1982 年美國漢學家馬泰來先生在〈麻城劉家與《金瓶梅》〉一文中認為《金瓶梅》成書於萬曆十一年之前，[13]1988 年魯歌、馬征先生在〈《金瓶梅》作者王穉登考〉一文中認為在萬曆十九至二十五年之間，[14]香港學者梅節先生 1990 年在〈《金瓶梅》成書的上限〉一文中認為在萬曆五年至萬曆十年之間。[15]1999 年許建平《「金學」考論》一書從七個方面論證《金瓶梅》成書於萬曆六年至萬曆十一年之間。[16]

黃霖先生的考證更為具體，1982 年他在〈《忠義水滸傳》與《金瓶梅詞話》〉一文中，就《金瓶梅詞話》抄萬曆十七年前後刻印的《忠義水滸傳》的事實說明：「《金瓶梅詞話》的成書時間當在萬曆十七年至二十四年之間，換句話說，就在萬曆二十年左右。」第二年在〈《金瓶梅》作者屠隆考〉中通過考察小說的干支年月和人物生肖，認為作者可能就是在萬曆二十年動手創作的。兩年後又在〈《金瓶梅》成書問題三考〉一文中提出了五條證據，其中關於「殘紅水上飄」四段曲子見於萬曆時期編成的《群音類選》《南

10 卜鍵：《金瓶梅作者李開先考》，蘭州：甘肅人民出版社，1988 年。

11 鄭振鐸：〈談《金瓶梅詞話》〉，《文學》1933 年第 1 期。

12 吳晗：〈《金瓶梅》的著作年代及其社會背景〉，《文學季刊》1934 年創刊號。

13 〔美〕馬泰來：〈麻城劉家和《金瓶梅》〉，《中華文史論叢》1982 年第 1 期。

14 魯歌、馬征：〈《金瓶梅》作者王穉登考〉，《社會科學研究》1988 年第 4 期。

15 梅節：〈《金瓶梅》成書的上限〉，《金瓶梅研究》第 1 輯，南京：江蘇古籍出版社，1990 年。

16 許建平：《金學考論》，石家莊：河北教育出版社，1999 年。

詞韻選》《南宮詞紀》中，流行於萬曆年間，以及〈別頭巾文〉見於萬曆年間編成的《開卷一笑》兩條更有說服力。[17]

還有一種折衷的觀點認為成書在嘉靖與萬曆之間。1957 年張鴻勛在〈試談《金瓶梅》的作者、時代、題材〉一文中認為嘉靖說與萬曆說「沒有多大的出入，既然確切的年代無法知道，那麼它大約的年代就在 16 世紀上葉，再具體地說，是在嘉靖與萬曆之間。」[18]1981 年杜維沫的〈談談《金瓶梅詞話》成書及其他〉[19]等也從不同角度重申了這一觀點。1999 年潘承玉《金瓶梅新證》一書認為，《金瓶梅》一書所寫的時代，是佛教由長期失勢轉而得勢，道教由長期得勢轉而失勢的時代。因而，小說反映的不僅是嘉靖朝的歷史或萬曆朝的歷史，而是從嘉靖中期至萬曆前期這一時間跨度大得多的歷史，小說最後定稿於萬曆十七年以後。[20]

上述種種觀點之所以各執一詞，關鍵在於對「成書」一詞的理解不夠一致。「成書」者，書已完成之謂也。而這一完成過程並不像今天的人們想像的那樣簡單：某一天忽然一部完完整整的《金瓶梅》擺在了人們面前。那麼，何時可以算作書已完成？這裏有兩個問題需要搞清，一是以小說只寫出了一部分但已在社會上流傳為準？還是以小說全部完成並有正式文本流傳為準？二是假如小說已經完成，但作者或擁有者沒有公之於世，而在若干年後拿出一部小說並宣稱這是很早以前就完成的一部小說，那麼誰來證明這一點呢？對這些問題沒有統一認識，爭來爭去自然沒有結果。按照一般的理解，只有作品全部完成並已在社會上公開傳播，才可以說該小說已經成書。如果人們能夠接受這一原則，那麼《金瓶梅》的成書時間問題也就可以有一結論了。

事實是，在萬曆丁巳刻本之前，儘管很多人都提到了此書，但真正見到全書的只有沈德符在《萬曆野獲編》所說，萬曆三十七年（1609）「小修上公車，已攜有其書」，但仍少五十三至五十七回。這時距萬曆四十五年丁巳刻本不過八年。萬曆三十四年丙午袁宏道只是讀了數卷，雖然他說到「今唯麻城劉涎白承禧家有全本」，但時間不會太久，否則他肯定要設法借來抄閱。再按之沈德符非常肯定的說法，「此等書必遂有人版行」。依據當時的刻印技術水準，一部數十萬字的著作從雕版到印刷，也非短時間所能辦到。因此有理由認為，全書的完成就在萬曆三十四年（1606）前後。而此前種種關於《金瓶梅》的資訊，只能說明《金瓶梅》正處於尚不成熟的創作過程之中。

17　黃霖：《金瓶梅考論》，瀋陽：遼寧人民出版社，1989 年。

18　張鴻勛：〈試談《金瓶梅》的作者、時代、取材〉，《蘭州大學社會科學論文集》，1957 年。

19　杜維沫：〈談談《金瓶梅詞話》成書及其他〉，《文獻》1981 年第 7 輯。

20　潘承玉：《金瓶梅新證》，合肥：黃山書社，1999 年。

三

最早提及《金瓶梅》作者的仍然是袁中道、屠本畯、謝肇淛、沈德符等人。袁中道在《遊居柿錄》中說：「舊時京師，有一西門千戶，延一紹興老儒於家。老儒無事，逐日記其家淫蕩風月之事」。屠本畯在《山林經濟籍》中說：「相傳嘉靖時，有人為陸都督炳誣奏，朝廷藉其家。其人沉冤，托之《金瓶梅》。王大司寇鳳洲先生家藏全書，今已失散。」謝肇淛在為《金瓶梅》作的跋語中說：「相傳永陵中有金吾戚里，憑怙奢汰，淫縱無度，而其門客病之，采摭日逐行事，匯以成編，而托之西門慶也。」沈德符在《萬曆野獲編》中說「聞此為嘉靖間大名士手筆」。不難看出，這些最早讀過《金瓶梅》的文人對該書作者卻都十分茫然，且說法極不一致。其內中原因不外乎以下兩點：一，確實不知道作者為誰；二，知道作者為某某，但出於某種微妙原因而不便說明。但假如是後者，又會讓人感到不解，莫非幾個人都已經事先商定好，從而取得了口徑的一致，都來為作者保密？再一個可能就是他們確實不知道作者究竟是誰，如果真是如此，那麼作者的名氣也就不會太大，換句話說，不太可能是所謂的「大名士」。

萬曆丁巳刻本《金瓶梅詞話》卷首有一篇署名「欣欣子」的序言，開頭便說：「竊謂蘭陵笑笑生作《金瓶梅傳》……」這便是作者為「蘭陵笑笑生」的由來。值得注意的是，在此刻本之前，並沒有人提到過「蘭陵笑笑生」。這位「笑笑生」是刻書者隨意杜撰出來的呢？抑或確有所指？假如是後者，所指又是何意呢？有意思的是，儘管該刻本提出了「蘭陵笑笑生」，但當時並沒有引起人們的重視。更多的人卻津津樂道於作者為著名文人王世貞，康熙十二年（1673）宋起鳳在其《稗說》中便明確此說，康熙乙亥（1695）謝頤在〈第一奇書序〉中又說道：「《金瓶》一書，傳為鳳洲門人之作也。或云即鳳洲手。」[21]清代評點家張竹坡及清人的許多筆記如《寒花庵隨筆》《秋水軒筆記》又提出所謂「苦孝說」，認為《金瓶梅》是王世貞為報父仇而作。實際上持王世貞說的這些人們是根據了屠本畯和沈德符的含糊其詞引伸而來，並沒有可靠的資料予以證實。這就是說，明清兩代對《金瓶梅》的作者始終沒有搞清，對所謂「蘭陵笑笑生」也未給予特別的關注。

20 世紀以來，《金瓶梅》的作者問題成為學術界關注的熱點問題，其中集體創作說與個人創作說之爭異常激烈。早在 40 年代，趙景深、馮沅君先生就透漏出「集體累積」說的想法。1954 年潘開沛在《光明日報》上撰文首次明確提出「集體創作」說，[22]1980

21　謝頤：〈第一奇書序〉，見朱一玄《明清小說資料選編》，頁 621。
22　潘開沛：〈《金瓶梅》的產生和作者〉，《光明日報》1954 年 8 月 29 日。

年趙景深先生撰文認為「《金瓶梅詞話》是民間的集體創作」，「《金瓶梅詞話》以前，應該有一本金瓶梅說唱詞話。後來卻把這一部金瓶梅說唱詞話改寫為《金瓶梅詞話》，只不過是保留了詞話的名稱，實際上只是普通的小說。」[23]1986 年王利器先生撰文對「大名士」之說加以駁斥，認為「《金瓶梅詞話》當亦出自書會中人之手耳。以此，在書中保存著許多說唱話本的家風」。[24]同年，徐朔方先生在〈《論金瓶梅成書及其他》自序〉中說道：「《金瓶梅詞話》存在著如此眾多的破綻、矛盾、錯亂、前後脫節或重複。比所有的長篇小說都更為嚴重（這是以前的研究者所未曾指出的），這表明它是未經認真整理的一部世代累積型集體創作。」但徐朔方先生又認為《金瓶梅詞話》有一位「寫定者」，這位「寫定者或寫定者之一是李開先或他的崇信者」。[25]

這種「集體創作」再加一「寫定者」的觀點受到不少研究者的認同。2000 年王汝濤、劉家驥先生提出自己的見解，即「《金瓶梅》是由眾說唱人底本拼合，蘭陵笑笑生寫定的」。他們列舉了五條理由，第一，《金瓶梅詞話》中「說唱人遺留的痕跡太多了，且不說大量的詩、詞、散曲充斥書中，用以代言，跡象更明顯的是緊急時刻，書中人卻大唱其曲……其實都是說書藝人為了使聽眾提神而加的手段」。其次，書中的所謂別字是「俚俗之人（說書人）的用字習慣」。再次，寫定者的學問不高，歷史事件錯誤太多，官制，地名隸屬，宋制、明制雜揉。第四，全書水準不一致。後二十回大約是另一人提供的底本，寫定者笑笑生既不能徹底替他改寫，就只能保留了前後不相稱的面目。第五，援引傅憎享先生的觀點，從「情欲描寫移植錯位」斷定非文士所作，《金瓶梅詞話》是說書人述錄的，是向說聽的話本歸化，呈俗文化形態。[26]

當然，更多的研究者依然堅持「個人創作」說，他們認為，明代幾位著名文人在提到《金瓶梅》時，均感到非常新鮮，而非累積已久。再者，《金瓶梅》具有較為完整的藝術結構、一以貫之的思想和統一的文學風貌。還有，如果《金瓶梅》是累積型的創作，為何在此之前沒有類似內容的作品流傳？於是根據自己掌握的材料和對這些材料的理解，在作者問題上提出了眾多的人選，其中又有南北方的不同。如王世貞、屠隆、王穉登、徐渭、湯顯祖、馮夢龍、沈德符、李漁等為南方人；李開先、賈三近、李先芳、馮惟敏、謝榛、賈夢龍、丁惟寧等為北方人。

23　趙景深：〈評朱星同志〈金瓶梅三考〉〉，《上海師院學報》1980 年第 4 期。
24　王利器：〈《金瓶梅詞話》成書新證〉，劉輝、杜維沫《金瓶梅研究集》，濟南：齊魯書社，1988 年，頁 14。
25　徐朔方：〈論《金瓶梅成書及其他》自序〉，劉輝、杜維沫《金瓶梅研究集》，頁 17。
26　王汝濤、劉家驥：〈也談《金瓶梅》的作者〉，王平《金瓶梅文化研究》第 3 輯，北京：華藝出版社，2000 年，頁 46。

四

　　儘管對《金瓶梅》作者的爭論異常激烈，很難取得共識，但有關作者的幾個基本問題誰也無法繞開，卻為大家所公認。這幾個問題是：一，如何理解「蘭陵笑笑生」；二，究竟是集體創作還是個人創作；三，作者或寫定者應是北方人還是南方人。在無法令人信服地解決作者問題的情況下，對上述幾個問題作些綜合分析，或許也不無益處。

　　「蘭陵笑笑生」是萬曆丁巳本《金瓶梅詞話》卷首欣欣子序言所提出的作者，但這只不過是一個符號而已。如果一定要在「蘭陵」或「笑笑生」上作文章，以尋找出作者的真實姓名或真實身分，那恐怕也只能是擲光陰於虛牝了。因為《金瓶梅》的作者本來就不想透漏自己的身分，否則明代的那幾位著名文人也不會絲毫不知作者的情況。但是，從另一個角度考慮，「蘭陵笑笑生」又不會是「欣欣子」或刻書者信口所言，也就是說，這一符號裏面總要有某種含義，於是研究者們提出了不同的理解。有人認為蘭陵是地名，或在山東嶧縣，或在江蘇武進。有人認為蘭陵是指美酒，有人認為是指作者隱居之處而擬化的山名。結合欣欣子既不願透漏作者的姓名，又想在這一符號中有一定的含義，倒不妨從荀況被貶蘭陵這一歷史事件方面去考慮。這就是說，《金瓶梅》的作者或寫定者是一位不得志之人，但「笑笑生」一名又表現出其笑對人生的態度。既不得志又能笑對人生，這大概也較符合《金瓶梅》一書的立意本旨吧。

　　關於集體創作還是個人創作，兩說似乎都有道理，但雙方卻未能換位思考，也就是說，如何能夠回答不同觀點者的論據以說服對方，尤其是說服不了對方時，是否能客觀公正地接受某些事實。如持集體創作說的理由主要是許多地方保留有說唱者的語氣，每回都插入詩、詞、散曲，行文粗疏、重複，採錄、抄襲他人作品極多等等，這是無法回避的事實。造成這種現象的原因可以有兩個：一，的確是說唱者所創作，但卻並不一定是「集體創作」，出於某一位說唱者之手也並非沒有可能。二，是許多說唱者的集體創作，而且累積了多時。但第二種說法馬上會遇到「個人創作」說的嚴重挑戰。因為《金瓶梅詞話》儘管粗疏，但畢竟具有較為完整的藝術結構、一以貫之的思想和統一的文學風貌等等。如何面對這一挑戰呢？最明智的選擇當然是放棄第二種說法，而保留第一種觀點。

　　現在再來看個人創作說，持這一觀點的主要理由除了剛剛提到的「完整」「統一」外，還有就是明代一些著名文人對該書的反應均是首次所聞，而非世代累積。這裏有必要將「集體創作」與「世代累積」加以區分，集體創作不一定非要世代累積不行，也可以是同時的幾個人所共同創作。如果不把採錄、抄襲他人的作品等同於「世代累積」，那麼種種跡象表明，《金瓶梅詞話》世代累積成書的可能性不大。但問題在於，雖然該

書基本上「完整」「統一」，然而行文中也的確有粗疏重複的缺陷，而且還有其他許多淺薄之處。因此，又有必要將「個人創作」說與「大名士」說相區別。「個人創作」不等於一定就是「大名士」，甚至可以肯定地說，此書絕非出自「大名士」。於是，問題就較為清楚了，《金瓶梅》應出自某位下層文人或如有人所說「書會中人」之手，這位作者或寫定者不僅熟悉各類說唱文體，而且對社會的方方面面尤其是市井生活都有較為深入的瞭解。

那麼，這位文人或書會中人究竟是北方人還是南方人呢？研究者們曾嘗試着運用多種方法來探析這一問題，其中最常用的是分析小說所運用的語言。分析語言又可以分別從辭彙、語法和語音入手，正如許多研究者所指出的那樣：《金瓶梅詞話》所運用的語言辭彙涉獵的地域相當廣泛，按照由北至南的次序，既有北京官話，也有雁北方言；既有秦晉方言也有冀魯方言；既有魯南方言，也有徐州方言；既有吳語方言，也有廣東四邑甚至川北一帶的方言。造成這一現象的原因可從主客觀兩個方面尋找。從主觀方面來看，或許是作者走南闖北，能夠隨心所欲地融會各地方言詞彙；從客觀方面來看，或許作者所生活的地域環境就帶有這種語言特點。然而，如果從語音和語法方面來分析，問題可能就會更加清晰一些。有關《金瓶梅詞話》語音研究的論著不是太多，其中張鴻魁先生的專著《金瓶梅語音研究》[27]受到研究者的較為普遍的首肯，該書詳細考察了《金瓶梅詞話》的各種語音特點，進而認為作者應為北方人。有關《金瓶梅詞話》語法方面的論著略多，其中朱德熙先生的論文〈漢語方言裏的兩種反覆問句〉[28]更有說服力，該文發現《金瓶梅詞話》第 53 回至 57 回中的反覆問句只用「可 VP」（如：你可去？）結構，而其他各回基本上只使用「VP 不 VP」（如：你去不去？）的結構。而恰恰是北方地區多使用「VP 不 VP」，南方地區多使用「可 VP」。從而斷定，53 回至 57 回應出自南方人之手，其他各回則應出自北方人之手。如果再結合其辭彙方面的特點，問題似乎就更加清晰了：這位作者即使不是北方人，也應曾在北方長期生活過，而且他生活的地域環境應是南北交匯、交通便利之處。假如再從小說所描寫的生活習俗、故事內容等來考察，那麼作者或寫定者所生活的地域就呼之欲出了。簡言之，這位作者或寫定者應是明萬曆年間較長時期生活在運河臨清一帶的一位普通文人。

27　張鴻魁：《金瓶梅語音研究》，濟南：齊魯書社，1996 年。

28　朱德熙：〈漢語方言裏的兩種反覆問句〉，《中國語文》1985 年第 1 期。

從《金瓶梅》的民俗與語言
看其故事發生地

　　《金瓶梅》的故事發生地即小說情節展開的人文環境是一個十分重要的問題，因為它關係到對作者或寫定者身分及生活地域的認定。以往學術界從各自不同的角度探討了這一問題，本文擬在以往研究的基礎上將地域民俗與語言兩方面的因素作一綜合分析，以期對此問題能夠有一個更加符合實際情況的認識。

　　《金瓶梅》的內容從《水滸傳》中潘金蓮與西門慶的故事生發而來，其故事發生地本來在陽穀縣，但《金瓶梅》卻將故事發生地移到了清河縣。小說表面上寫宋朝時事，實際上描寫的是明中葉的社會現實。清河縣在明代與東平府並不相屬，但小說又讓清河縣隸屬於東平府，並將臨清放在一條線上。所有這一切，都是出於一個目的，那就是讓故事儘量靠近運河，因為故事只有在運河一帶展開，才能使其內容更加豐富多彩，更加富有時代氣息，更便於展現當地的社會風貌，也更符合刻畫人物的需要。

一、《金瓶梅》與運河文化

　　所謂運河文化，是一種帶有區域性特徵的文化。中國大運河是世界上開鑿時間最早、流程最長的一條人工運河。它始創於春秋時期，至元世祖至元三十年（1293），終於完成了由杭州至北京縱貫南北的人工大運河。明清兩代不斷整修運河，運河管理更是日臻完善。大運河的貫通，極大地促進了整個運河區域社會經濟環境的改善，使運河區域成為新的經濟帶，同時也形成了頗具特色的運河文化。

　　首先，由於交通的便利，運河區域的工商業相對其他地區要發達得多。在沿運河地區尤其是運河兩岸城鎮，商業氣息尤為濃厚，一大批官私工商業如造船業、瓷器業、釀造業、紡織業、印刷業、造紙業，蓬勃興起。各種商業店鋪數不勝數，南來北往的商賈將各種商品輸送到城鎮市場。如棉紡織業，明中期之前，山東西部的棉紡織業遠落後於江南地區。明中期後，情況發生了變化。東昌府所屬各州縣的棉紡織生產迅速普及，已由自經性生產向商品性生產方面轉化。再如磚瓦窰業，永樂年間，朝廷於運河一線建立

了許多窯廠，燒製的磚瓦專供修築長城和營造北京宮殿之用。其中臨清便是當時全國規模最大的官窯製磚廠，由官府調發的「二百」窯戶組成，「歲額城磚百萬」。[1]朝廷「差工部侍郎一員於臨清管理燒造，提督收放」。[2]據實地考察，分佈在臨清的西南及東南運河兩岸地帶的明代磚窯遺址不下二百座，排列十分密集。官府對磚的製作規格和燒造品質要求極為嚴格。據《明會典》記載，臨清窯廠燒造的磚分「城磚、副磚、券磚、斧刃磚、線磚、平身磚、望板磚、方磚」八個品種。使用臨清磚修建的北京宮殿城陵，歷經數百年仍堅固完好。[3]

其次，隨着農業與手工業的發展，明代運河地區的商品經濟空前繁榮。運河溝通了南北兩地的經濟交流，市場規模明顯擴大，城鎮商貿興盛。自明永樂初京杭大運河全線貫通後，運河成為溝通南北經濟的主要通道。通過運河，「燕趙、秦晉、齊梁、江淮之貨，日夜商販而南；蠻海、閩廣、豫章、南楚、甌越、新安之貨，日夜商販而北」。[4]運河北部地區輸出的主要是棉花、麥豆及乾鮮果品，運河南部地區輸出的主要是棉布、絲綢、鐵器、瓷器、紙張、茶葉等。臨清位於山東魯西北衛河與運河的交匯地，是連接直隸、河南與山東三省的水陸中樞。明景泰年間已初顯繁榮景象：「薄海內外，舟航之所畢由⋯⋯商賈萃止，駢檣列肆，雲蒸霧涌。」[5]正德以後，臨清的商業區由內城擴展到外城，城區達到了「延袤二十里，跨汶（即運河）、衛二水」[6]的規模，成為當時北方地區最大的中轉貿易市場。嘉、隆、萬時期，臨清是大宗乾鮮果品的集散碼頭，江南出產的棉布、絲綢主要通過運河北銷，僅臨清一地便集中了布店 73 家，綢緞店 32 家，雜貨店 65 家，紙店 24 家，典當鋪百餘家，糧店百餘家，瓷器店數十家。[7]綢緞年進銷量在百萬匹左右，[8]大量的布綢貿易使臨清有「冠帶衣履天下」[9]的美譽。來自閩廣、江浙、兩湖、山陝等地的商人活躍在臨清市場上，使臨清的旅館業也特別興盛，城內大大小小的客店有數百家。商貿的繁盛促進了臨清關稅的增長，萬曆時期，臨清鈔關的關稅額達到八萬餘兩，為全國各大鈔關稅額之首。[10]

1　乾隆《臨清縣誌》卷 7，〈關權志·工部關·臨磚附〉；《明會典》卷 190。

2　《明會典》卷 190，〈工部十〉。

3　安作璋：《中國運河文化史》，濟南：山東教育出版社，2001 年，頁 1177-1178。

4　〔明〕李鼎：《李長卿集》卷 19，〈借箸編〉。

5　康熙《臨清州志》卷 4，〈藝文志·臨清州治記〉。

6　康熙《臨清州志》卷 1，〈城池〉。

7　《明實錄》、乾隆《臨清州志》。

8　乾隆《臨清州志》卷 11，〈市廛志〉。

9　《古今圖書集成》《職方典》卷 254，〈東昌府物產考〉。

10　安作璋：《中國運河文化史》，頁 1186-1188。

再次，運河文化具有包容性和開放性，東昌、臨清一帶的許多文人對明中葉興起的心學能夠迅速接受，如穆孔暉、王道、張後覺、孟秋四人便是其中的代表。[11]穆孔暉，東昌府人。受到王守仁的賞識而被錄取為舉人，後在南京曾親聆王守仁講學。在學術思想上他繼承了王守仁的良知說，把心學和佛學中的「頓悟說」結合起來，反對程朱理學所宣揚的「天理至上」等觀點。王道，東昌府武城縣人。師承王守仁而有所創新，認為「性生於氣」，否定了程朱理學「理在氣先」的觀點。張後覺，東昌府茌平縣人，王守仁的再傳弟子。嘉靖後期，任山東提學僉事的鄒善、萬曆初任東昌知府的羅汝芳，兩人都是王學的宣導者，先後在濟南、東昌建立書院，均聘請張後覺擔任主講。因此張後覺培養了眾多弟子，影響極大。他的思想與王學左派基本一致，主張「現成良知說」。孟秋，東昌府茌平人。他是張後覺的學生，主張「致良知說」，反對將天理人欲對立起來，在東昌一帶有較大影響。從總體上來說，王學尤其是王學左派的學說，一方面將人們從僵化的程朱理學中解放出來，另一方面也助長了人欲橫流的社會風氣。

王汝梅先生曾經指出：「對《金瓶梅》地理環境描寫的感受理解，正像對人物的評價那樣，學者們的見解是不同的。」他列舉了一丁的「徐州說」、陳詔的「揚州說」「徐州說」「淮安說」以及閻增山等的「臨清說」。然後通過實地考察，將與《金瓶梅》有關的臨清明代文化遺存做了採訪摘要。[12]王汝梅先生分別對有關磚廠、鈔關、晏公廟等的遺跡、文獻記載與《金瓶梅》的描寫一一做了比較，發現這些遺跡是揚州、淮安、徐州等地所沒有的。這說明《金瓶梅》故事發生地與臨清有着密切關係。

實際上《金瓶梅》[13]有多處直接寫到臨清，如第九十二回「陳敬濟被陷嚴州府，吳月娘大鬧授官廳」：「這楊大郎到家收拾行李，跟着陳敬濟從家中起身，前往臨清馬頭上尋缺貨去。到了臨清，這臨清市上，是個熱鬧繁華大馬頭去處，商賈往來之所，車輛輻輳之地，有三十二條花柳巷，七十二座管弦樓。」第九十三回「王杏庵義恤貧兒，金道士變淫少弟」寫陳敬濟流落在清河，一位老者多次接濟他，但他很快便揮霍一空，最終老者只好讓他去晏公廟安身，老者對陳敬濟說道：「此去離城不遠，臨清馬頭上，有座晏公廟，那裏魚米之鄉，舟船輻輳之地，錢糧極廣，清幽瀟灑，廟主任道士，與老拙相交極厚，他手下也有兩三個徒弟徒孫。我備份禮物，把你送與他做個徒弟出家，學些經典吹打，與人家應福，也是好處。」

11　安作璋：《中國運河文化史》，頁 1216-1218。

12　王汝梅：〈金瓶梅地理環境與臨清〉，馬魯奎主編《金瓶梅與運河名城臨清》，香港：天馬出版有限公司，2008 年，頁 38。

13　本文所引《金瓶梅》原文，均據齊魯書社 1991 年版《金瓶梅》。

更為重要的是，《金瓶梅》有不少地方明寫清河，暗寫臨清。如關於磚廠的描寫，清河從未有燒製皇磚之事，而臨清卻是明清兩代大型御磚生產基地。北京的許多宮殿和天壇、定陵等建築所使用的磚料，都是臨清燒製的。自明永樂初，臨清便建立了官窯，最興盛的時期有三百八十四個窯廠，每年生產御磚一千一百五十二萬塊。[14]《金瓶梅》雖然有時也將清河、臨清以至於東平等地相混合，但以臨清為故事發生地的軸心，當是無可置疑的。

《金瓶梅》與臨清運河文化的密切關係可以從兩個方面看出，一是小說中有關商業活動的描寫，一是有關運河交通便利的描寫。小說寫臨清的大碼頭客商雲集，熱鬧非凡。貨船一到碼頭，商販門便「打着銀兩遠接」，「迎着客貨而買」（第八十一回）。臨清的廣濟閘大橋下，有「無數舟船停泊」（第九十二回）。小說中的西門慶是一個亦官亦商之人，生活在一個商業氣息相對濃厚的環境之中，而靠近運河便是最好的選擇。小說第六十九回文嫂對林太太說道：西門慶「開四五處鋪面，緞子鋪、生藥鋪、綢絹鋪、絨線鋪。外邊江湖又走標船，揚州興販鹽引，東平府上納香臘。」以店鋪形式進行商業活動，是運河岸邊臨清商界的一大特色。前引《明神宗萬曆實錄》卷三七六對當時的臨清商鋪有粗略的統計，其中布店 73 家、緞店 32 家、雜貨店 65 家。所經營的貨物，除棉花外，多販自外地。第六十回便有西門慶店鋪開張的描寫：「那時來保南京貨船又到了，使了後生王顯上來取車稅銀兩。西門慶這裏寫書，差榮海拿一百兩銀子，又具羊酒金緞禮物謝主事……家中收拾鋪面完備，又擇九月初四日開張，就是那日卸貨，連行李共裝二十大車。……甘夥計與韓夥計都在櫃上發賣，一個看銀子，一個講說價錢。崔本專管收生活。……那日新開張，夥計攢帳，就賣了五百餘兩銀子。」

除了西門慶之外，小說還寫到了南方商人在運河一帶的的經商活動，最典型的例子便是第三十三回中的湖州客人何官兒，他有五百兩絲線因故急着脫手。西門慶用四百五十兩銀子買了下來，在獅子街的空房裏開了個絨線鋪。明代中後期南方商人到臨清經商者非常之多，這是因為當時的臨清是最為活躍的商貿基地。謝肇淛（1567-1624）26 歲中進士後，先後作過湖州推官、東昌知府，他對臨清商人的情況比較熟悉。在其《五雜俎》卷十四中有這樣一段話：「州縣有土著人少而客居多者，一概禁之，將空其國矣。」[15]然後舉臨清為例：「山東臨清，十九皆徽商占籍，商亦籍也。」可見當時的臨清聚集了大量的南方商人。

臨清依靠運河交通的便利，成為溝通南北的樞紐。西門慶到南方採辦貨物，都是沿

14　傅崇蘭：《中國運河城市發展史》，成都：四川人民出版社，1985 年，頁 299。

　15　謝肇淛：《五雜俎》，上海：上海書店出版社，2001 年，頁 289。

運河船運。第六十七回寫西門慶吩咐韓道國與來保拿四千兩銀子去松江販布，給崔本兩千兩銀子去湖州買綢子，「過年趕頭水船來」。第八十一回接着寫韓道國與來保拿着西門慶的四千兩銀子到了揚州，「且不置貨，成日尋花問柳，飲酒宿婦」。直到初冬天氣方才往各處購買布匹，然後打包上船，沿運河來到臨清閘上。由於當時河南、山東大旱，不收棉花，布價昂貴，每匹布加三利息，各處鄉販都在臨清一帶碼頭迎着客貨而買。韓道國見有利可圖，便自作主張先賣了一千兩布貨。

臨清鈔關是明代七大鈔關之一，據《明會典》卷三五記載，萬曆初年，臨清鈔關收稅八萬餘兩，名列各鈔關之首。小說第五十八回寫道：「韓道國在杭州置了一萬兩銀子的緞絹貨物，直抵臨清鈔關，但因缺少稅鈔銀兩，不能裝載進城。」西門慶於是給鈔關上的錢老爺寫了一封信，又送了五十兩銀子，結果十大車貨，只納了三十兩五錢鈔銀子。那位錢老爺「也沒差巡欄下來查點，就把車喝過來了」。西門慶非常高興，說道：「到明日，少不的重重買一份禮謝他。」從此以後，臨清鈔關的錢老爺成了西門慶的好友。第七十七回寫崔本購置了二千兩銀子的湖州綢緞貨物，來到臨清碼頭，西門慶又寫信給錢老爺，煩他青目。第八十一回，雖然西門慶已死，但其夥計不知，還希望西門慶給錢老爺寫信，以便少納稅錢。

臨清還成為官員過往駐足之地，因而給西門慶交通官府提供了便利條件。第三十六回「翟管家寄書尋女子，蔡狀元留飲借盤纏」寫道：「一日，西門慶使來保往新河口，打聽蔡狀元船隻，原來就和同榜進士安忱同船。這安進士亦因家貧未續親，東也不成，西也不就，辭朝還家續親，因此二人同船來到新河口，來保拿着西門慶拜帖來到船上見，就送了一份下程……」蔡狀元「見西門慶差人遠來迎接，又饋送如此大禮，心中甚喜。次日就同安進士進城來拜」。西門慶盛情款待二人，蔡狀元也不見外，開口向西門慶索要錢財：「學生此去回鄉省親，路費缺少。」西門慶慷慨應允：「蔡狀元是金緞一端，領絹二端，合香五百，白金一百兩。安進士是色緞一端，領絹一端，合香三百，白金三十兩。」西門慶的這些錢財沒有白花，很快便得到了回報。

第四十九回「請巡按屈體求榮，遇番僧現身施藥」，蔡狀元新點了兩淮巡鹽，要途經清河上任。西門慶聞聽此信，立即做好迎接的準備。「留下來保家中定下果品，預備大桌面酒席，打聽蔡御史船到。一日，來保打聽得他與巡按宋御史船，一同京中起身，都行至東昌府地方，使人來家通報。這裏西門慶就會夏提刑起身。來保從東昌府船上，就先見了蔡御史，送了下程。然後西門慶與夏提刑出郊五十里，迎接到新河口，地名百家村。先到蔡御史船上拜見了，備言宴請宋公之事。」在蔡御史的疏通下，宋御史果然也欣然赴西門慶之約。兩位御史同時成為西門慶的座上賓，「當時哄動了東平府，大鬧了清河縣」。西門慶這次的饋贈更為慷慨：「宋御史的一張大桌席，兩壇酒，兩牽羊，

兩封金絲花，兩匹緞紅，一副金台盤，兩把銀執壺，十個銀酒杯，兩個銀折盂，一雙牙箸。蔡御史的也是一般的。」做了這些鋪墊之後，西門慶在酒席上提出了早些支放鹽引的要求，蔡御史當時就答應比別的商人早掣一個月。西門慶的目的達到了。

根據這些描寫，可以說《金瓶梅》的作者或寫定者對運河臨清一帶非常熟悉。《金瓶梅》的作者或寫定者始終是一個懸案，上述情形可以視為考定作者或寫定者的一條重要線索。

二、《金瓶梅》飲食描寫的運河文化特徵

《金瓶梅》中有關飲食的描寫相當真實地反映了明代中後期運河一帶的飲食習俗。首先，《金瓶梅》中的飲食體現着南北交融的特點，儘管故事發生在北方，但南方食品卻常常出現。菜蔬類如酸筍、魚酢、糟魚、醉蟹、鰣魚等等，尤其是鰣魚，第五十二回寫黃四給西門慶送禮，其中有「四尾冰湃的大鰣魚」。西門慶不知道它的珍貴，應伯爵說道：「江南此魚一年只過一遭兒，吃到牙縫裏，剔出來都是香的。好容易！公道說，就是朝廷還沒吃哩！」應伯爵並非誇張，因為鰣魚產於春夏之交的南方各大江河，所以必須冰藏冷運，耗費巨大。除朝廷之外，北方一般人很難吃到新鮮鰣魚。當時的臨清碼頭是貢船的換冰之地，因而才有可能品嘗到這一美味。至於鰣魚的烹製方法，南北方亦有所不同。南方以清蒸為主，北方則以油煎為主。所以同一回寫西門慶家的廚師做了「兩盤新煎鮮鰣魚」。

《金瓶梅》中菜點的原料和製作技法也體現着運河文化的特點，從原料來看，既有北方較普遍的葷素原料，又有南方地區的特色原料。但仔細鑒別就會發現，鮮活及無法遠途運輸的都產於北方，而南方的原料大部分是可以貯藏的或製成品。如雞、鴨、鵝、豬、牛、羊等肉食品，豆芽、芹菜、鮮藕、山藥等蔬菜，石榴、雪梨、葡萄等水果，皆北方所產，在小說中出現時都是鮮活的。而糟鰣魚、糟筍、酸筍、橘醬等都是用南方所產原料加工而成。製作技法也南北兼有而以北方為主，據李曉東、趙建民〈《金瓶梅》菜點烹飪之特色〉[16]統計，小說中出現的烹飪方法有 40 餘種之多，其中屬於魯菜特點的約占 60%，如煎、炒、拌、爆、汆、炸、白煮、烹、溜等。具有蘇菜烹飪方法特點的約占 40%，如水晶、蒸糟、燒、臘、燉、鮓、醃、釀、扒、白切、火熏等。第二十三回寫宋蕙蓮紅燒豬頭肉是典型的北方做法：「舀了一鍋水，把那豬首、蹄子剃刷乾淨。只用的一根長

---

16 李曉東、趙建民：〈《金瓶梅》菜點烹飪之特色〉，趙建民、李志剛主編《金瓶梅酒食文化研究》，
　　濟南：山東文化音像出版社，1998 年，頁 79。

柴禾安在灶內，用一大碗油醬，並茴香大料，拌的停當，上下錫古子扣定。那消一個時辰，把個豬頭燒的皮脫肉化，香噴噴五味俱全。將大冰盤盛了，連薑蒜碟兒，用方盒拿到前邊李瓶兒房裏。」紅燒豬頭肉沾着薑蒜食用也是北方才有的吃法。

同時，由於故事發生地在運河臨清一帶，北方的麵食和南方的點心經常同時出現。北方的麵食如炊餅、卷餅、白麵蒸餅、玉米麵鵝油蒸餅、燒餅、烙餅、溫麵等是主食。南方運河一帶的許多菜點也不可缺少，如白糖萬壽糕，雪花糕、定勝糕、玫瑰花餅、玫瑰元宵等點心，就是流傳至今的蘇州名點，大飯燒賣是淮揚名點。還有豐富的粥類，如軟糯粳米粥、梅桂白糖粥、粳粟米粥等也是江南的食物。

《金瓶梅》中寫到的各類酒品有 31 種之多，[17]這形形色色的酒品也體現着南北交匯的特點。其中產於北方的酒如火酒、白酒、竹葉青酒、羊羔酒、黃米酒、窩兒酒、魯酒、葡萄酒等等；產於南方的如金華酒、壇酒、河清酒、荷花酒、麻姑酒等等；還有南北兼產的如雄黃酒、菊花酒、黃酒、豆酒、老酒、頭腦酒、艾酒等等。總之，京杭大運河為南北兩大風味的飲食交流起到了重要作用，也只有運河中段一帶才有可能出現這種飲食文化南北交匯的景象。

從中國古代小說發展演變的角度來看，《金瓶梅》的飲食描寫可以說是由上層社會文學進入到市民階層文學的重要標誌之一，具有鮮明的時代特徵和極為重要的影響。與《三國志演義》《水滸傳》《西遊記》等章回小說所描寫的帝王將相、英雄豪傑、神妖精怪相一致，飲食不可能成為這些小說描寫的重點。因而，在這些小說中雖然也偶爾有關於飲食方面的描寫，但不僅數量少，而且其目的也與《金瓶梅》迥異。例如《三國志演義》第二十一回「曹操煮酒論英雄」，身為丞相的曹操請劉備飲酒，其酒菜不過是「盤置青梅，一尊煮酒」。如果說這是因為僅有兩個人飲酒，所以酒菜才如此簡單，那麼第五十六回「曹操大宴銅雀台」是一次「大會文武」的宴集，然而寫到飲食場面時，也不過就是「樂聲競奏，水陸並陳。文官武將輪次把盞，獻酬交錯」，大量筆墨則用在了人物行動對話之上了。

或許人們會說，三國時代飲食本身就非常簡單，因而小說中也不可能有比較細緻的描寫。那麼以宋代社會為背景的《水滸傳》情形又如何呢？應當說，《水滸傳》比《三國志演義》更多地寫到了飲食場面，但其目的卻絕非是為了宣揚不可抑制的食欲。例如第二十三回「景陽崗武松打虎」用了很多的筆墨寫武松飲酒，但究竟他飲的是什麼酒，吃的是什麼菜，卻隻字未提。因為作者的目的在於突出武松的英雄氣概，而並非是為了描寫飲食本身。再如第七十一回「梁山泊英雄排座次」，這是梁山好漢們的一次盛典，

17　李萬鵬：〈《金瓶梅詞話》酒品資料〉，趙建民、李志剛主編《金瓶梅酒食文化研究》，頁 288。

重陽節菊花會寫得也頗有氣勢。對宴會場面這樣寫道：

> 至日肉山酒海，先行給散馬、步、水三軍，一應小頭目人等，各令自去打團兒吃
> 酒。且說忠義堂上遍插菊花，各依此坐，分頭把盞。堂前兩邊篩鑼擊鼓，大吹大
> 擂，笑語喧嘩，觥籌交錯，眾頭領開懷痛飲。[18]

這在《水滸傳》中已經算得上是最為詳盡的飲食描寫了，然而與《金瓶梅》相比，還是顯得非常簡略，而且其本意乃在於表現梁山事業達到頂峰時的喜悅氣氛。至於《西遊記》，因為以神佛妖魔為描寫對象，有關飲食的描寫自然而然與現實生活相距較遠，豬八戒的貪吃成為譏笑嘲諷的對象。

《金瓶梅》作為第一部以家庭生活為題材的長篇章回小說，其對飲食場面的描寫對後來的小說創作產生了深遠影響。清代小說《醒世姻緣傳》《紅樓夢》都十分重視飲食場面的描寫，而且這些飲食描寫與《金瓶梅》一樣，成為小說重要的表現手段。

三、《金瓶梅》方言之爭

關於《金瓶梅》所使用的方言是研究者們長期爭論不休的一個問題。最早提及這一問題的可以追溯到明代的沈德符，他在《萬曆野獲編》中說原本缺少五十三至五十七回，由一位陋儒補寫，不僅「膚淺鄙俚，時作吳語」，而且「前後血脈，亦絕不貫串」[19]他雖然沒有正面說除了這五回之外是何方言，但言外之意顯然是說全書用的不是「吳語」。後來張竹坡在第六十七回評點中首次提到了「山東聲口」。這處原文是：「西門慶道：『老先兒倒猜得着，他娘子鎮日着皮子纏着哩。』」張竹坡為什麼說這句話是「山東聲口」？有的研究者認為張竹坡是彭城（今徐州）人，蘭陵笑笑生視徐州為魯地，張竹坡也將笑笑生視為同鄉，所以說是「山東聲口」。但若認真思考，恐怕問題不在於此。西門慶在小說中是清河縣人，理應使用山東方言，這句話中的「鎮日」「着皮子纏着」便是地道的山東方言，與張竹坡生活的徐州一帶方言有所不同，所以張竹坡在評點中才會特別指出是「山東聲口」。

20 世紀上半葉許多學者都一致認為《金瓶梅》使用的方言是山東方言。1919 年在《金瓶梅詞話》尚未發現之前，曾任南方大學教授的張燾在〈古今小說評林〉中就曾說道：

18　《水滸傳》，濟南：山東文藝出版社，1995 年，頁 1205。

19　沈德符：《萬曆野獲編》卷二十五〈詞曲·金瓶梅〉，見朱一玄《明清小說資料選編》，濟南：齊
　　魯書社，1989 年，頁 615。

「《金瓶梅》雖是白話體，但其中十九是明朝山東人俗話。」「統觀《金瓶梅》全部……至其措辭，則全是山東土話」。[20]當《金瓶梅詞話》發現之後，先是鄭振鐸先生於 1933 年在〈談《金瓶梅詞話》〉一文中說，「書中有許多山東土話，南方人不大懂得的，崇禎本也都已易以淺顯的國語」。「我們只要讀《金瓶梅》一過，便知其必出於山東人之手。那末許多的山東土白，決不是江南人所得措手於其間的」。[21]緊接着吳晗先生、魯迅先生以及胡適先生也都力主此說。50 年代之後，大多數研究者依然主張山東方言說，如中國社科院文學研究所編寫的《中國文學史》就說道：「作者十分熟練地運用山東方言。」[22]有趣的是，即使那些表示不同意見的也首先肯定用的是山東話。如 1940 年姚靈犀在《瓶外卮言》[23]中說，小說講述的是山東的事，當然應當用當地的土語。由於京城是四方雜處之地，在京城做官的人都會說北方話，山東離京城非常之近，又是水陸必經之路，南方人擅長北方話的很多。再者，《金瓶梅》中的方言，南方人也全懂，所以很難說作者是北方人還是南方人。實際上姚靈犀並未否認《金瓶梅》的語言是山東話，只不過是說南方人也有可能是作者而已。

進入二十世紀 80 年代後，開始出現了不同觀點。1982 年朱星在〈《金瓶梅》的辭彙、語彙劄記〉[24]中指出，《金瓶梅》基本上是用北方官話寫的，因為故事發生在山東清河縣，所以對話中有些山東方言，但不全是。西門慶與官場人來往，對話用文言，只有家中婦女，尤其在罵人時，用些山東話，但也不是太多。因此所謂山東方言一說太籠統，山東有一百多個縣，方言很複雜，純山東方言詞彙並不多。1984 年黃霖先生在〈《金瓶梅》作者屠隆考續〉[25]一文中也認為，《金瓶梅詞話》的語言相當駁雜，其方言俚語並不限於山東一方，幾乎遍及中原冀魯豫以及蘇皖之北，甚而晉陝等地，都有相似的語言與音聲，中間又時夾吳越之語。1985 年張惠英女士在〈《金瓶梅》用的是山東話嗎？〉[26]一文中認為，《金瓶梅》的語言是在北方話的基礎上，吸收了其他方言，其中吳方言特別是浙江吳語顯得比較集中。第二年又發表文章指出，在用具、飲食及一般用語中比較集中反映有杭州一帶的方俗用語。VOV 的重疊式只有吳語中保存，因此作者應為南方

---

20 張竹坡：〈古今小說評林〉，載黃霖《金瓶梅資料彙編》，北京：中華書局，1987 年，頁 358-359。

21 鄭振鐸：〈談《金瓶梅詞話》〉，《文學》1933 年第 1 期。

22 中國社科院文學研究所：《中國文學史》，北京：人民文學出版社，1962 年。

23 姚靈犀：《瓶外卮言》，天津：天津書局，1940 年。

24 朱星：〈《金瓶梅》的辭彙、語彙劄記〉，《河北大學學報》1982 年第 1 期。

25 黃霖：〈《金瓶梅》作者屠隆考續〉，《復旦大學學報》1984 年第 4 期。

26 張惠英：〈《金瓶梅》用的是山東話嗎？〉，《中國語文》1985 年第 4 期。

人。[27]

　　針對上述觀點，許多研究者撰文表示了不同意見。著名學者吳曉鈴先生認為《金瓶梅》用的是黃河以南、淮河以北的山東省以濟南為中心的方言即山東的標準語。有的研究者將方言範圍進一步縮小，比如張遠芬先生認為運用了大量的山東嶧縣方言；張士魁先生認為有大量的徐州、棗莊間的方言，趙炯先生認為是蘭陵一帶的方言，許志強先生認為既有魯南方言，也有淄川方言，張清吉先生認為用的是山東東南的諸城方言等等。看來，關於這一問題還會繼續爭論下去，不過種種跡象表明，山東臨清一帶的方言說似乎顯得更有說服力，這可以從以下語音、辭彙及語法幾個方面說明。

四、《金瓶梅》的語音系統

　　關於《金瓶梅》的語音問題，許多研究者都發表了很有價值的觀點，尤其是張鴻魁先生的《金瓶梅語音研究》[28]一書成就更為突出。該書語音特點分析一章詳細歸納了《金瓶梅》中入聲韻尾的消失、濁音聲母的清化、入聲字調的分派、兒音節和兒化韻等等，最終得出了《金瓶梅》符合北方方言的結論。由於張鴻魁先生的這部專著篇幅較長，這裏不可能全部引用，因此僅以馬靜的〈從方言背景看《金瓶梅》的作者〉[29]一文所引例子作些說明。

　　首先看一下入聲字的歸類。在北方方言中，古入聲字分別歸入陰、陽、上、去四聲中，但各地出入較大。在膠遼官話中，全濁聲母歸陽平，次濁聲母歸去聲，清聲母歸上聲。在冀魯官話中，全濁聲母歸陽平，次濁聲母歸去聲，清聲母歸陰平。在中原官話中，全濁聲母歸陽平，次濁聲母和清聲母全歸陰平。顯然，在三種北方官話中，全濁聲母都歸屬陽平，沒有什麼不同。次濁聲母在膠遼官話和冀魯官話中相同，都歸屬去聲，而在中原官話中則歸屬陰平。清聲母在冀魯官話和中原官話中相同，都歸屬陰平，而在膠遼官話中則歸屬上聲。根據這一規律來分析《金瓶梅》中的入聲字就可以發現，全濁聲母字如學、鶴、席、伏、服全部都讀陽平；次濁聲母字如滅、肉、物、落等都讀去聲；清聲母字如八、潑、忒、乙等都讀陰平，只有一個「甲」字是例外，讀上聲。由於次濁聲母字讀去聲，這就排除了中原官話的可能。又由於清聲母字大都讀陰平，這就排除了膠

27　張惠英：〈《金瓶梅》中杭州一帶用語考〉，《中國語文》1986 年第 3 期。

28　張鴻魁：《金瓶梅語音研究》，濟南：齊魯書社，1996 年。

29　馬靜：〈從方言背景看《金瓶梅》的作者〉，《金瓶梅文化研究》第 3 輯，北京：華藝出版社，2000 年。

遼官話的可能。於是，最大的可能就是冀魯官話，而這一官話所包括的地區是濟南、臨清一帶。

再看 z、c、s 與 zh、ch、sh 即捲舌與不捲舌的讀音。在普通話中，聲母為捲舌音 zh、ch、sh 的字，膠遼官話有兩種不同的讀法，一種是捲舌的，一種是舌葉音，但在《金瓶梅》中卻是同音的。如從＝重，「從新又護起他家來了」。咂＝黎，「五娘使你門首看着栓籤箕的，說你會咂的好舌頭」。搌＝擦，「婦人用帕搌之」。寺＝事，「常言道：男僧寺對着女僧寺，沒事也有事」。只＝自，「人自知道一個兄弟做了都頭，怎的養活了哥嫂」。穿＝攛，「白駒過隙，明攛梭」。死＝使，「海棠使氣白賴又灌了半鍾酒」。這也說明，《金瓶梅》的語音不是膠遼官話。

其他值得注意的語音現象還有不少，如呵＝哈＝喝，「吃了半個點心，呵了兩口湯」；「幾句話說的西門慶反呵呵笑了」；「自來也不曾呵俺們一呵」。第一句中的「呵」應為「喝」，第二句中的「呵」應為「哈」，第三句中的「呵」才是「呵斥」的「呵」，但在小說中卻可以通用。再如造＝做，「或吃酒吃飯，造甚湯水，俱經雪娥手中整理」；「武二叫過買，造兩份飯菜」。「則」＝「做」，「娘子沒來由，嫁他則甚？」「題那淫婦兒則甚？」對＝得，「這婦人對了西門慶此話」，「對叫過畫童兒送到他往韓道國家去」。第一句中的「對了」是「得到」的意思，第二句中的「對」應是「得」，即「必須」的意思。這些語音現象也可以說明《金瓶梅》中的語音更接近於冀魯官話。

五、《金瓶梅》的辭彙系統

前面已經說到，《金瓶梅》的辭彙系統非常龐雜，造成這種現象的原因可以從主觀和客觀兩個方面去尋找。從主觀方面來說，作者可能是一位走南闖北、熟悉各地方言詞彙的作家。但這種可能性極小，因為一位作家在寫作過程中，除非出於小說創作的需要，才有可能夾雜各種方言詞彙。不然的話，儘管他掌握了各地許多的方言詞，也沒有必要忽而北方，忽而南方。從客觀方面來說，這與小說作者或寫定者生活的地域有着密切關係。一般來講，只有交通便利之處，才有可能出現這種辭彙交融現象，而運河山東臨清一帶正好符合這一要求。明代臨清一帶的語言特點尤其是辭彙特點正是南北方言、官話、俗語、行業語融會貫通的運河語言辭彙特點。

元末明初之際的連年戰爭給臨清造成了極大的破壞，洪武年間的幾次移民及衛、所制度，使當地居民的籍貫相當複雜。明代永樂年間大運河全線貫通，南北物產交流，商賈旅客往來不絕，臨清迅速成為運河中段重要城市。當時臨清的衙門既有中央派出機關如鈔關、皇莊、衛所等，又有地方衙署如州署、學館、遞鋪等，還有宦官設立的各種機

構如磚場等。而來自山西、安徽、浙江等地的商賈更是雲集於此,還有運河上的船戶、寺廟中的僧侶及茶樓酒肆中的賣藝者,這一切造成了臨清居民成分的複雜,他們所使用的語言辭彙當然也就會複雜起來。

馬永勝、姚力芸在〈《金瓶梅詞話》方言新證〉[30]一文中曾經指出,《金瓶梅》中有雁北方言土語出現,並舉了三個例子。其中兩個例子見於第三十二回:李桂姐說「真是硝子石望着南兒丁口心」,李桂姐說完,大家「都一起笑了」。同一回應伯爵說「寒鴉兒過了,就是青刀馬」,「眾人都笑了」。大家「都一起笑了」,「眾人都笑了」,說明當時大家都明白這兩句話的含義,但是今天許多地區的人卻很難理解。馬、姚兩位指出,講雁北方言的人感到並不難理解,因為這是在雁北方言基礎上用了藏頭法和諧音法。第一句話的含義是「笑死俺的」,第二句話的含義是「含咽過去,就是挺倒摸」,指的是兩個調情動作。第三個例子見於第七十六回,應伯爵罵李桂姐和鄭愛月:「我把你兩個女又十撇,鴉胡石影子布兒朵朵雲兒了口嗯心。」馬、姚兩位認為,這是用拆字法、諧音法和藏頭法湊成的一句話,「女又十撇」是「奴才」的拆字,「鴉胡」是「夜壺」的諧音,「石影子布兒,朵朵雲兒,了口嗯心」藏頭「石朵了」,諧音是「拾掇了」。整句話的意思是「我把你這兩個奴才夜壺拾掇了」。而這也只有用雁北方言才能解釋通。

馬、姚兩位對造成這種現象的原因作了分析,認為各地的方言會發生相互吸收、相互補充、相互融合的變化。如明代永樂年間就曾從山西大量向外移民,這些移民不可避免地會將自己的方言帶向各地,最終與各地方言融合。另一方面,方言土語在某一地區又有着特別旺盛的生命力,某一地區的方言土語,其他地區的人有可能聽不懂。這一分析非常中肯,但也正好說明,《金瓶梅》的作者或寫定者必定生活在一個各地方言融會貫通的地區,而臨清正是這樣的一個地區。

魏子雲先生在〈《金瓶梅》作者屠隆考補證〉[31]一文中指出,不僅第五十三回至五十七回有吳語,其他各回中也有不少,如「物事」「迺郎」等。黃霖先生又進而補充了許多,如「小頑」「家火」「呆登登」「饞癆痞」「陰山背後」「合穿扶」「做夜作」等等。有人還曾指出,小說中經常出現的「達達」一詞並非純山東話,吳語中也有。以上這些例詞實際也正說明了《金瓶梅》辭彙的相容性,而這種相容性只有交通比較發達、居民成分比較複雜的地區才可能具備。

30　馬永勝、姚力芸:〈《金瓶梅詞話》方言新證〉,《山西大學學報》1994 年第 4 期。

31　魏子雲:〈《金瓶梅》作者屠隆考補證〉,《吉林大學學報》1991 年第 6 期。

六、《金瓶梅》的語法系統

從語法系統來看《金瓶梅》作者或寫定者的生活地域，也是研究者們運用的方法之一。如張惠英女士 1992 年根據現有的北方方言資料中未見有「VOV」結構的報導，便認為北方話、閩語、粵語都沒有這種「看他看」「管他一管」的說法，南京、徐州等蘇北地區也沒有這個說法。因此，這種重疊式大概來自江淮話或吳語，現在只有吳語還保存與此相近的形式。這就是說，《金瓶梅》的作者或寫定者很可能是吳語方言區的人。[32]但這種觀點很快便受到了質疑，1998 年羅福騰先生在方言調查的基礎上，證明「VOV」結構存在於魯中地區。又與用山東方言寫成的《醒世姻緣傳》和《聊齋俚曲》作了比較，得出結論說，自明清時代至今，山東方言一直存在「VOV」結構。[33]這就是說，這一詞序結構並不僅僅局限於某一地區，當然也不能推翻作者或寫定者生活在山東的說法。

朱德熙先生 1985 年撰文討論了漢語方言裏的兩種反覆問句，認為北方地區多使用「你去不去？」即「VP 不 VP？」結構。南方方言多使用「你可去？」即「可 VP？」結構。一種方言裏一般只有其中的一種說法。用這兩種結構來驗證《金瓶梅詞話》中的情況，結果發現第五十三回至五十七回中的反覆問句只用「可 VP」結構，而其他各回基本只用「VP 不 VP」結構。這就是說，這五回文字係由南方人寫成，除此之外係由北方人寫成。[34]

《金瓶梅詞話》中還有許多語法現象，在山東話中經常出現。如「着」雖用來表示動作的進行或狀態的持續，但也可以用來結句：「我且不吃飯，見了娘，往屋裏洗洗臉着。」意思是洗完臉再去見娘。再如「來」可表示已經過去：「你那裏吃飯來沒有？」意思是你在那裏吃過飯沒有。「來」還可以加強肯定語氣或疑問語氣：「我來叫畫童來。」意思是我來不為其他事，只是為叫畫童。「你與他說些什麼來？」意思是你都和他說了些什麼。「來」還可以表示祈使語氣：「咱到後邊去來。」意思是請到後邊去。再如比較句式：「一天熱起一天。」意思是一天比一天熱。使動句用「乞」或「吃」：「早晚乞那廝暗算。」意思是被那廝暗算。「淫婦出去吃人殺了，沒的禁拿我出氣。」意思是被人殺了。而「使」則表示花費、使用、用：「後來怕使錢，只挨着。」意思是怕花費錢，不去看病，只是挨一天算一天。「昨日在哪裏使牛耕地來？」意思是在哪裏用牛耕地來？

32　羅福騰：〈從《金瓶梅詞話》「VOV」結構看方言特徵對版本鑒別的作用〉，《金瓶梅文化研究》第 2 輯，北京：中國文聯出版社，1999 年。

33　同上註。

34　朱德熙：〈漢語方言裏的兩種反覆問句〉，《中國語文》1985 年第 1 期。

當然，上述這些語法現象也可能出現在山東之外的某些地區，或其他地區的人們也能夠明白。這也正好說明《金瓶梅》中語言的包容性和相容性。

總之，研究《金瓶梅》所描寫的故事發生地，需要將各種因素綜合起來進行分析，而不應僅僅局限於某一方面的現象。民俗與語言在各種因素中屬於比較重要的兩個方面，就這兩個因素來看，《金瓶梅》的故事發生地應在運河山東臨清一帶，其作者或寫定者也必然與這一帶有着種種關聯。

關於「《金瓶梅》作者丁惟寧說」的幾點思考

自上世紀末以來，不少研究者先後提出了《金瓶梅》作者為丁惟寧的論點，依筆者淺見，這些論述很有價值，應當給予充分關注。但平心而論，還有一些疑點需要進一步挖掘資料，縝密思考，尋找出合理的解釋。筆者見聞寡陋，就此一說作了下述幾點思考，以期引起方家關注，共同攻克這一難題。

一、董其昌與《金瓶梅》

在《金瓶梅》的早期傳播過程中，董其昌（1555-1636）是一位重要人物，有必要對其與《金瓶梅》的關係作一番細緻梳理。董其昌與《金瓶梅》的關係有以下資料：

1. 袁宏道（1568-1610）讀了董其昌的《金瓶梅》抄本後，於萬曆二十四年（1596）致函詢問：「《金瓶梅》從何得來？伏枕略觀，雲霞滿紙，勝於枚生〈七發〉多矣。後段在何處？抄竟當於何處倒換？幸一的示。」[1]

此信可證董其昌在萬曆二十四年（1596）已擁有《金瓶梅》抄本，但應該只有「前段」，不然，袁宏道不會問「後段在何處？抄竟當於何處倒換」。其次，這是袁宏道致董其昌的私人信函，因此董其昌應當是最早得知袁宏道對《金瓶梅》基本態度之人。再次，袁宏道稱「抄竟當於何處倒換」，說明袁宏道已經擁有《金瓶梅》前段的抄本。

2. 袁中道（1575-1630）在其日記《遊居柿錄》萬曆四十二年（1614）記道：「往晤董太史思白，共說諸小說之佳者。思白曰：『近有一小說，名《金瓶梅》，極佳。』予私識之。後從中郎真州，見此書之半，大約模寫兒女情態俱備，乃從《水滸傳》潘金蓮演出一支。所云『金』者，即金蓮也；『瓶』者，李瓶兒也；『梅』者，春梅婢也。舊時京師，有一西門千戶，延一紹興老儒於家。老儒無事，逐日記其家淫蕩風月之事，以西門慶影其主人，以餘影其諸姬。瑣碎中有無限煙波，亦非慧人不能。追憶思白言及此書

1　袁宏道：〈與董思白書〉，黃霖《金瓶梅資料彙編》，北京：中華書局，1987 年，頁 227。

曰：『決當焚之。』以今思之，不必焚，不必崇，聽之而已。焚之亦自有存之者，非人力所能消除。但《水滸》崇之則誨盜；此書誨淫，有名教之思者，何必務為新奇，以驚愚而蠹俗乎？」[2]

　　黃霖先生考定袁中道從乃兄袁宏道在真州是萬曆二十五年（1597）至萬曆二十六年（1598）間，因此袁中道與董其昌見面的時間應在萬曆二十五年之前，與袁宏道致董其昌函的時間相一致。從此記載可知董其昌先是說《金瓶梅》「極佳」，同時又說「決當焚之」。儘管這是近二十年後袁中道追憶董其昌語，但仍可說明董其昌對《金瓶梅》的態度是比較矛盾和複雜的。其次，董其昌說「近有一小說」，可見為時不會太久，且董其昌應當知其根底，但又閉口不談作者為誰。

　　3.《金瓶梅詞話》「東吳弄珠客序」落款題「萬曆丁巳季冬東吳弄珠客漫書於金閶道中」。有幾點可證這位「東吳弄珠客」即為董其昌。其一，弄珠樓原址位於舊時平湖縣城東門外的東湖之中，始建於明嘉靖中葉。萬曆三十四年（1606）夏，平湖知縣蕭鳴甲在原基礎上增建而成「弄珠樓」，成為浙西名景。「弄珠樓」落成之際，蕭鳴甲念及董其昌與平湖的因緣，向時任湖廣提學副使的董氏索墨。他欣然應允，除題匾「弄珠樓」外，又賦〈寄題蕭使君「弄珠樓」詩〉二首助興。清張雲錦撰《東湖弄珠樓志》六卷（清乾隆鮑詢、王瑛等刻本）亦有相關記載，當年弄珠樓有石刻董其昌七律二首，乾隆間已無存。詩云：「壁間妙跡思翁字，顆顆明珠未寂寥。三尺青瑤驚羽化，只今愁唱弄珠謠。」董氏還以飛白體署弄珠樓，更題拱間曰：「晴川歷歷漢陽樹，芳草萋萋鸚鵡洲。」由此可知，董其昌與「弄珠」一詞有着密切關聯。其二，「萬曆丁巳」即萬曆四十五年（1617），此時董其昌的確是在「金閶道中」。據當時民間的寫本《黑白傳》《民抄董宦事實》可知，萬曆四十四年（1616），董其昌遭遇一次「民變」，惶惶然避難於蘇州、鎮江、丹陽、吳興等地半年不得安身，此即所謂「民抄董宦」案。董其昌心神不定，居無定所，完全符合「漫書於金閶道中」情形。其三，從「東吳弄珠客序」可知，這位「東吳弄珠客」十分清楚袁宏道對《金瓶梅》的讚賞，所謂「袁石公亟稱之」，但又說「亦自寄其牢騷耳，非有取於《金瓶梅》也」，「不然，石公幾為導淫宣欲之尤矣！」而「東吳弄珠客」本人對《金瓶梅》的態度也很矛盾複雜，既稱之為「穢書」，又說「作者亦自有意，蓋為世戒，非為世勸也」。「若有人識得此意，方許他讀《金瓶梅》也」。這種態度與袁宏道致董其昌函及袁中道《遊居柿錄》所記完全一致。

　　4. 董其昌與丁惟寧（1542-1611）、丁耀亢（1599-1669）父子交往密切。這裏有必要舊話重提，即1990年2月發現於山東諸城的一封信，楊國玉先生曾就此信撰文辨證，筆者

2　袁中道：《遊居柿錄》，黃霖《金瓶梅資料彙編》，頁229。

同意其基本觀點，但關鍵是此信是否真實。正如楊國玉先生文中所說：「可惜，諸城新發現的這封信是丁氏後人於清同治五年（1866）錄藏的一份抄件，而非董思白手跡，使我們失去了從其書體特徵上判斷是否出自董氏之手的重要線索。或許也正因為這個重要因素的缺失，引起了一些學者的質疑。黃霖、陳詔二位先生分別講論、撰文，提出了多方面證據，對以上問題給予了全面否定。他們的觀點在當時產生的影響相當大，此後，這封信便似乎從人們的視野中『淡出』了。」[3]我們不妨再對這封信做些分析。如果此信是贗品，那麼造假者是誰？其動機為何？楊國玉在本文後記中說道：「這封信的發現者是多年來一直致力於《醒世姻緣傳》研究並提出作者『丁耀亢說』的張清吉先生。據張先生函告：1987 年秋，他在諸城博物館查找有關丁耀亢的資料時，在一大堆紙色發黃多為破碎的字畫、遺墨等物中檢得此信，於是即將內容抄錄下來。因當時尚未涉足《金瓶梅》研究，故對信中的『弄珠客思白』字眼未予格外注意。到 1990 年 2 月，在南京參加海峽兩岸明清小說學術研討會期間，方知『弄珠客』為《金瓶梅》的序作者署名。但會後再去諸城搜覓原件，被告知那堆文稿已在當年年底打掃衛生時清除掉了。後來，張先生當時所抄錄的信文即在一些學者中傳抄開來。原件不存，確是一件非常遺憾的事情！筆者以為，對於這封信的內容，不宜輕易否定，而應該採取理性、審慎的態度予以進一步的深入辨析。」

為了便於分析，不妨將此信全文照錄如下：

> 侍御公幃下：京師嗟闊，門轉數匝。郵筒相問，共觴夢求，痛何以堪！公退林泉，羲皇是敦，而虞卿蕉尾之效高邈，吾之知也。公之奇書，楚人櫝中物，鄭人豈識之哉！思白詠誦，契杜樊川所云「一杯寬幕席，五字弄珠璣」也。囑予固篋，懍從命，無敢稍違也。帛軸二，歙硯、湘管各一遺公，驛至否？金闓顒望意系。頓首。弄珠客思白上。丙午清和望日。

收信人為丁惟寧，信的內容符合丁惟寧的生平經歷，無須贅言。信的撰寫者署名「弄珠客思白」，文中又自稱「思白」，寫於「丙午清和望日」即明萬曆三十四年（1606）四月十五日。如果此信係偽造，關鍵在於「弄珠客思白」五字。但信的正文中已出現「思白」兩字，因此只有「弄珠客」三字有造假的必要。我們現在不妨先不理會這三個字，那麼信中的「公之奇書」「囑予固篋」「懍從命，無敢稍違也」應作何解釋呢？一般的詩文稱不上是「奇書」，也沒有必要「固篋」。此信的前半部分顯然是客套話、寒暄語，自

3　楊國玉：〈金瓶梅研究的新起點──「弄珠客思白」致丁惟寧書箚辯證〉，《河北工程大學學報（社會科學版）》2001 年第 1 期。

「公之奇書」以下，才是致函的本意。依筆者陋見，事情原委應是董其昌於萬曆二十四年（1596）將《金瓶梅》借與袁宏道傳抄後，引起許多文人的關注，遠在五蓮的丁惟寧聞知此情，致函叮囑。董其昌此信正是對此叮囑的答覆。所謂「楚人櫝中物，鄭人豈識之哉！」即指一般讀者只是看到《金瓶梅》淫穢的一面，而未能體會作者戒世的良苦用心。這與「東吳弄珠客序」中的觀點完全一致。

還應注意的是，信中說「思白詠誦，契杜樊川所云『一杯寬幕席，五字弄珠璣』也」。而且寫這封信函的同年萬曆三十四年（1606）夏，正是平湖知縣蕭鳴甲向董其昌索墨之時，亦即董其昌與「弄珠」二字發生密切關聯之際，看來，董其昌對「弄珠」二字特別感興趣。或許就在此時，董其昌才用「弄珠客」名號，十一年後為《金瓶梅》作序也就沿用了此號。當然，這一切要以此信的真實性為基礎，否則便全部冰消瓦解。

5. 那麼，董其昌何時得到《金瓶梅》抄本的呢？這是「丁惟寧說」的關鍵所在，其中有一條線索值得關注，即嘉靖四十年（1562）進士、延寧兵備副使、諸城人陳燁所撰《東武西社八友歌》。詩中有「董生文學已升堂，志高不樂遊邑庠，雲間孤鶴難頡頏」「聰明才雋丁足當，彈琴伯牙字鍾王，蔚如威風雲間翔」等句。「董生」即董其昌，「聰明才雋」之「丁」即丁惟寧。因在八人中董其昌年最少，故陳燁稱其為「董生」，又因董其昌已於 1589 年中進士，故有「董生文學已升堂」之句。據丁紀範《九老全圖》跋知，「東武西社」成立於萬曆二十三年（1595），董其昌應當到諸城與會。[4]是否此次諸城之行董其昌得到了《金瓶梅》不全之抄本，然後回到南方的第二年便將《金瓶梅》半部抄本借給了袁宏道，需要認真考慮。

丁耀亢在其詩集《逍遙遊》卷二〈江遊〉「已卯春夏」題記中說：「憶昔已未渡江，負笈雲間，從董玄宰、喬劍浦兩先生遊。庚申，傲石虎丘，與陳古白、趙凡夫結山中社。去今三十年，少年詩文無足存者。自已卯避地，溯海而淮而江，既不得南枝，蠟屐倦遊，止於白下。紀其所見，積篋中遂成帙。然雪鴻留跡，蕉鹿迷痕，無益也。存之志慨爾。」[5]丁耀亢去江南拜見董其昌等人是「己未」年，即萬曆四十七年（1619），丁耀亢年二十一。庚申（1620）歲暮，丁耀亢自江南返回諸城。此次丁耀亢去江南前後不過一年有餘，此時「東吳弄珠客序」已完成，但未提及刊行之事。是否因為董其昌的《金瓶梅》來自諸城丁惟寧，才有丁耀亢此次短暫的江南之行，去董其昌處商定《金瓶梅》刊行之事，值得推敲。

4　張清吉：《金瓶梅奧秘探索》，鄭州：中州古籍出版社，2000 年，頁 3-4。

5　李增坡、張清吉：《丁耀亢全集》，鄭州：中州古籍出版社，1999 年，頁 667。

二、丁耀亢、《續金瓶梅》及《三降塵寰詩》

1. 康熙四年乙巳（1665）八月，67 歲的丁耀亢因作《續金瓶梅》被逮入獄，經友人傳掌雷、龔鼎孳、劉正宗等全力援救，於當年臘月獲釋。出獄後作〈漫成次友人韻〉詩八首，[6]其第六首云：

> 老夫傲岸耽奇癖，捉筆談天山鬼驚。
> 誤讀父書成趙括，悔違母教失陳嬰。
> 非前湖海多風雨，強向丘園剪棘荊。
> 征室何如宣室詔，九霄星斗似知名。

此詩的頷聯用了兩個典故，「誤讀父書成趙括」見《史記・廉頗藺相如列傳》。戰國時趙奢為趙國名將，其子趙括「自少時學兵法，言兵事，以天下莫能當。嘗與其父奢言兵事，奢不能難，然不謂善」。藺相如稱其「徒能讀其父書傳，不知合變也」。[7]果然在長平戰役中，趙括被秦擊敗身死。後人多以「趙括」喻指誇誇其談而無實際本領的人。丁耀亢此處用這一典故，是說自己因「誤讀父書」而遭牢獄之災。趙括讀其父之書而只會紙上談兵，說明讀的是兵書；丁耀亢讀了父親的書而作《續金瓶梅》被逮入獄，顯然丁耀亢所讀父書，理應與《續金瓶梅》相關。

「悔違母教失陳嬰」見《史記・項羽本紀》：「陳嬰者，故東陽令史，居縣中，素信謹，稱為長者。東陽少年殺其令，相聚數千人，欲置長，無適用，乃請陳嬰。嬰謝不能，遂強立嬰為長，縣中從者得二萬人。少年欲立嬰便為王，異軍蒼頭特起。陳嬰母謂嬰曰：『自我為汝家婦，未嘗聞汝先古之有貴者。今暴得大名，不祥。不如有所屬，事成猶得封侯，事敗易以亡，非世所指名也。』嬰乃不敢為王。謂其軍吏曰：『項氏世世將家，有名於楚。今欲舉大事，將非其人不可。我倚名族，亡秦必矣。』於是眾從其言，以兵屬項梁。」[8]項梁立熊心為楚懷王，陳嬰任上柱國，封五縣。項梁死後，陳嬰隨項羽征戰，項羽死後陳嬰降漢，漢高祖六年十二月封堂邑侯。陳嬰因為聽從了母親的勸阻，得以封侯，功成名就。丁耀亢悔恨自己未能聽從母親教誨，不僅未能贏得功名，反而招來災難。丁耀亢罹禍是因寫《續金瓶梅》，那麼，丁母的教誨也應與《續金瓶梅》有關。換言之，丁耀亢的母親似應瞭解丁耀亢作《續金瓶梅》的內情，不然便不會阻止丁耀亢寫作此書。

6　李增坡、張清吉：《丁耀亢全集》，頁 479。

7　《史記》，上海：上海古籍出版社，1997 年，頁 1876。

8　《史記》，頁 204。

2. 《續金瓶梅》卷首有以「西湖釣史」之名號所作序，認為《金瓶梅》乃「言情之書，情至則流，易於敗檢而蕩性。今人觀其顯不知其隱；見其放不知其止；喜其誇不知其所刺。蛾油自溺，鳩酒自斃。袁石公先敘之矣，作者之難於述者之晦也。」又說：「今天下小說如林，獨推三大奇書，曰《水滸》《西遊》《金瓶梅》者，何以稱夫？《西遊》闡心而證道於魔，《水滸》戒俠而崇義於盜，《金瓶梅》懲淫而炫情於色。此皆顯言之，誇言之，放言之，而其旨則在以隱、以刺、以止之間。唯不知者曰怪，曰暴，曰淫，以為非聖而畔道焉，烏知夫稗官野史足以翊聖而贊經者。」「《續金瓶梅》者，懲述者不達作者之意，遵今上聖明頒行《太上感應篇》，以《金瓶梅》為之注腳……而其旨一歸之勸世。」[9]《續金瓶梅後集》「凡例」也明確說道：「坊間禁刻淫書，近作仍多濫穢。茲刻一遵今上頒行《太上感應篇》，又附以佛經、道篆，方知作書之旨，無非贊助聖訓，不系邪說導淫。」[10]總體來看，在朝廷、坊間都在禁毀《金瓶梅》之時，丁耀亢卻對《金瓶梅》有如此評價，並將《金瓶梅》作為順治皇帝頒行《太上感應篇》的注腳，以達到為《金瓶梅》正名的目的。這些都可看出丁耀亢與眾不同的態度，應當引起充分注意。

《續金瓶梅後集》「凡例」又說：「前集中年月、事故或有不對者，如應伯爵已死，今言復生，曾誤傳其死，一句點過。前言孝哥年已十歲，今言七歲離散出家，無非言幼小孤孀，存其意，不顧小失也。客中並無前集，迫於時日，故或錯訛，觀者略之。」[11]由此可見，丁耀亢不僅對《金瓶梅》十分熟悉，而且可以根據需要修正、改動《金瓶梅》的某些情節。所謂「客中並無前集」，說明他完全根據記憶創作《續金瓶梅》，表明了他對《金瓶梅》的熟悉程度非同一般。

3. 丁耀亢的詩詞留存甚多，其中涉及《金瓶梅》的詩作也是重要線索。如作於康熙六年（1667）的〈登超然台謁蘇文忠公有感〉：「穆陵霸氣尚縱橫，台畔遺文記典刑。物有可觀皆可樂，人能超世始超名。舊河沙岸翻為谷，官署歸鴉不入城。我著《瓶梅》君詠檜，古今分謗愧先生。」[12]蘇軾曾作〈王復秀才所居雙檜〉詩。詩云：「凜然相對敢相欺，直干凌空未要奇。根到九泉無曲處，世間惟有蟄龍知。」副相王珪向神宗誣告稱：「陛下飛龍在天，軾以為不知己，而求之地下之蟄龍，非不臣而何？」神宗卻回答曰：「詩人之詞，安可如此論？彼自詠檜，何預朕事？」丁耀亢將自己作《續金瓶梅》而入獄與蘇軾作詠檜詩而遭誣陷相提並論，在憤懣不平中，還透露出一絲自豪與欣慰，表明丁耀

9　《金瓶梅續書三種》，濟南：齊魯書社，1988 年，頁 3。

10　《金瓶梅續書三種》，頁 5-6。

11　《金瓶梅續書三種》，頁 5。

12　李增坡、張清吉：《丁耀亢全集》，頁 524。

亢對因作《續金瓶梅》而帶來的牢獄之災並不感到後悔。

丁耀亢的這種感受保持了相當長的時間，在同一年作的〈梅花禪偈二首〉中，把《金瓶梅》隱藏在詩句之中：「梅花掃盡留月明，月明金瓶一樣同。」[13]雖然因《續金瓶梅》遭受了那麼多痛苦，但丁耀亢依然對「金瓶梅」三字充滿了感情。第二年丁耀亢作〈中秋前一夜夢龔芝麓同遊〉詩：「竹林客散歎離居，夢裏笛聲到故廬。珠海光潛因瘞硯，《瓶梅》香盡久焚書。秋風錦字無鴻雁，明月空梁有珮琚。千里相思難命駕，當時揮淚憶停車。」[14]「《瓶梅》香盡久焚書」，對《金瓶梅》的評價非常之高。

4. 《金瓶梅詞話》的最後一回出現了兩句詩：「三降塵寰人不識，倏然飛過岱東峰。」這兩句詩有何含義？「岱東峰」即泰山以東的山峰，究竟指哪座山峰？似乎為了回答這一問題，丁耀亢在《續金瓶梅》第六十二回中講了一段仙家因果：

> 當初東漢年間，遼東三韓地方，有一邑名野鶴縣，出了一個神仙。在華表莊，名丁令威，學道雲遊在外，久不回鄉。到了晉末，南北朝大亂，遼東為烏桓所據，殺亡大半，人煙稀少。忽然華表石柱上，有三丈餘高，落下一只朱頂雪衣的仙鶴來，終日不去，引得左近人民去觀看，他也不飛不起。那些俗子村夫，還將磚石弓矢去傷他，他安然不動，那磚石弓矢也不能近他。人人敬他是仙人托化，來此度人。果然到了八月中秋，半夜子時，長唳一聲，化一道人，歌曰：「有鳥有鳥丁令威，去家千歲今來歸。城郭如故人民非，何不學仙塚累累。」向街頭大叫，說：「五百年後，我在西湖坐化。」後來南宋孝宗末年，臨安西湖有一匠人善於鍛鐵，自稱為丁野鶴。棄家修行，至六十三歲，向吳山頂上結一草庵，自稱紫陽道人。庵門外有一鐵鶴。時有群兒相戲，說誰能使鐵鶴飛去就是神仙。只見丁道人從旁說：「我要騎他上天，等我叫他先飛，我自騎去。」因將手一揮，那鐵鶴即時起舞，空中迴旋不去。丁道人卻向庵中淋浴一畢，留詩曰：「懶散六十三，妙用無人識。順逆兩相忘，虛空鎮常寂。」書畢，盤足而化。群兒見丁道人騎鶴過江去了。至今紫陽庵有丁仙遺身塑像，又留下遺言說：「五百年後，又有一人，名丁野鶴，是我後身，來此相訪。」後至明末，果有東海一人，名姓相同，來此罷官而去，自稱紫陽道人。[15]

丁耀亢講述完丁令威轉世故事後，寫下了〈三降塵寰詩〉：「坐見前身與後身，身身相

---

13 李增坡、張清吉：《丁耀亢全集》，頁 557。

14 李增坡、張清吉：《丁耀亢全集》，頁 603。

15 《金瓶梅續書三種》，頁 636-637。

見已成塵。亦知華表空留語，何待西湖始問津。丁固松風終是夢，令威鶴背末為真。還如葛井尋圓澤，五百年來共一人。」並在《續金瓶梅》卷末繪了一幀〈丁紫陽鶴化前身〉圖。《金瓶梅詞話》說「三降塵寰人不識，倏然飛過岱東峰」，顯然即指丁令威「三降塵寰」的傳說，每降一次塵寰暗喻一代人。「岱東峰」不是別處，正是丁耀亢的家鄉九仙山。丁令威第一次坐化轉世為丁純，第二次坐化轉世為丁惟寧；第三次坐化轉世為丁耀亢。上述詩中所謂「坐見前身與後身」，「身身相見已成塵」，說明丁耀亢與其父丁惟寧兩代人是「身身相見」。

可以與此相證的是，丁耀亢在〈仲夏自山中復過沙鶴村立先柱史墓碑〉詩中說：「孫枝漸遠家聲在，華表難忘憶祖丘。」[16]在〈自少林寺回東武止於石佛寺〉詩中說：「歸來非夢仍疑夢，莫認遼陽丁令公。」[17]《金瓶梅》與《續金瓶梅》同時引用丁令威的傳說，也應引起足夠的關注。

5. 有意思的是，丁惟寧及其友人在許多詩中都將丁惟寧喻為白鶴或仙鶴，即以五蓮「丁公石祠」內石碑詩為例。

> 丁惟寧〈七律‧山中即事二首其二〉
> 鳳翩高騫侍從班，羽儀方仰忽投閒。
> 削成丘壑疑天外，領就煙霞出世間。
> 永譽自了高月旦，神遊從此托仙山。
> 獨發千里瞻依在，遙見雲頭鶴往還。

丁惟寧閒居在九仙山下，遙想千里之外的「鳳翩」「羽儀」，自己卻如雲間白鶴，自由往還。

> 王化貞〈七律‧送丁先生藏主山中〉
> 先生乘鶴五雲中，華表歸來憩此宮。
> 煙橫野岫閒清晝，花落幽庭任晚風。
> 猶有姓名傳太史，可能杖屨對青峰。
> 千秋俎豆人如在，不與平泉金品同。

王化貞與丁惟寧交遊甚篤，此詩首聯便將丁惟寧比作丁令威，發人深省。

---

16 李增坡、張清吉：《丁耀亢全集》，頁587。
17 李增坡、張清吉：《丁耀亢全集》，頁464。

王穉登〈贈丁道樞九仙五蓮勝概遙寄小詩一首〉

萬疊層巒瑞氣濃，勝遊何日循長風？

雲藏香閣古今在，地產瑤華原隰重。

春雪遊漸歸別澗，曉嵐橫翠接群峰。

晝眠夢晤安期語，翹首滄洲鶴使逢。

王穉登與丁惟寧也是好友，此詩尾聯將丁惟寧比作仙鶴，希望與其在仙境中相逢。

廣陵後學魏天斗〈寄題柱史丁先生大隱祠〉

先生耽隱入深崖，東海風清釣渭台。

心賞已孤天外事，文章豈羨洛中才？

泉鳴澗石遺珂跡，月滿松蘿得句懷。

莫訝千秋高士逝，數聲白鶴下凡來。

海上後學喬師稷〈題丁侍御先生祠〉

舊掌烏名繡斧寒，高風今於畫圖看。

扶將鳩杖聞驄馬，披得羊裘掛豸冠。

華表不歸丁令鶴，東武空說九仙巒。

已知世德清如水，玉樹森森秀可餐。

此兩詩雖為稍晚的文人所作，但更加明確地將丁惟寧與丁令威化鶴之事相聯繫，可以見出當時文人對丁惟寧化白鶴所持的認同態度。

三、《金瓶梅》抄本的早期傳播

　　1. 就目前所見資料來看，早期擁有《金瓶梅》抄本的諸人中，袁宏道的抄本來自董其昌，袁中道、謝肇淛、沈德符等人的抄本又來自袁宏道，這些應該沒有什麼疑問。因此，董其昌的抄本來源至關重要，上文已經探討了董其昌與諸城丁惟寧的關係。如果要證明董其昌的抄本確實來源於諸城丁惟寧，還需要考察其他幾位擁有《金瓶梅》抄本者的情形。據各類記載可知，徐階、劉承禧、王世貞、王宇泰、文在茲、王穉登、丘志充也都被認為擁有《金瓶梅》的抄本，但實際情形還應作認真分析。

　　徐階（1503-1583）為松江華亭人，與董其昌同里。但徐階去世時，董其昌才 29 歲，所以董其昌與徐階後人交往的可能性更大。沈德符《萬曆野獲編》引袁宏道語云：「今

唯麻城劉延白承禧家有全本，蓋從其妻家徐文貞錄得者。」[18]袁宏道如何得知劉承禧家有全本，還應追尋到其致董其昌函。袁宏道既然致函詢問董其昌，《金瓶梅》「後段在何處」，董其昌理應做出回答。不妨做一個推測，徐階之孫徐元春乃劉承禧岳父，劉承禧家的抄本雖然來自徐家，但應是徐階後人所有。從袁宏道稱徐階諡號「文貞」可知，此時徐階應已去世。不排除是徐階後人從董其昌處得到抄本，又為劉承禧所抄錄。

2. 王世貞（1526-1590）雖然也來過諸城，且與丁惟寧有交往，但其「家藏全書」的疑問最大。《東武詩存》中收有王世貞的〈諸城山行〉一詩，陳燁、丁惟寧編撰的萬曆《諸城縣誌》收錄王世貞的〈擬古樂府琅邪王歌〉八首，〈過諸城題公署屏〉詩二首。丁耀亢〈述先德譜序〉記載了丁惟寧與王世貞的交遊史實：「（先大人惟寧）能詩，不苦吟，亦不存稿。弇州先生（王世貞）為青州兵憲，巡諸邑，觀兵海上，相與詠和，每為聽賞。」[19]王世貞為青州兵備副使是在嘉靖三十六年（1557）至嘉靖三十八年（1559）間，直至王世貞於萬曆十八年（1590）去世，《金瓶梅》是否已經成書，都很難斷定，因此說他的《金瓶梅》抄本來自丁惟寧顯然沒有說服力。謝肇淛〈金瓶梅跋〉所說「唯弇州家藏者最為完好」，[20]屠本畯《山林經濟籍》所謂「王大司寇鳳洲先生家藏全書，今已失散」，[21]均可理解為王世貞後人家中曾藏有其書，但只是傳聞而已。

3. 屠本畯《山林經濟籍》又云：「往年予過金壇，王太史宇泰出此，云以重資購抄本二帙。」[22]屠本畯與王宇泰何時在金壇相見，關係到《金瓶梅》的早期傳播情形，值得做些考察。屠本畯本人生卒年不詳，主要活動於明萬曆年間（1573-1620），曾以父蔭任太常寺典薄、禮部郎中、兩淮運司同知，後移福建任鹽運司同知。《山林經濟籍》係其罷官里居時編著，約於萬曆四十一年（1613）刊刻。

王肯堂（1549-1613），字宇泰，一字損仲，又字損庵，號念西居士，又號鬱岡齋主。明代金壇（今江蘇省金壇縣）人。生於明嘉靖二十八年（1549），卒於明萬曆四十一年（1613）。《明史》有傳，附於其父王樵傳後。王肯堂萬曆七年（1579）中舉，萬曆十七年（1589）中進士，從此步入仕途，選庶吉士、授檢討。萬曆二十年（1592），因上書抗禦倭寇事，被誣以「浮躁」降職，引疾歸。萬曆三十四年（1606），吏部待郎楊時喬保薦，補南京行人司副。萬曆四十年（1612），改遷福建布政司右參政。萬曆四十一年（1613）得允告老回鄉金壇，旋病逝。王肯堂自萬曆十七年（1589）中進士後離開金壇，至萬曆二十年（1592）

18　沈德符：《萬曆野獲編》，黃霖《金瓶梅資料彙編》，北京：中華書局，1987年，頁230。

19　丁耀亢：〈述先德譜序〉，李增坡、張清吉：《丁耀亢全集》，頁289。

20　謝肇淛：〈金瓶梅跋〉，黃霖《金瓶梅資料彙編》，頁4。

21　屠本畯：《山林經濟籍》，黃霖《金瓶梅資料彙編》，頁231。

22　屠本畯：《山林經濟籍》，黃霖《金瓶梅資料彙編》，頁231。

回到家鄉。萬曆三十四年（1606）再次離開金壇，萬曆四十一年（1613）回到家鄉不久即病逝。明代修史之事由翰林院負責，稱翰林為「太史」，屠本畯與王肯堂見面是在金壇，且稱其為「太史」，顯然是在萬曆二十年（1592）至萬曆三十四年（1606）之間。董其昌將《金瓶梅》抄本借給袁宏道是在萬曆二十四年（1596）前，袁宏道時在吳縣，此時王肯堂亦在金壇。王肯堂喜交遊，與董其昌為同年進士，且曾與其論書畫。因此，王肯堂的《金瓶梅》抄本應與董其昌有一定關係。

4. 薛岡《天爵堂筆餘》云：「往在都門，友人關西文吉士以抄本不全《金瓶梅》見示，余略覽數回。……後二十年友人包岩叟以刻本全書寄敝齋，予得盡覽。」[23]文在茲是萬曆二十九年（1601）進士，初授翰林院庶吉士，薛岡「往在都門」見到他出示抄本的時間，應在萬曆二十九年（1599）之後。但文在茲的《金瓶梅》抄本是否源於董其昌，尚有疑問。因為董其昌萬曆十七年（1589）舉進士，授翰林院庶吉士，萬曆二十年（1592），授翰林院編修。萬曆二十二年（1594），皇長子朱常洛出閣講學，充任講官。萬曆二十六年（1598），任湖廣按察司副使。萬曆三十二年（1604），出任湖廣提學副使。也就是說，文在茲在京為官時，董其昌已離開京城。

5. 王穉登與丁惟寧交往密切，最為有力的證據是五蓮「丁公石祠」內王穉登題「羲黃上人」匾額及其詩作一首（見前引）。從詩意來看，王穉登應該來過五蓮九仙山，最後兩句「晝眠夢晤安期語，翹首滄洲鶴使逢」，表明了對丁惟寧的思念之情。既然稱丁惟寧為「羲黃上人」，王穉登來五蓮當然是在丁惟寧罷歸山居之時。屠本畯《山林經濟籍》云：「復從王徵君百穀家又見抄本二帙，恨不得睹其全。」[24]可見王穉登所藏《金瓶梅》抄本也是不全之抄本，與董其昌、王肯堂、丘志充等人所藏《金瓶梅》相一致，這應是《金瓶梅》早期流傳的真實情形。

6. 謝肇淛（1567-1624）〈金瓶梅跋〉云：「余於袁中郎得其十三，於丘諸城得其十五。」[25]謝肇淛所謂「於丘諸城得其十五」，表明他是在諸城從丘志充處得到《金瓶梅》抄本的。有資料可證謝肇淛曾來過諸城，萬曆《諸城縣誌》收錄謝肇淛寫於萬曆三十一年（1603）的七律〈秋日客諸城同藎伯王明府登超然台〉：

> 一片秋光爽色開，況逢仙令共登台，
> 城連平楚天邊去，雲湧群山海上來。
> 濰水尚寒高鳥盡，穆陵無恙夜烏哀。

23　薛岡：《天爵堂筆餘》，黃霖《金瓶梅資料彙編》，頁235。

24　屠本畯：《山林經濟籍》，黃霖《金瓶梅資料彙編》，頁231。

25　謝肇淛：〈金瓶梅跋〉，黃霖《金瓶梅資料彙編》，頁4。

尊前欲灑千秋淚，往事殘碑伴綠苔。

謝肇淛於萬曆三十一年（1603）來到諸城，他的《金瓶梅》「於丘諸城得其十五」，可以斷定即此時此地所抄。

據《丘氏族譜》記載，丘志充字介子，號六區，萬曆三十八年（1610）進士，授工部都水司主事，後任河南省汝寧知府，又升山西懷來道道員。因是諸城人，故被謝肇淛稱為「丘諸城」，又因曾當過工部都水司主事，故沈德符稱為「丘工部」。丘志充是丁惟寧的表侄，且丘、丁兩家世代有姻親關係。所以丘志充的《金瓶梅》來自丁惟寧有一定根據。

沈德符《萬曆野獲編》說：「中郎又云，尚有名《玉嬌李》者，亦出此名士手，與前書各設報應因果。武大後世化為淫夫，上烝下報；潘金蓮亦作河間婦，終以極刑；西門慶則呆憨男子，坐視妻妾外遇，以見輪回不爽。中郎亦耳剽，未之見也。去年抵輦下，從丘工部六區（自注：志充）得寓目焉，僅首卷耳……而貴溪分宜相構亦暗寓焉。至嘉靖辛丑庶常諸公，則直書姓名，尤可駭怪，因棄置不復再展，然筆鋒恣橫酣暢，似尤勝《金瓶梅》。丘旋出守去，此書不知落何所。」[26]袁宏道聽說有《玉嬌李》一書，與《金瓶梅》為同一作者。沈德符在丘志充處見到過此書，但僅有首卷。內容與《金瓶梅》相連接，又暗寓夏言（貴溪）、嚴嵩（分宜）爭鬥事，且直接書寫嘉靖辛丑庶常諸公，可見此書作者對朝廷政事十分熟悉。聯繫丁惟寧的仕途遭遇，亦有符合之處。《玉嬌李》作為《金瓶梅》的續書，「與前書各設報應因果」，是否使丁耀亢因此受到啟發，在改朝換代之際作《續金瓶梅》，與前集亦互為因果，這一問題也值得深入探討。

以上對「《金瓶梅》作者丁惟寧說」的某些論據作了辨證。筆者認為，董其昌、丁耀亢、《續金瓶梅》及《金瓶梅》抄本的早期流傳都是外證，至於《金瓶梅》中的某些內證，留待日後再作探析。謬誤之處，請讀者批評指正。

26　沈德符：《萬曆野獲編》，黃霖《金瓶梅資料彙編》，頁 230-231。

《金瓶梅》：文化裂變孕育的畸形兒

　　十六世紀的明代中葉是文化發生分化與裂變的時期，在兩千多年的封建文化體系中，開始外化出某些新的文化因素。這些新的文化因素與舊有的文化體系發生了矛盾和衝突，對舊有的文化體系給予了一定的衝擊。但是，一方面由於舊有文化體系的強大，另一方面由於新文化因素只發生在個別的領域，因此，新舊文化力量的對比仍然是懸殊的。在舊有文化體系的擠壓下，新的文化因素便呈現出了扭曲、變形的情景。產生於這一時期的長篇小說《金瓶梅》從內容到表現手法都受到文化分化與裂變的深刻影響而表現出畸形狀態：它所刻畫的主要人物西門慶、潘金蓮等是畸形的，它所描繪的社會環境是畸形的，它所運用的描寫手法同樣也是畸形的。

一、《金瓶梅》中西門慶的畸形特徵

　　關於《金瓶梅》中的人物形象，張竹坡有一段尖銳的評論：「西門是混帳惡人，吳月娘是奸險好人，玉樓是乖人，金蓮不是人，瓶兒是癡人，春梅是狂人，敬濟是浮浪小人，嬌兒是死人，雪娥是蠢人，宋惠蓮是不識高低的人，如意兒是個頂缺之人。若王六兒與林太太等，直與李桂姐輩一流，總是不得叫做人。而伯爵、希大輩皆是沒良心之人。兼之蔡太師、蔡狀元、宋御史皆是枉為人也。」[1]雖然這些評論基本上仍出於舊的道德倫理觀念，卻也從某種程度上把握住了這些人物性格的主要特徵。儘管其中某些人帶有新的文化因素，卻仍然是一群具有畸形特徵的人。造成他們性格畸形的原因不是某些偶然因素，而是基於文化的分化與裂變。

　　明代中葉，隨着商品經濟的發展，商賈階層的勢力有所增長，他們在社會生活中的地位也大為提高，金錢的作用日益顯示着巨大的威力。本是「破落戶地主」出身的西門慶，清醒地認識到了這一點，於是便竭盡全力攫取錢財。如果西門慶依靠行商坐賈和深諳經營之道而發家致富，那麼他便成為一位純粹的資產者前驅的典型。然而，小說向我

---

[1]　張竹坡：《批評第一奇書金瓶梅讀法》，本文所引《金瓶梅》原文及張竹坡評點，均據濟南齊魯書社 1987 年版。

們展示的是完全相反的情況。

從一開始，西門慶就沒有打算把全部精力和本領投入到經營活動之中。他「發跡有錢」之後，「專在縣裏管些公事，與人把攬說事過錢，交通官吏」。他和知縣相公過從甚密，並且又與東京楊提督結了親家。由於這門親事，西門慶得以結交當朝權貴蔡京、蔡攸、李邦彥、蔡一泉、宋御史等人。他對這些達官顯宦全力展開金錢攻勢：多次給蔡京送厚禮，以金銀珠寶美女同蔡京的大管家翟謙結親，花鉅資為宋御史置酒宴迎黃太尉。當巡鹽御史蔡一泉與宋御史路經西門慶家時，西門慶一次酒席就用掉白銀一千兩，另外還有酒、羊、絲、緞及金銀酒具盤筷之類的饋贈。此舉「哄動了東平府，抬起了清河縣」，蔡御史感激涕零地說道：「賢公盛情盛德，此心懸懸。……倘我後日有一步寸進，斷不敢有辜盛德。」

西門慶的這些銀錢並沒有白費，他很快得到了回報。大學士蔡京為西門慶封官加爵，並收其為義子；右相李邦彥使西門慶從黨案罪罰中得以解脫；蔡御史提前批給西門慶鹽引三萬引；宋御史放掉殺人犯苗青，開脫了西門慶貪贓枉法之罪；臨清鈔官錢老爺為西門慶偷稅漏稅大開方便之門……這一切使西門慶更加認清了經商對權勢的依賴性，使他認清了政治地位對經濟活動的重要性，促使他走上了亦官亦商的道路，憑藉政治權勢獲取更多的利潤。一旦成為官商，便只能與封建政治聯姻，不僅不能促使資本主義生產關係進一步發展，促使商品經濟更加繁榮，反而會扼制商品經濟的正常進行，使真正的商賈階層失去競爭力，處於軟弱無力、孤立無援的地位之上。

除西門慶之外，《金瓶梅》還寫了其他幾位大大小小的官商：如西門慶的親家喬大戶，「買官讓官」的「攬頭」李三、黃四，憑藉濟南兵馬制置的勢力「開大店」的陳敬濟，接替西門慶官位、為朝廷經營古器的張二官等。他們因為有了官府的支持，買賣越做越大，金錢越掙越多。相反，那些與官府無甚交往的商賈卻總是受到欺侮敲詐。開藥鋪的蔣竹山由於西門慶的暗算而被提刑院「痛責三十大板」，人財兩空。開酒樓的楊家兄弟由於提刑院長官何千戶、張二官對陳敬濟的徇私袒護而「家產盡絕」。事實證明，商品經濟仍處於封建政治的控馭之下，商賈的地位及其利益仍得不到法律的保證。在這種情況下，畸形的商賈如西門慶之輩便應運而生了。

造成這一現象的根本原因就在於文化分化與裂變的不平衡。雖然經濟領域出現了一些新的因素，商品經濟有了一定的發展，但是，商賈階層並未在政治領域占有一席之地，並未提出自己獨立的政治要求。這與歐洲十六世紀文藝復興運動中的資產階級有很大不同，他們在與封建勢力進行激烈的鬥爭中，有着自己的政治目標。他們發起宗教改革運動，首先摧毀了封建制度的主要支柱教會；他們發起文藝復興運動，形成了人文主義為特徵的資產階級思想體系。而十六世紀的中國商賈階層面對封建政治的強大勢力，卻只

能委曲求全，甚至於像西門慶那樣，與封建政治勢力結為一體。中國商賈階層的先天不足既與其成分的複雜有關，也與幾千年「重農輕商」的傳統觀念有關。不要說其他階層的人，就是商賈本人也總感到自己所從事的職業並不那麼光彩。更何況商賈隊伍的成員極其複雜，既有小商小販，又有官僚貴族，難以形成一股統一的強勁有力的政治力量。

西門慶的畸形特徵不僅表現在攫取財富的手段方式上，還表現在攫取財富的目的上。儘管他也用一部分金錢作為擴大經營的資本，但是大量的金錢被他用於個人的享樂和官場上的賄賂。他不惜花費鉅資擴建自己的豪華住宅，他經常舉辦大小宴會吃喝玩樂，他的一妻五妾穿金戴銀富比公侯家眷，他出入娼妓之家賞賜有加。在官場上他更是肆意揮霍，動輒千金相贈，從不含糊。西門慶的這種消費觀點表明，像西門慶這樣的商賈從來就不相信憑藉自己的經濟實力能夠奪得本階層的政治權利，西門慶可以富埒王侯，但內心深處仍然以自己為商賈而感羞愧不安。他希望兒子長大之後「掙個文官」，「不要學你家老子，做個西班出身，雖有興頭，卻沒十分尊重」。他對蔡狀元、安進士等科舉出身的官員極盡討好奉承之能事，都表明傳統觀念對他的深重影響。

明代中葉以王學左派為主的異端思潮有力地衝擊了宋明理學，反對禁欲主義、要求個性解放成為強勁有力的時代思潮。與此同時，傳統倫理道德觀念並沒有消除殆盡。婦女地位由於經濟、政治、法律等條件的限制，也並沒有真正得到提高。這一文化裂變造成了西門慶在婚姻和婦女問題上的畸形特徵。西門慶不僅不受禁欲主義的束縛，而且走上了縱淫無度的極端。一妻五妾之外，還有僕婦宋惠蓮、賁四嫂、王六兒，丫鬟春梅、迎春、繡春、蘭香，奶子如意兒，妓女李桂姐、吳銀兒、鄭愛月，貴婦林太太等，供他泄欲。他可以不計較孟玉樓是寡婦，潘金蓮、李瓶兒是有夫之婦，而統統娶回家中為妾。然而，他與這麼多的女人發生性關係，並不是出自愛情，或者說主要不是出自愛情，而是把對方當作泄欲的工具。就連他最喜愛的潘金蓮、李瓶兒，也難倖免。西門慶不但沒有像《牡丹亭》中的柳夢梅、「三言」中的賣油郎那樣，在反禁欲主義思潮中獲得美滿的愛情婚姻，反而落了個縱欲而亡的可悲下場，這就是文化裂變造成了他這個畸形兒的結果。

二、《金瓶梅》中的女性畸形形象

潘金蓮這個在《金瓶梅》中地位僅次於西門慶的女人，是一個非常容易引起爭議的人物。儘管作者從道德觀念出發，有意把她寫成一個歹毒的蕩婦，但在無意中又時時流露出同情甚至欣賞。今天的人們在評論潘金蓮時，也往往陷入兩難的處境之中。究其原因，就是因為潘金蓮本身便是一個具有畸形性格特徵的人物形象。

應當承認，在要求個性解放、反對禁欲主義方面，潘金蓮是得風氣之先的。她被張大戶不懷好意地配嫁給武大之後，心中十分不滿，常常抱怨。然而當時雖然有個性解放的異端思潮，卻沒有相應的婚姻制度保證個性的解放，「嫁雞隨雞，嫁狗隨狗」仍然是女子必須遵奉的戒律。於是，潘金蓮只能以一種畸形的方式表示自己的不滿與抗爭。她「每日打發武大出門，只在簾子下嗑瓜子兒，一徑把那一對小金蓮故露出來，勾引浮浪子弟」。當她「看了武松身材凜凜，相貌堂堂」，便生了愛慕之心，千方百計挑逗武松。遭到武松嚴詞拒絕之後，她那被壓抑的不滿情緒更加激烈起來。一旦「嘲風弄月的班頭，拾翠尋香的元帥」西門慶出現在她的面前，她便毫不猶豫地投入到了西門慶的懷抱之中。當時的婚姻制度不可能允許女子首先向丈夫提出離婚的要求，潘金蓮只能暗地裏與西門慶幽會偷歡。姦情被發覺之後，她的畸形性格也發展到了極端，竟然親手藥死了武大，跌入了罪惡的淵藪之中。

同樣，個性解放的異端思潮、尊重婦女的先進思想並未能動搖男子為核心的社會結構和一夫多妻的婚姻制度。潘金蓮在做了西門慶的第四個小妾之後，被遺棄或遭失寵的危險接踵而來。她雖然對自己的才貌頗具信心，但殘酷的現實卻不斷向她證明，這種危險時時存在。於是，她的性格向着更加畸形的方向發展：一方面為了取得西門慶的歡心，她心甘情願成為西門慶的玩物，成為西門慶泄欲的工具。儘管有時她也表示反感，但更多的時候她欣然接受。她在獲得自己性欲滿足的同時，也付出了巨大的犧牲。另一方面，為了得到西門慶的專寵，她不惜折磨他人，甚至謀害無辜者的生命，李瓶兒、官哥、宋惠蓮便先後成為她謀害的對象。她不想也不可能同西門慶進行正面的頂撞冒犯，因為西門慶是一家之主，是絕對的權威。但是她可暗地裏向西門慶進行報復。當西門慶在外眠妓宿娼、數日不歸時，當西門慶私通僕婦、冷落自己時，潘金蓮便也以畸形的方式進行了報復。她與小廝琴童暗中私通，用她的話說：「左右皮靴兒沒番正，你要奴才老婆，奴才暗地裏偷你的小娘子，彼此換着做。」西門慶貪欲喪命不久，潘金蓮便與陳敬濟勾搭成姦，很快又在王婆之子王潮兒身上尋求滿足。人性覺醒的社會思潮與僵死落後的規範文化極不和諧，從而造成了潘金蓮的畸形性格。

《金瓶梅》中另一個主要人物李瓶兒，在沒有成為西門慶的第五個小妾之前，與潘金蓮有着大體相似的婚變經歷。潘金蓮因家中貧窮被賣給王招宣府裏習學彈唱，後又轉賣給張大戶家，成為張大戶的暗妾。李瓶兒雖然名為大名府梁中書的內妾，但因梁中書正室性甚嫉妒，所以只能在外邊書房內住，與暗妾也相差無幾。潘金蓮對「一味老實，人物猥瑣」「三寸丁，谷樹皮」的丈夫武大不滿；李瓶兒對「成日放着正事兒不理，在外邊眠花臥柳」的丈夫花子虛同樣不滿。為了嫁給西門慶，潘金蓮狠心毒死了武大，李瓶兒雖未如此狠毒，卻也故意讓花子虛受氣，很快便使花子虛染病在身，一命嗚呼。李瓶

兒與潘金蓮一樣，都是文化裂變造成的畸形女人。

　　然而在成為西門慶的第五個小妾之後，李瓶兒的畸形特徵與潘金蓮有了不同的表現。她不是像潘金蓮那樣，爭風吃醋，惡語傷人，更不像潘金蓮那樣私通僕人，勾搭女婿。她在經歷了幾次不滿意的婚姻之後，對西門慶產生了無法抑制的好感。與西門慶的幾次幽會，使她真正領略到了男女風情的滋味，她再也不能失去西門慶這個男人了。儘管西門慶故意冷落她，進門後三天三夜不理睬她，初次見面便是馬鞭伺候，但李瓶兒毫無怨恨之心，只是悔恨自己不該招贅蔣竹山。她對西門慶的其他妻妾俯首低眉，謙恭禮讓。她把自己的貴重首飾通通毀掉，按眾妻妾穿戴的樣式重新打造，並將一部分首飾送給眾妻妾。面對潘金蓮的忌恨凌辱，她忍氣吞聲，委曲求全。甚至自己的兒子受到了摧殘，她也只是背著人流淚，不肯向西門慶哭訴一個字。如果說為了實現自己的目標，潘金蓮使自己的性格不斷向惡的方向發展，那麼，李瓶兒則更多地使自己的性格向傳統倫理道德觀念回歸。李瓶兒性格的畸形更多地來源於傳統道德觀念的擠壓，在她生命的最後時刻，她陷入了有罪的自我譴責狀態之中。對西門慶本人，她更是百依百順，她毫無保留地把自己的錢物交給了西門慶，她隨時準備滿足西門慶的性欲要求，她把自己全部託付給了西門慶。為了追求自己的理想婚姻，反而喪失了自己生存的權利，李瓶兒的畸形性格顯然也是文化裂變所造成。

　　《金瓶梅》以三個女人的名字命名，除潘金蓮、李瓶兒之外，這第三個女人便是龐春梅。春梅在西門慶家中的地位雖低，不過是眾多丫鬟婢女中的一個，但她的心性卻並不低，在某些方面，甚至超出金蓮、瓶兒。她在西門慶和眾妻妾面前，不卑不亢，經常使個小性兒。第七十六回通過金蓮口寫出了春梅的強烈自尊心：「你還問春梅哩，她餓的只有一口游氣兒，那屋裏躺着不是？帶今日三四日沒吃點湯水兒了，一心只要尋死在那裏。說她大娘，對着人罵了她奴才，氣生氣死，整哭了三四日了。」西門慶聽了後，不但沒有斥責春梅之意，反而「慌過這邊屋裏，……叫着她，只不作聲，推睡，被西門慶雙關抱將起來。那春梅從酪子裏伸腰，一個鯉魚打挺，險些兒沒把西門慶掃了一交」。西門慶溫語相勸，她毫無顧忌地將吳月娘埋怨了一場。她對「奴才」這一身分極為不滿，處處顯示出做人的尊嚴。教彈唱的李銘借着酒意把她的手「略按重了些」，便「被她千忘八、萬忘八，罵的李銘拿着衣服往外走不迭」。又對金蓮、瓶兒、孟玉樓、宋惠蓮等人告狀道：「我不是那不三不四的邪皮行貨，教你這忘八在我手裏弄鬼，我把忘八臉打綠了！」李銘是李嬌兒的兄弟，俗語說「不看僧面看佛面」，但春梅並不考慮這些，為維護自己的人格不惜開罪於他人。第七十五回春梅要請申二姐唱《掛真兒》，申二姐正在上房陪伴着大妗子吳氏、西門大姐等人，不肯動身，言語中又頗有蔑視春梅之意，傳到春梅耳中之後，她「三屍神暴跳，五臟氣沖天，一點紅從耳畔起，須臾紫遍了雙腮，

眾人攔阻不住,一陣風走到上房裏,指着申二姐一頓大罵」,「把申二姐罵的睜睜的,敢怒而不敢言」。西門慶死後,吳月娘要將春梅賣掉,而且不許帶一件衣服。春梅「聽見打發她,一點眼淚也沒有」,也不去拜辭月娘眾人,「頭也不回,揚長決裂,出門去了」。

　　春梅賤為奴婢,而有上述不同凡響的表現,顯然是因為受到了異端思潮中的民主意識、平等觀念的影響。然而,傳統的主僕尊卑等級觀念並未從她心中真正消除。她尊重直接的主人潘金蓮,心甘情願為潘金蓮做任何事情。第八十二回潘金蓮與陳敬濟幽會,被她撞見,她恐怕「羞了她,連忙倒退回身子」。金蓮向春梅說情,讓她千萬休對人說,春梅回答道:「好娘,說那裏話。奴伏侍娘這幾年,豈不知娘心腹,肯對人說!」金蓮猶不放心,讓她當即與陳敬濟「睡一睡」。儘管春梅「把臉羞的一紅一白」,但還是依允了金蓮。潘金蓮被吳月娘趕出家門,在王婆家待聘。春梅聽知這一消息,再三懇求周守備要將金蓮娶來。金蓮被武松殺死,「整哭了兩三日,茶飯都不吃」,不斷派人打聽兇犯的行蹤,又命人將金蓮屍首裝殮入葬,請和尚早晚替金蓮念些經懺。為了替金蓮報仇,她又讓周守備將孫雪娥買回,故意讓雪娥遭受凌辱。她貴為守備夫人之後,重遊舊家池館,也不忘與潘金蓮往昔之情。對自己和金蓮的共同情人陳敬濟,她更是時刻不能忘懷,又為陳敬濟娶妻,又為陳敬濟謀職。甚至她縱欲好淫也是潘金蓮教唆所致。春梅既有不甘於做奴才的心氣,卻又處處表現為忠心不二的奴婢,她的畸形性格特徵乃是新舊文化碰撞的結果。

三、《金瓶梅》中的畸形家庭環境

　　作為中國第一部以家庭生活為題材的長篇小說,《金瓶梅》的主要社會環境便是西門慶的家庭。這個家庭既在某種程度上打破了舊有的規範,然而新的家庭規範又沒有健全,因此是一個畸形的家庭。其畸形的原因乃在於財色之欲向孝悌信義的挑戰,而等級尊卑觀念依然頑強存在。幾種力量相互作用,遂造成了一個畸形的家庭環境。

　　傳統的中國家庭非常重視血緣紐帶關係,內有父母兄弟,外有遠近親戚,甚至於數世同堂,數支合居。然而西門慶父母早亡,且無兄弟,與他最相親密的所謂十兄弟也都非同宗同族之人。因此對西門慶來說,就不存在什麼孝悌問題。西門慶的正室是吳月娘,但是西門慶真正寵愛的是潘金蓮、李瓶兒、孟玉樓。因為在他看來,名分不過是虛名而已,財色才是實實在在的東西。潘金蓮雖無錢財但姿色超群,又會迎歡賣俏,最受西門慶喜愛。他將金蓮偷娶到家後,在極幽僻的花園內收拾三間樓房讓她居住。「用十六兩銀子,買了一張黑漆歡門描金床,大紅羅圈金帳幔,寶象花揀妝,桌椅錦杌,擺設齊整。」

他把大娘子吳月娘房裏的丫頭春梅叫到金蓮房內服侍金蓮。「卻用五兩銀子另買一個小丫頭，名喚小玉，伏侍月娘。又替金蓮六兩銀子買了一個上灶丫頭，名喚秋菊。」西門慶剛娶回金蓮，「就在婦人房中宿歇，如魚似水，美愛無加」。因此潘金蓮「恃寵生嬌，顛寒作熱，鎮日夜不得個寧靜」。後來潘金蓮還曾「當家管理銀錢」。李瓶兒不僅有姿色，而且還為西門慶帶來一大批錢財，所以更為西門慶所寵愛，這特別表現在李瓶兒淹留之際。當李瓶兒向西門慶交代後事時，西門慶發自內心地說道：「我西門慶那世裏絕緣短幸，今世裏與你做夫妻不到頭。疼殺我也，天殺我也！」瓶兒死後，西門慶「在房裏離地跳的有三尺高，大放聲號哭」，「磕伏在她身上，摑臉兒那等哭」，連吳月娘也有些不耐煩了，數落了他幾句。西門慶對李瓶兒的感情態度，超過了對正室的情感。

吳月娘雖貴為正室，但她卻缺少應有的權威。按照傳統的道德規範，「妾之事女君與婦之事舅姑等」，[2]然而西門慶的五個妾對吳月娘並未表現出應有的敬重，將家中鬧得個「家反宅亂」，吳月娘也束手無策，空自嗟歎而已。第三十二回潘金蓮故意將李瓶兒之子官哥兒舉得高高的，吳月娘明知是被唬着了，但當西門慶問起此事時，她「一字也沒對西門慶說」，顯然有懼怕金蓮之意。第三十五回金蓮與玉樓說笑，吳月娘問她們笑什麼，她二人「嘻嘻哈哈，只顧笑成一塊」，根本不把月娘放在眼中。第四十三回當着吳月娘的面，金蓮向西門慶「假做喬妝」，又哭又鬧，吳月娘只能在旁陪笑相勸，還讓金蓮勻勻臉去，以防別人看見。就連地位最低下的孫雪娥與僕婦宋惠蓮打罵，吳月娘也只能罵上兩句：「你每都沒些規矩兒，不管家裏有人沒人，都這等家反宅亂。等你主子回來，我對你主子說不說。」似乎她本人還算不上主子，沒有管教妾婢的權力。

吳月娘之所以樹立不起應有的權威，原因仍在於西門慶以財色為取捨標準。在西門慶看來，月娘雖是名分上的正妻，但她一是姿色稍遜，二是不善風月，還經常正兒八經地勸西門慶不要做貪財好色的事體。因此西門慶對她並無多少情感與尊重。對月娘的規勸他認為不過是「醋話兒」，當着妾婢眾人，罵月娘是「不賢良的淫婦」，一年四季，西門慶更極少到月娘房中歇宿。金蓮、玉樓等人自然不把月娘放在眼中了。

西門慶家有近 20 個傭人，與西門慶都無宗族關係，完全建立在金錢買賣與雇傭關係之上。丫鬟、小廝、奶子或是買來，或是別人贈送，主管傅銘、樂工李銘、西賓溫秀才等按月支付雇用銀兩。韓道國、甘出身、崔本經營各類鋪面，西門慶與他們訂了按股份利的合同。維繫主僕之間關係的是金錢利益而非忠義觀念。西門慶在世之日，這些僕人、夥計便不斷幹些欺主背恩之事，一旦西門慶死去，或「拐財遠遁」，或欺侮主人。第八十一回韓道國聽說西門慶已死，也不去西門慶家，直接回到自己家中，與老婆王六兒商

2　《十三經全文標點本·儀禮·喪服》，北京：燕山出版社，1991 年，頁 612。

議。王六兒道:「如今他已是死了,這裏無人,咱和他有甚瓜葛?……倒不如一狠二狠,把他這一千兩,咱雇了頭口,拐了上東京,投奔咱孩兒那裏。」韓道國還思前顧後:「爭奈我受大官人好處,怎好變心的,沒天理了?」王六兒回答得十分乾脆:「自古有天理倒沒飯吃哩!他占用着老娘,使他這幾兩銀子不差甚麼。」兩口子商議妥當,連夜拐財而逃。另一僕人來保「也安心要和他一路」,「暗暗船上搬了八百兩貨物,卸在店家房內」,然後「把事情都推在韓道國身上」。他公然不把月娘放在眼中,「嘲話調戲,兩番三次」。月娘「心裏也氣得沒入腳處,只得交他兩口子搬離了家門」,來保便「大刺刺和他舅子開起個布鋪來」。至於西門慶結交的那群酒肉朋友,更無信義可談。西門慶剛剛死去,應伯爵等便投靠了張二官,「無日不在他那邊趨奉,把西門慶家中大小之事,盡告訴與他」,甚至慫恿張二官娶回潘金蓮。

　　儘管西門慶的家庭在財色的驅使之下,呈現出了許多特異之處,但是西門慶一家之主的絕對權威卻絲毫沒有動搖。他對丫鬟僕人動輒打罵,第三十五回西門慶為給男寵報仇,將僕人平安兒「打的皮開肉綻,滿腿血淋」,將小廝畫童兒「捹的殺豬兒似怪叫」。甚至對妻妾他也是任意凌辱,隨意打罵。第十一回西門慶在金蓮的調唆下,「走到後邊廚房裏,不由分說,向雪娥踢了幾腳」,大罵一通,「打的雪娥疼痛難忍」。雪娥氣憤不過,向月娘哭訴,被金蓮聽到後又告了一狀。西門慶「一陣風走到後邊,采過雪娥頭髮來,盡力拿短棍打了幾下」。金蓮私通琴童,西門慶不僅把琴童打了三十大棍,而且要嚴懲金蓮。金蓮雖只挨了一個耳刮子,卻也「嚇的戰戰兢兢,渾身無了脈息」,受盡了差辱。在這個家中,以強凌弱、恃寵壓人,成了普遍現象。這個家庭雖然在某種程度上打破了傳統倫理觀念,然而又絕無民主平等可言。西門慶的家庭的確是一個不倫不類的畸形家庭。

四、《金瓶梅》的畸形描寫手法

　　《金瓶梅》曾被視為誨淫之書而屢遭禁毀,原因就在於它毫不顧忌地、細緻具體地將「性」公開裸露在了世人面前。在談「性」色變的封建社會中,它之所以敢於作如此大膽的性描寫,還是因為受到了新的文化因素的影響。

　　這種新的文化因素首先表現在社會時尚方面,魯迅先生對此有一段中肯的論述:

　　　　故就文辭與意象以觀《金瓶梅》,則不外描寫世情,盡其情偽,又緣衰世,萬事
　　　　不綱,爰發苦言,每極峻急,然亦時涉隱曲,猥黷者多。後或略其他文,專注此
　　　　點,因予惡諡,謂之「淫書」:而在當時,實亦時尚。成化時,方士李孜、僧繼

曉已以獻房中術驟貴，至嘉靖間而陶仲文以進紅鉛得幸於世宗，官至特進光祿大夫柱國少師少傅少保禮部尚書恭誠伯。於是頹風漸及士流，都御史盛端明、布政使參議顧可學皆以進士起家，而俱藉「秋石方」致大位，瞬息顯榮。世俗所企羨，僥倖者多竭智力以求奇方，世間乃漸不以縱談幃閭方藥之事為恥。風氣既變，並及文林，故自方士進用以來，方藥盛，妖心興，而小說多神魔之談，且每敘床笫之事也。[3]

其次，這種新的文化因素還表現在異端思潮方面。李贄從人的自然出發，把人的自然需要當作解決一切社會問題的根據。他認為：「不必矯情，不必違性，不必昧心，不必抑志。直心而動，是為真佛。」[4]所謂「直心而動」，就是讓人們破除傳統道德觀念的束縛，大膽追求個人的幸福。他提出了「人必有私」說：「夫私者，人之心也。人必有私，而後其心乃見；若無私，則無心矣。」[5]李贄還認為，至高無上的道就在「百姓日用」之「邇言」中，「如好貨，如好色，如勤學，如進取」。[6]他把好貨、好色與勤學、進取都看做是人的自然要求，所謂「穿衣吃飯，即是人倫物理」。[7]這些言論立足於人的自然屬性，反對傳統的倫理道德觀念，具有解放人性的意義。

李贄所生活的年代（1527-1602）與小說《金瓶梅》創作的年代基本一致，李贄的思想觀點反映了那一時代的社會思潮。《金瓶梅》在這種社會時尚和社會思潮的影響下，才有可能如此大膽地裸露人欲。然而，《金瓶梅》的作者又並非從主觀上肯定讚美這種人欲。儘管他清楚地知道：「這『財色』二字，從來只沒有看得破的。」但他還是希望通過這部小說讓人們認識到「財色」二者的利害，所以開卷伊始，又是詩箋，又是典故，先交代一番。小說的幾位主人公皆因縱欲而亡，更加證明了色欲的可怕和危害。在具體描寫中，只是注重純粹客觀機械的性行為描寫，極少揭示人物精神的感受。更為嚴重的是某些性變態、性虐待的描寫，作者也不加選擇地通通展示於世人面前。這些描寫所造成的效果，只能讓人們感到人性的醜惡與齷齪，與肯定人欲的社會思潮又背道而馳了。

造成這種性描寫畸形的原因還在於文化的裂變。社會時尚和社會思潮對傳統文化的衝擊，並沒有從根本上否定封建倫理觀念，尤其是節欲適度、縱欲惡報、萬惡淫為首等觀念根深蒂固地紮根於人們的頭腦之中。在現實生活中，人們不顧一切地去尋歡作樂，

3　魯迅：《中國小說史略》，北京：中華書局，2010 年，頁 113。
4　李贄：《焚書》卷二〈為黃安二上人三首·失言三首〉，北京：中華書局，1974 年，頁 82。
5　李贄：《藏書》卷三十二〈德業儒臣後論〉，北京：中華書局，1975 年，頁 544。
6　李贄：《焚書》卷一〈答鄧明府〉，頁 4。
7　李贄：《焚書》卷一〈答鄧明府〉，頁 4。

聚斂財富，但是，內心深處又不願承認這種追求的合理性。《金瓶梅》的作者把握住了人欲橫流的時代特點是其敏感之處；但是他又企圖用傳統的倫理觀念批判否定這一時代特點，是其迂腐之處。正是這種兩難的處境，使小說的性描寫呈現出畸形的情況。

《金瓶梅》的創作實踐向我們昭示了這樣一個道理：文化發生分化與裂變的時期，往往會產生一些畸形的作品。儘管這些作品是畸形兒，卻給文學領域注入了生機和活力。當然，如何使畸形兒發育正常完美，更是我們所必須要解決的課題。從文化整體上去尋求解決的方法，應當是一個正確的途徑。

《金瓶梅》飲食文化描寫的當代解讀

　　飲食是人類生活中最基本也是最重要的內容之一，作為折射與反映社會生活的文學作品，自然也會有許多關於飲食的描寫。可以毫不誇張地說，在所有的古代文學作品中，都沒有像《金瓶梅》那樣，如實地描繪出了毫無節制的食欲狂求，廣泛地揭示出了飲食與權力、財色的密切關係，真實地反映出了飲食禮儀規範的牢固約束力。如此頻繁、如此細緻、如此廣泛地來描寫種種飲食活動，這絕非是一種偶然現象，而是獨特的時代氛圍使然。歷史與現實往往有着驚人的相似之處，從中不難發現這種描寫對於當代社會的警示意義。

一、飲食與權力

　　《金瓶梅》[1]緊合着時代的節拍，直言不諱地描寫了人們的種種情欲，食欲則是這種種欲望中的一類。小說的每回之中幾乎都有飲食場面的描寫，無論是什麼時間，無論在什麼場合，都離不開吃飯飲酒。小說開卷第一回便有兩處重要的飲食場面描寫，一是玉皇廟內西門慶等十人結拜兄弟：

> 不一時，吳道官又早叫人把豬羊卸開，雞魚果品之類整理停當，俱是大碗大盤擺下兩桌。西門慶居於首席，其餘依此而坐，吳道官側席相陪。須臾，酒過數巡，眾人猜枚行令，耍笑哄堂。

西門慶結交的這幾個兄弟，不折不扣的是夥酒肉朋友，開口閉口離不開吃喝。當應伯爵聽西門慶說要讓花子虛入夥時，馬上笑着說：「哥快叫那個大官兒邀他去，與他往來了，咱到日後敢又有一個酒鋪兒。」西門慶也不由得笑罵道：「傻花子，你敢害饞癆痞哩，說着的是吃。」西門慶因故中途離開，「單留下這幾個嚼倒泰山不謝土的，在廟留連痛飲」，「散時也有二更多天氣」。

　　二是武大郎家中安排酒飯款待武松：「無非是些魚肉果菜點心之類。」武大郎雖然

1　本文所引《金瓶梅》原文，均據濟南齊魯書社 1987 年版。

不過是一個賣炊餅的小販，與西門慶家不能相比，但安排一個小小的酒席，似乎也不在話下。

西門慶在未發家之前，已經是家宴不斷，如第十回「妻妾玩賞芙蓉亭」、第十五回「佳人笑賞玩燈樓」。除在家中宴飲之外，妓院酒樓也是西門慶常來常往之處。第十一回「西門慶梳籠李桂姐」寫西門慶等人在花子虛家飲酒未畢，又來到李家勾欄。「虔婆讓三位上首坐了。一面點茶，一面打抹春台，收拾酒菜。少頃，掌上燈燭，酒肴羅列。桂姐從新房中打扮出來，旁邊陪坐。免不得姐妹兩個金樽滿泛，玉阮同調，歌唱遞酒。」

再如第十五回「狎客幫嫖麗春院」寫西門慶等人在元宵之夜來到妓院飲酒作樂：「桂姐滿泛金杯，雙垂紅袖，肴烹異品，果獻時新，倚翠偎紅，花濃酒豔。酒過兩巡，桂卿、桂姐一個彈箏，一個琵琶，兩個彈着，唱了一套《霽景融合》。」當西門慶發家之後，其大吃大喝更是一發而不可收。第三十一回「西門慶開宴為歡」西門慶既得子又加官，「到了上任日期，在衙門中擺大酒席桌面，出票拘集三院樂工承應，吹打彈唱」。官哥兒做滿月時，西門慶一連擺了四天酒席：第一天「在前邊大廳上擺設宴席，請堂客飲酒」，先是吳月娘在捲棚擺茶，然後大廳上，「屏開孔雀，褥隱芙蓉，上座」。西門慶到午後時分來家，家中安排一食盒酒菜，邀了應伯爵和陳敬濟。第二天，「西門慶在大廳上錦屏羅列，綺席鋪陳，請官客飲酒」。

再如第四十二回「逞豪華門前放煙火」，元宵之夜，西門慶家中請了周守備娘子、荊都監母親、荊太太、張團練娘子、夏提刑娘子等堂客，由吳月娘坐陪。西門慶則在獅子樓與應伯爵等人飲酒作樂，回家時已有三更時分。次日，家中再次大擺酒席，宴請喬太太等堂客。「前邊捲棚內，安放四張桌席擺茶，每桌四十碟，都是各樣茶果、細巧油酥之類」。過了一會兒，又早在前廳擺放桌席齊整。「廚役上來獻小割燒鵝，賞了五錢銀子。比及割凡五道，湯陳三獻，戲文四折下來，天色已晚。」「月娘又在後邊明間內，擺設下許多果碟兒，留後坐，四張桌子都堆滿了。」又吃了一回酒，直至三更天氣才散。《金瓶梅》如此放開手腳地大書特書西門慶家的暴食暴飲，這是以往說部中從來未有過的現象。造成這種現象的重要原因，便是對無限膨脹的人欲的一種真實反映。

明代中葉，隨着商品經濟的發展，商賈階層的勢力有所增長，社會地位也有所提高。但是，他們在政治領域尚未立住腳跟，面對強大的封建政治勢力，只能委曲求全。西門慶清醒地認識到了這一點，所以他千方百計地與官府相交往，而飲酒吃喝便成為這種交往的重要方式之一。這樣一來，飲食便與權力緊緊結合在了一起。

西門慶通過吃喝與清河縣大大小小的官員打得火熱；不僅如此，他還以豪華的美酒佳餚與達官顯要拉上了關係。第三十六回西門慶宴請蔡狀元和安進士，酒飯之外，還特意安排了戲子伺候。第二天，西門慶又在家中擺酒款待，並送給每人一份豐厚的禮物。

這僅僅是初試鋒芒,第四十九回巡按宋御史與蔡御史要來清河縣,西門慶深知這兩位朝廷顯貴的重要,便全力以赴地準備起來:「門首搭照山彩棚,兩院樂人奏樂,叫海鹽戲並雜要承應。」進到西門慶家,「只見五間廳上,湘簾高捲,錦屏羅列,正面擺兩張吃看桌席,高頂方糖,定勝簇盤,十分齊整」。「茶湯獻罷,階下簫韶盈耳,鼓樂喧闐,動起樂來。西門慶遞酒安席已畢,下邊呈獻割道。說不盡肴列珍饈,湯陳桃浪,端的歌舞聲容,食前方丈。兩位轎上跟從人每位五十瓶酒,五百點心,一百斤熟肉,都領下去。家人、吏書、門子人等,另在廂房中管待,不必細說。當日西門慶典這席酒,也費夠千兩金銀。」

這還不算,宋御史臨行時,「西門慶早令手下把兩張桌席連金銀器,已都裝在食盒內,共有二十抬,叫下人夫伺候。宋御史的一張大桌席,兩壇酒,兩牽羊,兩封金絲花,兩匹段紅,一副金台盤,兩把銀執壺,十個銀酒杯,兩個銀折盂,一雙牙箸。蔡御史的也是一般的。」宋御史走後,西門慶令左右重新安放桌席,擺設珍饈果品上來,兩人繼續飲酒,至掌燈時分,西門慶把蔡御史「讓至翡翠軒,那裏又早湘簾低簇,銀燭熒煌,設下酒席」。蔡御史又與兩個妓女飲酒作樂。這種豪華的酒食糜費,可謂聞所未聞,感動得宋、蔡兩位御史連聲稱謝不已。宋御史表示「余容圖報不忘也」。蔡御史則表示道:「休說賢公華剳下臨,只盛價有片紙到,學生無不奉行。」其後他們也果然履行了自己的許諾。西門慶成功地達到了尋找政治靠山的目的。

西門慶嘗到了結交官府的甜頭,只要權貴們開口,他是有求必應。第六十五回宋御史委託西門慶款待欽差殿前六黃太尉,西門慶雖然正忙亂着給李瓶兒辦喪事,但還是傾其全力大事準備:

> 西門慶次日,家中廚役落作治辦酒席,務要齊整。大門上紮七級彩山,廳前五級彩山。十七日,宋御史差委兩員縣官來觀看宴席,廳正面屏開孔雀,地匝氍毹,都是錦繡桌幃,妝花椅墊。黃太尉便是肘件、大飯、簇盤、定勝、方糖,吃看大插桌,觀席兩張小插桌,是巡撫、巡按陪坐。兩邊布按三司有桌席列坐。其餘八府官,都在廳外棚內,兩邊只是五果五菜平頭桌席。

太尉正席坐下,巡按下邊主席,其餘官員並西門慶等各依次第坐了。教坊伶官遞上手本,奏樂,一應彈唱,隊舞各有節次,極盡聲容之盛。當宴搬演《裴晉公還帶記》。一折下來,廚役割獻燒鹿花豬,百寶攢湯,大飯燒賣。

正如應伯爵對西門慶所說:「雖然你這席酒替他賠幾兩銀子,到明日休說朝廷一位欽差殿前大太尉來咱家坐一坐,只這山東一省官員,並巡撫、巡按人馬散級,也與咱門戶添許多光輝。」西門慶借助飲食勾結上了官府,成為地方上炙手可熱的人物。

二、飲食與財色、禮儀

　　晚明還是一個放縱性欲的時代，「人情以放蕩為快，世風以侈靡相高」。[2]為了與宋明理學的禁欲主義相抵制，晚明著名思想家李贄公開宣稱：「如好貨，如好色，如勤學，如進取，如多積金寶，如多買田宅為子孫謀，博求風水為兒孫福蔭，凡世間一切治生產業等事，皆其所共好而共習，共知而共言，是真邇言也。」[3]這種大膽的言論固然有個性解放的因素，但也不可避免地助長了欲望的放縱。在所有的欲望中，食與色最基本，聯繫也最密切。《金瓶梅》中總是把飲酒吃喝與放縱性欲緊密相連，尤其是西門慶，在每次玩弄女性時，都離不開美酒佳餚。第三回西門慶與潘金蓮勾搭成姦，依賴得便是那桌酒食：「睃那粉頭時，三鍾酒下肚，烘動春心，又自兩個言來語去，都有意了，只低了頭，不起身。」

　　第十三回西門慶與李瓶兒初次幽會，更是以酒為媒：「燈燭下，早已安派一桌齊整酒肴果菜，壺內滿貯香醪」。「兩個於是並肩疊股，交杯換盞，飲酒作一處。迎春旁邊斟酒，繡春往來拿菜兒。吃得酒濃時，錦帳中香熏鴛被，設放珊瑚，兩個丫鬟抬開酒桌，拽上門去了。兩人上床交歡。」從此一發而不可收。第十四回李瓶兒到西門慶家作客，當着吳月娘等人的面，便與西門慶「你一杯，我一盞」地飲起酒來。「吃來吃去，吃的婦人眉黛低橫，秋波斜視」。正所謂「風流茶說合，酒是色媒人」。可見酒與色的關係多麼密切。

　　西門慶以酒壯膽，甚至與招宣府的林太太勾搭成姦：「須與大盤大碗，就是十六碗美味佳餚。旁邊銀燭高燒，下邊金爐添火。交杯一盞，行令猜枚，笑雨嘲雲。酒為色膽。看看飲至蓮露已沉，窗月倒影之際，一雙竹葉穿心，兩個芳情已動，文嫂已過一邊，連次呼酒不至。西門慶見無人，漸漸促席而坐，言頗涉邪……」第七十八回兩人再次偷情，林太太「房裏安放桌席。須臾，丫鬟拿酒菜上來，杯盤羅列，肴饌堆盈，酒泛金液，茶烹玉芷。婦人玉手傳杯，秋波送意，猜枚擲骰，笑語哄春。話良久，意洽情濃，不多時，目邪心蕩。……酒酣之際，兩個共入裏間房內。」

　　西門慶貪欲喪命，仍然與酒色相關。他與王六兒盡興縱欲之後，又連飲了十數杯，吃的酩酊大醉，酣睡如雷。潘金蓮卻不肯放過他，終於使他嗚呼哀哉，斷氣身亡。

　　具有諷刺意味的是，西門慶借酒玩弄女性的伎倆，潘金蓮也學到了手，依樣畫葫蘆地幹了起來。第十二回西門慶泡在妓院中，半月不曾回家，「金蓮歸到房中，捱一刻似

2　　張瀚：《松窗夢語》，上海：上海古籍出版社，1986 年，頁 123。

3　　李贄：《焚書·答鄧明府》，北京：社會科學文獻出版社，2000 年，頁 36。

三秋，盼一時如半夏。知道西門慶不來家，把兩個丫頭打發睡了，推往花園中遊玩，將琴童叫進房，與他酒吃。把小廝灌醉了，掩上房門，褪衣解帶，兩個就幹做一處。」第二十四回潘金蓮與女婿陳敬濟借着敬酒，乾脆在西門慶面前打情罵俏起來：

> 卻說西門慶，席上見女婿陳敬濟沒酒，吩咐潘金蓮去遞一巡兒。這金蓮連忙下來，滿斟杯酒，笑嘻嘻遞與敬濟，說道：「姐夫，你爹吩咐好歹飲奴這杯酒兒。」敬濟一壁接酒，一面把眼兒斜溜婦人，說：「五娘請尊便，等兒子慢慢吃。」婦人將身子把燈影着，左手執酒，剛待的敬濟將手來接，右手將他手背只一撚。這敬濟一面把眼瞧着眾人，一面在下戲把金蓮小腳兒踢了一下……兩個在暗地裏調情玩耍，眾人倒不曾看出。

《金瓶梅》開頭便議論了「酒色財氣」四者之間的關係，酒色關係已如上述，那麼，酒與財的關係又有何表現呢？可以發現，無論是行賄受賄，還是經商買賣，都離不開飲酒吃喝。似乎只有酒酣耳熱之後，才是談論金錢的最佳時間。

第六回西門慶要賄賂團頭何九，便將何九請到一個小酒店裏，並吩咐酒保取瓶好酒來。「何九心中疑忌，想道：『西門慶自來不曾和我吃酒，今日這杯酒必有蹊蹺。』」果然如其所料，「兩個飲夠多時，只見西門慶向袖子裏摸出一錠雪花銀子，放在面前」。幾杯酒下肚，才拿出銀子買通仵作，隱瞞武大被害真相。第九回西門慶為感謝李外傳給他傳遞消息，請他在酒樓上飲酒，把五兩銀子送他。這時西門慶尚未發家，不過是小打小鬧而已。第四十七回「西門慶枉法受贓」，他已經毫無顧忌地放開手腳大幹了。他收了苗青一千兩銀子的賄賂，要免掉其貪財害主的罪名。但此事必須與上司夏提刑取得一致，於是他便將夏提刑請到家中：

> 須臾，兩個小廝用方盒擺下各樣雞、蹄、鵝、鴨、鮮魚下飯。先吃了飯。收了傢夥去，就是吃酒的各樣菜蔬出來，小金鍾兒，銀台盤兒，慢慢斟勸。飲酒中間，西門慶方提起苗青的事來……

吃過這席酒，自然沒有辦不成的事。晚明社會的現實情形便是如此，飲食與權力、財色有着密不可分的關聯，因為歸根結底它們都是人欲的具體表現，永無止境的欲望把它們自然而然地聯繫在了一起。

晚明社會出現的某些新文化因素雖然對舊有的文化體系給予了一定的衝擊，但一方面由於舊有文化體系的強大，另一方面由於新文化因素只發生在個別領域，因此，新舊文化力量的對比仍然是懸殊的，傳統的禮儀規範依然有着巨大的影響，這在《金瓶梅》中有着生動的表現。

儘管西門慶不惜花費鉅資宴請各級官員，但在大大小小的官員面前，他必須唯唯喏喏，俯首聽命。第三十一回西門慶做了理刑副千戶後首次設宴請客。當兩位太監劉公公、薛公公來到時，「慌的西門慶穿上衣，儀門迎接」。因為他們雖已離宮在家，但畢竟是皇帝跟前的人。所以，不僅西門慶對他們畢恭畢敬，就是地方上的一班頭面人物周守備、荊都監、夏提刑等也要讓他們坐個首席。點唱曲子時，「周守備先舉手讓兩位內相，說『老太監，吩咐賞他二人唱哪套詞兒？』劉太監道：『列位請先。』周守備道：『老太監，自然之理，不必過謙。』」在他們看來，老太監的地位理應在他們之上。

第四十九回「請巡按屈體求榮」更可見出這一點。西門慶為討好朝廷中的兩位權貴，做了充分的準備。在酒席上，更是「鞠恭展拜，禮容甚謙」。「當下蔡御史讓宋御史居左，他自在右，西門慶垂首相陪」。宋御史坐了沒多大會兒，就要離開，慌得西門慶再三固留。通過這些描寫不難看出，商人的金錢雖多，但在權力面前還得俯首稱臣。

西門慶的家庭既在某種程度上打破了舊有的規範，但等級尊卑觀念依然頑固存在，這在飲食方面表現的十分明顯。第十回「妻妾玩賞芙蓉亭」，西門慶陷害武松得手後，十分高興，在家中安排酒席慶賀：「請大娘子吳月娘、第二李嬌兒、第三孟玉樓、第四孫雪娥、第五潘金蓮，闔家歡喜飲酒。」「當下西門慶與吳月娘居上，其餘多兩旁列坐，傳杯弄盞，花簇錦攢。」第二十一回「吳月娘掃雪烹茶」，李嬌兒等人聚錢請西門慶和吳月娘：「當下李嬌兒把盞，孟玉樓執壺，潘金蓮捧菜，李瓶兒陪跪。頭一鍾，先遞了西門慶。……從新又滿滿斟了一盞，請月娘轉上，遞與月娘。」「良久，遞畢。月娘轉下來，令玉簫執壺，亦斟酒與眾姊妹回酒。唯孫雪娥跪着接酒，其餘都平敘姊妹之情。於是西門慶與月娘居上座，其餘李嬌兒、孟玉樓、潘金蓮、李瓶兒、孫雪娥並西門大姐，都兩邊打橫。」

西門慶的妻妾到別人家作客，也謹守各自的名分。第四十一回「兩孩兒聯姻共笑嬉」中，吳月娘眾人到喬大戶家定親：「須臾，吃了茶到廳，屏開孔雀，褥隱芙蓉，正面設四張桌席。讓月娘坐首席；其次就是尚舉人娘子、吳大妗子、朱台官娘子、李嬌兒、孟玉樓、潘金蓮、李瓶兒；喬大戶娘子，闌席座位。旁邊放一桌，是段大姐、鄭三姐；共十一位。」從表面上來看，西門慶的家庭似乎是一個完全遵循封建禮儀的規規矩矩的家庭，實際上卻並非如此。西門慶的正室之妻是吳月娘，但西門慶真正寵愛的卻是潘金蓮、李瓶兒、孟玉樓。因為在他看來，名分不過是虛名而已，財色才是實實在在的東西。

潘金蓮雖無錢財但姿色超群，又會迎歡賣俏，最受西門慶喜愛。因此潘金蓮「恃寵生嬌，顛寒作熱，鎮日夜不得個寧靜」。潘金蓮甚至還曾「當家管理銀錢」。李瓶兒不僅有姿色，而且還為西門慶帶來一大批錢財，所以更為西門慶所寵愛。吳月娘雖為正室夫人，但她卻缺少應有的權威。按照傳統的道德規範，「妾之事女君與婦之事舅姑

等」。[4]然而西門慶的五個妾對月娘並未表現出應有的尊重，反而將家中鬧得個「家反宅亂」，月娘也束手無策，空自嗟歎而已。第三十二回潘金蓮故意將李瓶兒之子官哥兒舉得高高的，月娘明知孩子是被嚇着了，但當西門慶問起此事時，她一字也沒對西門慶說，顯然有懼怕潘金蓮之意。第三十五回金蓮與玉樓說笑，月娘問她們笑什麼，她二人「嘻嘻哈哈，只顧笑成一團」，根本不把月娘放在眼中。第四十三回當着月娘的面，金蓮向西門慶「假作喬妝」，又哭又鬧，月娘只能在旁陪笑相勸，還讓金蓮勻勻臉去，以防別人看見。就連地位最低下的孫雪娥與僕婦宋惠蓮打罵，月娘也不過僅僅罵上兩句而已。

通過以上現象可以得出這樣一個結論，飲食文化中的禮儀規範似乎具有更為牢固的權威性和約束力。儘管在其他方面可以打破傳統道德規範的束縛，但飲食禮儀卻不允許隨意搞亂。由此可以看出，晚明社會的許多方面雖然已經發生了變化，但像飲食禮儀這樣一些由來已久的行為規範，卻還繼續為人們所遵循，即使如西門慶之流也不能例外。

三、飲食描寫的時代氣息與當代意義

儘管學者們對《金瓶梅》的成書時間始終存有爭議，但根據袁宏道萬曆二十四年（1596）給董其昌的信可知，此時《金瓶梅》已在社會上開始流傳，也就是說其創作時間應不晚於萬曆中期，而此時正是王學左派思潮盛行的時期。《金瓶梅》在取材上一改以往章回小說只矚目於帝王將相、英雄豪傑的做法，從《水滸傳》中抽出西門慶、潘金蓮的故事演為數十萬言的巨制，僅從這一點來看，已不難發現王學左派所給予的影響。《金瓶梅》全書的立意是「獨罪財色二字」，但在具體描寫過程中，又流露出對人的主體意識的肯定和讚賞，這正是此一時期王學左派思想的生動表現。王學強調人的主體意識，但主體意識中勢必含有人的種種欲望，如果說《西遊記》對人的這些欲望還力主「事上磨練」和以「求放心」克服之，《金瓶梅》則只能訴諸因果宿命觀念。因此《金瓶梅》的勸懲效果遠不如其所展示的人的財色欲望更具有震撼力，這也是人們往往將其視為「誨淫」之作的原因。但實際上《金瓶梅》的作者一方面受到王學左派的影響，看到了人的主體意識、人的欲望的強盛，並在小說中作了極為充分的描寫；另一方面，又如顏山農所強調的那樣：「第過而不留，勿成固我而已。」[5]西門慶、潘金蓮、李瓶兒、龐春梅等人正因為沒能做到「過而不留」，所以最終死於非命。應當指出的是，這種「欲與理」的矛盾既是以往文學作品中「情與理」矛盾的延續，又是一種突破，因為它赤裸裸地將

4　《十三經全文標點本·儀禮·喪服》，北京：燕山出版社，1991年，頁612。
5　王世貞：〈弇州史料後集〉，見《何心隱集·附錄》，北京：中華書局，1960年，頁143。

人們本性中的原始欲望挖掘了出來。如果沒有王學左派思潮的影響，這一突破是不可能實現的。但對這種欲望如何認識和處理，《金瓶梅》又退回到了傳統倫理道德的樊籬之中，這也正是王學左派自身的局限性所在。

王守仁年壽不永，嘉靖八年（1529）58 歲時便離開人世，其「致良知」說在門人中形成了不同的派別：即以王畿、王艮為代表的左派，以聶豹、羅洪先為代表的右派和以鄒守益、歐陽德為代表的正統派。由於王學左派最適合王學的發展方向及時代需求，因此在明後期成為社會思想的主潮。王艮（1483-1540）及其弟子皆出身貧寒，或為煮鹽灶丁，或為樵夫陶匠，故爾「時時不滿其師說」，表現出了與王學不同的特色。王艮從要求個體人格的平等、尊嚴和獨立的角度提出了「尊身立本」的思想。他說：「身與道原是一件。至尊者此道，至尊者此身。尊身不尊道，不謂之尊身；尊道不尊身，不謂之尊道。須道尊身尊，才是至善。」[6]這裏所說的「道」即「百姓日用之道」，所說的「身」即活生生的人。因此，他對人的價值高度重視，為維護個人生存的權利、人格的尊嚴，他提出了「明哲保身論」。他把王守仁所說的「良知」看作現成良知。「強調『當下現成』，視工夫為本體之障礙而加以拋棄，並直接把吾心的自然流行當作本體與性命。因此，在這派儒者中流行着陽明所謂『人人心中有個聖人』的觀點。他認為，由於良知是現成的，所以若不悟得『有即無』，便不能悟得良知真體。因此，他們提倡所謂『直下承當』『直下之信』『一了百當』的頓悟，而排斥漸修。……所以，他們輕視工夫，動輒隨任純樸的自然性情，或者隨任知解情識，從而陷入任情懸空之弊，以至於產生蔑視人倫道德和世之綱紀的風潮」。[7]

黃宗羲曾說：「泰州（王艮）之後，其人多能以赤手搏龍蛇，傳至顏山農、何心隱一派，遂復非名教之所能羈絡矣。」[8]顏山農認為道在於純任率性之自在，只有在放逸時方可用戒慎恐懼的工夫，他以聞見、道理、格式為魔障。他常說：「人之好貪財色，皆自性生。其一時之所為，實是天機所發，不可壅關之。第過而不留，勿成固我而已。」[9]這種思想已具有積極肯定人的自然性情，擺脫名教束縛，進而發展為異端的趨向。其弟子何心隱（1517-1579）認為，人心不能無欲，孔孟所說的無欲，實非無欲而是寡欲。他認為君臣、父子、昆弟、夫婦之間，人與人之間的關係是朋友的關係，彼此是平等的；士、農、工、商，也應當是平等的。他特別指出，農工商賈並不低下，「農工之超而為商賈」、

6　黃宗羲：《明儒學案‧泰州學案》，北京：中華書局，1985 年，頁 716。

7　〔日〕岡田武彥：《王陽明與明末儒學》，上海：上海古籍出版社，2000 年，頁 104。

8　黃宗羲：《明儒學案‧泰州學案序》，北京：中華書局，1985 年，頁 705。

9　王世貞：〈嘉隆江湖大俠〉，見《何心隱集‧附錄》，頁 143。

「商賈之超而為士」，「士之超而為聖賢」。[10]他對民眾的欲求或者生活寄與同情，主張把人們從嚴酷的傳統和名教的束縛中解放出來。他們「以化俗為己任，隨機指點農工商賈，從之遊者千餘。秋成農隙，則聚徒談學，一村既畢，又之一村，前歌後答，弦誦之聲，洋洋然也」。[11]結果被執政者誣為以講學為名，鳩聚徒眾，譏切時政而被彈壓。李贄（1527-1602）大倡異端之說，對程朱理學乃至於孔子、孟子都提出了激烈的批評。他提出了「人必有私」說：「夫私者，人之心也。人必有私，而後其心乃見；若無私，則無心矣。」[12]他又倡言「穿衣吃飯，即是人倫物理。除卻穿衣吃飯，無倫物矣」。[13]他進一步指出「民情之所欲」即為「至善」。他提出了「童心說」，認為童心是絕假純真的最初一念，亦即真心。他說：「不必矯情，不必違性，不必昧心，不必抑志。直心而動，是為真佛。」[14]越是讀書知理，就越失去童心。他聲稱，戲曲小說是人情的真實描述，即童心本來面目的描述，其文字是「真文」，而對《六經》《語》《孟》反而抱有懷疑。[15]李贄尊重人的自然性情，曾對人說：「酒色財氣，一切不礙。」[16]李贄之後，湯顯祖提出的「至情」說，公安派提出的「性靈」說，都是「童心」說的繼承與發展，對明後期的小說創作產生了極大影響。

　　《金瓶梅》飲食描寫具有鮮明的時代氣息，這些描寫肯定了欲望的合理性，這在當時仍具有一定的積極意義。但同時應當看到，無限膨脹的欲望以及扭曲的人際關係，也勢必會造成社會的腐敗和墮落。無須諱言，就飲食方面來看，當今社會與《金瓶梅》所描寫的情形有許多相似之處。這就需要引起我們的高度警覺，以自覺的意識和清醒的頭腦尋找出應對之策。否則，其後果必然是欲望膨脹而道德淪喪。

10　何心隱：《何心隱集・答作主》，頁 53。

11　黃宗羲：《明儒學案・泰州學案》，頁 720。

12　李贄：《藏書・德業儒臣後論》，北京：中華書局，1974 年，頁 544。

13　李贄：《焚書・答鄧石陽》，頁 4。

14　李贄：《焚書・為黃安二上人三首・失言三首》，頁 82。

15　李贄：《焚書・童心說》，頁 98-99。

16　黃宗羲：《明儒學案・江右王門學案一・鄒穎泉傳》，頁 347。

《金瓶梅詞話》巫卜描寫的特點及功能

一

　　在《金瓶梅詞話》之前，長篇章回小說中也有不少巫卜描寫，如《三國志演義》《水滸傳》中就有多處寫到星相、先兆、讖語等。這些巫卜方式主要為上層社會所重視，帶有濃厚的神秘色彩，是天人感應思想的體現。其功能則主要是強化小說的創作主旨，或突出人物的聰明才智。《三國志演義》[1]中以「夜觀星相」來預言政事及人物吉凶成為常見的方式，而且每言必中，從無差錯。第十四回有一大段關於曹魏代漢而有天下的預示，就採用了星相的方式。侍中太史令王立私謂宗正劉艾曰：「吾仰看天文，自去春太白犯鎮星於斗牛，過天津，熒惑又逆行，與太白會天關。金火交會，必有新天子出。吾觀大漢氣數將終，晉、魏之地，必有興者。」又密奏獻帝曰：「天命有去就，五行不常盛。代火者土也，代漢而有天下者當在魏。」這一段議論主要是為了證明曹魏代漢乃是天意，儘管從道德情感上否定曹魏代漢，但天意不可違，於是作者通過巫卜似乎找到了一條擺脫歷史與道德相悖的途徑。

　　《三國志演義》中有兩處諸葛亮運用巫卜的描寫。一是第四十九回「七星壇諸葛祭風」，一是第一百三回「五丈原諸葛禳星」。祭風和禳星都源於古人對自然的崇拜和天人感應觀念。諸葛亮祭風時稱他學過奇門遁甲天書，可以呼風喚雨，然後築了七星壇，分列了蒼龍、玄武、白虎、朱雀等二十八宿四方之神，按六十四卦布了黃旗。他「沐浴齋戒，身披道衣，跣足散髮」，「緩步登壇，觀瞻方位已定，焚香於爐，注水於盂，仰天暗祝」。諸葛亮的這些做法與民間祭祀風神有關。春秋戰國以來，中原地區多把風神歸於星辰，《尚書·洪範》曰：「星有好風。」唐孔穎達傳認為，這裏「星」指「箕星」，又稱「箕斗」「斗宿」，為二十八宿中東方蒼龍七宿之一，共有星四顆，因其成簸箕形，故能「主簸揚，能致風氣」。[2]秦漢以來，祀風伯被納入了國家祀典。《漢書·郊祀志》

1　本文所引《三國志演義》原文，均據濟南山東文藝出版社 1991 年版。
2　孔穎達疏：《尚書正義》，見《十三經注疏》整理本，北京：北京大學出版社，2000 年。

載，秦時「雍有二十八宿、風伯、雨師之屬，百有餘廟」。[3]《唐會要》卷二二載：「天寶四載七月二十七日敕：風伯雨師，濟時育物，並宜升人中祀。仍令諸郡各置一壇。」[4]不過古代更多的是為免遭風災而祭風神以止風，諸葛亮祭風則是為求得東南風。

諸葛亮禳星與民間星占風俗相關。小說首先寫「孔明扶病出帳，仰觀天文，十分驚慌」。對姜維說道：「吾見三台星中，客星倍明，主星幽隱，相輔列曜，其光昏暗：天象如此，吾命可知！」於是安排了祈禳北斗的儀式。星占術是古代占卜術的一種，據傳軒轅氏就曾設星官。《周禮・春官・宗伯》亦云：「保章氏掌天星，以志日月星辰之變動，以觀天下之遷，辨其吉凶；以星土辨九州島之地，所封之域皆有力量，以觀妖祥。」[5]《後漢書・嚴光傳》載嚴光與光武帝劉秀同榻而臥，足加於帝腹，太史便急奏「客星犯御座」。[6]這條記載與諸葛亮所觀天象有相似之處。諸葛亮之所以祈禳北斗，是因為北斗之神專司壽夭，北斗七星分掌諸生辰，人們只要敬奉本命辰之星，便可獲得神佑。諸葛亮在帳中分布七盞大燈，即象徵北斗七星。內安本命燈一盞，即象徵本命辰之星。因魏延將本命燈撲滅，遂使祈禳失敗。以上兩處描寫既突出了諸葛亮非同一般的聰明才智和鞠躬盡瘁、死而後已的精神，又有將其神化的一面。顯然這些描寫是為了烘托諸葛亮的形象，對巫卜術作了肯定性的描寫。

《三國志演義》中許多人物將死之時都有凶兆預示，如第九回董卓自郿塢回京接受漢獻帝禪讓帝位，其九十餘歲的老母說道：「吾近日肉顫心驚，恐非吉兆。」董卓「行不到三十里，所乘之車，忽折一輪，卓下車乘馬。又行不到十里，那馬咆哮嘶喊，掣斷轡頭」。「次日，正行間，忽然狂風驟起，昏霧蔽天」。這種種跡象都是不祥之兆，很快董卓便被呂布殺死，從而證明逆賊之亡乃是上天的旨意。不僅凶事會有先兆出現，吉祥之事同樣如此。第三十二回寫道：「丕初生時，有雲氣一片，其色青紫，圓如車蓋，覆於其室，終日不散。有望氣者密謂操曰：『此天子氣也。令嗣貴不可言。』」後來曹丕果然稱帝。第五十三回關羽前取長沙，劉備和諸葛亮隨後接應。「正行間，青旗倒卷，一鴉自北南飛，連叫三聲而去」。劉備問：「此應何禍福？」諸葛亮袖占一課，曰：「長沙郡已得，又主得大將。午時後便見分曉。」果然很快便接到了關羽的捷報，已經拿下長沙郡，並得到黃忠、魏延兩員大將。這些吉兆也充分證明了一切成敗都在天意掌握之中。

3　　班固：《漢書・郊祀志》，北京：中華書局，1962 年。

4　　王溥：《唐會要》，上海：上海古籍出版社，1991 年。

5　　《周禮・春官宗伯・保章氏》，《十三經》全文標點本，北京：燕山出版社，1991 年，頁 451。

6　　范曄：《後漢書》，北京：中華書局，2000 年。

夢兆在《三國志演義》中也多次出現，第三十八回吳太夫人病危時對周瑜、張昭說道：「長子策生時，吾夢月入懷；後生次子權，又夢日入懷。卜云：『夢日月入懷者，其子大貴。』不幸策早喪。今將江東基業付權，望公等同心助之，吾死不朽矣。」第六十三回劉備與龐統取雒城時，劉備對龐統說道：「吾夜夢一神人，手執鐵棒擊吾右臂，覺來猶自臂疼。此行莫非不佳？」龐統求勝心切，不信此兆，結果死於落鳳坡下。這些徵兆無一例外皆全部兌現，從而說明天人感應的事實。

讖語或童謠也帶有前兆的意味，第九回董卓進長安後的當夜，聽到有數十小兒於郊外作歌：「千里草，何青青。十日上，不得生！」暗示了董卓將遭不測。第六十三回龐統未死之前，東南便有童謠云：「一鳳並一龍，相將到蜀中。才到半路裏，鳳死落坡東。風送雨，雨送風，隆漢興時蜀道通。蜀道屈時只有龍。」預示了龐統的不幸。第八十回華歆等一班文武大臣勸獻帝禪位，以讖語為據：「鬼在邊，委相連。當代漢，無可言。言在東，午在西；兩日並光上下移。」所謂「鬼在邊，委相連」，即「魏」字。「言在東，午在西」，即「許」字。「兩日並光上下移」，即「昌」字，意為魏將在許昌接受漢禪。如果說星相、先兆是天意的表現，那麼這些讖語則是人心的反映。天意、人心不可違抗，是貫穿《三國志演義》全書的一個重要思想。

《水滸傳》[7]中也有許多前兆和讖語的描寫，第六十回晁蓋帶領眾好漢去打曾頭市，宋江與眾頭領「就山下金沙灘餞行。飲酒之間，忽起一陣狂風，正把晁蓋新制的認軍旗半腰吹折。眾人見了，盡皆失色」。宋江、吳用都認為這是不祥之兆，勸晁蓋改日出軍。但晁蓋執意要去，果然不幸中箭身亡。第一回張天師祈禳瘟疫，龍虎山伏魔殿中的石碣碑後鑿着「遇洪而開」四個大字。洪太尉看後大喜，命眾人將石板揭開，「只見一道黑氣，從穴裏滾將起來，掀塌了半個殿角。那道黑氣直沖上半天裏，空中散作百十道金光，望四面八方去了」。這一讖語使梁山好漢的出現染上了神秘的天命色彩。第五回魯智深大鬧五台山後，智真長老送他四句偈言：「遇林而起，遇山而富；遇水而興，遇江而止。」預示了魯智深後來的經歷遭遇。第三十九回蔡九知府收到蔡京家書，中有童謠曰：「耗國因家木，刀兵點水工。縱橫三十六，播亂在山東。」黃文炳解釋說：「『耗國因家木』，耗散國家錢糧的人，必是家頭著個木字，明明是個宋字。第二句『刀兵點水工』，興起刀兵之人，水邊著個工字，明是個江字。這個人姓宋名江，又作下反詩，明是天數。」雖然是黃文炳有意陷害宋江，但這四句童謠也的確反映了實際情況。可以看出，這些讖語、童謠的作用也在於證明一切皆由天定。

7　本文所引《水滸傳》原文，均據濟南山東文藝出版社 1995 年版。

二

與《三國志演義》和《水滸傳》相比，《金瓶梅詞話》[8]中的巫卜描寫發生了很大變化，星相、先兆、讖語等明顯減少，社會上流行的相術、占卜厭勝等方式則大量出現，其在小說中主要是完成敘事功能，而不再僅僅是證明一切皆為天意。《金瓶梅》中的巫卜描寫可以分為兩種情形：一是抄引各種巫卜之書，這些抄引的內容很好地表現了人物的性格特徵。二是作者根據各種需要進行獨創，更可看出作者的良苦用心。其特點是瑣細詳盡、真實自然，這既符合《金瓶梅詞話》的整體風格，又顯示了作者對運用這些巫卜描寫以達到創作目的的重視。

關於第一種情形，陳東有先生曾撰文論述了第二十九回和第九十六回中的相術，認為：「《詞話》如此照搬抄引相術材料，而這種抄引又是十分的內行，抄引的斷語與作品中的人物、情節密切相吻合，進而必然地成為全書情節框架和人物性格命運的高度概括，令人難以相信作者會是『大名士』之流，倒是書會才人之輩，常與市民中三教九流相識，具這般本事，才會有此等獨特而又俚俗的文心妙思。」[9]鞏聿信先生則指出：「《詞話》中的數術描寫有它不可替代的藝術價值，但這並不是說這類描寫就已十分精當、完美無缺。客觀上說，這些描寫還相當粗糙，主要表現在：大量的數術描寫多抄自當時社會上流行的數術資料，如相術斷語多抄自《神異賦》《麻衣相心》《女人凶相歌》等，算命斷語多抄自《子平真銓》《三命通會》《滴天髓原注》等，曆忌之術多參照當時通行的曆書及陰陽秘書，等等。作者多是照抄照搬，保留原始狀態，並沒有進行精細的藝術加工使之改頭換面或脫胎換骨。其明顯的藝術缺陷是：對情節發展、人物刻畫沒什麼作用的材料沒有加以剔除，也一併搬進來，造成文字描寫的冗長、臃腫。」[10]

兩位先生的觀點顯然有不盡一致之處。筆者認為，《金瓶梅詞話》在抄引相術斷語時，鞏聿信先生所指出的那些缺陷還不是十分明顯。如第二十九回吳神仙為西門慶等人相面時，抄引的相術斷語與小說的需要還是基本吻合的，對人物命運和結局的預示起到了重要作用，讀者閱讀時也會對這些斷語表示出極大的興趣。鞏先生所指出的問題較多地表現在算命術方面，算命術即推八字，以求卦人的出生年月日時為四柱，每柱配上天干、地支各一字，共八個字，八字排出後，即根據八字之間五行生克等變化關係，推斷

8　本文所引《金瓶梅詞話》，均據北京人民文學出版社 1985 年版。

9　陳東有：〈金瓶梅詞話相面斷語考辨〉，《金瓶梅研究》第四輯，南京：江蘇古籍出版社，1993年，頁 132。

10　鞏聿信：〈論金瓶梅中的數術文化描寫〉，《金瓶梅文化研究》第二輯，北京：中國文聯出版社，1999 年，頁 190。

吉凶禍福。第十二回「潘金蓮私僕受辱，劉理星厭勝求財」，詳細敘寫了劉瞎子用八字為潘金蓮算命的過程。潘金蓮的八字是「庚辰年，庚寅月，乙亥日，己丑時」，劉瞎子根據潘金蓮的八字推斷她「一生不得夫星濟，子上有些妨礙」；又說她：「子平雖取煞印格，只吃了亥中有癸水，庚中又有癸水，水太多了，衝動了，只一重己土，官煞混雜。論來，男人煞重掌威權，女子煞重必刑夫。所以主為人聰明機變，得人之寵。只有一件，今歲流年甲辰，歲運並並臨，災殃立至。命中又犯小耗勾絞，兩位星辰打攪，雖不能傷，卻主有比肩不和，小人嘴舌，常沾些啾唧不寧之狀。」這一推斷中夾雜了一些推八字的術語，略有蕪雜之嫌，但畢竟預示了潘金蓮的命運。第七十九回吳神仙為病入膏肓的西門慶推算流年吉凶說道：「白虎當頭，喪門坐命，神仙也無解，太歲也難推。造物已定，神鬼莫移。」雖然抄了算命術的斷語，但確實道出了西門慶必死無疑的結局。第九十一回孟玉樓要改嫁李衙內，請算命先生推算年命是否有妨礙。算命先生推算說：「直到四十一歲才有一子送老。一生好造化，富貴榮華無比。」因孟玉樓比李衙內大了六歲，請算命先生改小幾歲，先生道：「既要改，就改做丁卯三十四歲罷。……火庚金，火逢金煉，定成大器，正合得着。」通過算命先生的推算預示了孟玉樓的未來。這些應當說還是基本成功的。

相比之下，第二十九回吳神仙為西門慶推八字，第六十一回黃先生為李瓶兒算命，講述了大量五行相剋的道理，就有些過於瑣碎了。覃聿信先生指出：「就其斷語來說，乍一看，行話滿紙，但仔細分析，卻非精當之論。尤其是斷語與八字本身脫節之處甚多。按命書講，八字中日柱天干代表自己。第二十九回西門慶八字中，壬生酉月，干透辛金，為典型的正印格，但作者卻斷為傷官格，並引徐子平『傷官傷盡復生財，財旺生官福轉來』之語來驗證傷官格為富貴之命。這是作者為配合作為小說人物的西門慶的命運而引抄而來的相關斷語，而非從所列西門慶八字中分析而得的結論。斷語中，大運排法亦明顯錯誤。……由此可見，作者雖對那些淺俗流行的數術類型非常熟悉，但對那些艱深難懂、專業化程度較高的類型並不甚精通。作者主要是在根據小說描寫的需要抄引數術斷語，而不是也不能夠從所引的八字、體相、卦象等出發作恰如其分的精當分析，也沒能對其進行去粗取精的適當藝術加工。」

筆者認為，問題不在於斷語與八字本身脫節，也不在於「不能夠從所引的八字、體相、卦象等出發作恰如其分的精當分析」，因為作者的目的是借此完成小說的敘事，如果作者一字不動地抄引算命書，或不顧小說的實際需要而大講特講子平術，儘管講得十分準確，但仍然是一種不折不扣的贅筆。同時也不能苛求作者完全拋開算命書的現成斷語，獨自再編創一套話語來滿足小說創作的需要。換句話說，作者能夠將當時人們所熟知的算命術語巧妙地運用到小說創作之中，十分難能可貴，關鍵在於對所使用的材料應

有所取捨。如第四十七回東京報恩寺僧人對苗天秀說：「員外左眼眶下有一道死氣，主不出此年當有大災。你有如此善緣與我，貧僧焉敢不預先說知。今後隨其甚事，切無出境。戒之，戒之。」這一段相面描寫著墨不多，卻預示了後面的情節進展，發揮了應有的敘事功能，這正是《金瓶梅詞話》相面描寫的成功之處。

三

　　如果說《金瓶梅詞話》中的相術描寫是以抄引相術斷語為主，算命術描寫也存在同樣的問題，那麼在占卜描寫中就基本上是根據小說的需要而進行的獨創了。「占卜」是影響人類最深刻的習俗之一，「占」即觀察兆象，「卜」即用火灼甲骨取兆，據說早在伏羲、黃帝時已經流行。後來占卜術日漸繁雜，諸如蓍占、易占、占夢、占星、望氣、籤占、牌占、金錢卜、鬼卜、米卜等等不一而足。《金瓶梅詞話》多處寫到了占卜，如第八回「潘金蓮永夜盼西門慶，燒夫靈和尚聽淫聲」，潘金蓮將武大毒死之後，本以為西門慶很快就會將自己娶回家中。但西門慶卻忙於娶孟玉樓，把潘金蓮放在了一邊。潘金蓮「盼不見西門慶來到，嘴谷都的罵了幾句負心賊。無情無緒，悶悶不語，用纖手向腳上脫下兩只紅繡鞋兒來，試打一個相思卦」。小說雖然沒有交代相思卦的結果，但通過這一描寫，已足可見出潘金蓮思念西門慶的內心。用繡鞋占卦是明清時期女子思念丈夫或情人時的一種占卜方式，《聊齋志異·鳳陽士人》中呂湛恩注引《春閨秘戲》說：「夫外出，以所著履卜歸，俯則否。名占鬼卦。」[11]明代民歌《哎呀呀》也有以繡鞋占卦的內容。可見這是明清時期女子常用的占卦方式。

　　再如第四十六回「元夜遊行遇雪雨，妻妾笑卜龜兒卦」，這段描寫的目的十分明確，即充分揭示吳月娘、孟玉樓、李瓶兒等人的不同性格，並暗示她們今後的命運。為達此目的，作者不惜花費較多的筆墨，以至於這一回的字數明顯地超出了其他各回。書中所寫龜卜方式，與古代燒灼龜甲以觀兆象不同，而是「把靈龜一擲，轉了一遭兒住了」，再看卦貼兒上畫的圖形以斷休咎。不管何種方式，都與動物崇拜有關。古人認為龜是長壽的動物，靈異通神。《藝文類聚》引《孫氏瑞應》稱：「龜者神異之介蟲也，玄彩五色，上隆象天，下平象地，生三百歲，游於蕖葉之上，三千歲尚在著叢之下，明吉凶，不偏不黨，唯義是從。」[12]據《周禮》等書記載，周代即設有專管六龜之屬的官員，漢代以後，龜卜之事漸不為官府所辦，至唐而泯滅。但從《金瓶梅詞話》可知，龜卜以另

11　任篤行整理：《全校會注集評聊齋志異·鳳陽士人》，濟南：齊魯書社，2000年，頁275。

12　歐陽詢：《藝文類聚》，上海：上海古籍出版社，1999年。

一種方式仍在民間流行。

卜龜兒卦的老婆子為吳月娘卜了個屬龍的女命，然後說：「這位當家的奶奶是戊辰生，戊辰己巳大林木。為人一生有仁義，性格寬洪，心慈好善，看經佈施，廣行方便。一生操持，把家做活，替人頂缸受氣，還不道是。喜怒有常，主下人不足。正是：喜樂起來笑嘻嘻，惱將起來鬧哄哄。別人睡到日頭半天還未起，你老早在堂前轉了，梅香洗銚鐺，雖是一時風火性，轉眼卻無心，和人說也有，笑也有。只是這疾厄宮上看刑星，常沾些啾唧。虧你這心好，濟過來了，往後有七十歲活哩。」孟玉樓深知月娘最大的願望就是生子，因此讓老婆子算一下月娘命中是否有子。婆子道：「往後只好招個出家的兒子送老罷了，隨你多少也存不的。」這些話語完全出自老婆子之口，其中不乏對月娘的阿諛奉承，但正是這些話語揭示出了月娘給外人的假象。如「看經佈施，廣行方便」，實際上月娘看經完全有着自己的功利性和明確的目的，那就是求得子嗣。所謂「喜怒有常，主下人不足」，實際上是對月娘無法控制家庭局面的反諷。尤其是說月娘「只好招個出家的兒子送老」，明確地預示了後來的情節。

再看孟玉樓的卦帖兒更加符合其命運：「一個女人配着三個男人，頭一個小帽商旅打扮，第二個穿紅官人，第三個是秀才。也守着一庫金銀，左右侍從服侍。」婆子道：「你為人溫柔和氣，好個性兒。你惱那個人也不知，顯不出來。一生上人見喜，下欽敬，為夫主寵愛。只一件，你饒與人為了美，多不得人心。命中一生替人頂缸受氣，小人駁雜，饒吃了還不道你是。你心地好了，雖有小人也拱不動你。」不僅指出了孟玉樓的性格特徵，而且暗示着孟玉樓後來再嫁。李瓶兒的卦帖兒是：「上面畫着一個娘子，三個官人，頭一個官人穿紅，第二個官人穿綠，第三個穿青。懷着個孩兒，守着一庫金銀財寶，旁邊立着個青臉獠牙紅髮的鬼。」婆子道：「這位奶奶，庚午辛末路旁土。一聲令下榮華富貴，吃也有，穿也有，所招的夫主都是貴人。為人心地有仁義，金銀財帛不計較，人吃了、轉了他的，他喜歡；不吃他、不轉他倒惱。只是吃了比肩不知的虧，凡事恩將仇報。」這些都基本符合李瓶兒的性格特徵，尤其是說李瓶兒「今年計都星照命，主有血光之災，仔細七八月不見哭聲才好」，更是明白無誤地預示了李瓶兒的結局。

除了相面術、算命術、占卜術之外，《金瓶梅詞話》還有魘勝術、驅邪術、祭本命、查曆忌、看風水等多處巫卜描寫，這些描寫拓展了小說的表現手法，增強了小說的表現力，細緻自然。

第十二回潘金蓮對劉瞎子的推算深信不疑，送給劉瞎子一兩銀子和兩件首飾，求他用魘勝術「回背回背」。魘勝術是一種巫術，以某種具有魔力的物品來趨吉避邪。劉瞎子讓潘金蓮「用柳木一塊，刻兩個男女人形，書着娘子與夫主生辰八字，用七七四十九根紅線紮在一起，上用紅紗一片，蒙在男人眼中，用艾塞其心，用針釘其手，下用膠粘

其足，暗暗埋在睡的枕頭內。又朱砂書符一道燒灰，暗暗攪茶內。若得夫主吃了茶，到晚夕睡了枕頭，不過三日，自然有驗」。劉瞎子還能夠講出一番道理：「用紗蒙眼，使夫主見你一似西施嬌；用艾塞心，使他心愛到你；用針釘手，隨你怎的不是，使他再不敢動手打你；用膠粘足者，使他再不往那裏胡行。」潘金蓮一一如法炮製，「過了一日兩，兩日三，私水如魚，歡會異常」。但這種效果只是暫時的，沒有多久，西門慶就舊態復萌了。通過這些描寫，生動地刻畫了潘金蓮的個性。

第六十二回李瓶兒病情不斷惡化，常常出現幻覺，西門慶請來五嶽觀潘道士為李瓶兒驅邪。潘道士焚符遣將，拘來當坊土地、本家六神，查考有何邪祟。結果李瓶兒是為宿世冤恩訴於陰曹，並非邪祟所致。這就說明官哥兒和李瓶兒之死都是花子虛的冤魂在作祟。潘道士又為李瓶兒祭本命星，「到三更天氣，建立燈壇完備。潘道士高坐在上，下面就是燈壇，按青龍、白虎、朱雀、玄武，上建三台華蓋；周列十二宮辰；下首才是本命燈，共合二十七盞」。「那潘道士在法座上披下髮來，仗劍，口中念念有詞。望天罡，取真黑，布步塊，躡瑤壇」。「大風吹過三次，忽一陣冷氣來，把李瓶兒二十七盞本命燈盡皆刮滅」。然後對西門慶說：「定數難逃，不能搭救了。」這番描寫，如臨其境，如聞其聲，為李瓶兒之死蒙上了一層厚厚的陰影，具有震撼人心的力量。

李瓶兒死後，通過一系列宗教活動渲染了西門慶家的熱鬧興頭，刻畫了人物的性格特徵。先是請陰陽徐先生來「看時批書」，借所謂的《陰陽秘書》交代了李瓶兒的前生和來世。李瓶兒前生是濱州王家的一位男子，因打死了懷胎母羊，今世為女人屬羊。「雖招貴夫，常有疾病，比肩不和，生子天亡，主生氣疾，而死前九日魂去，托生河南汴梁開封府袁家為女，艱難不能度日。後耽擱至二十歲，嫁一富家，老少不對，終年享福，壽至四十二歲，得氣而終」。道教有《陰陽正要三元備要百鎮秘書》，云石居道人撰，今存清乾隆年間刻本，這裏所說的《陰陽秘書》，或許即指此書。借助道教渲染了李瓶兒的悲劇命運。緊接着西門慶又請韓畫士為李瓶兒畫像，吳月娘卻說：「成精鼓搗，人也不知死到那裏去了，又描起影來了。」潘金蓮說得更為露骨：「那個是他的女兒，畫下影，傳下神，好替他磕頭禮拜！到明日六個老婆死了，畫六個影才好。」

李瓶兒剛死，王姑子便念《密多心經》《藥師經》《解冤經》《楞嚴經》並《大悲中道神咒》，請引路王菩薩與他接引冥途。「首七」時，報恩寺十六眾上僧做水陸道場，誦《法華經》，拜三昧水懺。「玉皇廟吳道官來上紙弔孝，就攬二七經」。不僅佛教各派經典雜陳，佛教、道教也不分彼此，將悲痛的喪事寫得如此闊綽熱鬧，與後面西門慶之死形成了鮮明的對比。李瓶兒死後吳月娘和潘金蓮為她穿衣服，潘金蓮要給李瓶兒穿一雙「大紅遍地金高底鞋兒」，月娘說：「不好，倒沒的穿到陰司裏，教他跳火坑。」然後給瓶兒穿了雙「紫羅遍地金高底鞋」。潘金蓮是從不信陰間地獄的，但吳月娘卻十

分相信地獄之說。

查曆忌在《金瓶梅》中出現多次，有趣的是潘金蓮成為看曆忌的能手，其為情節服務、刻畫人物的用意更為明顯。第三回王婆為幫助西門慶勾搭潘金蓮，請潘金蓮縫製送終衣服，讓潘金蓮查看曆日。潘金蓮看了之後說道：「明日是破日，後日也不好，直到外後日，方是裁衣日期。」但王婆為了儘快達到目的，「一把手取過曆頭來掛在牆上，便道：『若得娘子肯與老身做時，就是一點福星，何用選日。老身也曾央人看來，說明日是個破日，老身只道裁衣日，不用破日，我不忌他』那婦人道：『歸壽衣服，正用破日便好。』」這次看忌日，成功地刻畫了王婆老奸巨猾的性格。

再如第五十二回為官哥兒剃頭看曆日，潘金蓮選了庚戌日，結果官哥兒被嚇得怪聲哭喊起來。吳月娘發現潘金蓮會看曆日，便問她幾時是王子日。因為薛姑子囑咐月娘要在王子日吃藥才能夠懷孕。但當潘金蓮問月娘為何要查王子日時，她只是含糊其辭。通過這一次看曆日，刻畫了月娘陰冷的性格。

四

《金瓶梅詞話》巫卜描寫的上述特點及其所具有的文學功能，與明中葉的社會文化思潮有一定關係。明代中葉儒學思想發生明顯轉變，陳獻章以南宋陸九淵心學的本體論為基礎，創造了以個體人生為世界主宰的本體觀，成為明代心學思潮的肇始者。心學的集大成者王守仁提出了「致良知」的學說，所謂「致良知」，就是發揮自我意識的作用，強調個人的獨立人格與自我意識。稍後的王學左派代表人物王艮提出了「尊身立本」的思想，高度重視人的價值和人格的尊嚴。不僅儒學思想發生了變化，這一時期的佛道等宗教觀念也發生了程度不同的變化，其突出表現便是儒佛道三家思想的進一步互補融合。例如著名僧人憨山德清用「真心一元論」來統攝儒佛道，認為「三教之學，皆防學者之心」[13]，同樣強調了人的主觀意識。在一定意義上顯示了古代小說表現形式的發展，對後來的小說創作產生了積極影響。「三言」中的巫卜描寫與《金瓶梅詞話》便十分相似，如《喻世明言·蔣興哥重會珍珠衫》，[14]王三巧思夫心切，請一賣卦先生占卜，那瞎先生占成一卦，說道：「青龍治世，財爻發動。若是妻問夫，行人在半途，金帛千箱有，風波一點無。青龍屬木，木旺於春，立春前後，已動身了。月盡月初，必然回家，更加十分財采。」王三巧聽了，歡天喜地，但「直到二月初旬，椿樹抽芽，不見些兒動

13　《憨山大師夢遊全集》。

14　本文所引《喻世明言》《警世通言》原文，均據濟南齊魯書社 1993 年版。

靜。三巧兒思想丈夫臨行之約，愈加心慌，一日幾遍，向外探望。也是合當有事，遇着這個俊俏後生」。可見作者安排這位賣卦的瞎先生為王三巧占卜，目的不是宣揚其占卜靈驗，而是以此為下面的情節作一鋪墊，讓王三巧與陳商相見。再如《警世通言·蘇知縣羅衫再合》中，蘇雲被徐能一夥強盜謀害未死，十九年後去尋找妻子，夢見在烈帝廟中拜禱求籤，醒來後自己解籤，與不幸遭遇一一相符，最後一句又暗示應去南京御史衙門告狀，結果與妻兒得以重逢，求籤、解夢為情節進展作了巧妙的鋪墊。由此可以見出，《金瓶梅詞話》在古代小說發展中的地位和影響是全面而深刻的，這一切既決定於小說自身發展的內在要求，又決定於時代社會文化思潮的變化。簡而言之，宗教世俗化、平民化的傾向使巫卜不再那麼神秘和可信，小說家也就可以根據創作的需要而隨意使用了。

論崇禎本《金瓶梅》第一回
宗教現象的敘事功能

　　就目前所掌握的資料來看，《金瓶梅》的版本主要有「萬曆詞話本」與「崇禎繡像本」兩個系統。兩種系統的版本孰先孰後、孰優孰劣，學術界存在着不同的觀點。本文從強化題旨、結構照應、人物刻畫等三個方面，對「崇禎本」《金瓶梅》第一回宗教現象的敘事功能作了分析。這些宗教性描寫是「詞話本」第一回所沒有的，從而證明「崇禎本」對「詞話本」所作的刪補修改，目的在於使小說的主旨更為鮮明、敘事結構更為緊湊、人物形象更為生動。從中或可發現崇禎本寫定者或曰改寫者的宗教觀念和藝術上的良苦用心。

一、強化題旨

　　《金瓶梅詞話》[1]卷首有所謂「四貪詞」，勸人不要貪圖酒色財氣。其「色」「財」二首分別曰：「休愛綠鬢美朱顏，少貪紅粉翠花鈿。損身害命多嬌態，傾國傾城色更鮮。莫戀此，養丹田。人能寡欲壽長年。從今罷卻閒風月，紙帳梅花獨自眠。」「錢帛金珠籠內收，若非公道少貪求。親朋道義因財失，父子懷情為利休。急縮手，且抽頭。免使身心晝夜愁。兒孫自有兒孫福，莫與兒孫作遠憂。」

　　兩首詞主要從人情世故方面勸誡世人。其中的「色」詞與「詞話本」第一回「景陽崗武松打虎，潘金蓮嫌夫賣風月」開場詞也略有不同。「詞話本」第一回開場詞曰：「丈夫只手把吳鉤，欲斬萬人頭。如何鐵石，打成心性，卻為花柔？請看項籍並劉季，一死使人愁。只因撞着，虞姬戚氏，豪傑都休。」如果說「四貪詞」的「色」詞是從養生斂欲方面進行說教，那麼開場詞則主要針對的是「情色」二字，所謂：「色絢於目，情感於心，情色相生，心目相視。亙古及今，仁人君子，弗合忘之。晉人云：情之所鍾，正在我輩。如磁石吸鐵，隔礙潛通。無情之物尚爾，何況為人終日在情色中做活計，一節

1　《金瓶梅詞話》，北京：人民文學出版社，1985年。

須知。」

「詞話本」這段議論說明了「因色生情」「情色相生」的道理，警告世人不要被「情」所迷惑。也就是說，作者認為西門慶及眾女性並非僅僅是放縱性欲，其中還有「情」的成分在內。再看下面的一段話：「如今這一本書，乃虎中美女，後引出一個風情故事來。一個好色的婦女，因與了破落戶相通，日日追歡，朝朝迷戀，後不免屍橫刀下，命染黃泉，永不得著綺穿羅，再不能施朱傅粉。靜而思之，着甚來由。況這婦人，他死有甚事？貪他的斷送了堂堂六尺之軀，愛他的丟了潑天哄產業，驚了東平府，大鬧了清河縣。」這段議論更為明確地將西門慶的衰敗歸咎於潘金蓮等所謂的女色，尤其是「況這婦人，他死有甚事？」兩句，意為一個女人死了沒有什麼可惋惜的，但一個男人因為貪愛女子，斷送了堂堂身軀，丟了自己的家業，那就太不值得了。這就顯露了作者心目中女人是禍水的傳統觀念。

崇禎本《金瓶梅》[2]第一回則做了徹底改動，其本質乃是用宗教觀念來提升小說的宗旨。具體來說，就是以道教的修身養性和佛教的色空觀念警示世人，而不再堅持女人是萬惡之源的觀念。正如張竹坡第一回回前評所說：「開講處幾句話頭，乃一百回的主意。一部書總不出此幾句……」又說：「開卷一部大書，乃用一律、一絕、三成語、一諺語盡之，而又入四句偈作證，則可云《金瓶梅》已告完矣。」張竹坡的這種說法雖然有些誇大其詞，幾首詩歌、幾句諺語也難以概括全書一百回的內容，但崇禎本的確在這方面花費了不少心思，儘量使第一回出現的佛道教義成為貫穿全書的主旨。

張竹坡所說的「一絕」，即唐代道士呂岩的一首絕句，見於《全唐詩》卷八五八，題為〈警世〉。詩曰：「二八佳人體似酥，腰間仗劍斬凡夫。雖然不見人頭落，暗裏教君骨髓枯。」[3]《金瓶梅》崇禎本引用這首詩時作了一處改動，將「凡」字改成了「愚」字。雖然僅僅是一字之差，卻可以看出改動者的用意。如果說「凡夫」還有為情所動的可能，那麼「愚夫」就是不辨真偽，誤以色為情。這就在「情」與「色」的關係上，特別突出了「色」的危害。這一改動儘管還帶有女人是禍水的痕跡，但已將所謂的「情」完全拋開了。呂岩被道教奉為「仙」，在社會上具有廣泛的影響和威望，因此他的詩就更具有警示作用。可以看出，崇禎本在小說開頭便苦心孤詣地將道教教義作為了全書的主旨。

崇禎本第一回還有一明顯不同，即在突出「色」的危害的同時，還強調了「財」的危害性，並且將財的危害性放在了色之前。開卷伊始就反覆作了交待：「這酒色財氣四

2　本文所引《金瓶梅》崇禎本原文及張竹坡評點均據濟南齊魯書社 1987 年版。
3　《全唐詩》，北京：中華書局，1960 年，頁 9702。

件中，唯有『財色』二者更為利害。怎見得他的利害？假如一個人到了那窮苦的田地，受盡無限淒涼，耐盡無端懊惱，晚來摸一摸米甕，苦無隔宿之炊，早起看一看廚前，愧沒半星煙火，妻子饑寒，一身凍餒，就是那粥飯尚且艱難，那討餘錢沽酒？更有一種可恨處，親朋白眼，面目寒酸，便是凌雲志氣，分外消磨，怎能夠與人爭氣！」然後才說到色的利害。「說便如此說，這『財色』二字，從來只沒有看得破的，若有那看得破的，便見得堆金積玉，是棺材內帶不去的瓦礫泥沙；貫朽粟紅，是皮囊內裝不盡的臭污糞土。……只有那《金剛經》上兩句說得好，他說道：『如夢幻泡影，如電復如露。』見得人生在世，一件也少不得，到了那結果時，一件也用不着。……倒不如削去六根清淨，披上一領袈裟，參透了空色世界，打磨穿生滅機關，直超無上乘，不落是非窠，倒是個清閒自在，不向火坑中翻筋斗也。」

對《金剛經》中「如夢幻泡影，如電復如露」這兩句話，張竹坡評道：「是一部大主意，大結果，大解脫，所以有普淨也。」《金剛經》是佛教重要經典，因用金剛比喻智慧有能斷煩惱的功用，故名。《金剛經》認為世界上一切事物空幻不實，「實相者則是非相」，認為應「離一切諸相」而「無所住」，即對現實世界不應執著或留戀。由此可見崇禎本以佛教色空教義講明了著書旨意，顯示了與詞話本的明顯不同。

色空觀念是佛教的重要觀念之一。佛教認為有情的組織是由「色受想行識」五種因素積聚而成，是為「五蘊」。其中色蘊相當於物質現象，它包括「四大」（地水火風）和由「四大」所組成的感覺器官以及感覺的對象，總括了時間和空間的一切現象。佛教大乘空宗主張「五蘊」和合的人我以及「五蘊」在本質上是空的，世界上的萬物只是一種假象而已。這種觀念與傳統的「生死無常」「人生如夢」的意識相結合，遂對文學創作給予深刻影響。無論是詞話本還是崇禎本，全書都是以此為立意主旨。財色當着人生在世時，一件也少不得：到了那結果時，一件也用不着。「倒不如削去六根清淨，披上一領袈裟，參透了空色世界，打磨穿生滅機關，直超無上乘，不落是非窠，倒得個清閒自在，不向火坑中翻筋斗也」。這就是財色皆空的道理。對於這種財色無法伴人常存，「一旦無常萬事休」的色空觀念，人們是容易理解的，甚至可以說是盡人皆知的事實。問題在於人們明知如此，卻又難以抵制其誘惑，直到生命結束也未能覺悟，西門慶便是一例。《金瓶梅》的作者就是要以西門慶為法，警醒世人，毋蹈覆轍。

《金瓶梅》中西門慶家的興盛是憑藉着金錢的勢力，靠着謀財娶婦、經商放債、收受賄賂等精明的手段。西門慶一死，有萬貫家財、數十口之家的一個官商之家，頃刻間支離破碎，人財兩空，真可謂「盛由一人，敗由一人」。西門慶家的由盛轉衰，向人們傳遞了這樣一個資訊，即「財色」誘人亦害人。正如張竹坡評語所說：「此回總結『財色』二字利害，故『二八佳人』一詩，放於西門泄精之時，而積財積善之言，放於西門一死

之時。西門臨死囑敬濟之言，寫盡癡人，而許多帳本，總示人以財不中用，死了帶不去也。」因此，西門慶家由盛轉衰的原因是十分顯明的，其中寓示的道理也是非常確定的，是人們可以理解和把握的。在某種意義上說，也是人們可以防止的，這也正是作者向世人進的箴言。《金瓶梅》可以說是獨罪財色的檄文，為了突出這一主旨，所以崇禎本在第一回便直接借用了佛道二教的教義。

有人認為，崇禎本第一回開頭的這段說教並不高明，但實際上《金瓶梅詞話》從總體佈局上也是以色空觀念為指導，只是由於故事是從《水滸傳》脫胎而來，因此開卷第一回未能將這一主旨明確點出。崇禎本則開宗明義，旗幟鮮明地突出了這一點。尤其是在人欲橫流的明代後期，在人們無所顧忌的追歡逐樂之際，或許只有用宗教教義警醒世人才會奏效。

二、結構照應

崇禎本第一回把詞話本的「景陽崗武松打虎」改為了「西門慶熱結十兄弟」，目的是讓主人公西門慶儘早登場。西門慶正式登場所做的第一件事，便是「熱結十兄弟」。值得注意的是，為這次結拜，作者特意引出了兩座寺廟。西門慶與應伯爵、謝希大商量在何處舉行結拜儀式，應伯爵問道：「到那日，還在哥這裏，是還在寺院裏好？」謝希大說：「咱這裏無過只兩個寺院，僧家便是永福寺，道家便是玉皇廟。這兩個去處，隨分那裏去罷。」西門慶道：「這結拜的事，不是僧家管的，那寺裏和尚，我又不熟，倒不如玉皇廟，吳道官與我相熟，他那裏又寬廣，又幽靜。」細心玩味便不難發現，對應伯爵提出的第一種選擇，即在西門慶家中舉行結拜儀式，西門慶和謝希大根本沒有理睬，而是直接選擇了寺廟。可見作者要急於引出這兩座寺廟，張竹坡評道：「玉皇廟、永福寺，須記清白，是一部起結也，明明說出全以二處作終結的柱子。」

張竹坡的評點很有道理，這可從兩點看出：第一，結拜兄弟並非一定要在道教廟觀之中舉行，我們不妨看一下《水滸傳》和《三國志演義》中的描寫。百回本《水滸傳》第九十三回「混江龍太湖小結義，宋公明蘇州大會垓」，寫李俊、童威、童猛要與費保等四個江湖好漢結拜為兄弟，「四個好漢見說大喜，便叫宰了一口豬，一腔羊，置酒設席，結拜李俊為兄」。[4]《三國志演義》第一回「桃園結義」：「次日，於桃園中備下烏牛白馬祭禮等項。三人焚香再拜而說誓曰」。[5]可見結拜兄弟不拘何處都可，並無地點要

4　《水滸傳》，濟南：山東文藝出版社，1995 年，頁 1468。
5　《三國志演義》，濟南：山東文藝出版社，1991 年，頁 8。

求。第二，既然要在玉皇廟中舉行，又將永福寺順手帶出，其用意也十分明顯，即造成前後呼應的敘述效果：其後，玉皇廟和永福寺便多次出現，成為照應全書的重要環境。

就在這第一回中，玉皇廟還與李瓶兒、潘金蓮和龐春梅的出場密切相連，張竹坡評道：「玉皇廟，諸人出身也。故瓶兒以玉皇廟邀子虛上會時出，金蓮以玉皇廟玄壇座下之虎出，而春梅又以天福來送玉皇廟會分，月娘叫大丫頭時出。然則，三人俱發源於玉皇廟也。」（第四十九回回前評）需要補充的是，前後幾次玉皇廟的出現，與李瓶兒的關係更為密切。第一回中，因為原來十兄弟中的卜志道已死，西門慶提議讓花子虛頂替。又特別吩咐去花家送信的玳安，如果花子虛不在家，就對李瓶兒說。張竹坡一針見血指出：「巧出瓶兒，此沉吟之故也，所以必拉他上會。」花子虛果然如約赴會。第三十九回「寄法名官哥穿道服，散生日經濟拜冤家」，因為李瓶兒生了兒子官哥兒，西門慶在玉皇廟許下一百二十分醮。正月初九日為官哥兒在玉皇廟寄名、打醮，一派熱鬧景象。張竹坡指出：「玉皇廟，兩番描寫，俱是熱鬧時候。即後文薨亡，亦是熱鬧之時，特特與永福寺對照也。」（第三十九回回前評）「有玉皇廟之熱，方有永福寺之冷；」第六十三回「韓畫士傳真作遺愛，西門慶觀戲動深悲」，西門慶為李瓶兒大辦喪事，玉皇廟吳道官「前來上紙弔孝，就攬二七經」。有意思的是，做水陸道場的是報恩寺而不是永福寺的僧人，因此有理由認為，凡是寫熱鬧處，總是在玉皇廟，而冷落處，則一定是永福寺。但熱中有冷，為官哥兒寄名，並未能讓官哥兒平安無事，為李瓶兒大辦喪事，也無法使李瓶兒起死回生。

永福寺第一次正面出現，是第四十九回「請巡按屈體求榮，遇梵僧現身施藥」。西門慶為蔡御史送行來到永福寺，長老道堅介紹說：「這座寺原是周秀老爹蓋造，長住裏沒錢糧修理，丟得壞了。」西門慶當即表示要資助長老修葺寺院。在永福寺的大禪堂中，西門慶遇到了一位番僧，得到了滋補之藥，成為他縱欲喪身的重要原因。不僅西門慶，其他人物也都與永福寺密切相關，所以張竹坡說：「至於永福寺，金蓮埋於其中，春梅逢故主於其內，而月娘、孝哥俱於永福寺討結果。獨於瓶兒未有永福寺之瓜葛也，不知其於此回內，已為瓶兒結果於永福寺之因矣。何則？瓶兒病以梵僧藥，藥固用永福寺中求得，然則瓶兒獨早結於永福寺矣。故玉皇廟、永福寺是一部大起結。」（第四十九回回前評）

對永福寺作全面介紹是第五十七回「聞緣簿千金喜舍，戲雕欄一笑回嗔」，需要指出的是，由於這一回據沈德符《萬曆野獲編》所記，乃一「陋儒」所補，因此對永福寺盛衰史的描述與第四十九回不符。前面已交代永福寺乃周秀的香火院，此回開頭卻說起建自梁武帝普通二年，「開山是那萬回老祖」。萬回老祖圓寂後，寺院便衰敗下來。後有一位道長老卓錫於此，面壁九年，突發念頭，要修復寺院。於是道堅長老變成了道長

老，他來西門慶家化緣重修寺院，這才勉強與前文所寫相連接。剛剛得子的西門慶正在興頭上，不僅自己捐了五百兩，還表示要向其他人化緣，助成這件善事。這一番敘述雖然儘量使西門慶與永福寺發生關聯，但仍然留下了漏洞。因為只有讓永福寺是周守備的香火院，才能使前後情節相聯繫。因此張竹坡評道：「此回單為永福寺作地。何則？永福寺，金、瓶、梅歸根之所。不寫為守備香火，則金蓮亦不能葬此，春梅亦不來此。使止寫守備香火，而西門無因，不幾無因，而果顧客失主乎？故用千金喜舍，總為後文眾人俱歸於此也。如瓶兒死於番僧藥，而藥由永福寺。金蓮、敬濟葬於寺中，春梅逢月娘於寺內，而玉樓又因永福寺見李衙內。是眾人齊歸於此，實同散於此也。」（第五十七回回前評）

第八十九回「清明節寡婦上新墳，永福寺夫人逢故主」，吳月娘、孟玉樓等人與春梅重逢於永福寺。作者先從月娘等人眼中，寫出永福寺的齊整威嚴。吳大舅向月娘說這是周守備的香火院，西門慶曾捨幾百兩銀子重修佛殿，於是月娘和眾人一起進寺院飲茶休息。又見到了長老道堅，道堅再次對月娘等人說這是周秀的香火院，於是與第四十九回前後照應。就在這時，已是周守備寵妾的春梅來了。寺中從長老到眾僧，無不畢恭畢敬。春梅並不到寺院，而是徑奔金蓮墳前燒香祭奠，放聲大哭。祭奠之後春梅才來寺內，長老殷勤接待，卻將月娘等人放在一邊。春梅與月娘等人相見，十分謙恭。作者有意渲染她對潘金蓮的忠心，著力刻畫其有情有義，反襯出月娘的刻薄寡恩。

上述與玉皇廟、永福寺有關的情節，崇禎本和詞話本的描寫基本相同，只是回目稍有差異而已。由於崇禎本在第一回中就將這一座道觀、一座寺院巧妙帶出，因而比詞話本前後銜接就更為緊密貫通。

三、刻畫人物

崇禎本第一回還借助玉皇廟中道教神仙的畫像，成功地刻畫了應伯爵這一人物的性格特徵。在吳道官的陪同下，西門慶與應伯爵等人觀看玉皇廟內的畫像：「上面掛的是昊天金闕玉皇上帝，兩邊掛着的紫府星官，側首掛着便是馬、趙、溫、黃四大元帥。」白賚光見馬元帥三只眼，便對常峙節說道：「哥，這卻是怎的說？如今世界，開只眼閉只眼兒便好，還經得多出只眼睛看人破綻哩！」應伯爵聽見，走過來道：「呆兄弟，他多只眼兒看你倒不好麼？」眾人笑了。馬元帥亦稱「靈官馬元帥」「三眼靈光」「華光天王」「馬天君」等，玉帝封其為「火部兵馬大元帥」，與趙西元帥、溫瓊元帥和關聖帝君並稱道教「護法四元帥」。民間傳說他有三只眼，分別為火之精、火之星、火之陽，故俗稱「馬王爺三只眼」。白賚光本來是說社會上見不得人的醜事太多了，人們只好睜

一只眼閉一只眼，裝做看不見罷了。但是應伯爵卻另有他意，將話題轉到了西門慶身上。意謂如果西門慶能夠多多看顧眾弟兄，大夥都有好處。此話一出，眾人心領神會，所以都笑了起來。寥寥數語表現出了應伯爵的狡黠，及其與西門慶結拜兄弟的真實意圖。

常峙節又指着溫元帥說道：「二哥，這個通身藍的，卻也古怪，敢怕是盧杞的祖宗？」所謂溫元帥，相傳為浙江溫州人，名瓊，字子玉。其母曾夜夢「火精」降神於腹，懷孕而生溫瓊。二十餘歲時舉進士不第，乃撫几歎道：「生不能致君澤民，死當為泰山神，以除天下惡厲。」死後變化為青面赤髮之神，玉帝封為「亢金大神」。[6]因其藍面赤髮，所以常峙節說他「通身藍的」。機敏的應伯爵馬上又找到了話題，以溫元帥通身藍色為調侃對象講了個笑話，「說的眾人大笑」。這一笑話其實是應伯爵拿自己的幫閒身分作調侃對象，目的是讓西門慶高興。從中也不難見出應伯爵可憐而又可笑的處境。

緊接着是黑臉的趙玄壇元帥，「身邊畫着一個大老虎」。白賚光指着道：「哥，你看這老虎，難道是吃素的，隨着人不妨事嗎？」應伯爵笑道：「你不知，這老虎是他一個親隨的伴當兒哩。」謝希大伸着舌頭道：「這等一個伴當隨着我，一刻也成不的。不怕他要吃我麼？」應伯爵對西門慶說：「這等，虧他怎地過來？」西門慶還沒有明白其中的含義，應伯爵道：「子純，一個要吃他的伴當隨不的，似我們這等七八個要吃你的隨你，卻不嚇死了你罷了。」應伯爵心中十分清楚，包括自己在內的追隨西門慶左右的所謂「伴當兒」，實際上不過都是一隻隻吃人的老虎，只要主人稍有疏忽，這些老虎便會將主人吃掉。應伯爵的這個笑談猶如一個讖卜，後來果然變成了事實。

由這隻老虎引出了景陽崗上的「吊睛白額老虎」，當聽說縣裏出五十兩賞錢捉拿老虎時，白賚光說道：「咱今日結拜了，明日就去拿他，也得些銀子使。」西門慶道：「你性命不值錢麼？」白賚光笑道：「有了銀子，要性命怎的！」眾人齊笑起來。應伯爵緊接着講了個要錢不要命的笑話，說得眾人哈哈大笑。在一次次笑聲中形容畢肖地描畫出了這群結拜兄弟視金錢如生命的內心世界。應當指出的是，所謂的道教四大護法元帥，有不同的說法，一般指馬、溫、趙、關，關即關羽。也有說是指馬超、趙雲、呂布（溫侯）、關羽，但如果是指這四人，所謂「三隻眼」「藍面」等就對不上號了。崇禎本說四大元帥為馬、溫、趙、黃，如果按後一說法，「黃」可以指黃忠，如果按前一種說法，黃指何人，就不得而知了。

吳道官所安排的結拜兄弟的儀式，按道教祈禱的規定進行，其中一項是要焚燒疏紙。所謂疏紙，就是一篇向天祈禱的疏文，文後要寫上每一個人的名字，這就關係到誰先誰後的問題。按照民間習俗，結拜兄弟時以年齡為長幼順序。在西門慶等十人中，明明應

6　《道教小辭典》，上海：上海辭書出版社，2001 年，頁 64。

伯爵年齡最長，但他一定要讓西門慶做老大。應伯爵說得好：「如今年時，只好敘些財勢，那裏好敘齒？若敘齒，還有大如我的哩。且是我做大哥，有兩件不妥：第一，不如大官人有威有德，眾弟兄都服你；第二，我原叫應二哥，如今居長，卻又要叫應大哥了，倘或有兩個人來，一個叫『應二哥』，一個叫『應大哥』，我還是應『應二哥』應『應大哥』呢？」結果西門慶做了大哥。花子虛雖然有錢，也只做了四哥。

　　應伯爵是《金瓶梅》中十分重要的一位人物，但在詞話本中，直至第十回才首次登場。崇禎本則在第一回中就通過宗教描寫刻畫了其複雜的性格，生動形象，為後面這一人物的發展奠定了基礎。

《金瓶梅》敘事的
「時間倒錯」及其意義

　　中國古代章回小說在篇幅大體相似的情況下，或講述百餘年之事，或講述數十年之事；有時一天之事用一回甚至幾回講述，有時數年之事幾句話便一帶而過。這種現象在敘述學理論中稱之為「時間倒錯」。《金瓶梅》在「時間倒錯」上的基本特徵及其功能意義從時距、預敘、頻率三個方面得到了具體的體現。

　　法國學者克利斯蒂安‧麥茨曾指出：「敘事作品是一個具有雙重時間性的序列」，「所講述的事情的時況和敘述的時況（*所指的時況和能指的時況*）。這個二元性不僅可以造成時況上的扭曲──這在敘事作品中司空見慣，例如主人公三年的生活用小說中的兩句話或者電影中幾個『反覆』剪接的鏡頭來概括──，而且，更根本的是，我們由此注意到，敘事作品的功能之一即是把一個時況兌現在另一個時況當中。」[1]作為書面文學敘事作品的小說，也必然要涉及到上述兩種時況，即「故事的時況」與「敘事的時況」。所謂「故事的時況」，即小說所講述的那個或真或假的故事的實際時間；所謂「敘事的時況」，是指該故事在小說文本中所呈現的時間狀態。我們可以發現，這兩種時間有着明顯區別。法國敘事學家日奈特將二者的不一致稱為「時間倒錯」，其區別主要表現在「時距」「順序」和「頻率」等幾個方面。[2]《金瓶梅》敘事的「時間倒錯」上承《三國志演義》《水滸傳》，下啟《儒林外史》《紅樓夢》，在中國章回小說的發展中具有獨特的意義。

一

　　在敘事學中，故事時間與敘事時間長短的比較叫做「時距」，它表現為四種基本形

1　〔法〕克利斯蒂安‧麥茨：〈論電影的指事作用〉，張寅德《敘事學研究》，北京：中國社會科學出版社，1989 年，頁 194。

2　〔法〕傑拉爾‧日奈特：〈論敘事文話語〉，張寅德《敘事學研究》，頁 196。

式，即省略、概述、場景和停頓。這四種時距的交叉變化，便構成了小說的節奏。所謂「省略」，即指故事時間無限長於敘事時間，或者說敘事時間幾乎為零。日奈特認為：「從時間角度講，對省略的分析就在於研究被省略掉的故事時況。這裏，首先要知道這段時長是否有所交代（確定的省略和不確定的省略）。」[3]其次，從形式角度還應區分出「明示的省略」「暗示的省略」和「假設的省略」。明示的省略常常出現「過了幾年」之類的話，因而非常接近快速的概述。暗示的省略則不露聲色，我們只能根據某個時間上的空白去推斷。假設的省略是一種形式最隱蔽的省略，我們無法確定其位置，只能從某段追述中去捕捉。所謂「概述」，即指「在文本中把一段特定的故事時間壓縮為表現其主要特徵的較短的句子，故事的實際時間長於敘事時間」。[4]日奈特認為，「一直到十九世紀末，概略始終是兩個場景之間最平常的過渡形式，猶如舞台的『背景』，因此是小說體敘事文的最好的連接組織。一部小說的基本節奏就在於概略和場景的相互交替。」[5]所謂「場景」，一般是指與故事時間等同的人物對話。「停頓」則指敘述時間無限制的延長，如靜態的描寫、敘述者的議論等等，這時故事時間近似於零。

中國古代長篇章回小說長則敘近百年之事，如《三國志演義》；短則敘數十年之事，如《金瓶梅》《紅樓夢》。且大都是按照時間的順序進行講述。按照常理，以大體相同的篇幅敘述長短不一的故事，自然是故事時間長的其敘事中的省略就多；反之，則敘事中的省略就少。但把《三國志演義》和《金瓶梅》作一番比較，就會發現實際情形並非如此。

《三國志演義》共 120 回，故事時間為 111 年，《金瓶梅》共 100 回，故事時間為 20 餘年。前者平均每回就要講述一年的事，後者平均每五回才講述一年的事。但具體到某一回，其敘事時間卻有很大的差異。《三國志演義》第一回開始於漢靈帝建寧二年（169 年），第二回便敘述到漢靈帝中平六年（190 年）。也就是說僅僅兩回便講述了 21 年的事。這其中肯定有概述，當然也必定有省略。我們來看下面一段文字：

> 建寧二年四月癸巳，帝御溫德殿，方升座，殿角狂風驟起，只見一條大青蛇，從樑上飛將下來，蟠於椅上。帝驚倒，左右急救入宮，百官俱奔避。須臾蛇不見了。忽然大雷大雨，加以冰雹，落到半夜方止，壞卻房屋無數。建寧四年二月，洛陽地震；又海水氾濫，沿海居民，盡被大浪捲入海中。光和元年，雌雞化雄；六月丁丑黑氣十餘丈，飛入溫德殿中；秋七月，有虹見於玉堂；五原山岸，盡皆崩

3　〔法〕同前註，頁 221。

4　羅鋼：《敘事學導論》，昆明：雲南人民出版社，1994 年，頁 148。

5　〔法〕傑拉爾・日奈特：〈論敘事文話語〉，張寅德《敘事學研究》，頁 219。

裂。[6]

建寧二年為西元 169 年，光和元年為西元 178 年，這就是說，這短短的幾句便講述了九年的事。我們可以這樣認為，建寧三年、建寧五年和熹平元年至五年共七年的事被敘述者省略了。雖然省略的時間很多，卻都是暗示的省略。在敘述「桃園三結義」時，時間雖然很緊湊，但仍然有省略：「來日，收拾軍器，但恨無馬匹可乘。正思慮間，人報有兩個客人，引一夥伴當，趕一群馬，投莊上來。」「正思慮間」，竟思慮了多久，敘述者雖然沒有交代，但其中肯定有時間的省略。另外，明示的省略也偶爾使用，如「不數日」「過了數日」等等。再如第八回「卓偶染小疾，貂蟬衣不解帶，曲意逢迎，卓心愈喜」。然後敘述者講述了董卓與呂布因為貂蟬而積怨之事。接下來敘述者寫道：「卓疾既愈，入朝議事。布執戟相隨……」董卓究竟病了多久，敘述者沒有交代，但其中也必定有時間的省略。

第二十一回袁術死時為建安四年（199 年），至第三十二回袁紹之死為建安七年（202 年），十回講述了三年的事。在這十回中，如同前面那種大的省略已不復存在，但仍有暗示的省略，如第二十三回中的一段：

> 建安五年元旦朝賀，見曹操驕橫愈甚，感憤成疾。帝知國舅染病，令隨朝太醫前去醫治。此醫乃洛陽人，姓吉，名太，字稱平，眾人皆呼為吉平，當時名醫也。平到董承府用藥調治，旦夕不離，常見董承長吁短歎，不敢動問。時值元宵，吉平辭去，承留住，二人共飲。

從元旦到元宵，敘述者用了暗示的省略。總起來看，《三國志演義》中暗示的省略要遠遠多於明示的省略。相比之下，《金瓶梅》[7]的敘事速度要慢得多，從第一回到第七十九回「西門慶貪欲喪命」，這 79 回書講述了六七年的事，也就是說平均 11 回講述一年的事。後 21 回則講述了 15 年的事，平均一回多講述一年的事。但我們可以發現前 79 回中的省略並不見得就少。如前兩回中就有以下幾處省略：

1. 九月廿五日，西門慶與吳月娘商議結拜兄弟之事，「話休饒舌。撚指過了四五日，卻是十月初一日」。這兒省略了五天。

2. 十月初二日，西門慶叫家人來保、來興等將豬、羊、酒及五錢銀子送到玉皇廟。「須臾，過了初二。次日初三早，……」這兒省略了一天。

6　本文所引《三國志演義》原文，均據濟南山東文藝出版社 1991 年版。
7　本文所引《金瓶梅》原文及張竹坡評語，均據濟南齊魯書社 1987 年版。

　　3.「卻說光陰過隙，又早是十月初十外了。一日，西門慶正使小廝請太醫……」這兒明示的省略為七天，另外還有暗示的省略。因為這兒所說的「一日」，並不一定就是十一日或十二日，但也不會相距太久。

　　4. 西門慶在大街上見到武松的當日，清河縣知縣「便參武松做了巡捕都頭」。「卻說武松一日在街上閒行……」，從武松做都頭到在街上閒行的這一日，其中也有暗示的省略。以上是第一回中的省略。

　　5. 武松見到武大的當天，便搬到了哥哥家中，「話休絮煩。自從武松搬來哥家裏住……」，這裏有明示的不確定的省略。

　　6.「有話即長，無話即短。不覺過了一個月有餘，看看十一月天氣，連日朔風緊起，只見四下彤雲密佈，又早紛紛揚揚，飛下一天瑞雪來。」這兒有一個多月的明示的省略。

　　7.「這武松自從搬離哥家，撚指不覺雪晴過了十數日光景。」這裏有十幾天明示的省略。

　　8. 武松受知縣委派去東京後，「白駒過隙，日月如梭，才見梅開臘底，又早天氣回陽。一日，三月春光明媚時分……」這裏有三個多月暗示的省略。

　　以上是第二回中的省略。從九月廿五日到第二年三月，在這半年中共有八處省略，最少的省略為一天，最多的省略則有三個多月。由此可見，《金瓶梅》敘事速度之所以比《三國志演義》慢，關鍵不在於省略的多少，而取決於場面描寫的細緻。

　　《三國志演義》第三十八回「定三分隆中決策」是決定三分天下的關鍵一回，劉備與諸葛亮的對話也是《三國志演義》中最詳盡的對話描寫之一，但充其量不過寥寥幾百字。第四十三回〈諸葛亮舌戰群儒〉更是《三國志演義》中的重頭戲，但也僅用了多半回。至於日常飲食起居，《三國志演義》很少述及。這正是它能用一百二十回的篇幅講述一百餘年三國紛爭的原因。

　　《金瓶梅》則不同，它將大量筆墨用於日常生活的敘述上，以此來刻畫人物，表現世態人情。如第二十八回圍繞着潘金蓮丟失的一只繡鞋便整整寫了一回。再如第三十三回「陳敬濟失鑰罰唱」，陳敬濟向潘金蓮討還鑰匙這樣一件小事，卻寫得非常細緻。至於概述，《三國志演義》顯然要多於《金瓶梅》。在停頓方面，兩部小說有所不同。《三國志演義》中敘述者往往借助「後人有詩曰」的形式進行議論，《金瓶梅》則常常用一段韻文來寫景狀物。這種形式顯然是從《水滸傳》和《西遊記》繼承而來。

二

　　在敘述學中，提前講述某個後來才發生的事件的逆時序稱為「預敘」。預敘有明示

與暗示之別,明示的預敘清楚地交代出在某一具體時間之後發生的某一件事;暗示的預敘只隱約地預示人物未來的命運和結局。預敘還有內在式和外在式的區別,發生在第一敘事時間以內的為內在式,發生在第一敘事時間以外的為外在式。在預敘中經常使用的還有「重複預敘」,即第一次表現某一個即將在以後的時間內反覆發生的事件時,便對此後該事件的重複發生給以預告。在中國古代章回小說中,預敘的使用極為普遍。

《三國志演義》《水滸傳》中的預敘經常以伏筆的形式出現,或是對後來情節的提示,或是對後來情節的重複,或是對人物命運的暗示。《金瓶梅》則更多地運用占卜來做暗示的預敘。張竹坡在第二十九回前的總評中說道:「此回乃一部大關鍵也。上文二十八回一一寫出來之人,至此回方一一為之遙斷結果。蓋作者恐後文順手寫去,或致錯亂,故一一定其規模,下文皆照此結果此數人也。此數人之結果完,而書亦完矣。直謂此書至此結亦可。」第二十九回之所以如此重要,就是因為此回以相面這一預敘方式在為小說中的人物「遙斷結果」,這便是「吳神仙冰鑒定終身」。借助相面占卜來預示人物將來之命運,這是《金瓶梅》的一個獨創。

吳神仙的占卜既有對眼前事件的預示,如說西門慶「旬日內必定加官」,「今歲間必生貴子」,李瓶兒「山根青黑,三九前後定見哭聲」,大姐「不過三九,當受折磨」等等。又有對將來事件的預示,如說西門慶「中歲必然多耗散」,吳月娘「必得貴而生子」,孟玉樓「到老無災,大抵年宮潤秀」,潘金蓮「唇中短促,終須壽夭」,孫雪娥「後來必主凶」,春梅「必得貴夫而生子,早年必戴珠冠」等等。這種預示與當前諸人的情形有着較大的差距,所以吳月娘有些懷疑,認為有三個人相得不對:一是李瓶兒懷着身孕,而非實疾;二是大姐不會受什麼折磨;三是春梅不會有夫人之分。吳月娘的懷疑,也正是讀者的疑問,由此造成了懸念。

與此回相映照,第四十六回再次以占卜來預示人物的命運,這便是「妻妾戲笑卜龜兒」。這次不是相面,而是卜龜兒。被占卜者僅有月娘、玉樓、瓶兒三人。占卜中特別點明月娘「往後只好招個出家的兒子送老罷了。隨你多少也存不的」,暗示了孝哥將來出家的命運,同時又對吳神仙所說的「必得貴而生子」做了補充。對李瓶兒又一次明確指出「主有血光之災,仔細七八月不見哭聲才好」。張竹坡在此回的總評中說道:「此回自吳神仙後又是一番結果也。」指明了兩回的內在聯繫。他又說道:「卜龜兒,止月娘、玉樓、瓶兒三人,而金蓮之結果,卻用自己說出,明明是其後事,一毫不差。而看者止見其閒話,又照管上文神仙之相,合成一片。至於春梅,乃用迎春等三人同時一襯。其獨出之致,前程若高抬貴手,文字變動之法如此。否則,一齊卜龜,不與神仙之相重複刺眼乎?」相面與卜龜雖有聯繫,但絕不雷同,將兩者合而觀之,清晰地預示了人物的命運。

《金瓶梅》也經常運用重複預敘的方式，如第六回寫西門慶與潘金蓮勾搭成姦，「自此和婦人情沾意密，常時三五夜不歸去，把家中大小丟得七顛八倒，都不歡喜」。這就意味着在以後相當長的時間裏，潘金蓮和西門慶都在肆無忌憚地鬼混，武松為兄復仇也就勢在必然。再如第十二回潘金蓮痛罵李桂姐，不防李嬌兒在窗外偷聽，「見金蓮罵他家千淫婦萬淫婦，暗暗懷恨在心。從此二人結仇，不在話下」。張竹坡評道：「未入私僕，先安敗露之因，此謂之預補法。」張竹坡所說的「預補法」，實際就是預敘。「自此為始，每夜婦人便叫琴童進房如此。未到天明，就打發出來。」這一重複預敘說明兩人的淫亂不是一天兩天。第二十二回宋蕙蓮與西門慶有了姦情後，「這婦人每日在那邊，或替他造湯飯，或替他做針指鞋腳，或跟着李瓶兒下棋，常賊乖趨附金蓮」。這一預敘告訴人們，宋蕙蓮在以後的日子裏，越來越張揚，最後終於遭到了暗算。

《金瓶梅》的敘述者有時直接出面向讀者講述後事，這是比較特殊的預敘方式。如第三十一回西門慶慷慨地借給吳典恩一百兩銀子，這時敘述者說道：「看官聽說，後來西門慶死了，家中時敗勢衰，吳月娘守寡，被平安兒偷盜出解當庫頭面，在南瓦子里宿娼，被吳驛丞拿住，痛刑拶打，教他指攀月娘與玳安有姦，要羅織月娘出官，恩將仇報。此係後事，表過不提。」敘述者在這兒將 60 餘回之後的事預敘出來，目的在於揭示出人情的冷暖，正如張竹坡所說：「又明插後事，乃作者著書之意也。」

再如第四十九回曾巡按被蔡京治罪，黜為陝西慶州知州。「太師陰令盤就劾其私事，逮其家人，鍛煉成獄，將孝序除名，竄於嶺表，以報其仇。此係後事，表過不提。」這一預敘講述的是另一線索之事，可視為外在式的預敘。同一回中，西門慶託蔡御史關照苗青之事，蔡御史一口應承。敘述者說道：「看官聽說：後來宋御史往濟南去，河道中又與蔡御史會在那船上。公人揚州提了苗青來，蔡御史說道：『此係曾公手裏案外的，你管他怎的？』遂放回去了。」然後又接到現在，「當日西門慶要送至船上，蔡御史不肯」。將後來發生的事順便插在此處，填補了以後敘事的空白。在第七十回的最後，敘述者說道：「今月娘懷孕，不宜令僧尼宣卷，聽其死生輪回之說。後來感得一尊古佛出世，投胎奪舍，幻化而去，不得承受家緣，蓋可惜哉！」張竹坡評道：「明明結出。」的確如此，敘述者的這一預敘把月娘及孝哥的結局和盤托出。但這並不等於取消了讀者的期待心理，讀者反而更想知道孝哥為什麼好端端地會出家，增強了小說的吸引力。

日常生活的安排有時也通過人物之口預敘出來，如第三十五回西門慶對白賚光說道：「明日管皇莊薛公公家請吃酒，路遠去不成。後日又要打聽新巡按。又是東京太師老爺四公子又選了附馬，童太尉侄男天胤新選上大堂，指揮使僉書管事。兩三層都要賀禮。這連日通辛苦的了不得。」既概述了西門慶與官府的密切聯繫，又婉言拒絕了白賚光。更典型的是第六十二回李瓶兒臨終之時對後事的安排，她將西門慶打發走之後，分

別囑咐了王姑子、馮媽媽、如意兒、迎春、繡春等人。第二天一早，又囑咐了吳月娘。敘述者說道：「看官聽說：只這一句話，就感觸月娘的心來。後次西門慶死了，金蓮就在家中住不牢者，就是想着李瓶兒臨終這句話。」這一預敘充分表現了李瓶兒的性格特徵，並為後來的情節發展做了交代。再如第六十九回，西門慶初調林太太時，要敬林太太一杯酒。這時文嫂在旁插口說道：「老爹且不消遞太太酒，這十一月十五日是太太生日，那日送禮來與太太祝壽就是了。」西門慶心領神會，馬上說道：「阿呀，早時你說！今日是初九，差六日，我在下已定來與太太登堂拜壽。」這就為再調林太太作了預示。

　　暗示的預敘還有一種形式，即將以後才發生的重大事件先在前面安排一些伏筆，如李瓶兒之子官哥兒因被獅子貓驚嚇而死，早在此之前，已經多處提到官哥兒膽小，提到潘金蓮馴養獅子貓撲食。再如第七十六回王婆來看潘金蓮，潘金蓮問了一句：「你兒子有了親事未？」這句看似無意的問話，實際上為後來潘金蓮與王潮兒的姦情作了暗示。第八十四回普淨法師要化月娘之子孝哥兒作徒弟，月娘說道：「小兒還小，今才不到一周歲兒，如何來得？」法師道：「你只許下，我如今不問你要，過十五年才問你要哩。」張竹坡評道：「非結十五年，乃開下十六回之事也。」這一預敘既暗示了孝哥兒將來的出家，又為下文做了鋪墊。

三

　　敘述頻率是敘述時間性的又一個方面，日奈特將其區分為單一性敘述、重複性敘述和綜合性敘述三種類型。單一性敘述是指講述一次發生過一次的事或講述若干次發生過若干次的事，重複性敘述是指講述若干次發生過一次的事，綜合性敘述是指講述一次發生過若干次的事。[8]

　　講述一次發生過一次的事，是一種最常見的敘述形式，無須贅言。但講述若干次發生過若干次的事，則是一種比較獨特的敘述形式。這種形式在《三國演義》《水滸傳》《西遊記》中使用得都非常頻繁，如三讓徐州、三顧茅廬、三氣周瑜、七擒孟獲、六出祁山、九伐中原、宋江三打祝家莊、兩贏童貫、三敗高俅、屍魔三戲唐三藏、孫行者三調芭蕉扇等等，都屬於這種敘述形式。《金瓶梅》則有了新的變化，除第五十五回「西門慶兩番慶壽旦」、第六十九回「招宣府初調林太太」、第七十八回「林太太鴛幃再戰」等與上述所舉例子相同外，還有兩種比較特殊的單一性敘述。一是西門慶和某一女子不計其數而又重複再三的淫亂，並無任何新鮮內容，敘述者卻不厭其煩地多次講述，目的

8　〔法〕傑拉爾・日奈特：〈論敘事文話語〉，張寅德《敘事學研究》，頁225-226。

顯然在於更好地刻畫出西門慶縱欲貪色的性格特徵。二是近似的人物、近似的事件多次出現。正如張竹坡在《批評第一奇書《金瓶梅》讀法》中所說：

> 《金瓶梅》妙在善於用犯筆而不犯也。如寫一伯爵，更寫一希大，然畢竟伯爵是伯爵，希大是希大，各人的身分，各人的談吐，一絲不紊。寫一金蓮，更寫一瓶兒，可謂犯矣，然又始終聚散，其言語舉動，又各各不亂一絲。寫一王六兒，偏又寫一賁四嫂。寫一李桂姐，偏又寫一吳銀姐、鄭月兒。寫一王婆，偏又寫一薛媒婆、一馮媽媽、一文嫂兒、一陶媒婆。寫一薛姑子，偏又寫一王姑子、劉姑子。諸如此類，皆妙在特特犯手，卻又各各一款，絕不相同也。

張竹玻特別強調了這些人物的同中有異，但他們在異中也有相同的一面，否則就失去了比較的基礎。對他們的這些相同之處，敘述者運用了單一性敘述的方式，這樣才能夠使讀者明白，這類人物、這類事件並非偶然現象，而是社會上普遍存在的現實。

重複性敘述也是章回小說常用的敘述方式，在故事中發生過一次的事，在小說中卻反覆講述若干次，這種敘述方式可以取得某種特殊效果。《三國志演義》《水滸傳》中或是不同的人物反覆講述同一事情，或是同一人物反覆講述同一事情，或是某一人物反覆講述自己曾經做過的同一事情。由於《金瓶梅》主要描寫妻妾之間的勾心鬥角，所以其大量的重複性敘述是某人背後重述另一人所做之事，以此來製造矛盾、撥弄是非。如第十一回西門慶讓秋菊到廚房對孫雪娥說要吃荷花餅、銀絲鮓湯，約有兩頓飯時也不見拿來，又讓春梅去催。春梅走去罵了秋菊幾句，這下惹惱了孫雪娥，對着春梅破口大罵。春梅回來向西門慶和潘金蓮重述了孫雪娥所罵的話。「西門慶聽了大怒，走到後面廚房裏，不由分說，向雪娥踢了幾腳，罵道：……」

類似的重複性敘述可以說不勝枚舉，最典型的要數第二十五回。來旺兒一天喝醉了酒，對一夥家人小廝罵起了西門慶，不想被來興兒聽見，便對潘金蓮和孟玉樓一五一十地重述了一遍。孟玉樓問潘金蓮，西門慶與宋蕙蓮是否有姦情，潘金蓮便將西門慶與宋蕙蓮在藏春洞中的事告訴了孟玉樓。西門慶晚上回家後，看見潘金蓮淚流滿面，「問其所以」，潘金蓮又對西門慶將來旺兒所罵的話重述了一遍。可以發現，重複性敘述主要出現在前八十回，後二十回則明顯減少。這也是《金瓶梅》前八十回敘事節奏較慢的重要原因。所謂綜合性敘述就是把若干次類似的事件用一次敘述行為來承擔，這種敘述方式有三種表現形式：一是作為某次具體敘述的背景，二是作為對以往事情的總結，三是作為對未來事情的提示。《三國志演義》和《水滸傳》中的綜合性敘述都比較多見，但在《金瓶梅》中卻明顯減少。有些發生多次的事在一次講述完畢之後，後面還會再次提及。

　　第六回武大被害死以後，西門慶「自此和婦人情沾意密，常時三五夜不歸去，把家中大小丟得七顛八倒，都不歡喜」。這一綜合性敘述是對以往事情的總結，但後來又多次寫到兩人的淫亂。至於家中如何「七顛八倒」，後面也未做交代。再如第十八回由於潘金蓮的挑撥，「自是以後，西門慶與月娘尚氣，彼此覿面都不說話。月娘隨他往那房裏去，也不管他；來遲去早，也不問他；或是他進房中取東取西，只教丫頭上前答應，也不理他。兩個都把心來冷淡了」。這一綜合性敘述同樣是對以往事情的總結，然而西門慶和月娘的關係到後來也並未更加緊張。接下來寫潘金蓮又用了綜合性敘述：「且說潘金蓮自西門慶與月娘尚氣之後，見漢子偏聽，以為得志。每日抖擻着精神，妝飾打扮，希寵市愛。」這一綜合性敘述帶有提示性質，為後來勾搭陳敬濟做了鋪墊。同樣的綜合性敘述在第六十回又出現了一遍：「話說潘金蓮見孩子沒了，每日抖擻精神，百般稱快。」實際上潘金蓮「抖擻精神」並非一朝一夕，她情緒不振的時候很少。再如第十一回的結尾處，寫西門慶「每日大酒大肉，在院中玩耍，不在話下」。雖然敘述者說了：「不在話下」，但緊接着在下一回便詳細講述了西門慶在院中淫亂的情形。由此可見《金瓶梅》中的綜合性敘述與《三國志演義》《水滸傳》有所不同，這也是人情小說的普遍特徵。

《金瓶梅》《紅樓夢》色空觀念之比較

　　色空觀念是佛教的重要觀念之一。佛教認為有情的組織是由「色受想行識」五種因素積聚而成，是為「五蘊」。其中色蘊相當於物質現象，它包括「四大」（地水火風）和由「四大」所組成的感覺器官以及感覺的對象，總括了時間和空間的一切現象。佛教大乘空宗認為「五蘊」和合的人我以及「五蘊」在本質上是空的，世界上的萬物只是一種假象而已。這種觀念與傳統的「生死無常」「人生如夢」的意識相結合，遂對文學創作給予深刻影響。《紅樓夢》與《金瓶梅》堪稱中國小說史上的兩枝奇葩，有趣的是，它們都是以家庭生活為題材的世情小說，其作者都是以色空觀念來指導自己的創作。比較一下二者色空觀念的異同，我們便可以發現，《紅樓夢》為什麼能夠超越《金瓶梅》而進入到一個更高的審美層次之中，《紅樓夢》為什麼比《金瓶梅》更具有震撼人心的悲劇力量，《紅樓夢》為什麼比《金瓶梅》更易引發人們對人生的思考。

一、家庭、家族的盛衰與色空觀念

　　若從家庭、家族的盛衰消長來看，《金瓶梅》也好，《紅樓夢》也好，都貫穿着盛極必衰的色空觀念，但是造成盛衰的原因，二者卻截然不同。

　　《紅樓夢》中賈府的盛主要是依靠政治的原因，是憑藉着文治武功的封賞。《金瓶梅》中西門慶家的盛則是憑藉着金錢的勢力，靠着謀財娶婦、經商放債、收受賄賂等精明的手段。這些都是盡人皆知的事實，毋庸贅述。由於他們興盛發家的原因不同，故而他們由盛轉衰的原因也不相同。西門慶家的由盛轉衰至為簡單明瞭，這便是作為一家之主的西門慶「貪欲喪命」。西門慶一死，一個有萬貫家財、數十口人的官商之家，頃刻間支離破碎，人財兩空，真可謂「盛由一人，敗由一人」。西門慶家的由盛轉衰，向人們傳遞了這樣一個資訊，即「財色」誘人亦害人。正如張竹坡評語所說：「此回總結『財色』二字利害，故『二八佳人』一詩，放於西門泄精之時，而積財積善之言，放於西門一死之時。西門臨死囑敬濟之言，寫盡癡人，而許多帳本，總示人以財不中用，死了帶不去

也。」[1]因此，西門慶家由盛轉衰的原因是十分顯明的，其中寓示的道理也是非常確定的，是人們可以理解和把握的，在某種意義上說，也是人們可以防止的。這也正是作者向世人進的箴言。

相比之下，賈府的由盛轉衰就遠非如此簡單劃一、清晰可辨了。究竟是什麼原因造成了賈府的由盛轉衰呢？在前八十回中，至少可以發現兩明一暗三方面的原因。第二回冷子興演說榮國府時有一句名言，這就是「百足之蟲，死而不僵」。它告訴我們，《紅樓夢》所敘故事伊始，賈府「已不及先年那樣興盛」：「如今生齒日繁，事務日盛，主僕上下，安富尊榮者盡多，運籌謀劃者無一；其日用排場費用，又不能將就省儉，如今外面的架子雖未甚倒，內囊卻也盡上來了。」[2]冷子興所指出的可以說是賈府衰落的原因之一。這實際上是一個無法避免的兩難問題。作為貴族官宦之家，必然「生齒日繁，事務日盛」，這甚至可以說是興盛的標誌。不講究排場，就稱不上是鐘鳴鼎食之家；「將就省儉」，就顯示不出大家風範。在這種環境中生活的貴族後代，難免不「安富尊榮」，而且這四個字也往往被貴族之家引為自豪，並不見得就是壞事。這樣看來，賈府的由盛轉衰實在是合乎規律的一個運作過程。

問題還並非僅在於此，正如冷子興緊接下去的一番評論：「這還是小事。更有一件大事：誰知這樣鐘鳴鼎食之家，翰墨詩書之族，如今的兒孫，竟一代不如一代了！」這可以說是賈府衰落的原因之二。這更是一個無法挽回的難題。一方面封建教育從內容到形式都日益顯示出其虛偽與僵化，安富尊榮的貴族子弟們早已將其置之腦後，只知求仙訪道、尋歡作樂、奢侈靡費、醉生夢死，從而促使了封建家庭的衰落。另一方面，新生的個性解放思潮、初步的民主思想，逐漸浸潤到貴族子弟之中，孕育了一批封建禮教、封建專制的叛逆者，他們從另一個角度也同樣促使了封建家族的衰落。

上述使賈府衰落的兩個原因雖無法避免，但尚能讓人把握，所以作為旁觀者的冷子興能夠覷得真、道得明，一番演說便切中了要害。然而賈府之所以衰落還有更隱晦也更深刻的原因。這些原因不僅無法避免，而且讓你不能明說，只能心領神會，以暗示的手法去表現，即朝廷內部的傾軋，瞬息萬變的政治風雲。

早在第二十二回中元春的燈謎便已透出不祥之兆。元春得寵，是賈家興盛的政治保證；她的短壽也必然使賈家「回首相望已化灰」。而元春為何短壽？這其中也頗有些難言之隱。到了第七十五回，甄家犯罪被抄暗示著賈府的未來命運。儘管賈母勉強寬解：「咱們別管人家的事，且商量咱們八月十五日賞月是正經。」但仍難免「兔死狐悲，物傷

1　本文所引《金瓶梅》原文及張竹坡評語，均據濟南齊魯書社 1987 年版。
2　本文所引《紅樓夢》原文及脂硯齋評語，均據濟南山東文藝出版社 1993 年版。

其類」的感慨。中秋慶團圓時，賈母聯想當年的時光，「到今夜男女三四十個，何等熱鬧。今日就這樣，太少了」。第七十六回「凸碧堂品笛感淒清」，賈母的傷感進一步深重，「可見天下事總難十全」，「說畢，不覺長歎一聲」。當聽到悲怨的笛聲時，「賈母年老帶酒之人，聽此聲音，不免有觸於心，禁不住墮下淚來」。賈母的心事究竟是什麼呢？作者雖未明言，但聯繫前面甄家被抄的消息，以及賈珍開夜宴時聽到的異兆悲音，便能夠領悟到個中的消息。

曹雪芹不愧是一位高手，他用撲朔迷離之筆隱而不露地暗示着賈府衰落的政治原因，這就造成了更大的恐懼和憂患效果。封建專制的殘酷狠毒與變幻不定足令人不寒而慄，一旦捲入朝廷政治漩渦之中，命運便難以自行把握。賈府的興衰自然而然地與朝廷政治發生了關聯，其由盛轉衰也就愈加難以估摸。時時存有不祥的預感，終日在戰戰兢兢中過活，說不定什麼時候災難便會降臨到自己頭上，這就更易產生人生如夢的幻滅感。曹雪芹的這些隱衷在後四十回中被和盤托出。「錦衣軍查抄寧國府」與元妃的薨逝不能說沒有關係，賈母禱天消禍、明大義散餘資，無可奈何之際，只好乞救於神靈。同樣是家庭的衰落，同樣是色空觀念，《金瓶梅》寫得質實故可切實地把握，甚至於設法避免。《紅樓夢》則寫得空靈，故難以把握更無法避免。因此，兩者色空觀念所造成的藝術力量是不同的，給人們所帶來的美感體驗也是不同的。

二、人物命運與色空觀念

若從主要人物的命運來看，《金瓶梅》也好，《紅樓夢》也好，都貫穿着人生如夢的色空觀念，但由色至空的過程，二者卻大相徑庭。

西門慶的一生，是縱欲的一生。他得到了、占有了他所有想得到的女人。他偷娶了潘金蓮，逼占了李瓶兒，擁有一妻五妾之後，仍不能滿足他的淫欲。僕婦宋蕙蓮、如意兒、王六兒、賁四嫂，妓女李桂姐、鄭愛月，乃至有身分的林太太，都先後成為他泄欲的玩物。

西門慶的一生，是聚斂財富的一生。他家中本來「算不得十分富貴」，僅是「清河縣中一個殷實的人家」，但只為他「生來秉性剛強，作事機深詭譎，又放官吏債，就是那朝中高、楊、童、蔡四大奸臣，他也有門路與他浸潤，所以專在縣裏管些公事，與人把攬說事過錢」，因此很快就暴富起來。他通過謀財娶婦的方式，先後從孟玉樓和李瓶兒那裏獲得了大筆財富。他通過經商放債，動輒就可謀取千兩白銀。他通過收受賄賂，舉手之間就撈取了成百上千的銀兩。從他出場的 27 歲，到 33 歲亡身，僅僅六年時間，已擁有了近十萬兩的鉅資。

西門慶的一生，是為所欲為的一生。他的目的幾乎全都可以達到。他本是一介鄉民，向蔡京行賄後就得到了理刑副千戶的官職。在蔡京慶壽誕之際，他送去了二十餘杠各色禮物，拜蔡京為義父，不久便升任了提刑所正千戶。他結交的十兄弟全都對他唯命是從，阿諛奉承。他幾乎沒有遇到過什麼不順心的事，唯一的一次險情，由於他買通了當朝右相、資政殿大學士兼禮部尚書李邦彥，將西門慶之名改為賈慶，便輕而易舉地化險為夷。官哥和瓶兒的相繼去世，是他一生中最為痛心的事，但他並未因此對人生心灰意冷，而是繼續走縱欲斂財的老路，直到喪命。

西門慶的一生是至死都沒有覺悟的一生，在夢中渾渾噩噩尋歡作樂的一生，並未品嘗到人生的痛苦與不幸。他的由色至空並未符合「苦、集、滅、道」的「四聖諦」。他所貪戀的財色反過來恰恰置他於死命，他的死是自作自受。因而他的由色至空反映的是樂極生悲、物極必反的一般規律。對於他的由色至空，人們不感到奇怪，也不會震驚，甚至會產生某種快感，認定他的結局必然如此。正如作者在全書開頭所說：「單道世上人，營營逐逐，急急巴巴，跳不出七情六欲關頭，打不破酒色財氣圈子，到頭來同歸於盡，着甚要緊。」

與西門慶相比，賈寶玉的一生則是充滿苦惱的一生，與佛教的「苦諦」幾近一致。對賈寶玉說來，生老病死的自然之苦還在其次，愛別離苦、求不得苦、怨憎會苦、五取蘊苦無情地折磨着他，熬煎着他，使他深諳了人生的大不幸。

寶玉生活在大觀園的女兒群中，無論眾姊妹也好，眾丫鬟也好，他都以愛心體貼她們，愛護她們。他希望這種純潔無瑕的世界能夠永恆，因而他「喜聚不喜散」，「生怕一時散了添悲；那花只願常開，生怕一時謝了沒趣；只到筵散花謝，雖有萬種悲傷，也就無可如何了」。他愈怕散，而散的現實卻一步步向他逼來。當他聽到黛玉〈葬花吟〉中「一朝春盡紅顏老，花落人亡兩不知」等句時，他便預感到了散的痛苦和悲哀：「試想林黛玉的花顏月貌，將來亦到無可尋覓之時，寧不心碎腸斷！既黛玉終歸無可尋覓之時，推之於他人，如寶釵、香菱、襲人等，亦可到無可尋覓之時矣。寶釵等終歸無可尋覓之時，則自己又安在哉？且自身尚不知何在何往，則斯處、斯園、斯花、斯柳，又不知當屬誰姓矣！——因此一而二，二而三，反覆推求了去，真不知此時此際欲為何等蠢物，杳無所知，逃大造，出塵網，使可解釋這段悲傷。」「愛別離」給他帶來的竟是這種對人生的深沉思考和無可排遣的苦惱。當眾姊妹、眾丫鬟風流雲散時，他也只好懸崖撒手，回歸到虛無的大荒山中了。

寶玉生活在優裕的家庭環境之中，物質財富的占有欲在他幾乎等於零，但他仍有強烈的「求不得」之苦。寶玉最大的追求是個性的自由，他無視封建宗法的等級規定，力求自由平等的人際關係。在大觀園內，他從來不擺賈府第一公子的架子，「連那些毛丫

頭的氣都受的」。地位最低賤的唱戲的女孩子頂撞他，他不僅不去難為她，反而自覺無趣，「訕訕的，紅了臉」。他尊重丫鬟們的個性，維護她們的權利，希望她們能獲得人身自由。這一願望根本無法實現。身患重病的晴雯被拖出怡紅院，當着母親的面，寶玉不敢說一句求情的話，只有在王夫人走後，他才倒在床上號咷大哭。在大觀園外，他與情趣相投的秦鍾、蔣玉菡、柳湘蓮結為摯友，而不計較這些人的身分地位。但是，他的行動卻處處受到限制甚至於懲罰。因為與蔣玉菡平等交往，賈政恨之入骨，將他往死裏痛打一頓。去看望襲人、去祭奠金釧兒，都要偷偷摸摸地瞞着眾人。他希望與志同道合的林妹妹結為百年之好，但家長卻為他安排了另外的婚配對象。他在政治上、經濟上沒有任何權力，不能按照自己的志趣去選擇生活道路和生活方式。對這種個性的不自由他有着強烈的感受，他曾對柳湘蓮說：「我只恨我天天圈在家裏，一點兒做不得主，行動就有人知道，不是這個攔就是那個勸的，能說不能行。雖然有錢，也不由我使。」寶玉的追求與殘酷的現實尖銳對立，因而他的「求不得」之苦是無可排解的，當追求的一切都化為泡影時，他也只好遁入空門了。

　　寶玉想做的事不能自由自在地去做，他不想做的事卻又被逼迫着去做；他願意交往的人不允許他去交往，他不願相見的人卻被逼迫着去相見，這種「怨憎會」之苦也在無情地折磨着寶玉。賈政雖是他親生的父親，但卻是他最不願相見的人，只要一聽說賈政叫他，「好似打了個焦雷，登時掃去興頭，臉上轉了顏色」，「一步挪不了三寸，蹭到這邊來」。路上遇見父親，便像老鼠見了貓兒一般，「不覺的倒抽了一口氣」。儘管他極不情願與父親相見，但在家長的絕對權威下，只要賈政一聲命令，他就必須乖乖地趕去應命。以至於薛蟠也掌握了這一訣竅，假冒賈政之命去叫寶玉，寶玉果然慌不迭地跑了出來。他最討厭讀書應舉之事，但懾於賈政的威逼，又不能不去應付。聽到賈政要考他學業，「便如孫大聖聽見了緊箍咒一般，登時四肢五內一齊皆不自在起來」。「更有時文八股一道，因平素深惡此道，原非聖賢之制撰，焉能闡發聖賢之微奧，不過作後人餌名釣祿之階」，「偶一讀之，不過供一時之興趣」。他最憎恨賈雨村之流的國賊祿鬼，但出於賈政的命令又不能不去相見，一面還抱怨道：「有老爺和他坐着就罷了，回回定要見我。」當史湘雲勸他：「也該常常的會會這些為官做宰的人們，談談講講些仕途經濟的學問，也好將來應酬世務，日後也有個朋友。」他當即下了逐客令：「姑娘請別的姊妹屋裏坐坐，我這裏仔細污了你知經濟學問的。」話雖如此說，他還是不得不穿好衣服去見他並不想見的人。無論從血緣關係上講，還是從封建倫理秩序講，父子都是最為密切、最為重要的人際關係，寶玉恰恰在這層關係上構成了「怨憎會」之苦，這實在是難以掙脫的一具桎梏。

　　與西門慶的至死不悟相反，寶玉具有極強的靈性與慧根，對人生的種種苦惱他十分

敏感，「無故尋愁覓恨」的性格使他常常陷入深深的思索與反省之中。他「時常沒有人在跟前，就自哭自笑的；看見燕子就和燕子說話，河裏看見了魚就和魚說話，見了星星月亮，他不是長吁短歎的，就是咕咕噥噥的」。第二十二回「聽曲文寶玉悟禪機」和第三十六回「識分定情悟梨香院」，集中描寫了寶玉的悟性。從小小的矛盾糾紛中，他悟到了「從前碌碌卻因何？到如今回頭試想真無趣」；從齡官拒絕他演唱「嫋晴絲」，他悟到了「人生情緣，各有分定」，「從此後，只好各人得各人的眼淚罷了」。對於人生的結局，寶玉也不止一次地思索過，他曾多次向黛玉表白：「你死了，我做和尚去。」他與襲人談論到死的問題時說：「人誰不死，只要死的好。……比如我此時若果有造化，該死於此時的，趁你們在，我就死了，再能夠你們哭我的眼淚流成大河，把我的屍首漂起來，送到那鴉雀不到的幽僻之處，隨風化了，自此再不要托生為人，就是我死的得時了。」「等我有一日化成了飛灰，——飛灰還不好，灰還有形有跡，還有知識。——等我化成一股輕煙，風一吹便散了的時候，你們也管不得我，我也顧不得你們了。那時憑我去，我也憑你們愛哪裏去就去了。」當黛玉真正死了之後，寶玉「不但厭棄功名仕進，竟把那兒女情緣也看淡了好些」，看破了紅塵，斬斷了塵緣，終於完成了由色悟空的轉變。

顯然，寶玉的由色至空既非樂極生悲，也非物極必反，而是在無可奈何下的一種精神解脫。他的由色至空不能僅僅歸因於他個人，而是冷酷無情的現實人生對個性壓抑摧殘的結果。對於寶玉的由色悟空，人們會受到強烈的震動，並因此對人生進行更為深入的思考，去認識和把握人生的真諦，去探索解除種種人生苦惱的方法。

三、「色」的內涵與「空」的結局

若從「色」的實質內涵和「空」的結局程度來看，《紅樓夢》與《金瓶梅》有着更為明顯的不同。《金瓶梅》可以說是「獨罪財色」的檄文，《紅樓夢》則是美好情感遭到毀滅的哀歌；《金瓶梅》以輪迴轉世預告着下一個色空過程，《紅樓夢》則以涅槃圓寂宣告了身心俱滅的徹底死亡。

《金瓶梅》色空觀念的「色」，作者在開卷伊始就反覆作了交代：「這酒色財氣四件中，唯有『財色』二者更為利害。」「說便如此說，這『財色』二字，從來只沒有看得破的，若有那看得破的，便見得堆金積玉，是棺材內帶不去的瓦礫泥沙；貫朽粟紅，是皮囊內裝不盡的臭污糞土。……只有那《金剛經》上兩句說得好，他說道：『如夢幻泡影，如電復如露。』」《金瓶梅》全書也正是以此為立意主旨。財色當着人生在世時，一件也少不得：到了那結果時，一件也用不着。「倒不如削去六根清淨，披上一領袈裟，

參透了空色世界,打磨穿生滅機關,直超無上乘,不落是非窠,倒得個清閒自在,不向火坑中翻筋斗也。」這就是財色皆空的道理。對於這種財色無法伴人常存,「一旦無常萬事休」的色空觀念,人們是容易理解的,甚至可以說是盡人皆知的事實。問題在於人們明知如此,卻又難以抵制其誘惑,直到生命結束也未能覺悟,西門慶便是一例。《金瓶梅》的作者就是要以西門慶為法,警醒世人,毋蹈覆轍。

《金瓶梅》在將財色視為罪惡淵藪的同時,也否定了男女之情有純潔與美好的一面。在《金瓶梅》作者看來,情與淫沒有什麼區別,因而書中大量充斥的是淫的裸露,而極少有對情的讚美。李瓶兒是西門慶的寵妾,她的死使西門慶幾乎寢食俱廢,直到入葬之後,還「不忍遽舍,晚夕還來李瓶兒房中,要伴靈宿歇」。白日間供養茶飯,「他便對面和她同吃。舉起筯兒來:『你請些飯吃!』行如在之禮。丫鬟養娘都忍不住掩淚而哭。」這似乎是肯定西門慶與李瓶兒的真情了。然而就在李瓶兒病重之際,西門慶仍與王六兒、潘金蓮肆意淫樂;在李瓶兒的靈床前,西門慶又與奶媽如意兒勾搭成姦。作者似乎唯恐人們被西門慶的情感所動心,及時地將其淫欲的醜行凸現出來,實際上是在向人們宣告,西門慶只有淫欲,並沒有多少真情;或者說他僅有的那點真情,也幾乎全被淫欲吞噬了。

《紅樓夢》色空觀念的「色」與《金瓶梅》迥然有異。也是在全書的開頭,作者就聲明這部書是「大旨談情」。在色與空之間,作者特意加入了一個「情」字,所謂「因空見色,由色生情,傳情入色,自色悟空」,「情」成為全書描寫的主體。與西門慶的「淫」相對,賈寶玉是一個真正的「情種」。他對林黛玉的癡情,對眾姊妹、眾丫鬟的至情,乃至於對世間萬物的「情不情」,是那麼執著純潔無私。難怪脂硯齋評語稱其為「欲演出真情種」「情癡之至文」。作者對情與淫的界限把握得非常準確嚴格,對於情給予了由衷的讚美,對於淫則給予無情的譏諷嘲弄。因而脂硯齋不無感慨地批道:

> 余歎世人不識情字,常把淫字當作情字,殊不知淫裏無情,情裏無淫,淫必傷情,情必戒淫,情斷處淫生,淫斷處情生。三姐項下一橫是絕情,乃是正情;湘蓮萬根皆消是無情,乃是至情。生為情人,死為情鬼,故結句曰「來自情天,去到情地」,豈非一篇情文字?再看他書,則全是淫,不是情了。

然而《紅樓夢》的動人之處、深刻之處不僅僅在於它熱情謳歌了至情、真情、癡情,如果如此,它也不過是第二部《牡丹亭》罷了。它的最偉大處乃在於宣告了真情的毀滅,也就是脂硯齋指出的,「作者是欲天下人共來哭此情字」。作者由情悟空,悲悼的是自己美好理想的毀滅。「厚地高天,堪歎古今情不盡,癡男怨女,可憐風月債難償」——太虛幻境中的這副對聯道出了作者的內心情感。肯定真情、追求至情,卻又不能不承認它們在殘酷的現實面前無法實現,於是就使《紅樓夢》具有了震撼人心的悲劇力量。

　　值得指出的是，這種美好情感毀滅的原因，不僅僅是封建禮教、封建專制的摧殘。假若僅有外來的壓力，最起碼寶玉是不會屈服的。他在遭到一番痛打後，仍表示「就便為這些人死了，也是情願的」，便是明證。最讓寶玉感到痛心的是，他所尊重、體貼、同情的姊妹丫鬟們對他也不理解。第二十二回中，寶玉出於好意調解湘雲與黛玉之間的糾葛，誰知卻遭到了兩人的搶白。於是他「細想自己原為她二人，怕生隙惱，方在中調和，不想並未調和成功，反已落了兩處的貶謗。正合着前日所看《南華經》上，有『巧者勞而智者憂，無能者無所求，飽食而遨遊，泛若不繫之舟』；又曰『山木自寇，源泉自盜』等語。因此越想越無趣」。寶玉尊重女性的泛愛意識的確出於真情，卻又很難讓人接受和理解。再如第五十七回，寶玉看紫鵑穿得少，「便伸手向她身上抹了抹」，結果卻招致紫鵑的一頓指責：「從此咱們只可說話，別動手動腳的，一年大，二年小的，叫人看着不尊重。」「寶玉見了這般景況，心中忽澆了一盆冷水一般，只瞅着竹子，發了一回呆」，「一時魂魄失守，心無所知，隨便坐在一塊山石上出神，不覺滴下淚來。直呆了五六頓飯工夫，千思萬想，總不知如何是可」。自己的真情竟然不能被視為知音的人所理解，還有比這更令人感到悲哀的嗎？寶玉因而心灰意冷，打破情關，由情悟空，也就勢在必然了。

　　不僅財色利祿諸色歸「空」，甚至於美好的情感也同歸於「空」，遂使《紅樓夢》色空之「空」，無論從程度上還是從形式上都遠遠超過了《金瓶梅》。《金瓶梅》的「空」以普靜法師幻度孝哥兒為結局。孝哥兒乃西門慶托生，孝哥兒遁入空門便可使西門慶得到超生，其他人物也一一蒙普靜法師薦拔而得以重新為人。因此，《金瓶梅》是以善惡報應、輪回轉世作為「空」的形式，這一色空過程的結束預示着下一色空過程的開始，周而復始，永無已時。《紅樓夢》則不然，儘管曹雪芹沒有完成全書，但從前面的敘述描寫中，已不難見出它的「空」乃是「看破的，遁入空門；癡迷的，枉送了性命。好一似食盡鳥投林，落了片白茫茫大地真乾淨」！寶玉屬於看破紅塵、遁入空門一類。這裏沒有善惡報應，也沒有輪回轉世。寶玉的遁入空門是對煩惱、欲望、生死統統斷滅的涅槃，他的肉體生命雖然仍存，但他的煩惱欲望已徹底死亡。他領略了紅塵中的榮華富貴，也嘗盡了「美中不足，好事多磨」的滋味，最終不過是到頭一夢，萬境歸空。這種人生的大徹大悟使《紅樓夢》成為一部真正意義上的悲劇，賈寶玉也成為一位最具個性的悲劇角色。

四、《金瓶梅》與《紅樓夢》不同的時代特徵

　　《紅樓夢》與《金瓶梅》的色空觀念之所以有以上不同，與作者所處的時代和創作心

態密切相關。《金瓶梅》的作者生活於十六世紀，在封建社會母體中正孕育着資本主義生產關係的萌芽，西門慶便是這一特定時代的帶有畸形特徵的人物形象。他身上雖然體現着某些新的因素，但又浸潤着舊的文化傳統。他認識到了金錢的威力，卻不知如何去使用；他無視封建專制對人性的限制壓抑，卻使個人的欲望無限膨脹，最終只能被財色二字所淹沒。《紅樓夢》的作者曹雪芹生活於十八世紀，所謂的康乾盛世只不過是封建社會迴光返照的末世繁華，封建專制對新生的文化因素採取了更為嚴厲的打擊和壓制。賈寶玉便是這一特定時代的具有叛逆性格特徵的人物形象。他同封建專制、封建禮教進行了悲壯的鬥爭，但由於自身力量的不足和對方力量的強大，最終只能歸於失敗。從這種意義上來說，《金瓶梅》《紅樓夢》的色空觀念都帶有各自的時代特徵。

　　《金瓶梅》是第一部由作家獨立完成的長篇小說，它與由話本演變而來的、累積型的長篇小說還有着千絲萬縷的聯繫。因而作者的創作心態還帶有說書人痕跡，即作者是以旁觀者的身分向讀者講述故事並寄寓勸懲之意，這就決定了《金瓶梅》的色空觀念難以擺脫「善惡有報」「輪回轉世」的框架。《紅樓夢》則不同，作者不再是旁觀者，而是「過來人」，字裏行間都滲透着他血淚的體驗。「滿紙荒唐言，一把辛酸淚！都云作者癡，誰解其中味？」曹雪芹是以一種如癡如狂的態度投入到創作之中的，所謂「實錄其事，又非假擬妄稱」，並不是毫無根據的誇大之詞。脂硯齋的許多批語都反覆指出了這一點：「非經歷過，如何寫得出」，「非經歷過，此二句則云紙上談兵。過來人那得不哭」，「試思非親歷其境者，如何摹寫得如此」等等。我們雖不能贊同「自傳說」，但曹雪芹的確在創作過程中更多地融入了自己的人生經歷和人生體驗，則大致是不錯的。正因如此，他才能將情看得那樣重，又寫得那樣悲，完成了這樣一部情的悲劇。如果說《金瓶梅》的色空觀念具有世俗化和粗淺的特徵，那麼，《紅樓夢》的色空觀念則是對現實人生的一種思維方式，並帶有深沉的哲理意味。

《金瓶梅》《醒世姻緣傳》《紅樓夢》婚俗描寫之比較

　　在古代長篇章回小說中，以較多筆墨描寫婚俗，始於《金瓶梅》，繼之以《醒世姻緣傳》和《紅樓夢》。三部小說都以家庭生活為素材，婚俗描寫則成為重要內容之一。婚俗描寫在三部小說中表現出不同的特徵，有着不同的功能。這些婚俗描寫對刻畫人物性格、表達創作主旨、構思故事情節都起到了重要作用。通過比較三部小說在婚俗描寫方面的異同，也可為解決某些懸而未決的問題提供一定的線索。

　　古代婚俗通行「六禮」，《禮記‧昏義》曰：「昏禮者，將合二姓之好，上以事宗廟，而下以繼後世也，故君子重之。是以昏禮納采、問名、納吉、納徵、請期，皆主人筵幾於廟，而拜迎於門外，入，揖讓而升，聽命於廟，所以敬慎重正昏禮也。」[1]所謂納采，即男家請媒人到女家提親，若女方同意議婚，則男方再去女家求婚，俗稱「說媒」。所謂問名，即男家托媒人詢問女方名字和出生年月日時辰，請陰陽先生占卜男女雙方的生辰八字，以訂婚姻吉凶，俗稱「討八字」。所謂納吉，即卜得吉兆後，男家備禮復至女家決訂婚約，俗稱「小聘」「送定」「過定」「定聘」等等。所謂納徵，即男女兩家締結婚姻後，男家將聘禮送往女家，俗稱「大聘」「納幣」「過大禮」，送過彩禮後，婚姻才算正式生效。所謂請期，即男家備禮徵求女家對結婚日期的意見，俗稱「提日子」「送日頭」。所謂親迎，即迎娶新娘的儀式，因地區不同而各異，或用花轎，或用喜車：或新郎親往女家迎娶，或由男家遣迎親隊伍迎娶，新郎則在家等候。車轎來到男家後，又有迎轎、下轎、祭拜天地、拜堂、行合巹禮、入洞房等程式。「六禮」始於周代，其後一直延續下來，但具體實行時卻繁簡不同。《金瓶梅》《醒世姻緣傳》主要以市井或鄉紳生活為描寫對象，故事發生地在北方；《紅樓夢》則主要描寫貴族家庭，故事發生地以南方為主。因此三者在婚俗描寫方面便有了不同的特徵，表現出了不同的功能。

1　　《四書五經‧禮記‧昏義》，長沙：嶽麓書社，1991 年，頁 665-666。

一

　　《金瓶梅》[2]在婚俗描寫方面最突出的特點，便是幾乎專寫寡婦再嫁，通過細緻逼真的婚俗描寫反映了時代風氣的變化，同時對刻畫人物性格、展示人物命運也有著重要作用。西門慶有一妻五妾，對正室夫人的婚嫁只是輕描淡寫地一帶而過，但娶孟玉樓、潘金蓮、李瓶兒卻用墨甚多。自南宋至明代中期，理學盛行，寡婦守節被大力提倡。撰修於弘治年間的《明會典》載：「凡民間寡婦，三十以前夫亡守志、五十以後不改節者，旌表門閭，除免本家差役。」[3]反之，如果寡婦改嫁，幾乎沒有什麼婚禮可言，一般也不能坐轎。但《金瓶梅》卻完全打破了這一常規，尤其是娶孟玉樓，先後兩次再嫁，兩次改嫁的程式都與正常婚嫁相差無幾，作者對此並無貶斥之意。由此不難看出時代風氣發生了明顯變化，以及作者心目中孟玉樓非同一般的地位。

　　孟玉樓本來是「販布楊家的正頭娘子」，家裏頗為富有，「不料他男子漢去販布，死在外邊。他守寡了一年多，身邊又沒子女」。這些不是可有可無的贅筆，而是強調了孟玉樓是正常人家出身，其改嫁也是合乎情理之事。第七回「薛媒婆說娶孟三兒，楊姑娘氣罵張四舅」整整一回講述娶孟玉樓之事。在娶進西門慶家門之前，西門慶與孟玉樓沒有苟且偷合之事，因此與明媒正娶相差無幾，但又充分顯示了其中的金錢交換意味。先是西門慶帶着禮物，由薛媒婆領着，來孟玉樓前夫的姑姑楊姑娘家「提親」。送楊姑娘「一段尺頭」「四盤羹果」，外加三十兩白銀，允諾成親後再給七十兩。這可視為「納采」，實際上是用金錢買通楊姑娘。第二天又到孟玉樓家「相親」，送去「錦帕二方，寶釵一對，金戒指六個」。同時西門慶與孟玉樓相互詢問了年庚，相當於「問名」和「納吉」。五月二十四日「送聘禮」，即「納徵」。六月二日成親的前一天送嫁妝，張四和楊姑娘爭執不休。「薛嫂兒見他二人嚷做一團，領率西門慶家小廝伴當，併發來眾軍牢，趕人鬧裏，七手八腳將婦人床帳、裝奩、箱籠，扛的扛，抬的抬，一陣風都搬去了。」「到六月初二日，西門慶一頂大轎，四對絳紗燈籠，他小叔楊宗保頭上紮着髻兒，穿着青紗衣服，騎在馬上，送他嫂子成親。西門慶答賀了他一匹錦緞，一柄玉條兒。蘭香、小鸞兩個丫頭都跟了來，鋪床疊被。」孟玉樓不僅坐着大轎，西門慶還親自前往迎娶，甚至前夫家還遣人送親。與「六禮」相比，不僅沒有從簡，還增加了「送嫁妝」「鋪床」「謝親」等環節。一位寡婦再嫁，卻如此隆重，大操大辦，一方面可以見出西門慶對孟玉樓那份家產的重視，另一方面也可見出孟玉樓在西門慶心目中的地位。

<hr>

2　　本文所引《金瓶梅》原文及張竹坡評語，均據濟南齊魯書社 1987 年版。

3　　《明會典》，萬有文庫本。

西門慶死後，眾妻妾風流雲散，只有孟玉樓安心等待，終於等到了李衙內的眷顧。第九十一回「孟玉樓愛嫁李衙內，李衙內怒打玉簪兒」不厭其煩地敘寫了孟玉樓再嫁李衙內的過程，對孟玉樓的命運再次給予肯定。清明節時李衙內在郊外看見了孟玉樓，頓生愛戀之心，便委託官媒婆陶媽媽到吳月娘處提親。那天孟玉樓見了李衙內，也有相許之意。所以媒人一說，正合孟玉樓心意。但孟玉樓並未輕易答應，而是詳細詢問了李衙內的情形：「今年多大年紀？原娶過妻小沒有？房中有人也無？姓甚名誰？有官身無官身？」當這一切都感到滿意後，才將生辰八字給了媒人。按照「幼嫁隨親，再嫁由身」的婚俗，孟玉樓有權決定自己的婚姻大事。孟玉樓比李衙內大六歲，媒婆感到不太穩妥，於是請算命先生瞞了三歲。李衙內對年齡卻毫不在意，立即選定了行禮、過門的日子。「四月初八日，縣中備辦十六盤羹果茶餅，一副金絲冠兒，一副金頭面，一條瑪瑙帶，一副玎璫七事，金鐲銀釧之類，兩件大紅宮錦袍兒，四套妝花衣服，三十兩禮錢，其餘布絹棉花，共約二十餘抬。兩個媒人跟隨，廊吏何不畏押擔，到西門慶家下了茶。」「到晚夕，一頂四人大轎，四對紅紗燈籠，八個皂吏跟隨來娶。玉樓戴着金梁冠兒，插着滿頭珠翠、胡珠子，身穿大紅通袖袍兒……媒人替他戴上紅羅銷金蓋袱，抱着金寶瓶，月娘守寡出不的門，請大姨送親，送到知縣衙裏來。」當年是嫁給西門慶，如今是從西門慶家嫁出，而且比當年還要紅火熱鬧隆盛，其中的諷刺意味不言自明。

《金瓶梅》刻畫了眾多男男女女的形象，其中孟玉樓是絕無僅有的例外。張竹坡曾這樣評說：「至其寫玉樓一人，則又作者經濟學問，色色自喻皆到。試細細言之：玉樓簪上鐫『玉樓人醉杏花天』，來自楊家，後嫁李家，遇薛嫂而受屈，遇陶媽媽而吐氣，分明為杏無疑，杏者，幸也。身毀名污，幸此殘軀留於人世。而住居臭水巷，蓋言無妄之來，遭此荼毒，污辱難忍，故著書以洩憤。」（《金瓶梅寓意說》）或許這些解釋有些勉強，但透過孟玉樓兩次改嫁的婚俗描寫，的確表現了作者對這一人物的好感。

若與西門慶娶潘金蓮和李瓶兒相比，這一點就更加明顯。在娶她們兩人之前，先寫了西門慶與她們的偷情，這已與孟玉樓不同。至於婚嫁過程不僅十分簡單，而且是偷偷摸摸。第九回的回目「西門慶偷娶潘金蓮，武都頭誤打李皂隸」說得很明白，是偷娶潘金蓮。既沒有媒人提親，更用不着相親、送聘禮，「當晚就將婦人箱籠，都打發了家去」。「到次日初八，一頂轎子，四個燈籠，婦人換了一身豔色衣服，王婆送親，玳安跟轎，把婦人抬到家中來」。西門慶沒有去迎親，但畢竟還安排了迎親的花轎和接送之人。娶李瓶兒又有所不同了。李瓶兒的丈夫花子虛因氣喪命後，李瓶兒一心一意要嫁給西門慶，兩人不止一次地商量此事。就在打得火熱時，西門慶的親家陳洪忽然出了意外事故，西門慶把娶李瓶兒之事放在了一邊。等到危機過後，聽說李瓶兒招贅了蔣竹山，西門慶不由得大怒，想方設法收拾了蔣竹山。李瓶兒後悔莫及，不改初衷仍要嫁西門慶。西門慶

說道：「既是如此，我也不得閒去，你對他說，甚麼下茶下禮？揀個好日子，抬了那淫婦來罷。」「次日，雇了五六副杠，整抬運四五日。」「擇了八月二十日，一頂大轎，一匹緞子、四對紅燈籠，派定玳安、平安、畫童、來興四個跟轎。約後晌時分，方娶婦人過門。」「婦人轎子落在大門首，半日沒個人出去迎接。」「西門慶正因舊惱在心，不進他房去。」「一般三日擺大酒席，請堂客會親吃酒，只是不往他房裏去。」（第十九回）這種不成體統的婚禮，烘托了李瓶兒尷尬凄涼的命運。

潘金蓮在西門慶死後，也有再嫁的機會，但與孟玉樓的命運相比，相差何止十萬八千里。吳月娘發現了她和陳經濟的淫亂關係後，讓王婆領她出去，「或聘嫁，或打發，叫他吃自在飯去罷。……如今隨你聘嫁，多少兒交得來，我替他爹念個經兒，也是一場勾當」。（第八十六回）顯然潘金蓮不是自己做主再嫁，而是被吳月娘轉手賣掉。潘金蓮在王婆家失去了人身自由，陳經濟要和她見面，必須要徵得王婆的同意。王婆則奇貨可居，將她變成了斂錢的工具，開口便要一百兩銀子，否則免談。潘金蓮也並非沒人惦念，首先是陳經濟一心一意要娶她，但實在拿不出這麼多錢，於是急忙去東京籌措。其次是龐春梅三番五次請求周守備將她娶回，但總因價格高沒有談妥。就在這時，武松為兄報仇殺死了潘金蓮。

孟玉樓、潘金蓮、李瓶兒三人雖然都是以寡婦身分嫁給西門慶，同樣都是妾的身分，但通過上述不同的婚俗描寫，生動而形象地刻畫了她們不同的性格和命運。

二

《醒世姻緣傳》[4]以兩世姻緣作為情節框架，關注的是家庭婚姻問題。其婚俗描寫既真實又誇張，具有濃厚的諷刺意味。同時對重視人品才華的婚姻觀給予了肯定，對父母包辦的婚姻觀則給予了批評，借助婚俗描寫表明了作者的婚姻觀念。

第十八回「富家顯宦倒提親，上舍官人雙出殯」通過提親的婚俗，諷刺了只看重錢財的婚姻觀。晁源的妻子計氏死後，又有許多媒婆來給他提親：「每日陣進陣出，俱來與晁大舍提親，也不管男女的八字合得來合不來，也不管兩家門第攀得及攀不及，也不論班輩差與不差，也不論年紀若與不若，只憑媒婆口裏說出便是。」八字、門第、班輩、年齡本來應是媒人說合的基本條件，但媒婆為了賺取錢財，就顧不得許多，只是信口開河。秦家使來的媒婆說：「待姑娘今日過了門，我明日就與你姑爺納一個中書。」唐家使來的媒婆說：「待你姑爺清晨做了女婿，我趕飯時就與他上個知府。」晁源拿不定主

4　本文所引《醒世姻緣傳》原文，均據濟南齊魯書社 1993 年版。

意選哪一位，於是請人作為男方的媒人前去相親。兩家雖然沒有同意，但知道晁家在當地是有錢的鄉宦，便都管待了媒人酒飯，給每位媒人一百個銅錢的賞錢。晁源看好了秦家的小姐，秦家也貪圖晁家的錢財，但是秦小姐得知晁源的醜行後，寧肯剪了頭髮做尼姑也不同意這門婚事。

第三十七回「連春元論文擇婿，孫蘭姬愛俊招郎」則與此相反，通過擇婿這一婚俗肯定了重視人品的婚姻觀。舉人連春元為自己的女兒擇婿並不看重門第家產，而是看中人品。他看到薛如卞「清秀聰明」，儘管薛家不是當地人，他認為只要不回原籍，「可以招他為婿，倒也是個門楣」。連舉人的夫人開始還不放心，及到見面後，也十分滿意。擇婿更加重視本人的才華容貌，至於其他條件就不那麼重要了。正如回前詩所說：「愚夫擇配論田莊，計量牛羊合困倉。哪怕暗聾兼跛躄，只圖首飾與衣裳。豪傑定人惟骨相，英雄論世只文章。誰知倚時風塵女，尚識儔中拔俊郎？」在作者看來，只有愚夫才將錢財作為選擇配偶的唯一條件，有遠見的英雄豪傑則以容貌才華作為標準。薛如卞和連小姐成婚後，果然恩恩愛愛，幸福美滿。

父母之命和媒妁之言是舊時婚姻的重要條件，《醒世姻緣傳》對父母之命給兒女婚姻造成的危害作了批判。薛素姐之所以許配給狄希陳，完全是雙方父母一手包辦。本來薛教授要求狄家的女兒巧姐與兒子再冬做媳婦，為了證實自己的誠意，這才要「先把素姐許了希哥」，雙方換了親。素姐早就與狄希陳不和，曾對母親說道：「我不知怎麼，但看見他，我便要生起氣來，所以我不耐煩見他！」「他要做了我的女婿我白日裏不打死他，我夜晚間也必定打死他，出我這一口氣！」（第二十五回）這足以說明兩人性格的不協調。但在「父母之命」「換親」等婚俗的制約下，不考慮青年男女本人的意見，強行締結了這段婚約。

為防止狄希陳在外尋花問柳，當狄希陳十六歲時，狄婆子便急忙與他完婚。第四十四回「夢換心方成惡婦，聽撒帳早是癡郎」細緻入微地描寫了兩家成親的過程。首先是「聘禮」極其全面：狄家給薛家送的「聘禮」有首飾、尺頭、絹發、兩只牝牡大羊、鵝鴨雞鴿等。古人往往以雁為聘禮，認為雁如果失去配偶，終生不再配對，取其貞潔之義。後因雁不易得到，改用鵝或羊代替。這裏不僅有兩隻大羊，而且還有鵝鴨雞鴿等，以說明狄家對這一姻緣的重視。

其次是婚禮極其隆重，「上頭」「送嫁妝」「鋪床」「迎親」「揭蓋頭」「謝親」等等婚俗，一應俱全。二月初十日狄希陳的母親去給新娘素姐「上頭」，「到了吉日時，請素姐出去，穿著大紅裝花吉服，官綠裝花繡裙，環佩七事，恍如仙女臨凡。見了婆婆的禮，面向東南，朝了喜神的方位，坐在一只水桶上面。狄婆子把他臉上十字繳了兩線，上了鬏髻，戴了排環首飾，又與婆婆四雙八拜行禮」。

「上頭」即改變女子幼年的髮式，把頭髮綰成一個髻，以此表示女子已為成人。往往是婚前數日，男家主婦親自為未過門的媳婦上頭。「喜神」又名「吉神」，成婚時，新人坐立須正對喜神所在之方位，以求一生多喜樂。喜神所在方位變幻不定，隨時辰不同而有所不同，此時喜神在東南方，故「面向東南」。「坐水桶」，又名「子孫桶」，取早生貴子、生活富裕之意，一般由娘家陪送。

到了十五這一天，「狄家門上結了彩，裏外擺下酒席」。「薛家也從清早門上吊了彩，擺設妝奩」。「將近傍午，叫了許多人，抬了桌子，前邊鼓樂引導，家人薛三省薛三槐壓禮」。「連舉人的娘子合薛婆子兩頂轎子先到。狄婆子迎到裏面，見過禮讓過了茶。狄希陳出來見丈母」。「薛婆子合連婆子都往狄希陳屋裏與他鋪床擺設」。「鋪床」又稱「鋪房」，在婚禮前一天，女家將新房中應用傢俱器物送到男家，鋪設佈置妥當。宋司馬光《書儀·昏儀》：「前期一日，女氏使人張其婿之室。」自注：「俗謂之『鋪房』，古雖無之，然今世俗所用，不可廢也。」[5]可見，這一習俗出現於北宋年間，沿襲至明清。

第二天五更，「只見外邊鼓樂到門」，「吉辰已到，請催新人上輿。狄希陳簪花掛紅，乘馬前導，素姐彩轎緊隨，連夫人合相棟宇娘子二轎隨後，薛如卞、薛如兼都公服乘馬，送他姐姐。新人到了門，狄家門上掛彩，地下鋪氈。新人到了香案前面，狄婆子用箸揭挑了蓋頭」。「迎親」即新郎前往女家迎娶新娘的儀式，古代迎親都在黃昏，《金瓶梅》所寫的幾處迎親也都是傍晚，這從「洞房花燭夜，金榜題名時」的諺語中也可看出。但這裏卻是清晨「五更」，《紅樓夢》寫賈璉偷娶尤二姐是五更，但寶玉和寶釵成親時又在傍晚。「挑蓋頭」是婚禮中的重要儀式，源於東漢。唐杜佑《通典》卷五十九載：「拜時之婦，禮經不載。自東漢魏晉咸有此事，按其儀或時屬艱虞，歲遇良吉，急於嫁娶，權為此制，以紗縠幪女氏之首而夫氏發之，因拜舅姑，便成婦道，六禮悉舍，合巹復乖。」[6]原來用紗巾蒙住頭、臉只是權宜之計，後世則沿襲下來。但由誰來揭蓋頭，各地風俗並不一致。宋吳自牧《夢梁錄》卷二十〈嫁娶〉載新郎、新娘拜堂時，「並立堂前，遂請男家雙全女親，以秤或用機杼挑蓋頭」。[7]此處是由狄婆子用箸來揭挑蓋頭。

送親的人離開時，狄家給每位「送了一柄真金蜀扇、一枚桂花香牌、一個月白秋羅汗巾、一個白玉巾結」。「收拾叫狄希陳去薛家謝親，一對果盒，用彩樓罩着，一副桌面，五方定肉，用食盒抬了，先用鼓樂導引，後面狄希陳衣巾乘馬，送到丈人家裏。薛

5　　司馬光：《書儀·婚儀》，文淵閣四庫全書本。

6　　杜佑：《通典》，北京：中華書局，1988 年。

7　　吳自牧：《夢梁錄》，北京：文化藝術出版社，1998 年，頁 299。

教授仍舊穿了那套行頭，接進客舍。狄希陳見過了禮，拜了祖先，上席飲酒。」這種謝親儀式並不多見，由此可以看出兩家對這一姻緣的高度重視。

雖然婚禮無可挑剔，但依然不能避免父母包辦婚姻所釀成的惡果，就在婚禮進行之中，素姐暴虐粗野的性格就突然顯露出來。首先是「撒帳」婚俗的描寫：「只見那賓相手裏拿了個盒底，裏面盛了玉穀、栗子、棗兒、荔枝、圓眼，口裏念道……將手連果子帶五穀抓了滿滿的一把往東一撒，說道……」按照民間風俗，「撒帳歌」共九句，每句前以「撒帳東」「撒帳西」「撒帳南」「撒帳北」開頭，本來應當都是祝福新郎、新娘和諧美滿、早生貴子之辭。但這位賓相「費了二三日的整工夫，從新都編了新詩來這裏撒帳」，其實是些不堪入耳的粗俗話。素姐當時就翻了臉，罵道：「你們耳朵不聾，任憑叫這個野牛在我房裏胡說白道的，是何道理？替我掐了那野牛的脖子，攛他出去！」那賓相往外飛跑，說道：「好俺媽！我賓相做到老了，沒見這們一位烈燥的性子。」

其次是「娘家送飯」，新婚第一天，按照民間習俗，女方要給已嫁的女兒送去飯菜。薛婆子趁送飯之際解勸女兒，誰知女兒索性罵了起來，並說不許狄希陳進入新房之中，「他們要敲門打戶的，惹的我不耐煩了，我開了門，爽利打幾下子給他！」到三日回門時，薛婆子等又再三勸導，素姐說：「我不知怎麼，見了他，我那心裏的氣不知從那裏來，恨不得一口吃了他的火勢！」這一切都表明了狄希陳與薛素姐的婚姻毫無感情基礎，憑着父母的一廂情願無法彌補兩人的裂痕，從一定意義上反映了父母包辦婚姻的不合理性。

狄希陳也曾有過自己的初戀和意中人，他到濟南參加府學考試時，意外地結識了賣唱的孫蘭姬，兩人情投意合，難捨難分。按照一位尼姑的說法，「他兩個是前世少欠下的姻緣，這世裏補還。還不夠，他也不去，還夠了，你扯着他也不住」。狄希陳的母親擔心兩人以後不再分開，尼姑又說道：「不相干，不相干，只有二日的緣法就盡了，三年後還得見一面，話也不得說一句了。」（第四十回）把男女愛情視為前世姻緣，這是婚姻觀念中的重要內容，但是這種緣分又無法持久，於是世上恩愛夫妻少。前世怨仇須來世相報，這也是一種姻緣，因此悍婦便不可避免地出現了。這大概就是小說所要傳達的主旨。

三

《紅樓夢》[8]中寶、黛的愛情悲劇建立於「還淚」說之上，從這一點看，與《醒世姻緣傳》兩世欠債復仇的結構頗為相似。前八十回著重寫寶玉和黛玉的相互磨合，後四十

8　本文所引《紅樓夢》原文，均據濟南山東文藝出版社1993年版。

回才寫到了他們愛情的悲劇。在前八十回中，雖有幾處寫到了婚俗，但主要是起到一種鋪墊作用，或是為了表明賈家主子們的淫亂，或是表明倚仗權勢霸婚的惡習，或是表明家長包辦兒女婚姻的危害。

首先是賈璉娶尤二姐做二房，由賈珍「作主替聘」。尤二姐雖然原已許配給張華，但張家遭官司敗落了，於是賈珍「使人將張華父子叫來，逼勒着與尤老娘寫退婚書」，不難看出賈珍的霸道與荒唐。「使人看房子打首飾，給二姐置買妝奩及新房中應用床帳等物。不過幾日，早將諸事辦妥」。「遂擇了初三黃道吉日，迎娶二姐過門」。（第六十四回）「至初二日，先將尤老和三姐送入新房。」「至次日五更天，一乘素轎，將二姐抬來。各色香燭紙馬，並鋪蓋以及酒飯，早已備得十分妥當。一時，賈璉素服坐了小轎而來，拜過天地，焚了紙馬」，然後入了洞房（第六十五回）。需要注意的是，同樣是娶側室，尤二姐雖然是初嫁，但乘的是兩人抬的素轎，賈璉穿得也是素服，而且本人不去親迎。而在《金瓶梅》中，西門慶娶孟玉樓，卻是用花轎、穿豔服，而且親自去迎接。如果說尤二姐婚姻極其草率，但又要拜天地、焚紙馬，這些習俗《金瓶梅》《醒世姻緣傳》中都沒有寫到，或許是南北婚俗不同所致。通過這些婚俗描寫，不難看出尤二姐婚姻的不倫不類，也諷刺了賈璉、賈珍等人的好色輕浮。

二是第七十二回「來旺婦倚勢霸成親」。來旺媳婦倚仗是鳳姐的陪房，要娶彩霞為兒媳。賈璉說道：「我明兒作媒打發兩個有體面的人，一面說一面帶着定禮去，就說我的主意。他十分不依，叫他來見我。」顯示了賈璉的蠻橫無理。這時管家林之孝把旺兒之子吃酒賭錢、無所不為的情形告訴了賈璉，勸賈璉不要管這事。但鳳姐卻「已命人喚了彩霞之母來說媒。那彩霞之母滿心縱不願意，見鳳姐親自和他說，何等體面，便心不由意的滿口應了出去」。彩霞既與賈環有舊，又聽說「旺兒之子酗酒賭博，而且容顏醜陋，一技不知」，「生恐旺兒仗鳳姐之勢，一時作成終身為患，不免心中急躁」。但也只能聽從父母之命，任人擺佈。可見由誰作媒對婚姻所起的重要作用，青年男女自身沒有任何婚姻自主的權利。

三是第七十九回「薛文起悔娶河東獅，賈迎春誤嫁中山郎」、第八十回「懦弱迎春腸回九曲，姣怯香菱病入膏肓」，通過婚俗描寫揭示了迎春婚姻的不幸和薛蟠婚姻的可悲。迎春的婚姻完全是其父賈赦一手包辦，孫紹祖「祖上係軍官出身，乃當日寧、榮府中之門生，算來亦係世交」。此人「現襲指揮之職，生得相貌魁梧，體格健壯，弓馬嫻熟，應酬權變，年紀未滿三十，且又家資饒富，現在兵部候缺題升」。對於這樣一位人物，賈家意見並不一致。「賈母心中卻不十分稱意，想來攔阻亦恐不聽，兒女之事自有天意前因，況且他是親父主張，何必出頭多事，為此只說『知道了』三字，餘不多及。」「賈政又深惡孫家，雖是世交，當年不過是彼祖希慕榮、寧之勢，有不能了結之事才拜在

門下的，並非詩禮名族之裔，因此倒勸諫過兩次，無奈賈赦不聽，也只得罷了。」既然賈母和賈政都不同意，其中自有緣故，唯有賈赦「見是世交之孫，且人品家當都相稱合，遂青目擇為東床嬌婿」。按照婚俗習慣，兒女婚事只能由父母作主，作為一家之長的賈母都無法勸阻，更不要說迎春本人了。結果孫紹祖「一味好色，好賭酗酒，家中所有的媳婦、丫頭將及淫遍」。又說是賈赦用了他五千兩銀子，把迎春「准折」賣給了他，「論理我和你父親是一輩，如今強壓我的頭，賣了一輩。又不該作了這門親，倒沒的叫人看着趨勢利似的」。最終釀成了迎春的婚姻悲劇。

薛蟠與夏金桂的婚姻雖然是薛蟠本人所決定，但他之所以看上夏家小姐，主要是因為兩家乃「通家來往」「門當戶對」，對這位夏小姐的人品沒有絲毫瞭解。誰知這位夏小姐從小嬌生慣養，「竟釀成個盜蹠的性氣。愛自己尊若菩薩，窺他人穢如糞土；外具花柳之姿，內秉風雷之性」。見「薛蟠氣質剛硬，舉止驕奢，若不趁熱灶一氣炮製熟爛，將來必不能自豎旗幟矣。又見有香菱這等一個才貌俱全的愛妾在室，越發添了『宋太祖滅南唐』之意，『臥榻之側豈容他人酣睡』之心」。自從來到薛家後，就沒有肅靜過一天，終於將香菱折磨至死。薛蟠雖然後悔莫及，但也無可奈何了。

後四十回通過婚俗描寫講述了寶玉、黛玉、寶釵之間的愛情婚姻悲劇。寶玉雖然是賈家的公子，但他的婚事只能由家長包辦。圍繞寶玉的婚事，賈家的家長們在不同範圍內多次商量，唯獨不聽寶玉的意見。第一次是賈母與賈政商量，賈母的意見是「也別論遠近親戚，什麼窮啊富的，只要深知那姑娘的脾性兒好、模樣周正的就好」。賈政則認為寶玉自己要首先學好，不然「反倒耽誤了人家的女孩兒」。賈母聽了這話，「心裏卻有些不喜歡，便說道：『論起來，現放着他們作父母的，那裏用我去操心。但我只想寶玉這孩子從小跟着我，未免多疼他一點兒，耽誤了他成人的正事也是有的。只是我看他那生來的模樣兒也還齊整，心性兒也還實在，未必一定是那種沒出息的，必至糟蹋了人家的女孩兒』。」賈母儘管心疼寶玉，但也承認只有父母才能決定寶玉婚姻大事。第二次是賈政的門客王爾調給寶玉提親，說的是邢夫人的親戚張家小姐。賈政告訴了王夫人，王夫人與賈母、邢夫人等商量此事，因張家要求女婿過門贅在他家，賈母一口拒絕。第三次是賈母、王夫人、邢夫人一起去鳳姐處探視巧姐的病情，鳳姐說道：「現放着天配的姻緣，何用別處去找？……一個『寶玉』，一個『金鎖』，老太太怎麼忘了？」她的話一說出，「賈母笑了，邢、王二夫人也都笑了」。三人的會心之笑，說明她們早已有同樣的想法，只是等待時機而已。（第八十四回）

家長們已經思慮成熟，寶玉卻依然被蒙在鼓裏。第八十五回寶玉給賈母等人說那塊玉夜間發光，鳳姐說「這是喜信發動了。」寶玉問：「什麼喜信？」她們急忙遮掩了過去。雖然此事連襲人都已知道，但唯獨瞞着寶玉。顯然寶玉的婚事完全由家長們討論決

定，寶玉本人根本沒有參與的權力。認真分析起來，家長們倒也不是完全不聽兒女的意見，如薛姨媽應了寶玉的親事後，就問寶釵願意不願意。寶釵反正色的對母親道：「媽媽這話說錯了，女孩兒家的事情是父親做主的。如今我父親沒了，媽媽應該做主的，再不然問哥哥。怎麼問起我來？」「寶釵自從聽此一說，把『寶玉』兩字自然更不提起了。」（第九十五回）這一問一答顯示了寶釵深受封建禮教的薰陶，自覺維護「父母之命」婚俗的性格特徵，因此家長對她十分放心。但寶玉就不同了，家長們知道他心中只有林妹妹，而林妹妹又沒被家長們看好，所以一定要瞞着寶玉，不允許他本人參與。但最終卻釀成了一場婚姻悲劇。

寶玉身上的那塊玉不知為何突然丟失，榮國府上下鬧了個不亦樂乎，寶玉也因失玉而瘋顛，「終日懶怠走動，說話也糊塗了」（第九十五回）。聽算命的人說「要娶了金命的人幫扶他，必要沖沖喜才好，不然只怕保不住」。但一來寶釵的哥哥薛蟠尚在獄中，二來元春才死，寶玉「應照已出嫁的姐姐有九個月的功服」，按照婚俗規定，寶玉、寶釵此時不宜成親。為了緩解寶玉的病情，還要趕在賈政動身赴任之前，因此賈母主張要衝衝喜，「即挑了好日子，按着咱們家分兒過了禮。趕着挑個娶親日子，一概鼓樂不用，倒按宮裏的樣子，用十二對一燈，一乘八人轎子抬了來，照南邊規矩拜了堂，一樣坐床撒帳，可不是算娶了親了麼。……一概親友不請，也不排筵席，待寶玉好了過了功服，然後再擺席請人。」（第九十六回）所謂「沖喜」，即舉行象徵性的婚禮以驅除邪祟，化凶為吉。這一風俗明代已經流行，《醒世恒言·喬太守亂點鴛鴦譜》的故事情節就源於「沖喜」，「劉媽媽揭起帳子，叫道：『我的兒，今日娶你媳婦來家沖喜，你須掙扎精神則個。』」[9]賈母想用沖喜的方法救治寶玉，又擔心寶玉心中只有黛玉，無奈之下，只好按照鳳姐的主意，使用「掉包計」，結果適得其反。正如襲人所擔心的那樣：「如今和他說要娶寶姑娘，竟把林姑娘撂開，除非是他人事不知還可；若稍明白些，只怕不但不能沖喜，竟是催命了！」

寶玉和寶釵雖然僅僅是「沖沖喜」，但賈府的家長們又均按照正式婚禮的程式舉行。鳳姐夫婦作媒，薛姨媽讓薛蝌將泥金庚帖送給賈璉，交換了生辰八字。鳳姐「將過禮的物件都送於賈母過目」，金珠首飾共八十件，妝蟒四十匹，各色綢緞一百二十匹，四季衣服共一百二十件，只是「沒有預備羊、酒」。到成親時，鳳姐又說：「咱們南邊規矩要拜堂的」。「儐相贊禮，拜了天地。請出賈母受了四拜，後請賈政夫婦登堂，行禮畢，送入洞房。還有坐床撒帳等事，俱是按金陵舊例。」依照婚禮習俗，這些儀式一旦舉行，就意味着婚姻已成事實。由此不難看出家長們急於將生米做成熟飯，讓寶玉無法反悔。

9　馮夢龍：《醒世恒言》，濟南：齊魯書社，1993 年，頁 95。

但「那新人坐了床便要揭起蓋頭的」，寶玉遲早要知道新娘的身分，所以「揭蓋頭」這一婚俗就成為關鍵的細節。與《醒世姻緣傳》不同，這兒有意讓寶玉自己來揭，從而造成了扣人心弦的藝術效果。當寶玉要動手去揭開時，「反把賈母急出一身冷汗來」。但蓋頭是遲早要揭的，其結果可想而知：寶玉揭了蓋頭，「睜眼一看，好像寶釵，心裏不信，自己一手持燈一手擦眼，一看可不是寶釵麼！……寶玉發了一回怔……自己反以為是夢中了」（第九十七回）。家長們沒有達到自己的目的，反而毀害了三位青年。通過這些婚俗描寫展示了一場感人肺腑的愛情婚姻悲劇，這應當是後四十回比較成功的描寫之一。

以上三部小說的婚俗描寫，在整個明清小說中極有代表性，從中可以發現個別不一致處：第一，迎親時間。《金瓶梅》中娶孟玉樓、潘金蓮、李瓶兒均是黃昏，《醒世姻緣傳》是清晨五更時分。《紅樓夢》娶尤二姐也是五更，但寶玉、寶釵的婚禮卻是晚間，其中原因耐人尋味。第二，迎親人員。《金瓶梅》《醒世姻緣傳》都寫到新郎親自去迎接新娘，或在自己家中等候，但《紅樓夢》娶尤二姐，賈璉既沒有親迎，也沒在新房中等候，而是素服乘小轎自來。第三，花轎與素轎。《金瓶梅》《醒世姻緣傳》中都是彩轎，唯獨《紅樓夢》中娶尤二姐是素轎。第四，拜堂。只有《紅樓夢》寫到了拜堂、燒紙馬。賈母還特別提到「照南邊規矩拜了堂」，看來當時只有南方才有拜堂、燒紙馬的風俗。第五，謝親。《金瓶梅》中，孟玉樓出嫁後的第三天，她的姑姑和兩個嫂子來到西門慶家，西門慶送了七十兩銀子、兩匹尺頭。《醒世姻緣傳》中是狄希陳到薛家表示感謝，《紅樓夢》則是寶玉、寶釵「回九」，即新婚後的第九天新郎、新娘去新娘家答謝（第九十八回）。顯然，這些不同的婚俗描寫反映了三部小說故事發生地的不同，以此為線索，或可解決某些懸而未決的問題。

《金瓶梅》《醒世姻緣傳》《兒女英雄傳》敘事結構之比較

在中國古代章回小說史上，《紅樓夢》的敘事結構既頭緒紛繁，又主次分明，取得了敘事結構的最高成就，筆者稱之為「網路式」敘事結構，並已有專文論述。[1]除《紅樓夢》之外，《金瓶梅》《醒世姻緣傳》和《兒女英雄傳》可以稱得上是中國古代章回小說中最重要的三部世情小說。比較它們在敘事結構上的異同，可以看出《金瓶梅》在敘事結構方式上的貢獻及對後兩部小說的影響。同時後兩部小說在敘事結構方式上也有所發展和提高，從而使中國古代章回小說的敘事藝術不斷完善。

一

《金瓶梅》的敘事結構可以稱之為輻射式結構，即以一個主要人物為中心，由內向外逐層展開輻射。《金瓶梅》的主要人物是西門慶，由西門慶一方面向內輻射至其妻妾、奴僕，一方面向外輻射至其結拜的眾弟兄、官員、商賈乃至妓女、牙婆、和尚、道士等三教九流，從而展示了豐富多彩的人生畫卷。反過來看，西門慶又是全書的焦點和核心，幾乎每一個人、每一件事都與他有關。全書講述的就是西門慶發跡、縱欲、暴死及遭報應的故事，簡而言之，就是西門慶的故事。在這個大故事中，雖然有許多具有獨立性的小故事，但它們都從屬於同一個大故事，都服從於同一個結構之道，即貪財好色終將遭到報應。因而各個事件之間都具有內在的必然聯繫，其順序不可以顛倒置換。《金瓶梅》可分為以下九個結構單元：

1. 從第一回至第十二回為第一個結構單元，以西門慶偷娶潘金蓮為核心事件，中間穿插娶孟玉樓、梳籠李桂姐之事。

2. 從第十三回至第二十回為第二個結構單元，以西門慶娶李瓶兒為核心事件，中間穿插西門慶賄賂相府得以脫禍之事。

1　參見拙文〈論《紅樓夢》的網路式敘事結構〉，《東嶽論叢》2000 年第 5 期。

3. 從第二十一回至第二十六回為第三個結構單元,以西門慶與宋蕙蓮偷情為核心事件。

4. 從第二十七回至第三十五回為第四個結構單元,以西門慶與潘金蓮淫亂為核心事件,中間穿插西門慶生子加官之事。

5. 從第三十六回至第四十六回為第五個結構單元,以西門慶與官場上的勾結以及眾妻妾的爭風吃醋為主要事件。

6. 從第四十七回至第六十三回為第六個結構單元,主要講述西門慶官運亨通,與此相映照的卻是李瓶兒之死。

7. 從第六十四回至第七十九回為第七個結構單元,主要講述西門慶無法克制的淫欲和最終縱欲而亡。

8. 從第八十回至第九十一回為第八個結構單元,主要講述眾妻妾各奔前程,西門慶家樹倒猢猻散。

9. 從第九十二回至第一百回為第九個結構單元,以陳敬濟窮困潦倒為核心事件,中間穿插春梅等人的結局。

可以看出,前七個結構單元全部都是以西門慶為敘述焦點,且幾乎每一回都是以西門慶為核心串聯起其他人物和事件。全書第一個登場的人物便是西門慶:

> 話說大宋徽宗皇帝政和年間,山東省東平府清河縣中,有一個風流子弟,生得狀貌魁梧,性情瀟灑,饒有幾貫家資,年紀二十六七。這人複姓西門,單諱一個慶字。[2]

然後由西門慶引出了應伯爵、謝希大、祝實念、孫天化、吳典恩等結拜兄弟,引出了他的家庭:女兒西門大姐、女婿陳敬濟、繼室吳月娘及二房李嬌兒、三房卓丟兒。更值得玩味的是還由他引出了武松、武大郎及潘金蓮,潘金蓮挑逗武松碰釘子實際上是為西門慶與潘金蓮的姦情而作的鋪墊,武松、武大郎兄弟二人也就成為了烘托西門慶的陪襯式人物。

全書眾多的人物和事件都圍繞西門慶展開,甚至都為表現西門慶而設置。如第七回「薛媒婆說娶孟三兒,楊姑娘氣罵張四舅」、第十二回「潘金蓮私僕受辱,劉理星魘勝求財」,兩回都在西門慶偷娶潘金蓮的核心事件中穿插進一些次要事件。前者敘西門慶娶孟玉樓之事,是為了表明西門慶財色兩不耽誤,誠如張竹坡所評:「本意為西門貪財處,寫出一玉樓來,則本意原不為色。故雖有美如此,而亦淡然置之。」後者敘西門慶梳籠

2　本文所引《金瓶梅》原文及張竹坡評語,均據濟南齊魯書社 1987 年版。

李桂姐之事，是為了表明西門慶淫亂無度，所以張竹坡評道：「此回寫桂姐在院中，純是寫西門。見得才遇金蓮，便娶玉樓，才有春梅，又迷桂姐，無一底止，必至死而後已也。」

再如第五個結構單元，以較多的筆墨敘述了西門慶家眾妻妾的爭風吃醋，似乎與西門慶關係不大，實際上皆與西門慶有關。對此張竹坡在第四十回前有一段非常透徹的評點：

> 此回小文為下回憤深作引也。蓋金蓮之憤，何止此日起！然金蓮生日，西門乃在玉皇廟宿。玉皇廟卻是為瓶兒生子。則金蓮此夕已十二分不快。乃抱孩兒時，月娘之言，西門之愛，俱如針刺眼，爭之不得，為無聊之極思，乃妝丫鬟以邀之也。雖暫分一夕之愛，而憤已深矣，宜乎後文再奈不得也，文字無非情理，情理便生出章法，豈是信手寫去者？

西門慶家庭內部如此，西門慶家庭之外同樣如此。第十七回「宇給事劾倒楊提督，李瓶兒許嫁蔣竹山」似乎與西門慶無關，實際上全是寫西門慶。這位楊提督即西門慶親家陳洪的同黨，三家可謂一榮俱榮，一損俱損。因此機警的西門慶一聞此訊，立即停止了花園工程，又派家人來保、來旺去東京打探消息，並且把娶李瓶兒之事也丟在了腦後。更值得玩味的是，西門慶不惜花五百兩銀子到縣中丞行房裏，抄錄了一張東京行下來的文書邸報，宇給事的奏本也全從西門慶眼中傳達出來，所以仍然是圍繞西門慶展開的情節。由於西門慶顧不上娶李瓶兒，使李瓶兒寂寞難耐，遂將蔣竹山招贅在家。這一切也是因西門慶而起。

最後兩個結構單元雖然西門慶已經死去，但仍然是由西門慶延伸而來，是西門慶死後所受到的報應。最受他寵愛的潘金蓮先後與陳敬濟、王潮兒淫亂，最後被武松殺死。李嬌兒資財歸麗春院，韓道國拐財遠道，湯來保欺主背恩，來旺盜拐孫雪娥，孟玉樓嫁給李衙內，春梅縱欲而亡，他唯一的兒子孝哥也被幻度出家。《金瓶梅》全書的敘事結構就是這樣，既圍繞西門慶展開又圍繞他作出了收攏。

上述九個結構單元具有內在的邏輯聯繫，因而其順序不可任意顛倒置換。從大的方面來說，西門慶的發跡、縱欲必須在其暴亡、遭報應之前，其中有着因果關係。再進一步來看，無論是潘金蓮還是李瓶兒，她們與西門慶的關係都有一個逐漸發生、發展、演變的過程，其順序也不可改變。如李瓶兒與西門慶之間便經過了由熱到冷，再由冷到熱的變化。西門慶的縱欲也是一日勝過一日，先是家中妻妾，繼而家中的僕婦，繼而妓院中的妓女，繼而招宣府的貴夫人，直至一命嗚呼。《金瓶梅》就是這樣一部結構嚴謹的小說，正如張竹坡在「批評第一奇書」中所說：「我喜其文之洋洋一百回，而千針萬線，

同出一絲，又千曲萬折，不露一線。……蓋其書之細如牛毛，乃千萬根共具一體，血脈貫通，藏針伏線，千里相牽。」可以這樣說，這「同出一絲」即緊緊圍繞西門慶的人生軌跡，這「共具一體」即都歸結於西門慶一人之身。

二

《醒世姻緣傳》也採用了輻射式的單體結構，但與《金瓶梅》又有所不同，它不是以某一人物為輻射源向週邊輻射，而是以情節主線為主幹，不時向外分出一些枝叉。《醒世姻緣傳》的結構之道在於說明「前世既已造業，後世必有果報」，[3]因而全書的主線由前後兩世姻緣構成。在講述這條主線時，又常常插入與主線具有這樣或那樣關聯的其他人物和情節。所以東嶺學道人說：「乍視之似有支離煩雜之病，細觀之前後鉤鎖，彼此照應，無非勸人為善，禁人為惡，閒言冗語，都是筋脈，所云天衣無縫，誠無忝焉。」[4]

根據全書的主線，《醒世姻緣傳》可分為前後兩個部分，前 22 回為前世姻緣，由三個結構單元組成：從第一回至第三回為第一個結構單元，主要講述晁源射死狐仙，埋下禍根。從第四回至第十三回為第二個結構單元，主要講述晁源縱妾虐妻，逼死計氏。從第十四回至第二十二回為第三個結構單元，主要講述晁源及珍哥等先後死去，托生來世。

後 78 回為後世姻緣，可分為五個結構單元：從第二十三回至第三十二回為第一個結構單元，主要講述明水鎮風氣的日益敗落，是前後兩個部分的過渡。從第三十回至第四十三回為第二個結構單元，主要講述狄希陳的惡劣行徑。從第四十四回至第七十八回為第三個結構單元，主要講述童寄姐虐待狄希陳。從第八十八回至第一百回為第五個結構單元，主要講述薛素姐虐待狄希陳惡貫滿盈，遭到報應。

兩個部分的關聯在於，前世的晁源、計氏、狐仙、珍哥分別變為來世的狄希陳、童寄姐、薛素姐、珍珠，於是冤冤相報，無有已時。全書一個突出的特點便是非常注重主線的時間順序，例如第一回中晁源請人喝酒是十一月初六日，商定十一月十五日去打獵，接下來便是做各種準備。十五日打獵時，射死了狐仙，晁源因此染病在身，第二回便寫晁源治病。第三回緊接着是除夕之夜，晁源和珍哥同做了一樣的怪夢，珍哥醒後便感到頭疼難忍。初一早晨，晁源剛要上馬，就像被人用力推了一下，頭上腫得像桃一般。初二只好請醫生看病。由於時間線索非常清晰，所以各結構單元的位置不能夠隨意調換，顯示出了單體式結構的鮮明特點。

3　本文所引《醒世姻緣傳》原文，均據濟南齊魯書社 1993 年版。
4　東嶺學道人：〈醒世姻緣傳凡例〉，《醒世姻緣傳》，濟南：齊魯書社，1993 年，頁 2。

但是這條主線又常常分出一些枝叉，如前一部分中的第五回「明府行賄典方州，戲子恃權驅吏部」便講述了晁源的父親向太監王振行賄，謀得了知州之事。再如第二十二回「晁宜人分田睦族，徐大尹懸扁旌賢」，講述了晁夫人將自家田地分給族人因而受到縣尹表彰之事。再如後一部分開頭的兩回「繡江縣無償薄俗，明水鎮有古淳風」「善氣世回芳淑景，好人天報太平時」，誇讚了明水鎮的淳樸古風。第六十七回「艾回子打脫主顧，陳少潭舉薦良醫」講述了艾前川、趙杏川等人的故事。嚴格說來，這些穿插都具有相對的獨立性，與主線的關聯不是多麼明顯，但卻與作者「勸人為善，禁人為惡」的創作主旨緊密相關。因此，這是一種比較特殊的輻射式單體結構。

《醒世姻緣傳》的結構還有一點值得注意，即前一部分中的人物除了托生者外，還有一些在後一部分中依然出現，如第三十二回「女菩薩賤糶賑饑，眾鄉宦愧心慕義」、第四十六回「徐宗師歲考東昌，邢中丞賜環北部」、第四十七回「因詐錢牛欄認犢，為剪惡犀燭降魔」、第四十九回「小秀才畢姻戀母，老婦人含飴弄孫」等便都以前一部分的人物為主要講述對象，而且這幾回在後一部分中的情形十分特殊。第三十一回和第三十三回講述的都是發生在明水鎮的事，中間卻插入了發生於武城縣晁夫人賑饑的第三十二回。從第四十六回到第五十四回的結構就更為奇特，交叉講述了武城和明水兩地的故事。第四十六回和第四十七回講述晁家之事，第五十回又回到狄家。從第九十回到第九十四回的結構也是如此交叉進行。從敘事時間上來說，這是一種平敘方式；從敘事結構上來說，這便是一種單體式的輻射結構，所講述的晁家之事，實際上都是由主線輻射而來。

<h1 style="text-align:center">三</h1>

《兒女英雄傳》的結構之道在於將英雄至性與兒女真情相融合，刻畫出幾位集「兒女」與「英雄」於一身的人物來。正如開場詩所說：「兒女無非天性，英雄不外人情；最憐兒女最英雄，才是人中龍鳳。」[5]按照這一結構之道，全書應以十三妹為核心人物，因為只有十三妹才最合乎作者心目中「兒女英雄」的標準。因此作者在全書的結尾說道：「此書原為十三妹而作，到如今書中所敘，十三妹大仇已報，母親去世，孤仃一人無處歸著，幸遇鄧、褚等位替安公子玉成其事，這就是此書初名《金玉緣》的本旨。」但實際上作者將安驥、張金鳳及安水心等人都視為了「兒女英雄」，如第十四回開頭寫道：「卻說安老爺認定天理人情，拋卻功名富貴，頓起一片兒女英雄念頭，掛冠不仕，要向海角天涯尋著那十三妹，報他這番恩義。」按照這種理解，作者將全書分為了「五番」，即五

5　本文所引《兒女英雄傳》原文，均據濟南齊魯書社 1990 年版。

個結構單元。

　　1. 從第一回至第十二回為第一個結構單元，主要講述十三妹即何玉鳳的英雄本色，而以安、張兩家父子婆媳完聚作為結束。所以作者在第十二回結尾說道：「也因這第十二回是個小團圓，正是《兒女英雄傳》的第一番結束也。」

　　2. 從第十三回至第二十二回為第二個結構單元，主要講述安水心尋找何玉鳳，而以全家與何玉鳳一同返京結束。所以作者在第二十三回的開頭說道：「這部《兒女英雄傳》的書演到這個場中，後文便是弓硯雙圓的張本，是書裏的一個大節目，俗話就叫做『書心兒』。」

　　3. 從第二十三回至第二十八回為第三個結構單元，主要講述安驥、何玉鳳、張金鳳的兒女真情，故作者在第二十八回的結尾寫道：「天下哪裏有這樣的人家？這般的樂事？豈還算不得個歡喜團圓？不道那燕北閑人還有大半部文章，這《兒女英雄傳》才演到第三番結束。」

　　4. 從第二十九回至第三十六回為第四個結構單元，主要講述安驥在何玉鳳、張金鳳的激勵之下，一舉成名。故作者在第二十九回開頭說道：「這部書前半部演到龍鳳和配，弓硯雙圓。看事蹟，已是筆酣墨飽；論文章，畢竟不曾寫到安龍媒正傳。不為安龍媒立傳，則自第一回『隱西山閉門課驥子』起，至第二十八回『寶硯雕弓完成大禮』，皆為無謂陳言，便算不曾為安水心立傳。如許一部大書，安水心其日之精、月之魄、木之本、水之源也，不為立傳，非龍門世家體例矣。燕北閑人知其故，故前回書既將何玉鳳、張金鳳正傳結束清楚，此後便要入安龍媒正傳。」

　　5. 從第三十七回至第四十回為第五個結構單元，主要講述安驥的官場仕途，最後以皆大歡喜結束。故作者在第三十七回開頭說道：「上回書交待到安公子及第榮歸，作了這部評話的第四番結束，這段文章自然還該有個不盡餘波。」

　　由以上論述不難看出，《兒女英雄傳》是作者主觀結構意識非常鮮明的一部小說。作者劃分結構單元的依據是人物的聚散離合及遭遇命運，這五個結構單元不僅具有時間上的前後順序，而且有着嚴密的內在邏輯性。作者在指出每一個結構單元具有相對獨立性的同時，總不忘強調它與前後情節的關聯。由於安水心官場失意，才有安驥攜銀援父，險遭不測，幸遇十三妹，不僅得救，且與張金鳳喜結良緣。十三妹恰好就是安水心世交的女兒，深知十三妹不幸命運的安水心下決心要尋找十三妹。費盡一番周折終於找到了十三妹，安水心等人又千方百計為十三妹安排了一個美滿的婚姻。這一目的達到後，便是安驥下帷苦讀，功成名就，夫貴妻榮。安水心夫妻二人也壽登期頤，子貴孫榮。以上事件因果相續，不容顛倒，是典型的單體式結構。

　　《兒女英雄傳》對於主要人物和次要人物的關係處理得妥當而周密，正如作者在第三

十三回開頭所說：「這書雖說是種消閒筆墨，無當於文，也要小小有些章法。譬如畫家畫樹，本幹枝節，次第穿插，佈置了當，仍須渲染烘托一番，才有生趣。如書中的安水心、佟孺人，其本也；安龍媒、金、玉姊妹，其幹也，皆正文也。鄧家父女、張老夫妻、佟舅太太諸人，其枝節也，皆旁文也。這班人自開卷第一回直寫到上回，才算一一的穿插佈置妥帖，自然還須加一番烘托渲染，才完得這一篇造因結果的文章。」安水心夫婦、安驥、張金鳳、何玉鳳是全書的主要人物，但在某一結構單元中仍有主次之分。如在第一單元中，安水心夫婦的地位遠不如十三妹、安驥、張金鳳重要；在第二單元中安水心、十三妹的地位又比其他人顯得重要一些；在第三單元中，安驥、張金鳳及何玉鳳成為最重要的人物；在第四、第五兩個單元中，安水心夫婦及安驥的地位更突出一些。至於次要人物，情況也各不相同。如第二個結構單元中的鄧九公便是一位舉足輕重的角色；張老夫妻則自始至終起着點綴的作用。

　　《兒女英雄傳》融俠義、世情、才子佳人等類型小說為一體，在敘事結構方面也體現出這一特點。故事線索按照世情小說的寫法來組織；同時又以人物為描寫重點，與英雄俠義小說相類似；至於男女人物的聚散離合，則與才子佳人小說相一致。但總起來說，《兒女英雄傳》以單體式的敘事結構實現了其結構之道。

《金瓶梅》傳播與接受中的價值取向

　　一部文學作品的價值是在其傳播與接受過程中實現的，其價值取向則多元並存，因人而異。《金瓶梅》傳播與接受的價值取向亦復如是，如詞話本卷首廿公作的跋語雖然十分簡短，卻指出了《金瓶梅》三方面的價值：一，「有所刺」的功利價值，二，「曲盡人間醜態」的認識價值，三，「處處埋伏因果」的勸懲價值。[1]滿文本〈金瓶梅序〉說道：「歷觀編撰古詞者，或勸善懲惡，以歸禍福；或快志逞才，以著詩文；或明理言性，以喻他物；或好正惡邪，以辨忠奸。」[2]這種多元的價值取向貫穿於其問世以來的四百餘年間。大體說來，明清兩代對《金瓶梅》的倫理教化價值較為看重，20 世紀則更為重視其社會認識價值和審美藝術價值。至於其負面價值，歷來都存在着歧義，相比較而言，20 世紀的詮釋者則表現得更為客觀理智。本文擬對《金瓶梅》傳播與接受的價值取向進行歸納總結並初步分析其產生的原因，以期更好地把握和實現《金瓶梅》的多重價值，並避免其價值取向的扭曲。

一、倫理教化價值

　　就我們今天所掌握的資料來看，對《金瓶梅》最早做出價值判斷的當為袁宏道。他在萬曆二十四年（1596）致董其昌的信中說道：「《金瓶梅》從何得來？伏枕略觀，雲霞滿紙，勝於枚生〈七發〉多矣。」[3]枚乘是漢代著名辭賦家，在其代表作〈七發〉中，吳客指出楚太子「久耽安樂，日夜無極」，「縱耳目之欲，恣支體之安」，因而患病在身。只有請博聞強識的君子來啟發誘導，改變其貪圖安樂的情志，才可能痊癒。袁宏道認為《金瓶梅》告訴了人們相同的道理，而且更為重要深刻，於是才有「勝於枚生〈七發〉多矣」的讚歎。袁宏道對《金瓶梅》教化價值的肯定與其文學觀相一致，是明末特定社會

1　　《金瓶梅詞話》卷首，北京：人民文學出版社，1985 年。

2　　佚名：〈滿文本金瓶梅序〉，見黃霖編《金瓶梅資料彙編》，北京：中華書局，1987 年，頁 5。以下引用該書只注書名頁碼。

3　　《袁宏道集箋校》本卷六〈錦帆集之四——尺牘〉，見《金瓶梅資料彙編》，頁 227。

思潮的表現。

強調《金瓶梅》的價值在於以輪迴報應達到勸懲的教化目的，詞話本欣欣子序最具代表性。從《金瓶梅》的情節結構來看，西門慶、潘金蓮、李瓶兒、龐春梅等男女主人公皆因放縱欲望，終於敗亡，這大概也是小說作者的初衷。欣欣子或許擔心讀者不能體會作者的良苦用心，而專注於淫亂的描寫，所以在序中反覆說道：

> 無非明人倫，戒淫奔，分淑慝，化善惡，知盛衰消長之機，取報應輪迴之事，如在目前，始終如脈絡貫通，如萬系迎風而不亂也，使觀者庶幾可以一哂而忘憂也。……既其樂矣，然樂極必悲生。……至於淫人妻子，妻子淫人，禍因惡積，福緣善慶，種種皆不出迴圈之機，故天有春夏秋冬，人有悲歡離合，莫怪其然也。合天時者，遠則子孫悠久，近則安享終身；逆天時者，身名罹喪，禍不旋踵。[4]

在欣欣子看來，以輪迴報應實現教化目的，這是《金瓶梅》最為重要的價值。那麼如何看待小說中「語涉俚俗，氣含脂粉」的淫穢描寫呢？欣欣子以為「富與貴，人之所慕也，鮮有不至於淫者。哀與怨，人之所惡也，鮮有不至於傷者。」顯然對「樂而不淫，哀而不傷」的傳統詩教提出了不同見解。他指出，《金瓶梅》「雖市井之常談，閨房之碎語」，但「使三尺童子聞之，如飫天漿而拔鯨牙，洞洞然易曉。雖不比古之集理趣，文墨綽有可觀。」這也就是他在序言中所說的「一哂而忘憂」，這實際上在不經意中道出了《金瓶梅》寓教於樂的價值。

與其同時的「東吳弄珠客」為《金瓶梅》作序的第一句話就是：「《金瓶梅》，穢書也。」然後他又指出：「然作者亦自有意，蓋為世戒，非為世勸也。」所謂「為世戒，非為世勸」，即此書是以西門慶、潘金蓮等人為反面人物來告誡世人，而並非讓世人以其為效法榜樣。所以他說：「讀《金瓶梅》而生憐憫心者，菩薩也；生畏懼心者，君子也；生歡喜心者，小人也；生效法心者，乃禽獸耳。」[5]因此這位「東吳弄珠客」所強調的依然是《金瓶梅》的勸懲價值。

清康熙年間紫髯狂客與欣欣子的見解十分一致，他在《豆棚閒話總評》中說：「趣如《西門傳》而不善讀之，乃誤風流而為淫。其間警戒世人處，或在反面，或在夾縫，或極快，或極豔，而悲傷零落，寓乎其間，世人一時不解者也。」[6]

同為康熙年間的滿文本〈金瓶梅序〉的作者主要以報應輪迴觀念來肯定《金瓶梅》

4　欣欣子：〈金瓶梅詞話序〉，見《金瓶梅詞話》，北京：人民文學出版社，1985年，頁1。
5　東吳弄珠客：〈金瓶梅詞話序〉，見《金瓶梅詞話》，北京：人民文學出版社，1985年，頁1。
6　坊間石印本《豆棚閒話》卷末，見《金瓶梅資料彙編》，頁264。

的勸懲價值：「其於修身齊家、裨益於國之事一無所有。至西門慶以計力藥殺武大，猶為武大之妻潘金蓮以春藥而死，潘金蓮以藥毒二夫，又被武松白刃碎屍。如西門慶通姦於各人之妻，其婦婢於伊在時即被其婿與家僮玷污。吳月娘背其夫，寵其婿使入內室，姦淫西門慶之婢，不特為亂於內室……西門慶慮遂謀中，逞一時之巧，其勢及至省垣，而死後屍未及寒，竊者竊，離者離，亡者亡，詐者詐，出者出，無不如燈消火滅之燼也。其附炎趨勢之徒，亦皆陸續無不如花殘木落之敗也。其報應輕重之稱，猶戥秤毫無高低之差池焉。」[7]由此可見，清康熙年間《金瓶梅》流傳甚廣，以至於滿族統治者也十分重視此書，他們所看重的正是《金瓶梅》的勸懲價值。

近代的許多論者也注意到了《金瓶梅》的教化價值。四橋居士在〈續金瓶梅序〉中指出：「《金瓶梅》一書，雖係空言，但觀西門平生所為，淫蕩無節，蠻橫已極，宜乎及身即受慘變，乃享厚福以終？至其報復，亦不過妻散財亡，家門零落而止，似乎天道悠遠，所報不足以蔽其辜，此《隔簾花影》四十八卷所以繼正續兩編而作也。」[8]這實際上是說《金瓶梅》的報應輪回還不夠充分。

20 世紀以來，人們更多看重的是《金瓶梅》的「諷世」價值。如夢生在 1914 年《雅言》第一卷第七期〈小說叢話〉中說：

> 《金瓶梅》乃一最佳最美之小說，以其筆墨寫下等社會、下等人物，無一不酷似故。若以《金瓶梅》為不正經，則大誤。《金瓶梅》乃一懲勸世人、針砭惡俗之書。若以《金瓶梅》為導淫，則大誤。……《金瓶梅》開卷以酒色財氣作起，下卻分四段以冷熱分疏財色二字，而以酒氣穿插其中，文字又工整，又疏宕，提綱挈領，為一書之發脈處，真是絕奇絕妙章法。寫「財」之勢力處，足令讀者傷心；寫「色」之利害處，足令讀者猛省；寫看破財色一段，痛極快極，真乃作者一片婆心婆口。讀《金瓶梅》者，宜先書萬遍，讀萬遍，方足以盡懲勸，方不走入迷途。[9]

1936 年上海新文化書社再版本《古本金瓶梅》前有觀海道人所撰序言，落款時間為大明嘉靖三十七年，顯係偽託。他也再三強調了《金瓶梅》的勸懲價值：「子不觀乎書中所紀之人乎？某人著，邪淫昏妄，其受禍終必不免，甚且殃及妻孥子女焉。某人者，溫恭篤行，其獲福終亦可期，甚且澤及親鄰族黨焉。此報施之說，因果昭昭，固嘗詳舉於書中也。至於前之所以舉其熾盛繁華者，正所以顯其後之淒涼寥寂也；前之所以詳其

7　康熙四十七年滿文本《金瓶梅》卷首，見《金瓶梅資料彙編》，頁 5-6。

8　〔清〕四橋居士：〈續金瓶梅序〉，見《金瓶梅資料彙編》，頁 17。

9　夢生：〈小說叢話〉，《雅言》1914 年第一卷第七期，見《金瓶梅資料彙編》，頁 337。

勢焰熏天者，正所以證其後之衰敗不堪也。一善一惡，一盛一衰，後事前因，歷歷不爽，此正所以警惕乎惡者，獎勵乎善者也。」[10]

也有的論者從顯與隱的辯證關係入手，肯定《金瓶梅》的教化價值。如西湖釣叟〈續金瓶梅集序〉認為：「《金瓶梅》舊本，言情之書也。情至則流易於敗檢而蕩性。今人觀其顯不知其隱，見其放不知其止，喜其誇不知其所刺。……《西遊》闡心而證道於魔，《水滸》戒俠而崇義於盜，《金瓶梅》懲淫亂而炫情於色，此皆顯言之，誇言之，放言之，而其旨則在以隱，以刺，以止之間。唯不知者曰怪，曰暴，曰淫，以為非聖而畔道焉。」[11]這位論者同樣是肯定《金瓶梅》的倫理教化價值，但能夠顧及小說的實際描寫，提醒讀者要透過表面內容把握住其實質。

1996 年筆者發表〈《紅樓夢》《金瓶梅》色空觀念之比較〉一文，指出了《金瓶梅》的「諷世」價值：

> 西門慶家的由盛轉衰至為簡單明瞭，這便是作為一家之主的西門慶「貪欲喪命」。西門慶一死，一個有萬貫家財、數十口人的官商之家，頃刻間支離破碎，人財兩空，真可謂「盛由一人，敗由一人」。西門慶家的由盛轉衰，向人們傳遞了這樣一個資訊，即「財色」誘人亦害人。正如張竹坡評語所說：「此回總結『財色』二字利害，故『二八佳人』一詩，放於西門泄精之時，而積財積善之言，放於西門一死之時。西門臨死囑敬濟之言，寫盡癡人，而許多帳本，總示人以財不中用，死了帶不去也。」因此，西門慶家由盛轉衰的原因是十分顯明的，其中寓示的道理也是非常確定的，是人們可以理解和把握的，在某種意義上說，也是人們可以防止的。這也正是作者向世人進的箴言。[12]

20 世紀末張錦池發表〈論金瓶梅的結構方式與思想層面〉一文，也同樣強調了這一價值：「《金瓶梅》寫故事的由來和結局，是以『悌』起、以『孝』結，反映了作者用以『諷世』的主要思想武器是『仁』和『天理』，屬小說的哲理層面。」[13]指出了《金瓶梅》「諷世」的依據是儒家的倫理道德觀念，這可以視為倫理教化價值的延伸。

與《三國演義》《水滸傳》《西遊記》有大量戲劇改編不同，《金瓶梅》改編為戲曲的數量較少。刊刻於乾隆乙卯年（1795）由畫舫中人改編的《奇酸記》傳奇共四折，每

10　襟霞閣主重編《古本金瓶梅》，見《金瓶梅資料彙編》，頁 12。

11　清刊本《續金瓶梅》卷首，見《金瓶梅資料彙編》，頁 14。

12　王平：〈《紅樓夢》《金瓶梅》色空觀念之比較〉，《紅樓夢學刊》1996 年第 2 期，亦可參見本書。

13　張錦池：〈論《金瓶梅》的結構方式與思想層面〉，《求是學刊》2001 年第 1 期。

折六齣，共二十四齣。第一折「梵僧現世修靈藥」，包括「靈藥現身」「西門賈毒」「子虛餞配」「玉樓酸賞」「賣姦買毒」「降神修藥」等六齣。最後一折「禪師下山超孽業」包括「普靜尋徒」「琵琶變調」「孟舟感故」「祭金殺敬」「爹兒雙變」「孝成酸釋」等六齣。從這些齣目不難看出，其用意主要是懲戒淫亂。[14]鄭小白改編的《金瓶梅傳奇》分為上下兩卷，共三十四出。該劇將《水滸傳》和《金瓶梅》的有關內容糅為一體，以西門慶和潘金蓮為主人公，目的也在於勸誡淫亂。[15]由《金瓶梅》改編的子弟書有「得鈔傲妻」「哭官哥」「不垂別淚」「春梅遊舊家池館」「永福寺」「挑簾定計」「葡萄架」「續鈔借銀」等名目。[16]從這些名目可以看出，改編者似乎更為注重表現世態炎涼。

二、社會認識價值

　　詞話本《金瓶梅》廿公所作跋語，雖不過寥寥數語，卻以「曲盡人間醜態」六字概括了《金瓶梅》的社會認識價值。謝肇淛的〈金瓶梅跋〉則對其社會認識價值分析得比較全面：「其中朝野之政務，官私之晉接，閨闥之媟語，市里之猥談，與夫勢交利合之態，心輸背笑之局，桑中濮上之期，尊罍枕席之語，驅僮機械意智，粉黛之自媚爭妍，狎客之從諛逢迎，奴怡之稽唇淬語，窮極境象，駴意快心。譬之範工摶泥，妍媸老少，人鬼萬殊，不徒肖其貌，且並其神傳之。信稗官之上乘，爐錘之妙手也。」[17]這段話從幾個方面形象地概括了《金瓶梅》對社會各個方面的反映，強調了《金瓶梅》的認識價值。首先，《金瓶梅》表現的社會生活面十分廣闊，上至朝廷政務，下至市井猥談，均有細緻描寫。其次，對各個社會階層的精神面貌刻畫得唯妙唯肖。他特別聲明：「有嗤余誨淫者，余不敢知。」

　　清初謝頤（即張潮）在〈批評第一奇書金瓶梅敘〉中充分肯定了張竹坡對《金瓶梅》認識價值的挖掘：

> 故懸鑒燃犀，遂使雪月風花、瓶磬篦梳、陳莛落葉諸精靈等物，妝嬌逞態，以欺世於數百年間，一旦潛形無地，蜂蝶留名，杏梅爭色，竹坡其碧眼胡乎！向弄珠客教人生憐憫畏懼心，今後看官睹西門慶等各色幻物，弄影行間，能不憐憫，能

14　清乾隆乙卯年刻《奇酸記》，見《金瓶梅資料彙編》，頁 367-374。
15　《古本戲曲叢刊》三集影印舊鈔本《金瓶梅傳奇》，見《金瓶梅資料彙編》，頁 375-376。
16　中國曲協遼寧分會據傳惜華藏本編印《子弟書選》，見《金瓶梅資料彙編》，頁 377-403。
17　謝肇淛：〈金瓶梅跋〉，見《金瓶梅資料彙編》，頁 3。

不畏懼乎！其視金蓮，當作弊屣觀矣。[18]

康熙年間的滿文本〈金瓶梅序〉的作者認為《金瓶梅》對社會各色人物均有逼真描寫，他說：「自常人之夫婦，以及僧道尼番、醫巫星相、卜術樂人、歌妓雜要之徒，自買賣以及水陸諸物，自服用器皿以及謔浪笑談，於僻隅瑣屑毫無遺漏，其周詳備全，如親身眼前熟視歷經之彰也。」[19]

進入 20 世紀以來，評論者更為重視《金瓶梅》的社會認識價值。平子（即狄葆賢）在 1904 年《新小說》第八號〈小說叢話〉中論道：

> 《金瓶梅》一書，作者抱無窮冤抑，無限深痛，而又處黑暗之時代，無可與言，無從發洩，不得已藉小說以鳴之。其描寫當時之社會情狀，略見一斑。然與《水滸傳》不同：《水滸》多正筆，《金瓶》多側筆；《水滸》多明寫，《金瓶》多暗刺；《水滸》多快語，《金瓶》多痛語；《水滸》明白暢快，《金瓶》隱抑悽惻；《水滸》抱奇憤，《金瓶》抱奇冤。處境不同，故下筆亦不同。[20]

天僇生（即王鍾麒）1907 年在《月月小說》第二卷〈中國三大家小說論贊〉中說：

> 時則若王氏之《金瓶梅》。元美生長華閥，抱奇才，不可一世，乃因與楊仲芳結納之故，致為嚴嵩所忌，戮及其親，深極哀痛，無所發其憤。彼以為中國之人物、之社會，皆至污極賤，貪鄙淫穢，靡所不至其極，於是而作是書。蓋其心目中，固無一人能少有價值者。彼其記西門慶，則言富人之淫惡也；記潘金蓮，則傷女界之穢亂也；記花子虛、李瓶兒，則悲友道之衰微也；記宋蕙蓮，則哀讒佞之為禍也；記蔡太師，則痛仕途黑暗，賄賂公行也。嗟乎！嗟乎！天下有過人之才人，遭際濁世，把彌天之怨，不得不流而為厭世主義，又從而摹繪之，使並世之惡德，不能少自諱匿者，是則王氏著書之苦心也。輕薄小兒，以其善寫淫媒也實之，而此書遂為老師宿儒所垢病，亦不察之甚矣。[21]

認定王世貞是《金瓶梅》的作者固然有待商榷，但對《金瓶梅》社會認識價值的論述卻是深刻穩妥的。

廢物（即王文濡）1915 年在《香豔雜誌》第九期〈小說談〉中特別強調了《金瓶梅》

18　張潮：〈批評第一奇書金瓶梅序〉，見《金瓶梅》，濟南：齊魯書社，1991 年，頁 1。
19　滿文本〈金瓶梅序〉，見《金瓶梅資料彙編》，頁 6。
20　狄葆賢：〈小說叢話〉，見《金瓶梅資料彙編》，頁 303。
21　王鍾麒：〈中國三大家小說論贊〉，見《金瓶梅資料彙編》，頁 319。

對下層社會的認識價值：

> 《金瓶梅》何以為才子之作，以其所描寫為下等社會情事也。中上兩等社會，吾人
> 固習見而習聞之。執筆狀之，則連篇累牘，勢不難舉，身所接拘，心所蘊蓄，目
> 所見，耳所聞，一一如數家珍。況我國下等社會，情事尤為複雜，描寫更難著筆。
> 西人小說家，如司各脫、迭更司輩，其著作膾炙人口者亦以此。元美為有明一代
> 作家，文字古奧，直追秦漢，何以降心為此？即曰有所為而為，懲淫可也，導淫
> 誨淫不可也。[22]

陳獨秀、胡適、錢玄同等五四新文化運動的代表性人物，對古代文學的價值基本持
一種否定態度，且不時表現出一種矛盾和過激的心態。1917 年他們就包括《金瓶梅》在
內的古代小說的價值問題曾展開過討論。錢玄同在〈與陳獨秀書〉中說：「我以為元明
以來的詞曲小說，在《中國文學史》裏面，必須要詳細講明。並且不可輕視，要認做當
時極有價值的文學才是。」[23]在〈寄胡適之先生〉中說：「《金瓶梅》一書，斷不可與
一切專談淫猥之書同日而語。此書為一種驕奢淫佚、不知禮儀廉恥之腐敗社會寫照。觀
其書中所敘之人，無論官紳男女，面子上是老爺、太太、小姐，而一開口，一動作，無
一非極下作極無恥之語言之行事，正是今之積蓄不義錢財而專事打撲克、逛窰子、討小
老婆者之真相。」[24]

陳獨秀在〈答錢玄同〉中回答說：「中國小說，有兩大毛病：第一是描寫淫態，過
於顯露；第二是過貪冗長。（《金瓶梅》《紅樓夢》細細說那飲食衣服裝飾擺設，實在討厭。）
這也是『名山著述的思想』的餘毒。」[25]但他此前在〈答胡適〉中曾說：「足下及玄同
先生盛稱《水滸》《紅樓》等為古今說部第一，而均不及《金瓶梅》，何耶？此書描寫
惡社會，真如禹鼎鑄奸，無微不至，《紅樓夢》全脫胎於《金瓶梅》，而文章情健自然，
遠不及也。乃以其描寫淫態而棄之耶？則《水滸》《紅樓》又焉能免？」[26]在陳獨秀看
來，《金瓶梅》的價值甚至要超過《水滸傳》和《紅樓夢》，原因即在於《金瓶梅》對
社會的描寫無微不至。

胡適不同意錢玄同的觀點，他在〈答錢玄同〉中說：「先生與獨秀先生所論《金瓶
梅》諸語，我殊不敢贊成。我以為今日中國人所謂男女情愛，尚全是獸性的肉欲。今日

22　王文濡：〈小說談〉，〈廢物贅語〉，分別見《金瓶梅資料彙編》，頁 326、327。
23　錢玄同：〈與陳獨秀書〉，見《金瓶梅資料彙編》，頁 345。
24　錢玄同：〈寄胡適之先生〉，見《金瓶梅資料彙編》，頁 345-346。
25　陳獨秀：〈答錢玄同〉，見《金瓶梅資料彙編》，頁 342。
26　陳獨秀：〈答胡適〉，見《金瓶梅資料彙編》，頁 342。

一面正宜力排《金瓶梅》一類之書，一面積極譯著高尚的言情之作，五十年後，或稍有轉移風氣之希望。此種書即以文學的眼光觀之，亦殊無價值。何則？文學之一要素，在於『美感』。請問先生讀《金瓶梅》，作何美感？」[27]錢玄同在同期《新青年》回答說：「至於前書論《金瓶梅》諸語，我亦自知大有流弊，所以後來又寫了一封信給獨秀先生，說『從青年良好讀物上面著想，實在可以說，中國小說沒有一部好的，沒有一部該讀的』，這就是我自己取消前說的證據。且我以為不但《金瓶梅》流弊甚大，就是《紅樓》《水滸》亦非青年所宜讀。」[28]錢玄同對《金瓶梅》價值所表現出的矛盾態度，是五四時期全盤否定傳統文學激進思潮的產物，對後來的學術界造成了一定影響。

與他們三位相比，魯迅先生的意見顯然更為中肯穩妥，他在《中國小說史略》中說：「作者之於世情，蓋誠極洞達，凡所形容，或條暢，或曲折，或刻露而盡相，或幽伏而含譏，或一時並寫兩面，使之相形，變幻之情，隨在顯見，同時說部，無以上之。」「故就文辭與意象以觀《金瓶梅》，則不外描寫世情，盡其情偽，又緣衰世，萬事不綱，爰發苦言，每極峻急，然亦時涉隱曲，猥黷者多。」[29]魯迅先生能夠不為一時的政治功利所左右，因此其學術思想更為嚴謹和公允，能夠經得起歷史的檢驗。

1933 年 7 月，鄭振鐸在《文學》第 1 期刊文，認為《金瓶梅》是一部「很偉大的寫實小說」，「反映的是一個真實的中國的社會」，高度讚揚了《金瓶梅》傑出的現實主義成就。他說：「在《金瓶梅》裏所反映的是一個真實的中國的社會。這社會到了現在，似還不曾策劃能夠為過去。要在文學裏看出中國社會的潛伏的黑暗面來，《金瓶梅》是一部最可靠的研究資料。」「《金瓶梅》的社會是並不曾僵死的；《金瓶梅》的人物們是至今還活躍於人間的，《金瓶梅》的時代，是至今還頑強的生存着。」「然而這書是三百五六十年前的著作！到底是中國社會演化得太遲鈍呢？還是《金瓶梅》的作者的描寫，太把這個民族性刻畫得入骨三分，洗滌不去？」[30]

1934 年，吳晗在《文學季刊》創刊號發表〈《金瓶梅》的著作時代及其社會背景〉一文，認為《金瓶梅》是一部傑出的現實主義小說，「它抓住社會的一角，以批判的筆法，暴露當時新興的官僚勢力的商人階級的醜惡生活」，「告訴了我們當時封建階級的醜惡面貌，和這個階級的必然的沒落」。西門慶由一個破落戶而為土豪、鄉紳，最後成為一個官僚，其發展過程，揭示了「他所代表他所屬的那個新興階級，利用政治的和經

27　胡適：〈答錢玄同〉，見《金瓶梅資料彙編》，頁 345。

28　錢玄同：〈答胡適之〉，見《金瓶梅資料彙編》，頁 348。

29　魯迅：《中國小說史略》，北京：東方出版社，1996 年，頁 142、144。

30　吳晗、鄭振鐸等：《論金瓶梅》，北京：文化藝術出版社，1984 年，頁 49-50。

濟的勢力，加緊地剝削着無告的農民」，成為整個社會的毒瘤和吸血鬼。[31]

　　1936 年，阿丁在《天地人半月刊》發表〈《金瓶梅》之意識及技巧〉一文，認為：「《金瓶梅》的中心思想，在於諷世，在於暴露資產階級的醜態。它描寫上至朝廷下至奴婢的腐敗；它描寫人情的險惡，世態的炎涼；它描寫富貴是人之所好，美色是人之所愛。它描寫嫉妒，它描寫憤恨，它描寫諂佞，它描寫刁滑，總之是把整個的現實社會，為之露骨的攝出。」「是一部大膽的、寫實的、平凡的、瑣屑的家庭小說，社會小說，人情小說」，「是更深刻更現實的代言者」。[32]

　　1980 年，孫遜在〈論《金瓶梅》的思想意義〉一文中認為，《金瓶梅》是「一部暴露晚明社會黑暗的書」。它如一面鏡子，「忠實反映了這一特定的時代；並以其全部的藝術力量，深刻暴露了這個時代、這個社會的種種黑暗與醜行」。其對社會矛盾的暴露與揭示，主要有「土地問題」以及「封建政治的黑暗與腐朽」。而伴隨而來的，則是「社會風氣的浸薄頹敗」。小說便是通過這些真實生活場景的展示，讓「我們不僅看到了這個社會、這個階級的極端醜惡和腐朽，而且看到了它們除去滅亡，不會有也不配再有更好的命運！」此外，對於《金瓶梅》通過敘述平常的家庭生活，從而展示不平常的社會意義，以及《金瓶梅》「描寫世情，盡其情偽」的特點，作者也都進行了一系列的闡釋與評價。總之，在作者看來，「《金瓶梅》是一部具有深刻思想內容的現實主義文學巨著。它以真實的筆觸，廣闊地展示了它所屬的那個時代的風貌，深刻而全面地暴露了晚明社會的黑暗與罪惡」。[33]

　　1983 年，章培恒在〈論《金瓶梅詞話》〉一文中指出，《金瓶梅》「對社會現實作了清醒的、富於時代特徵的描繪」，「在我國小說史上是一部里程碑性質的作品，因為它顯示出現實主義在我國小說創作中的進一步發展，標誌着我國小說史的一個新階段的開始」。小說通過對西門慶這個作惡多端卻能步步高升的惡霸的描述，深刻揭示了「當時統治集團從上到下都爛透了」的社會現實。[34]以上詮釋可以說是 20 世紀對《金瓶梅》的主流價值取向。

31　吳晗、鄭振鐸等：《論金瓶梅》，頁 41-44。

32　阿丁：〈《金瓶梅》之意識及技巧〉，見周鈞韜《金瓶梅資料彙編（1919-1949）》，北京：北京大學出版社，1991 年，頁 169-170。

33　孫遜：〈論《金瓶梅》的思想意義〉，《上海師範學院學報》1980 年第 3 期。

34　章培恒：〈論《金瓶梅詞話》〉，見盛源、北嬰選編《名家解讀金瓶梅》，濟南：山東人民出版社，1998 年，頁 168。

三、審美藝術價值

　　最早對《金瓶梅》的審美藝術價值做出全面論述的是張竹坡，他在〈竹坡閒話〉〈金瓶梅寓意說〉〈金瓶梅讀法〉以及回評中對《金瓶梅》的悲劇價值、敘事結構、人物刻畫、反諷手法等都做了細緻分析。他說：「《金瓶梅》，何為而有此書也哉？曰：此仁人志士、孝子悌弟不得於時，上不能問諸天，下不能告諸人，悲憤嗚唈，而作穢言以泄其憤也。雖然，上既不可問諸天，下不能告諸人，悲憤嗚唈，而作穢言以泄其憤也。」[35]在眾人對《金瓶梅》一書的作者紛紛揣測之時，張竹坡卻能跳出這一思維定勢，從文學發生學和審美的角度對《金瓶梅》的創作主旨做出概括。他認為《金瓶梅》與司馬遷創作《史記》有相同之處：「《金瓶梅》到底有一種憤懣的氣象。然則《金瓶梅》斷斷是龍門再世。」[36]這就從審美意識上肯定《金瓶梅》一書充滿了悲劇意蘊，從而揭示了《金瓶梅》的審美價值。

　　在〈金瓶梅讀法〉中，張竹坡從多個方面充分挖掘和總結了《金瓶梅》的藝術價值。關於《金瓶梅》的敘事結構，他說：「《金瓶》有板定大章法，如金蓮有事生氣，必用玉樓在旁，百遍皆然，一絲不易，是其章法老處。他如西門至人家飲酒，臨出門時，必用一人，或一官來拜，留坐，此又是生子加官後數十回大章法。《金瓶梅》一百回到底俱是兩對章法。合其目，為二百件事。然有一回，前後兩事，中用一語過節。又有前後兩事，暗中一筍過下。」[37]「讀《金瓶》須看其入筍處。如玉皇廟講笑話，插入打虎。請子虛，即插入後院緊鄰。」[38]「《金瓶》每於極忙時，偏夾入他事入內。如正未娶金蓮，先插娶孟玉樓；娶孟玉樓時，即夾敘嫁大姐。生子時，即夾敘吳典恩借債。官哥臨危時，乃有謝希大借銀。瓶兒死時，乃入玉簫受約。擇日出殯，乃有請六黃太尉等事。皆於百忙中，故作消閒之筆，非才富一石者何以能之？」[39]

　　關於《金瓶梅》的人物刻畫，他說：「《金瓶》內正經寫六個婦人，而其實止寫得四個：月娘，玉樓，金蓮，瓶兒是也。然月娘則以大綱故寫之。玉樓雖寫，則全以高才被屈，滿肚牢騷，故又另出一機軸寫之。然則以不得不寫，寫月娘，以不肯一樣寫；寫玉樓，是全非正寫也。其正寫者，唯瓶兒、金蓮。然而寫瓶兒，又每以不言寫之。夫以不言寫之，是以不寫處寫之。以不寫處寫之，是其寫處單在金蓮也。單寫金蓮，宜乎金

35　〈竹坡閒話〉，見《金瓶梅》，濟南：齊魯書社，1987 年，頁 8。

36　〈金瓶梅讀法〉，見《金瓶梅》，頁 45。

37　同前註，頁 26。

38　同前註，頁 27。

39　同前註，頁 38。

蓮之惡冠於眾人也。」[40]關於《金瓶梅》的反諷手法，他說：「又月娘好佛，內便隱三個姑子，許多陰謀詭計，教唆他燒夜香、吃藥安胎，無所不為，則寫好佛，又寫月娘之隱惡也，不可不知。」[41]

清代學者劉廷璣是一位極有藝術鑒賞能力的學者，他對《金瓶梅》的人物描寫和結構技巧等藝術價值格外讚賞，說道：「文心細如牛毛繭絲，凡寫一人，始終口吻酷肖底，掩卷讀之，但道數語，便能默會為何人。結構鋪張，針線縝密，一字不露，又豈尋常筆墨可到者。」[42]

20世紀初是《金瓶梅》的審美藝術價值被充分挖掘的時期，許多評論者如平子、曼殊、黃人、姚錫鈞等將《金瓶梅》與《紅樓夢》《水滸傳》《西廂記》做了比較，由於他們充分認識到了《金瓶梅》的審美藝術價值，其見解就比較客觀公允。平子在 1904年《新小說》第八號〈小說叢話〉中論道：「其中短簡小曲，往往雋韻絕倫，有非宋詞、元曲所能及者，又可以徵當時小人女子之情狀，人心思想之程度，真正一社會小說，不得以淫書目之。」[43]他在〈小說新語〉中說：「或謂《金瓶》有何佳處，而亦與《水滸》《紅樓》並列？不知《金瓶》一書，不妙在用意，而妙在語句。吾謂《西廂》者，乃文字小說，《水滸》《紅樓》，乃文字兼語言之小說；至《金瓶》則純乎語言之小說，文字積習，蕩除淨盡，讀其文者，如見其人，如聆其語，不知此時為看小說，幾疑身入其中矣。此其故，則在每句中無絲毫文字痕跡也。」[44]

曼殊（近人多認為是梁啟超之弟梁啟勳，而非蘇曼殊）也持相同觀點，他在〈小說叢話〉中說：「吾見小說中，其回目之最佳者，莫如《金瓶梅》。」「《金瓶梅》之聲價，當不下於《水滸》《紅樓》，此論小說者所評為淫書之祖宗者也。余昔讀之，盡數卷，猶覺毫無趣味，心竊惑之。後乃改其法，認為一種社會之書以讀之，始知盛名之下，必無虛也。……至於《金瓶梅》，吾固不能謂為非淫書，然其奧妙，絕非在寫淫之筆。蓋此書的是描寫下等婦人之行動也。雖裝束模仿上流，其下等如故也；供給擬於貴族，其下等如故也。若作者之宗旨在於寫淫，又何必取此粗賤之材料哉？論者謂《紅樓夢》全脫胎於《金瓶梅》，乃《金瓶梅》之倒影云，當是的論。若其回目與題詞，真佳絕矣。」[45]

黃人在〈小說小話〉中說：「語云：『神龍見首不見尾。』龍非無尾，一使人見，

40　同前註，頁 28。

41　同前註，頁 34。

42　劉廷璣：《在園雜誌》，見《金瓶梅資料彙編》，頁 253。

43　狄葆賢：〈小說叢話〉，見《金瓶梅資料彙編》，頁 303。

44　狄葆賢：〈小說新語〉，見《金瓶梅資料彙編》，頁 304。

45　曼殊：〈小說叢話〉，見《金瓶梅資料彙編》，頁 305。

則失其神矣。此作文之秘訣也。我國小說名家能通此旨者，如《水滸記》，如《石頭記》，如《金瓶梅》，如《儒林外史》，如《兒女英雄傳》，皆不完全，非殘缺也，殘缺其章回，正以完全其精神也。」「《金瓶梅》主人翁之人格，可謂極下矣，而其書歷今數百年，輒令人歎賞不置。此中消息，唯熟於盲、腐二史者心知之，固不能為賦六合，歎三恨者之徒言也。」[46]

姚錫鈞（號鵷雛）在 1916 年《春聲》第一集〈稗乘談雋〉中說道：「《金瓶梅》如急湍峻嶺，殊少迴旋；《石頭記》如萬壑爭鳴，千岩競秀。《金瓶梅》如布帛粟食，僅資飽暖；《石頭記》如瓊裾玉佩，儀態萬方。」「詞家北宋得美成，南宋得夢窗，而白石峙其中。以我所見，說部中《水滸》《金瓶梅》《石頭記》殆亦相似。《水滸傳》大刀闊斧，氣象萬千，為之初祖。《金瓶》一變而為細筆，狀閭閻市井難狀之形，故為雋上。《石頭記》則直為工筆矣。然細跡之，蓋無一不自《金瓶》一書脫胎換骨而來。」「《石頭》多詞曲，《金瓶》多小曲；《石頭記》繪閥閱大家，《金瓶梅》寫市井編戶；各有所當也。然《石頭記》詞曲，恰未臻上乘。」[47]

1936 年，阿丁〈《金瓶梅》之意識及技巧〉一文對《金瓶梅》的結構筆法作了恰切的評價。阿丁認為《金瓶梅》最大的特點，是「平淡中見神奇」。《金瓶梅》所寫，多為家庭瑣事，大眾實相，內容平淡無奇，亦不為一般人所關注；但正是「材料愈現實愈平淺，而能在平淡中曲曲傳出各人的心情，社會的世相來，這就是不可及處，也就是《金瓶梅》的出色之處」。因而，「《金瓶梅》唯一的特長，即是在平凡處透不平凡，瑣屑處見不瑣屑」。「全書有結構，有埋伏線，『千岩競秀，萬壑爭流』。但結局仍是有一條總脈，歸到一處」。在這種結構推進中，「全書人物，一一輕便帶出」，「但其重要者，又一一為之依次歸宿，理絡分明，所以其結構是得以稱頌的」。比如描寫整個社會的腐敗，「有一線的安排：上至徽、欽二帝，蔡太師、朱太尉……，中以西門慶為主角，西門慶的家庭為中心，下至奴婢販夫走卒」。如此則整個一條主線貫於其中，各色人等雜陳綴於其上，經絡分明而又穿針引線融為一體，蔚為大觀，共同服務於作者揭腐懲弊的主題需要。[48]

1962 年，任訪秋〈略論《金瓶梅》中的人物形象及其藝術成就〉一文認為：《金瓶梅》中「作者最著力的，還是反面人物的刻畫」，而塑造的那些正面人物，「只不過是作為反面人物的襯托才出現的」。「西門慶是一個封建時代末期，由流氓市儈，逐步發

46　黃人：〈小說小話〉，見《金瓶梅資料彙編》，頁 312。

47　姚錫鈞：〈稗乘談雋〉，見《金瓶梅資料彙編》，頁 332、333。

48　阿丁：〈《金瓶梅》之意識及技巧〉，見周鈞韜《金瓶梅資料彙編（1919-1949）》，頁 170-173。

展成奸商，而兼官僚、豪紳、惡霸的典型人物」。作者認為，在整部小說裏，自始至終寫了西門慶如何的狠毒，但卻沒有寫他如何的慳吝，因為西門慶不是一個封建地主出身，而是一個市儈商人出身。同時又好結交一些地痞流氓，來供他驅使。「倘若他是一個視財如命，別人沾不上他一點光的話，那群幫閒像應伯爵、常時節之流，也就根本不會終天來趨奉他了。」而且，西門慶的錢也不是白拋的，「他是刁徒，是市儈，花一個錢就要賺十個錢」，因而，其財富亦一天天累積起來。全書結構「是以書中的主要人物和故事在發展中出現的主要矛盾作中心，分出階段，依次安排，而各個情節，也就是這些矛盾鬥爭在發展中的具體表現。」《金瓶梅》的人物塑造「一個個都是有血有肉，活生生的人，不是影子，不是概念化的東西」。

　　《金瓶梅》之所以能夠取得這樣巨大的成就，「主要原因是在塑造人物上符合於現實主義創作方法的規律」。同時，作者還歸納了《金瓶梅》刻畫人物的方法：首先是對人物出身作比較扼要的介紹，其次是通過語言表現人物性格，再次是善於通過生活上的細節來突出人物特點，最後是經常通過別人的評論說明人物特點。在表現社會生活上，作者認為《金瓶梅》特別擅長採用對比與諷刺的手法。比如對比，則更容易突出事物的矛盾。《金瓶梅》中最常用的幾種對比手法：首先是苦樂對比，其次是貧富對比，再次是貞廉奸貪兩種不同考語的對比，以及盛衰的對比和立場的對比等等。通過這些對比，可以揭示社會之矛盾對立，人情之冷暖變化，等等，從而達到「入木三分」的表達效果。[49]這篇文章較為全面地概括了《金瓶梅》的審美藝術價值。

四、關於負面價值問題

　　對《金瓶梅》負面價值的認定，主要集中在其露骨的淫穢描寫上。就現有資料來看，最早對此表示關注的是董其昌、袁中道等人，他們認為此書「誨淫」。袁中道在《遊居柿錄》中記錄了董其昌對《金瓶梅》兩種截然相反的態度，董其昌既曾說：「近有一小說名《金瓶梅》，極佳。」又曾「言及此書曰：『決當焚之。』」袁中道的態度則很直接：「此書誨淫，有名教之思者，何必務為新奇，以驚愚而蠱俗乎？」[50]稍後沈德符在《萬曆野獲編》中說：「此等書（指《金瓶梅》）必遂有人板行，但一刻則家傳戶到，壞人心術。」[51]出於這方面的考慮，他拒絕了馮夢龍刊行的建議。薛岡在《天爵堂筆餘》中

49　任訪秋：〈略論《金瓶梅》中的人物形象及其藝術成就〉，《河南大學學報》1962 年第 2 期。

50　袁中道：《遊居柿錄》，見《金瓶梅資料彙編》，頁 229。

51　沈德符：《萬曆野獲編》，見《金瓶梅資料彙編》，頁 230。

也說：「此雖有為之作，天地間豈容有此一種穢書！當急投秦火。」[52]董其昌、袁中道、沈德符等與袁宏道為同時代人，甚至生活在同一社會環境之中，他們所讀的應是同一部《金瓶梅》，但對《金瓶梅》的價值取向卻形同水火。這說明他們的文學觀與道德觀有一定差別。相比而言，袁宏道更看重《金瓶梅》的教化價值，在他看來，《金瓶梅》的正面價值要大於其負面價值。

清代許多論者對《金瓶梅》的負面影響更是耿耿於懷，甚至編造了不少聳人聽聞的傳說以告誡世人。申涵光在《荊園小語》中說：「世傳做《水滸傳》者三世啞。近世淫穢之書如《金瓶梅》等，喪心敗德，果報當不止此。每怪友輩極贊此書，謂其摹畫人情，有似《史記》，果爾，何不直讀《史記》，反悅其似耶？至家有幼學者，尤不可不慎。」[53]其中最有代表性的當屬笠舫的〈文昌帝君論禁淫書天律證注〉。他在注釋中說《金瓶梅》的作者因為寫了這部書而遭報應，後流為丐死。[54]

20世紀初，有些論者延續了清人的觀點，1919年5月上海民權出版部初版的〈古今小說評林〉中對《金瓶梅》給予了嚴厲批評。曾任南方大學教授的張燾（號冥飛）說：「《金瓶梅》一書，醜穢不可言狀。其命意，其佈局，其措詞，毫無可取，而世人乃是目為『四大奇書』之一，此可見世上並夠得上看小說書之人而亦無之也。可哀也已！」又說：「《金瓶梅》以前，未有淫書，作者誠足為作淫書者之始祖矣。但其他之淫書，其所寫之若男若女，無論如何污穢齷齪，決不至如西門慶、潘金蓮之甚。蓋姦夫、淫婦之罪惡，亦自有輕重之分。即如《水滸》中潘巧雲之於海闍黎，賈氏之與李固，猶為彼善於此者，一則尚無謀殺楊雄之心，一則謀殺盧俊義而未成也。今作者偏有取於罪惡重大之西門慶與潘金蓮，苟非作者淫凶之性，與之俱化，亦必作者唯恐世人之不淫凶，而必欲牽率之以同歸於惡獸之類。是即作者恥獨為惡獸之意志乎。」「統觀《金瓶梅》全部，直是毫無意識。其佈局之支離牽強，又無章法可言。至其措詞，則全是山東土話，可厭已極。」「《金瓶梅》之可厭處，最以其出死力寫西門慶、潘金蓮，其好惡實拂人之性。」[55]

《民權報》的編輯蔣子勝（字箸起）說：「《金瓶梅》則淫書之尤者耳。《飛燕外傳》《遊仙窟》，雖語涉穢褻，猶帶三分斯文氣。至《金瓶梅》則如癡漢遊街，赤條條一絲不掛矣。試問此種淫媒事，即能寫的幾百套、幾千套，套套不雷同，吾總以為無生動氣也。而右之者謂為意主懲戒。信是言也，則不妨弒父以教人孝，殺妻以教人義，名教何

52 薛岡：《天爵堂筆餘》，見《金瓶梅資料彙編》，頁235。
53 申涵光：《荊園小語》，見《金瓶梅資料彙編》，頁250。
54 笠舫：〈文昌帝君論禁淫書天律證注〉，見《金瓶梅資料彙編》，頁293-298。
55 張燾：〈古今小說評林〉，見《金瓶梅資料彙編》，頁358-360。

在？」[56]上述兩位論者將注意力完全放在了《金瓶梅》的負面價值上，這種評價顯然有過激之嫌了。

有的評論者則能夠以客觀理性的態度對待這一問題。著名小說家吳趼人在 1906 年《月月小說》第一卷發表的〈雜說〉中說：「《金瓶梅》《肉蒲團》，此皆著名之淫書也，然其實皆懲淫之作，此非著作者之自負如此，即善讀者亦能知此意，固非餘一人之私言也。顧世人每每指為淫書，官府且從而禁之，亦可見善讀者之難其人矣。」[57]吳趼人身為小說家，十分明白不能僅僅從表面上來理解小說的創作心理和創作動機，而應當從更深的層面把握小說家的良苦用心。

20 世紀後期，人們對於這一問題的態度有了明顯變化，1989 年，劉輝發表〈《金瓶梅》的歷史命運與現實評價——之一：非淫書辯〉，對《金瓶梅》豔情描寫作了一個系統的梳理與總結，再次重申《金瓶梅》的非淫書觀。劉輝考察了歷代對《金瓶梅》豔情描寫的評價，《如意君傳》對《金瓶梅》的影響以及兩者之間的根本區別，認為雖然「《金瓶梅》繼後承襲，而《金瓶梅》畢竟不是《如意君傳》的翻版，起碼不像《如意君傳》那樣，充塞滿紙，專意於此」，「無論怎麼說，歷來把《金瓶梅》視為『古今第一淫書』『淫書之首』，這個觀點是根本不能成立的」。《金瓶梅》是否淫書，「還必須和它同時代出現的淫書相比較，才能辨明」。「《金瓶梅》和《肉蒲團》絕然不同。它給人們展示的，乃是一幅明代後期豐富的社會生活風俗畫卷，上至皇帝、權貴、大吏，下至篾片、地痞、娼妓，朝野政務，人情世態，盡收其內，說它是有明一代之一百科全書，毫不誇張」；而淫書則「著意所寫，專在性交」，兩者顯然不可同日而語。劉輝認為僅以量的不同，「作為衡量或判斷它是不是一部淫書的標準，恐有失偏頗」，因而「關鍵還在於質的顯著差異」。比如《金瓶梅》中的性描寫，「除了韻文部分的意在渲染，可以全部刪除之外，都與刻畫人物性格密不可分，李瓶兒之溫順，潘金蓮之狡詐，王六兒之貪財，宋惠蓮之『占高枝』，無一不在性生活的描寫中，鮮明地展現出她們的這一性格特色」。「評論任何一部文藝作品，都不可脫離開這特定時代」。因而，從這個角度來考慮，「《金瓶梅》中的性描寫，從大膽肯定人的性欲出發，進一步肯定人的生存價值，帶有濃厚的人文主義色彩，標誌了一個時代的覺醒」。所以綜上來看，《金瓶梅》絕然不是一部淫書。[58]

56　蔣子勝：〈古今小說評林〉，見《金瓶梅資料彙編》，頁 361。

57　吳趼人：〈雜說〉，見《金瓶梅資料彙編》，頁 322。

58　劉輝：〈《金瓶梅》的歷史命運與現實評價——之一：非淫書辯〉，《金瓶梅學刊》1989 年試刊號，見盛源、北嬰選編《名家解讀金瓶梅》，濟南：山東人民出版社，1998 年，頁 114-119。

　　1993 年，張國星發表〈性・人物・審美——《金瓶梅》談片〉，重點談到了對《金瓶梅》性描寫問題的看法。作者認為：「《金瓶梅》中的性描寫，是笑笑生刻劃人物性格心理、構架人物命運、完成其藝術目的的重要之筆，反映着作家的文化——藝術觀念，是小說不可閹割的有機成分。」「審美不是美，更不等於美感；人類的性愛『並非不潔』，而小說形象卻能讓你看了反感，這恰恰說明了它審美功能的價值實現」。而且，「作家選擇性甚至是淫亂作為審美觀照的角度，並以此展示更廣闊的社會、人生世界，無疑是不能非議的」。[59]將性描寫視為作品不可分割的組成部分，這一價值取向勢必取代以往的狹隘偏見，從而占據詮釋中的主導地位。

---

[59]　張國星：〈性・人物・審美——《金瓶梅》談片〉，見《中國古代小說中的性描寫》，天津：百花文藝出版社，1993 年，頁 271-273。

評張竹坡的敘事理論

　　金聖歎、毛宗崗、張竹坡的敘事理論有許多相通之處，尤其是對小說整體結構特徵的見解可以說毫無二致。但與《水滸傳》《三國志演義》相比，無論是成書過程，還是敘事方式，《金瓶梅》畢竟具有其獨特性。張竹坡根據評點對象的這一特點，在繼承併發展金聖歎、毛宗崗理論的基礎上，提出了自己的一套敘事理論。張竹坡（1670-1698），名道深，字自得，號竹坡，銅山（今江蘇省徐州市）人。[1]他稱《金瓶梅》為「第一奇書」，於康熙三十四年（1695）刊刻了《皋鶴堂批評第一奇書金瓶梅》，這是《金瓶梅》流傳最廣、影響最大的一種本子。由於張竹坡清楚地認識到了《金瓶梅》的獨特性，因此在評點體例上除了〈序〉〈凡例〉〈讀法〉及眉批、旁批、夾批等與金聖歎、毛宗崗相同之外，又增加了〈雜錄〉〈竹坡閒話〉〈冷熱金針〉〈《金瓶梅》寓意說〉〈苦孝說〉〈第一奇書非淫書論〉〈第一奇書《金瓶梅》趣談〉等總評文字。張竹坡評點《金瓶梅》的目的，在〈竹坡閒話〉〈第一奇書非淫書論〉中說得很清楚：

> 然則《金瓶梅》，我又何以批之也哉？我喜其文之洋洋一百回，而千針萬線，同出一絲，又千曲萬折，不露一線。閒窗獨坐，讀史、讀諸家文，少暇，偶一觀之曰：如此妙文，不為之遞出金針，不幾辜負作者千秋苦心哉！
> 予小子憫作者之苦心，新同志之耳目，批此一書其「寓意說」內，將其一部姦夫淫婦，悉批作草木幻影；一部淫詞豔語，悉批作起伏奇文。[2]

由此可以看出，張竹坡最為看重的是《金瓶梅》的細密結構和深刻寓意，這既是其敘事理論與金聖歎、毛宗崗的不同之處，又是其敘事理論的精華所在，故本文將從敘事邏輯、角色功能、敘事修辭等幾個方面對其敘事理論作一分析。

---

[1]　關於張竹坡的生平，可參見吳敢：〈張竹坡生平述略〉，《徐州師範學院學報》1984 年第 3 期。
[2]　本文所引《金瓶梅》原文及張竹坡評語均見濟南齊魯書社 1987 年版。

一

任何敘事作品都必須服從一定的邏輯制約，否則便無法讓人讀懂。然而，當代中外不少學者卻認為中國古代章回小說的事件單元之間缺乏邏輯聯繫；或者僅承認總結構雖具有整體性，但「次結構」即「段」與「段」之間不講究邏輯聯繫。[3]當我們認真探討金聖歎、毛宗崗、張竹坡等古代小說評點家的評點時，卻不難發現，他們都指出了古代小說的敘事邏輯問題。尤其是張竹坡，他在〈第一奇書凡例〉中說道：「《水滸》是現成大段畢具的文字，如一百八人，各有一傳，雖有穿插，實次第分明，故聖歎只批其字句也。若《金瓶》，乃隱大段精彩於瑣碎之中，只分別字句，細心者皆可為，而反失其大段精彩也。然我後數十回內，亦隨手補入小批，是故欲知文字綱領者看上半部，欲隨目成趣知文字細密者看下半部，亦何不可！」張竹坡認識到《金瓶梅》與《水滸傳》有着明顯的不同，這就是《金瓶梅》細節瑣碎，頭緒繁多，但卻絕非沒有內在的邏輯性。張竹坡所說的「綱領」，實際上指的就是敘事邏輯問題。他首先分析了《金瓶梅》在事件與事件轉換時的邏輯關係。

〈《金瓶梅》讀法〉中說：「讀《金瓶梅》，須看其入筍處。如玉皇廟講笑話，插入打虎；請子虛，即插入後院緊鄰；六回金蓮才熱，即借嘲罵處插入玉樓；借問伯爵連日那裏，即插入桂姐；借蓋捲棚即插入敬濟；借翟管家插入王六兒；借翡翠軒插入瓶兒生子；借梵僧藥，插入瓶兒受病；借碧霞宮插入普淨；借上墳插入李衙內；借拿皮襖插入玳安、小玉。諸如此類，不可勝數，蓋其用筆不露痕跡處也。其所以不露痕跡處，總之善用曲筆、逆筆，不肯另起頭緒用直筆、順筆也。夫此書頭緒何限？若一一起之，是必不能之數也。」張竹坡所說的這幾處「插入」，都是生活中自然而然相互生發之事，其連接轉換絲毫不露痕跡，它們遵循的是生活的自然邏輯。但是，正因其不露痕跡，人們反而誤以為事件單元之間缺乏邏輯聯繫，這實在是辜負了小說作者的良苦用心。張竹坡以「入筍」之喻所說的這幾處「插入」，各有各的特點，張竹坡在夾批、旁批中作了具體的說明。

第一回「西門慶熱結十兄弟」，因卜志道已去世，西門慶便想起了隔壁的花子虛，命玳安兒去請，並特別叮囑：「你二爹若不在家，就對他二娘說罷。」張竹坡夾批道：「巧出瓶兒，此沉吟之故也，所以必拉他上會。」目的是要引出瓶兒，卻由西門慶沉吟帶出。一會兒，玳安兒回來說，花子虛果然不在家，張竹坡又批道：「此作者為要出瓶兒也，若說真個不在家，豈不大呆。」花子虛正巧不在家，於是瓶兒合情合理地登場，張

3　林崗：〈敘事文結構的美學觀念〉，《文學評論》1999 年第 2 期。

竹坡特別欣賞的是其巧妙而不露痕跡。還是在這一回，西門慶在玉皇廟中結拜兄弟，談笑間吳道官說起了景陽崗上的老虎，遂引出了後半回武松與武大的相逢。這一轉換幅度雖大，但卻十分自然，所以張竹坡以讚賞的口吻批道：「武二已出，故且用不着藥引子也。然而卸脫處又絕不苟。」

第六回西門慶與潘金蓮勾引成姦的敘事序列已經完成，於是敘述者借潘金蓮責罵西門慶轉入了下一個序列。潘金蓮「因見西門慶兩日不來，就罵：『負心的賊，如何撇閃了奴？又往那家另續上心甜的了？把奴冷丟，不來揪采！』」張竹坡在此夾批道：「不知者止云寫金蓮惡，知者則云玉樓已來了也。」下面第八回果然開始講述孟玉樓之事。由潘金蓮轉向孟玉樓，其間有着內在的邏輯，這就是潘金蓮所說西門慶又「另續上心甜的了」。

以上幾例是以未雨綢繆來引起下一件事，有時則又借助餘波微瀾過渡到後事，如關於宋蕙蓮死後的那隻繡鞋就是如此。在第二十八回的回評中張竹坡說道：「人知此回為寫金蓮之惡，不知是作者完一事之結尾，渡一事之過文也。蓋特地寫一蕙蓮，忽令其煙消火滅而去，不幾嫌筆墨直截，故又寫一遺鞋，使上文死去蕙蓮，從新在看官眼中一照，是結尾也。因金蓮之脫鞋，遂使敬濟得花關之金鑰，此文章之渡法也。」張竹坡明確指出了這一回的銜接過渡作用，為使宋蕙蓮不要去得太急迫，所以要寫她留下的一隻繡鞋；然後再通過潘金蓮丟失的一隻繡鞋引起下文。

可以看出，《金瓶梅》與《三國志演義》《水滸傳》及《西遊記》有所不同，事件與事件之間的首尾相接完全在不知不覺中進行，有時還將若干個事件穿插在一起。這表現出了古代章回小說敘事邏輯的新特點，張竹坡則準確地揭示出了這一特點。

事件與事件之間不僅存在着接續的關係，有時還存在着相互包容的關係，即在一個大的敘事序列之中，往往包含着一些小的敘事序列，而且這些小的敘事序列是大的敘事序列的組成部分，具有一定的功能。只有把它們之間的關係搞清楚，才能夠在紛繁的頭緒中尋出眉目並把握其嚴謹的邏輯性。如關於玉簫和書童私通之事，是一個小的敘事序列，它從屬於潘金蓮與吳月娘之間的矛盾衝突這一大的敘事序列。張竹坡在〈《金瓶梅》讀法〉中說得很有道理：

> 《金瓶》有特特起一事、生一人，而來既無端，去亦無謂，如書童是也。不知作者，蓋幾許經營，而始有書童之一人也。其描寫西門淫蕩，並及外寵，不必說矣。不知作者蓋因一人之出門，而方寫此書童也。何以言之？瓶兒與月娘始疏而終親，金蓮與月娘始親而終疏。雖固因逐來昭、解來旺起釁，而未必至撒潑一番之甚也。夫竟至撒潑一番者，有玉簫不惜將月娘底裏之言罄盡告之也。玉簫何以告之？曰

> 有「三章約」在也。「三章」何以肯受？有書童一節故也。夫玉簫、書童不便突
> 起爐灶，故寫「藏壺構釁」於前也。然則遙遙寫來，必欲其撒潑，何為也哉？必
> 得如此，方於出門時月娘毫無憐惜，一棄不顧，而金蓮乃一敗塗地也。誰謂《金
> 瓶》內有一無謂之筆墨也哉？

如果將前因後果梳理一下，便可以發現，潘金蓮之所以「一敗塗地」，死於武松刀下，
乃是因為被月娘識破姦情後趕出了家門。月娘之所以對金蓮如此不留情面，是因為潘金
蓮曾和她撒過潑，兩人因而「始親而終疏」。金蓮之所以敢於向月娘撒潑，是因為她掌
握了月娘的「底裏之言」。她之所以能夠掌握月娘的底細，是因為有玉簫暗中相告。玉
簫之所以要向金蓮告密，是因為玉簫有把柄掌握在金蓮手中。這個把柄不是別的，正是
玉簫與書童的姦情。因而玉簫與書童的姦情這一小的敘事序列包含於金蓮與月娘矛盾衝
突這一大的敘事序列之中，其邏輯性不言自明。

有時同一事件卻牽涉到矛盾雙方的利害關係，這也是敘事的邏輯性之一，即西方敘
事家所說的「左右並連式」。意謂同一事件對某一人物來說是有利的，但對另一人物來
說則可能是不利的。而且這兩方面的人物都是施動者，不能簡單地將他們區分為主要人
物或次要人物。[4]遵循這種敘事邏輯，才可能將現實生活的複雜性、豐富性、多變性揭示
出來。

《金瓶梅》的情節頭緒如此紛繁，張竹坡憑藉自己的聰明穎悟已在評點中約略理出了
一些眉目，但仍難免瑣碎雜亂之不足。只有運用當代敘事學理論對其評點進行再次梳理，
「段」與「段」之間的邏輯關係才能昭昭然若黑白可辨，《金瓶梅》在情節「次結構」方
面的基本特徵也才能清晰地顯示在人們面前。儘管張竹坡的上述評點沒有運用「邏輯」
這一術語，但卻與當代敘事學的敘事邏輯理論不謀而合。這就表明，運用當代的理論去
闡釋、梳理古代評點家的評點不僅是必要的，而且是可行的。

二

關於人物的角色功能作用，也是當代敘事學理論關注的問題之一，如法國敘述學家
格雷瑪斯便認為敘事作品中有六種角色，即主角與對象、支使者與承受者、助手與對頭，
[5]這兩兩相對的六種角色強調的是人物在小說中的功能作用。張竹坡難能可貴之處就在於

4　〔法〕克洛德·布雷蒙：〈敘述可能之邏輯〉，見張寅德《敘述學研究》，北京：中國社會科學出
　　版社，1989 年，頁 154-155。
5　羅鋼：《敘事學導論》，昆明：雲南人民出版社，1994 年，頁 101。

他發展了金聖歎、毛宗崗的敘事理論，提出了人物具有不同功能這一見解。就這一點來看，既與當代的角色功能理論有某些相通之處，又具有自身的顯著特點。

張竹坡將《金瓶梅》中的人物分為六個層次，這六個層次可以比作一個圓心和五個同心圓。西門慶是圓心，潘金蓮是最靠近西門慶的一個圓，李瓶兒、孟玉樓、龐春梅、吳月娘等是第二個同心圓，李嬌兒、孫雪娥、宋蕙蓮、如意兒等是第三個同心圓，李桂姐、吳銀兒、鄭月兒等妓女是第四個同心圓，王六兒、賁四嫂、林太太等是第五個同心圓。這五個同心圓都由圓心西門慶輻射而來，且他們之間也有着種種關聯。對此，張竹坡在〈《金瓶梅》讀法〉中論述得最為詳盡。

關於西門慶處於全書的核心位置，他這樣說道：「寫金蓮、瓶兒，乃實寫西門之惡；寫李嬌兒，又虛寫西門之惡。」寫孫雪娥，也是為了讓「其妻作娼」，「以報惡人」。張竹坡從人物功能這一角度，得出了全書核心人物是西門慶這一結論，這與全書的實際情形完全一致。

再來看第一個「同心圓」潘金蓮。張竹坡認為：「《金瓶》內正經寫六個婦人，而其實止寫得四個：月娘，玉樓，金蓮，瓶兒是也。然月娘則以大綱故寫之；玉樓雖寫，則全以高才被屈，滿肚牢騷，故又另出一機軸寫之，然則以不得不寫。寫月娘，以不肯一樣寫；寫玉樓，是全非正寫也。其正寫者，唯瓶兒、金蓮。然而寫瓶兒，又每以不言寫之。夫以不言寫之，是以不寫處寫之。以不寫處寫之，是其寫處單在金蓮也。單寫金蓮，宜乎金蓮之惡冠於眾人也。吁，文人之筆可懼哉！」六個婦人其實只寫得四個，四個中「正寫者」只有兩個，兩個中瓶兒「以不言寫之」，所以「寫處單在金蓮也」。這樣一來，便突出了金蓮之惡「冠於眾人」，因此金蓮是最靠近西門慶的第一個同心圓，瓶兒、玉樓、月娘等只能處於第二個同心圓的位置。

第三個同心圓中的蕙蓮主要是為了烘托金蓮與瓶兒之間的衝突，張竹坡說道：「書內必寫蕙蓮，所以深潘金蓮之惡於無盡也，所以在後文妒瓶兒時，小試行道之端也。」宋蕙蓮剛剛受到西門慶的寵愛，便被潘金蓮發現。其實是後來瓶兒受寵、被金蓮發現的預演。宋蕙蓮為討好金蓮，使盡各種方法，與後來瓶兒討好金蓮如出一轍。金蓮背後說雪娥壞話，以激怒蕙蓮，與金蓮對月娘說瓶兒壞話用心相同。蕙蓮之死，實金蓮為之。在瓶兒進門前寫蕙蓮之死，是對李瓶兒發出的警告。但李瓶兒毫不覺悟，「且與金蓮親密之，宜乎其禍不旋踵，後車終覆也。此深著金蓮之惡。吾故曰：其小試行道之端，蓋作者為不知遠害者寫一樣子，若只隨手看去，便說西門慶又刮上一家人媳婦子矣。夫西門慶，殺夫奪妻取其財，庇殺主之奴，賣朝廷之法，豈必於此特特撰此一事以增其罪案哉？然則看官每為作者瞞過了也。」可見宋蕙蓮的功能並非是為增加西門慶的「罪案」，全在於預演金蓮和瓶兒的衝突，「為不知遠害者寫一樣子」。

　　如意兒與宋蕙蓮雖都處於第三個同心圓中，但她卻是只為潘金蓮而設：「後又寫如意兒，何故哉？又作者明白奈何金蓮，見其死蕙蓮、死瓶兒之均屬無益也。何則？蕙蓮才死，金蓮可一快。然而官哥生，瓶兒寵矣。及官哥死，瓶兒亦死，金蓮又一大快。然而如意口脂，又從靈座生香，去掉一個，又來一個。金蓮雖善固寵，巧於制人，於此能不技窮袖手，其奈之何？故作者寫如意兒，全為金蓮寫，亦全為蕙蓮、瓶兒憤也。」如意兒的作用是專來「奈何金蓮」的，雖然瓶兒、蕙蓮先後被她設計害死，但一個剛去，一個又來，金蓮本事再大，也只能「技窮袖手」。

　　第四個同心圓中的桂姐、銀兒、月兒等妓女，其作用既是為襯托西門慶無厭、粗鄙，又是為反襯金蓮、瓶兒與娼家無異：「然則寫桂姐、銀兒、月兒諸妓，何哉？此則總寫西門無厭，又見其為浮薄立品，市井為習。而於中寫桂姐，特犯金蓮；寫銀姐，特犯瓶兒；又見金、瓶二人，其氣味聲息，已全通娼家。雖未身為倚門之人，而淫心亂行，實臭味相投，彼倡婦猶步後塵矣。其寫月兒，則另用香溫玉軟之筆，見西門一味粗鄙，雖章台春色，猶不能細心領略，故寫月兒，又反襯西門也。」所謂「寫桂姐，特犯金蓮；寫銀姐，特犯瓶兒」，是指李桂姐與吳銀兒的言行與金蓮、瓶兒相似，以此說明「金、瓶二人，其氣味聲息，已全通娼家」。

　　第五個同心圓中的王六兒、賁四嫂、林太太等又是另一種情形，張竹坡認為這「三人是三樣寫法，三種意思。寫王六兒者，專為財能致色一著做出來」。西門慶對王六兒是「借財圖色」；而王六兒對西門慶則是「借色求財」。所以西門慶死的當日，必從王六兒家來，最終是財色兩空。「至於賁四嫂，卻為玳安寫。蓋言西門止知貪婪無厭，不知其左右親隨且上行下效，已浸淫乎欺主之風，而『竊玉成婚』，已伏線於此矣。若云陪寫王六兒，猶是淺著。」至於林太太，張竹坡認為是專為潘金蓮而寫。因為金蓮自九歲時就被賣到王招宣府內，正是在招宣府裏，金蓮開始「描眉畫眼，弄粉塗朱」，「做張做致，喬模喬樣」，成了一個淫蕩女子。因此張竹坡說：「作者蓋深惡金蓮，而並惡及其出身之處，故寫林太太也。」王六兒、賁四嫂都為西門慶而寫，林太太則為潘金蓮而寫，這種分析，顯然是以人物的功能作用為根據的。

　　至於其他次要人物，也都對主要人物有着功能作用。如韓愛姐，張竹坡認為是書中「最沒正經、沒要緊的一人，卻是最有結果的人」。為什麼呢？他這樣解釋道：「一部中，諸婦人何可勝數，乃獨以愛姐守志結何哉？作者蓋有深意存於其間矣。言愛姐之母為娼，而愛姐自東京歸，亦曾迎人獻笑，乃一留心敬濟，之死靡他，以視瓶兒之於子虛，春梅之於守備，二人固當愧死。若金蓮之遇西門，亦可如愛姐之逢敬濟，乃一之於琴童，再之於敬濟，且下及王潮兒，何其比回心之娼妓亦不若哉？此所以將愛姐作結，以愧諸婦，且言愛姐以娼女回頭，還堪守節，奈之何身居金屋而不改過悔非，一竟喪廉寡恥，於死

路而不返哉？」這就是說，韓愛姐的功能乃在於愧金蓮、瓶兒、春梅等三人，譏刺她們還不如曾經做過娼妓的愛姐。

除了〈《金瓶梅》讀法〉之外，在回評及夾批、眉批中，張竹坡還有許多這方面的論述。如關於孟玉樓的功能，在第十一回的回評中有這樣一段話：「後文處處遇金蓮悲憤氣苦時，必寫玉樓作襯。蓋作者特特為金蓮下針砭，寫出一玉樓，且特特為如金蓮者下針砭，始寫一玉樓也。」這就是說，玉樓在很大程度上是為金蓮而寫。

從功能角度而非從善惡角度來區分人物的主次輕重、把握人物之間的複雜關係，這是張竹坡對敘事理論的又一貢獻。不難看出，張竹坡的這一人物功能理論與當代的角色功能理論既有相通之處，又有明顯不同。張竹坡的理論不僅注意到了人物之間的對立，還注意到了人物之間的層次，這可以給當代敘事學理論以有益的啟發。

三

修辭或修辭法，一般都理解為是語言學的一個組成部分，「是運用恰當的表達手段，為適應特定的情境，以提高語言表達效果的規律」。[6]但在西方，修辭「更含有美學上的創造意義，是敘事的核心功能之一」。[7]它主要指作者敘述技巧的選擇以及文學閱讀的效果。「辭格」便是敘事技巧的重要組成部分，因為一方面辭格的運作或機制與人類思維的操作機制相似，另一方面又與人對形而上或超越的意義的追求有關。[8]辭格可分為「措辭辭格」與「意念辭格」，「措辭辭格」又分為「辭式」與「辭轉」。「辭式」即指人物或情節的組合、排列樣式，如對仗、排比等；「辭轉」則指語義的轉變，如雙關、比喻等。「意念辭格」與說話人的態度有關，如「反諷」，所說話語的表面意思與實際意思並不相同甚至正好相反。金聖歎、毛宗崗對《水滸傳》《三國演義》敘事修辭的評點著重於人物描寫及情節結構方面。張竹坡對《金瓶梅》敘事修辭的評點則更為全面，尤其是對《金瓶梅》「寓意」的分析更為深刻。先來看他對「辭式」的分析。

在〈冷熱金針〉中他明確指出了《金瓶梅》貫穿敘事始終的「冷熱」對仗的特點：「《金瓶》以『冷熱』二字開講，抑孰不知此二字為一部之金鑰乎？」《金瓶梅》如何體現這一特徵呢？張竹坡認為溫秀才與韓夥計是明顯的標誌：「韓夥計於『加官』後即來，是熱中之冷信。而溫秀才自『磨鏡』後方出，是冷字之先聲。是知禍福倚伏，寒暑盜氣，

6　胡裕樹：《現代漢語》，上海：上海教育出版社，1981 年，頁 428。

7　浦安迪：《中國敘事學》，北京：北京大學出版社，1996 年，頁 98。

8　高辛勇：《修辭學與文學閱讀》，北京：北京大學出版社，1997 年，頁 65。

天道有然也。雖然,熱與寒為匹,冷與溫為匹,蓋熱者溫之極,寒者冷之極也。故韓道國不出於冷局之後,而出熱局之先,見熱未極而冷已極。溫秀才不來於熱場之中,而來於冷局之首,見冷欲盛而熱將盡也。噫嘻,一部言冷言熱,何嘗如花如火!而其點睛處乃以此二人,而數百年讀者,亦不知其所以作韓、溫二人之故。是作書者固難,而看書者尤難,豈不信哉!」的確如此,若不是張竹坡及時點明,讀者便會輕易地將韓、溫二人的深刻寓意輕輕放過。

第三十回「蔡大師覃恩錫爵,西門慶生子加官」是西門慶最得意之時,可謂炙手可熱。就像張竹坡在回評中所說:「一部炎涼書,不寫其熱極,如何令其涼極?今看其『生子加官』一起寫出,可謂熱極矣。」就在這「熱極」後的幾回裏,韓夥計出場了。「韓」者,寒也。韓道國一出場,便預示西門慶將由「熱」開始向「冷」轉化,他與韓道國老婆王六兒的姦情最終果然成為他油盡燈枯的原因。第五十八回「潘金蓮打狗傷人,孟玉樓周貧磨鏡」一回完成了全書由「熱」到「冷」的轉變,這可以從緊接着便是「李瓶兒睹物哭官哥」看出。這一回開頭便寫西門慶「吃得酩酊大醉,走入後邊孫雪娥房裏來」。這的確是少有的情形,所以張竹坡在回評中說道:「此回將雪娥一點者何也?蓋永福寺已修整,眾人將去,而群芳未凋,必寒信將至。故雪娥一夜西風,而蓮李杏梅皆有寒色矣。」又在旁批中說道:「凡入雪娥房中,必有冷局情事,故此一句乃一回的大關目,蓋此回皆冷脈也,細玩方知。」正是在這一回中,溫秀才登場亮相了。「溫」介於「冷」「熱」之間,也提示着氣氛的由「熱」開始降溫。

張竹坡在〈《金瓶梅》讀法〉中還說道:「《金瓶》是兩半截書。上半截熱,下半截冷;上半熱中有冷,下半冷中有熱。」這又強調了「冷」與「熱」的相互包容。如第一回「西門慶熱結十兄弟,武二郎冷遇親哥嫂」,張竹坡認為是「一回兩股大文字,『熱結』『冷遇』也」。「看他寫『熱結』處,卻用漸漸逼出。」「若『冷遇』,卻是一撞撞着,乃是嫡親兄弟。便見得一假一真,有安排不待安排處。」再如第三十八回「王六兒棒槌打搗鬼,潘金蓮雪夜弄琵琶」,張竹坡在回前評中說道:「此回入李智、黃三,總為西門慶死後冷處作襯。故先為熱處多下趨附之人也。」在西門慶極熱時,其周圍李智、黃三一流趨炎附勢之徒也最多;但當西門慶一死,這些小人便貪財忘義,落井下石,使西門慶家冷到極點。

「雙關」是《金瓶梅》中運用最多的修辭方式之一,張竹坡的〈《金瓶梅》寓意說〉對此有專門的論述,也是他對小說敘事理論最突出的貢獻之一。他認為《金瓶梅》中有名的人物不下百數,這些人物的姓名大多都運用了雙關的辭式。如對李瓶兒、龐春梅兩人名字的分析:

然則何以有瓶、梅哉？瓶因慶生也。蓋云貪欲嗜惡，百骸枯盡，瓶之罄矣。特特撰出瓶兒，直令千古風流人同聲一哭。因瓶生情，則花瓶而子虛姓花，銀瓶而銀姐名銀。瓶與屏通，窺春必於隙底。屏號芙蓉，「玩賞芙蓉亭」蓋為瓶兒插筍。而「私窺」一回卷首詞內，必云「繡面芙蓉一笑開」。是因瓶假屏，又因瓶假芙蓉，浸淫以入於幻也。屏、風二字相連，則馮媽媽必隨瓶兒，而當大理屏風，又點睛妙筆矣。……牆頭物去，親事杳然，瓶兒悔矣。故蔣文蕙將聞悔而來也者。然瓶兒終非所據，必致逐散，故又號竹山。

至於梅，又因瓶而生。何則？瓶裏梅花，春光無幾。則瓶罄喻骨髓暗枯，瓶梅又喻衰朽在即。梅雪不相下，故春梅寵而雪娥辱，春梅正位而雪娥愈辱。月為梅花主人，故永福相逢，必云故主。而吳典恩之事，必用春梅裏事。冬梅為奇寒所迫，至春吐氣，故「不垂別淚」，乃作者一腔炎涼痛恨發於筆端。至周、舟同音，春梅歸之，為載花舟。秀、臭同音，春梅遺臭載花舟且作糞舟。而周義乃野渡無人，中流蕩漾，故永福寺裏普淨座前必用周義轉世，為高留住兒，言須一篙留住，方登彼岸。

人們都知道《金瓶梅》是以三位女主人公的名字命名，但瓶兒、春梅又有何含義？李瓶兒先嫁給花子虛，後又嫁給蔣竹山。花子虛姓「花」，與花瓶意相合。蔣竹山名文蕙，張竹坡認為是「將聞悔而來也者」，因最終被逐散，「故又號竹山」。這些分析可謂煞費苦心，但也不能不承認確有一定的道理。然而說西門慶的「慶」字是「罄」之意，就有些牽強了。春梅雖不過是一奴婢，但其心氣志向卻非同一般，然而畢竟是「瓶裏梅花」，故「衰朽在即」，張竹坡的分析頗有見地。春梅與雪娥勢不兩立，正與其名字的雙關意義相一致。這些見解都能發人深省，啟人心智。

張竹坡還指出了一些次要人物姓名的雙關義，如車（扯）淡、管世（事）寬、遊守（手）、郝（好）賢（閒），四人因愛管閒事，而招致一頓痛打，等等。這些都是隨手拈來，涉筆成趣。張竹坡的分析實際上涉及到了文人獨立進行小說創作的某些規律，這對後來《紅樓夢》等小說都產生了極大的影響。

關於《金瓶梅》的比喻，張竹坡以敏銳的感受作出了許多精闢的分析。如在第七回的回評中說道：「第問其必寫玉樓一人何故？作者命名之意，非深思不能得也。」經過一番深思，張竹坡發現孟玉樓之名乃喻「玉樓人醉杏花天」之意，「玉樓」乃「杏花」之謂，春杏不屑與金瓶梅花爭春，但到果子成熟時，其甜美則遠勝梅酸。張竹坡大概也擔心人們會認為他的這番分析是迂腐之論，所以又辯解道：

若云杏花喻玉樓是我強扭出來的，請問何以必用薛嫂說來？本在楊家，後嫁李家，

而李衙內必令陶媽媽來說親事也。試細思之，知予言非謬。然則後春而開者，何
以必用杏也哉？杏者，幸也。幸其不終淪沒於西門氏之手也。然則《金瓶梅》何
言之？予又因玉樓而知其名《金瓶梅》者矣。蓋言雖是一枝梅花，春光爛漫，卻
是金瓶內養之者。……於春光在金瓶梅花時，卻有一待時之杏，甘心忍耐於不言
之天。是固知時知命知天之人，一任炎涼世態，均不能動之。則又作者自己身分
地步，色色古絕，而又教世人處此炎涼之法也。有此一番見解，方做得此書出來，
方有玉樓一個人出來。

張竹坡對自己的這番見解是非常欣賞的，他說：「其前文批玉樓時，亦常再四深思作者
之意，而不能見及此，到底隔膜一層。今探得此意，遂使一部中有名之人，其名姓，皆
是作者眼前用意，明白曉暢，彼此貫通，不煩思索，而勸懲皆出也。」按照這一思路，
他又分析了吳月娘、李嬌兒、雪娥、春梅、瓶兒、金蓮、蕙蓮、秋菊、玉簫、桂姐、銀
兒、愛月、林太太及某些情節的比喻意義。他不無得意地說：「偶因玉樓一名，打透元
關，遂勢如破竹，觸處皆通，不特作者精神俱出，即批者亦肺腑皆暢也。」可以看出，
張竹坡以解詩之法來解讀《金瓶梅》，認為比興手法不僅為詩歌所常用，小說中也同樣
可以使用。這實際上揭示出了中國古代小說的一個鮮明特徵，值得引起重視。

　　在章回小說中大量運用敘事修辭手法，可以說起自《金瓶梅》，張竹坡以其敏銳的
藝術感受力及時捕捉到了這一資訊，但卻未能使之系統化與理論化。運用當代敘事學的
理論將其分類整理，便不難發現古代小說在這一方面所取得的成績，並可以為當代提供
有益的藝術經驗。

附　錄

一、王平小傳

　　男，1949 年 1 月 7 日生，文學博士，現為山東大學文學與新聞傳播學院教授、博士生導師。學術兼職為：中國水滸學會副會長、中國金瓶梅研究會（籌）副會長、中國三國演義學會理事、中國西遊記研究會理事、中國紅樓夢學會常務理事、山東省金瓶梅文化委員會會長、山東省古典文學學會副會長等。主要從事中國古代小說與元明清文學研究。先後承擔國家社科基金專案兩項、教育部人文社會科學基金專案、山東省社科基金專案及山東省古籍整理專案各一項。已出版《聊齋創作心理研究》《中國古代小說文化研究》《中國古代小說敘事研究》《蘭陵笑笑生與金瓶梅》《明清小說傳播研究》《古典小說與古代文化講演錄》等著作多部，主編《金瓶梅文化研究》（2-6 輯），在《文學評論》《文藝研究》《文學遺產》《文史哲》《光明日報》等報刊雜誌上發表學術論文百餘篇。

二、王平《金瓶梅》研究專著、編著、論文目錄

（一）專著

1. 蘭陵笑笑生與《金瓶梅》，濟南：山東文藝出版社 2004 年。

（二）編著

1. 《金瓶梅》文化研究，第二輯（為主編之一），北京：中國文聯出版社 1999 年。
2. 《金瓶梅》文化研究，第三輯（為主編之一），北京：華藝出版社 2000 年。
3. 《金瓶梅》文化研究，第四輯（為主編之一），北京：中國戲劇出版社 2003 年。
4. 《金瓶梅》文化研究，第五輯（為主編之一），北京：群言出版社 2007 年。
5. 《金瓶梅》與五蓮（為主編之一），北京：中國文史出版社 2013 年。

（三）論文

1. 《金瓶梅》：文化裂變孕育的畸形兒
   山東大學學報，1996 年第 1 期。
2. 《紅樓夢》《金瓶梅》色空觀念之比較
   紅樓夢學刊，1996 年第 2 期。
3. 評張竹坡的敘事理論
   社會科學輯刊，2002 年第 4 期。
4. 論《金瓶梅》敘事的「時間倒錯」及其意義
   北方論叢，2002 年第 4 期。
5. 《金瓶梅》《醒世姻緣傳》《兒女英雄傳》敘事結構之比較
   《金瓶梅》文化研究，第四輯，北京：中國戲劇出版社 2003 年。
6. 《金瓶梅》的早期傳播及其成書時間與作者問題
   東嶽論叢，2004 年第 3 期。
7. 從《金瓶梅》的民俗與語言看其故事發生地
   泰山學報，2004 年第 2 期。
8. 論明清小說婚俗描寫的特徵及功能——以《金瓶梅》《醒世姻緣傳》《紅樓夢》為中心
   東嶽論叢，2007 年第 3 期。
9. 第七屆（嶧城）全國《金瓶梅》學術研討會綜述
   明清小說研究，2007 年第 2 期。
10. 《金瓶梅詞話》巫卜描寫的特點及功能

金瓶梅與臨清，濟南：齊魯書社 2008 年。

11. 論崇禎本《金瓶梅》第一回宗教現象的敘事功能
　　　濟寧學院學報，2009 年第 1 期。

12. 《金瓶梅》與運河文化論略
　　　黑龍江社會科學，2010 年第 2 期。

13. 論《金瓶梅》建國前傳播與接受的價值取向
　　　明清小說研究，2011 年第 1 期。

14. 《金瓶梅》飲食文化描寫的當代解讀
　　　山東師範大學學報，2011 年第 6 期。

15. 20 世紀《金瓶梅》詮釋中的價值取向
　　　金瓶梅國際學術研討會論文集，臺北：里仁書局 2013 年。

16. 關於「《金瓶梅》作者丁惟寧說」的幾點思考
　　　《金瓶梅》與五蓮，北京：中國文史出版社 2013 年。

後 記

　　記得第一次讀《金瓶梅》，還是在大學讀書時。那時同學們都知道山東大學圖書館藏有明刻本《金瓶梅》，但學生肯定是不允許借閱的。恰好有位同學的女友是圖書館的工作人員，於是大夥便慫恿這位同學做做女友的工作，能否私下裏通融通融，讓大家看看這部「奇書」，當時的理由是學中文的大學生理應博覽群書。經過一番軟磨硬泡，終於獲許到圖書館閱覽室一冊一冊地翻閱，但絕不允許拿出閱覽室，而且旁邊還要有人監視，大概是怕抄錄其中的內容吧。就這樣，每天下午課外活動時間，我們幾個同學就去閱覽室讀《金瓶梅》。大約讀到一半的時候，不知誰走漏了風聲，被告知到此為止。雖然深感遺憾，但也無計可施。這應當是 1980 年前後的事。七年之後，齊魯書社出版張竹坡評點本《金瓶梅》，我有幸買到一本刪節本，這才將全書讀完。

　　又過了十年，山東省的幾位同好商量成立研究《金瓶梅》的學術團體，推舉我主其事。我在大學工作，理應有些擔當，便應允下來。此後，與山東乃至海內外的《金瓶梅》研究者們聯繫日益密切；借助地方的熱情，舉辦了幾次學術研討會，同時也促使我撰寫了幾篇「金學」論文。收入本集的十三篇文章便代表了我對《金瓶梅》的感受和心得。

　　從文章內容上來看，前三篇是關於作者、成書、故事發生地等問題的思考。第四、五兩篇從文化角度對《金瓶梅》的主旨、內容作了剖析。第六、七兩篇對《金瓶梅》中的宗教現象及其功能進行了分析。第八篇運用敘事學的理論分析了《金瓶梅》中的「時間倒錯」問題。第九、十、十一三篇運用比較的方法，分別探討了幾部世情小說在創作主旨、婚俗描寫及敘事結構方面的異同。第十二篇是《金瓶梅》傳播接受史方面的問題。最後一篇討論了張竹坡的敘事理論。承蒙許多編輯朋友不棄，這些文章都曾在各家刊物發表過。因各種原因，收入本集時作了些許改動。在此，謹向刊發過拙文的所有刊物表示誠摯的謝意。

　　從整體來看，這些文章涉獵的問題雖然較多，但都缺少深入研究，很不成熟。《金瓶梅》確實是一部「奇書」，需要下工夫的地方還很多。這幾篇拙文僅僅是起步而已，懇切期望得到讀者的批評指正。

王平

2014 年元月

國家圖書館出版品預行編目資料

王平《金瓶梅》研究精選集

王平著. – 初版. – 臺北市：臺灣學生，2015.06
面；公分（金學叢書第 2 輯；第 17 冊）

ISBN 978-957-15-1666-0 (精裝)

1. 金瓶梅 2. 研究考訂

857.48   104008095

王平《金瓶梅》研究精選集

著　作　者：王　　　　　　　　　　　平
主　　　編：吳　敢、胡　衍　南、霍　現　俊
出　版　者：臺　灣　學　生　書　局　有　限　公　司
發　行　人：楊　　　　　雲　　　　　龍
發　行　所：臺　灣　學　生　書　局　有　限　公　司
　　　　　　臺北市和平東路一段七十五巷十一號
　　　　　　郵 政 劃 撥 帳 號：0 0 0 2 4 6 6 8
　　　　　　電　話：(0 2) 2 3 9 2 8 1 8 5
　　　　　　傳　眞：(0 2) 2 3 9 2 8 1 0 5
　　　　　　E-mail：student.book@msa.hinet.net
　　　　　　http://www.studentbook.com.tw

定價：精裝 30 冊不分售
　　　　新臺幣 45000 元

二 〇 一 五 年 六 月 初 版

金學叢書 第二輯

金 學 叢 書
第二輯 17

吳 敢
胡衍南 霍現俊
主編

趙興勤《金瓶梅》研究精選集

趙興勤 著

臺灣 學生書局 印行

金學叢書第二輯序

2013 年 5 月第九屆（五蓮）國際《金瓶梅》學術討論會期間，胡衍南、霍現俊忙裏偷閒，時而小聚，漢書下酒，就中便有本叢書編輯出版一事。當時即擬與吳敢商談，以期盡快成議。只是吳敢當時會務繁多，此議終未提及。2013 年 7 月 3 日，胡衍南到徐州公幹，當晚至吳敢舍下小酌，此事即進入操作程序。此後電郵往來，徐州、臺北、石家莊三方輾轉，叢書編撰框架日漸明朗。2013 年 11 月 23 日，胡衍南再度到徐州公幹，代表臺灣學生書局與吳敢詳盡商談編輯出版事宜，本叢書遂成定案。

此「金學叢書」之由來也。

中國古代小說研究，重大課題眾多。近代以降，紅學捷足先登。20 世紀 80 年代，金學亦成顯學。明代長篇白話小說《金瓶梅》是中國文學史上一部里程碑式的重要作品，其橫空出世，破天荒打破以帝王將相、英雄豪傑、妖魔神怪為主體的敘事內容，以家庭為社會單元，以百姓為描摹對象，極盡渲染之能事，從平常中見真奇，被譽為明代社會的眾生相、世情圖與百科全書。幾乎在其出現同時，即被馮夢龍連同《三國演義》《水滸傳》《西遊記》一起稱為「四大奇書」。不久，又被張竹坡譽為「第一奇書」。《紅樓夢》庚辰本第十三回脂評：「深得《金瓶》壺奧」。魯迅《中國小說史略》認為「同時說部，無以上之」。

自有《金瓶梅》小說，便有《金瓶梅》研究。明清兩代的筆記叢談，便已帶有研究《金瓶梅》的意味。如明代關於《金瓶梅》抄本的記載，雖然大多是隻言片語的傳聞、實錄或點評，但已經涉及到《金瓶梅》研究課題的思想、藝術、成書、版本、作者、傳播等諸多方向，並頗有真知灼見。在《金瓶梅》古代評點史上，繡像本評點者、張竹坡、文龍，前後紹繼，彼此觀照，相互依連，貫穿有清一朝，形成筆架式三座高峰。繡像本評點拈出世情，規理路數，為《金瓶梅》評點高格立標；文龍評點引申發揚，撥亂反正，為《金瓶梅》評點補訂收結；而尤其是張竹坡評點，踵武金聖歎、毛宗崗，承前啟後，成為中國古代小說評點最具成效的代表，開啟了近代小說理論的先聲。明清時期的《金瓶梅》研究，具有發凡起例、啟導引進之功。

20 世紀是人類歷史上可足稱道的一個百年。對中國人來說，世紀伊始，產生了驚天動地的兩件大事：1911 年封建王朝的終結，1919 年「五四」新文化運動的興起。中國人

心裏承接有豐富的傳統，中國人肩上也負荷著厚重的擔當。揚棄傳統文化，呼喚當代文明，這一除舊佈新的文化使命，在中國用了大半個世紀的時間。觀念形態的更新、研究方法的轉變、思維體式的超越、科學格局的營設一旦萌發生成，便產生無量的影響，具有劃時代的意義。《金瓶梅》研究即為其中一例。

以 1924 年魯迅《中國小說史略》出版，標誌著《金瓶梅》研究古典階段的結束和現代階段的開始；以 1933 年北京古佚小說刊行會影印發行《金瓶梅詞話》，預示著《金瓶梅》研究現代階段的全面推進；以 30 年代鄭振鐸、吳晗等系列論文的發表，開拓著《金瓶梅》研究的學術層面；以中國大陸、臺港、日韓、歐美（美蘇法英）四大研究圈的形成，顯現著《金瓶梅》研究的強大陣容；以版本、寫作年代、成書過程、作者、思想內容、藝術特色、人物形象、語言風格、文學地位、理論批評、資料彙編、翻譯出版、藝術製作、文化傳播等課題的形成與展開，揭示著《金瓶梅》的研究方向。一門新的顯學——金學，已經赫然出現在世界文壇。

20 世紀 70 年代以來的當代金學，中國的吳曉鈴、王利器、魏子雲、朱星、徐朔方、梅節、孫述宇、蔡國梁、甯宗一、陳詔、盧興基、傅憎享、杜維沫、葉朗、陳遼、劉輝、黃霖、王汝梅、周中明、王啟忠、張遠芬、周鈞韜、孫遜、吳敢、石昌渝、白維國、陳昌恆、葉桂桐、張鴻魁、鮑延毅、馮子禮、田秉鍔、羅德榮、李申、魯歌、馬征、鄭慶山、鄭培凱、卜鍵、李時人、陳東有、徐志平、陳益源、趙興勤、王平、石鐘揚、孟昭連、何香久、許建平、張進德、霍現俊、陳維昭、孫秋克、曾慶雨、胡衍南、李志宏、潘承玉、洪濤、楊國玉、譚楚子等老中青三代，辨章學術，考鏡源流，營造了一座輝煌的金學寶塔。其考證、新證、考論、新探、探索、揭秘、解讀、探秘、溯源、解析、解說、評析、評注、匯釋、新解、索引、發微、解詁、論要、話說、新論等，蘊含宏富，立論精深，使得金學園林花團錦簇，美不勝收，可謂源淵流長，方興未艾。中國的《金瓶梅》研究，經過 80 年漫長的歷程，終於在 20 世紀的最後 20 年登堂入室，當仁不讓也當之無愧地走在了國際金學的前列。

此「金學叢書」之要義也。

本叢書暫分兩輯，第一輯為臺灣學人的金學著述，由魏子雲領銜，包括胡衍南、李志宏、李梁淑、鄭媛元、林偉淑、傅想容、林玉惠、曾鈺婷、李欣倫、李曉萍、張金蘭、沈心潔、鄭淑梅，可說是以老帶青；第二輯為中國大陸 20 世紀 80 年代以來學人的《金瓶梅》研究精選集，計由徐朔方、甯宗一、傅憎享、周中明、王汝梅、劉輝、張遠芬、周鈞韜、魯歌、馮子禮、黃霖、吳敢、葉桂桐、張鴻魁、陳昌恆、石鐘揚、王平、李時人、趙興勤、孟昭連、陳東有、孫秋克、卜鍵、何香久、許建平、張進德、霍現俊、曾慶雨、楊國玉、潘承玉、洪濤諸位先生的大作組成，凡 31 人 30 冊（其中徐朔方、孫秋克，

傅憎享、楊國玉，王平、趙興勤，因字數兩人合裝一冊），每冊 25 萬字左右。

　　天津師範學院（今天津師範大學）朱星是中國大陸金學新時期名符其實的一顆啟明星，他在 1979 年、1980 年連續發表多篇論文，並於 1980 年 10 月由百花文藝出版社結集出版了中國大陸新時期《金瓶梅》研究的第一部專著《金瓶梅考證》。朱星的研究結論不一定都能經得住學術的檢驗，但朱星繼魯迅、吳晗、鄭振鐸、李長之等人之後，重新點燃並高舉起這一支學術火炬，結束了沉寂 15 年之久的局面，這一歷史功績，應載入金學史冊。遺憾的是，朱星先生 1982 年逝世，後人查訪困難，只能闕如。

　　香港夢梅館主梅節可謂《金瓶梅》校注出版的大家，1988 年由香港星海文化出版有限公司出版《全校本金瓶梅詞話》；1993 年由梅節校訂，陳詔、黃霖注釋，香港夢梅館出版《重校本金瓶梅詞話》（該本後由臺灣里仁書局 2007 年 11 月初版，2009 年 2 月修訂一版，2013 年 2 月修訂一版八刷）；1998 年梅節再為校訂，陳少卿抄寫，香港夢梅館出版《夢梅館校定本金瓶梅詞話》。前後三次合共校正詞話原本訛錯衍奪七千多處，成為可讀性較好的一個本子。梅節由校書而研究，關於《金瓶梅》作者、傳播、成書、故事發生地等問題的認識，亦時有新見。可惜的是，梅節先生的論文集《瓶梅閒筆硯——梅節金學文存》2008 年 2 月由北京圖書館出版社出版，版權協商匪易，未能入選。

　　上海音樂學院蔡國梁 20 世紀 50 年代末即開始研習《金瓶梅》，寫下不少筆記，1980 年前後即依據筆記整理成文，1981 年開始發表金學論文，1984 年出版第一部專著[1]，累計出版金學專著 3 部[2]、編著 1 部[3]，發表論文多篇，內容涉及《金瓶梅》的思想、源流、人物、作者、評點、文化等諸多研究方向，是早期《金瓶梅》研究的主力成員。無奈聯繫不上，不得已而割愛。

　　國人研究《金瓶梅》的論著，最早是闞鐸的《紅樓夢抉微》[4]，但其只是一個讀書筆記。天津書局 1940 年 8 月出版之姚靈犀《瓶外巵言》，嚴格說也只是一個資料彙編。香港大源書局 1961 年出版之南宮生著《金瓶梅》簡說，算得上是一個原著導讀。臺北時報文化出版公司 1978 年 2 月出版之孫述宇著《金瓶梅的藝術》，可說是第一部文本研究的學術著作。該書全文收入石昌渝、尹恭弘編選的《臺港金瓶梅研究論文選》[5]。2011 年 3 月上海古籍出版社再版，增加了一篇作者自序，更名為《金瓶梅：平凡人的宗教劇》。

1　《金瓶梅考證與研究》，西安：陝西人民出版社，1984 年。
2　另兩部為：《明清小說探幽——明人、清人、今人評金瓶梅》，杭州：浙江文藝出版社，1985 年；《金瓶梅社會風俗》，天津：百花文藝出版社，2002 年。
3　《金瓶梅評注》，桂林：灕江出版社，1986 年。
4　天津大公報館 1925 年 4 月鉛印。
5　南京：江蘇古籍出版社，1986 年。

孫述宇先生本已與上海古籍出版社洽商同意編入金學叢書，並授權主編代理，忽中途撤稿，原因還是版權問題。

　　還有其他一些因故未能入選的師友：或已作仙遊[6]，或礙於本輯叢書的體例[7]，或因為版權期限，或失去聯繫等。凡此種種，均為缺憾。

　　儘管如此，第二輯連同第一輯 14 人 16 冊總計所入選的此 45 人 46 冊，已經是中國當代金學隊伍的主力陣容，反映著當代金學的全面風貌，涵蓋了金學的所有課題方向，代表了當代金學的最高水準。

　　此「金學叢書」之大略也。

　　臺灣學生書局高瞻遠矚，運籌帷幄，以戰略家的大眼光，以謀略家的大手筆，決計編撰出版「金學叢書」，實金學之幸，學術之福。主編同仁視本叢書為金學史長編，精心策劃，傾心編審。各位入選師友打造精品，共襄盛舉。《金瓶梅》研究關聯到中國小說批評史、中國小說史、中國文學史、中國文學評點史、中國文學批評史等諸多學科，是一個應該也已經做出大學問的領域。為彌補本叢書因為容量所限有很多師友未能入選的不足，特附設一冊《金學索引》[8]，廣輯金學專著、編著、單篇論文與博碩士論文，臚列學會、學刊與所舉辦之金學會議，立此存照，用供備覽。本叢書的編選，既是對過往的總結，也是對未來的期盼。本叢書諸體皆備，雅俗共賞，可以預測，將為金學做出新的貢獻。

　　此「金學叢書」之宗旨也。

　　金學已經不是一座象牙塔，而是一處公眾遊樂的園林。三百多部論著，四千多篇學術論文，二百多篇博碩士論文，既有挺拔的大樹，也有似錦的繁花，吸引著越來越多的研究者與愛好者探幽尋奇。不容置疑，傳統的金學，加上以文化與傳播為標誌的、以經典現代解讀為旗幟的新金學，必然展示著甯宗一先生的經典命題：說不盡的《金瓶梅》。

　　此「金學叢書」之感言也。

吳敢、胡衍南、霍現俊（吳敢執筆）

2014 年元旦

6　如王啟忠、鮑延毅、孔繁華、許志強諸先生等，駕鶴西去的徐朔方先生的精選集由其高足孫秋克代為編選，劉輝先生的精選集由其摯友吳敢代為編選。

7　本輯叢書乃論文精選集，字典、詞典與小塊文章結集便未能入選，《金瓶梅》語言研究的幾位專家如白維國、李申、張惠英、許仰民等因此失選。

8　吳敢編著，分上下兩編。

趙興勤《金瓶梅》研究精選集

目　次

附　錄

上編：瓶內卮言

奇書《金瓶梅》之「眞」中見「奇」

　　《金瓶梅》在中國小說史上久負盛名，素有「奇書」之稱。清初的小說家、戲曲理論家李漁，在兩衡堂刊本〈三國志演義序〉中說：「嘗聞吳郡馮子猶，賞稱宇內四大奇書。曰《三國》《水滸》《西遊》及《金瓶梅》四種。余亦喜其賞稱為近是。」然則，稱《金瓶梅》為「奇書」的非止一人。諸如西湖釣叟〈續金瓶梅序〉、劉廷璣《在園雜志》、閒齋老人〈儒林外史序〉等，皆有此類說法。不過，將《金瓶梅》與其他幾部奇書並稱，恐由明末的通俗小說家馮夢龍始。但是，《金瓶梅》究竟奇在何處，至今仍是值得探究的問題。

　　魯迅先生的《中國小說史略》，將明代的長篇小說分為講史、神魔、人情（又稱世情）三大類。自《金瓶梅》出現後，中國才有了真正意義上的人情小說，它填補了小說題材上的一個空白，對後世人情小說的創作極具影響。從《金瓶梅》到明末清初的言情小說，以及西周生的《醒世姻緣傳》再到《歧路燈》《儒林外史》《紅樓夢》，乃至晚清的譴責小說，應當說，這是一條很明顯的小說發展系統。

　　《金瓶梅》儘管與《三國》諸奇書並稱，但在創作個性上又有很大的不同。它奇在「真」，奇在「新」，奇在另闢幽蹊。

—

　　魯迅先生在〈中國小說的歷史的變遷〉一文中，有段評論《紅樓夢》的話。其中說：

　　　至於說到《紅樓夢》的價值，可是在中國底小說中實在是不可多得的。其要點在敢於如實描寫，並無諱飾，和從前的小說敘好人完全是好，壞人完全是壞的，大

> 不相同，所以其中所敘的人物，都是真的人物。總之，自有《紅樓夢》出來以後，
> 傳統的思想和寫法都打破了。[1]

用這段話方之《金瓶梅》也未嘗不可。

《金瓶梅》是一部名副其實的暴露文學作品，它對於當時的社會現實，敢於作無所顧忌、毫無諱飾的「如實描寫」。作者將飽含激憤情感潮水的筆觸，伸向社會的各個角落，無情地剖析了各個階層的形形色色的人物，將社會的陰暗、醜惡的一面，撕裂給人看，詛咒並否定了那個時代的垃圾堆上種種不堪入目的污穢和骯髒，講出了人們所未敢言的真話。

作者筆下的西門慶，起初不過是個「破落戶財主」，他憑藉卑劣的手段，巧取豪奪，侵吞他人，逐漸成為清河的鉅族。生活極為荒淫奢侈，平時眠花宿柳，姦占人妻，無所不為。自稱：「就使強姦了常娥，和姦了織女，拐了許飛瓊，盜了西王母的女兒，也不減我潑天富貴。」（第五十七回）李瓶兒原為花太監之侄媳，家中廣聚財寶，且多內家之物。西門慶先與其勾搭成姦，將其財物隔牆運回，氣死她丈夫花子虛，後才納瓶兒為妾。孟玉樓也是個家有萬貫的孀婦，而改嫁西門慶的。作品曾這樣概括他，「堪笑西門暴富，有錢便是主顧。一家歪斯胡纏，那討綱常禮數。」（第十二回）可謂入骨透髓之語。

「富貴必因奸巧得，功名全仗鄧通成」（第三十回）。西門慶成了清河的富商大賈，便有錢交通官府，周旋士紳。在那錢能通神的黑暗時代，叩開仕途大門，靠的是青蚨。因而，他撒漫使錢，上結當道大僚，下聯府縣胥吏。差親信來保、吳典恩二人，給當朝太師蔡京送去了貴重的「生辰擔」，大得蔡京歡心。蔡馬上將「欽賜」的「空名告身劄付」相贈，賞給他一個山東提刑所理刑副千戶的職位。就連吳典恩、來保，也分別得了清河驛丞、山東鄆王府校尉的美差。這筆交易一旦做成，西門慶馬上身價百倍，如臀捧屁者蜂擁而至，紛紛前來賀喜，就連分別管理皇莊和磚廠的薛、劉二太監，也趕來湊熱鬧。「三歲內宦，居於王公之上」（第三十一回），尚且如此，那些守備、都監、提刑之類的地方官吏，更是如蠅逐臭，曲意逢迎。

翟謙是太師府中的鷹犬，是蔡京的心腹，頤指氣使，無所不能。西門慶忙不迭地買了十五歲的韓愛姐給他送往京中。他的大把撒錢，拼命結好，有一個不便出口的奧秘，那就是他私下所說的，「往後他在老爺面前，一力好扶持我做官。」蔡京的乾兒子新科狀元蔡一泉歸里省親，翟謙派人傳話於西門慶，說：「翟爹說，只怕蔡老爹回鄉，一時缺少盤纏，煩老爹這裏多少只顧借與他，寫書去，翟爹那裏如數補還。」善於鑽營的西

1　吳俊編校《魯迅學術論著集》，杭州：浙江人民出版社，1998 年，頁 244。

門慶，當然心領神會，馬上說：「你多上覆翟爹，隨他要多少，我這裏無不奉命。」（第三十六回）他果然奉送蔡一泉百兩紋銀，打發得他滿意而去。

御史宋喬年、蔡一泉出京公幹，專程拜訪西門慶，一時節「哄動了東平府，抬起了清河縣」。對宋、蔡二御史，西門慶當然不敢怠慢，立即設宴招待，當日這席酒，「也費勾千兩金銀」，並各贈以金銀酒盞，甚而出妓相陪，竭盡媚態。就連跟轎隨從，也各有賞賜，「每位五十瓶酒，五百點心，一百斤熟肉」（第四十九回）。

揚州苗青，夥同船家將主人苗天秀殺死，船上一應貨物價值二千兩銀，全部為他們侵吞。案發後，「苗青打點一千兩銀子，裝在四個酒壇內，又宰一口豬。約掌燈已後時分，抬送到西門慶門首」（第四十七回）。火到豬頭爛，錢到公事辦。西門慶貪贓枉法，與夏提刑平分贓銀，私放案犯出逃。事為御史曾孝序參劾，西門慶吃驚不小，連忙差人攜重金去京中打點，由於蔡京的一力回護，他果然萬無一失，不損毫髮。秉公仗義的曾孝序反而因此得罪權貴，為蔡京爪牙鍛煉成獄，竄於嶺表。

「只知好色貪財，哪曉王章國法」的西門慶，緣是蔡京「假子」之故，卻被稱許為「才幹有為，英偉素著，家稱殷實而在任不貪，國事克勤而台工有績，翊神運而分毫不索，司法令而齊民果仰」（第七十回），升轉正千戶掌刑。他的同僚夏提刑，央及道士林靈素，又走了太尉朱勔的後門，升擢指揮。何太監請求朝廷所寵劉妃說情，給侄兒何永壽討了個理刑副千戶。朝廷上下，呼朋引類，內外勾結，假公濟私，排斥異己，賄賂公行，形成了一面無形的大網，牢牢地把住仕途。難怪生活於嘉靖、萬曆年間的將軍薛論道，對此類現象也感慨萬千。他在【北仙呂桂枝香】〈仕途〉（之四）中說：

> 明投暗購，龍爭虎鬥。致身那用文章，進步全憑銅臭。頭尖的上天，老實靠後。
> 清濁混混，誰與別流？紅纓白馬爭先去，赤手空拳在後頭。

《金瓶梅》不僅揭露了封建時代吏治的黑暗，還將批判的鋒芒直指藉以影射明代最高統治者的宋徽宗，作品一方面寫他「生得堯眉舜目，禹背湯肩」，「才俊過人」，一方面又說他「朝歡暮樂，依稀似劍閣孟商王；愛色貪杯，仿佛如金陵陳後主」（第七十一回）。讓這位「真命天子」也蛻下了神聖的外衣，暴露出本來面目。在作者的筆下，他縱情聲色，荒淫誤國。為營建艮嶽，動用大批人伕從江南湖湘採取花石綱運往京師，所運卿雲萬態奇峰，「長二丈，闊數尺，都用黃氈蓋覆，張打黃旗，費數號船隻，由山東河道而來。況河中沒水，起八郡民夫牽挽。官吏倒懸，民不聊生」（第六十五回）。這就尖銳地揭示出，由皇帝的窮奢極欲給人民帶來的沉重苦難。作者批判現實的犀利筆觸，連至高無上的皇帝也不放過，還是頗具膽魄的。

作品還於西門慶投靠蔡京，受任理刑副千戶後，發了一段議論：

> 那時徽宗，天下失政，奸臣當道，讒佞盈朝。高、楊、童、蔡四個奸黨，在朝中
> 賣官鬻獄，賄賂公行，懸秤升官，指方補價。夤緣鑽刺者，驟升美任；賢能廉直
> 者，經歲不除。以致風俗頹敗，贓官污吏，遍滿天下，役煩賦重，民窮盜起，天
> 下騷然。（第三十回）

集中地揭示了當時社會的種種積弊，以及嚴重的階級對立，交代了圍繞西門慶所發生的
一系列醜惡事件的時代背景。作品如此安排，就拓寬、深化了表現內容，使之帶有廣泛
的社會意義。同時，也隱約透露出農民起義的原因。黎民失業，百姓倒懸，窮困不過，
才揭竿而起。它多少道著了封建時代農民造反的實質，講出了一些人未敢言的真話，還
是比較客觀的。

至於閹豎悍僕、三姑六婆、幫閒蔑片，這些於別人口唇底下乞衣食的下作人物，作
品更讓他們出盡其醜，「摹繪世故人情，真如鑄鼎象物，魑魅魍魎，畢現尺幅，……其
寫小人也，窺其肺肝，描其聲態，畫圖所不能到者，筆乃足以達之」[2]。社會是以共同的
物質生產活動為基礎而相互聯繫的人類生活共同體，「是人們交互作用的產物」[3]，不寫
形形色色的人，就無法概括社會的全貌，作家從批判現實的角度出發，將這些幫閒鑽懶
采入諷刺畫卷，具有很強的藝術概括力。

滿文譯本〈《金瓶梅》序〉云：

> 凡一百回為一百戒，篇篇皆是朋黨爭鬥、鑽營告密、褻瀆貪飲、荒淫姦情、貪贓
> 豪取、恃強欺凌、構陷詐騙、設計妄殺、窮極逸樂，誣謗傾軋、讒言離間之事耳。

比較中肯地概括了《金瓶梅》的內容。

西門慶的形象很有代表性，明代官場的腐敗糜爛，豪紳的橫行鄉里，在他身上都有
所體現。朱國禎《湧幢小品》卷一二「爭田」條記載，江西新建縣富豪毛鳳，為吞併同
鄉徐均仁田產，竟賄賂縣官，誣徐均仁以罪名，上報於來江西巡視的刑部侍郎金紳，「及
鎮守太監劉偘、巡按御史段正，同檄三司及分巡等官，遣百戶葉俊往捕之。鳳又賂以五
十金，密謀害均仁一家，快私忿。俊率兵四十人，鳳集二百七十餘人，操火銃兵器以從，
圍其家，縱火焚之，家屬死者二十三人，杖死者五人，盡縛其未死者二十六人送於府，
轉達於巡按」[4]，釀成一樁駭人聽聞的大冤案。張瀚《松窗夢語》卷一載：霍丘御史胡明

2　惺園退士〈《儒林外史》序〉。

3　〔德〕馬克思〈致巴·瓦·安年柯夫〉，《馬克思恩格斯選集》，北京：人民出版社，1972 年，
　　第 4 卷，頁 320。

4　上海古籍出版社編《明代筆記小說大觀》，上海：上海古籍出版社，2005 年，第 4 卷，頁 3390。

善「居鄉豪橫，強奪人妻女為妾」，「妄執平民為盜。家制刑具，極其慘酷」。「令僕人迫毆趙姓父子三人致死。被害者訴官不得白。」[5]暴橫閭里、魚肉百姓之狀，令人髮指。這些騎在人民頭上的豪紳，「多倚勢恃強，視細民為弱肉，上下相護，民無所控訴也」[6]。西門慶的誣良為盜，買生賣死、奪人財產、姦人妻女等一系列醜行，與有關史料記載是何其相似。

這種毫無諱飾的描寫，無情地解剖了封建時代無法根治的惡性腫瘤，給人們提供了一份足以認識當時社會醜惡內幕的形象化教材。《金瓶梅》「是一部很偉大的寫實小說，赤裸裸的毫無忌憚的表現著中國社會的病態，表現著『世紀末』的最荒唐的一個墮落的社會的景象」，「表現真實的中國社會的形形色色者，捨《金瓶梅》恐怕找不到更重要的一部小說了」。[7]

二

為了藝術地再現封建社會末期的生活圖景，作者必然在「新」字上做文章。倘若再固守原有的格局，追求奇人、奇事、奇異的情節，那就很難完成剖露現實、抨擊現實的主題，也不可能對現實人生各階層人物如此精雕細刻，達到毛髮畢現的藝術境地。為了追求藝術上的真實，作品在表述方法、構築情節、選取素材諸方面，都表現出與其他幾部奇書迥然不同的風格。

明末張無咎在〈《批評北宋三遂新平妖傳》敘〉中謂：

> 小說家以真為正，以幻為奇。然語有之：畫鬼易，畫人難。《西遊》幻極矣，所以不逮《水滸》者，人鬼之分也。鬼而不人，第可資齒牙，不可動肝肺。《三國志》人矣，描寫亦工，所不足者幻耳。然勢不得幻，非才不能幻，其季孟之間乎！嘗辟諸傳奇：《水滸》，《西廂》也；《三國志》，《琵琶》也；《西遊》，則近日《牡丹亭》之類矣。他如《玉嬌梨》《金瓶梅》另闢幽蹊，曲終奏雅。然一方之言，一家之政，可謂奇書，無當巨覽，其《水滸》之亞乎！

這是一段較早將「四大奇書」進行比較研究的論述，所言雖未必盡當，但還是頗有見地

5　張瀚《松窗夢語》，北京：中華書局，1985 年，頁 8。

6　趙翼著，王樹民校證《廿二史箚記校證》，北京：中華書局，1984 年，下冊，頁 785。

7　鄭振鐸〈談《金瓶梅詞話》〉，《鄭振鐸全集》，石家莊：花山文藝出版社，1998 年，第 4 冊，頁 225。

的。作家以鑑賞家的眼光，發現了這幾部古典小說在創作個性上的差異。

《西遊》「幻」而「奇」，描寫的是一個鬼怪的世界，與現實人生總有點隔膜。有人說：「《西遊記》雖近於哲理，然晦而不明，其弊坐偏於依託，偏於想象，致涉為荒誕而不經。」[8]則多少道著了《西遊記》在思想內容上的不足之處。《三國》塑造人物，「描寫亦工」，然而，有些情節則涉於荒誕虛幻，有失生活之「真」。《水滸》乃《西廂》之儔匹，「幻」少而「真」多。《金瓶梅》則獨標異格，開拓出前人從未涉足的藝術境域，以「真」見其「奇」。

《水滸》等「奇書」所表現出的思想傾向，與《金瓶梅》有很大的不同。《水滸》雖讚揚了梁山事業，但也褒彰了忠義。漁民出身的阮小五所唱：「酷吏贓官都殺盡，忠心報答趙官家」（第十九回），就很能說明問題。他們反對奸邪「閉忠良」「屈有才」，「壞了聖朝天下」，卻不願觸動皇家的王法律條。《三國》則肯定正統的「真命天子」，鼓吹仁政、信義、篤誠。《西遊》稱許悟空的敢作敢為，同時也彰示了佛法。《金瓶梅》則取材於明代現實生活，寫的是觸目可見的真事、市朝奔波的真人。小說中，既沒有「倒拔垂楊柳」那樣的異人，也沒有披髮仗劍、設壇祭風「多智而近妖」的超人，更沒有出入於人、神、鬼三界的妖人。它是靠真實的生活細節的描繪，揭露當時社會的種種黑暗醜惡，以警醒世人。它的奇，「不奇於憑虛駕幻，談天說鬼，而奇於筆端變化，跌宕波瀾」[9]，透視現實，洞照奸宄丑類。

為了藝術地再現社會之真相，《金瓶梅》在謀篇佈局上也與其他小說不同。《三國》是以官渡之戰、赤壁之戰、彝陵之戰等幾次大的戰例組織情節，在戰爭場面的描寫中披示人物之個性。《水滸》是以梁山起義事業為紅線，將一個一個英雄人物的獨立傳紀串連在一起，組成長篇巨構。《西遊》是通過取經途中的八十一難，展示孫悟空、豬八戒等不同人物的思想面貌。《金瓶梅》則不然，它不在耳目之外的幻想世界發妙抉微，而是在日用起居、耳目之內上，發前人所未見或見而未察者，在「新」與「真」上作文章，「在我們面前暴露了歷史事實的內幕背景，引導我們走進歷史人物的私室和臥房之中，讓我們清楚的看見他們的家庭生活和私人秘密，不僅是打扮著很漂亮的歷史偽裝，而且也使我們看見戴著寢帽、披著睡衣的姿態」（別林斯基語）。藉以達到揭發奸邪、抨擊現實的目的，還社會以本來面目。正如署名袁枚的〈《原本金瓶梅》跋〉所云：

> 書中所紀，為一勢豪之一生經歷，其所述事端，以涉及婦女者為最多。旁及權奸

8　著超《古今小說評林》，朱一玄、劉毓忱編《西遊記資料彙編》，天津：南開大學出版社，2002年，頁376。

9　煙水散人〈《賽花鈴》題辭〉。

恣肆，朝政不綱，亦皆隨事比附，隱加誅伐，而閭閻諧謔，市井俚詞，鄙俗之言，殊異之俗，乃能收諸筆下，載諸篇章。

在人物性格的刻畫上，也有其獨到之處。彭城張竹坡在〈批評第一奇書金瓶梅讀法〉（三十四）中評論道：

《金瓶梅》是一部《史記》。然而《史記》有獨傳、有合傳，卻是分開做的。《金瓶梅》卻是一百回共成一傳，而千百人總合一傳，內卻又斷斷續續，各人自有一傳。

將被人稱作「壞人心術」的「誨淫」之作《金瓶梅》，與「史家之絕唱，無韻之《離騷》」的《史記》相比論，這一在當時來說駭人聽聞的高見，恰恰可以看出作者審美觀點的不同凡響。肯定了《金瓶梅》的寫實性，對其敢於直視人生、暴露現實的做法給予很高評價。同時，也具體闡述了《金瓶梅》在人物塑造上的成就。《水滸》的情節是分段遞進的，作品中的人物是一個一個出場，又一個一個收煞，最後才匯攏。《金瓶梅》則在情節的穿插和鋪敘中，逐漸完善人物形象，使人物性格趨於複雜化，這不能不說是一個創例。

《金瓶梅》儘管涉及的範圍很廣，但它沒有大的中心場景和主幹情節，所描寫的多是一些日常瑣事、生活末節。西門一家猶如一個觀察世界的視窗，藉此可以望見遠在京師的朝廷內幕，以及左右四方的權臣惡吏的卑劣醜行。封建時代的種種怪異現象，都濃縮在這一家周圍，這就拓寬了小說表現生活的領域。「因一人寫及一縣」，旁及朝廷上下，可以看出作者的極大的藝術概括力。說明了作家對社會生活的深入和觀察現實人生目光的敏銳。

這一創作實踐，正體現了我國傳統文藝理論中的「小中見大」「以少總多」的觀點。它雖然描寫的是具體的、個別的，是一個小縣城中的土豪家庭，但是，卻具有一定的普遍性、代表性，能夠透視出整個時代的風煙陰霾。這是因為，「西門慶故稱世家，為搢紳，不惟交通權貴，即士類亦與周旋，著此一家，即罵盡諸色」[10]。「小中見大」，此類創作方法，在詩歌中儘管多有體現，然而，運用到長篇小說創作中去，恐從《金瓶梅》始，這直接影響到《醒世姻緣傳》《紅樓夢》的產生，的確堪稱之為「奇」。

由上述可見，「真」與「新」這對概念是互為依附的。一個則蘊含於作品之內部，一個則呈現於作品的外部。「真」，憑藉新的表現手法、表現角度、藝術境域而展現；

10　魯迅《中國小說史略》，吳俊編校《魯迅學術論著集》，杭州：浙江人民出版社，1998 年，頁 124。

「新」，又依附於「真」而存在。而「真」與「新」，又構成「奇」這一藝術概念。正因為作家能在人物刻畫、謀篇佈局上「另闢幽蹊」，具有透視生活、概括生活的能力，故而才產生「奇」的藝術效果。

三

《金瓶梅》之類文學上寫實現象的出現，蓋與明代中葉的思想潮流有關。

明代初年，封建專制嚴酷，禁錮了人們的思想。整個文壇，為死氣沉沉的空氣所籠罩，粉飾和逃避現實的「臺閣體」即產生於此時。《四庫全書總目》卷一七一《集部·別集類二四》「空同集」條謂：「成化以後，安享太平，多臺閣雍容之作。愈久愈弊，陳陳相因，遂至嘽緩冗遝，千篇一律。」所言甚是。稍後，詩歌創作則模擬剽襲風特盛，隨人短長，拾人牙慧，「處富有而言窮愁，遇承平而言干戈，不老曰老，無病曰病」[11]，不能反映現實生活與作家的思想面貌。一些鼓吹綱常教化的作品也應運而生，如朱有燉的《誠齋樂府》、邱濬的《五倫全備記》、邵璨的《香囊記》等，均屬此類。一些有識之士，對這種文過飾非的文風甚為不滿，積極宣導文學的寫真。李夢陽在〈詩集自序〉中，就強調向民間求詩，「真詩乃在民間」。李開先的《詞謔》，引用前七子之一何景明的話說，民歌「有非後世詩人墨客操觚染翰、刻骨流血所能及者，以其真也。」進步思想家李贄，一方面指責偽道學「陽為道學，陰為富貴，被服儒雅，行若狗彘然也」[12]，一方面又申斥當時社會一切都假，「其人既假，則無所不假矣。由是而以假言與假人言，則假人喜；以假事與假人道，則假人喜；以假文與假人談，則假人喜。無所不假，則無所不喜。滿場是假，矮人何辯也？」[13]散曲家薛論道在【北中呂朝天子】〈不平〉中亦云：「時年依假不依真，魚目把明珠混。」連詩人謝榛，也曾慨歎「人生多慾，真不如假」[14]。相傳出自徐渭之手的《歌代嘯》雜劇，開場即云：「世界原稱缺陷，人情自古刁鑽。」都對這種顛倒黑白、混淆是非、無所不假的社會，表示出極大的憤慨。

五湖老人〈《忠義水滸全傳》序〉云：

> 今天下何人不擬道學，不扮名士，不矜節俠，久之而借排解以潤私橐，逞羽翼以剪善類，賢有司惑其公道，仁鄉友信其義舉，茫茫世界，竟成極齷齪極污蔑乾坤。

11　謝榛《四溟詩話》卷二。

12　《續焚書》卷二〈三教歸儒說〉。

13　《焚書》卷三〈童心說〉。

14　謝榛《四溟詩話》卷四。

此輩血性何往，而忠義何歸？

與李贄的〈童心說〉正相表裏。這篇序，主張小說創作於「嬉笑怒罵之頃，俱成真境」，寫真的世界，真的人。揭露「偽道學，假名士」之流，「逞羽翼以剪善類」的醜行。《金瓶梅》中的西門慶，或稱他「為人清慎，富而好禮」（第四十九回），實則失德敗行，狗彘不如，正與五湖老人所痛斥的偽道學是同類人物。可見，《金瓶梅》寫真風格的形成，有其歷史的諸多原因。

奇書《金瓶梅》之「平」中見「奇」

清初的戲曲理論家李漁，在《閒情偶記》一書中說：「古人呼劇本為『傳奇』者，因其事甚奇特，未經人見而傳之，是以得名。可見非奇不傳。」[1]奪人心魄的情節，起伏跌宕的關目，固然是文學作品之「奇」的重要因素，但是，若以平淡閒淨之筆，鋪敘日常瑣事，亦見其奇，則更為不易。《金瓶梅》正是憑藉對客觀現實生活末節的生動敘述，由平淡中見其奇特，表現出獨樹一幟的藝術風格。

一、從看似無奇的人物出場談起

戲劇、小說之類文學作品的人物登場，往往能反映人物性格的一個側面，而且也為以後情節的鋪展埋下了伏筆，是文學創作中不可忽視的一環。

戲劇家歷來注重作品人物的第一次登場。李漁認為，此類關目較之「家門」，「猶難措手」，「非特一本戲文之節目，全於此處埋伏，而作此一本戲文之好歹，亦即於此時定價」。因為人物登場後，應「以寥寥數言，道盡本人一腔心事，又且醞釀全部精神」。[2]

小說中的人物出場，與戲劇有所不同。戲劇幾乎是純用人物的口白和演唱，來表現其思想傾向和性格特徵，而小說則可以借助於客觀的描繪和氣氛的烘托、渲染。然而，在民間說唱藝術這塊園地上成長起來的早期通俗小說，人物出場與戲劇又非常近似，那就是最初的亮相便蘊藉其全部精神。《三國演義》裏的曹操一出場，就表現出其鮮明的個性：有權謀，多機變。並借許劭之口指出了他「治世之能臣，亂世之奸雄」的雙重性格。毛宗崗在〈讀三國志法〉中稱：「歷稽載籍，奸雄接踵，而智足以攬人才而欺天下者，莫如曹操。……是古今來奸雄中第一奇人。」曹操是英雄和奸雄的融合體，他既有雄才大略、舉重若輕之將才；又機詐多變，猜忌多疑，以致「寧教我負天下人，休教天下人負我」成了其處世的信條。作品一直是按照這一臉譜去敷墨著色、結構情節的。至於其他人物的塑造，也莫不如是。

1　《閒情偶記》卷一〈脫窠白〉。
2　《閒情偶記》卷三〈沖場〉。

《金瓶梅》則不然。它的人物出場，很難窺見其性格的全貌，是在錯綜複雜、曲折多變的現實生活的細節描寫中，表現出人物個性的獨特、複雜和多側面、多層次，藉此來反映這一形象所屬本階層人物的共性。而人物的第一次出場，僅僅是其個性發展的一個基點。

潘金蓮一出現，便是個所嫁非人、愛情失意的少婦形象。懷著一肚皮怨氣，憎嫌丈夫武大「人物猥猿」，埋怨亂點鴛鴦譜的張大戶：「普天世界斷生了男子，何故將奴嫁與這樣個貨？每日牽著不走，打著倒退的。」（第一回）感歎自身命運的不濟。

這類怨天尤人的牢騷，雖能說明她對目下處境的不滿，但卻很難準確把握她的個性特徵。按照生活常理推論，這種難以壓抑的「怨」，既可能在長期的夫婦共處中逐漸淡化，湊湊合合地將就一生，也可能激化為改變現狀的強烈舉動，另尋所歡。潘金蓮儘管選擇的是後者，不過，直至武大與她商議遷居時，她還說：「把奴的釵梳湊辦了去，有何難處。過後有了，再治不遲。」（第一回）她對丈夫的柔弱怯懦儘管不乏忿忿之詞，但仍然是從改變眼下生活現狀出發，代丈夫籌劃的。很難想象，倘若潘金蓮從未有過和武大一家一計過生活的想法，那麼，生性怪吝，嫁給富豪西門慶後，連半個折針兒也捨不得迸出來給其生母的她，又豈能慷慨解囊呢？她縱然不夠安分，可是，倘若不是王婆的教唆，西門慶的勾引，她還不至於墮落到令人髮指的地步。是剝削階級的腐朽思想，浸染了她的靈魂，使她陷入了不能自拔的泥沼。

《金瓶梅》的人物出場描寫，已不滿足於對臉譜的粗線條塗抹，而是注意發掘形象內部的諸多因素，在人物性格內涵上做文章。以人物出場表現為性格起點，進而寫其發展、變化以及終極點，將筆觸伸向性格的各個側面。而且，作品還將人物性格的演變，與社會環境、個人經歷巧妙融合，使人物的活動具有一定的時空觀念，紙上之筆變成了活的立體生活畫面，大大增強了藝術感染力。

《三國演義》將人物個性特徵隱括於出場的表述方法，很可能受了戲劇臉譜的影響。故而，人物一出場便個性突出，且呈露多於含蓄，放縱多於收斂，讓人不假思索，一目了然。《金瓶梅》在結構情節時，則打破這一固有格局，讓人物形象逐漸完善於情節的步步推進中，真實地反映社會生活的本來面目，這未嘗不是一「奇」。

二、借助於觸目可見的日常生活的鋪敘，表現人物的性格特徵

張竹坡在〈批評第一奇書金瓶梅讀法〉（四十三）中說：

> 做文章不過是情理二字。今做此一篇百回長文，亦只是情理二字。於一個人心中，
> 討出一個人的情理，則一個人的傳得矣。雖前後夾雜眾人的話，而此一人開口，
> 是此一人的情理。

這裏的「情理」，是指日常生活中的人情事理，以及人物性格發展的自身邏輯。指出了
《金瓶梅》人物描寫上的性格化特徵。

作品不僅從西門慶、潘金蓮等主要人物心中討「情理」，即使那些出場不多的小人
物，也活靈活現地呈現於紙上。比如，破落戶出身的韓道國，「許人錢，如捉影捕風；
騙人財，如探囊取物」。投靠西門慶後，做了線鋪的夥計，便連忙「做了幾件屹蜖皮，
在街上虛飄說詐」。（第三十三回）作者抓住其性格特徵的主要方面，在生活細節上予以
精雕細刻。作品這樣寫他：

> 八月中旬天氣，身上穿著一套兒輕紗軟絹衣服，新盔的一頂帽兒，細網巾圈，玄
> 色段子履鞋，清水絨襪兒，搖著扇兒，在街上闊行大步，搖擺走著。但遇著人，
> 或坐或立，口若懸河，滔滔不絕，就是一回。（第三十三回）

就其穿著打扮而論，儼然有紳士風範。但是，時值八月中旬，氣候變涼，還仍然著紗搖
扇，顯然與時令不合。身上的輕紗軟絹與腳下的清水絨襪，這身十分不協調的裝扮，就
給人以滑稽感。以其當時家境，當然不可能像西門慶那樣四季皆備闊綽衣服。但是，他
為了在鄰里街坊前顯示自己的與眾不同，不得不穿著這套過時的衣衫招搖過市。至於那
走走停停、或坐或立的情態，則透露出其裝腔作勢、得意忘形的空虛心理。以一破落戶，
謀得富豪店鋪中夥計，便有威加海內之氣概，形之於態，發之於言，正所謂「小人得勢
驢兒樣」，表現出他寡廉鮮恥的個性特徵。

當街坊張好問以「缺禮失賀」為名，拉他坐下、佯道歉意時，韓道國則飄飄欲仙了：

> 那韓道國坐在凳上，把臉兒揚著，手中搖著扇兒，說道：「學生不才，仗賴列位
> 餘光，在我恩主西門大官人做夥計，三七分錢。掌巨萬之財，督數處之鋪，甚蒙
> 敬重，比他人不同。」（第三十三回）

一種傲慢、輕浮、目空一切的神態躍然紙上。那把晃來晃去的扇子，恰似戲劇角色手中
的一個砌末，搖出了他那自鳴得意的心理。而且，唯恐別人還不明白他的身份，一再加
重語氣，強調他是西門慶家夥計，具有「比他人不同」的特殊地位，企圖拉大旗作虎皮
以鎮住街坊。

在韓道國誇誇其談、自我吹擂、得意忘形之時，一旁的白汝謊，以「聞老兄在他門

下只做線鋪生意」（第三十三回）一句，輕輕地揭穿了韓道國的掉謊欺人。但是，厚顏無恥、善於機變的韓道國，卻以一「笑」掩飾內心的慌亂和不安，說道：

> 二兄不知：線鋪生意，只是名目而已。今他府上大小買賣，出入貲本，那些兒不是學生算帳！言聽計從，禍福共知，……就是背地他房中話兒，也常和學生計較。學生先一個行止端莊，立心不苟，與財主興利除害，拯溺救焚。凡百財上分明，取之有道。……（第三十三回）

這一番不著邊際的自我吹噓，把自己打扮成西門家中半個主子，遮掩了他的夥計身份。

但是，其間卻也透露出一個真實的消息，那就是豪強地主與幫閒無賴之間的互為依附的關係。西門慶是清河縣剝削階級階層的核心人物，為了潑天富貴，他上下其手，一方面與朝中權相閣豎勾結，博取一官半職；另一方面又與府縣胥吏牽連，擴大政治勢力。如此的四處伸手，便組成一面縱橫交錯的封建統治網。同時，他的聚斂錢財，搜刮百姓，橫行鄉里，有時還要假手於應伯爵、韓道國之類的社會渣滓。這夥人是他賴以存在的社會基礎。

《金瓶梅》是通過日常生活中出現的反常現象，來揭示人物性格的內涵。其他幾部奇書，則多是借助於大場面的鋪染來烘托人物，在生死搏鬥中展示人物風貌，都同樣取得了良好的藝術效果。

可見，一部文學作品能否流傳後世，不僅在於「其事甚奇特」，還看它能否反映生活的本質。捨此，就很難有藝術的生命力。正如高爾基在《論文學》中所說的，「藝術家應當具有把現實生活中一再出現的現象加以概話——典型化——的能力。」[3]「文學的事實是從許多同樣的事實中提煉出來的，它是典型化了的，而且只有當它通過一個現象真實地反映現實生活中許多反覆出現的現象的時候，才是真正的藝術作品。」[4]

在中國古代小說林中，有的作品儘管一味獵奇，追求荒誕怪異的情節，但終因脫離現實生活的實際而泯沒無聞。《金瓶梅》寫的是「千人共見，萬人共見」之事，卻能真實地再現生活，所以它屢遭禁毀而流傳不衰。《金瓶梅》看上去是事無巨細，一併采入，但並非是信筆塗鴉。那些日常生活的零碎素材，大都經過了作家的提煉加工，多能反映社會現象的本質，表現了作家高度的藝術概括力。

3　〔蘇〕高爾基〈給初學寫作者的信〉，《論文學》，北京：人民文學出版社，1978年，頁244。
4　〔蘇〕高爾基〈給初學寫作者的信〉，《論文學》，頁245。

三、以「肖似」的聲息口吻，透視人物心靈的奧妙

俗話說「言為心聲」，儘管人的個性有差異，但是，一個人的思想氣質卻往往自覺或不自覺地流露於其談吐之中。一些著名的文學作品，在刻畫人物時，都特別注意獨白和對話的描寫，使讀者能從人物的彼此交談和說話口吻中，把握這一形象的個性特徵。

但是，由於古代的通俗小說多是由口頭文學發展而來，故而，多側重於寫其行動，對話則次之。至於人物的心理衝突，著筆就更少了。因為說話藝術須靠藝人的口頭演說，將故事中的人和事，以及與此相關的場景訴諸聽眾，由聽眾的聽覺意象進而轉化為視覺畫面。這種轉化，是在瞬息間完成的。倘若長篇大論地去描寫人物對話及其內心活動，必然鬆弛了情節的發展，就很難吸引住說話藝術的直接對象——聽眾。故而，即使寫及對話，也必須十分簡短。

《三國》《水滸》《西遊》諸小說，正繼承了這一傳統。如《三國演義》中「溫酒斬華雄」一節，曹操矯詔發兵，會同袁術、孫堅、公孫瓚諸部，討伐董卓。董卓部將華雄領兵迎戰，連挫聯軍數員大將。此時：

> 眾皆失色。紹曰：「可惜吾上將顏良、文醜未至！得一人在此，何懼華雄！」言未畢，階下一人大呼出曰：「小將願往，斬華雄頭，獻於帳下！」……操教釃熱酒一杯，與關公飲了上馬。關公曰：「酒且斟下，某去便來。」出帳提刀，飛身上馬。眾諸侯聽得關外鼓聲大振，喊聲大舉，如天摧地塌，嶽撼山崩，眾皆失驚。正欲探聽，鸞鈴響處，馬到中軍，雲長提華雄之頭，擲於地上。——其酒尚溫。
>
> （第五回）

作品展現「古今來名將中第一奇人」的精神風貌，主要寫其不凡的氣宇和豪壯的舉動。在聯軍一再失利，諸大將束手無策的危急關頭，關羽挺身而出。以一馬弓手，提刀赴陣，立斬華雄，使士氣大振。作品極力渲染了他的神武勇略，膽氣超人，但並無一句心理活動的描寫。對話也往往一、二句便透其神，十分簡潔。這正體現出說話藝術以動寫人的技巧。

《金瓶梅》雖然也以動寫人，但更多的則是以對話揭示人物的性格特徵。它的心理描寫，有的是以獨立的段落出現，有的是蘊含於長達數百字的人物口白中。如第二十六回，寫西門慶為宋惠蓮軟纏不過，答應將她丈夫來旺兒放出，還許她為第七房妾。孟玉樓得知比事，便一五一十地告訴了潘金蓮：

> 潘金蓮不聽便罷，聽了忿氣滿懷無處著，雙腮紅上更添紅，說道：「真個由他，

我就不信了。今日與你說的話，我若教賊奴才淫婦與西門慶做了第七個老婆，我
不是喇嘴說，就把潘字吊過來哩！」玉樓道：「漢子沒正條，大的又不管，咱每
能走不能飛，到的那些兒？」金蓮道：「你也忒不長俊，要這命做甚麼？活一百
歲殺肉吃！他若不依，我拼著這命，攛兒在他手裏，也不差甚麼。」玉樓笑道：
「我是小膽兒，不敢惹他，看你有本事和他纏。」

僅憑二人之聲口，便可見其性格之分野。

潘金蓮儘管習鑽、油滑，被人稱作「九條尾狐狸精」，然而，畢竟與孟玉樓有很大
不同。「恰似咬群出尖兒的一般，一個大有口沒心的行貨子」（第七十六回），則是潘個
性中的一個側面。她不慣於「把惡氣兒揣在懷裏」，有氣便要發洩，有一股烈火烹油的
潑辣勁兒。孟玉樓則比她含蓄、圓滑得多。她明白：以西門慶得隴望蜀之本性，若納宋
惠蓮為妾，對自身當然是一個無形的威脅。然而，她儘管反對西門慶納妾，卻隱忍不發，
將一腔心事婉轉述說給慣於咬群的「醋罐子」潘金蓮。她明知潘金蓮爭強好勝，妒心如
火，決不容西門慶納妾，卻偏偏不挑明，敲著鑼兒引猴子上竿。此事與潘金蓮自身的利
害相關，她「無暇思索所看到的事物的意義，只在狹小的圈子裏打轉，斤斤計較，設法
滿足自己生理上的要求，滿足自己的自尊心，希望在生活中占有更舒服的位置」[5]。乍聞
玉樓之言，如油潑火上，怒氣勃發，「真個由他，我就不信了」，非嬌寵愛妾無此口吻。
她自信能制伏得了西門慶，保住自己在諸妾中的特殊地位。

玉樓見潘漸入機轂，又以「咱每能走不能飛，到的那些兒」這類洩氣話再次相激，
更大大刺傷了潘的自尊心。潘平生最怕人瞧不起，見玉樓竟將她劃入「能走不能飛」的
柔弱可欺之輩，又豈能甘心？故埋怨玉樓膽小怕事，「忒不長俊」，聲言要拼著性命干
預此事。末了的玉樓一「笑」，極為傳神，寫出了她自鳴得意的神態。所謂「我是小膽
兒，不敢惹他」，乃是開脫自身之語，「看你有本事和他纏」，才是她真實的意圖。無
非是想看鷸蚌相爭，以坐收漁人之利。在這裏，潘金蓮的乖巧圓滑，比玉樓遜色許多。

吳月娘稱潘金蓮「兩頭和番，曲心矯肚」，豈不知，孟玉樓有時也會來這一手，不
過表現形式不同罷了。一個是呈現在外部，一個則蘊含於內心。她們二人，看上去形影
不離，一團和氣，實則暗地裏的勾心鬥角也時而發生。孟玉樓利用這「有口沒心」的鳥
銃，時而裝進一點易燃的火藥，代自己鳴幾聲不平。潘金蓮則從她那裏不時地得點消息，
及時瞭解「上房」的動靜。共同的命運將她們連在一起，各自的利害又使她們小有磨擦，
就是在這樣一種複雜的微妙關係的揭示中，深化了這兩個藝術形象。在讀者「面前展開

5　〔蘇〕高爾基〈給初學寫作者的信〉，《論文學》，頁334-335。

的，不只是每個人、每件事物的外表形式，還有他們的內部，還有他們的靈魂」[6]。

這裏的人物對話，與話本和《三國演義》諸奇書不同。話本的對話，簡潔明瞭，一語破的，字字落到實處。且有很強烈的節奏感，如狂風怒卷烏雲，瞬息間霧散日出。作者在謀篇佈局時，多是把對話作為鋪敘情節的點染，而人物外部動態，才是其用力之處。《金瓶梅》的對話卻不厭其長，甚而有達數百字者。節奏則舒徐紆緩，似著屐登山，須經過一段路程，才能到達另一番境界。《金瓶梅》「並無之乎者也等字，一樣人，便還他一樣說話。真是絕奇本事」[7]。借人物聲息口吻傳其神態，的確是本書藝術上的一大長處。作品的奇否，不在於作者的搜奇求異，而在於有否現實生活的基礎，能不能感奮人心。「小說的妙趣不在於新鮮奇怪的故事；相反，故事愈是普通一般，便愈有典型性。使真實的人物在真實的環境裏活動，給讀者提供人類生活的一個片斷」[8]。「真不真之關，固奇不奇之大較也哉」[9]。

《金瓶梅》的奇書之譽，正在於所寫的人和事符合現實世界的人情物理，擊中了封建時代的積弊。

6　〔俄〕杜勃羅留波夫〈什麼是奧勃洛莫夫性格〉，《杜勃羅留波夫選集》，上海：新文藝出版社，1957 年，第 1 卷，頁 66。

7　金人瑞〈讀第五才子書法〉。

8　〔法〕左拉〈論小說〉，伍蠡甫主編《西方古今文論選》，上海：復旦大學出版社，1984 年，頁 240。

9　睡鄉居士〈《二刻拍案驚奇》序〉。

「邪言」中透出「眞性」
——潘金蓮性格演化述略

　　潘金蓮固然是一個毒辣、兇狠的女人，誠如有文章所云：「潘金蓮完全變質，親手毒死下層市民、親夫武大。在潘金蓮身上，集中了地主階級的貪婪、狠毒、刁鑽以及小市民『隨處也掐了尖兒』『單愛行鬼路兒』的心性習氣。」[1]但是，她卻並非生來如此。潘金蓮初次登場的許多言行，往往融進了其對現實世界的體察和理解，透露出她尚未完全泯滅的下層市民所共有的某些特徵。其性格的形成，除自身的條件外，實與其所處的時代以及生活環境有著密不可分的關係。

　　作品於第一回曾這樣交代其出身：

> 這潘金蓮，卻是南門外潘裁的女兒，排行六姐。……父親死了，做娘的因度日不過，從九歲賣在王招宣府裏，習學彈唱，就會描眉畫眼，傅粉施朱，梳一個纏髻兒，著一件扣身衫子，做張做勢，喬模喬樣。況他本性機變伶俐，不過十五，就會描鸞刺繡，品竹彈絲，又會一手琵琶。後王招宣死了，潘媽媽爭將出來，三十兩銀子轉賣與張大戶家。

裁縫為城市手工匠人，他們經常在富商巨賈明爭暗鬥的夾縫中生活，有時也為其所利用。例如，明時的新安布商汪氏，「設『益美』字號於吳閶，巧為居奇。密囑衣工，有以本號機頭繳者，給銀二分。縫人貪得小利，遂群譽布美，用者競市」[2]。同時，又要小心伺候官員富豪府第的傳喚，稍有不周，便會遭致謾污和暴打。《金瓶梅》中的趙裁，「正在家中吃飯，聽的西門慶宅中叫，連忙丟下飯碗，帶著剪尺就走」，而且，生活也甚為困窘，「剪截門首常出，一月不脫三廟。有錢老婆嘴光，無時孩子亂叫」。（第四十回）明代散曲家曾這樣形容裁剪匠人：

1　蔡國梁《金瓶梅考證與研究》，西安：陝西人民出版社，1984 年，頁 123。

2　許仲元《三異筆談》，重慶：重慶出版社，1996 年，卷三〈布利〉，頁 81。

> 仗分紅劈綠為活，富客追尋，仕女穿著。一頓賒來，遷延償價，零碎發脫。瓜丈尺輕紗細葛，配短長彩段香羅。僎利不多，貨賣因何？手裏騰那，眼裏差錯。[3]

在刀尺上尋覓蠅頭小利，自然是溫飽不均，拮据得很。潘氏夫婦將女兒賣與招宣府第，固然是為升斗之計，正如同《碾玉觀音》中璩公所說：「老拙家寒，那討錢來嫁人，將來也只是獻與官員府第。」同時，也是為了給女兒找一個安身立命之所，使之不至於勞筋苦骨、終日矻矻，為溫飽而犯愁。

潘金蓮自幼經歷過衣食不繼的饑寒歲月，又熟諳父母趨事富豪官紳之家時的隨機應變、善於應酬之術。入招宣府後，滿目的珠光寶氣吸引得她眼花繚亂，心旌搖搖，給她幼小的心靈打下了深刻的烙印。生活境況的天壤之別，使她的思想發生了急劇變化。她嚮往、迷戀達官貴婦珠圍翠繞、錦衣玉食的豪華生活，故而，時刻擔心被主人驅逐出門。為了適應目下的環境，便不斷地調整著個人的生活方式，以其特有的機敏和靈巧，周旋於招宣府，看人眉眼高低而行事。憑藉「自幼生得有些顏色」，越發著意修飾，「描眉畫眼，傅粉施朱」，「做張做勢，喬模喬樣」。又很快學會了描鸞刺繡，品竹彈絲，希圖藉色藝爭得個出人頭地。在她身上，既濃縮了父母善於察顏觀色、隨風轉舵、巧於應付的某些特點，同時，又吸收了招宣府中之人追求享樂、恃寵作態、貪戀虛榮、趨利若鶩諸類情狀。於是，尚在青春妙齡的她，便過早褪去了孩童時代的天真、淳樸的稚氣，變得世故起來，以比較深的城府周旋於貴婦寵姬之間。

王招宣死後，她被轉賣給張大戶。以其「本性機變伶俐」，甚得主家婆余氏「抬舉」，「不令上鍋灶，備灑掃，與他金銀首飾妝束身子」，這更助長了她的虛榮心。不料，因其才貌出眾，嗜色成性的張大戶，乘主家婆不在，「暗把金蓮喚至房中，遂收用了」。她與《碾玉觀音》中的裱褙匠女兒璩秀秀，雖然同是出身於市民階層，但是，兩個人的思想氣質卻有很大不同。她既缺乏璩秀秀那種衝破封建羅網束縛、執意追求自由生活的膽略和勇氣，又不具備市民階層人物應有的人格，就連最起碼的一點少女的尊嚴也蕩然無存。為了滿足自己的虛榮心，不惜獻出肉體，甘願充當別人的掌上玩物，表現出十足的「市儈氣象」。

不久，余氏察知此事，「與大戶攘罵了數日，將金蓮甚是苦打」。大戶「卻賭氣倒陪房奩」，「不要武大一文錢，白白的嫁與他為妻」。他欺武大儒弱無能，與潘金蓮藕斷絲連，暗相來往。「武大若挑擔兒出去，大戶候無人，便踅入房中與金蓮廝會。武大雖一時撞見，亦不敢聲言」。直至張大戶患陰寒亡故，潘金蓮才成了武大名副其實的老

3　陳鐸【北雙調折桂令】〈剪截鋪〉。

婆。然而，這恰是她所最不情願的。

許多年來，她做過多少貴婦寵妾的美夢，也曾試過身手，作過一次又一次的掙扎。在她看來，生活在這樣一個昏亂冷酷的世界裏，僅僅靠一卑弱女子的自身力量，縱然百伶百俐，也無法與周圍的重重勢力抗衡，只能在封建官府和社會惡濁力量的夾縫中被擠死。她急於想尋找一個靠山，一個足以可以憑恃的靠山。她的「描眉畫眼」「做張做勢」，便是為了博得主人的青睞，以致後來張大戶對她肆意踐踏時，她也安然承受，不作絲毫的反抗。儘管她得到過所渴求的東西，然而，畢竟代價也太大了。她以一生之名節以及少女的童貞，換來的不過是短暫的歡樂。儘管她「出落的臉襯桃花，眉彎新月」，靈魂卻深深地為腐朽思想所浸染。封建惡勢力猶如一隻遮天蓋地的魔掌，將她推進了腐爛污穢的泥淖，使她越陷越深，無力自拔。

潘金蓮由一大戶人家的一等奴婢，降而為挑擔串巷的窮漢家室，而且對方人物猥瑣，身材矮小，生性怯懦。無情的現實，打破了她夢中編織的理想花環。這種突然降臨的厄運，身世的驟然變遷，使得她一時無所措手足，承受不了這鋪天蓋地而來的巨大壓力。同時，胸中也蘊積了一肚皮委屈和怨忿，禁不住埋怨起肆意玩弄她感情的張大戶以及為人窩囊的武大郎來：

> 普天世界斷生了男子，何故將奴嫁與這樣個貨？每日牽著不走，打著倒退的。只是一味喫酒。著緊處，都是錐扎也不動。奴端的那世裏悔氣，卻嫁了他！是好苦也。（第一回）

慨歎「姻緣錯配」，「好似糞土上長出靈芝」。潘金蓮的這番議論，不能說發之無端，卻多少透露出封建時代婦女身世的不幸。

此類內容，在古代文學作品中多有描述。例如，明周清源《西湖二集》卷一六〈月下老錯配本屬前緣〉，所述朱淑真的遭際便與潘金蓮十分相似。她自嫁與躬腰駝背、滿面疤痕的金怪物後，儘管不像潘金蓮那樣倚門賣俏，沾風惹草，卻也抱憾終生，時而飲泣。曾歎道：

> 我恁般命苦，不要說嫁個文人才子，一唱一和，就是嫁個平常的人，也便罷了。卻怎麼嫁那樣個人，明日怎生過活？只當墮落在十八層阿鼻地獄，永無翻身之日了。空留這滿腹文章，教誰得知！[4]

正如作品中所寫：「朱淑真是個絕世佳人，閨閣文章之伯，女流翰苑之才，嫁了這樣人，

4　周清源《西湖二集》，杭州：浙江人民出版社，1981年，上冊，頁304。

就是玉帝殿前玉女嫁了閻王案邊小鬼一樣，叫他怎生消遣，沒一日不是愁眉淚眼。……
只除不見丈夫之面，倒也罷了，若見了丈夫，便是堆起萬仞的愁城，鑿就無邊的愁海，
真是眼中之釘一般。」[5]緣此，她風流夭折，不得其年。朱淑真是由於受媒人朦騙，所嫁
非人，以致釀成千古之恨。然而，作者卻將姻緣「錯配」歸之於前生果報，這便以濃重
的宿命論說教，掩蓋了極不合理的封建婚姻制度的罪惡。即此而論，作品如此安排，遠
不如《金瓶梅》高明。對於潘金蓮的婚非所偶，《金瓶梅》作者曾這樣發抒感慨：

> 但凡世上婦女，若自己有些顏色，所稟伶俐，配個好男子，便罷了。若是武大這
> 般，雖好殺也未免有幾分憎嫌。自古佳人才子相湊著的少，買金偏撞不著賣金的。
> （第一回）

在這裏，作品提出了一個令人深思的問題，即男女的結合，應當以外貌般配、性格近似、
才情相當為參考條件，否則，便難以組合成和諧的家庭。很顯然，作者是站在旁觀者的
角度申明自己的婚姻觀。同時，又對潘金蓮的不幸遭遇寄予同情，也暗暗交代了潘金蓮
逐漸走上墮落道路的現實背景。

潘金蓮身為色姬，她的命運操縱在主人手中。張大戶之所以亂點鴛鴦，並不是可憐
武大「渾家故了」，身世冷落，而僅是為了與潘廝會的方便。正是他，步步將潘金蓮逼
入了深不見底的浪谷。

按常理而論，色藝俱佳的潘金蓮，應當嫁一個俊秀聰慧的男子，正所謂「相女配夫，
實人事之正」，「半斤配以八兩，輕重無差」[6]。然而，在那種婦女深受封建統治壓迫、
地位極為低下的時代裏，諸如潘金蓮之類的婢女，毫無人身自主權，豈能擺脫得下封建
鎖鏈？作者在指責潘金蓮陰狠、刻薄的同時，在這一問題上，又何嘗不為其鳴不平呢？

婚事的失意，使潘金蓮陷入極度的矛盾之中，產生了種種變態的心理。一方面，她
每當武大挑擔出去，便打扮光鮮，站立門前，「常把眉目嘲人，雙睛傳意」，以玩世不
恭的態度彌補精神的空虛、寬解冷寂的心理，也可能有在廣泛流覽中尋覓如意郎君的企
圖，以便乘時而動，飛往高枝。另一方面，客觀的情勢，使她不得不正視眼前的處境。
即使對丈夫武大，這一「軟弱樸實」、常為人欺侮的人物，她未嘗不有過共操家計的想
法。比如，為了躲避油頭光棍對潘金蓮的挑逗撩撥，武大曾和妻子計議遷出紫石街。作
品寫道：

---

5   周清源《西湖二集》，上冊，頁 305。
6   周清源《西湖二集》，上冊，頁 308。

　　婦人道：「賊混沌，不曉事的，你賃人家房住，淺房淺屋，可知有小人囉唕。不如湊幾兩銀子，看相應的典上他兩間住，卻也氣概些，免受人欺負。你是個男子漢，倒擺佈不開，常交老娘受氣。」武大道：「我那裏有錢典房？」婦人道：「呸，濁才料！把奴的釵梳湊辦了去，有何難處。過後有了，再治不遲。」（第一回）

聲口雖然不夠莊重，但是，生性吝嗇刻薄的潘金蓮，卻寧願賣掉妝奩助丈夫典房舍。粗粗看去，這一舉動，似乎與她的性格不夠諧和。因為作品第七十八回曾寫，潘金蓮生日，其母潘姥姥持禮來賀，她不僅不打發六分銀子的轎子錢，反而把姥姥數落一頓。潘姥姥曾這樣形容女兒：「正經我那冤家，半個折針兒也迸不出來與我。」實際上，局外人潘姥姥，並不瞭解身處妻妾爭寵漩渦之中的女兒的心境。春梅勸慰潘姥姥的一席話，便揭開了個中的原由：

　　你老人家只知其一，不知其二，俺娘他爭強，不伏弱的性兒。……相俺爹雖是抄的銀子放在屋裏，俺娘正眼兒也不看他的。若遇著買花兒東西，明公正義問他要。不惩瞞藏背掖的，教人看小了他，他怎麼張著嘴兒說人！他本沒錢，姥姥怪他，就虧了他了。（第七十八回）

原來，潘金蓮「半個折針兒也迸不出來」的舉止，仍與其「不伏弱的性兒」有關。

　　李瓶兒、孟玉樓之所以能成為西門慶之妾，除了靠姿色，主要還在於她們家底殷實，擁有許多的錢財。相比較而言，潘金蓮則寒酸得多。她生在寒門，又做過使女，除了裝有衣服布匹的箱籠外，別無長物，越是如此，她越怕人瞧不起。所以，當潘姥姥付不起轎子錢而向她伸手時，她斥之為「獻世包」，感到自尊心受到很大的挫傷。可見，單就其對母親的態度，還很難認定她就是一個雁過拔毛的吝嗇鬼。所謂「驢糞球兒面前光，卻不知裏面受恓惶」，這種內心世界的獨白，恰道出了為人作妾的不易。她既想出人頭地，但又無豐厚的財力、物力作後盾，只能以面對金銀「正眼兒也不看」的孤傲姿態，來掩飾自己的不足。很顯然，這是她的爭強好勝、虛榮護短的倔強個性在起主導作用。

　　同樣，她的不吝解囊、典賣釵梳，並不是說對武大有了好感，而仍然是好勝、虛榮的個性在作祟。所想到的不過是，「看相應的典上他兩間住，卻也氣概些」。嫁給武大後，在對方財勢、相貌以及男子漢的剛強氣質無一具備的情況下，她則希望房舍「氣概些」。多年的以色事人的生活經歷，助長了她的爭強好勝心。小房換大房，「氣概」倒是「氣概」，但丈夫生就的稟性、容貌畢竟改換不了，靠賣炊餅也賺不來金銀山。儘管如此，但總算滿足了一點她那虛榮的心理。另外，市民階層中的那種互幫互攜、有難同當的道德觀念，在這裏也似乎隱約可見。

　　然而，潘金蓮畢竟與《賣油郎獨占花魁》中的莘瑤琴不同。瑤琴以一平康花魁，平時接觸的大多是乘怒馬高車的貴公子，當然看不上走街串巷的小賣油郎秦重。直至她受到紈綺子弟吳八公子的凌辱、痛不欲生之時，才覺察到老實溫厚、面貌清秀的秦重，乃是足可托賴終身的伴侶，實現了由「嫌棄」到「愛戀」的轉變，兩人遂結成伉儷。而潘金蓮卻無這種實現感情轉化的契機，其貌不揚的武大又過於懦弱，缺乏男子漢應有的氣質，這樣一來，琴瑟便始終得不到合鳴。瀕於絕望境地的潘金蓮，終於禁不住西門慶財勢的誘引，輕而易舉地上了鉤，鴆死親夫武大，充當了西門慶的第五房小妾，擠入了剝削階級的行列，加速了她的蛻變和墮落。

　　在封建時代裏，許許多多嫁非所歡的女子，她們的面前無非擺著這樣幾條路：或拼死力抗爭，拒不受辱。如《杜十娘怒沉百寶箱》中的杜十娘，一旦發現李甲見利忘義、背恩負心，便憤而自沉，以明其志。《紅樓夢》裏的鴛鴦，無視主子的威逼利誘，誓死不嫁，使覬覦女色的賈赦束手無策。均屬此類。或誤入陷阱，被迫就範。據《世說新語·假譎》載，諸葛恢之女不願嫁江思玄，為其父誆騙，勉強成親，「哭詈彌甚」。夜間江思玄詐作夢魘，呼吸甚急。女大為驚慌，忙令婢女將其喚醒，江乘機騙取了她的愛情。關漢卿《玉鏡台》雜劇中的溫嶠，以欺騙手段謀取其表妹劉倩英為妻，倩英拒不相從，他便借用官府威勢，迫使對方認可。或像《西湖二集》中的朱淑真那樣，欲抗婚又無勇氣，只能肆意糟蹋自己的青春，終日鬱鬱寡歡，在落寞和悲苦中草率地了此一生。

　　在那極不合理的封建婚姻制度下，「夫有再娶之義，婦無二適之文，故曰夫者天也。天固不可逃，夫固不可離也」[7]。男子祭起「七出」的法寶，可以隨意找一藉口，將妻子休棄。妻子卻只能嫁狗隨狗、嫁雞隨雞，不得與男子離異。正如清人李漁《奈何天》傳奇中所寫，闕素封面貌奇醜，且通體散發腥臭，但他先後用謀騙、代相等手段，謀得三個老婆。婚後，她們明知是上當，卻只能聽之任之，無奈以參禪禮佛為名，閉門誦經，拒絕與丈夫來往。封建禮教的枷鎖，扼殺了多少青年男女的美滿愛情，釀成了多少撕人心肺的愛情悲劇。上述各種類型，則從不同的側面，反映出封建制度束縛下婦女身世的極大不幸。

　　潘金蓮也不例外。她婚嫁失意，不甘冷落，另尋所歡，同樣是封建婚姻制度下的畸形產物。她雖是個烈性女子，但命運卻掌握在別人手裏，人身自主權，早已經以三十兩銀子的身價賣給張大戶了。至於許配給何等人家，這並非是她所能干預得了的，然而，卻又不甘心「靈芝」埋在「糞土」。她的沾風惹草，賣弄風情，正是在那種特定的生活環境和個人遭際中擠出來的一股「邪勁」。

7　　《後漢書》卷一一四〈曹世叔妻〉。

漢代應劭的《風俗通義》記載有這樣一件事：

> 俗說齊人有女，二人求之。東家子醜而富，西家子好而貧。父母疑不能決，問其
> 女定所欲適：「難指斥言者，偏袒，令我知之。」女便兩袒。怪問其故，云：「欲
> 東家食，西家宿。」[8]

潘金蓮所嚮往的，便是齊女這種二者兼得的婚姻。她的婚姻觀，是與追求物質享受紐結在一起的。當事與願違、渴望得到的東西偏偏得而復失之時，她便千方百計地尋找其他途徑，以使幻想成為現實。為此，寧可不顧名節廉恥。

就此而論，她與《西湖二集》卷一九〈俠女散財殉節〉中的婢女朵那不同。朵那出身低微，卻冰清玉潔。她拒絕了主人的誘姦，始終保持自敬自重的獨立人格。曾說：「俺心中不願作此等無廉恥之事，況且俺們也是父精母血所生，……怎生便做不得清清白白的好女人？定要把人作話柄，說是灶腳跟頭、燒火凳上、壁角落裏不長進的齷齪貨。俺定要爭這一口氣便罷！」[9]這才是下層婦女的應有本色。而潘金蓮所追求的則是物質的占有和淫欲的放縱，以致嫁給武大後，還與張大戶暗中往來。她的種種舉動，都帶有鮮明的時代印痕，是封建統治階級的諸類病毒的侵入，使她失去了健全的肌體和清醒的頭腦，變得低級庸俗起來，這就是造成她以後一系列反常之舉的原因所在。

退而思之，假若潘金蓮為張大戶嫡妻驅逐出門後，嫁給一個相貌堂堂的男子，儘管這個男子出身寒微，她說不定會就此收心斂性。在下層百姓純樸氣質的熏染下，逐漸地淘濾掉從剝削階級那兒帶來的污垢，安分守己地生活下去。作品曾這樣寫潘金蓮：

> 看了武松身材凜凜，相貌堂堂，身上恰似有千百斤氣力，不然如何打得那大蟲。
> 心裏尋思道：「一母所生的兄弟，又這般長大，人物壯健。奴若嫁得這個，胡亂
> 也罷了。你看我家那身不滿尺的丁樹，三分似人，七分似鬼。奴那世裏遭瘟，直
> 到如今。」（第一回）

恰能說明這一問題。

在那男尊女卑的時代，男子是家庭的軸心，女子不過是丈夫的附庸。她們政治上毫無地位，經濟上不能獨立，必須依附於男子才能生活。而在潘金蓮的家庭裏，儒弱憨厚的武大，只知每日擔挑貨賣，早出晚歸，逢事無所措手足，反而向妻子求計。甚至妻子與人私會，他「雖一時撞見，亦不敢聲言」。潘金蓮雖是個要強的女人，但她生活在那

8　歐陽詢《藝文類聚》卷四〇〈禮部下〉。
9　周清源《西湖二集》，下冊，頁368-369。

個時代，必然為當時的思想所制約，男子不能整理家計，她則好似失去了賴以托身的力量，故而要口出怨言，斥罵武大。這裏所寫的，雖是生活中的一個末節，卻透露出深刻而又豐富的社會內容。作品第一回有一段潘金蓮與武松的對話：

> 武松道：「在滄州住了一年有餘。只想哥哥在舊房居住，不想搬在這裏。」婦人道：「一言難盡。自從嫁得你哥哥，吃他忒善了，被人欺負，才得到這裏。若似叔叔這般雄壯，誰敢道個不是？」武松道：「家兄從來本分，不似武松撒潑。」婦人笑道：「怎的顛倒說。常言人無剛強，安身不牢。奴家平生快性，看不上這樣三打不回頭，四打連身轉的人。」

這段話固然有弦外之音，被視作「釣武松」的「邪言」，但是，其中卻透露出潘金蓮的一點「真性」，那就是她對現實世界的認識和理解。「人無剛強，安身不牢」，是她在身世多變的生活經歷中總結出來的。在那強梁橫行的時代，「誇強賭勝，欺軟怕硬」，幾乎成為一時之風氣。龍爭虎鬥的結果，往往是「頭尖的上天，老實靠後，清濁混混，誰與別流」[10]。對此，潘金蓮是了然於心的。在張大戶家，由於主家婆余氏「利害」，才使得她做富豪側室的美夢化為泡影，而且遭到「苦打」，被驅逐出門。她與武大成婚後，仍與張大戶勾勾搭搭。武大則視而不見，不敢過問，是因為張大戶財大氣粗。身為使女，她「做張做勢，喬模喬樣」，儘管不夠安分，但卻得到「不令上鍋灶，備灑掃」的隆遇。在她看來，「安分」未必能「守己」。若一味柔弱，逆來順受，反而未必有好的結果。僅靠「機變伶俐」尚不能立身，不但要有躲避明槍暗箭的本領，還要具備擠人落水的手腕。只有先發制人，才能立牢己身。由於她片面吸取了生活中的教訓，便走向了另一個極端，陷入極端利己主義的泥淖。嫁西門慶後，她傾陷孫雪娥，排擠李瓶兒，算計吳月娘，圖謀李嬌兒，均與其對現實世界的理解有關。殊不知，僅靠一人之剛烈，未必就能立身。武松作為打虎英雄，勇武超人，嫉惡如仇，性烈如火，但仍然逃脫不掉封建統治階級的迫害，幾乎死在西門慶及其幫兇之手。潘金蓮當然不會認識到這一點。

同時，潘金蓮對武大的這番評判，也反映出女子在求偶問題上的普遍心理。正如保加利亞倫理學家基里爾・瓦西列夫在其《愛情面面觀》一書中所說：「女性對其愛的客體——男性生理特徵的要求比較簡單。她們對於力量和意志的要求重於外形的美。男性的內在力量更能引起女性的好感。女人本能地不喜歡柔弱的男人」[11]，「女人喜歡這樣的男人，他雖然在健康和體力方面不夠理想，但具有頑強的精神（明智、無畏、剛毅等等），

10　薛論道【北仙呂桂枝香】〈仕途〉。

11　〔保〕瓦西列夫《愛情面面觀》，廣州：新世紀出版社，1986 年，頁 134。

也就是說，他在社會生活中表現出非凡的才幹。」[12]而頑強、無畏、剛毅，這正是武大所缺乏的。

在潘金蓮看來，妻子的榮辱浮沉全繫在丈夫一身，丈夫的胸膛應是一堵銅牆鐵壁，藉此可以遮風擋雨。對柔弱可欺的武大，她自然是不滿意，以致後來倒入西門慶的懷抱。對於這樣一個性格複雜的人物，作者既同情其愛情的失意，又鞭撻其輕浮淫蕩、陰狠毒辣，還是比較公允的。

由上述可見，潘金蓮由一個市民的女兒墮落為兇險奸詐的淫婦，其間經歷了一個十分複雜的過程。作者在塑造這一藝術形象時，以明代廣闊的現實生活為背景，精雕細刻地寫出了其性格的各個側面。在鞭撻其糜爛淫蕩、道德淪喪的同時，又肯定了她舉止中合乎生活事理的部分，有意顯示了她思想演化的軌跡。如此寫，使得人物形神畢現，更接近於生活的真實。可以設想，作品如果不寫她是怎樣一步一步地墮入封建剝削階級的罪惡淵藪的，只孤立地、靜止地寫她生來如此，那就會流於概念化、公式化，人物形象便失去了應有的力度。而且也背離了生活現實，減弱了對封建社會的抨擊力量，反而會有畫虎類犬之嫌。

12　〔保〕瓦西列夫《愛情面面觀》，頁 169。

潘金蓮和王熙鳳
——試析《金瓶梅》《紅樓夢》中
兩個潑辣女性形象

　　《金瓶梅》與《紅樓夢》這兩部現實主義小說，思想內容、藝術成就雖然有高下、粗細之分，然而，它們反映的題材以及所用筆法卻多有相同，其間的淵源關係不難發現。《紅樓夢》的評點者脂硯齋，就是最早指出這種關係的人。脂庚辰本第十三回眉批云：「寫個個皆到，全無安逸之筆，深得《金瓶》壺奧。」民國筆夢生〈《金屋夢》序〉亦稱《金瓶梅》：「洵是傑作。前人謂《石頭記》脫胎此書，亦非虛語。」對於人物形象的塑造，更應作如是觀。《金瓶梅》中的潘金蓮和《紅樓夢》裏的王熙鳳這兩個潑辣女性，就如出一轍。性格特徵、口吻語氣、思想氣質諸方面，都有許多相似之處。

「這小捱剌骨兒，這等刁嘴」
——《金瓶梅》第四十三回

　　阿·托爾斯泰曾經說過：「在小說裏，必須善於描寫運動——外部的和內部的（心理活動），必須善於寫對話。」[1]「作家描繪出一些人物，讓他們說話、行動和衝突。這些人物才會活起來。」[2]運用對話和自白來揭示人物的性格特徵，描寫人物心理活動，這是曹雪芹和《金瓶梅》的作者所採用的共同藝術手段。潘金蓮和王熙鳳的陰狠、刻薄、妒忌、毒辣、殘忍的複雜個性，都是藉此而展現的。

　　潘金蓮猶如一面哈哈鏡，不同角度的外界形象，在其面孔上都會反映出不同的情態。一會兒和顏悅色，晴暖風輕；一會兒柳眉倒豎，電閃雷鳴。順著她，說話蜜裏調油，差似一母同胞；若稍不合意，則諷刺挖苦，呵罵成陣，勢如一頭雄獅。她轉怒為喜，化喜

1　〔蘇〕阿·托爾斯泰著，程代熙譯《論文學》，北京：人民文學出版社，1980 年，頁 210。
2　〔蘇〕阿·托爾斯泰著，程代熙譯《論文學》，頁 57。

為悲，一笑一嗔，一顰一啼，完全是以自身得失為出發點的。

自從鴆死武大，改嫁西門慶後，潘金蓮便妒心如熾，恃寵作態。但往往又刺藏花底，威隱笑後，以巧言令色博得西門慶、吳月娘的歡喜。月娘於夫妻反目後，精心設計了燒夜香這一場面，喚轉了西門慶的「天心」，使夫婦言歸於好。潘金蓮見蓄意製造的裂痕復得彌合，自己的一番苦心化為煙雲，對此大為不忿，暗自嘀嘀咕咕：「一個燒夜香，只該默默禱祝，誰家一徑倡揚，使漢子知道了，有這個道理來？又沒人勸，自家暗裏又和漢子好了。硬到底才好，乾淨假撇清！」（第二十一回）然而，她儘管吃不到葡萄反說酸，表面上卻不敢得罪，還不得不與孟玉樓計議，湊分子為吳月娘設宴賀喜。酒席上，她仗恃寵妾的身份，調侃西門慶，取悅吳月娘：

> 那潘金蓮嘴快，插口道：「好老氣的孩兒！誰這裏替你磕頭哩？俺每磕著你，你站著，羊角蔥靠南牆，越發老辣已定。還不跪下哩，也折你的萬年草料。若不是大姐姐帶攜你，俺每今日與你磕頭？」（第二十一回）

繼而，作品又寫：

> 金蓮戲道：「對姐姐說過，今日姐姐有俺每面上，寬恕了他；下次再無禮，衝撞了姐姐，俺每不管他來。」望西門慶說道：「你裝憨打勢，還在上坐著，還不快下來，與姐姐遞個鍾兒，陪不是哩！」（第二十一回）

本來是潘金蓮的一陣枕頭風，吹得西門慶疏遠了吳月娘。可是，在公開的場合，她卻強壓著滿腹的醋意，以和事佬的身份出現。她以能言快語，既討好了西門慶，又籠絡了主母吳月娘。

潘金蓮是個「單管咬群兒」的心胸狹窄的尖酸女性。然而，顯示給人的卻是樂於成人之美的假像，把自己打扮成有著能容天下煩惱的大肚皮的彌勒佛，就連頗有心機的吳月娘，也步步入其機彀而不自知。可見，她的這番話語，並非是肆口而出，而是經過深思熟慮的，有一箭數鵰之功效。吳氏和西門慶和好如初，潘金蓮自然心癢難撓。但是，在立足未穩的情況下，不便公開發作，既然和好已成現實，何不送一個空頭人情？最後，她終究在點唱曲子上做了點手腳，「咬」了吳月娘一下。她讓丫頭唱的《佳期重會》，按照西門慶的解釋就是，「他說吳家的不是正經相會，是私下相會，恰似燒夜香有意等著我一般。」（第二十一回）城府之遙深，豈吳氏所探測？「人類的語言是複雜的精神和生理過程的一種成果。一股源源不斷的情緒、感情、思想以及隨之而來的人體動作的激

流，總是在人的大腦和軀體裏流動著」[3]。潘金蓮的許多話，都生動展示了她複雜的內心世界，以及口是心非、弄虛作假的性格特徵。

潘金蓮是個甚有心機的女人。如西門慶與僕婦宋惠蓮私會於藏春塢，是她吩咐丫鬟拿鋪蓋送去並生火的。然而，當夜深人靜時，她卻「摘去冠兒，輕移蓮步」，「聽他兩個私下說甚話」。當聽到宋惠蓮說自己與西門慶是「露水夫妻」時，氣得「兩隻肐膊都軟了，半日移腳不動」。次日早，宋惠蓮來房中伺候，她指桑罵槐地挖苦道：

> 歪蹄潑腳的，沒的展污了嫂子的手。你去扶持你爹，爹也得你恁個人兒扶侍他，才可他的心。俺每都是露水夫妻，再醮貨兒，只嫂子是正名正頂，轎子娶將來的，是他的正頭老婆，秋胡戲。（第二十三回）

這一番不鹹不淡、不冷不熱、不陰不陽的言辭，將昨晚聽壁角得來的話，一古腦兒兜了出來。肉中含刺，話裏有話，充滿了醋意的妒忌和尖酸的挖苦，句句道著惠蓮的「真病」。處於奴婢地位的「下人」宋惠蓮，知道事不可掩，自然不寒而慄，雙膝跪下哀求。但潘金蓮並不輕而易舉地放過她，又繼續威嚇道：

> 我對你說了罷，十個老婆買不住一個男子漢的心。你爹雖故家裏有這幾個老婆，或是外邊請人家的粉頭，來家通不瞞我一些兒，一五一十就告我說。你六娘當時和他一個鼻子眼兒裏出氣，什麼事兒來家不告訴我。你比他差些兒！（第二十三回）

說得宋惠蓮心冷若冰，閉口無言，沮喪而去。潘金蓮所言煞有介事，宋惠蓮深信不疑，果真以為西門慶將她出賣，把昨晚的話兒一五一十地告訴了潘金蓮，嘟嘟囔囔埋怨個不停。不失精細的宋惠蓮，糊裏糊塗地上了當還未覺察。

潘金蓮為了邀愛固寵，慣以大言欺人，封閉人之口舌。明明是西門慶朝秦暮楚，所歡非一，她偏說自己獨得所愛，西門慶事無巨細必告於她，不敢自專，暗示出自己的特殊身份和在這個家庭中的不同凡響的位置，以威懾對方。她生怕別人揭老底，固然有虛榮、爭勝的一面，但是說到底，她是耽心自己的形象在西門慶的心目中失去了光彩，「愛」和「寵」為他人所奪。她又將西門慶愛妾李瓶兒和「下人」之婦宋惠蓮相比：瓶兒是家有萬貫的闊太太而改嫁西門慶的，宋惠蓮不過是囊無私蓄的僕婦，為西門慶一時所玩弄。二者地位之懸殊，有如天壤。貴如李瓶兒，和西門慶一個鼻子眼兒出氣，西門慶還懷著兩樣肚腸呢，更何況區區一僕婦？透過這番遠取近譬、軟硬兼施的話語，難道不可以看出潘金蓮的騰騰殺氣和聽到她銀牙「格格」的咬動聲嗎？不過，她怕惹惱了西門慶，一

3　〔蘇〕阿·托爾斯泰著，程代熙譯《論文學》，頁270。

腔怒火和醋意並未全部發洩，反而給其一點小恩小惠，將她作為一時之耳目。她的這種拉大旗作虎皮的做法果然奏效，逼迫得性格倔強的宋惠蓮哀求了，服貼了。但是，她最終還是將宋氏逼死以了心願。

潑辣暴戾的潘金蓮，家中大大小小，上上下下，都很少放在她眼裏，動不動就肝火大發，比雞罵狗，哪怕是在西門慶面前，也可以無所顧忌、撒潑作態。為了固寵，她不擇手段，借題發揮，以最下流、最刻薄、最狠毒的語言污罵、傾陷別人。

李瓶兒懷孕得子，大得西門慶寵愛。潘金蓮妒火中燒，不顧李瓶兒疾病纏身，官哥幼小體弱，經常尋釁鬧事。恰恰官哥金鐲為人藏匿，潘金蓮迫不及待地跑到吳月娘處煽風點火，撥弄是非。西門慶惱羞成怒，提起拳頭欲打，拳未落下，她便「假作喬張，就哭將起來」。繼而，就唇槍舌劍，步步進逼，說西門慶是個「破紗帽、債殼子窮官」。富敵王侯、權勢熏天的西門慶，被她這一番牛頭不對馬嘴的言辭，說得哭笑不得，反而無可奈何地「呵呵笑了」，說她「這小捱刺骨兒，這等刁嘴」。潘金蓮見西門慶怒氣已消，便趁坡下驢，撒嬌弄姿起來，說道：「你怎的叫我是捱刺骨來？」還蹺起一隻腳來，撩逗對方：「你看，老娘這腳，那些兒放著歪？你怎罵我是捱刺骨？」（第四十三回）潘金蓮因腳甚小、面貌美為西門慶寵愛，當西門慶怒氣大發時，她故意抬腳讓其端詳，那輕薄、狂蕩的個性躍然紙上。同時，也可以看出其瞬息萬變、隨風轉舵手段的高妙。

西門慶本是個「花花太歲為第一，浪子喪門再無對」的惡棍，雖不能說殺個人「只像房上揭片瓦」那樣輕鬆，但是，包攬詞訟、欺壓鄉里，倒也是常事。對此，潘金蓮是清楚的。然而，若一味怯懦忍讓，說不定會像孫雪娥那樣挨一頓暴打。故而，她先是以言相激，繼則挑逗、撩撥，使西門慶由怒轉笑，氣氛逐漸和緩。她的舉動、言談、調侃、笑罵，和其以色事人的身份是十分吻合的。與大家閨秀王熙鳳的眼空無物、恃才自信，是不能同日而語的。「語言本身雖沒有形象性，卻具有描繪形象、喚起人形象感的功能」[4]，可以準確、生動地將人物性格中各種複雜、微妙的內在因子揭示出來。潘金蓮的一段話，就從不同的側面反映出其刁鑽油滑、狂蕩潑辣的個性。在這裏，作者雖然「並不描寫人物的模樣，卻能使讀者看了對話，便好像目睹了說話的那些人」[5]。這種能使讀者由說話看出人來的語言藝術，的確是塑造人物形象的絕妙手段。正如劉廷璣《在園雜志》卷二〈歷朝小說〉中所云：「若深切人情世務，無如《金瓶梅》，真稱奇書。……而文心細如牛毛繭絲，凡寫一人，始終口吻酷肖到底，掩卷讀之，但道數語，便能默會為何人。」

4　　金開誠《文藝心理學論稿》，北京：北京大學出版社，1982 年，頁 68。
5　　魯迅《花邊文學》，北京：人民文學出版社，1973 年，頁 92。

潘金蓮還是個口念阿彌陀、手執殺人刀的口是心非的潑婦。當面是人，背後是鬼；口頭上講的冠冕堂皇，暗中行事卻卑鄙狠毒。她曾理直氣壯地聲稱：「我是個不戴頭巾的男子漢，叮叮噹噹響的婆娘，拳頭上也立得人，胳膊上走得馬，人面上行的人；不是那膿膿血搦不出來鱉老婆。」（第二回）儼然有頂天立地的大丈夫氣概。然而，暗中卻偷情養漢，牽線扯皮，聽壁角，派暗探。生活甚為糜爛，心地十分奸詐。

官哥兒被她驚嚇致死，她認為李瓶兒已失去了得寵的依靠，便說長道短，故意氣瓶兒：

> 賊淫婦！我只說你日頭常晌午，卻怎的今日也有錯了的時節？你班鳩跌了彈也，嘴答谷了！春凳折了靠背兒，沒的倚了！王婆子賣了磨，推不的了！老鴇子死了粉頭，沒指望了！卻怎的也和我一般？（第六十回）

李瓶兒愛子夭折，這自然是件極不幸的事，人們無不為之惻怛。唯獨潘金蓮，每日抖擻精神，百般稱快，幸災樂禍，落井下石。占有欲的惡性膨脹，已使她失去了最起碼的人性，難怪有人說她是「曲心矯肚，人面獸心」。極端的利己主義，將她推入了罪惡的深淵。

恩格斯在〈致斐·拉薩爾的信〉中曾說道：「主要人物是一定的階級和傾向的代表，因而也是他們時代的一定思想的代表，他們的動機不是從瑣碎的個人欲望中，而正是從他們所處的歷史潮流中得來的。」[6]潘金蓮的種種言談和舉止，反映了封建時代那剛剛擺脫了奴婢身份，爬上近似主子地位的人物的複雜心理。她的縱情淫樂，逞其私欲；她的為一己之得失，不惜傾陷他人的惡劣手段；她的顛倒黑白、扭曲作直的做法；她的翻覆雲雨、笑裏藏刀的個性特徵，無不體現了剝削階級的思想特質，代表了一定的思想傾向。封建統治階級腐朽思想的長期浸染、腐蝕，形成了她這種畸形的個性和變態的心理。

「真真的二奶奶的這張嘴怕死人」
——《紅樓夢》第三十五回

《紅樓夢》中的王熙鳳和《金瓶梅》裏的潘金蓮，性格極其相似，猶如生活在不同時代的一對孿生姊妹。王熙鳳是個「有名的烈貨，臉酸心硬」。小廝興兒這樣稱她：「嘴甜心苦，兩面三刀；上頭一臉笑，腳下使絆子；明是一盆火，暗是一把刀：都占全了。」（第六十五回）而且頗有心機，「少說些有一萬個心眼子。再要賭口齒，十個會說話的男

6　《馬克思恩格斯選集》，北京：人民出版社，1972 年，第 4 卷，頁 343-344。

人也說他不過」（第六回）。人以「鳳辣子」呼之。

王熙鳳的唇槍舌劍，處處含有機鋒。靠那張能言善辯的嘴巴，媚上欺下，左右周旋，不放過一切可以表現自己的機會，把賈母奉承得神魂顛倒。賈敏是賈母最鍾愛的小女兒，偏偏她又病死，拋閃得弱女黛玉孤苦無依。賈母便將母女深情轉注到對甥女的疼愛上，三番五次地要接她入京同住。黛玉一進賈府，「早被她外祖母一把摟入懷中，心肝兒肉叫著大哭起來」（第三回）。惹得眾人「無不掩面涕泣，黛玉也哭個不住」。心機極精細的王熙鳳，當然不會不理解賈母的衷腸。迎接黛玉時，其他人皆「斂聲屏氣，恭肅嚴整」，獨有她人未出場，笑聲先聞，表現出特有的熱情。「我來遲了」四字，既對黛玉似有歉意，又暗示出自己不同尋常的身份，似乎這樣的場合，是缺她不可的。她誇讚黛玉容貌秀美，說「不像老祖宗外孫女兒，竟是個嫡親的孫女」，有意諛人又似在無意之間。實際上，是以黛玉長相為話題，行恭維賈母之實，句句話搔著賈母的癢處。

周圍的沉鬱氣氛或許她有所覺察，轉而又追念亡故的姑母，以致潸然下淚、滿面淒容，又迎合了賈母的心理。當賈母提醒她「休提前話」時，她「轉悲為喜」，聲言「我一見了妹妹，一心都在她身上了，又是喜歡，又是傷心，竟忘記了老祖宗。該打，該打！」在這裏，她很像一個全能的演員，以念、做俱佳的功夫，瞬息萬變的臉色，應付了周圍的人情事理，可謂玲瓏剔透，八面來風。潘金蓮的一口一個大娘，和她的一口一個老祖宗，聲口雖然極似，但是，處世的圓滑，慮事的精敏，恐為潘金蓮所不及。

當王夫人叫鳳姐給黛玉裁衣服時，豈不知她倒是「先料著了」「已預備下了」。作為舅母的王夫人，反不如她這位表嫂對黛玉疼愛，件件事做到賈母的心坎裏。而且，這短短幾句話，也巧妙地回答了「來遲」的原因。作品稱其「粉面含春威不露」，誠然不謬。爛漫真淳的林黛玉，怎麼也不會想到，竟是這位笑臉相迎的表嫂，後來將她逼上了絕路。

寶玉給賈母送了兩瓶初放的桂花，這本是件微不足道的小事。但寶玉是賈母的心頭肉、眼中珍，自然更得其寵愛。能識眉眼高低的王熙鳳，連這些能討得賈母歡心的一點小事也不放過，連忙「在旁邊湊趣兒，誇寶玉又是怎麼孝敬，又是怎樣知好歹，有的沒的說了兩車話」（第三十七回）。逗得賈母眉開眼笑，就連常與趙姨娘發生糾葛的王夫人，也感到「增了光，堵了眾人的嘴」。

王熙鳳的恭維、逢迎，有時達到令人肉麻的程度。賈母年幼時鬢角碰破，落下了一個疤，幾乎命喪無常。她卻說：「可知老祖宗從小兒的福壽就不小，神差鬼使碰出那個窩兒來，好盛福壽的。」（第三十八回）連人體缺陷都成了捧人的話題，其手段可謂無可復加，與潘金蓮的做法極其相似。

潘金蓮嫁西門慶後，就曲意逢迎吳月娘。過門三日，「每日清晨起來，就來房裏與

月娘做針指，做鞋腳。凡事不拿強拿，不動強動。指著丫頭，趕著月娘一口一聲只叫『大娘』。快把小意兒貼戀。幾次把月娘喜歡的沒入腳處」（第九回），「衣服首飾揀心愛的與他，吃飯吃茶和他同桌兒一處吃」，大為李嬌兒等人所妒忌。新來乍到，略施手腕就能討得吳月娘歡心，這也並非尋常人可比。但與王熙鳳相比較，畢竟遜色許多。潘金蓮是以「小意貼戀」籠絡人心，但由於其過分殷勤，卻得罪了李嬌兒等同輩之人。王熙鳳則以能言快語，打發得不少人口服心服，善於逢場作戲。她的諛人，又往往與其幹練的才能相羼和，故而來得幽默、動聽。

潘金蓮為得到一件皮襖而費盡口舌。王熙鳳聚斂錢財不露聲色，甚至連她的丈夫賈璉也一無所聞。為了積攢「體己」，她不惜剋扣家人「月錢」用以放高利貸。一年不到，就得上千兩銀子。當王夫人向她打問此事時，她三言兩語委過於他人。一出門，馬上向僕從示威：

> 我從今以後倒要幹幾樣趕毒事了。抱怨給太太聽，我也不怕，糊塗油蒙了心，爛了舌頭，不得好死的下作東西，別作娘的春夢！明兒一裹腦子扣的日子還有呢。如今裁了丫頭的錢，就抱怨了咱們。也不想一想是奴幾，也配使兩三個丫頭！（第三十六回）

她有恃無恐地將內心鬱積的忌恨以及埋藏很深的報復心理，「一裹腦」傾瀉出來，大有推倒泰山、踏平東海之勢。希望藉此震懾住僕從，封閉王夫人消息，以利於自己施展手段，營私舞弊。為人的刻薄、貪狠於此可見。

虛偽和冷酷，也是王熙鳳性格中的一個重要特徵。她雖然沒有像潘金蓮那樣，以不戴頭巾的男子漢自許，但是，其心機和手腕也使得許多男子漢嘆服。她不僅「毒設相思局」，擺弄死小叔子賈瑞，而且，哪怕是對朝夕相伴的丈夫，也往往在虛情假意的背後，隱藏著冷漠和欺瞞。她和賈璉名義是夫婦，但卻各懷鬼胎。賈璉料理林如海喪事返回，王熙鳳表現得格外的殷勤，連聲以「國舅老爺」呼之，自稱「小的」。這對心高氣傲的王熙鳳而言，是罕見之舉。閨房戲謔，固然是少年夫妻間常有之事，但在整部《紅樓夢》中，王熙鳳對賈璉如此親近、恭謹，恐還是僅有的一次。他口口聲聲給丈夫賀喜，實則賈璉奔喪而歸，有何喜可賀？不如說給她自己慶功倒更確切些。她弄權鐵檻寺，以賈璉名義包攬詞訟，私得紋銀三千兩，逼死一對未婚夫婦，滿足了一時的貪欲，這才是「大喜」的真正含義。蒙在鼓裏的賈璉，是聞所未聞、估量不到的。

料理秦可卿喪事，是其管理家政、號令族眾的第一次全面演習，也是她自鳴得意的一件事。然而，在丈夫面前卻遮掩其事，故弄玄虛，自稱見淺口拙，膽小怕事，「一句也不敢多說，一步也不敢多走」。明明是幹出轟動闔族的大事，她偏偏不道破，卻撮弄

賈璉去查訪，無非是想借他人之口，標榜自己，以一鳴驚人，讓賈璉拜伏在自己腳下，為大權獨攬開拓道路。果其不然，後來賈璉連安排個僕從，都非得鳳姐點頭不可，處處為其所箝制。

小廝興兒曾這樣評價王熙鳳：「估著有好事，他就不等別人去說，他先抓尖兒；或有了不好事或他自己錯了，他便一縮頭推到別人身上來，他還在旁邊撥火兒。」（第六十五回）所說毫無虛妄。賈璉與鮑大媳婦勾搭，這是件失德敗行的醜事，在今天看來，固然十分可惡，但在封建時代上層人物中，卻不足為奇。賈母對此事就不以為然，說：「什麼要緊的事！小孩子們年輕，饞嘴貓兒似的，那裏保得住不這麼著。」（第四十四回）而事偏為專會聽壁角的王熙鳳發覺，她醋意陡發，干戈大動，先後打了看守門戶的丫鬟和平兒，又與賈璉撕打。當眾人趕來勸解時，她馬上裝出一副備受委屈的可憐相，口稱「璉二爺要殺我」，來個惡人先告狀，跑到賈母處求救。

按照封建道德要求，妻子對丈夫的不檢點行為，是無權過問的，「七出」中就列有「嫉妒」一項。王熙鳳儘管有金陵王氏作靠山，但是，對於封建禮教的規定，還不得不作表面的遵從。故而，她向賈母哭訴時，一再表白自己的賢德溫順，徵得了賈母的同情，化被動為主動，借賈母之力，征服了丈夫，使他得了個「下流種子」的雅號，「趔趄著腳兒出去了」。王熙鳳同賈璉的吵鬧，決不是同封建夫權的抗爭，充其量不過是演出了一場爭風吃醋的鬧劇而已。《金瓶梅》中，西門慶私通來旺兒妻宋惠蓮，潘金蓮以一小妾身份，儘管醋意翻騰，但未敢對西門慶公開發難，背地裏不過將宋惠蓮著實挖苦嘲罵了一番。之後，又挑唆宋氏與孫雪娥互相爭鬥，假西門慶之手，先將來旺兒陷入縲絏，又逼得宋惠蓮將脖頸投入無情的索環。兩人的舉動雖不盡相同，但思想深處隱藏著的那一面，卻是不謀而合的。

王熙鳳的奸險、陰狠，還表現在她對尤二姐的殘酷迫害上。賈璉私納尤二姐，藏於別宅。王熙鳳乘賈璉因事外出之機，來到尤二姐住處，懇求其回府同住，口稱是「以備生育」，嗣賈氏香煙。她對尤二姐說：

> 奴家年輕，一從到了這裏之事，皆係家母和家姐商議主張。今日有幸相會，若姐姐不棄奴家寒微，凡事求姐姐的指示教訓。奴亦傾心吐膽，只伏侍姐姐。……我今來求姐姐進去和我一樣同居同處，同分同例，同侍公婆，同諫丈夫。喜則同喜，悲則同悲；情似親妹，和比骨肉。……奴願作妹子，每日伏侍姐姐梳頭洗面。只求姐姐在二爺跟前替我好言方便方便，容我一席之地安身，奴死也願意。（第六十八回）

王熙鳳身為明媒正娶的大婦，卻屈駕拜見為人所鄙視的小妾，明明是她牽著賈璉的鼻子

轉，她卻要懇求尤二姐在丈夫面前美言幾句。生性怯懦的尤二姐不明真相，當然受寵若驚。假戲真唱是王熙鳳的慣用伎倆，她動之以情，形之於色，感之以淚，以長達六百字看似情真意切的言辭，終於打動得尤二姐「滴下淚來」。誰能想到，這樣一位貌似溫良賢德的美貌少婦，會轉身臉變，殺機畢露，暗使伎倆，逼死尤二姐，又要殺其前夫張華呢？「明是一盆火，暗是一把刀」，興兒的評價再恰當不過了。

封建道德規定：不孝有三，無後為大。王熙鳳育子艱難，這對她的地位未嘗不是一個威脅。而且，賈璉本來就對她既畏懼又討嫌，只是礙著賈母的面子不敢發作罷了。尤二姐容貌比她美麗，她稱自己是燒糊的卷子，儘管是一時戲語，卻多少道出了點真情，有自愧不如之歎。尤二姐又懷身孕，倘若一旦生子，她的前程則不堪設想，「一從二令三人木」，或即是其結局。眼下雖有賈母尚可依恃，但她畢竟年逾古稀，這種局面不會維持甚久。故而，為了防備尤二姐奪去她的地位，她搜腸刮肚，設謀定計，大耍手腕，先是苦苦哀求，將其誆入府中。既入刀俎，零刀碎割則任其所為了，徹底暴露出其剝削階級的殘忍本質和險惡用心。這一情節，又和潘金蓮氣死李瓶兒有些相似，不過手段不同而已。西門慶與李瓶兒私會，潘金蓮為他們「觀風」，並用甜言蜜語，攛弄得瓶兒暈頭轉向。西門慶要納瓶兒為妾，瓶兒央告道：「既有實心娶奴家去，到明日好歹把奴的房蓋的與他五娘一處，奴舍不的他，好個人兒。」（第十六回）瓶兒嫁來後，潘金蓮繼續向她灌迷魂湯：「今日咱姊妹在一個跳板上走，不知替你頂了多少瞎缸，教人背地好不說我。奴只行好心，自有天知道罷了。」（第二十一回）李瓶兒信以為真，感激啼零，聲稱「恩當重報，不敢有忘」。王熙鳳攛掇尤二姐上鉤，顯然是採用的此類手段。但是，當釣餌吞下後，潘金蓮見李瓶兒懷孕生子，則大打出手，又吵又鬧，公然把其活活氣死。王熙鳳則當面說好話，軟磨軟纏，借刀殺人，使尤二姐在糊裏糊塗中死去。可見，她們兩人的個性是同中有異的。

高爾基在〈論社會主義現實主義〉一文中指出：「文學家應該明白，他不僅用筆寫，還要用語言來描繪，他的描寫不像畫家那樣把人畫成靜止的，而是要盡力把人表現在不斷的運動中、在行動中、在無休止的互相衝突中，在階級、集團和個體的鬥爭中。」[7]潘金蓮、王熙鳳這兩個人物形象，就是在一系列的矛盾衝突中逐漸豐滿起來的。作者的創作傾向和褒貶態度，也在場面的描寫和情節的敘述中得到自然流露。

7　林煥平編《高爾基論文學》，南寧：廣西人民出版社，1980年，頁57。

「九尾狐」與「潑辣貨」

潘金蓮和王熙鳳是同一類型的藝術形象。

文學形象是作家根據現實生活各類現象，加以選擇、提煉、綜合、加工而創造出來的。因此，它往往具有豐富的內涵和深刻的底蘊。潘金蓮和王熙鳳這兩個形象就是如此。

潘金蓮是成衣匠潘裁的女兒。就其父名字來看，如同《夢粱錄》《武林舊事》諸書中記載的說話藝人「棗兒徐二郎」「酒李一郎」「粥張二」一樣，多與其曾從事過的職業有關，家世之貧寒可以想見。其父早亡，其母「因度日不過」，九歲時便將她賣給王招宣府習學彈唱，後又轉賣與張大戶。在這種做小伏低的生活環境中，她得以看到統治階級內部的種種醜惡和爾虞我詐。在這樣的生活圈子裏，她的性格必然發生一系列潛在的變化。

後來，她為張大戶正妻余氏所嫉恨，被白白送給醜陋卑弱的武大為妻，命運無疑對她是一個捉弄，未免怨天憂人，憎嫌武大，「常與他合氣」。怨恨張大戶「普天世界斷生了男子，何故將奴嫁與這樣個貨」，「他烏鴉怎配鸞鳳對。奴真金子埋在土裏」（第一回），自然難以安守本分。再嫁西門慶，她由貧賤困窘的小市民之妻，一變而為富豪妾，飯來張口、衣來伸手的闊綽生活又失而復得。在以男子為中心的封建時代，婦女的「百年苦樂由他人」，生死榮辱全部掌握在男子之手。對此，潘金蓮是深有所感的。她唯恐豪華的生活再度失去，任人擺佈的舊劇重演，便憑著以色事人的慣用手段，千方百計地結歡西門慶。但往事仍像陰影一樣籠罩著她的心，還時時心有餘悸。正如她對西門慶所說：「饒奴終夕恁提心吊膽，陪著一千個小心，還投不著你的機會，只拿鈍刀子鋸處我」（第十二回），恰恰反映了她這種複雜的心理。

有錢有勢的大官僚、大地主，為滿足其獸欲，可以廣置妻妾，肆意糟蹋，女子成了他們手中的玩物。而她們一旦柳枯花殘，便被隨手轉賣。自身的現實告訴她，婦女的榮辱多與主宰她們命運的男子有關。對此，她當然有反感。然而，她的不滿情緒的發洩，不是靠自身積極的抗爭來表達，不是主動向維繫極不合理的一夫多妻婚姻關係的道德觀念進擊，而是恃色奪寵，把男子當作成玩物，拼命地攫為一己之所有，不准任何人覬覦，並藉此而往上爬。

在她看來，憑著自己容貌秀美，多才多藝，別人有的，自己應該有；別人享受的，自己也應該享受。懷著極端的報復心理，去追求物質上的占有和精神上的愉悅。封建剝削階級的思想氛圍，侵蝕了這個市民女兒的健全肌體，使她完全改換成了另一副靈魂，通身上下都充滿著占有欲和享受欲的令人作嘔的穢臭氣息。至於身後名節，世人臧否，生死輪回，善惡報應，她一概置之不理。把生活的追求和淫欲的放縱，看得高於一切。

心地也冷酷到極點，連她親生母親也不放在眼裏，動不動就罵她是「怪老貨」，稍不順心，便推她個跟蹌。哪怕是西門慶暴亡，她也未落一滴眼淚。罪惡的封建制度和污濁的社會環境，造就了她這種畸形的性格和變態的心理，使她在墮落的斜坡上越滑越遠。

婚姻本身就具有排他性，更何況西門慶妻妾成群呢？她從極端的利己主義出發，整日盤算的是如何結歡西門慶，時刻耽心寵衰情疏，並不擇手段地殘酷打擊、迫害和她處於同等地位的女子。正因為潘金蓮領略過「主母」的手段，也明瞭「主母」在整個家中的地位及分量。故而，一開始，她想方設法討得吳月娘的歡心，又拉攏掌管錢財的李嬌兒。當心腹春梅為西門慶納為妾後，她從此有了左右手，便看人下菜，大玩權術，嗾使西門慶毒打勢單力弱的孫雪娥，又設計氣死李瓶兒。繼而，又將手伸往月娘房中，欲火拼吳月娘。她的軟語嬌聲，嬉笑調侃；怒目相向，撒潑哭鬧；恩威兼施，拉打並用……，一切舉動，皆以自我為核心。作家通過一些生活瑣事，集中地揭示了潘金蓮的性格特徵，生動地塑造出潘金蓮這一反派人物的典型。

高爾基在《俄國文學史》一書中說：「從紛亂的生活事件、人們的相互關係和性格中，擷取那些最具有一般意義、最常複演的東西，組織那些在事件和性格中最常遇到的特點和事實，並且以之創造成生活畫景和人物典型。」[8]《金瓶梅》所描寫的，多是紛亂的、常見的生活末節，閨房妻妾的爭風吃醋。然而，潘金蓮生活糜爛醜惡，心靈的骯髒卑污，手段的陰狠殘酷，性格的刁鑽奸猾，都是借助於此來表現的。在這一人物形象上，集中了剝削階級的許多特點，反映出封建社會的黑暗污濁。這一文學現象表明，典型的環境固然能創造出典型的人物，不甚典型的環境，同樣也能塑造出富有個性特色的生動的藝術形象。

王熙鳳與潘金蓮不同。她出身豪門，「自幼充男兒教養」（第三回），接觸的生活面比較廣泛，有一定的才幹。在性格方面，諸如刁滑、狠毒、貪婪等潘金蓮所具有的個性特徵，在她上幾乎無一不具。王熙鳳是榮、寧二府的鶴立雞群式的人物，「素日最喜攬事辦，好賣弄才幹」（第十三回）。為寧國府料理秦可卿喪事，是她頭角的初次嶄露，以其驚人的才幹和高妙的手腕，使族眾嘆服。

此後，她更為極度的權勢欲和貪欲燒紅了雙眼。為了保住管家婆地位，憑著自己特有的權位、權術和機變，左右其手，上下周旋。她懂得，憑自己孫媳婦的身份，要想使族眾（包括那些長輩）畏服，有令必行，僅靠自身力量不夠，還要借助於「老祖宗」這塊在賈府中有絕對權威的金字招牌。故而，她處處逢迎賈母，充當了類似宮廷俳優的角色，成了賈母須臾不可離的娛樂工具。對僕從卻肆意凌虐，無所不用。馬克思在〈英國資產

8　林煥平編《高爾基論文學》，頁87。

階級〉一文中，論及狄更斯等小說家作品的社會功用時說：「把他們描繪成一些驕傲自負、口是心非、橫行霸道和粗魯無知的人；而文明世界用一針見血的諷刺詩印證了這一判決。這首詩就是：『上司跟前，奴性活現；對待下屬，暴君一般。』」[9]潘金蓮和王熙鳳，都屬於詩中所諷刺的那種人。

當然，王熙鳳有一定的理家才幹，生當封建末世，眼見江河日下，庫囊空匱，力圖挽回殘局，補天換日。然而，她那剝削階級極度貪欲的本性，又促使她以權謀私，貪污盜竊，多方聚斂。這就加速了大廈的傾覆，使一切努力化為烏有。「機關算盡太聰明，反誤了卿卿性命」，她終於在心力交瘁中死去。作者「描寫了這個在他看來是模範社會的最後殘餘怎樣在庸俗的、滿身銅臭的暴發戶的逼攻之下逐漸滅亡，或者被這一暴發戶所腐化；……他的偉大的作品是對上流社會必然崩潰的一曲無盡的挽歌」[10]。

潘金蓮和王熙鳳這兩個藝術形象，性格上自然又有不少差異。潘金蓮以一色伎得為權豪之妾，她挖空心思地想著如何固寵，以長期過那種珠圍翠繞的淫奢生活。與她相關的一切活動，無不圍繞淫欲的放縱和享樂的追求，斤斤計較於細末的得失。連她母親都怪她吝嗇刻薄，「正經我那冤家，半個折針兒也迸不出來與我」，「她若肯與我一個錢兒，我滴了眼睛在地」（第七十八回）。王熙鳳不然，她自幼就看慣了花錢淌海水似的揮霍場面，小注錢財多不計較；大批攫取，才逞其快意。而且，她除了追求生活上的放縱外，還時時燃燒著權勢欲的火焰。在鬚眉男子皆庸劣的賈府，她欲作脂粉隊裏的英雄，幹一番重振家綱的大事業。兩下對比，可以看出，潘金蓮多糾纏的是身邊瑣事，王熙鳳的舉動則帶有一定的政治色彩。

就才幹而論，潘金蓮更遠所不及，她儘管「單愛行鬼路兒」，頗有心機，但更多表現出的是大吵大鬧，哭號呵罵，是一個刁鑽潑婦形象。她邀歡固寵，以色事人，恃寵嚇人，以「潑」壓人，手段多薄劣。王熙鳳是以才立世，以威壓眾，憑心機震懾人心，性格更深沉、更奸狡。玩弄人於股掌之間，上當者不易覺察。慣於「坐山觀虎鬥」，「借劍殺人」。但她的確富有才幹，理家井井有條，糾弊大刀闊斧，令行禁止，賞罰分明。

性格氣質上，潘金蓮由於生活經歷的關係，時而還習慣於做小伏低，曲意奉承西門慶，就連吳月娘也不敢公開得罪。和吳爭吵後，儘管使氣任性，還不得不向其磕頭賠禮，聲稱：「娘是個天，俺每是個地。娘容了俺每，俺每骨禿扠著心裏。」（第七十六回）而

9　北京大學中文系文藝理論教研室編《文學理論學習資料》，北京：北京大學出版社，1980 年，上冊，頁 254。

10　〔德〕恩格斯〈致瑪·哈克奈斯〉，《馬克思恩格斯選集》，北京：人民出版社，1972 年，第 4 卷，頁 463。

王熙鳳「素性好勝，惟恐落人褒貶」（第十四回），性格中最多的是「剛」的一面。雖說她經常在賈母面前湊趣取樂，但除此之外，她似乎在誰跟前也不甘示弱，哪怕是對王夫人，也是如此。高傲自負，倔強好勝，即使是臥床不起，也「恃強羞說病」。這則是潘金蓮所不具備的。

值得人們注意的是，這兩個人物的結局都不夠好。王熙鳳自不必說，潘金蓮則被報兄仇心切的武松剖腹挖心，身首分離。如此安排，未嘗不含有深意。這是因為，作家「看到了他心愛的貴族們滅亡的必然性，從而把他們描寫成不配有更好命運的人」[11]。

潘金蓮和王熙鳳，是屬於同一組的藝術典型，個性特徵、思想氣質有許多共同之處，其間的繼承關係顯而易見。不過，由於作家所處的時代不同，賦予筆下藝術典型的思想內涵已發生了潛在的變化，反映了另一個時代的風貌。繼承是發展中的繼承，並不是生硬的模仿。這一現象說明，文學史上的不朽的藝術形象，都是人們在長期的生活中，經過幾代人的努力才創造而成的。曹雪芹在創作《紅樓夢》時，既批判地繼承了《金瓶梅》《醒世姻緣傳》等現實主義小說的優良傳統，又在人物形象的塑造上有所開發，深化了人物的性格，使之更豐滿，更具有生活的真實。

潘金蓮和王熙鳳都是作者所著力鞭撻的人物。在這兩個人物形象上，寄寓了作者的鄙夷之情和無窮的感慨。正如天僇生在《中國歷代小說史論》中所說：

> 吾國數千年來，風俗頹敗，中於人心，是非混淆，黑白易位。富且貴者，不必賢也，而若無事不可為；貧且賤者，不必不賢也，而若無事可為。舉億兆人之材力，咸戰戰於一範圍之下，如羊豕然。有踸踔不羈之士，其思或稍出社會水平線以外者，方且為天下所非笑，而不得一伸其志以死。既無可自白，不得不借俳偕之文以寄其憤。或設為仙佛導引諸術，⋯⋯或描寫社會之污穢、濁亂、貪酷、淫媟諸現狀，而以刻毒之筆出之，如《金瓶梅》之寫淫，《紅榜夢》之寫侈，《儒林外史》《檮杌閒評》之寫卑劣。讀諸書者，或且訾古人以淫冶輕薄導世，不知其人作此書時，皆深極哀痛，血透紙背而成者也，其源出於太史公諸傳。

恰能道著箇中三昧。作者就是以犀利、刻毒之筆，出社會污穢濁混之「像」，以抒岭峨磊落之憤。作品「不證明、也不推翻什麼，就靠了十分忠實的揭示事物的特徵，或用確切的比較，或用確切的推斷，或乾脆用如實的描寫，十分鮮明的把事物的醜惡表現出來

11　同前註。

了，這樣地來撲滅它」[12]。《金瓶梅》是作者「借俳偕之文，以寄其憤」的力作，它用如實的描寫，勾勒出封建社會末期剝削階級上層污濁的生活畫面，塑造出潘金蓮這一「奴才加主子」的藝術形象。

潘金蓮和王熙鳳是藝術的反面典型。雖然「他們的額上沒有寫明善與惡；可是在他們身上，卻鐫刻著卑瑣的烙印，這是藝術家執刑吏的復仇的手鐫刻上去的」[13]。這類形象所反映的，當然不是生活中的美，然而，它卻具有一定的審美價值。因為文學形象本身就具有美學意義，它可以喚起人們的美感。作家憑藉文學作品，與讀者發生感情上的交流，揭露假、惡、醜，是為了讓人們認識真、善、美，以喚起讀者心中的愛或憎的情感，使之嚮往、熱愛生活中光明、美好的東西，厭棄、憎惡那些黑暗、醜惡的反面事物。生活中的「醜」與「美」，經過作家的藝術加工，滲透了他們的主觀情感和當時現實的生活內容，客觀地反映了一定時代的某些側面。「誇大壞的──仇視人和醜化人的東西，使它引起厭惡，激發人的決心，來消滅庸俗貪婪的小市民習氣所造成的生活中可恥的卑鄙齷齪」[14]。在這時候，現實中的「醜」與「惡」，則可以轉為藝術美。潘金蓮和王熙鳳這兩個藝術形象，應是作者精心塑造的「醜」化為「美」的藝術典型。

12　〔俄〕別林斯基〈論莫斯科觀察者的批評及其文學見解〉，轉引自任訪秋《中國古典文學論文集》，鄭州：中州書畫社，1981 年，頁 118。

13　〔俄〕別林斯基著，滿濤譯《別林斯基選集》，上海：上海譯文出版社，1979 年，第 1 卷，頁 93。

14　〔蘇〕高爾基〈論藝術〉，林煥平編《高爾基論文學》，南寧：廣西人民出版社，1980 年，頁 6-7。

《金瓶梅詞話》源流談略

　　《金瓶梅詞話》是一部卓有影響的現實主義小說。它的成書過程，在某種意義上說，也與《三國演義》《水滸傳》《西遊記》有近似之處，即吸納、接收和改造前人作品，並充實進現實生活的內容，以成就自己的獨特風貌，真有點「藏蘊滿懷風與月，吐談萬卷曲和詩」[1]的況味。

　　對於《金瓶梅》之源的探討，許多研究者均曾涉筆。如美國學者韓南的《金瓶梅探源》、徐朔方的《金瓶梅成書新探》、魏子雲的《金瓶梅探原》、周鈞韜的《金瓶梅素材來源》、蔡敦勇的《金瓶梅詞話劇曲品探》等論著，均從不同的角度對《金瓶梅》素材的來源作了認真而詳細的考證。約略說來，大致有如下幾個方面：

一、從《水滸傳》談起

　　《金瓶梅》故事是由《水滸傳》中的武松打虎、潘金蓮殺夫諸情節生發而來。武松的事蹟，在百二十回本的《水滸全傳》中，主要集中在第二十三回至三十二回，包括武松打虎、獅子樓、醉打蔣門神、大鬧飛雲浦、血濺鴛鴦樓等驚心動魄的情節，俗稱「武十回」。作品在寫武松打虎之前，先寫其痛飲十八碗烈性酒，「無端忽從酒家眼中口中，寫出武松打虎氣象來」[2]，使「武松神威」畢現。

　　而《金瓶梅》，則刪去了《水滸》中武松為喝酒而與酒家爭吵諸情節，且將《水滸全傳》中武松酒力發作，「一隻手提著哨棒，一隻手把胸膛前祖開，踉踉蹌蹌，直奔過亂樹林來」（第二十三回），徑改為「吃了幾碗酒，壯著膽，橫拖著防身稍棒，浪浪滄滄，大扠步走上崗來」（第一回），使武松英雄風貌頓減。《水滸全傳》敘潘金蓮勾結西門慶，毒殺親夫武大。武松由東京返回，經調查取證得知哥哥被害底細，在告狀不允的情況下，遂去獅子街酒樓，將正在喝酒的惡霸西門慶捽住，攛往樓下，使之當場死亡。而《金瓶梅詞話》寫武松因誤殺了為虎作倀的李外傳，遂身陷囹圄。真凶西門慶卻從後窗跳出，

1　　羅燁《醉翁談錄》甲集卷一。

2　　《第五才子書施耐庵水滸傳》第二十二回金聖歎夾批。

「搖擺著來家」（第十回）。武松的機智精細也大為減色。至於原書中醉打蔣門神、大鬧飛雲浦、殺張都監諸情節，僅於第八十七回幾筆帶過。武松遇赦回清河，則是西門慶縱欲身亡、潘金蓮被驅出家門之後的事。武松殺潘金蓮，也比原著多了許多周折。其剛毅果斷性格，卻減弱了許多。

兩相對比，不難發現，《水滸傳》中赤手空拳打死猛虎的英雄武松，在《金瓶梅詞話》中，成了匆匆來往的過客，僅作為潘金蓮的配角而存在。而原來是配角的潘金蓮，卻成了貫穿始終的主要人物。這一主、次位置的顛倒，輕、重戲分的錯置，則明顯預示著陽剛之氣的銳減，而陰柔之氣卻漸占上風。這一現象的出現，蓋與當時的社會風氣有關。在封建時代，人們自少至老，「終其身處乎利害毀譽之途，無由解脫」[3]。那些躋身官場者，「遇上官則奴，候過客則妓，……一日之間，百暖百寒，乍陰乍陽，人間惡趣，令一身嘗盡矣」[4]。尤其正、嘉間，初則閹官勢力甚熾，把持要津。至後來，嚴嵩父子當道，賣官鬻爵、傾陷異己、結黨營私、橫行無忌，「一時宵人並起」，「天下士大夫靡然從風」[5]。如此的社會環境，造就了一大批庸才、奴才，即使館閣重臣，亦「外畏清議，內固恩寵，依阿自守，掩飾取名，弭諧無聞，循默避事」[6]。那些自視超脫者，也往往以追逐聲色犬馬為時尚，滿足於感官的刺激和精神的縱恣，而對國家政治不願聞問。而作為女子，面臨「男女之大防」的日趨崩潰，主體意識漸漸增強，所謂「立身之法，惟務清貞」「內外各處，男女異群，莫窺外壁，莫出外庭」[7]，已難以規範女子的行為。她們拋頭露面，走出家門，「飾擬倡妓，交結姑媼，出入施施無異男子」[8]，男女間交往明顯多了起來。《金瓶梅詞話》中主、次角色的置換，正是這一時代風氣的折射。

二、取材於白話小說

《三國演義》《水滸傳》《西遊記》諸小說，在其成書之前，已有相關的故事「得之於行路，傳之於眾口」[9]。不過，無論此前流傳的故事再多，但是，它們都屬於自身故事的發展體系。這幾部小說，的確都是由世代積累而成。而《金瓶梅詞話》的成書，雖說

3　江盈科《雪濤閣集》卷八〈笑林引〉。
4　袁宏道〈丘長孺〉。
5　《明史・佞幸》。
6　《明史》卷二一八「讚語」。
7　宋若莘《女論語・立身章第一》。
8　顧起元《客座贅語》卷一〈正嘉以前醇厚〉。
9　劉知幾《史通》卷五〈內篇〉。

也吸取了一些現成的故事,但它是將零散的、互不相干的故事,經過改頭換面、移花接木,而納入自己的故事體系,顯然與上述諸書有很大的區別。

據韓南等中外學者考證,《金瓶梅詞話》吸納或移植的白話小說,至少在八種以上。其中,見於《清平山堂話本》的有四種:〈刎頸鴛鴦會〉(《金瓶梅詞話》第一回)、〈戒指兒記〉(見同書第三十四、五十一回)、〈五戒禪師私紅蓮記〉(見第七十三回)、〈楊溫攔路虎傳〉(見第九十回);見於《京本通俗小說》者兩種,即〈志誠張主管〉(見同書第一、二、一百回)、〈西山一窟鬼〉(見第六十二回);見於馮夢龍《古今小說》者一種,即〈新橋市韓五賣春情〉(見第九十八、九十九回);見於《百家公案全傳》者一種(見第四十七、四十八回)。

上述各話本,有的僅為《金瓶梅詞話》吸收很少一部分。如〈西山一窟鬼〉〈楊溫攔路虎傳〉等,但文字有出入。情節的更動,恰說明時代風氣不同,使小說在情節安排、人物形象設置上亦存有差異。〈志誠張主管〉中的小夫人之經歷和藝術素養,則被《金瓶梅詞話》移植到潘金蓮身上。《水滸全傳》中的潘金蓮,除了有幾分姿色外,幾乎看不出有多少特長。「詞話」則根據話本,寫她九歲起即在王招宣府「習學彈唱」,因「本性機變伶俐,不過十五,就會描鸞刺繡,品竹彈絲,又會一手琵琶」。如此一來,潘金蓮除聰明機靈之外,又多了些藝術才能。這便為後文所敘潘嫁武大之後不滿婚姻現狀見西門慶而怦然心動設下鋪墊,更具有了生活的真實。《金瓶梅詞話》第一回「詞曰」「丈夫隻手把吳鉤」後,作者直接出面議論:「單說著情色二字,乃一體一用。故色絢於目,情感於心,情色相生,心目相視。亙古及今,仁人君子,弗合忘之。晉人云:情之所鍾,正在我輩。如磁石吸鐵,隔礙潛通。無情之物尚爾,何況為人終日在情色中做活計」,幾乎是照抄於話本〈刎頸鴛鴦會〉。話本敘蔣淑珍,未嫁時逼姦鄰人之子阿巧,嫁與某十郎後,則與「夫家西賓有事」。改嫁張二官,又與對門朱秉中私通。張發現隱情,手刃姦夫淫婦以洩憤。作者構築此情節,「惟願率土之民,夫婦和柔,琴瑟諧協」。這一創作動機,直接影響到《金瓶梅詞話》的創作。《金瓶梅》寫潘金蓮年幼時「做張做勢,喬模喬樣」,嫁與武大後則「打扮光鮮,眉目嘲人」,改嫁西門慶,又誘姦琴童、私通陳經濟,還於西門慶死後,與王潮兒發生姦情。人物描寫與話本中蔣淑珍十分相似,且同有以「情色二字」勸戒世人之意。

至於〈新橋市韓五賣春情〉,更被改造為《金瓶梅詞話》中的重要關目。這篇話本,見於《古今小說》。據胡士瑩先生考證,《古今小說》「大約刊於泰昌天啟年間,改名為《喻世明言》大約在天啟七年(1627)以前」[10]。然而,《金瓶梅詞話》的刊行,不會

10　胡士瑩《話本小說概論》,北京:商務印書館,2011年,下冊,頁627-628。

遲於萬曆丁巳（四十五年，1617）。據學者稱，此作的寫成大概在萬曆二十年（1592）前後，早於《古今小說》的成書幾十年。故而《金瓶梅詞話》中此類情節，不可能抄自《古今小說》。「韓五賣春情」之事，很可能起源更古，誠如譚正璧所說：「〈新橋市韓五賣春情〉，中有『說這宋朝臨安府，去城十里，地名湖墅……』等語，明是宋人語氣，吳曉鈴疑此篇即《寶文堂書目》的〈三夢僧記〉，很有可能。」[11] 不過，故事流經不同作家之手，其基本形態則略有改變。話本寫韓賽金為誆騙錢財，誘姦了絲綿鋪主人吳山，先拔其金簪，又索取銀兩。因韓氏母女乃私娼，為鄰舍不容，遂搬入城中居住。吳山托故入城，再與賽金歡會。因縱欲過度，身染沉疴，遂追悔莫及。《金瓶梅詞話》中，吳山被改換成陳經濟，韓五兒（賽金）為韓愛姐所替代，韓母胖婦人相當於愛姐之母王六兒。稍微不同的是，韓五兒的出賣色相，是以索取金銀為目的的，直至使人家產破敗。韓愛姐則對浪蕩子陳經濟真正產生了感情，「情」與「欲」在她那裏似乎得到了統一。

三、對古典戲曲的借用

關於《金瓶梅詞話》中引用的劇目研究，除蔡敦勇論著外，尚有馮沅君《金瓶梅詞話中的文學史料》、澀齋〈《金瓶梅詞話》裏的戲劇史料〉、戴不凡〈明清小說中的戲曲史料〉等。約略說來，「詞話」述及的劇目達二三十種：

《琵琶記》（見第二十七回），《升仙會》（見第五十八回），《彩樓記》（見第二十回），《度金童玉女》（見第三十二回），《陳琳抱妝盒》（見第三十一回），《香囊記》（見第三十六回），《韓文公雪擁藍關》（見第三十二回），《王勃院本》（見第三十一回），《玉環記》（見第三十六回），《王月英元夜留鞋記》（見第四十三回），《流紅葉》（見第六十一回），《倩女離魂》（見第五十四回），《子母冤家》（見第四十六回），《雙忠記》（見第七十四回），《四節記》（見第七十六回），《劉智遠紅袍記》（見第六十四回），《西廂記》（見第七十四回），《月下老定世間配偶》（見第七十二回），《風雲會》（見第七十一回），《裴晉公還帶記》（見第七十六回），《殺狗勸夫》（見第八十回），《小天香半夜朝元記》（見第七十八回），《林招得》（見第六十一回），《唐伯亨因禍致福》（見第二十七回）。

另外，在第六十五回，還敘及《五鬼鬧判》，《張天師著鬼迷》《鍾馗戲小鬼》《老子過函關》《六賊鬧彌勒》《雪裏梅》《莊周夢蝴蝶》《天王降地水風火》《洞賓飛劍斬黃龍》《趙太祖千里送荊娘》等劇目，據蔡敦勇考證，其中絕大部分為戲曲。如此看來，小說中敘及的劇作不下三十種。另外，書中引用曲子也大致在三百首上下，且大都

---

11 譚正璧、譚尋《古本稀見小說彙考》，杭州：浙江文藝出版社，1984年，頁69。

出自《雍熙樂府》《詞林摘豔》《南九宮詞》《吳歈萃雅》等曲選。這既反映了作者開闊的知識面和對通俗文化的摯愛，也為我們考證小說作者及成書年代提供了便利。小說中敘及的劇目，有南戲、有傳奇、有院本、有雜劇。其中有的劇作，僅是小說中場面或氣氛的鋪染，有的在人物刻畫上則起到一定的作用。更重要的是，此類載述，不僅對我們研究中國古代戲曲史極有幫助，還為戲曲聲腔史、傳播史和家樂活動史的探究，提供了形象化的珍貴資料。

四、《金瓶梅》的流變

《金瓶梅》問世後，立即產生了很大影響，且毀譽參半。然名士縉紳，紛紛借抄，仿作者亦時有其人。《金瓶梅》尚在傳抄階段，仿作《玉嬌麗（李）》即已產生，惜其明末已散佚。至清順治間，諸城丁耀亢則寫成《續金瓶梅》，雖名為「續」，但不過是「借潘金蓮、春梅後身（即黎金桂、孔梅玉）說法」[12]，以金影射清，曲折地表述強烈的擁明反清思想。以宋金交戰，暗喻清軍入關後屠城等暴行。康熙初年，《續金瓶梅》遭禁毀。未久，改寫本《新鐫古本批評三世報隔簾花影》即出現。此書將原書影射清兵屠城的情節及議論文字刪去，姓名亦作改換。清末，又出現另一種改本《金屋夢》，對原作有所刪改。稍早於此前，還出現過抄本《三續金瓶梅》，而視《隔簾花影》為二續。其實，後出諸書，都是刪改《續金瓶梅》而成，很難視作嚴格意義上的續書，只能算作丁氏續書的改本。丁氏所作續書，雖有價值，但與《金瓶梅》相比，畢竟差距甚遠。

《金瓶梅》之後，世情小說便沿著不同道路朝各自方向發展。有些小說則繼承了《金瓶梅》的某些傳統，以相當的篇幅展示封建社會的醜惡及道德的淪喪敗壞。如《醒世姻緣傳》《姑妄言》《歧路燈》，便大致體現了這一特色。此外，一些落魄無聊的失意文人，由於政治上的進取始終得不到滿足，便轉而向描寫兩性關係上尋求刺激，將《金瓶梅》中的性描寫擴展至極致。他們儘管打著「借淫說法」「警戒後世」的招牌，但在小說中卻連篇累牘地展示兩性之做愛或同性之猥褻，令人不堪卒讀。另一類小說家，恐蒙受「誨淫誨盜」之惡謚，極力刷新小說內容，以「名教中人」自居，雖寫兩情相愛，卻一點不涉淫亂，「發乎情，止乎禮義」。這類作品，固然在鼓吹青年男女婚姻自由、詮釋新婚姻價值觀上有一定的積極意義，但是，因作品中的男女主人公行為過於拘謹、矜持，加之不厭其煩的道德說教，使得人物形象蒼白無力而失去了應有的光彩。

12　紫陽道人〈續金瓶梅凡例〉。

情節模式的承繼與改造

——論《金瓶梅詞話》中的常時節故事與韓小窗《得鈔傲妻》的改編

　　《金瓶梅詞話》中的常時節，是惡霸西門慶所「熱結」的十兄弟之一。然而，在他的結拜兄弟中，祝日念、謝希大之流，不過是小說情節的點綴，匆匆來去，難以給人留下深刻印象。唯應伯爵因善於逢迎拍馬、幫襯湊趣，出場才比較多。而作品裏集中寫常時節的文字，主要在第五十六回〈西門慶周濟常時節〉，殆不過三四千字，卻還是為烘托西門慶「仗義疏財，救人貧難」而設置。從這個層面來說，常時節不過是個無足輕重的人物。誰料想，就是這個很難為一般讀者記起的小角色，卻為晚清曲藝名家韓小窗看中，並將其改編為子弟書《得鈔傲妻》。這不能不引起我們的注意，作一點文本價值的探究。

　　就《金瓶梅詞話》中〈西門慶周濟常時節〉而論，情節似乎並不複雜。作品寫西門慶進京為權相蔡京拜壽，被蔡京認作乾兒，還提升了官職。常時節趁西門慶高興之際，曾向其求借，說：「實為住的房子不方便，待要尋間房子安身，卻沒有銀子。因此要求哥周濟些兒，日後少不的加些利錢，送還哥哥。」然而，事後一連幾天都不得信息，「房主又日夜催逼了不的」。無奈，「每日央了應伯爵」，多次前往面懇，皆因西門慶忙於應酬，「今日也接風，明日也接風，一連過了十來日，只不得個會面」。求助而不果，自然遭到老婆的好一頓埋怨，數落他：「你也是男子漢大丈夫，房子沒間住，吃這般懊惱氣。你平日只認的西門大官，今日求些周濟，也做了瓶落水！」常時節面對妻子的抱怨，顯得很無助，「有口無言，呆登登不敢做聲」（第五十六回）。

　　傳統禮法強調，「士勤於學業則可以取爵祿，農耕於田畝則可以聚稼穡，工勤於技巧則可以易衣食，商勤於貿易則可以積財貨。」[1]士農工商各守其業，才能「仰以視父母，俯以育妻子」[2]。身為丈夫，就應該擔當起事長上、養妻兒、撫諸幼的重任。而常時節卻

1　鄭玉道等《琴堂諭俗編》。
2　鄭玉道等《琴堂諭俗編》。

不務學問、不勸耕桑、不習本業、不慎行止、不盡家長之責,面對妻子的斥問,他自然心存愧疚,無話可答,呆若木雞。這裏看起來所敘述的是夫妻間瑣事,實際上卻反映出家庭倫理生活的一個層面。

常時節「被房下聒絮了半夜,耐不的,五更抽身」,再次求應伯爵牽線撮合。雖說同是熱結兄弟,但畢竟也有親疏遠近。在他看來,應伯爵在西門慶面前說話比他有力得多。既是求人,儘管囊中羞澀,還免不得措辦點人情,請應伯爵往茅簷酒館小酌,然後再前往。見到西門慶,先是敘些閒話,此時,「只見門外書童和畫童兩個,抬著一隻箱子,都是綾絹衣服,氣吁吁走進門來」,知是西門慶令裁縫為家中妻妾趕做的秋衣,一人一箱。常時節聞知,豔羨不已,伸著舌道:「六房嫂子,就六箱了,好不費事!小戶人家,一匹布也難的。恁做著許多綾絹衣服,哥果是財主哩!」看去似不經意之語,其實是為借銀兩之事作鋪墊。言下之意是說,既有那麼多銀錢置辦衣物,「果是財主」,借給點錢當不成問題。此時,應伯爵又說起貨船未到,李三、黃四關銀之事。然後,話題一轉,「乘間」代常時節求情借貸:「常二哥那一日在哥席上求的事情,一向哥又沒的空,不曾說的。常二哥被房主催進慌了,每日被嫂子埋怨,二哥只麻做一團,沒個理會。如今又是秋涼了,身上皮襖兒又當在典鋪哩。哥若有好心,常言道救人須救急時無,省的他嫂子日夜在屋裏絮絮叨叨。況且尋的房子住著了,人走動,也只是哥的體面。因此常二哥央小弟,特地來求哥,早些周濟他罷。」因當著常時節的面提及此事,西門慶顯然有些不耐煩,說道:「我當先曾許下他來,因為東京去了這番,費的銀子多了。本待等韓夥計到家,和他理會,要房子時,我就替他兌銀子買。如今又恁地要緊?」然經不住應伯爵再三懇求,「西門慶躊躇了半晌」,終於答應先給常時節點零花錢。應伯爵見有了活動餘地,又鼓動如簧之舌,再次說道:「幾個古人輕財好施,到後來子孫高大門閭,把祖宗基業一發增的多了。慳吝的積下許多金寶,後來子孫不好,連祖宗墳土也不保。可知天道好還哩!」此時,西門慶才說出那番屢為論者引用的名言來:「兀那東西,是好動不喜靜的,曾肯埋沒在一處?也是天生應人用的,一個人堆積,就有一個人缺少了。因此積下財寶,極有罪的。」(第五十六回)將代常時節買房子之事定了下來。應伯爵的見風使舵、順坡下驢、狡黠乘巧、能言善辯諸性格特點,在這裏得到盡情展現。

常時節願望初步得到實現,情緒自然振作起來,「歡的走到家來」。然而,「剛剛進門,只見那渾家鬧炒炒嚷將出來,罵道:『梧桐葉落滿身光棍的行貨子!出去一日,把老婆餓在家裏,尚兀是千歡萬喜到家來,可不害羞哩!房子沒的住,受別人許多酸嘔氣,只教老婆耳朵裏受用!』」這次面對老婆的惡語相向,他因為有十來兩細碎銀子在身,底氣增長許多,「任老婆罵」,「只是不開口」。停了半天,才從從容容地「輕輕把袖裏銀子摸將出來」,放在桌上,兩隻眼盯著,說出一番話中帶刺的言語來:「孔方

兄，孔方兄！我瞧你光閃閃響噹噹的無價之寶，滿身通麻了，恨沒口水咽你下去。你早些來時，不受這淫婦幾場合氣了。」難以掩飾的美意，情不自禁的炫耀，見錢眼開的情狀，怨中含嗔的神態，在這裏皆得到充分表露。而常妻，一旦看到銀子，情緒陡轉，變嗔怒為驚喜，「搶近前來」，意欲將銀子從「老公手裏奪去」。常二見此情狀，故意奚落道：「你生世要罵漢子，見了銀子就來親近哩！我明日把銀子去買些衣服穿好，自去別處過活，卻再不和你鬼混了。」妻子卻不予理會，近前「陪著笑臉」示好，追問銀子來自何處。然而，任憑妻子百般饒舌，常二依然不理不睬，妻子不得不再三賠罪：「我的哥，難道你便怨了我？我只是要你成家。今番有了銀子，和你商量停當，買房子安身，卻不好？到恁地喬張智！我做老婆的，不曾有失花兒，憑你怨我，也是枉了。」以致心存「慚愧」，「禁不的吊下淚來」，又「一發吊下淚來」。常二見不好收局，才道破事情的原委，使得妻子轉憂為喜，破涕為笑，夫婦二人始考慮如何利用乞來的銀兩置辦衣物、柴米等事。這裏所寫的，雖說是夫妻間打牙鬥口的瑣事，但內中所包蘊的卻是價值觀的畸變與親情的扭曲。維繫家庭關係的，已不是傳統意義上的骨肉之親、自然之情，而是赤裸裸的金錢與利益。有錢就「歡天喜地」，親昵地連呼「我的哥」，沒錢就是「行貨子」，「絮絮叨叨」，「百般辱罵」，即所謂「見了銀子就來親近」，傳統的倫理道德受到了嚴重的挑戰。筆者當年曾對《金瓶梅詞話》中所描寫的種種「家反宅亂」作過認真剖析，這何嘗不是又一個「家反宅亂」！所寫的雖說是一個小小的二人世界，反映的卻是封建社會末期綱常淪喪這一嚴酷社會現實，所謂小中見大，此當是一例。

韓小窗的《得鈔傲妻》在改編這一情節時，基本沿襲故事發展脈絡的同時，於人情冷暖上大做文章，在具體內容上也作了較大更動：

一是常時節名字、身份的更換。

由《金瓶梅詞話》中的游食光棍常時節變成《得鈔傲妻》中的無業遊民常峙節。小說中的常時節，是典型的無房戶。家中吵鬧的起因是無錢置房舍，租賃房屋因付不起房租「被房主催逼」，以致妻子口出怨言，引發夫妻爭吵。他想改善居住環境，用應伯爵的話來說，「一間門面，一間客坐，一間床房，一間廚灶：四間房子是少不得的。論著價銀，也得三四個多銀子。」如此看來，對生活的期待值不低。就那麼三、兩口人，卻要求四室之住房，貧窮之家恐無此奢望。他雖說「身上皮襖兒又當在典鋪」，但是總有機會打打牙祭，「醃臘煎熬，大魚大肉，燒雞燒鴨，時鮮果品」時常享用，還每每陪同那班狐朋狗友聽歌賞曲，下棋猜謎，談論風月，說笑逗趣，似乎愜意得很。西門慶之豪富，用苗員外的話來說，「大官家裏豪富潑天，金銀廣布，身居著右班左職。現在蔡太師門下做個乾兒子，就是內相、朝官，那個不與他心腹往來。家裏開著兩個綾段鋪，如今又要開個標行，進的利錢也委的無數」，「家裏養著七八十個丫頭，那一個不穿綾著

襖？後房裏擺著五六房娘子，那一個不插珠掛金？那些小優們、戲子們，個個借他錢鈔，
服他差使；平康巷、青水巷這些角伎，人人受他恩惠。」常時節自然望塵莫及，但與一
般市井百姓相比，還是優越許多。所以，一旦銀錢到手，他馬上去街市為妻子、為自己
購回十餘件衣服，還有「一大塊羊肉」，一下子花掉六、七兩銀子，出手比較闊綽，哪
像貧寒之家所為？而且，入秋天氣，卻購置月白雲綢衫兒、白綢子裙兒等夏日服飾，也
不是過日子人家之做派。

　　而《得鈔傲妻》中的常峙節，生活狀況卻遠不如《金瓶梅詞話》中所寫。在低門蓬
窗、破壁燈昏的小屋內，夫妻悶悶對坐，滿面愁容。俗話說，貧賤夫妻百事哀。他們所
思慮的自然是「明朝又是無柴米」之類生計問題，以及與此相關的時光該如何打發？怎
樣「把些活路尋」？在妻子牛氏看來，作為家庭支柱的丈夫，在吃食不繼之際，竟然束
手無策，「靜坐養神」，她實在無法忍受。所以，當她向丈夫求計，丈夫卻反問她該當
如何時，胸中積壓的怒火終於爆發，說道：「我知道怎樣？我叫你怎樣？你問我，我的
常爺，你可問住了人。齜著大牙，瞪著眼睛，等南來的雁，若是這麼奈何我，實在的不
能，少對著我來云！死塌塌坐在炕頭兒上把活路兒找，除非是活路兒自己找上門。」說
得常峙節半晌無言，不得不點頭稱是，並無奈地歸結為「蒼天絕我，命裏該應」。牛氏
聽後，卻不以為然，一語道破根底：「這天也就奇怪，怎麼單絕尊駕，就不絕別人？別
人是真有心胸、興家立業，能將手藝掙金銀。哪是你養命之源，心胸手藝？哪條兒不該
你受貧！這也是常姓門中祖宗的德行，積下這四通八達的好兒孫！自己無能應該現眼，
絕不該苦拔苦拽又說親。」明顯是說常峙節乏「興家立業」之術，無支撐門戶的本領，
不能靠「手藝掙金銀」，是「自己無能」才造成家庭如此之困境。而今看來，這些話說
得基本在理。男子漢就應該有擔當意識，學會立身處世、養家餬口的本領，而不是靠別
人接濟，乞嗟來之食。常峙節借得銀子後，他們夫妻也沒有胡亂花費，而是「慢商量，
買柴糴米置衣襟」，是從居家過日子出發盤算如何開銷銀兩的，比較符合生活事理。

　　二是凸顯了人情冷暖。

　　《金瓶梅詞話》本來就是通過常時節借銀前後其妻迥然不同情態的強烈對比，揭示出
人情之冷暖的翻覆無常是緣金錢的牽引所致，正如明人朱載堉在【南商調·山坡羊】〈錢
是好漢〉中所寫：

> 世間人睜眼觀見，論英雄錢是好漢。有了他諸般趁意，沒了他寸步也難。拐子有
> 錢，走歪步合款；啞叭有錢，打手勢好看。如今人敬的是有錢，蒯文通無錢也說
> 不過潼關。實言，人為銅錢遊遍世間。實言，求人一文跟後擦前。

常妻的先倨後恭，先怒後喜，常時節先是任憑其辱罵，「呆登登不敢做聲」，後來則喜

形於色，捧起銀子「滿身通麻了，恨沒口水咽你下去」，故意在其妻前喬張作勢，無一不在說明，「如今人敬的是有錢」，「無錢乍有錢，逞乖華賣狼煙」[3]。然而，由於作品的描寫重心在西門慶，不可能騰出更多的筆墨來寫常二夫婦，故敘述較為簡略。而《得鈔傲妻》，則緊扣人情冷暖這一中心意旨，在「傲」字上大做文章。起初，牛氏埋怨家貧，「先不過連說帶嚷」，後則「叫地嚎天兩淚淋」，且尋死覓活，埋怨爹娘、媒婆將她錯嫁於窮鬼，跟著受拖累。常峙節初則低聲相勸，繼而「忍氣吞聲不敢云」，又「不住的搭訕著撥燈，身靠著門」。不料，「越勸越號，越央越嚷」，聲似「牛吼驢鳴，磣不可聞」。萬般無奈的他，「只落得兩眼呆呆的看著婦人」，眉頭緊鎖，「縮肩綣腿」，斜倚在冷炕上。直到牛氏哭累了，聲音才放低。即便如此，常峙節仍像犯人遇到特赦一般，感到分外欣慰。

然而，一旦借得銀兩，「常峙節前後就如同兩個人」，他「頭兒不抬，眼皮兒不撩，話兒也不云」，「手掏懷內，滿面含嗔」，「響亮一聲扔在炕，白花花耀眼爭光兩錠銀」。牛氏的情緒也來了個天翻地覆的大轉變，「打丹田裏立竿見影的就長起了精神」，主動親近，噓寒問暖，沒話找話，似乎表現出對丈夫的無比關心。還為丈夫拍打身上灰塵，「一壁裏撣，一壁裏瞧著炕上銀」。儘管常峙節手撚鬍鬚，獨坐窗前，半日不語，不瞅不睬，但牛氏仍然「一味的柔和，臉也不沉」。又是燒水請丈夫喝，以「壓壓寒氣」，又是端水、拿破手巾，讓丈夫洗臉，而自己卻垂手侍立，殷勤備至。常峙節在家中的待遇陡然提升，他內心的感慨也油然而生，「昨夜晚，薄我的言詞那等刻苦，今日個，待我的光景這等殷勤。賢娘子小心服侍何緣故？不過是，我常某身邊有兩錠銀」，「無銀子，能使至親成陌路，有銀子，陌路都堪作至親。」這一系列的細節描寫，無疑強化了人情冷暖的表達。

三是強化了常峙節夫婦間的感情衝突。

《金瓶梅詞話》中常時節夫婦間的衝突，是圍繞由「房主催逼」租賃錢款而引發的生活條件改善問題而展開的。表面上看，是房子問題，就深層次而論，則是家主的實際能力與生活追求不斷提高的衝突。本來，希圖「買房子安身」，改善一下居住條件，這是正當的人生追求，本身並沒有錯。錯就錯在夫妻關係不是以互相關愛的情感為基礎，而是以物質（銀兩）的擁有與否為導向，左右並制約著夫妻情感的厚薄，使婚姻關係蒙上一層濃郁的「有利則趨，無利則止」的市儈氣象，是商品交換意識對家庭生活浸染的結果。在這裏，「人們就像受某種異己力量的支配一樣，受自己所創造的經濟關係、受自己所

3　朱載堉【南商調·黃鶯兒】〈窮而乍富〉。

生產的生產資料的支配」[4]，而迷失了自我，偏移了對婚姻價值的正常判斷。作品如此安排情節，是將批判的鋒芒伸向世俗社會那不堪療救的肌理內部，給人以警醒。這就是作品給我們提供的認識價值。當然，由作家給常時節這一人物所預設的角色內容所決定，作品不可能過多地展開鋪敘。

而《得鈔傲妻》則不同，它主要描寫常峙節與妻牛氏之感情衝突，有條件深入剖示雙方心靈深處的隱秘。在傳統社會裏，要求男子「稼穡而食」，「桑麻以衣」，「躬儉節用，以贍衣食」[5]，應具有養家、謀生的本領。而在牛氏眼中，常峙節卻百無一能，家中少柴無米，他閉門靜坐，無計可施。此是二人衝突的起因。按理說，常二既無「興家立業」之心胸，又無「掙金銀」之手藝，致使家中困頓，妻子發發牢騷是可以理解的，算不上無端生事。丈夫又指望廣結朋友、靠打秋風以肥家。然而，家中遇到困難，那些「人人義氣」的「十兄弟」，「哪一個探探頭兒上過門」？所言不為無理，俱道著常峙節的短處。只是到了後來，牛氏看到兩錠銀子後，一反常態的諸多表現，未免令人難以接受。這裏所寫的雖說是夫妻情感的衝突，但是，口舌相爭的正面衝撞不多，前半部分是妻吵鬧，夫勸妻，常峙節是以「半晌無語」，「悔心喪氣」，傾聽妻子的發洩，以求得其理解與原諒；後半部分是夫嗔怒，妻勸夫，牛氏是以眼含淚水、面帶羞容的神態傳述冷熱相關的夫妻之情，以求得丈夫的諒解與寬容。當然，由「潑」到「賢」的轉換，兩錠銀子是關捩之所在。也正是在冷、熱場面的驟變中，讓常峙節明白了不少事理：「想當初，我豐衣足食，你隨著手兒轉；到如今，我家業蕭條，你改變心。今日有銀子，居然是個賢良婦；將來無銀子，依舊還是個夜叉神。」就此而言，其內容與《金瓶梅詞話》相比較，似又有所深化。

四是對原著情節的增刪。

因《得鈔傲妻》主要描寫常峙節夫婦事，故對原作內容省略許多。如常二被老婆絮聒不過，一大早離家去找應伯爵幫忙，二人往酒店吃酒；西門慶在藏春塢戲耍以及各房妻妾的穿著打扮描述，因與主幹情節無關，皆全部刪去。央求西門慶解囊相助的那一大段言辭，則採用暗場處理。常峙節借銀兩歸來，取栲栲上街買米、買羊肉，看著老婆吃下，又去街上買來十來件衣服，則以「婦人服侍團團轉；慢商量，買柴糴米置衣襟」兩句帶過，使主題更為集中，更利於表達此處所寫夫妻關係中所蘊含的豐富社會內容。而有的地方，則生發出不少新的內容。如小說開頭部分所述，常時節往西門府上求借，然

4　〔德〕恩格斯〈反杜林論〉，《馬克思恩格斯選集》，北京：人民出版社，1972 年，第 3 卷，頁355。

5　《顏氏家訓》卷一〈治家第五〉。

一連過了十來日，別說借銀，連人影也找不著。回家後，妻子埋怨道：「你平日只認的西門大官，今日求些周濟，也做了瓶落水！」言下之意是說，求西門慶不成，再另尋門路，別在一棵樹上吊死。到了《得鈔傲妻》裏，則演化為如下一段：

> 崎節無奈低著聲兒勸，怕她那撕臉的喉嚨，嚎醒了四鄰。說：「待等明朝我去將人找，或者還可以挪借數兩銀。」婦人說：「連自己的女人還不能養贍，打哪條腸子還滿處裏交人。終日裏打成陀羅、煉成塊，甚麼大爺咧、把弟咧，鬧了我個頭昏。不過是吃點子瞅眼食，喝盅便宜酒，借著虛體面，充回假斯文。總是我這傻女人，應該坐監無的怨，回府時，三更半夜接駕開門。這如今秋風兒到處收朋友，你和我淚眼愁眉在炕上蹲。十弟兄據你說來人人義氣，哪一個探探頭兒上過門？天明了你去將人找，拿過來沒的就是數兩銀。我看你跑的匆忙了，說得天花墜，未必能一箭上垛，借的分文。[6]

這無疑是給那些濫交酒肉朋友者下一針砭，為人們認識世俗亂象提供鏡鑒，並進而豐富了作品內容。

常時節是《金瓶梅詞話》中很不起眼的人物，生活於晚清的韓小窗為何將這一故事改編成子弟書讓藝人傳唱？這大概與他的出身經歷有關。據載，韓小窗（1828?-1890），「遼寧省開原縣人。幼喪父母，寄居姑母家，常為姑母朗讀演義小說。清咸豐、同治年間幾次赴京應試，未第，結識了子弟書作家鶴侶等，相與從事子弟書和近體詩謎的創作活動。光緒初年定居瀋陽。光緒九年（1883）曾組織『芝蘭詩社』。他的作品相傳有 500多篇子弟書。今存《長阪坡》《得鈔傲妻》《露淚緣》，《黛玉悲秋》《紅梅閣》等35種。另有影卷（皮影）《謗可笑》《金石語》兩種及詩謎一首傳世。」[7]所作多「抨擊現實的孤憤之作」[8]。韓氏生活在晚清鴉片戰爭前後，此時，國家內憂外患深重，各種社會矛盾交錯而生，極其複雜。官場十分腐敗，「至令以下各官，非貲選即吏員，流品既雜，志趣多庸，加以間關跋涉，千里萬里而來，身家妻子惟一官是食，犬馬於富民，魚肉乎貧民，視令以上尤甚，蠹民而已，何有乎治民？」[9]科場黑暗，真正飽學有志之士，卻登龍乏術，進取無門。韓小窗作為一個出身寒門的讀書人，幾次赴京趕考而不第，飽嘗人世間的冷暖炎涼，心中自然積滿了種種憤懣不平。因無緣於功名，故甘與市井藝人為伍，

---

6 范伯群、金名主編《中國近代文學大系（第 7 集 · 第 20 卷 · 俗文學集一）》，上海：上海書店，1992 年，頁 16。

7 范伯群、金名主編《中國近代文學大系（第 7 集 · 第 20 卷 · 俗文學集一）》，頁 1-2。

8 齊森華等主編《中國曲學大辭典》，杭州：浙江教育出版社，1997 年，頁 181。

9 馮桂芬著，戴揚本評注《校邠廬抗議》，鄭州：中州古籍出版社，1998 年，頁 91。

代其編寫唱本,藉以一泄不平。一部文學作品或相關故事情節,在其流播的過程中,必然要不斷注入接受者所生活時代的豐富內容。本作亦當如是。所以,韓小窗對常時節故事的改編,自然也融進了自己對人生的感受與對人情冷暖的理解,故寫得感慨淋漓,嬉笑中透現出悲涼,譏諷裏飽蘊著辛酸,是那麼真切感人!

陳經濟棲身晏公廟故事由來及其他

　　《金瓶梅詞話》第九十三回〈王杏庵仗義賙貧，任道士因財惹禍〉，敘及「廣結交，樂施捨」的王杏庵，對窮困潦倒的陳經濟多方接濟，卻被其揮霍一空。無奈，只得將他送往「臨清馬頭上」晏公廟以寄身，投靠任道士為徒。因由晏公廟生出許多關目，故這一地名為不少論者所關注。張竹坡謂：「晏者安也。入晏公廟，則欲安其身，為任道士徒，則欲收其心。我之所以為古道者如此。而無如今之為道則不然，一味貪淫好色，我費多少心力，安插其身，收束其心，不够他一夜酒杯，遂使金蓮之三章約，復出於殘莖荧荷之口。甚矣，今道之移人如是也。」很顯然，張竹坡無意對晏公廟考證，只是從該廟在情節轉換中的作用以及與作品內容的關聯之處略作表述。孟昭連《金瓶梅詩詞解析》[1]一書，雖述及晏公廟，但未出注釋。周鈞韜《金瓶梅素材來源》[2]，在論及本回時，僅謂「雕簷映日」一首，乃抄自《水滸傳》第三十九回，未注明晏公廟之出處。杜明德〈《金瓶梅》與臨清〉[3]一文，則據康熙《臨清州志》所載，謂：「以廟名者有晏公廟。」對晏公廟的考證用力最勤者乃陳詔，他在提交第五屆國際《金瓶梅》學術研討會的論文〈晏公廟考〉中，從「正史」「文藝作品」「地方志」「筆記小說」中勾稽出大量史料，對晏公廟的由來、分佈乃至在戲曲、小說中的表述，均作了詳盡的論述，並追憶道：「一九八六年冬，我在香港偶與臺灣學者魏子雲先生通信，談起晏公廟的問題。他來信說：『弟曾遍查李賢之《明一統志》，以及嘉靖間之徐州志，還有江浙等縣志，所獲除徐州、邳州、宿遷與晏公生地江西臨江府清江之外，他無所得。』又說：『李賢說，此廟之建，時在洪武十九年，但洪武十九年實錄，無晏戌存封平浪侯記載。弟所得資料僅此，盼先生能將此一問題一一闡明。』」由此可知，魏子雲對此事亦未能釋懷。陳詔這篇內容翔實的考證，「是應魏先生的提問而寫的」。然而，該考證雖說對晏公廟的來龍去脈作了梳理，但與《金瓶梅詞話》所描寫內容本身，卻並無必然聯繫。筆者擬就晏公廟故事及其與之相關問題發表點看法：

1　吉林文史出版社 1991 年版。

2　吉林人民出版社 2010 年版。

3　黃霖、杜明德主編《金瓶梅與臨清》，齊魯書社 2008 年版。

一、關於陳經濟晏公廟出家故事的出處

在《金瓶梅詞話》中，圍繞晏公廟所發生的故事，究竟是蘭陵笑笑生個人之杜撰，還是有所遵依，深入探究這一問題，對於我們瞭解《金瓶梅詞話》的思想意蘊，作者的秉筆大要，皆具有重要意義。其實，考究這一問題並不困難。該故事的原型，就存留在成書於明正、嘉年間的由陶輔（1441-?）所編著的《花影集》中。較早發現這一問題的是程毅中。他說：「書中較有特色的〈丐叟歌詩〉一篇，假託一個丐叟和一個道人唱和詩歌以說理，討論天命和人事的關係，最後一個茶叟出來評議，認為人的主觀行為能起決定作用，寫法近似漢代的辭賦。故事並不曲折，但開頭一段敘事卻與《金瓶梅詞話》第九十三回陳經濟投靠晏公廟任道士當徒弟的情節非常相似，很值得研究。」[4]

《花影集》卷四〈丐叟歌詩〉條記載曰：

> 李自然者，臨清縣民家子也，七歲而孤，為晏公廟道士任某撫養以為弟子。既長，聰敏變通，甚為居人知愛。時運河初開，而臨清設兩閘以節水利，公私船隻，往來住泊，買賣蝟集，商賈輻輳，旅館市肆，鱗次蜂脾。游妓居娼逐食者眾，而自然私一歌妓日久，情款甚厚，暗將其師資產盜費垂盡。皆不知也。一日因醉與一遊手爭毆，被訟於官。其師始知，一氣而沒。自然亦因宿娼之愆，輾轉囚禁，經歲方已。然追牒為民，不得復其原業。無所依歸，遂與前妓明為夫婦，於下閘口賃房賣米餅度日。[5]

並敘及其子李當少失教養，「恣意非為」，「狂肆無施」：

> 李當或縱酒宿娼，遊放賭博，無所不至。家業費耗，行藏極濫，或為盜賊攀指，或遭凶徒染累，或為人命干連，或作詿奸保證，或禁圄圖，或奔逃避匿。而自然只得為其營救，略上買下，補欠償逋，不及數年，產業一空，衣食往往缺用。[6]

而「自然欲去而不能，欲托人而不得。未半年，老妻兒婦相繼物故。孤身獨處，人情久厭，資用不敷。東移西處，人皆不顧。遂復棲身於晏公廟之□廚。故人親知，供餉不至，未免行丐於市。而自然素受安富，一旦行此，多為人憎，饑寒頓切」[7]。

4　程毅中點校本陶輔《花影集》，北京：中華書局，2008 年，「前言」，頁 4-5。

5　陶輔《花影集》，頁 107。

6　陶輔《花影集》，頁 108。

7　陶輔《花影集》，頁 108-109。

《金瓶梅詞話》在晏公廟出現之前後所敘故事，則與此相去不遠。謂陳經濟與西門大姐反目，「三日一場攘，五日一場鬧」，弄得「家反宅亂」。又因他母舅張團練曾向其母張氏借銀五十兩，「復謀管事」，又去母舅「門上罵攘」。母親為此氣得身染重病，「臥床不起」。平時結交陸二郎、楊大郎等狐朋狗黨，以做生意為名，逼著母親湊足五百兩銀子，往臨清販布。不料，鐵指甲楊大郎「許人話如捉影撲風，騙人財似探囊取物」，領著陳經濟「游娼樓，串酒店，每日睡睡，終宵蕩蕩」。還勾搭上娼樓粉頭馮金寶，娶了來家，生生氣死其母。又在嚴州吃了官司，千兩金銀揮霍殆盡，所購置貨物也被楊大郎拐往他處，遂落魄而回。西門大姐每為陳經濟暴打，受辱不過，上吊身亡。吳月娘將其告到官府，陳經濟入監，馮金寶逃歸青樓，家產蕩盡。「不消幾時，把大房賣了，找了七十兩銀子，典了一所小房，在僻巷內居住。落後，兩個丫頭，賣了一個重喜兒，只留著元宵兒，和他同鋪歇。又過了不上半月，把小房倒騰了，卻去賃房居住。陳安也走了，家中沒營運，元宵兒也死了，止是單身獨自，家火桌椅都變賣了，只落得一貧如洗。未幾，房錢不給，鑽入冷鋪內存身」。「白日間街頭乞食」。

清河縣老者王宣（杏庵居士），「家道殷實，為人心慈，好仗義疏財，廣結交，樂施捨，專一濟貧拔苦，好善敬神」，「每日豐衣足食，閒散無拘，在梵宇聽經，琳宮講道。無事在家門首施藥救人」。「衣服襤褸，形容憔悴」的陳經濟前來求助，引發王杏庵憐憫之心，遂以衣物、銀兩相贈，說道：「這衣服鞋襪與你身上；那銅錢與你盤纏，賃半間房兒住；這一兩銀子，你拿著做上些小買賣兒，也好糊口過日子，強如在冷鋪中，學不出好人來。」不料，陳經濟並不聽從良言苦勸，卻「拿著銀錢，出離了杏庵門首。也不尋房子，也不做買賣，把那五百文錢，每日只在酒店麵店了了其事。那一兩銀子，搗了些白銅頓罐，在街上行使」。結果，為巡街者捉拿，「一頓捹打，使的罄盡，還落了一屁股瘡」。不消兩日，把身上綿衣也輸了，襪兒也換嘴來吃了，依舊原在街上討吃」。為王杏庵發現，又助以錢物，並勸其「務要做上了小買賣，賣些柴炭豆兒、瓜子兒，也過了日子，強似這等討吃」。結果，陳經濟仍將勸誡當耳旁風，「那消數日，熟食肉麵，都在冷鋪內和花子打夥兒都吃了；耍錢，又把白布衫、祫褲都輸了」。再次與王杏庵邂逅，杏庵很是失望，「冷眼看見他，不叫他」。然又禁不住陳經濟「挨挨搶搶」，「扒在地下磕頭」，再三央求。杏庵無奈，備上厚禮，親自出面，請晏公廟任道士將其收留，並盡力遮飾其遊手好閒、不務正業種種劣跡，反以「一味老實本分，膽兒又小，所事兒伶俐」相推許，總算為任道士所收留，甩下了這一包袱。他本來以為陳經濟出家修行，可以「洗心改正，習本等事業」。豈不料，陳經濟仍惡習不改，瞞著師父，與任道士兩個徒弟鬼混，還偷偷飲酒、吃雞，並盜竊師父銀錢、細軟，去謝家酒樓與妓女鄭金寶兒重敘舊情，又因與人打鬥而吃了官司，活活將師父氣死。

為清晰起見，不妨將二者所敘故事列表對照如下（為方便表述，本表對原小說中的故事敘述順序作了局部調整）：

《花影集》卷四〈丐叟歌詩〉	《金瓶梅詞話》
七歲而孤。	父母下世早，無處棲身。
為晏公廟道士任某撫養以為弟子。	緣王杏庵薦，拜晏公廟任道士為師。
私一歌妓日久，情款甚厚，暗將其師資產盜費垂盡，皆不知也。	與妓金寶重敘舊情，把任道士囊篋中細軟的本錢，也抵盜出大半，花費了不知覺。
因醉與一遊手爭毆，被訟於官。其師始知，一氣而沒。	陳經濟因與劉二鬥毆，吃了官司，任道士著了驚怕，又見囊篋內沒了細軟東西，著了口重氣，心中痰湧上來，昏倒在地。眾徒弟慌忙向前扶救，請將醫者來灌下藥去，通不省人事。到半夜，嗚呼斷氣身亡。
李當既長，自然為擇豪門為配。一自新婦入門，母子更加不睦。	自從西門來家，三日一場攘，五日一場鬧，陳經濟整天與其母張氏廝鬧，張氏斷氣身亡。
李當或縱酒宿娼，遊放賭博，無所不至。家業費耗，行藏極濫，或為盜賊攀指，或遭凶徒染累，或為人命干連，或作誆奸保證，或禁囹圄，或奔逃避匿。而自然只得為其營救，賂上買下，補欠償逋，不及數年，產業一空，衣食往往缺用。	陳經濟留連花酒，宿娼嫖妓，賭錢鬥毆，無所不為，家產蕩盡。
（李自然）孤身獨處，人情久厭，資用不敷。東移西處，人皆不顧。遂復棲身於晏公廟之□廚。故人親知，供餉不至，未免行丐於市。	陳經濟無所棲身，與乞兒為伍，沿街乞食，為故舊所厭，投奔晏公廟，出家為道士。
倒宅換屋，東移西處，搬來搬去，居無寧日。	把大房賣了，找了七十兩銀子，典了一所小房，在僻巷內居住。落後，兩個丫頭，賣了一個重喜兒，只留著元宵兒，和他同鋪歇。又過了不上半月，把小房倒騰了，卻去賃房居住。陳安也走了，家中沒營運，元宵兒也死了，止是單身獨自，家火桌椅都變賣了，只落得一貧如洗。未幾，房錢不給，鑽入冷鋪內存身。

由上表所列內容可知，陳經濟棲身晏公廟前後之故事的形成，不僅受到《花影集》所寫「開頭一段」李自然事蹟的影響，也有其子李當之遭際的影子，是李自然、李當父子二人故事的雜糅與拓展。當然，其意義並不在於故事沿襲的本身。至於王杏庵多次接濟陳經濟之事，又似有元雜劇《東堂老勸破家子弟》情節結構的印痕。

二、《金瓶梅詞話》對《花影集》價值取向的認同與接納

其實，《金瓶梅詞話》所接納的，不僅僅是〈丐叟歌詩〉故事的情節框架，在思想傾向上，也與該篇小說以及陶輔在《花影集》中所流露出的觀點有許多相合之處。

一是對家庭倫理難以維繫之隱憂：

作為個體的人，乃是社會群體的最小單元。建立在血緣關係上的家庭，又是社會的細胞，統治秩序建構的基礎。「由個人而家庭，由家庭而宗族，由宗族而姻親的連帶關係，形成了大小不等的『親情』網路」[8]。家庭倫理關係的維繫，對於社會的穩定、統治基礎的堅固，均有著舉足輕重的作用。所以，古代的統治者，大都強調「以孝治天下」，主張「移孝作忠」，即所謂「君子之事親孝，故忠可移於君；事兄悌，故順可移於長；居家理，故治可移於官」[9]。「充其家庭宗族之觀念，擴為國家民族之思想」[10]，「道德以家族為本位」[11]，努力實現「父慈、子孝、兄良、弟弟（悌）、夫義、婦聽、長惠、幼順」家庭倫理關係之建構。

而《花影集》所寫李自然、李當父子，則與此相反，上文已作詳述，此不贅。本篇所載老叟傳授李自然之詩，頗值得玩味：

> 緣何貧賤生勤儉？只因窘迫難購贍。……婦娶權門沽勢力，女歸豪貴不論錢。勢利兩全根已固，有錢難買子孫賢。緣何富貴生驕奢？只因生長出豪華。掙錢人死財無主，賢郎別是一人家。放欲肆情恣所好，捐財如土鬥矜誇。舊夥間疑更世業，虛花聽信改生涯。孀居老母遊庵寺，喪父小郎串拘肆。遊庵頻煩起是非，拘肆久遠壞家事。狂奴欺主發悖言，濫妾通人喪前志。狗黨狐朋晝夜隨，賭錢喫酒無不至。緣何驕奢生貧賤？只因放肆身家陷。五七年來產業空，器皿用盡賣釵釧。當東買西胡倒騰，三不值二常改變。田園初賣尚可為，巧語花言怪人勸。倒宅換屋

8　趙興勤《理學思潮與世情小說》，北京：文物出版社，2010 年，頁 288。
9　《孝經·廣揚名章》。
10　黃建中《比較倫理學》，濟南：山東人民出版社，1998 年，頁 87。
11　黃建中《比較倫理學》，頁 85。

被人扶，搬來搬去片瓦無。衣食不供奴僕散，炎涼遷變故人疏。[12]

值得注意的是，此詩歌中所敘許多事，在《金瓶梅詞話》中均有回應。如「婦娶權門」「女歸豪貴」云云，在西門慶、陳經濟諸人身上皆有所體現。西門慶所娶吳月娘，乃吳千戶之女，家中饒有貲財，小妾孟玉樓、李瓶兒等，是攜重貲嫁入的。孟玉樓出嫁那天，薛嫂兒見楊家鬧成一團，便「領率西門慶家小廝伴當，並發來眾軍牢，趕人鬧裏，七手八腳將婦人床帳、裝奩、箱籠，搬的搬，抬的抬，一陣風都搬去了」。討李瓶兒，自然也是「謀財娶婦」。前夫尚在病中，李瓶兒就與西門慶有私情，曾「往房裏開箱子，搬出六十錠大元寶，共計三千兩，教西門慶收去，尋人情上下使用。西門慶道：『只消一半足矣，何消用得許多！』婦人道：『多的大官人收去。』」，「床後邊有四口描金箱櫃，蟒衣玉帶，帽頂條環，提繫條脫，值錢珍寶玩好之物」，欲亦悉數交西門慶。為遮人耳目，決計「夜晚打牆上過來」。西門慶「令來旺兒、玳安兒、來興、平安四個小廝，兩架食盒，把三千兩金銀先抬來家。然後到晚夕月上的時分，李瓶兒那邊同兩個丫鬟迎春、繡春，放桌凳，把箱櫃挨到牆上；西門慶這邊止是月娘、金蓮、春梅，用梯子接著。牆頭上鋪苫氈條，一個個打發過來，都送到月娘房中去」。《花影集》中有詩稱，「放欲肆情恣所好，捐財如土鬥矜誇。」西門慶攫奪錢財，強占女色，為所欲為，荒淫絕頂，曾稱：「就使強姦了嫦娥，和姦了織女，拐了許飛瓊，盜了西王母的女兒，也不減我潑天富貴。」（第五十七回）恰是此詩的形象化表述。

至於「狂奴欺主」，《金瓶梅詞話》中小廝平安，受吳典恩指使，竟然誣攀吳月娘與僕從玳安有「許多姦情」。其他還有，夥計韓道國「拐財倚勢」，湯來保「欺主背恩」，平安當鋪偷盜財物，雲離守欲霸占吳氏，吳典恩恩將仇報等，均是其例。還有「濫妾通人」，西門府中更為習見。潘金蓮私通陳經濟，孫雪娥與僕人來旺兒有私情，均能說明問題。

在《花影集》中，有些家中之亂象，僅於詩裏敘及，如「狂奴欺主」，《金瓶梅詞話》卻將其敷衍為一回之故事。「孀居老母遊庵寺」，則衍生為《金瓶梅詞話》「吳月娘誤入永福寺」。作者筆下所描繪的種種世相，背後所蘊含的，乃是傳統家庭結構正面臨嚴重威脅、家庭倫理也受到前所未有的挑戰這一嚴峻的社會現實。說明蘭陵笑笑生與《花影集》作者陶輔一樣，都深切地感到，「『家反宅亂』攪亂了家庭乃至社會的正常秩序，封建國家統治基礎潛伏著難以排除的危機」[13]。作者為此而表露出無可奈何的感歎

12　陶輔《花影集》，頁 109-110。
13　趙興勤《理學思潮與世情小說》，頁 280。

和痛徹骨髓的憂傷。

二是對家庭衰敗原因的反思：

在《花影集》作者看來，綱常淪喪，家庭衰敗，原因很多：家庭成員「縱酒宿娼」「遊放賭博」「恣意非為」「行藏極濫」「放欲肆情」，是其主要原因。教子無方，子孫不賢，揮金如土，坐吃山空，如書中李自然所云：「寒家之敗，實由豚犬所致。」同書卷三〈龐觀老錄〉條亦云：「本非仕宦之家，原少父師之教，養成愚俗之才，習就凶頑之性。義禮茫然，貪欺是尚，損於人，利於己，自以為常；愛之生，惡之死，誰能敢犯。轉目忘恩，吹毛復怨。憑血氣之強，仗粗豪之勇。一語不容，半錢不舍，惡極刑加，何辭脫罪。」又云：「何期今之淺俗，或敗家之子，或遊手之徒，不知義禮，恣意妄為，輕則傷財敗德，重則殺身亡家，愚莫此甚，真可哀也。」流露出相類的思想情緒。是其二。驕奢淫逸，不知收斂，結交匪類，不務生理，是其三。「狗黨狐朋晝夜隨，賭錢喫酒無不至。緣何驕奢生貧賤？只因放肆身家陷」，所講的就是這個道理。主內乏人，夫婦「防忌」，「母子不睦」，帷薄不修，狂奴欺主，是其四。李當年方七歲，母亡。其父李自然續娶一妻，「恐子為繼母凌苦，百方防忌。子母之間反各疑避」，「一自新婦入門，母子更加不睦。而李當恣意非為，其母絕言不告，亦不禁戒，所以至於敗壞」。所反映的正是這一問題。

同書卷四〈翟吉翟善歌〉強調，「夫婚姻者，人極之先，五倫之本，正閨門以及家邦，承宗祀以延後嗣」，指出「婦驕悍怠悖指教，家業從此成頹衰」，反對「演唱古今」之瞽者出入人家，稱：「作豔麗之音，唱淫放之曲，出入人家，頻年集月，而使大小長幼，耳貫心通，化成俗染，他時欲望其子女為節義之人，得乎？」也不贊成延尼、巫入室，治病祈神，曰：「凡遇疾病，輕則藥婆，重則師娘，或投以無名之藥，或禱於假降之神。嗚呼！人命家聲，付之於有損無益，此故已矣。然此等婦人，往來人家，為奸為盜，為妖為孽，誘內通外，鼓弄妻妾，勾引奴婢，所為之非，不可概舉。噫，可畏也哉！」更主張嚴屬「關禁」，認為「悍婦私奴起奸禍，狂夫寵婢恩義墮。奴婢人家不可無，只須家長無私過」。其秉筆之旨，藉此可知。

作者還從正面渲染勤儉持家、勤勞致富的道理，謂李自然初則遊手好閒，惹事生非，蕩盡家業，後若有所悟，盡棄惡習，「下閘口賃房賣米餅度日」，「夫婦勤苦生理，不舍晝夜。不半載自餅鋪而為食店，自食店而開槽坊，生理日增，財本日盛，十數年中家業赫然。南莊東野，前店後宅，遂成巨富」，又以歌述其事曰：「晝夜營營不惜身，省衣節食得餘羨。輳添小本作營生，買多賣少奔西東。四時八節冒寒暑，一百二十行肆中。經紀誠實人信服，日月可過衣食充。老少有依財足用，人道盡而天理通。緣何勤儉生富足？彼因貧困先勞碌。粗茶淡飯守尋常，朝謀夜算思積蓄。」在作者看來，振興家業的

關鍵，在於勤苦持家，省衣節食，「經濟誠實」，欲脫貧須「先勞碌」，「勤儉生富足」。此類表述，都帶有一定的警世、勸世作用。

《花影集》所描述的產生「家反宅亂」的種種原因，在《金瓶梅詞話》中都有所體現。筆者早些年曾根據作品內容，概括該小說所體現出的「家反宅亂」產生的原因，大致有幾個方面：「治家不察，主家不正」，「尊卑失序，倫常紊亂」，「夫綱不立，婦道不修」，「帷薄不清，內外無別」，「長舌亂家，婢妾僭越」，「貪酷暴虐，節孝有虧」，「結交匪類，奢侈破家」，「不讀詩書，不知禮義」。[14]

回觀小說所寫，的確如此。西門慶縱欲貪財，「破業傾家」，與他的失怙恃、少訓教有關。因沾染市井惡習，「專一飄風戲月，調占良人婦女」（第二回），所結交皆勢利小人，「見他家豪富，希圖衣食，便竭力承奉，稱功誦德。或肯撒漫使用，說是疏財仗義，慷慨丈夫。脅肩諂笑，獻子出妻，無所不至。一見那門庭冷落，便唇譏腹誹，……平日深恩，視如陌路」（第八十回）。故作家告誡，「為人之父母，必須自幼訓教子孫，讀書學禮，知孝順父母，尊敬長上，和睦鄉里，各安生理。切不可縱容他少年驕惰放肆，三五成群，遊手好閒，張弓挾矢，籠養飛鳥，蹴踘打毬，飲酒賭博，飄風宿娼，無所不為，將來必然招事惹非，敗壞家門。似此人家，使子陷於官司，大則身亡家破，小則吃打受牢，財入公門，政出吏口，連累父兄，惹悔耽憂，有何益哉」（第三十五回）！書中許多插詩（詞），也頗能說明問題：

> 酒損精神破喪家，語言無狀鬧喧嘩。疏親慢友多由你，背義忘恩儘是他。（〈四貪詞·酒〉）

> 柔軟立身之本，剛強惹禍之胎。無爭無競是賢才，虧我些兒何礙？（第一回）

> 色不迷人人自迷，迷他端的受他虧；精神耗散容顏淺，骨髓焦枯氣力微；犯著姦情家易散，染成色病藥難醫。古來飽暖生閒事，禍到頭來總不知。（第三回）

> 野草閒花休采折，真姿勁質自安然。（第五回）

> 可怪狂夫戀野花，因貪淫色受波喳。亡身喪命皆因此，破業傾家總為他。（第六回）

> 舞裙歌板逐時新，散盡黃金只此身。寄語富兒休暴殄：儉如良藥可醫貧。（第十一回）

14　趙興勤《理學思潮與世情小說》，頁 295-301。

堪笑西門暴富，有錢便是主顧。一家歪斯胡纏，那討綱常禮數。（第十二回）

人生雖未有千全，處世規模要放寬。好惡但看君子語，是非休聽小人言。（第十三回）

西門貪色失尊卑，群妾爭妍竟莫疑。何事月娘欺不在，暗通僕婦亂倫彝。（第二十二回）

人心不足蛇吞象，世事到頭螳捕蟬。無藥可醫卿相壽，有錢難買子孫賢。（第三十回）

婚嫁專尋勢要，通財邀結豪英。（第三十一回）

自恃官豪放意為，休將喜怒作公私。貪財不顧綱常壞，好色全忘義理虧。狎客盜名求勢利，狂奴乘飲弄奸欺。（第三十四回）

莫入州衙與縣衙，勸君勤謹作生涯。池塘積水須防旱，買賣辛勤是養家。教子教孫並教藝，栽桑栽棗莫栽花。閒是閒非休要管，渴飲清泉悶煮茶。（第三十五回）

為人多積善，不可多積財。積善成好人，積財惹禍胎。石崇當日富，難免殺身災。鄧通饑餓死，錢山何用哉！今日非古比，心地不明白：只說積財好，反笑積善呆。多少有錢者，臨了沒棺材！（第七十九回）

萬事從天莫強尋，天公報應自分明。貪淫縱意奸人婦，背主侵財被不仁。莫道身亡人弄鬼，由來勢敗僕忘恩。堪歎西門成甚業，贏得奸徒富半生。（第八十一回）

如此之類甚夥，不一一列舉。

兩相對照，不難發現，《金瓶梅詞話》的作者，在反思造成家庭衰敗的原因時，無疑受到《花影集》的很大影響。而且，表述方式也極為相似。作者既然可以將《花影集》中晏公廟故事植入該小說，在思想追求、價值取向上也多有承繼，則是很可能的。

三是「天命」與「人事」之辯：

在〈丐叟歌詩〉小說中，李自然將家業衰敗，歸之於兒子李當，謂：「寒家之敗，實由豚犬所致。」而在旁觀之道人看來，興衰隆替，富貴貧窮，如天有四時，遷轉代謝，「一飲一啄，皆因前定。萬物虧成，氣理使然」，還作歌曰：「四序推遷氣迭更，人間成敗理同明。春回大地群芳茂，夏到炎蒸萬物成。秋動金風諸品遂，冬寒閉塞運回貞。乾坤終始俱同理，莫把興衰浪自驚。」而賣茶之叟則不以為然，曾說：「汝謂四時但依氣

運自然，不關人事，且如春不耕種則莽然蒿艾，禾不生矣；夏不耘耨則草卉叢雜，穀不實矣；秋不收斂，則風霜散敗，廩無蓄矣；冬不藏蓄，則用度乏繼，民無恃矣。是果專於氣運乎？亦將從於人事乎？」在他看來，「氣運合變，實繫乎人。聖賢之治，體眾心而合之於天；小人之為，肆己欲而巧變於事。心即天，天即理，人行速而天行緩，人事昭而天理默。善惡陰陽，互為體用。善不與福期而福自生，惡不與禍會而禍自至。興亡治亂，於斯判矣。」認為，「氣」與「理」相輔相成，互為作用。只要虛心向善，體味「眾心」，自與「天命」相合。「人道盡而天理通」，「善不與福期而福自生」。反之，若「肆己欲而巧變於事」，則往往事與願違，「惡不與禍會而禍自至」，「惡積禍會，又將誰怨耶」！這既有受傳統思想影響的印痕，又與明代哲學思想較為相近。當時的思想家強調，「當然處即是天理」[15]，「動靜合宜者，便是天理」[16]，「天即理之所從出」[17]，「人能於言動、事為之間不敢輕忽，而事事處置合宜」[18]，則與「天理」相合，此即所謂「氣運合變，實繫乎人」之謂也。所以，為人處世，「當常以上帝之心為心，興一善念，上帝用休而慶祥集焉；興一惡念，上帝震怒而災沴生焉，感應昭昭也」[19]。賣茶叟所講的「人事」，是努力將自身之行為納入倫理綱常的規範，使之合乎「天理」，不求福而福至，命運自然會改變。所謂「天命和人事的關係」[20]，即指此。

值得注意的是，《金瓶梅詞話》也時而涉及這一命題。作者有著濃重的天命觀和因果報應思想，曾稱：

湛湛青天不可欺，未曾舉意早先知：休道眼前無報應，古往今來放過誰？（第五十九回）

高貴青春遭大喪，伶俐醒然卻受貧。年月日時該定載，算來由命不由人。（第六十一回）

善惡到頭終有報，只爭來早與來遲。（第六十二回）

畢竟難逃天地眼，那堪激濁與揚清。（第七十六回）

15　《明儒學案》卷二。
16　《明儒學案》卷七。
17　《明儒學案》卷七。
18　《明儒學案》卷七。
19　《明儒學案》卷三。
20　程毅中點校本陶輔《花影集》，「前言」，頁5。

平生作善天加慶，心不欺貧禍不侵。（第七十九回）

我勸世間人，切莫把心欺。欺心即欺天，莫道天不知：天只在頭上，昭然不可欺。
（第八十一回）

但交方寸無諸惡，狼虎叢中也立身。（第八十四回）

又每每強調「人事」之自為，曰：「行藏虛實自家知，禍福因由更問誰」，要求「閑中
點檢平生事，靜裏思量日所為」。希望帝王「務勤儉」「親賢」，以成就基業。勸誡為
官者，「前程暗黑路途險，十二時中自著研」。推崇「傲風霜」之志節，追慕「清標不
染塵埃氣」的人生境界。在總結人生教訓上，則強調「忠直」之心常存，「喜怒之氣」
力戒。「為不節而亡家，因不廉而失位」，是主觀意識出了問題，才導致權、位的喪失，
「要知禍福因，但看所為事」。與《花影集》所稱「理合氣同，惡積禍會」含義大致相同。
雖然口稱「成敗皆由命」，「運去貧窮」，但並未忽略人的後天修為在改變命運中的重
要作用，謂：「有福莫享盡，福盡身貧窮。有勢莫倚盡，勢盡冤相逢。福宜常自惜，勢
宜常自恭。」還強調關鍵之時對自身命運走向的把握，「事遇機關須進步，人逢得意早
回頭」。這皆可以證明，《金瓶梅詞話》對《花影集》之思想，多有承繼與闡發。

　　由此看來，《金瓶梅詞話》在創作過程中，不僅吸納並改造了《水滸傳》乃至宋元
話本的許多情節，還從同時代的小說中採擷素材，且對其所蘊含的價值指向、哲學思想
多所接納。這為我們研究《金瓶梅詞話》的思想成因拓寬了渠道。研究者在論及《金瓶
梅詞話》的思想意蘊時，往往對萬曆時期社會思潮、文化背景關注較多。其實，政治危
機、綱常淪喪、風習敗壞，在正、嘉年間已現端倪。《花影集》所收小說所反映出的內
容，即是一明證。《金瓶梅》研究者，在追索該小說作者時，也往往由臨清晏公廟而生
發，進而坐實作者與臨清的關係，恐亦不妥。因此情節乃是由他人作品移植、發展而來，
不能作為判定該書作者與臨清關係的唯一依據。緣此之故，我們在研究《金瓶梅詞話》
時，不妨將成書於其前的小說儘量閱讀得多一些，這對於考證《金瓶梅詞話》素材的來
源，追索該書作者思想演化的軌跡，當會大有助益。

下編：瓶外摭談

王孝慈藏本《金瓶梅》木刻插圖研究*

　　目前，《金瓶梅》研究已經進入縱深發展的階段，各個研究領域均有創獲。不過，以筆者目力所及，插圖研究似乎是一個仍未引起太多關注的課題。鄭振鐸認為，《金瓶梅》木刻插圖「單就所表現的題材一點來講，就足以震撼古今作者們了」[1]。可見，這一研究是可行而必要的。關於崇禎間《金瓶梅》的木刻插圖，以新安劉應祖、劉啟先、黃汝耀、黃子立等刻工鐫刻作品影響最大，為研究者所關注。插圖凡二百幅，係王孝慈藏本（以下簡稱王藏本），民國二十二年（1933），北平古佚小說刊行會據以影印，附在《金瓶梅詞話》中。翻閱這些木刻插圖，發現其藝術表現內容主要包括情色表現、世情表現、民俗表現以及市井表現。值得注意的是，刻工（畫工）們除了借助情色表現招徠讀者外，其實還隱含了對小說核心內容的攫取、世風丕變下的人情世態等在內的一個無聲的敘事系統，呈現出獨立的批評意義。從這個意義上講，插圖實在為小說敘事的有益補充。崇禎間《金瓶梅》插圖的出現，在藝術學、詮釋學、文獻學、傳播學等方面，都具有一定的意義。本文的研究，旨在通過引入插圖這一特殊的符號系統，圖文互證，為《金瓶梅》的傳播研究、批評研究以及明季文化史研究提供一個特殊旁證。

---

*　本文與趙韡合作，曾刊《金瓶梅與清河——第七屆國際金瓶梅學術討論會論文集》，長春：吉林大學出版社，2010 年 7 月。

1　鄭振鐸〈中國古代木刻畫史略〉，《鄭振鐸全集》，石家莊：花山文藝出版社，1998 年，第 14 冊，頁 331。

一、經史與俗塵：圖像之於書籍的功能演變

(一)「左圖右書」：知識譜系與娛樂擴張

談及「圖」，從文字起源的角度而論，「書與畫同出，畫取形，書取象，畫取多，書取少。凡象形者，皆可畫也」[2]。而「圖書」，本乃「圖籍」與「書籍」之合稱。古有「河圖洛書」之說，《周易·繫辭上》謂：「河出圖，洛出書，聖人則之。」鄭樵《通志》曰：「河出圖，天地有自然之象，圖譜之學由此而興；洛出書，天地有自然之文，書籍之學由此而出。」[3]在語源意義上，「圖書」便隱喻了秩序的確立以及知識學的傳統。在古代學者眼中，「有書必有圖」是歷史沿襲下來的「規矩」，圖可以「佐書之所不能盡也」，「凡天文、地理、鳥獸、草木、宮室、車旗、服飾、器用、世系、位著之類，非圖則無以示隱賾之形、明古今之制」，即便是儒家經典，「《詩》《書》《禮》《樂》《春秋》，皆不可以無圖」[4]。

「圖」之於專門之學的作用不言而喻。如輿地之學，元張鉉《至大金陵新志》「修志本末」言：「郡國、輿地之書，非圖何以審訂？至順初，元郡士戚光纂修《續志》，屏卻舊例，並去其圖，覽者病焉。今志一依舊例，以山川、城邑、官署、古跡次第為圖，冠於卷首，而考其沿革大要，各附圖左，以便觀覽。」[5]在修志過程中，著力恢復了一度被摒棄的「圖」的傳統。再如醫藥之學，明李時珍《本草綱目》「圖卷上之上」曰：「從來圖繪，絢飾為工，未暇析其形似。是以博物君子，每多櫨梨橘柚之疑。茲集詳考互訂，擬肖逼真，雖遐方異物，按圖可索，奚第多識其名已也。」摹物為「圖」，在方法上去絢飾、求形似，以助後來者識別之用。

「圖」，又是學者研修學問的必要工具。所謂「古之學者，左圖右書，不可偏廢」[6]，蓋因「圖成經，書成緯，一經一緯，錯綜而成文」[7]，見書不見圖，若「聞其聲不見其形」；見圖不見書，如「見其人不聞其語」[8]。宋代鄭樵分析認為，「古之學者，為學有要。置圖於左，置書於右。索象於圖，索理於書。故人亦易為學，學亦易為功。舉而措之，如

2　鄭樵《通志》卷三一〈六書一〉。
3　〈《通志》總序〉。
4　胡渭〈《易圖明辨》題辭〉。
5　張鉉《至大金陵新志》。
6　鄭樵〈《通志》總序〉。
7　鄭樵〈《通志》總序〉。
8　鄭樵《通志》卷七二〈圖譜略·索象〉。

執左契」，又指出後來學者「圖」「書」分離治學之弊，「後之學者，離圖即書，尚辭務說。故人亦難為學，學亦難為功。雖平日胸中有千章萬卷，及真之行事之間，則茫茫然不知所向」[9]。又以為圖至約，書至博，通過圖獲取知識較容易，通過書則比較困難。

上述可見，早期配合文本之「圖」，主要是借助「圖」的感性形式助推讀者獲取理性提升，是功能性較強的知識輔助性工具。當然，「圖」之用並非只此一途，與「圖」的知識譜系並行的，其實還有娛樂消遣的一脈。美國漢學家、賓州大學教授梅維恒（Victor H. Mair）博士認為：變文「是從一種被簡稱為『轉變』的口頭的看圖講故事的形式發展而來的」[10]，「『轉變』就意味著說故事人通過他的職業上的各種手段使一幅畫卷上變現的人物和場景變得真實而生動。」[11]在這裏，「圖」是故事的主體，故事是為「圖」服務的，而傳播者為了擴大傳播效果，他（她）所做的努力便是通過各種形式盡其所能演述「圖」上的故事，其間或許少不了表演成分，可以考索與戲曲雛形之關聯問題。待到文字之傳播效果彰顯、文本之傳播功能發達以後，「圖」與「文」的位置便也隨之轉換。「文」不再是對「圖」的闡釋與說明，而承載起故事本身，占據了傳播的主導地位，「圖」則多半成為點綴和附庸，充其量只是在傳播中起到催化作用。

小說作為大眾文化的主流樣式之一，若放置在明代這個背景下，插圖本的普及，既是印刷技術進步的反映，也是作為文本小說消費主體的市民階層娛樂需求進一步得到釋放的結果。我們知道，早期之圖，往往與文本內容緊相關合，以圖釋文，圖文互見，城邑、宮室、車駕、服飾、兵器、河流、蟲魚諸物，以圖分別標識其儀制、規模、形狀、特徵、流向，以相區別，不致混淆。有些與禮儀相關的器物圖像，還包蘊有「上下異等，尊卑異事」的倫理內容。如史書所載的「唐長安京城圖」「洛陽宮闕圖」「釋奠祭器圖」「鄉飲禮圖」「太廟圖」「唐朝功臣配享圖」「文武合班圖」「子遊喪服圖」等，大致反映的這種情況。即如《山海經》，因其「序述山水，多參以神怪」，故常被視作地理書。據說晉郭璞注此書，有「《山海經》圖贊二卷」[12]，圖宋時已不存。明王崇慶《山海經釋義》所附圖，乃「書肆俗工所臆作」[13]。後來，隨著圖書事業的發展，情況有了變化，「圖」則由知識性向情趣性、娛樂性演化，其功用也由一般的根據具體物象而作的客觀描摹，轉而為以虛構的情景、豐富的想象構圖布形，以激發閱者感官的愉悅，來完善、充

9　鄭樵《通志》卷七二〈圖譜略·索象〉。

10　〔美〕梅維恒著，王邦維等譯《繪畫與表演——中國的看圖講故事和它的印度起源》，北京：北京燕山出版社，2000 年，頁 1。

11　〔美〕梅維恒著，王邦維等譯《繪畫與表演——中國的看圖講故事和它的印度起源》，頁 1-2。

12　《四庫全書總目》，北京：中華書局，1965 年，下冊，頁 1205。

13　《四庫全書總目》，下冊，頁 1227。

實文字描寫所未及之內容。當然，某部小說之文本的流行與廣泛接受，也是「圖文本」出現的前因之一。當我們把這一有趣的現象納入傳播的視閾，可以發現，從生產角度來說，刻工的參與和圖像的增添無疑會增加更多的成本，因此，達不到一定的銷售數量，刻版印刷肯定是入不敷出的。書坊主之所以樂意為之，主要是競爭加劇的結果以及對於利潤前景的無限期待。如追問下去，這種文化生產間的競爭之所以加劇，更深層次的原因則是社會文化流行趨勢的作用。標新立異、追求感官刺激與「玩人生」，基本上蔓延整個晚明社會，滋生其間的娛樂需求得以不斷膨脹，此一膨脹同樣刺激著資本的擴張。資本的不斷注入，導致娛樂產品的花樣翻新，其結果之一，便是象徵傳統文化知識譜系之「左圖右書」勢力的消退，以及娛樂擴張下大眾文化典型之「上圖下書」的昌熾與流行。

(二)「上圖下書」：明代出版及稗部插圖本的流行

明代的出版環境，總的來說比較寬鬆。所以，即便是官刻，也不妨礙戲曲、小說之類通俗文學的付梓。如都察院刻書中，就曾出現過《三國志演義》和《水滸傳》。[14]其時，既「不像宋代那樣前後十多次由政府頒佈禁令，也沒有像元朝那樣有事先審查的制度，更沒有禁止書籍在國內或國外流通的法規」[15]，並且，最起碼還有這樣三條特殊的便利：一是造紙、印刷技術的進步。在原材料上，「印書紙有太史、老連之目，薄而不蛀」，「若印好板書，須用綿料白紙無灰者。閩、浙皆有之，而楚、蜀、滇中，綿紙瑩薄，尤宜於收藏也」[16]。在印刷技術上，「至是進而采色摺」[17]。活字印書得到普遍運用（有銅活字、錫活字、木活字等），同時，套版技術發展也很快，明末還發明了餖版和拱花的印刷方法。二是自明太祖即開始實行書籍免稅政策。洪武元年八月，朱元璋下令「除書籍、田器稅，民間逋負免徵」[18]。這一對於書籍的免稅政策，一直延續至明朝覆亡。三是明代刻書工價極廉。刻一部古注十三經，「費僅百餘金」。明刻《豫章羅先生文集》，工錢只有 21 兩，「每葉合工資壹錢伍分有奇」。至崇禎末年，江南尚如此。一般認為，「書本之印刻，自萬曆中至崇禎間，以常熟毛氏晉所刻之汲古閣本為最精美」[19]，而毛晉汲古閣招聘刻工，給出的工價僅為「三分銀刻一百字」。當時，「銀串每兩不及七百文」，

14　參看陳力《中國圖書史》，臺北：文津出版社，1996 年，頁 276。

15　繆詠禾《明代出版史稿》，南京：江蘇人民出版社，2000 年，頁 70。

16　謝肇淛《五雜俎》卷一二〈物部四〉。

17　〔日〕大村西崖著，陳彬龢譯《中國美術史》，上海：商務印書館，1928 年，頁 198。

18　《明史·太祖二》。

19　〔日〕大村西崖著，陳彬龢譯《中國美術史》，頁 199。

按此計算,則「每百字僅二十文」。其時,即「屠沽小兒」刻板印書,亦非咄咄怪事。出版的低門檻,以致當時即出現「挾資入賈肆,可立致數萬卷」之說,無怪乎清末藏書家葉德輝感慨:「此等板籍,幸不久即滅,假使盡存,則雖以大地為架子,亦貯不下矣。」[20]在以上多種因素的共同作用下,明代「出現了我國出版史上最活躍的局面」[21],僅《明史·藝文志》便著錄明人著作 4633 種 1105870 卷。

最早的插圖書,徐蔚南以為似是宋代皇祐元年(1049)的《三朝訓鑒圖》[22],其後,嘉祐八年(1063)刻顧愷之《小列女傳》八卷,崇寧二年(1103)刻將作少監李誡《營造法式》並圖樣三十四卷,淳熙三年(1175)有鎮江版的《三禮圖》等等。其實,據葉德輝考察,《漢書·藝文志》就著錄有為孔子弟子畫像的《孔子徒人圖法》二卷。《隋書·經籍志》,亦載有《周官禮圖》十四卷。[23]但這種圖文並茂的藝術形式,「至明代始大發達」[24]。明代前期流傳下來的刻有插圖的書籍較少,僅宣德間金陵積德堂版《嬌紅記》等幾種,至嘉靖、萬曆以後,則日見其繁。尤以小說、戲曲等通俗文學為著。如朱墨套印本《紅拂記》《邯鄲夢》《彩筆情辭》等,都有非常精美的插圖。[25]其時刊刻之精,有「最為工細」[26]之譽。據葉德輝所見,明刻書中「《人鏡陽秋》及鄭世子載堉《樂書》《隋煬豔史》《元人百種曲》首帙、《水滸傳》首本、《隋唐演義》首帙,皆有繪畫」[27],至於其所藏明槧傳奇雜曲諸書繪圖,如《三國志演義》(有圖 240 幅)及湯顯祖《玉茗堂四夢》、吳世美《驚鴻記》、單槎仙《蕉帕記》、無名氏《東窗記》、高奕《四美記》以及閔刻《西廂記》之類,「工致者尤多」。[28]就現存明刻稗部或戲曲類書籍而言,「插

---

20 葉德輝《書林清話》(長沙:嶽麓書社,1999 年),頁 154。按:葉氏此語源本唐荊川順之,《荊川集》卷五〈答王遵岩書〉曰:「僕居閒偶想起宇宙間有一二事,人人見慣,而絕是可笑者。其屠沽細人,有一碗飯吃,其死後則必有一篇墓誌;其達官貴人與中科第人,稍有名目在世間者,其死後則必有一部詩文集矣。如生而飲食、死而棺槨之不可缺,此事非特三代以上所無,雖漢唐以前,亦絕無此事。幸而所謂墓誌與詩文集者,皆不久泯滅。然其往者滅矣,而在者尚滿屋也。若皆存在世間,即使以大地為架子,亦安頓不下矣。此等文字,倘家藏,人畜者盡,舉祖龍手段,作用一番,則南山煤炭竹木,當盡減價矣。可笑,可笑。」

21 繆詠禾《明代出版史稿》,頁 70。

22 徐氏《中國美術工藝》(北京:中華書局,1940 年,頁 99)謂:「宋仁宗皇祐元年(1049)命高克明繪三朝盛德之事,雕《三朝訓鑒圖》十卷,賜予宗室以及大臣,似為宋代繡像書籍之嚆矢。」

23 參看葉德輝《書林清話》,頁 181。

24 〔日〕大村西崖著,陳彬龢譯《中國美術史》,頁 197。

25 參看陳力《中國圖書史》,頁 294-295。

26 葉德輝《書林清話》,長沙:嶽麓書社,1999 年,頁 181。

27 葉德輝《書林清話》,頁 181。

28 葉德輝《書林清話》,頁 182。

圖本」之例也是不勝枚舉。如萬曆間金陵富春堂版的《千金記》《商輅三元記》《玉釵記》《玉玦記》等，皆配有精美插圖。其他如文林閣、繼志齋、廣慶堂、環翠堂等所刻書，大多如是。[29]且所刻圖像，「背景與人物並重，人物形象富於表情，力求表現人物和環境的關係」[30]，翠娛閣刊本《遼海丹忠錄》、兼善堂刊本《警世通言》、尚友堂刊本《拍案驚奇》、山水鄰刊本《歡喜冤家》、人瑞堂刊本《隋煬帝豔史》、筆耕山房刊本《宜春香質》《弁而釵》以及《今古奇觀》《孫龐鬥志演義》等，俱是。明萬曆間金陵萬卷樓周對峰版《國色天香》、南京齊府覆建安楊明峰重刊《皇明開運英武傳》，乃上圖下文。萬曆間立正堂王泰源版《萬寶全書》《訂補高寶全書》，以及崇禎間劉興我版《四民便用積玉全書》，均為民間日用類書，則「圖文並列，圖嵌文中」[31]，圖文互見，相映成趣。足見插圖內容之豐富。可見，王藏本中插圖的產生並非偶然，而是順應了那一時代圖書市場商品運作的潮流。

二、王藏本木刻插圖的藝術表現

　　王孝慈藏本木刻插圖共兩百幅，按照百回回目，具體分佈特徵為一回兩幅，即以回目標題上、下句各作相應場景圖一幅。筆者對這二百幅插圖逐一檢核，發現除了一定數量的情色表現外，圖像所涉內容包括數百年前之「人物衣冠，社會狀態，起居飲食，房屋結構」[32]，幾乎涵蓋了明代市民生活的方方面面，可視為一組與小說敘事系統相輔相成的風俗長卷。無怪乎鄭振鐸慨歎：「涉及面如此廣泛的大創作，在美術史上是罕見的。」[33]

(一)欲望符號：木刻插圖的情色表現

　　據筆者統計，插圖中直接表現性愛場面的插圖共 36 幅（性場景不是畫面主要情節或僅僅表現男女調情的，不在統計之列），約占插圖總量的 18%。具體分佈為第八回插圖 2，第十三回插圖 2，第二十三回插圖 2，第二十七回插圖 1、2，第二十九回插圖 2，第三十四回插圖 2，第三十七回插圖 2，第五十回插圖 1，第五十一回插圖 1，第五十二回插圖 1，第五十七回插圖 2，第五十九回插圖 1，第六十一回插圖 1，第六十四回插圖 1，第六十

29　參看周蕪編著《金陵古版畫》，南京：江蘇美術出版社，1993 年。

30　王達弗〈《金陵古版畫》前言〉，《金陵古版畫》，頁 1。

31　周蕪等編《日本藏中國古版畫珍品》，南京：江蘇美術出版社，1999 年，頁 132。

32　鄭振鐸〈插圖之話〉，《鄭振鐸全集》，第 14 冊，頁 14。

33　鄭振鐸〈中國古代木刻畫史略〉，《鄭振鐸全集》，第 14 冊，頁 331。

五回插圖 1，第六十九回插圖 1，第七十三回插圖 2，第七十四回插圖 1，第七十五回插圖 1，第七十六回插圖 1，第七十七回插圖 2，第七十八回插圖 1、2，第七十九回插圖 1，第八十回插圖 1，第八十二回插圖 1、2，第八十三回插圖 2，第八十六回插圖 2，第九十三回插圖 2，第九十五回插圖 1，第九十七回插圖 1、2，第九十八回插圖 2，第九十九回插圖 2。從這些情色圖像的內容上看，作者著意於各種與文本內容基本偶合的性交場景的再現（當然，也摻雜著一些想象的成分），人物造型、刀法與明季流行的春宮畫並無太明顯的分野，反映了刻工（畫工）對畸形閱讀（觀賞）心理的迎合。其對同性性愛、偷窺等場景的「現實主義」展示，再現了晚明社會浮囂的「淫猥氣氛」。[34]從根本上講，此類「插圖本」的出現，並不是以藝術為旨歸，而是比較典型的消費社會的產品。

(二)人情世態：木刻插圖的世情描摹

《金瓶梅》第七回，敘寫孟玉樓再醮西門慶之事。圍繞玉樓再嫁，楊家爆發了一場家庭風波。家族中兩位出來干涉的長輩楊姑娘和張四舅，對玉樓是否再嫁、所嫁何人其實並不關心，關注的只是自己能到手多少好處。楊姑娘「愛的是錢財，明知侄兒媳婦有東西，隨問什麼人家他也不管，只指望要幾兩銀子」，因收受了西門慶的財帛禮物，便「一力張主」玉樓嫁入西門府。張四舅「圖留婦人東西」，「破親」未果，召來街坊眾鄰一意阻攔，強行要求打開箱籠，看外甥媳婦有無夾帶財物。言語之間，哪裏還有什麼親情味？無怪乎張竹坡感慨：「無數話，總是東西。人情可歎。」本回插圖 2（見附圖 1），表現的正是「楊姑娘氣罵張四舅」之場景。圖中，楊姑娘和張四舅劍拔弩張，互相指責謾罵，而其餘人物立而旁觀，不知所可，楊姑娘身後之孟玉樓似在調停，又似在作自我分解，於是，薛嫂兒乘楊、張「二人嚷做一團，領率西門慶家小廝伴當，併發來眾軍牢，趕人鬧裏，七手八腳將婦人床帳、妝奩、箱籠，扛的扛，抬的抬，一陣風都搬去了」。繡像眉批曰：「收煞得妙。若等講清白了再扛抬，便呆矣。」插圖對故事情節的再述，其實隱含了作者對於人物心理活動的敏感把捉以及對人情世態、冷暖世相的體認與評判。正如張竹坡在「回評」裏所揭示的，楊姑娘的「爭」和張四舅的「鬧」，「總是為玉樓有錢作襯」。「而玉樓有錢，見西門慶既貪不義之色，且貪無恥之財，總之良心喪絕，為作者罵盡世人地也」。「見得財的利害，比色更利害些，是此書本意也」。此外，

---

34 關於明代社會風氣，歷代知識分子多有訾議。清代英和在《讀明史》一詩中嘗言：「未斷貂璫禍，誰懷簪笏慚？人多立門戶，泉莫辨廉貪。相業房中術，兵機紙上談。若教逢賈傅，太息再還三。」（《恩福堂詩鈔》卷二，《上海圖書館未刊古籍稿本》〔上海：復旦大學出版社，2008 年〕，第 49 冊，頁 101。）

第三十三回插圖 2（見附圖 2），繪街坊捉姦王六兒、韓二。圖中韓二奪門而逃，王六二赤裸全身，為一壯漢攄住，仍面無羞赧之色，且指指點點似有叫罵之意，與文本中人物性格正相印證。此一婦人，貪圖錢財，與西門慶勾搭成奸，在丈夫韓道國面前也不諱言。韓道國得知後並不生氣，反而言道：「等我明日往鋪子裏去了，他若來時，你只推我不知道，休要怠慢了他，凡事奉承他些兒。如今好容易撰錢，怎麼趕的這個道路！」這種厚顏無恥之舉，以致張竹坡評點時都看不過去，旁批道：「世情可歎！」

附圖 1 　　　　　　　　　　　　　　　　附圖 2

(三)風俗文化：木刻插圖的民俗掃描

　　《金瓶梅》木刻插圖中的民俗表現甚夥，遊戲伎藝、婚喪嫁娶等無所不備。如第八回插圖 1，潘金蓮「脫下兩隻紅繡鞋兒來」，「打一個相思卦」。除了第六回的以鞋為杯[35]、這裏又出現了以鞋卜卦。第九回插圖 1，繪西門慶娶潘金蓮入門場景，文本敘述很簡單，即「一頂轎子，四個燈籠，婦人換了一身豔色衣服，王婆送親，玳安跟轎，把婦人抬到家中來」。畫面表達則豐富許多：潘金蓮乘四人抬花轎，轎前有四人開路，兩人持燈籠，兩人持火炬，王婆乘兩人抬小轎，玳安隨行。應為明代富裕人家迎親之實景描述。第六

35　參看趙興勤、趙韡〈鞋、鞋杯及文人怪癖〉，《歷史月刊》2009 年 9 月號。

十三回插圖 2（見附圖 3），對室內戲曲演出進行實景描繪。文本交代：西門家「叫了一起海鹽子弟搬演戲文」，「搬演的是韋皋、玉簫女兩世姻緣《玉環記》」，「鼓樂響動，關目上來，生扮韋皋，淨扮包知水，同到勾欄裏玉簫家來」。圖中對明代演員的衣帽特徵、神情動作以及樂隊的構成等戲曲具體演出形式的展現，對欣賞者的座次安排以及女眷隔簾觀劇的真實再現，均反映了特定時代的固有禮俗，是戲曲研究難得的具象資料。其他如，遊藝活動類，有第十五回插圖 2 男女踢氣毬，第十八回插圖 2 男女眾人打牌，第二十五回插圖 1 二婦人同蕩秋千；民間信仰類，有第四十六回插圖 2 婦人占卜，第六十六回插圖 2 擺設道場；節日民俗類，有第十五回插圖 1 所示各式花燈（見附圖 4），第四十二回插圖 1 門前放煙火；娛樂欣賞類，有第七十一回插圖 1 趕象等，都比較有價值。

附圖 3

附圖 4

(四) 市民百態：木刻插圖的市井寫真

明代市民活動的主要區域，在小說木刻插圖中多有體現，特別是商業經營性場所，成為小說故事事件發生過程中頻繁出現的背景。這一點，似未引起研究者的足夠重視。文學作品一定程度上是社會現實的曲折反映。通過對小說人物社交活動區域的考察，可以管窺當時商品流通、經濟發展的情況。在《金瓶梅》木刻插圖中，屢屢出現的是茶坊

（第二回插圖1、2，第三回插圖1）、酒肆飯莊（第六回插圖1、第九十八回插圖1）、藥材鋪（第
十九回插圖1）（見附圖5）、綢緞莊（第六十回插圖2）、糧食鋪（第八十七回插圖1）等等。
這些，除了起到印證文本情節、補充交代故事背景的作用外，還從側面說明當時商品市
場的繁榮程度。如蔣竹山藥鋪所懸掛的「揀選南北道地川廣生熟藥材」，八十七回磨坊
所出示的「重羅白麵」招牌，無疑都是絕好的廣告詞，藉此可以看出市場競爭的激烈。
另外，小說插圖還有一些平凡市井生活的最本真的反映，如第五十八回插圖2（見附圖6）
匠人磨鏡實景。圖中磨鏡人在人家庭院門前放下籮筐、貨擔，橫坐在長條凳上，右手搭
於左手之上，用手裏的工具用力對鏡子進行研磨，磨鏡之婦人於院門後露出半身，似在
仔細端詳磨好的鏡子，並面呈滿意之色。這種市井細節的真實再現，更接近普通人的日
常生活，由於是刻工（畫工）們「自己生活於其中的，故體驗得十分深刻，表現得也異常
『現實』」[36]。

附圖5　　　　　　　　　　　　附圖6

36　鄭振鐸〈中國古代木刻畫史略〉，《鄭振鐸全集》，第14冊，頁331。

三、王藏本木刻插圖的敘事特點及多維價值

鄭振鐸在與王孝慈的交往中，曾感慨：「他家藏版畫最多，精品尤夥。年來頗有散失，然精品尚多存者。他愛之如性命；其好之之專，嗜之之篤，我輩實所不及。」[37]在北平，鄭與王成了一見如故的好友。綜觀王藏本《金瓶梅》木刻插圖，可以得出如下的基本評價，即：雕板精細，人物表現逼真，擅長與故事對應情景的再現以及具象反映小說人物的內在心理活動。而就其圖像語言的敘事特點來說，大致有如下兩點：

(一)「化虛為實」與「化實為虛」

「化虛為實」，如第五回插圖 1（見附圖 7），繪武大在鄆哥帶領下前往王婆茶坊捉姦，文本敘道：

> 只見武大從外裸起衣裳，大踏步直搶入茶坊裏來。那婆子見是武大，來得甚急，待要走去阻當，卻被這小猴子死力頂住，那裏肯放！婆子只叫得「武大來也！」那婦人正和西門慶在房裏，做手腳不迭，先奔來頂住了門。這西門慶便鑽入床下躲了。

在視覺語言表現系統中，插圖作者對文本的描述進行了進一步的想象、表現和發揮。圖中，武大、鄆哥、王婆形態栩栩如生，動作表現豐富，線條運用相當嫻熟。尤其是屋內情形的視覺表現，極富現場感。姦夫淫婦西門慶、潘金蓮被堵個正著，於是，一個倉皇遁入床下；一個拚盡力氣抵住房門。由於事發突然，以致婦人褲子直褪至腳跟處，並來不及扯上，只用腳踝勉強掛住。刻工（畫工）乃是用無聲之線條語言，寄寓人物以褒貶。

至於「化實為虛」，如第六十五回插圖 1（見附圖 8），繪為李瓶兒送喪場面，由於文本敘述頗繁複，場面浩大，不易表現，刻工（畫

附圖 7

附圖8

工）採取了「化實為虛」的藝術手段，把送葬隊伍設置到一個山口轉折處，只以前行之少量人物出現，大隊人馬伏於山坡後，以山石、樹木為遮掩，巧妙地進行了「隱藏」。既簡省了揣摩、設計圖樣的時間，又避免了對文本內容表現的不足以及「圖不盡意」的缺憾。

(二)「全知視角」與「蒙太奇式」敘事

所謂「全知視角」，大意是指敘述者無所不能、無所不知，洞曉故事情節中的所有秘密。在與敘述對象的關係中，敘述者占據信息上的絕對優勢。「總的來說，中國古代白話小說的敘述大都是借用一個全知全能的說書人的口吻」[38]。《金瓶梅》也不例外。至於插圖，基本也採取了這種敘述模式。故事中所有的「隱秘」，不管是內闈偷情還是捉姦、猥褻，在圖像的表達方式上，都是淺顯而直露的。對於讀者來說，可以說是一覽無餘。這樣做的原因，除了通俗文學審美習慣的作用，主要還是大眾文化產品實際傳播效果的需要。正如有論者所言，小說插圖儘管是「一種藝術」[39]，但「常時趨重用於實際功用」[40]，主要承擔的還是敘事功能。「用圖畫來表現文字所已經表白的一部分的意思」，「補足別的媒介物，如文字之類之表白」。[41]

至於圖像在敘事中「蒙太奇式」手法的運用，是指將兩個（或兩個以上）鏡頭所表現的不同的故事（場景）在同一空間中通過組接予以表現。如第九回插圖2（見附圖9），繪武松逮西門慶未果，怒而痛打有「通風報信」之嫌的縣中皂隸李外傳。於「後樓躲避」的西門慶，「見武松在前樓行兇，嚇得心膽都碎，便不顧性命，從後樓窗一跳，順著房簷，跳下人家後院內去了」。圖像在表現西門慶落荒而逃時，卻增一婦人如廁場景，也許是為了映襯小說文本中「人家後院」之背景，但在表現上，卻是迎合市民心理的典型

38　陳平原《中國小說敘事模式的轉變》，北京：北京大學出版社，2003年，頁63。
39　鄭振鐸〈插圖之話〉，《鄭振鐸全集》，第14冊，頁3。
40　鄭振鐸〈插圖之話〉，《鄭振鐸全集》，第14冊，頁4。
41　鄭振鐸〈插圖之話〉，《鄭振鐸全集》，第14冊，頁3。

的消費敘事。再如第三十七回插圖 2（見附圖 10），表現了兩個場景，一為西門慶坐與馮媽媽語，一為西門慶與王六兒幽歡。二者不可能發生在同一時間，插圖中卻在一個空間予以展現。這其間，似乎便隱含了插圖作者對於作品以及人物之間關係的理解。在本回的敘事中，馮媽媽是一個穿針引線、貫穿全回的人物。本是李瓶兒的奶娘，「一旦得王六兒之些須浸潤，遂棄瓶兒如路人」，以致張竹坡評曰：「寫此等人，真令其心肺皆出。」刻工（畫工）特意留下這樣一個人物剪影，想亦有所見。

附圖 9　　　　　　　　　　　　附圖 10

　　至於王藏本《金瓶梅》插圖的價值，筆者以為，大致體現在藝術學、詮釋學、文獻學、傳播學等四個方面。在此約略述之：

　　一是藝術學價值。「繪畫有可藏拙者，而版畫則一目了然，不精美則必塵俗無可稱」，「我國繪畫本以線條為主，故尤易重現於木刻中」。[42]明時刻板之精者，以安徽新安為最；「安徽手民之最佳名工」[43]，又多為黃氏。「萬曆中葉以來，徽派版畫家起而主宰藝壇，睥睨一切，而黃氏諸父子昆仲，尤為白眉」[44]。如刻陳老蓮五種（即《水滸傳》《西廂記》

42　鄭振鐸〈《中國版畫史圖錄》自序〉，《鄭振鐸全集》，第 14 冊，頁 237。
43　〔日〕大村西崖著，陳彬龢譯《中國美術史》，頁 198-199。
44　鄭振鐸〈《中國版畫史圖錄》自序〉，《鄭振鐸全集》，第 14 冊，頁 241-242。

《離騷圖》《博古圖》《葉子格》）之黃子立、刻《女范》之黃元吉、刻程氏《墨苑》之黃鏻、刻《狀元圖考》之黃應瑞及黃伯符、刻《黃河清》之黃一彬和黃汝耀等，俱是。無疑，這些插圖都是明代工藝美術史上的傑作。「精究繪畫史之人，不可不考索此等圖本」[45]。

　　二是詮釋學價值。貝拉·巴拉傑 1913 年發表的《視覺與人類》一書，提出「重新估價映射視覺媒介的歷史地位問題」，認為「辭彙，從其形式特徵來說，僅對如概念那樣的間接經驗的表達起作用；假如不是視覺媒介，則無法接近更直接地活躍在靈魂深處的內在情動，相反，只能囿於『經典性』的傳統見解之中」。[46]其實，插圖同樣是一種以敘事為主體的符號表現體。一定意義上，它與敘事文本遵循同樣的「規則」。「圖像語言是公共表現手段，也具有可與口語及書面語相比的一定的『語法』，並且，那決不是『先驗的』形式，而是由製造者和觀賞者的不斷『交涉』，逐漸達到共有的一種社會性的規則」[47]。在《金瓶梅》木刻插圖的形象構建中，創作者對文本的選擇加工和排列組合，正是其心靈世界對現實的投影。我們對插圖的解讀，就如同創作者對小說文本的解讀一樣，總難免帶有自身的「主觀邏輯」。這種思想上的鏈結，也便使文本不斷獲得了新生的意義。

　　三是文獻學價值。通俗文學插圖的文獻價值，其一，體現在較強的現實功用上。如「楊之炯《藍橋玉杵記》凡例云：每出插圖『以便照扮冠服』。蓋戲曲腳色之插圖，原具應用之意也」[48]。鄭振鐸指出：「明刊劇本，幾於無曲不圖」，只是到了後來，這種工具性逐漸被裝飾性所取代，以致「金陵唐氏富春堂所刊諸腳本，則已近於以版畫為飾物矣」。[49]同樣作為通俗文學的《金瓶梅》，其崇禎木刻插圖在文獻意義上，至少可以證明，此類小說，已成了當時書籍流通市場暢銷貨物。否則，書坊主完全沒有必要費時、費物聘請刻工（畫工）製作專門的插圖。其二，突出體現在民間美術對社會生活的具象反映上。從這一點上來說，作為時代主流的文人畫，其實往往不如民間美術反映生活自由而深刻。深入生活肌理的民間美術創作者，並不會超越耳目視聽、七情六欲，相反，其反覆渲染、表現的正是社會生活中最為人所關注的世情百態，一些歷史細節得以以「原生態」的形式呈現在我們眼前。「研究封建社會沒落期的生活，這些木刻畫就是一個大

45　〔日〕大村西崖著，陳彬龢譯《中國美術史》，頁 199。

46　參看〔日〕中川作一著，許平等譯《視覺藝術的社會心理》，上海：上海人民美術出版社，1991年，頁 175。

47　〔日〕中川作一著，許平等《視覺藝術的社會心理》，頁 182。

48　鄭振鐸〈《中國版畫史圖錄》自序〉，《鄭振鐸全集》，第 14 冊，頁 241。

49　鄭振鐸〈《中國版畫史圖錄》自序〉，《鄭振鐸全集》，第 14 冊，頁 241。

好的、最真實的、最具體的文獻資料」[50]。其三，目前的說部研究，如果說文本文獻是常項，理論文獻是變項，那麼，圖像研究則基本為缺項。除了插圖之外，以小說、戲曲為藍本創作的剪紙、泥塑、皮影、年畫、刺繡、門雕、窗雕、廊雕等，都應納入研究視野。這些，應具有文獻研究方法論上的革新意義。

四是傳播學價值。明代葉盛嘗言：「今書坊相傳，射利之徒偽為小說、雜書，南人喜談如漢小王光武、蔡伯喈邕、楊六使文廣，北人喜談如繼母大賢等事甚多，農工商販，抄寫繪畫，家畜而人有之。……士大夫不以為非，或者以為警世之為而忍，為推波助瀾者亦有之矣。」[51]士大夫的「不以為非」，說明「莊重與冶豔的兩重性，正是古代知識分子心靈的常態」[52]。在社會的上層（士大夫）和底層（市民），兩種社會動力系統儘管在審美上存在著鴻溝和差異，但在某些方面也會形成共識和默契。從史料上來看，《金瓶梅》的傳播，是士大夫輾轉其手、推波助瀾的結果，但它在世俗社會的輻射力和影響力，更多則源自市民間咻咻眾口的追捧以及無所不至的「關注」了。其插圖的出現，既是明代通俗文學昌熾的表現，又反過來進一步刺激了該類小說的流布，具有特定的傳播價值。

最後，仍需說明的是，王藏本木刻插圖的客觀價值雖然存在，但其終究只是消費社會的有價商品，且其間的色情贅疣頗有尾大不掉之嫌，敘事形態上也集中反映了市民階層不高的審美趣味。其所代表的視覺文化系統，只能作為一定時期歷史本真的反映，即可以通過其回歸到歷史現場本身，而無法在欣賞和閱讀中實現主體精神的超越和擢升。這是歷史的病灶，恐怕也是不能回避也不容回避的事實。

50　鄭振鐸〈中國古代木刻畫史略〉，《鄭振鐸全集》，第 14 冊，頁 331。

51　《水東日記》卷二一。

52　趙興勤、趙韡〈鞋、鞋杯及文人怪癖〉，《歷史月刊》2009 年 9 月號。

鞋、鞋杯及文人怪癖[*]

　　《金瓶梅詞話》第六回寫道：「（西門慶和潘金蓮）兩個殢雨尤雲，調笑玩耍。少頃，西門慶又脫下他一隻繡花鞋兒，擎在手內，放一小杯酒在內，吃鞋杯耍子。」這裏的「鞋杯」，又稱「金蓮杯」「雙鳧杯」等，宋元時即有此說，至明清則大盛，在近世畸形病態的文人審美中，溝通著文學世界和色情世界，是雅與俗交媾的伴生物。

　　「鞋杯」本是風月場上調情逗趣的道具，卻不時與作為雅文化代表的文人行止勾連在一起，摻混著文人的情致與俗趣，因而成為研究文人心態的一個比較有意味的話題。然其本末淵源、發展演變，據筆者所見，似除陳詔〈《金瓶梅》小考舉例〉¹、曾永義〈酒話聯翩說禮俗·妓女侑酒〉²二文略作涉及外，很少有文章探討。本文擬就此話題展開闡述。

一、作為小說戲曲常用道具的「鞋」

　　相傳，「鞋杯」源自蘇軾的《選妓約》，「行酒皆用新鞋」。然較早詳細敘及「鞋杯」的，當為生活在元末明初的陶宗儀。他在《南村輟耕錄》卷二三「金蓮杯」條中謂：

> 楊鐵厓耽好聲色，每於筵間見歌兒舞女有纏足纖小者，則脫其鞋載盞以行酒，謂之金蓮杯，余竊怪其可厭。後讀張邦基《墨莊謾錄》，載王深輔道〈雙鳧〉詩云：「時時行地羅裙掩，雙手更縈春激灩。傍人都道不須辭，盡做十分能幾點。春柔淺蘸蒲萄暖，和笑勸人教引滿。洛塵忽泛不勝嬌，刻踏金蓮行款款。」觀此詩，老子之疏狂有自來矣。

楊維楨（號鐵崖）為元末明初著名文人，為詩縱橫奇詭，自成一格，世稱「鐵崖體」，在當時及後世均卓有影響，故其所稱「鞋杯」，也為以後文人津津樂道。明沈德符《萬曆野獲編》卷二三、明顧起元《說略》卷二五、清姚之駰《元明事類鈔》卷三〇、清徐釚

---

* 　本文與趙鞏合作，曾刊臺灣《歷史月刊》2009 年 9 月號。
1 　《古典文學知識》2003 年第 3 期。
2 　《聯合副刊》1994 年 1 月 12 日。

《詞苑叢談》卷八、清王弈清《歷代詞話》卷一〇、清吳景旭《歷代詩話》卷七〇等，均涉及此等內容。另外，劉時中、馮惟敏、瞿佑、彭孫貽等創作的詩詞曲以及說部中的《綠野仙蹤》《品花寶鑒》《淞隱漫錄》等，亦涉及「鞋杯」。

其實，文人關注「鞋杯」，首先緣於對鞋的關注。

古人歷來重履。「履類有屣，有舄，有屐，有屧，有鞵，有靴，有屬，男子貴賤皆躡之」[3]，「婦人履與男子同，自后妃以至命婦，制度質采，咸有等差，不得逾僭」[4]。故有絇履、珠履、複履、穿角履、居士履、高頭草履、小花草履、芒履、鴛鴦履、穀木履、雀頭履諸品類，或與著履者身份、地位、品性、嗜好相關。男女所著履亦略有差異。《宋書·五行志一》謂：「昔初作履者，婦人員頭，男子方頭。員者，順從之義，所以別男女也。晉太康初，婦人皆履方頭，此去其員從，與男無別也。」恰道出「履」之形式演化。

《周禮》即載有赤舄、黑舄、赤繶、黃繶、青句、素屨、葛屨諸名色。古人云：「著服各有屨也，複下曰舄，禪下曰屨。」著夾衣時，所穿為舄；著單衣時，所著為屨。可知，舄、屨乃是一物。而且，所謂赤繶、黃繶，即是「以赤、黃之絲為下緣」。「古者婦人皆著靺穿履，與男子原無分別也」[5]，「男女之履，同一形制，非如後世女子之弓彎細纖，以小為貴也」[6]。所關注者，也非僅僅女鞋，如《史記·春申君傳》：「春申君客三千餘人，其上客皆躡珠履以見趙使。趙使大慚。」左思〈吳都賦〉：「出躡珠履，動以千百。里宴巷飲，飛觴舉白。」傅玄曾作〈履銘〉，文中所稱，乃男子之履。〈釋名〉曰：「履，禮也。飾足以為禮」，又曰：「履，拘也，所以拘於足也。」亦是泛指。稍後，即使詠及女足，也多是寫其天然之態。如李白〈越女詞五首〉：「長干吳兒女，眉目豔新月。屐上足如霜，不著鴉頭襪。」「東陽素足女，會稽素舸郎。相看月未墮，白地斷肝腸。」〈浣紗石上女〉：「玉面耶溪女，青蛾紅粉妝。一雙金齒屐，兩足白如霜。」即是。放曠如李太白，在敘及女足時，也似乎並無多少輕薄的意味。再後來，或是「以小為奇」的緣故，不少文人大都對女子之足小者流露出豔羨之情，如唐大曆中夏侯審〈詠被中繡鞋〉：「雲裏蟾鉤落鳳窩，玉郎沉醉也摩挲。」杜牧〈詠襪〉：「鈿尺裁量減四分，纖纖玉筍裹輕雲。五陵年少欺他醉，笑把花前出畫裙。」均是其例。以小為美，儼然成了當時之習尚。裹足之殘酷行為的產生，或與其時上層社會這一審美心理有關，所謂「瘦欲無形，越看越生憐惜」[7]，「腳小能行」，「又復行而入畫」，[8]恰是這一病態

3　沈自南《藝林彙考》服飾篇卷九〈屣舄類下〉引顧起元《說略》。

4　沈自南《藝林彙考》服飾篇卷九〈屣舄類下〉引胡應麟《少室山房筆叢》。

5　沈自南《藝林彙考》服飾篇卷九〈屣舄類下〉引《五雜俎》。

6　余懷《婦人鞋襪考》。

7　李漁《李漁隨筆全集》，成都：巴蜀書社，1998 年，頁 76。

心理的寫照。

在封建時代，女子為封建禮法所拘囿，往往將自己遮裹甚嚴，「婦人衣服，宜安本分」[9]、「女子無故，不許出中門。出中門，必擁蔽其面」[10]、「出門必掩蔽其面。夜行以燭，無燭則止」[11]。出行連臉面均須遮蔽，身體其它之部位更不必待言，以至「女子行不露足」[12]。足與鞋皆成了具有很強私密性之物，只有妓女才不顧人言，「舞鞋應任傍人看」或「便脫鸞靴入鳳帷」，至於良家女子，則深深掩藏。那種六朝之時的「綠流洗素足」之女子，已極少見。連鞋子也成了祕不示人的閨奩中珍物，或以之贈所愛。元曾瑞卿雜劇《王月英元夜留鞋記》，敘王月英所贈情郎郭華之信物，即「端端正正，窄窄弓弓」一隻繡鞋和一個香羅帕。《醒世恆言》卷一六〈陸五漢硬留合色鞋〉，敘杭州潘用之女壽兒，與行經樓下的豪門公子張藎目視生情，張藎以紅綾汗巾結同心方勝投贈，壽兒則脫下一隻合色鞋兒回贈，是以鞋作定情之物。張藎視此鞋「似性命一般」，備加珍視。同書卷一九〈白玉娘忍苦成夫〉，敘白玉娘與丈夫程萬里生死別離之際，「將所穿繡鞋一隻，與丈夫換了一隻舊履，道：『後日倘有見期，以此為證。萬一永別，妾抱此而死，有如同穴。』說罷，復相抱而泣，各將鞋子收藏」。別後，萬里每到晚間，便「取出那兩隻鞋兒，在燈前把玩一回，嗚嗚的啼泣一回」。後「鞋履重合」，夫婦重聚。《型世言》第六回「全姑醜冷韻千秋」所寫汪涵宇勾搭朱寡婦，也是「將鞋子撮了一隻」，以作訂情之「表記」；第十一回「訴舊恨淫女還鄉」，陸慧卿向書生陸容示愛，則是將情書藏於鞋內，即所謂「深心憐只鳳，寸緘托雙鳧」。《聊齋志異·胭脂》中卞女胭脂，暗自愛上書生鄂秋隼，事為光棍宿介所知，潛往卞處，託名鄂生，「捉足解繡鞋」而為憑，且緣此釀成慘禍。更值得注意的是，張竹坡評點《金瓶梅詞話》，發現是書第二十八回竟然出現了八十個「鞋」字。其曰：

> 此回單狀金蓮之惡，故惟以鞋字播弄盡情。直至後三十回，以春梅納鞋，足完鞋字神理。細數凡八十個鞋字，如一線穿去卻斷斷續續，遮遮掩掩。而瓶兒、玉樓、春梅身分中，莫不各有一金蓮，以襯金蓮之金蓮，且襯蕙蓮之金蓮，則金蓮至此已爛漫不堪之甚矣。

由此可見，在該小說中，「鞋」，不僅是貫穿前後情節的主要道具，在表現男女性愛上，

8　李漁《李漁隨筆全集》，頁 77。
9　唐彪《婦女必讀書》。
10　史典《願體集》。
11　鄭氏《女孝經》。
12　袁枚《纏足談》。

也起到相當重要的作用。又如清人小說《梅蘭佳話》第十五段「銷魂院竟夜談心」，敘書生梅雪香與才妓桂蕊館中下棋，「故落一子於地，俯身尋覓，暗將桂蕊金蓮一撚，但覺弓鞋貼地，似初長貓頭筍兒，不上三寸。雪香心搖魂飛，惝恍莫定」，欲求歡會，遭蕊婉拒。「雪香曰：『蓮花可再一現否？』桂不語，以帳蔽面而坐。雪香抬起雙鉤，置之膝上，摩撫半瞬，曰：『兩峰並峙，不盈一握，真愛煞人哩。』」在這裏，求歡而不得，轉而「摩撫」其鞋與足，「鞋」與「足」均具有了性愛的意義。

總之，越到後來，女子之繡鞋在男女情事中的作用越明顯，且「鞋」出現於婚姻締結中的頻率也大為增加。據《天津志略》載，男女交換庚帖後，若雙方無異議，男女即下定禮。「女家以靴帽、文具作答」。《束鹿縣志》謂，新婦成婚後，「乃謁見翁姑，陳衣服、巾履為贄」，即使拜伯嫂、伯叔、翁姑，拜外祖父家戚屬，也莫不如是。《深澤縣志》亦記載，「二月二日，女家具食物送女歸婿家，……作鞋，足其家人所著，名遍家鞋」。江蘇北部鄉村，是於新婦住對月回婆家，給夫家親眷每人一雙鞋，名為「滿家鞋」，與之近似。此外，《張北縣志》《定州志》等，均有此相類記載。

二、從「鞋」到「鞋杯」

古人為何對「鞋」情有獨鍾？蓋「鞋者諧也。以兩而合，見鼓瑟吹笙之義焉。……好色，人之所欲也。如好好色，誠意之事也」[13]。可知，飲酒用鞋，乃取其和諧美滿之意。尤其在兩性關係中，「鞋」這一物象已異化為帶有象徵意義的性文化符號，與上古陶器上所繪的魚具有了相似的意味。寫男女之歡會，則是「春到天台，笑解羅衫，欸褪弓鞋」[14]、「一步一金蓮，一笑一春風」[15]。因其「蕩湘裙半紮慳，蹴金蓮雙鳳嘴，窄弓弓三寸兒步輕移」，引逗得一些文人禁不住心旌搖搖，暗贊「可喜」，「隔紗裙幾回偷抹眼」。無聊文人之所以如此青睞女足、女鞋，就在於與其性聯想有關，由最普通不過的足飾，聯想到男女調情之舉，即所謂「被底鉤春興，醉人兒幾回輕撥醒」[16]。如此看來，舊時文人的鞋杯飲酒，看上去是場惡作劇，其實，箇中卻蘊含了他們性指向的轉移，以「脫其鞋載盞」替代肌膚之親，以看似嘲謔調笑的舉止，掩飾了低俗、齷齪的審美心理。同時，也不能排斥這是戀物癖在某些文人身上的反映。楊洪訓《性心理》稱：

13　方絢《貫月查》。

14　陳鐸【北雙調折桂令】〈青樓十詠・臨床〉。

15　唐復《美麗》。

16　王磐【北雙調清江引】〈閨中八詠・睡鞋〉。

「戀物癖是以物品或人的某一部分作為性活動對象的心理病狀。患這種心理病狀的以男性為多。愛慕自己所選擇的異性對象,從而也產生對愛慕對象的物品和身體某一部分的喜歡以及美感」,「把興趣和性感集中在女性的某些物品上。」[17]而當時的文人,對女子之足、女鞋如此溺愛,以至視以鞋載杯為風流雅事。這種審美心理的畸變與傾斜,或與戀物癖有關。有此性心理作祟,所以,女子之足,則成了「可喜殺」的「軟玉鉤,新月芽」,腳踩落花美之為「紅葉浮香」,洗腳水變成了「玉蓮湯」,腳趾頭視作「金蓮瓣」,小腳之前半部美其名曰「玉筍尖」,連汗臭充溢的鞋子,也成了「嬌染紅羅」的帶香「彩鳳」!明代著名文士馮惟敏,更將持「鞋杯」飲酒寫成了「月牙兒彎環在腮上」,「筍兒尖簽破了鼻樑」,以至「鉤亂春心」[18]。正因為是只「半新不舊」的鞋子,使得馮氏誤認為「手澤猶存,香塵不斷」,引惹得「心坎兒裏踢蹬」[19]。

「嘴」與「鞋」,是處於不同位置、具有不同功用的兩件物事,然而,「鞋」一旦「載盞」,地位卻得以直線提升。本來是與腳「耳鬢廝磨」的「足飾」,卻得以與飽饜酒肉之口近距離接觸,竟然貼上了臉腮、戳上了鼻樑。很難想象,汗腳之臭氣與美酒之醇香混合交雜而出,縈繞於鼻端及唇吻之間,竟然成了時人一件競相追捧的美事。當時文人竟視此為雅,且樂此不疲,趨之若鶩,真可謂以醜為美的範型。由這件事,很自然地使人聯想到明陸容《菽園雜記》(卷四)所載,時人「喜糞中芝麻,雜米煮粥食之」,或嗜「食女之陰津月水」,喜食胎衣、蚯蚓諸「非人情者」事。較之鞋杯,更覺不堪。

楊維楨何以首倡「鞋杯」?筆者以為,或與其豪放不羈之個性有關。元末,他「狷直忤物,十年不調」[20]。張士誠據有吳中,堅請其出山。「時元主方以龍衣、御酒賜士誠,士誠聞廉夫至,甚說,即命飲以御酒。酒未半,廉夫作詩云:『江南歲歲烽煙起,海上年年御酒來。如此烽煙如此酒,老夫懷抱幾時開?』」[21]士誠見其志不可屈,無奈放歸。洪武初,朝廷徵其修禮樂史書,僅百餘日,即以老婦晚歲豈再改嫁辭歸。晚歲寄居松江時,「海內薦紳大夫,與東南才俊之士,造門納屨,殆無虛日。酒酣以往,筆墨橫飛,鉛粉狼藉。或戴華陽巾,披鶴氅,坐船屋上,吹鐵笛作《梅花弄》。或呼侍兒歌《白雪》之辭,自倚鳳琶和之,賓客皆蹁躚起舞,以為神仙中人也」[22]。據稱,其時,他家中蓄有四妾,名曰竹枝、柳枝、桃花、杏花,「皆能聲樂」,時偕其乘大畫舫,盡情

17　楊洪訓《性心理》,石家莊:河北人民出版社,1988 年,頁 160。
18　【北雙調仙子步蟾宮】〈八美·鞋杯〉。
19　【北中呂朝天子】〈鞋杯二首〉。
20　錢謙益《列朝詩集小傳》。
21　都穆《南濠詩話》。
22　錢謙益《列朝詩集小傳》。

出遊。豪門巨室,爭相迎接。時人為之賦詩曰:「竹枝柳枝桃杏花,吹彈歌舞撥琵琶。可憐一解楊夫子,變作江南散樂家。」[23]詩歌創作主張性情,嘗稱:「執筆呻吟,模朱擬白以為詩,尚為有詩也哉?」[24]為詩上法漢魏,出入於少陵、二李(李白、李賀)之間,「又時出龍蛇鬼神,以眩蕩一世之目」[25]。且恃才縱筆,時出新意,如題楊妃襪,「安危豈料關天步,生死猶能繫俗情」;詠劉、阮事,「兩婿原非薄情郎,仙姬已識姓名香。問渠何事歸來早,白首糟糠不下堂」,皆「題目雖小,而議論甚大」之佳作。因其名聲甚大,故追隨者頗多。婦人、女子亦在其列。「《西湖竹枝詞》,楊維楨為倡,南北名士屬和者,虞伯生而下凡一百二十二人。吳郡士二十六人,而昆山在列者一十一人」[26]。其中,最著名者,就有博通文史、為詩精悍的郭翼(字義仲),「才情高曠」的顧瑛(字仲瑛),「博學強記」的秦約(字文仲),幼即「以詩名搢紳間」的袁華(字子瑛),「清俊奇偉」的陸仁(字良貴)等人。由於他具磊落之才,且「平日豪氣塞雲漢,未嘗輕易假人以稱可許」[27],故一語褒貶,其人便身價驟增。楊氏言行影響當時一大批文人,追步其詩風者有之,向慕其生活態度者有之。以「鞋杯」飲酒,本來無可稱許,但因是楊維楨之所為,也成了人們學步的對象。所謂名人效應,或於此見。

以鞋載杯,楊維楨之初衷,或許在於有意標新立異、逞才使氣,也許與他神出鬼沒之詩風追求還有點藕斷絲連的關係,又或者與他放浪形骸的生活態度密切相關。而學步者之舉,則是把肉麻當有趣,將粗俗作風雅。正如有人所說:「當歷史發生突變或變化的時候,首先表現出來的是人所發生的變化。一些陳舊事物、陳規陋習的醜的本質也得到了充分的表現」,有時還與「新生事物糾纏在一起,把整個時代搞得美醜自現,五彩斑斕」。[28]這種將「醜」視作「美」,往往與人的原始本性有關,「充滿著發自本能和欲望的強烈衝動」。

三、鞋杯對文人雅俗生活的雙向滲透

以今人眼光視之,古人種種嗜好,如「琴棋癖」「山水癖」「園林癖」「詞曲癖」「書畫癖」等,其中一些或與張揚個性、凸顯自我的個性意識相關聯,有沖決「溫柔敦厚」

23　瞿佑《歸田詩話》卷下。
24　《東維子文集》卷七〈吳復詩錄序〉。
25　錢謙益《列朝詩集小傳》。
26　陸容《菽園雜記》卷一三。
27　朱承爵《存餘堂詩話》。
28　李興武《醜陋論》,瀋陽:遼寧人民出版社,1994年,頁132。

「發乎情，止乎禮義」之儒家詩教規範的積極意義。然而，以鞋為杯，畢竟是一種輕佻的舉動，似多為流連花叢的浮薄浪子所熱衷，其間著實暗蘊著男性主體的色情想象和欲望滿足，無疑也是對女性極大的不尊重。這一近世以來文人的病態審美，似乎不可能得到社會輿論的認可。然而，雍正年間修纂的《御定駢字類編》卷一四九有「鞋杯」條目，釋曰：「《觥記》注：雙鳧杯，一名金蓮杯，即鞋也。王深輔有雙鳧杯詩，則知昔日狂客亦以鞋杯為戲也。」該書〈凡例〉謂：「是書義取駢字，必選字面確實的然、成類不假牽合造作者，除虛字不采外，將天地、時令、山水、居處、珍寶、數目、方隅、采色、器物、草木、鳥獸、蟲魚分為一十二門，至如字面雖實而類聚不倫及不甚雅馴或於對屬無取者，槩不泛及。」可見，「鞋杯」在當時的主流意識形態裏，竟然尚未逸出「雅馴」的範疇，真可笑也歟。更令人惶惑的是，醉心甚或讚美「鞋杯」之人，也並非均為登徒浪子。如彭孫貽（字仲謀，一字羿仁，海寧人），就耿介孝友、不同凡流，與同邑吳蕃昌（字仲木）創瞻社，為名流所重，時稱武原二仲。

甚至這種酒席間應酬的變態舉動，竟得以不斷「發揚光大」。如後世有一個叫方絢（字陶采，號荔裳、金園）的文人，專門設計了「採蓮船」「貫月查」等多種「鞋杯」酒令。「採蓮船」令，據方氏自述，「婦足本名金蓮，今解其鞋，若蓮花之脫瓣也。飛觴醉客，則正如子美詩所謂『不有小子能蕩槳，百壺那送酒如泉』者，故名之曰採蓮船。」「貫月查」令，又名「摘星貫月」，是仿投壺儀節，以蓮子、松子、榛子、紅豆等果品，投入美人弓鞋，視其貫查，即以載酒行觴。「星」即「查」，意指水中浮木，另以妓鞋象形為「月」，以「星」貫「月」，恰如天女散花，流霞片片。方氏以為，「鞋杯」遊戲足可以「合賓主之歡心，寫友朋之樂事」。[29]

當然，即便在「鞋杯」流行伊始，也有持不同意見者，尤其是女性。據說元代才女鄭允端就寫有〈碧筩〉一詩，曰：「主人避暑開芳宴，輕折荷盤當酒罍。半朵斷雲擎翡翠，一江甘露瀉玫瑰。胸中爽氣飄飄起，鼻底清香拍拍回。可笑狂生楊鐵笛，風流何用飲鞋杯。」當然，以荷葉為酒杯，並不是鄭允端的專利發明，據唐段成式《西陽雜俎》卷七記載：

> 歷城北有使君林，魏正始中，鄭公慤三伏之際，每率賓僚避暑於此，取大蓮葉置硯格上，盛酒二升，以簪刺葉，令與柄通，屈莖上輪，菡如象鼻，傳吸之，名為碧筩杯，歷下學之，言酒味雜蓮氣，香冷勝於水。

這種「碧筩杯」，歷代詩人亦多有吟詠，如「共君曾到美人家，池有涼亭荷有花。折取

29　蟲天子編《香豔叢書》，北京：人民文學出版社，1992年，第2冊，頁2073。

碧筒一似酌，爭如天上醉流霞」等等。以這種「杯子」行酒，無疑更符合女性清瑩純潔的審美觀。對楊維楨，鄭氏直斥為「狂生」，顯然對「鞋杯」之舉是充滿著憎惡、不屑和鄙夷的。而《清閟閣集》所敘倪雲林面對楊維楨「鞋杯」之舉「大怒，翻案而起」的激烈反映，則並非出於對女性的尊重或對理學格範的謹守與拘泥，更多出於倪氏本身的「潔癖」。據說，詩琴書畫俱風騷絕代的雲林子，視不潔如仇讎。《清閟閣集》卷一一〈外紀上·雲林遺事〉謂：

> （倪瓚）嘗使童子入山擔七寶泉，以前桶煎茶，後桶濯足。人不解其意，或問之，曰：「前者無觸，故用煎茶；後者或為洩氣所穢，故以為濯足之用。」嘗眷買兒留宿別院，疑其不潔，俾之浴。既具寢，且捫且嗅，復俾浴不已，竟夕，不交而罷。趙談於人，每為絕倒。溷廁以高樓為之下，設木格，中實鵝毛，凡便下，則鵝毛起覆之。童子俟其旁，輒易去，不聞有穢氣也。嘗留客夜榻，恐有所穢，時出聽之。一夕聞有咳嗽聲，侵晨令家僮遍覓，無所得。童慮捶楚，偽言窗外梧桐葉有唾痕者，元鎮遂令剪棄十餘里外。蓋宿露所凝，訛指為唾以紿之耳。……

心理潔癖達到這種程度，自然不會覺得熱嘟嘟、臭哄哄的「鞋杯」溢出「異香」了。作為審美對象的小腳金蓮，一般確實濁臭不堪。徐珂《清稗類鈔》在談及「睡鞋」時講，「睡鞋，纏足婦女所著以就寢者。蓋非此，則行纏必弛，且藉以使惡臭不外泄也。」由此可見，文人對「鞋杯」竟反覆把玩並再三形諸吟詠，真的成了曾永義先生文中所指斥的「逐臭之夫」了。

其實，「鞋杯」之類酒筵上推瀾助興的小「花樣」，反映的都是封建士大夫雅俗生活的雙向滲透，寄寓著畸形的占有欲和性幻想。應該說，除了極少數德養深厚、性格耿介的儒士，一般文人士大夫，為其低俗的審美情趣所驅使，也大都不會回避此類世俗性娛樂，甚至以此標榜身份和地位。秦樓楚館，冶遊狎妓，忙得是不亦樂乎，如白居易、元稹、杜牧、柳永等等，大多有此痼疾。只不過，不管是蹭蹬科場還是獨擅名場，不管是酒肉常賒還是風光無限，他們的心靈似乎永遠焦灼徘徊。困頓場屋者多反激出清脫不馴的乖張之氣，而高居廟堂者道德的面具下往往是卑污的個人生活。也許，文人們種種行為上的乖戾放縱，除了貪圖享樂彰顯不羈外，還有那麼一點蕭然世道中消滯化鬱的解脫之意。這種莊重與冶豔的兩重性，正是古代知識分子心靈的常態，為「鞋杯」淡淡抹上一筆的蘭陵笑笑生，大概也莫能例外。

「武松打虎」故事的源與流

　　《水滸傳》中的「武松打虎」，把一場人與虎的生死搏鬥，寫得活靈活現，如聞如睹，歷歷在目，真可謂氣壯山河的絕世妙文，難怪金聖歎稱之為「天搖地震文字」。至於《金瓶梅詞話》中「景陽崗武松打虎」，乃生吞活剝《水滸傳》文字，此留待下文再作論述。

　　此故事膾炙人口、婦孺皆知。然而，其出處，恕筆者淺陋，卻似從未見有人著文述及。余嘉錫先生的《宋江三十六人考實》[1]，書中所考「水滸」人物，僅宋江、關勝、李逵、楊志、史進等十四人，未論及武松。胡適的《水滸傳考證》，雖稱「鬧江州以前，施耐庵確能放手創造，看他寫武松一個人，便占了全書七分之一，所以能有精彩」[2]，但對武松打虎事卻未多敘，所關注的多是版本、流變等重大問題的考證。何心（即陸澹安）《水滸研究》，所涉及的範圍頗廣，包括版本、流變、綽號、人物、地名、風習、語言等方面，在「小說研究界有相當影響」，但仍未敘及「武松打虎」之出處。即使那些專論「武松打虎」的文章，如路工〈談武松打虎〉、周光廓〈水滸怎樣描寫武松打虎〉[3]，所著力的乃是文本的闡釋，考證方面亦付闕如。如此看來，「武松打虎」本事的考證，以其過於細微，是屬於「水滸」研究的細枝末節，以致為諸研究家所忽略。

　　筆者認為，「武松打虎」故事的發展，大致經歷了三個階段，姑且稱之為「三變」：

一、原型階段

　　虎，《說文》訓作「山獸之君」，在古代文學作品中，往往是威猛兇殘的象徵。《穆天子傳》《山海經》，均曾述及與虎相關之事。所謂「據地一吼，山石震裂」，恰是虎之神威寫照。《太平廣記》卷四二六至卷四三三專敘虎事，凡八卷、八十篇。或寫虎幻化為人，人幻化為虎，大多帶有怪誕色彩。人與虎搏鬥，往往借助於刀劍、弓弩或陷阱，或依賴群體之力量。如卷四三一引《廣異記》所寫王太，偕十五六人野行，遇虎當路，

1　作家出版社 1955 年版。

2　胡適《中國章回小說考證》，上海：上海書店，1979 年，頁 56。

3　均見《水滸傳研究論文集》，作家出版社 1957 年版。

太「脫衣獨立」,「持棒直前,擊虎中耳,故悶倒,尋復起去。太背去惶恐」。虎未打死,打虎者反而受到很大驚嚇。同書卷四二八引《國史補》敘龍華軍使裴旻,善射,「嘗一日斃虎三十有一」,故「四顧自矜」,頗為得意。不料,所射殺乃彪,並非真虎。一旦與真虎相遇,「旻馬辟易,弓矢皆墜」,「自此慚懼,不復射虎」。虎似乎不可戰勝。

然而,《太平廣記》卷一九二所引《耳目記·鍾傳》則奏響了人之力量的頌歌。中謂:

> 江西鍾傳,本豫章人,少倜儻,以勇毅聞於鄉里。不事農業,恒好射獵,熊鹿野獸,遇之者無不獲焉。一日,有親屬酒食相會。傳素能飲,是日大醉,唯一小僕侍行,比暮方歸。去家二三里,溪谷深邃。有虎黑紋青質,額毛圓白,眈眈然自中林而出。百步之外,顧望前來。僕夫見而股栗,謂傳曰:「速登大樹,以逃生命。」傳時酒力方勝,膽氣彌粗,即以僕人所持白梃,山立而拒之。虎即直搏傳。傳亦左右跳躍,揮杖擊之。虎又俯伏,傳亦蹲踞。須臾,復相拏攫,如此者數四。虎之前足,搭傳之肩。傳即以兩手抱虎之項。良久,虎之勢無以用其爪牙,傳之勇無以展其心計。兩相拏攫,而僕夫但號呼於其側。其家人怪日晏未歸,仗劍而迎之。及見相捍,即揮刃前斫。虎腰既折,傳乃免焉。……傳以鬥虎之名,為眾所服,推為酋長,竟登戎帥之任,節制鍾陵,鎮撫一方,澄清六郡。唐僖昭之代,名震江西,官至中書令。

鍾傳,歷史上實有其人。《新唐書》卷一九○、《舊五代史》卷一七、《新五代史》卷四一,均曾為其列傳,但皆作「鍾傳」。繁體字「傳」與「傅」字形相近,故或是《太平廣記》誤刊。《舊五代史》本傳,稱鍾傳乃豫章小校,唐末乘兵亂而起,「因戰立威」。同書本傳注引《五代史補》云:「鍾傳雖起於商販,尤好學重士。時江西上流有名第者,多因傳薦,四遠騰然,謂之曰英明。」《新五代史》本傳,稱其「事州為小校」。唐末,乘亂而起,遂登高位,居江西三十餘年。累拜太保、中書令,封南平王。但均未敘及搏虎事。《新唐書》本傳敘述稍詳,謂鍾傳少時負販自業,王仙芝亂起,傳依山為壁,召集萬人,以高安鎮撫使自稱,又攻占撫州,為刺史。中和二年,逐江西觀察使高茂卿,遂有洪州。後,僖宗擢之為江西團練使,俄拜鎮南節度使、檢校太保、中書令,爵潁川郡王,又徙南平。天祐三年卒。並敘及其搏虎事,謂:

> 傳少射獵,醉遇虎,與鬥。虎搏其肩,而傳亦持虎不置。會人斬虎,然後免。既貴,悔之,戒諸子曰:「士處世尚智與謀,勿效我暴虎也。」乃畫搏虎狀以示子孫。

所敘雖較《太平廣記》引《耳目記》為略，但搏虎乃確曾發生之事，在這裏卻得到印證。鍾傳以一「起於商販」之州衙「小校」，憑藉其智與勇，位極人臣。這本身就是一個奇跡。而仗酒力搏虎之事，偏偏又發生在這一奇人身上，更可謂奇上加奇。在古代「作意好奇」[4]習尚及「事不奇則不傳」[5]審美傳統的驅使下，此等奇人奇事，自然會不脛而走。鍾傳雖告誡後人，「勿效我暴虎」，但由其「畫搏虎狀以示子孫」之行為來看，未嘗不含有自我炫耀之意。「人性喜新而好奇」，無疑又助長了此事的傳播。

古人稱：「舊業久拋耕釣侶，新聞多說戰爭功。」[6]戰爭攻伐之事為人所樂道，「先代奇跡及閭里新聞」[7]，「耳目前怪怪奇奇」「閭巷新事」[8]，往往都會成為人們茶餘飯後饒有興味的談資，更何況獨力搏虎之壯舉？還有，鍾傳身為手握重兵的高官，其子孫、親信、部屬等，為張大門戶、抬高自身起見，也自然不厭其煩地稱述此事，無形中則擴大了事件的影響，使搏虎事帶有更為濃郁的傳奇色彩。再者，五代十國之時，戰爭頻繁，人口流動量大，奇事的傳播必定快捷。況且，古代所設的「急腳遞」「金牌急腳遞」，以及邊遠地區的「擺遞」等快速傳遞隊伍，以日行數百里之速度，在遞送官方重大信息、要件的同時，也傳播了異鄉之「怪怪奇奇」。不過，在經歷了數次的再傳遞之後，其故事原型亦在不斷改變著其基本形態。筆者認為，《耳目記》所載鍾傳搏虎，當為後世武松打虎故事之本事所在。

二、發展階段

鍾傳搏虎，在長期流傳的過程中，已逐漸形成為「一種形象化了的原始活力」。這類「發生在主要人物之間的那些戲劇化事件」，經過後世作家特定「目光的篩選」，「就同現世的、世俗的事物聯繫起來」[9]，重新熔鑄出另外一種「由觀念和感情交織而成」[10]的新藝術形象。後世所產生的諸多打虎故事，當與這一母題有關。

陶宗儀《輟耕錄》卷二五「院本名目·拴搐豔段」有《打虎豔》一目。宋羅燁《醉翁談錄》甲集卷之一〈小說開闢〉載有《武行者》等小說名目，元鍾嗣成《錄鬼簿》，

4　胡應麟《少室山房筆叢》卷三六〈二酉綴遺〉。
5　孔尚任《桃花扇》卷首「桃花扇小識」。
6　李咸用〈春日喜逢鄉人劉松〉。
7　綠天館主人〈《古今小說》序〉。
8　即空觀主人〈《拍案驚奇》序〉。
9　馮黎明等編《當代西方文藝批評主潮》，長沙：湖南人民出版社，1987年，頁434、435。
10　馮黎明等編《當代西方文藝批評主潮》，頁369。

著錄有紅字李二所作雜劇《折擔兒武松打虎》。明無名氏輯錄《說集》所收本、天一閣本、孟稱舜本《錄鬼簿》，均著錄有《武松打虎》。《錄鬼簿續編》所附「失載名氏」劇目中有《存孝打虎》（全稱《雁門關存孝打虎》）。朱權《太和正音譜》於「古今無名雜劇」一欄，亦著錄有《存孝打虎》。脈望館鈔校本《古今雜劇》收有《雁門關存孝打虎》，作者佚名。清姚燮於《今樂考證》「無名氏一百種」及也是園錢氏藏《古今無名氏雜劇目》中，分別著錄有《雁門關存孝打虎》及《飛虎峪存孝打虎》二種。由此可知，在戲曲與說部中，較著名的打虎英雄，起碼有兩人：一為傳誦最廣的武松，一為五代時人物李存孝。

先說武松打虎。筆者認為，《錄鬼簿》所著錄的《折擔兒武松打虎》，雖說此劇已佚，但它卻給我們提供了一個重要信息，即盛行於元代的打虎故事，武松的防身武器並不是哨棒，而是扁擔。扁擔，為人們日常生活所習見、慣用。在傳統社會裏，人們趕集上店，外出經營或謀取生計，最經常攜帶的工具便是扁擔，外加兩根繩子或兩根長條布袋。採購所得，用繩子捆紮，或裝進布袋，挑起即走，便當快捷。有事時，扁擔便成了防身武器。這一習俗，直至六十年代初還屢見於日常生活。故而，《折擔兒武松打虎》一劇，當最接近於生活之本來面目。至於哨棒，乃巡哨、防身之棍棒，陸澹安《小說詞語彙釋》，所採例句僅《水滸傳》一書，說明此前尚無此稱。《水滸傳》將「扁擔」改作「哨棒」，顯然帶有口頭文學逐漸向雅化演進之痕。同時，又與「說話四家」之一的「小說」門類中所謂「樸刀杆棒」遙相關合。當然，不論是「扁擔」還是「哨棒」，都與《耳目記》中鍾傳搏虎所用「白梃」相去無幾。梃，即是棍棒。

至於李存孝打虎，最早起源於何時，尚不甚了了。《舊五代史》卷五三〈唐書二九·李存孝傳〉謂：存孝善騎射，累立戰功。每臨大敵，「以二騎從，陣中易騎，輕捷如飛。獨舞鐵檛，挺身陷陣，萬人辟易。」後為李存信所譖，乃附梁通趙。克用自將兵圍之，拘歸太原，車裂於市。《新五代史》卷三六〈義兒傳〉謂：

> 存孝代州飛狐人也。本姓安名敬思。太祖掠地代北，得之。給事帳中，賜姓名以為子，常從為騎將。

二書及《五代史平話》均未敘及其打虎事。而脈望館鈔校本《存孝打虎》雜劇，敘雁門關安敬思，武藝精通，家貧，為鄧大戶牧羊以度日。兵馬大元帥李克用圍獵至此，見有猛虎跳過山澗，恐傷及盤陀石上瞌睡之後生，遂將其喚起。後生三拳兩腳打死猛虎，又將虎扔過山澗，歸還克用。克用嘉其勇，收為義子，賜名李存孝。羅貫中《殘唐五代史演義》第十回〈安敬思牧羊打虎〉，所敘情節與雜劇大致相同，然與鍾傳搏虎事則相去甚遠。

三、成熟階段

　　《水滸全傳》（百二十回本）中的武松打虎，與《太平廣記》中的鍾傳搏虎，有頗多相似之處。首先是他們性格特徵相似。鍾傳「少倜儻，以勇毅聞於鄉里。不事農業，恒好射獵」，「素能飲」。而武松，「身軀凜凜」，「心雄膽大」，「性氣剛」。早年在家鄉，因吃醉酒，「與本處機密相爭，一時間怒起，只一拳，打得那廝昏沉」，誤以為打死，遂逃往柴進處避難。同樣是勇氣可嘉。其次，是都為酒後打虎。鍾傳是與親友聚飲，「是日大醉」，「比暮方歸」。「時酒力方勝，膽氣彌粗」，故中途遇虎而與之相搏。武松則初與宋江「飲至三更」，繼則於「官道上」之小酒店內，宋江、柴進為其餞行，直飲至「紅日平西」。後至陽穀境內酒店，又不顧店家勸阻，連飲十五碗（明崇禎貫華堂刻本「景陽崗武松打虎」作前後共吃了「十八碗」），遂於「申牌時分」（午後三時至五時），太陽「相傍下山」之際，「乘著酒性」，「踉踉蹌蹌」，走上景陽崗。時「酒力發作，焦熱起來」，「卻待要睡」，猛虎出現，始與之相搏。且打虎地點，都為山林深處。鍾傳所搏虎，「黑紋青質，額毛圓白，眈眈然自中林而出」。武松所打虎，「吊睛白額」，從「亂樹背後，撲地一聲響」而突然跳出。二者極為相似。還有，他們不僅打虎時所用武器相同，而且，其過程亦逼似。鍾傳遇虎，初則持梃「山立而拒之」，繼則「左右跳躍，揮杖擊之」，再則「復相拏攫」。然後，是虎之前足，「搭傳之肩」，傳「以兩手抱虎之項」，兩相撐持。武松初則手提哨棒，「閃在青石邊」，躲過猛虎一撲、一掀、一剪之凌厲氣勢後，始掄棒打虎。哨棒斷後，猛虎「兩隻前爪搭在武松面前」，武松「就勢把大蟲頂花皮肐嗒地揪住」，始用拳腳打虎，加強了細節描寫。較之《太平廣記》所敘，更逼近生活的真實，具有了崇高美。小說所寫武松，「不向恐怖的景象屈服，而是堅持與它抗爭」，並借助抗爭，令人感悟到「力量的昇華和增強」，「表現了人擺脫了自然對象和命運力量而獲得了內心自由」，因而也具有了「最深沉的審美效果」[11]。

　　兩相比較，不難發現，《水滸傳》中武松打虎，無疑有《太平廣記》所載鍾傳搏虎之影子。眾所周知，《水滸傳》與《三國演義》《西遊記》諸長篇通俗小說一樣，都經歷了一個由歷史記載到「街談巷語」、民間傳聞，再到民間說書藝人、戲曲班社搬演，最後由文人加工整理這樣一個漫長的歷史過程。而宋元之時的小說家，大都有著良好的文學素養和歷史知識的積累。恰如南宋羅燁《醉翁談錄》所說：「夫小說者，雖為末學，尤務多聞。非庸常淺識之流，有博覽該通之理。幼習《太平廣記》，長攻歷代史書。煙粉奇傳，素蘊胸次之間；風月須知，只在唇吻之上。《夷堅志》無有不覽，《琇瑩集》

11　〔德〕E・卡西勒《啟蒙哲學》，濟南：山東人民出版社，1996年，頁324、325。

所載皆通」[12]，「得其興廢，謹按史書；誇此功名，總依故事」[13]。《太平廣記》《夷堅志》《琇瑩集》及各種史籍，既是說書藝人必備之參考書，那麼，他們受《太平廣記》所載故事的啟示，重新構築打虎故事，則是很可能的。由此筆者推斷，上文所引〈鍾傳〉，當是武松打虎之源頭。宋代說書人所講述的《武行者》以及元雜劇中的《武松打虎》，當已具備了《水滸傳》所描寫的打虎基本情節，不過後者敘述更為細密而已。人稱：「審美需要突然性」，「一種思維越能反映出過程和意想不到的形式的出現，就越有價值。」[14]而《水滸傳》中的武松打虎，恰恰具有這一審美特徵。王望如於「景陽崗武松打虎」回末評曰：「別宋江、辭柴進，離滄州、抵陽穀，先飲酒、後打虎。雄哉松也！虎搏人，未聞人搏虎；眾人打虎，未聞一人打虎；眾人器械打虎，未聞一人拳腳打虎。述虎之勢，曰『撲』『掀』『翦』；述打虎之狀，曰『閃』『按』『踢』，用拳不用棒。雄哉松也！」。作品不僅詳細描述了打虎的完整過程，不放過每一個與中心人物形象塑造密切相關的細節，而且，情節的推出還常常出人意外，故而能產生永恆的藝術魅力。

而《殘唐五代史演義傳》，一般認為乃元末羅貫中所作。小說《水滸傳》，現存各種版本，多署「施耐庵集撰，羅貫中纂修」，如天都外臣序本《水滸傳》、明嘉靖間刊本《忠義水滸傳》（殘），皆是。明高儒《百川書志》卷六〈史部·野史〉，著錄《忠義水滸傳》作者為：「錢塘施耐庵的本，羅貫中編次」。還有些《水滸傳》刻本，則徑題「東原羅貫中編輯」，而絕口不提施耐庵。這些可以證明，羅貫中的確參與了《水滸傳》的編撰。

值得注意的是，《殘唐五代史演義傳》（以下簡稱《殘唐》），第十回「安敬思牧羊打虎」，有「單道飛虎山存孝打虎」之「古風一篇」。而《水滸傳》第二十三回，「有一篇古風，單道景陽崗武松打虎」。兩篇文字絕大部分相同，則再一次證明羅貫中參與《水滸傳》創作的可能。《水滸全傳》首句的「景陽崗頭風正狂」，《殘唐》作「飛虎山前風正狂」。九、十句「清河壯士酒未醒，崗頭獨坐忙相迎」，《殘唐》作「牧羊壯士睡未醒，一羊攛過忙相迎」。其他諸句，僅有個別字稍有出入。然而，第十一、十二句「上下尋人虎饑渴，一掀一撲何猙獰」，以及第十六句「爪牙爬處成泥坑」，第十八句「淋漓兩手腥紅染」等，《殘唐》文字幾乎全同《水滸》，則未免露出了馬腳。因該書寫安敬思打虎，不過百字，謂：

　　那虎見人欲來打它，便棄了羊，對面撲來。其人躲過，只撲一個空，便倒在地，

12　《小說開闢》。

13　《小說引子》。

14　〔德〕E·卡西勒《啟蒙哲學》，頁103。

似一個錦袋之狀。其人趕上，用手抓住虎項，左脅下便打，右脅下便踢。哪消數
拳，其虎已死地下。（第十回）

而《水滸全傳》，先寫「那個大蟲又饑又渴，把兩隻爪子在地略按一按，和身往上一撲，
從半空裏攛將下來」，繼寫虎一掀、一剪，再寫虎「咆哮起來，把身底下爬起兩堆黃泥，
做了一個土坑」。後來，才寫武松「提起鐵錘般大小拳頭」，打得老虎「眼裏、口裏、
鼻子裏、耳朵裏，都迸出鮮血來」。「古風」所寫內容，處處與《水滸》情節相照應，
而在《殘唐》那裏，卻沒有了下文。由此可知，《殘唐》中打虎主要情節，雖來自元人
雜劇，但相關內容，似是照搬自《水滸傳》。該書的成書年代，亦當晚於《水滸》。趙
景深先生曾推論「《五代殘唐》是元人的著作」[15]，則是缺乏事實根據的。

　　存孝打虎雖然與鍾傳搏虎、武松打虎有著很大不同，但它卻體現了打虎故事在發展
過程中的另一個側面，同樣值得進一步探究。

　　既然論及「武松打虎」，《金瓶梅詞話》中相關內容不得不提。該小說雖然將「景
陽崗武松打虎」之情節置於第一回來鋪敘，且文字也是由《水滸傳》中搬來，但作者卻
對原書作了較大刪節。《水滸傳》是借助宋江的視角寫武松，以「身軀凜凜」一段駢文
交代武松相貌、氣質。《詞話》則是以「身長七尺，膀闊三停」云云一筆帶過，然後，
出之以有關柴進與武松微妙關係的描述文字及宋江、宋清為武松送行的情節。《水滸傳》
以一二千字的篇幅，詳細敘述武松上景陽崗之前於店中飲酒之情狀，為打虎創設下濃重
的氛圍，而《詞話》則草草寫道：「（武松）就在路旁酒店內，吃了幾碗酒，壯著膽，橫
拖著防身稍棒，浪浪滄滄，大闊步走上崗來。」（第一回）略去了因索酒與店家廝鬧的全
過程。「十五（八）碗酒」，也變成了「幾碗酒」。「壯著膽」三字，亦係增出。打虎
場面的細節描寫，也省減了許多。這恰說明，作者寫作的重心業已轉移，生當封建末世，
已缺少對英雄豪傑讚頌的豪情與內在創作機理，更多的則是對芸芸眾生世俗世界的審視
與歎喟。這一對比，本人曾撰文論及，不再贅述。《金瓶梅詞話》雖涉及該情節，但它
畢竟是由《水滸傳》故事而脫胎，形不成獨立體系，所以才附於武松打虎故事「成熟階
段」之末而略論之。

15　趙景深《中國小說叢考》，濟南：齊魯書社，1980 年，頁 122。

也談《金瓶梅》的作者及其成書時間

　　《金瓶梅》究竟出自何許人之手，眾說紛紜，莫衷一是，至今仍是懸而未決的疑案。本文試就此問題發表一點粗淺的看法。

　　朱星的《金瓶梅考證》，是近年來較早出現的一部《金瓶梅》專著。在〈金瓶梅的作者究竟是誰〉一節中，列舉出馮惟敏一說，謂此說來自孫楷第，並轉述孫先生話云：「只因他是臨朐人，又是嘉靖間名士，並無旁證。」[1]實際上，倘若詳細考察，馮惟敏倒也有可能寫出《金瓶梅》這樣一部現實主義的長篇巨著。孫先生所言並非純然無據。

　　馮惟敏（1511-1580?），字汝行，號海浮，青州臨朐（今山東臨朐）人。明世宗嘉靖丁酉（1537）領山東鄉薦，後累舉進士不第。至嘉靖壬戌（1562），進京謁選，受任直隸淶水知縣。乙丑（1565）冬，赴任潤州（今江蘇鎮江）府學教授。隆慶己巳（1569）菊月，遷保定府通判。隆慶壬申（1572），棄官歸隱，終老於田園。惟敏乃按察副使馮裕（字伯順）之子，「八歲問奇字，十歲諧宮商，十二受遺經，十五氣飛揚」[2]，與兄惟健、弟惟訥，俱「以才名稱於齊魯間」[3]。其擅長散曲，有《海浮山堂詞稿》四卷。文壇鉅子王世貞稱：「近時馮通判惟敏，獨為傑出，其板眼、務頭、攛搶、緊緩，無不曲盡，而才氣亦足發之。」[4]亦以雜劇知名，傳世之作有《梁狀元不伏老》《僧尼共犯》。錢謙益謂：「余所見《梁狀元不伏老》雜劇，當在王渼陂（即王九思）《杜甫遊春》之上。詩雖未工，亦齊魯間一才人也。」[5]就其經歷和才學而論，他似有條件寫《金瓶梅》。下面，從幾個方面來進行考察。

一、從卷首的「詞曰」談起

　　在中國古代通俗小說中，往往有一個與傳奇戲的「開場家門」相類似的格局，那便

1　　朱星《金瓶梅考證》，天津：百花文藝出版社，1980 年，頁 32。

2　　馮惟敏〈舍弟留滯隴西屢歲不還山居馳念悵然有作四首〉之三。

3　　錢謙益《列朝詩集小傳》。

4　　《曲藻》。

5　　《列朝詩集小傳》。

是開頭冠以韻語，囊括小說的創作主旨，表述作家對所述事件的基本看法。「將本傳中立言大意，包括成文」[6]。比如：

> 興亡如脆柳，身世類虛舟。見成名無數，圖名無數，更有那逃名無數。霎時新月下長川，江湖變桑田古路。（《水滸全傳》引首）

> 滾滾長江東逝水，浪花淘盡英雄。是非成敗轉頭空：青山依舊在，幾度夕陽紅。（《三國演義》）

> 暗想當年富貴，掛錦帆直至揚州。風流人去幾千秋！兩行金線柳，依舊纜扁舟。（《隋煬帝豔史》）

均是如此。而《金瓶梅》卷首的「詞曰」，卻表現了作家超然物外、無寵無辱、安分隨時的思想情調：

> 閬苑瀛洲，金谷陵樓。算不如茅舍清幽。……更無榮無辱無憂。退閒一步，著甚來由。但倦時眠，渴時飲，醉時謳。
> 短短橫牆，矮矮疏窗。忔憕兒小小池塘。高低疊峰，綠水邊傍。也有些風，有些月，有些涼。……
> ……軒窗隨意，小巧規模。卻也清幽，也瀟灑，也寬舒。懶散無拘，此等何如？倚闌干臨水觀魚。……
> ……且優遊，且隨分，且開懷。

與《金瓶梅》的思想基調似乎並不諧和，直至「四貪詞」才流露出其勸懲的動機。很顯然，這是作家功名無成之時的自我排遣，其腔調也很像一個落拓文人。此類描寫，恰與馮惟敏的思想情趣相合。試以其散曲為例：

> 明月清風，同咱三個，常把世情參破。萬慮消磨，清閒壘成安樂窩。……隨緣且過，權當作東山高臥。（【南仙呂入雙調朝元歌】〈述懷〉四首之一）

> 也不管花開花落，年年一短蓑，寒暑飽經過。順水推船，隨風倒舵，雲影天光攤破。（【南仙呂入雙調朝元歌】〈述懷〉四首之四）

> 苦雨間草堂，蓋幾個竹房。……三冬生暖夏生涼，就裏消災障。水繞山圍，人間

6　李漁《閒情偶寄》卷三〈格局第六·家門〉。

天上，遠塵纓遺世網。（【北中呂朝天子】〈解官至舍〉二十首之二）

溪山環繞兩三家，就裏乾坤大。草舍斜開，蒿蘿亂插，有鄰翁同笑耍。（【北中呂朝天子】〈解官至舍〉二十首之十三）

樂以忘憂，貧而無諂，到如今不犯險。（【北中呂朝天子】〈解官至舍〉二十首之二十）

雖然是寒酸改不了窮模樣，這的是知足得安康。……莊家不用虛名望，山人自有閒情況，安心怎受乾磨障。（〈量移東歸述喜〉）

所發抒的感慨竟如出一口，所描寫的地理環境也大致相類，這就不能不引起我們的深思了。

馮惟敏是個以英雄自許的文人，「滿腹經綸須大展，休負了蒼生之願」（〈題長春圖〉），「兩袖清風，生來眼界空；萬丈長虹，從來志氣雄」（【北雙調對玉環帶過清江引】〈訪宋一川〉四首之二），很想幹一番動地驚天的事業。然而，卻事與願違，沉抑下僚，志不得伸。故而，他歸隱林下，沉埋蹤跡，感歎「早年志氣藐三公，到底無實用」（【北中呂朝天子】〈解官至舍〉二十首之一），「窮通命運該，山水平生愛，詩酒尋常債」（【北雙調殿前歡】〈歸興〉二首之一），「青雲路上時辰錯，好前程有絆磕」（【北雙調水仙子】〈偶題〉四首之三）。仕途的失意，轉而激使他走向另一個極端，「風花雪月，破工夫耍笑些，不受用是癡呆」（【南仙呂入雙調柳搖金】〈風情〉），「過一生只一生要上一生，休替別人掙。三萬六千場，醉倒煙花徑。每日價醒了醉，醉了又醒」（【北雙調清江引】〈閱世〉四首之四）。消極頹廢的情緒特重。有時他也為髮白早衰而歎息，「細瞧，二毛，妝出商山皓。貴人頭上不曾饒，白髮惟公道」（【北中呂朝天子】〈拔白〉四首之四）。此類內容，均見於《金瓶梅》的插詞或引子。

《金瓶梅》的「四貪詞」，是從「酒、色、財，氣」四個方面勸誡世人的。這同樣在《海浮山堂詞稿》中有所反映：

我笑君貪財不顧身，晝夜無窮盡。（【北雙調玉江引】〈紀笑〉四首之三）

勸哥哥學好，休捨命貪饕，聰明伶俐莫心高，只隨緣便了。（【北正宮醉太平】〈家訓〉四首之一）

勸哥哥休狠，學性格溫存，得饒人處且饒人，退步行最穩。（【北正宮醉太平】〈家訓〉四首之四）

明知煙花路兒上苦，有去路無來路。……田產已盡絕，家業都零散，搦來大坑兒

填不滿。（【北雙調清江引】〈醒悟〉四首之一、二）

又不是官糧科派，動不動折變田宅。翠紅鄉掌一面虎頭牌，火焰似追錢債。（【北中呂紅繡鞋】三首之三）

諸如此類的契合，恐非偶然。作家寄寓感慨，口吻如此之相似，出於同一人之手，倒不是沒有可能。

二、作家對現實世界的觀感

《金瓶梅》中的許多插詞，有時與正文內容並無多少內在聯繫，似乎是游離於作品之外的贅筆。豈不知這裏面卻融進了作家的思想意識、處世態度以及對現實世界的看法和理解。比如：

舞裙歌板逐時新，散盡黃金只此身。寄語富兒休暴殄：儉如良藥可醫貧。（第十一回）

自恃官豪放意為，休將喜怒作公私。貪財不顧綱常壞，好色全忘義理虧。（第三十四回）

損人利己，終非遠大之圖；害眾成家，豈是長久之計。（第四十八回）

得失榮枯命裏該，皆因年月日時栽。胸中有志終須到，囊內無財莫論才。（第四十八回）

湛湛青天不可欺，未曾舉意早先知：休道眼前無報應，古往今來放過誰？（第五十九回）

常歎賢君務勤儉，深悲愚主事荒淫；治平端自親賢佞，稔亂無非近佞臣。（第七十一回）

順情說好話，幹直惹人嫌。世事淡方好，人情耐久看。（第七十二回）

人生世上風波險，一日風波十二時。（第七十六回）

有勢莫倚盡，勢盡冤相逢。……人間勢與福，有始多無終。（第九十五回）

世情看冷暖，人面逐高低。（第九十五回）

一切諸煩惱，皆從不忍生。見機而耐性，妙悟生光明。（第九十九回）

此類議論，在馮惟敏的散曲中也俯拾皆是：

名利機關沒正經。……個個哄人精，處處賺人坑。（【北雙調河西六娘子】〈笑園六詠〉之六）

富貴浪中舟，功名水上漚。才大難為用，時來不自由。（〈壽馬南江〉）

世間到處有危機，知足方為貴。（【北中呂朝天子】〈解官至舍〉二十首之四）

缺世界實難過，識人多處是非多。（【北中呂朝天子】〈解官至舍〉二十首之十二）

是非場上莫貪求，一任龍蛇鬥。（【北中呂朝天子】〈解官至舍〉二十首之十六）

平白地生嗔，沒來由下狠，不提防成禍本。（【北中呂朝天子】〈感述〉八首之五）

矯情，撇清，心與口不相應。誰家貓犬怕聞腥？假意兒妝乾淨。（【北中呂朝天子】〈感述〉八首之三）

爾曹，枉勞，恩怨何須校。疏疏天網不能逃，自有神明照。故舊之情，通家之好，正歡娛成懊惱。忖度，禍苗，為只為鴉翎鈔。（【北中呂朝天子】〈感述〉八首之六）

從來世路多危峻，禍福無門。（【北雙調殿前歡】〈歸興〉二首之二）

太朴今無用，文章道義總成空。（【北中呂朝天子】〈六友〉）

且把錦心埋，常將笑口開。榮枯利害，丟搭在九霄雲外。（【南仙呂入雙調朝元歌】〈春遊〉八首之八）

幾曾見持廉守法垛了冤業，都子為愛國憂民成了禍胎，論甚麼清白？（〈徐我亭歸田〉）

追魂牒拜相麻，捨身崖拜將台，未央宮慣把忠良害。（同上）

奴顏婢膝終須貴，義膽忠肝反見猜。（同上）

俺也曾宰制專城壓勢豪，性兒又喬，一心待鋤奸剔蠹惜民膏。誰承望忘身許國非時調，奉公守法成虛套。（〈改官謝恩〉）

　　舉世見錢親，窮胎是禍本。滿口胡云，休言清慎勤。（【北雙調玉江引】〈紀笑〉四首之三）

　　袖手且妝憨，退步有何慚？世態炎涼巳飽諳。（【北雙調河西六娘子】〈癸酉新春試筆〉）

　　閒將冷眼覷時流，看了他覆雨翻雲難罷手，到頭來苗而不秀，總不如得合休處便合休。（〈歸田自壽〉）

連作家的處世態度以及他們對現實世界的觀感都如出一轍，這恐怕不是偶合一詞所能解釋得了的。

三、從語詞的角度去考察

　　《金瓶梅》大量地運用北方方言俗語，而形成獨特的語言藝術風貌，這是為人們所公認的。而馮海浮散曲中的方言俗語，又多次在《金瓶梅》裏出現。這一令人欣喜的現象，為我們考察《金瓶梅》的作者提供了線索。

　　筆者曾初步作過調查，明人的散曲集，諸如王磐的《西樓樂府》、陳鐸的《樂府全集》、金鑾的《蕭爽齋樂府》、朱載堉的《醒世詞》、趙南星的《芳茹園樂府》、高應玘的《醉鄉小稿》、劉效祖的《詞臠》、李開先的《中麓山人小令》《臥病江皋》等等。方言俗語的運用，遠不能與《海浮山堂詞稿》相比，與《金瓶梅》語詞相犯者亦屈指可數。這也可作為馮惟敏為《金瓶梅》作者的一個旁證。不妨將其散曲語句略舉如下：

　　剛道個真材實料難禁受，說甚麼琴遇知音。（〈李中麓歸田〉）

　　賞雄篇酒滿甌，消繳些天長和地久。（同上）

　　四海覓知音，五嶽尋朋舊，赤緊的馮唐不偶。（同上）

　　吃緊的奉溫旨難回對。（〈送李閣老南歸〉）

　　指日間生擒了可汗，平蹍了土西番。（〈憶弟時在泰州〉）

　　打周遭擠成一塊，唬得俺腳難挪眉眼難開。（〈徐我亭歸田〉）

　　見了個官來客來，繫上條低留答剌的帶。（同上）

　　但沾著時乖運乖，落得他稽留聒剌的怪。（同上）

又無倉庫查盤費刮劃。（同上）

胡歌野叫村田樂。（〈邑齋初度自述〉）

他敢是早年間出落在紅塵外。（〈酬金白嶼〉）

方顯的樂閒人有下梢，一任他使計的乾生受。（〈留別邢雉山〉）

是掏摸犯法違條，總不如守清真不染分毫。（〈仰高亭中自壽〉）

再不替別人家瞎頂缸。（〈庚午春試筆〉）

那一個傷天理害人精，狠心腸幹這樣繭？（〈辭署縣印〉）

那壁廂箇鋪巡風喬坐衙。（〈聽鐘有感〉）

絮聒聒有些閒話。（同上）

一個價死沒騰苫眼鋪眉。（〈月食救護〉）

一個個引人魂三不歸。（〈清明南郊戲友人作〉）

兒女在眼前，喜歡的無是處。（【北雙調胡十八】〈辛未量移東歸〉四首之一）

覷了那人面高低懶待睬。（〈十自由〉）

一個家喬聲顙氣情難忍。（同上）

見了人平身免禮，大步搊搜。（同上）

休涎眉瞪眼，怕赤手空拳。（【北正宮醉太平】〈李中麓醉歸堂夜話〉十八首之十二）

矯情，撒清，心與口不相應。（【北中呂朝天子】〈感述〉八首之三）

從今聽不慣花胡哨。（【北雙調河西六娘子】〈知止〉）

敦的個手搥胸世不得通活。（【北雙調折桂令】〈下第嘲友人乘獨輪車〉四首之一）

夢兒裏溫存，熱突突都是假。（【南仙呂二犯月兒高】〈閨情〉八首之七）

但遇著拿班做勢是相沖。（〈李爭冬有犯〉）

枕上揪來四鬢蓬，豬毛繩牽出花胡洞。（同上）

成不的模樣實難賣，上不的台盤總是空。（同上）

頂老兒一樣圓，撇道兒一般大。（〈僧尼共犯〉）

鬼胡尤打扮個俏冤家，歪扭捏裝成朵解語花。（【北雙調仙子步蟾官】〈問年〉）

雖然是答臘些殘湯剩飯，卻不道盤纏的少米無鹽。（【北雙調仙子步蟾官】〈回爐〉）

冷言閒語尋趁我，平地上就起風波。（【南商調集賢賓】〈題怨〉六首之五）

是誰之過，不住的將人折挫。（【南商調集賢賓】〈題怨〉六首之五）

你分明特故的將俺揉搓。（【南正宮玉芙蓉】〈題怨〉四首之一）

黃毛兒黑尾鬼胡伶，口兒裏無乾淨。（【北中呂朝天子】〈嘲誚〉二首之二）

豈不聞人的名，樹的影。（【北雙調清江引】〈省悟〉四首之三）

那裏有不散的筵席。（【南雙調鎖南枝】〈盹妓〉二首之一）

涎瞪了眼，答剌了頭。（【南雙調鎖南枝】〈盹妓〉二首之二）

傍人笑俺忒隨邪，俺不比干風月。（【北中呂朝天子】〈贈田桂芳〉八首之七）

鋪謀定計歪廝戰。（〈骷髏訴冤〉）

以上所列，有的是從宋元方言繼承而來，有的則是明代特有的方言。如「黃毛黑尾」一詞，陸澹安《小說詞語彙釋》僅列《金瓶梅》一書之例證，可見罕見於其他小說。又如「躡」，龍潛庵的《宋元語言詞典》釋作「踏、踩」。實際上，在北方方言中，本詞讀如「泥」（去聲），就感情色彩而言，比「踏」「踩」要重得多。意謂踏上腳之後，再用力轉動腳，令被踏之物碎如齏粉。有時腳踩在稀釋物上也叫做「躡」。《金瓶梅》中這兩種用法並存。下面，亦將《金瓶梅》的有關詞語略舉一二：

如何遠打周折，指山說磨，拿人家來比。（第十回）

往常言語假撇清。（第十二回）

在他根前那等花麗狐哨。（第二十回）

我猜老虔婆和淫婦鋪謀定計,叫了去,不知怎的撮弄。(第二十一回)

不知替你頂了多少瞎缸。(第二十一回)

越發在人前花哨起來。(第二十三回)

背地瞞官作弊,幹的那繭兒,我不知道?(第四十六回)

他是上台盤的名妓,倒是難請的。(第五十四回)

昨晚被房下聒絮了半夜。(第五十六回)

黑影中躧了一腳狗屎。(第五十八回)

我來你家討冷飯吃,教你怎頓捽我。(第五十八回)

單管黃貓黑尾,外合裏差。(第五十八回)

梳的黑鬖鬖光油油的烏雲,露著四鬢。(第五十九回)

稱願了別人,撇的我無有個下梢。(第五十九回)

勾他兩口兒盤攪過來就是了。(第六十回)

熱突突死了,怎麼不疼?(第六十二回)

原來不知你在這咭溜搭剌兒裏住。(第六十八回)

你不出來見俺每,這事情也要銷繳。(第六十九回)

那一個有些時道兒,就要躧下去。(第七十四回)

左右是那幾句東溝籬、西溝壩、油嘴狗舌、不上紙筆的那胡歌野調。(第七十五回)

左來右去,只是那幾句《山坡羊》《瑣南枝》,油裏滑言語,上個甚麼台盤兒也怎的?(第七十五回)

我成日莫不拿豬毛繩子套他去不成?(第七十五回)

那沒廉恥趁漢精便浪,俺每真材實料不浪!(第七十五回)

怎出醜刮劃的,教人家小看!(第七十八回)

敢是我日裏看見他王太太穿著大紅絨袍兒。（第七十九回）

人情裏包藏鬼胡油。（第八十二回）

赤緊的因些閒話，把海樣恩情一旦差。（第八十三回）

我只怕一時被那種子設念隨邪，差了念頭。（第八十六回）

人的名兒，樹的影兒。（第八十六回）

自古道：千里長篷，也沒個不散的筵席。（第八十六回）

又被這屈鐙搠摸了，今事發見官。（第九十回）

還有個十七八頂老丫頭。（第九十四回）

愛姐涎瞪瞪秋波，一雙眼只看經濟。（第九十八回）

回到家中，又被葛翠屏聒聒。（第九十八回）

可憐月娘，扯住慟哭了一場，乾生受養了他一場。（第一百回）

這裏只列舉了部分詞語，已足見語言風格之相類。《海浮山堂詞稿》中的其他詞語，如「禁受」「索」「寧耐」「打迭起」「消受」「那答兒」「悶葫蘆」「轉關兒」「磣」「端相」「丟答」「自揣」「花打算」「胡支派」「瞎賬」「胡柴」「酪子裏」「刁騷」「硬梆」「死沒騰」「的是」「承望」「單等」「委實地」「揣歪」「無巴鼻」「勞攘」「開交」「家緣」「香馥馥」「絮叨」「死聲淘氣」「恰才」「踢天弄井」「騰挪」「虧心短行」「喜孜孜」「爭些兒」「作念」「撞頭磕腦」「沒亂沒迷」「躭待」「塌撒」「鬼胡伶」「張眉睖眼」「打典」「不合」等等，也多見於《金瓶梅》。

四、與《金瓶梅》有關的幾件事

僅憑以上幾條而論定馮惟敏為《金瓶梅》的作者，當然仍嫌不足，我們還可以結合與《金瓶梅》有關的幾件事，來進一步討論。

李瓶兒所生官哥夭亡以及瓶兒之死，是書中的一個大關目，標誌著西門家世的由盛轉衰。此情節前後幾乎用了十回，約占全書的十分之一，可見作家之重視。這一關目，並非作者憑空結撰，當有所本。

　　「嘉靖八子」之一的李開先，曾有過喪妻、夭子的不幸遭遇。他在〈誥封宜人亡妻張氏墓誌銘〉中稱：

> 宜人性姿婉柔，言笑遲重，事姑孝敬，處事從容。儉約出於天性，……先是居官，妻雖不與外政，時有商議，必勸余從寬。至於仕路升沉，人情敦薄，與之言及，無不知其梗概。晝坐淹辰，夜談達旦，粗識書意，大得余心，雖謂之一良友可也。……嗚呼！宜人貧則助余學，仕則助余政，致政則助余以閑，日具杯酌，與賓友為樂。即余至百年，乃不能相同以死，自首不相離之約，今成幻夢。出門有礙，持內無人，豪遊浩歌，無復舊興，左瞻右盼，祗益新愁。中年喪妻，謂之不幸，若余則又不幸之尤者！傷心難騰之口也！

感情之至，見於言辭。後又有一愛姬，相次即世。他愁腸欲斷，淚眼將枯，又撰有〈四時悼內〉曲，以寄託哀思。其幼子蘇郭兒夭亡後，繼室王氏所生子名九十者，大為開先及親朋所愛寵，然而，「癸丑（嘉靖三十二年）六月望日，方相向而笑，忽風動不能作聲，聚醫環視，皆云『急驚可救』。且灸且藥，竟不復蘇，月上而氣絕矣」[7]。開先經不起這一連串的打擊，幾至要「以身殉之」。張氏以「四十日不食死」，九十以「急驚風」夭，這兩個事件，與《金瓶梅》所寫何其相似。

　　馮惟敏對李開先的此類經歷一定會知曉，其長兄惟健和開先同舉嘉靖戊子（1528）鄉薦。開先對惟健的落拓不偶深致歎慨，他在嘉靖丁巳（1557）所寫的〈六十子詩〉中稱：「可惜大馮君，善書更善文。有才終不售，今又一劉蕡。」惟健亦曾致書李開先，請其寫〈臨朐縣重修儒學記〉，可見二人之友情。惟訥與開先亦有交往，開先稱其「雄文老筆，凌軼子長，……以文章氣節，彪炳當時，其聲實可方駕弘、德間矣」[8]。惟敏為開先的追隨者，他在〈李中麓歸田〉序中謂：

> 吾鄉中麓李公，博學正誼，予心慕之。都中邂逅，彼此塵鞅，未緣請益。頃抗疏歸田，娛情述作，紹作大雅，討論秘文。……僕因得而聽之，意真味婉，氣正聲平，借使達者屬耳，擊節賞音，里人聞之，亦足以發流通之妙，不在茲乎！秋夕共語，悉所未聞，偶論樂聲，深契予意。

他另有【南仙呂傍妝台】〈效中麓體〉，亦表述了對開先的傾慕之情。其【北正宮醉太平】〈李中麓醉歸堂夜話〉，則對世道黑暗、吏治腐敗給以強烈的抨擊。二人若是泛泛

7　李開先〈〈中秋對月憶子警悟詞〉序〉。
8　〈後岡陳提學傳〉。

之交，決不會如此傾心吐膽。故而，開先的〈四時悼亡〉曲，馮氏當得以寓目，並詳知其端委。以此二事為素材，采入小說，並不是沒可能。當然，作者的秉筆之旨並不是影射李開先，而是借助生活的原形，構築小說的情節而已。

馮惟敏幾任地方官，社會閱歷頗為豐富，而且交遊甚廣，著名散曲家沈仕、金鑾、劉效祖等，均與其友善。沈仕散曲多寫閨情和享樂，劉效祖的〈鎖南枝〉〈掛枝兒〉等散曲，以民歌的形式寫兒女戀情，頗見情趣。金鑾則擅長嘲調小曲，時有妙語，令人絕倒。馮氏本人又以曲見長。《金瓶梅》之所以穿插那麼多曲文，恐與此有關。另外，與他相往還的還有宗室誠軒翁、謝九儀、許石翁、李石麓、劉伊坡、劉後溪、董信溪、賈柳溪等，或為皇家枝葉、或為退隱官吏、或為地方仕紳，這無疑開闊了他的眼界。他既曾飽覽過冶園十景，在鎮江任所時，又曾專程去南京，觀賞姚淛的市隱園十八景。京師清明日仕女出遊，四方之人雜然往觀的情景也曾耳聞目睹。朱星謂馮氏寫不出《金瓶梅》中許多大場面，恐無的據。

馮氏晚年優遊林下，與妓女過從頗密，見於其散曲集的就有無瑕玉、桂香、葵仙、曉霞、蘭池、文卿、梅英、月季、弱仙、韶仙、少蘭、桂芳、潤仙、麗江、沂仙等二十餘人，對她們的生活有著較多的瞭解，寫過多首風情、閨思、嘲謔之類的散曲。

馮氏散曲〈李爭冬有犯〉小注謂：「官妓李爭冬，恃姿容驕怠。嘗騎過市，遇縫掖不為意。怒付之官，官不能理。士人聞於內，傳令杖之。」此事與《金瓶梅》中的西門慶「大鬧麗春院」「怒責鄭愛月」「冷落李桂姐」諸情節就極為相類。

其他像《金瓶梅》中曾經出現的妓家生日多、炙香瘢、帕箋、肉屏風、會友輪莊飲酒、星命占卜、道士法術、勘輿之類，《海浮山堂詞稿》均曾述及。如：

> 汗巾兒展作錦雲箋，淚點兒流成玉露盤，粉盒兒權當金星硯。滴將來一處研，寫封書訴不盡情言。（【北雙調仙子步蟾宮】〈帕箋〉）

> 有一年三番壽日，把三年呼作一歲，每一歲九度生時。辦炷名香，擺列筵席。……敦請親戚，遞一杯添兩件首飾，行一禮奉一套羅衣。（【北雙調仙子步蟾宮】〈賀生〉）

> 麝蘭香正點花穴道，選良時真個燒。……磣可可銀牙碎咬，亂紛紛珠淚齊拋。……心驚膽戰，肉裂皮焦，瘡兒疼越疼越好。（【北雙調仙子步蟾宮】〈炙香〉）

> 暖雲窩緊把兩邊遮，溫香玉先將背後截，……矮屏風三四摺。（【北雙調仙子步蟾宮】〈肉屏〉）

> 一月招邀一兩席，也吃個醺醺醉。柴桑處士家。洛社耆英會，歲歲年年稱壽杯。

（【北雙調清江引】〈東村作〉）

　　一遭兒菊籬，輪莊兒酒席，老兒當常相會。（【北中呂朝天子】〈答陳李二君〉）

甚至連賭誓也用「貼骨疔瘡」，與《金瓶梅》相合。善勘輿術的龍山駱用卿，是其父戊辰榜同年友，惟敏對其術深信不疑，難怪《金瓶梅》多次寫及請陰陽先生看墳地。

　　《金瓶梅》第五十六回水秀才的祭頭巾文並詩，是論者經常提及的。此段文字，長達六七百字，實與本書的主幹情節無多大聯繫，看去似乎是贅筆。其實，它與開首的「詞曰」和文中的插詞一樣，也是作家藉以寄寓感慨的一種方式。祭頭巾詩所謂：「一戴頭巾心甚歡，豈知今日懼儒冠。別人戴你三五載，偏戀我頭三十年」云云，與以雄才自負，而終生不得一售的馮惟敏恰相似。馮氏之散曲，也時而流露此類感慨：

　　苦奔波三萬里迢迢遠征，花打算四十年小小前程。蜀道難行，齊瑟誰聽？（【北雙調折桂令】〈閱報除名〉）

　　看人情世態偏別，禍福無端，好惡隨邪。……拾了個破包頭有何難舍？打了個昏斯謎費盡周折。（同上）

　　富貴浪中舟，功名水上漚。才大難為用，時來不自由。（〈壽馬南江〉）

　　七八歲勉學，淡薑鹽一瓢。二千里枉勞，路途債九遭。四十年苦熬，冷板凳兩條。（〈改官謝恩〉）

　　知書識字總成空，浮世乾和閧。（【北中呂朝天子】〈自遣〉）

　　一棚傀儡千根線，一條大路三重塹，一生事業半文錢，問前程近遠？（【北正宮醉太平】〈李中麓醉歸堂夜話〉十八首之十）

他的〈下第嘲友人乘獨輪車〉，更極盡落第舉子的寒酸之態。雜劇《不伏老》中的梁灝，一生考五十餘場。七十九歲時赴京應試，遇年幼監考官仍自稱「小生」，受盡謾污。其中有段描述科場情景的長文字，可謂惟妙惟肖，稱應試舉子「破頭巾，油手帕，連耳帶腮，包裹的似纏頭回子」，不是過來人，難以道此，與祭頭巾文並詩正可相互參看。

　　另外，《金瓶梅》所寫事件發生的地點，大致在揚州、淮安、清江浦、徐州、清河、臨清、泰安、京都諸地，這正是馮惟敏宦遊的經行之地。由此而論，馮惟敏似乎有資格、有可能寫出《金瓶梅》。

　　還有，馮惟敏〈呂純陽三界一覽〉小序稱：「迨戊午、丁巳間，有酷吏按治齊魯。

大獵民貲，以填溪壑，累歲無厭。人人自危，莫知所止。」又〈財神訴冤〉後亦注曰：「嘉靖丁巳、戊午間，有墨吏某，每按郡縣，輒羅捕數百千人，囹圄充塞，重足而立，夕無臥處，計民產百金已上，必坐以法竭之。凡告人命，雖誣必以實論，有厚賄，雖實必釋。由是誣告伺察之風盛興。」正所謂「嚴刑峻法鋤良善，甜言美語扶兇犯」（【北正宮醉太平】〈李中麓醉歸堂夜話〉十八首之十七）。甚至連妓女也不能倖免，他在〈十美人被杖〉曲末注曰：「十年前暴虐扇禍，以訪捕為一切之政。民無良賤，隸於法率無辜人。十美人一時受杖而出，觀者如堵。」《金瓶梅》中的西門慶買生賣死，誣良為盜，橫索賄賂，魚肉鄉里，極似此酷吏。

五、從史籍記載來考察

（一）南河南徙。

《金瓶梅》第六十八回，郎中安鳳山有一段話：

> 今又承命修理河道，當此民窮財盡之時，前者皇船載運花石，毀閘折壩，所過倒懸，公私困弊之極；而今瓜州、南旺、沽頭、魚台、徐沛、呂梁、安陵、濟寧、宿遷、臨清、新河一帶，皆毀壞廢圮，南河南徙，淤沙無水，八府之民皆疲弊之甚。

據此敘述口氣，作者秉筆之時，當距南河南徙不遠。《明史·河渠一》載：「（正德）八年六月，河復決黃陵岡。……乃命管河副都御史劉愷兼理其事。愷奏，率眾祭告河神，越二日，河已南徙。」「自嘉靖六年後，河流益南，其一由渦河直下長淮，而梁靖口、趙皮寨二支各入清河，匯於新莊閘，遂灌裏河。水退沙存，日就瘀塞。」《沛縣志》錄《引水金鑑》轉引明劉天和《問水集》謂，嘉靖十三年秋，黃河遷徙，一股出魚台塌場口入運河，一股由曹縣榆林集南流向徐州。十月，趙皮寨又決口，南流亳、泗之水愈猛烈，水東流梁靖者漸微細，自濟寧至徐州數百里運河淤塞。又據《明史·河渠一》載：嘉靖「四十四年七月，河決沛縣，上下二百餘里運道俱淤。全河逆流，自沙河至徐州以北，至曹縣棠林集而下，北分二支：南流者繞沛縣戚山楊家集，入秦溝至徐；北流者繞豐縣華山東北，由三教堂出飛雲橋。……明年二月，復遣工科給事中何起鳴往勘河工。」可見，南河南徙實為嘉靖間事。安鳳山隱指何起鳴亦有可能，因其名字含義相類。

（二）大興土木。

據《明史·世宗紀》載述，嘉靖一朝，曾數次大興土木，先後修建景福宮、安喜宮、慈慶宮、大高玄殿等，並多次派人採木湖廣。三十六年（1557）四月，「奉天、華蓋、謹

身三殿災」[9]，五月癸亥，采木於湖廣。至四十一年，三殿始建成，改稱皇極、中極、建極。工部侍郎劉伯躍曾采木於湖廣、貴州等地，「湖廣一省費至三百三十九萬餘兩。又遣官核諸處遺留大木。郡縣有司，以遲誤大工逮治褫黜非一，並河州縣尤苦之。」[10]。又據《李開先集》中的〈後岡陳提學傳〉載，陳束（號後岡）「有採木之任，往來毒霧煙瘴中，勤勞登頓，且慮繩彈，傴僂服役，身同賤工。……過洞庭，上湘江，非有罪左遷者罕至。」《金瓶梅》寫動用大批人伕從江南湖湘採辦花石，以營建艮嶽，當影射嘉靖間事。

（三）嚴嵩父子及其家人。

嘉靖朝，嚴嵩父子把持國柄，以致「賓客滿朝班，親姻盡朱紫」，「文武將吏率由賄進。其始不核名實，但通關節，即與除授」。且戶部所發邊餉，「朝出度支之門，暮入奸臣之府」，「未見其父，先饋其子。未見其子，先饋家人」[11]。據《明史·鄒應龍傳》等記載：嚴府家人嚴年，竟然富逾數十萬。「年尤桀黠，士大夫無恥者至呼為鶴山先生。遇嵩生日，年輒獻萬金為壽」。世蕃在母喪期間，仍「聚狎客，擁豔姬，恒舞酣歌，人紀滅絕」。《金瓶梅》在第三十回稱奸黨「在朝中賣官鬻獄，賄賂公行，懸秤升官，指方補價。貪緣鑽刺者，驟升美任；賢能廉直者，經歲不除。以致風俗頹敗，贓官污吏，遍滿天下」，蓋有為而發。蔡府的管家翟謙，當隱指嚴年。西門慶在祖塋構置淫窟，亦與嚴世蕃無異。馮惟敏在散曲中稱：「烏紗帽滿京城日日搶，全不在賢愚上」（【清江引】〈八不用〉八首之一），「忘身許國非時調，奉公守法成虛套」（〈改官謝恩〉），正與《金瓶梅》所反映的思想內容相一致。

（四）山東大旱。

《金瓶梅》第八十一回云：「不想那時河南、山東大旱，赤地千里，田疇荒蕪不收，棉花布價一時踴貴。」此事馮惟敏【北雙調胡十八】〈刈麥有感〉（四首之一）亦有載述，稱：「三百日旱災，三千里放開。偏俺這臥牛城，四十里忒毒害。」明李詡《戒庵老人漫筆》卷三亦謂，嘉靖間「自四月不雨，直至八月，中間雖小雨數次，地方濕而燥日如火，隨就乾烈，溝洫揚塵，河港成裂，禾苗盡槁。米麥之價騰貴，民不聊生，草根樹皮，皆攘取充腹。」大旱一事，既然可以寫入散曲，又把它寫入小說，則是意料中之事了。

（五）管磚廠太監。

《金瓶梅》幾次提及管磚廠劉太監和黃主事。實則，和清河毗鄰的臨清，在明代的確

9　《明史·成祖三》。

10　《明史·食貨六》。

11　《明史·張翀傳》。

設有磚廠。《天工開物》卷七〈陶埏·磚〉條謂:「若皇居所用磚,其大者廠在臨清,工部分司主之。初名色有副磚、券磚、平身磚、望板磚、斧刃磚、方磚之類,後革去半。運至京師,每漕舫搭四十塊,民舟半之。又細料方磚以墁正殿者,則由蘇州造解。」嘉靖中,周思兼曾以工部員外郎督臨清磚廠。又據《明史·食貨六》載:「燒造之事,在外臨清磚廠,京師琉璃、黑窯廠,皆造磚瓦,以供營繕。……嘉靖初,遣中官督之。給事中陳皋謨言其大為民害,請罷之。帝不聽。」太監管磚廠,亦為嘉靖間事。作者若不是生活於嘉靖間,對此纖芥之事,未必盡詳。

(六) 《金瓶梅》所引散曲的出處。

《金瓶梅》所引散曲,多出自《詞林摘豔》《雍熙樂府》《盛世新聲》三部曲集。《詞林摘豔》係增訂《盛世新聲》而成,為張祿所編。現存版本有嘉靖乙酉(1525)原刻本、嘉靖十八年(1539)重刊增益本等。《雍熙樂府》為郭勳編,以嘉靖四十五年(1566)原刻本為最早。《盛世新聲》為正德間無名氏編,有正德間戴賢校正本、正德十二年(1517)序刻本等。至於《陽春白雪》,則為元代楊朝英所編,時代更久遠。而萬曆間產生的諸曲集,如《玉谷新簧》《樂府南音》《詞林一枝》《八能奏錦》《月露音》等,卻棄而不用。這恰恰證明了《金瓶梅》產生的時間,大致在隆慶至萬曆初年,也正是馮惟敏優遊林下之時。

徐朔方在〈《金瓶梅》成書新探〉一文中說:「《金瓶梅》的寫定者或寫定者之一是李開先或他的崇信者。只有他本人或他在戲曲評論和實踐上的志同道合的追隨者,他們可能是友人,或一方是後輩或私淑弟子,才能符合上述情況。」[12]又推論說:「寫定者可能是有一定社會地位的舉人、進士,有仕宦經歷的文人以至名流,也可能是接近書會才人、社會地位低微、科舉不得意的士子。」[13]所言不無道理。馮惟敏有過南北做官的經歷,與有相當身份的貴族、官吏、名流、文士曾頻繁交往,對朝廷掌故、朝政得失、官紳暴虐、世道混亂均有所瞭解。數年的仕途奔波,以及晚年的隱居生涯,使他對市民階層人物有著深切的體察。幾乎十年的閒居生活,又給其寫作提供了充裕的時間。他除了與友人詩酒往還、作曲自娛、歌場流連外,借小說的撰寫以發抒對現實世界的感憤,倒是很可能的。

12　徐朔方《論金瓶梅的成書及其它》,濟南:齊魯書社,1988 年,頁 99。

13　徐朔方《論金瓶梅的成書及其它》,頁 84。

《金瓶梅》方言釋略

　　《金瓶梅》不僅在中國小說發展史上占有一定的地位，而且語言的運用也豐富多彩。特別是其中使用了許多帶有濃厚地方色彩的口語，更顯得活潑有致，也給語言學研究者提供了許多明代口語的原始資料。筆者即試圖對小說中的方言略作詮釋，以就正於方家。

　　上台盤　上秤盤。意謂稱得起，數得上。〔例〕第五十四回：「他是上台盤的名妓，倒是難請的。」

　　撒漫　一作「撒鏝」。揮霍，破費。本指用拋銅錢以顯字鏝而定輸贏的一種賭錢遊戲，此用引申義。「漫」，即「鏝」，俗稱錢。〔例〕第五十四回：「常時節假冠冕道：『這怎麼處？我還有一條汗巾，送與金釧姐，補了扇吧。』遂送過去。金釧接了道：『這卻撒漫了。』」

　　耳報法　猶耳語，謂將嘴湊在別人耳朵邊小聲說話。〔例〕第五十四回：「今日不曾奉酒，怎的好去！是這些耳報法，極不好。」因上文有小童到西門慶身邊「附耳低言」，慶起身離去，攪了酒興，故言。

　　突了下來　北方口語，或稱「突嚕下來」，意謂從高處滑擦下來。〔例〕第五十四回：「那老子一路揉眼出來，上了馬還打盹不住，我只愁突了下來。」

　　撚酸　又作「拈酸」，謂吃醋。〔例〕第五十四回：「（白來創）道：『這兩個小親親，這等奉稱你二爹。』伯爵道：『你莫待撚酸哩。』」

　　影來影去　擋來擋去，遮來遮去。「影」，引申作遮、擋。〔例〕第五十四回：「我政待看個分明，他又把手來影來影去，混帳得人眼花撩亂了。」

　　打閧閧　北方稱游泳時的自由式（俗稱狗爬式）為打閧閧。因鳧水時雙手不停地交替劃水，雙足則交替拍打水面，發出「閧閧」聲響，故稱。此藉以比喻斟酒時「酒壺支入碗內」之狀。〔例〕第五十四回：「玳安把酒壺支入碗內一寸許多，骨都都只管篩，那裏肯住手。伯爵瞧著道：『癡客勸主人，也罷，那賊小淫婦慣打閧閧的，怎的把壺子都放在碗內了！看你一千年，我二爺也不攛掇你討老婆哩。』」

　　殺雞　跪拜行禮。因殺雞瀝血時雞頭朝下，故藉以比喻跪者腰彎頭低的恭敬之態，是一種詼諧說法。〔例〕第五十四回：「伯爵道：『我跪了殺雞吧！』韓金釧道：『都免禮，只請酒便了。』」

興子 興致，興趣。北方口語又稱作「興頭子」。〔例〕第五十四回：「若一醉了，便不知天好日暗，一些興子也沒有了。」

歪斯纏 猶口語之「歪扭胡纏」，謂胡鬧。「斯」，助詞，無義。「纏」，糾纏。〔例〕第五十四回：「我倒灌醉了，那淫婦不知那裏歪斯纏去了。」

賣富 誇示富貴。「賣」，引申作顯示、炫耀。〔例〕第五十四回：「我可惜不曾帶得好川扇兒來，也賣富賣富。」

過賣 宋之俗語，用以指稱酒食店中的酒保，即舊時所稱「跑堂的」。〔例〕第五十五回：「四人坐下，喚過賣打上兩角酒來。」

兩節穿衣 猶「兩截穿衣」。舊時婦女的一種衣著。〔例〕第五十五回：「西門慶見兩個兒生得清秀，真真嫋嫋媚媚，雖不是兩節穿衣的婦人，卻勝似那唇紅齒白的妮子，歡天喜地。」

盤攬 花銷，耗費，消耗。〔例〕第五十六回：「今日先把幾兩碎銀與他拿去，買件衣服，辦些家活，盤攬過來。」

一攬果 即一攬裏。「果」乃「裏」之同音假借。意謂湊一起、一塊兒。「攬」，引申作湊集。「裏」，引申作歸攏。二詞並用，義互見。〔例〕第五十六回：「我這幾日不是要遲你，只等你尋下房子，一攬果和你交易。」

失花兒 謂失誤，過錯。本義為看錯秤星，此用引申義。「花兒」，北方謂秤星為「花兒」。〔例〕第五十六回：「我做老婆的，不曾有失花兒，憑你怨我，也是枉了。」

燒苦蔥 蔥經火燒後，往往蔥芯變直，蔥褲（即蔥的表皮）脫落，與人扯腿相似，故借指伸腿、挺腿（隱指人死）。〔例〕第五十七回：「打哄了燒苦蔥，咱勾當兒不做。」

喃喃洞洞 或作「篤篤喃喃」「囊囊突突」「喃喃訥訥」，意謂連續不斷地自言自語，帶有抱怨的意思，猶今言嘟嘟嚷嚷。〔例〕第五十七回：「（潘金蓮）正在嘮嘮叨叨，喃喃洞洞，一頭罵一頭著惱的時節，只見那玳安走將進來。」

沒搭煞 俗語，猶謂沒正經。〔例〕第五十七回：「你日後那沒來回沒正經養婆兒，沒搭煞貪財好色的事體，少幹幾椿兒也好。」

調唇弄舌 一作調嘴弄舌。其義有二：(1)言來語去，撩撥挑逗。〔例〕第五十七回：「那薛姑子就有些不尷不尬，專一與那些寺裏的和尚行童調弄嘴舌，眉來眼去。」(2)指以言語逗趣。〔例〕第五十四回：「兩個妓女又不是耐靜的，只管調唇弄舌，一句來，一句去，歪斯纏，倒吃得冷淡了。」

墩 為「蹾」字之同音假借，意謂猛地往下放。亦作「頓」「敦」。〔例〕第五十八回：「倘若推辭，連那鴇子都與我鎖了，墩在門房兒裏。」

撮弄 擺佈，擺弄。〔例〕第五十八回：「那潘金蓮且只顧揭起他裙子，撮弄他的

腳看。」

花哨 本指使人眼花繚亂的多種顏色，引申作熱鬧。此處意謂逞能。〔例〕第五十八回：「你還沒曾見哩，今日早辰起來，打發他爹往前邊去了，在院子裏呼張喚李的，便那等花哨起來。」

七八 猶言差不離。七八與十相近，十是成數，故七八含有接近的意思。引申作大約，約莫。〔例〕第五十八回：「大爺，這咱晚七八有二更，放了俺每去罷了。」

半邊俏 本指身體的半邊長得姿態美好。引申義有二：(1)比喻工夫不到家或手藝偏少。如：《歧路燈》第二十四回：「譚賢弟會了牌，不會色子，只算『單鞭救主』。爽快今晚再學會擲。他日到一堆時，說擲就擲，說抹就抹，省的是個『半邊俏』。」(2)隱指風情或手段的一半。〔例〕第五十八回：「你笑話我老，我那些兒放著老？我半邊俏，把你這四個小淫婦兒，還不勾擺佈。」

上心 謂用心，放在心上。〔例〕第五十八回：「你明日好歹上心，約會了那位甘夥計來見了，批合同。」

佯打耳睜 裝作不明白。北方稱對別人說的話故作不明白為「佯打耳睜」。〔例〕第五十八回：「他佯打耳睜的不理我，還拿眼兒瞟著我。」

鼓 躺，躺下。北方口語中至今仍沿用。〔例〕第五十八回：「那潘姥姥正挺在裏間屋裏炕上。」

做清兒 裝出正經樣子給人看。〔例〕第五十八回：「每當在人前，會那等做清兒說話。」

迎頭兒 頂頭，對面迎著。引申為恰巧，正好。〔例〕第五十八回：「想著迎頭兒，養了這個孩子，把漢子調唆的生根也似的。」

叮噹 象聲詞，本指器物相撞擊時發出的聲響，此引申作碰撞、碰壞。〔例〕第五十八回：「賤小肉兒，你拿不了做兩遭兒拿，如何恁拿出來，一時叮噹了我這鏡子怎了？」

男女花兒 猶男花女花。口語稱子女年幼者。〔例〕第五十八回：「他今年癡長五十五歲了，男女花兒沒有。」

沒口子 慌不迭，一句連一句。〔例〕第五十九回：「鄭家鴇子聽見西門老爹來請他家姐兒，如天上落下來的一般，連忙收了禮物，沒口子向玳安道：……」

繭兒 本指蠶繭或其他昆蟲的幼蟲在成蛹之前吐絲結成的囊狀保護殼，引申作事，事體。至今仍見於北方口語。〔例〕第五十九回：「原來賤囚根子成日只瞞著我，背地替他幹這等繭兒。」

半門子 又稱「半掩門」「半開門」，北方稱有夫之婦而與人私通者，取其門半開半掩而候其情夫至之意。此處為雙關語：一為實指。如第五十九回：「春鴻道：『轉了

幾條街巷，到個人家，只半截門兒，都用鋸齒兒鑲了。』」二隱指淫婦、娼婦。〔例〕第五十九回：「囚根子，一個院裏半門子也認不的了，趕著粉頭叫娘娘起來。」

花花黎黎　猶言花花綠綠，狀色彩繽紛貌。「黎」，為「綠」字之音轉。此為北方口語。〔例〕第五十九回：「門裏立著個娘娘，打扮的花花黎黎的。」

張睛　習見於北方口語。其義有三：(1)張狂。舊時多用於指稱女性不夠安分、有失檢點。如：舊時成年的女子和男子交往，往往被斥為「張睛」。(2)忙碌，慌張，粗莽。如：「你張睛的啥，差一點把油瓶碰倒。」(3)誇大言辭。〔例〕第五十九回：「你著這老婆子這等張睛！俺貓在屋裏好好兒的臥著不是，你每亂道怎的！」

張主　主張，作主。〔例〕第五十九回：「孩兒是你的孩兒，隨你灸，我不敢張主。」

提溜　北方口語，至今仍沿用。謂提，提著，手提。〔例〕第五十九回：「直走到潘金蓮房中，不由分說，尋著貓，提溜著腳，走向穿廊。」

緊自　北方口語，猶言老是，一個勁兒。〔例〕第五十九回：「你看孩兒緊自不得命，你又是恁樣的！」

揭調　揭短，數落，挑剔。〔例〕第五十九回：「那薛姑子和王姑子兩個，在印經處爭分錢不平，又使性兒彼此互相揭調。」

鬥了分資　猶言湊了分資。「鬥」，即湊。「分資」，此指喪禮。〔例〕第五十九回：「應伯爵、謝希大、溫秀才、常時節、韓道國……都鬥了分資，晚夕來與西門慶宿伴。」

偎乾就濕　猶謂回乾就濕。敦煌寫本《父母恩重經講經文》：「回乾就濕者，《經》遭乾處兒臥，濕處母眠。……回乾就濕為常事，三年辛勤情未已。」「偎」，靠，挨著。「就」，趨，往。〔例〕第五十九回：「想著生下你來我受盡了千辛萬苦，說不的偎乾就濕成日把你耽心兒來看。」

牆有縫，壁有眼　比喻到處有耳目。〔例〕第五十九回：「這裏牆有縫，壁有眼，俺每不好說的：他使心用心，反累己身。」

望門寡　指已訂婚契而未婚夫婿卻在婚前夭亡的女子。「望門」，意謂尚未過門。〔例〕第五十九回：「既死了，你家姐姐做了望門寡，勞而無功，親家休要笑話。」

倒架　又稱「掉架」，常用以稱減了神采氣勢。〔例〕第六十回：「大官人，你看花子，自家倒了架，說他是花子。」

游氣兒　一絲氣兒。一般多用於指生死彌留之際。〔例〕第六十一回：「你看著我成日好模樣兒罷了，只有一口游氣兒在這裏，還來纏我起來。」

著來　應答之詞，表示同意。「來」，語氣助詞，無義。〔例〕第六十一回：「著來！你去，省的屈著你那心腸兒。」

虛嘴掠舌 北方方言。又稱「瞎話掠舌」，意謂虛情假意，花言巧語騙人。〔例〕第六十一回：「誰信你那虛嘴掠舌的。」

撏瓜 北方口語，瓜讀輕聲。其義有二：(1)笨拙，不中用。如：「這點東西還扛不動，看你那撏瓜樣兒。」(2)形容舉止張狂、輕浮。〔例〕第六十一回：「也不知怎的一個大撏瓜長淫婦。喬眉喬樣，描的那水鬢長長的。」

竹簽兒也似 意謂像竹簽兒那樣尖。往往藉以形容耳朵特別靈。〔例〕第六十一回：「你這花子，兩耳朵似竹簽兒也似，愁聽不見！」

賣杖搖鈴 隱指沒有本事、專靠騙人過活的江湖醫生。「賣杖」，一作賣仗、慢帳。意謂無用，沒本事。「搖鈴」，舊時江湖醫生常以搖鈴招徠生意。〔例〕第六十一回：「（趙搗鬼）專一在街上賣杖搖鈴，哄過往之人，他那裏曉的甚脈息病源。」

陶碌 一作「淘碌」「掏漉」，意謂耗損、糟塌、作踐。〔例〕第六十一回：「你也省可裏與他藥吃，他飲食先阻住了，肚腹中有甚麼兒，只顧拿藥陶碌他。」

影影綽綽 時隱時現，模糊不清。〔例〕第六十二回：「恰似影影綽綽，有人在我跟前一般。」

面紅面赤 也做「面紅耳赤」，本指人在爭執、鬥口時情緒激動，引起臉紅。此藉以指爭吵，鬧別扭。〔例〕第六十二回：「娘可是好性兒，好也在心裏，歹也在心裏，姊妹之間，自來沒有個面紅面赤。」

疑影 意謂犯疑，疑惑。北方口語，至今尚沿用。「影」，指對不確定、不可確知的事物的一種擔心害怕的精神感受。〔例〕第六十二回：「此是你神弱了，只把心放正著，休要疑影他。」

觀眉說眼 看著眉毛數落眼，意謂指桑罵槐，旁敲側擊。〔例〕第六十二回：「我教你大娘尋家兒人家，你出身去吧，省的觀眉說眼，在這屋裏，教人罵沒主子的奴才。」

山高水低 本指高的山，低的水。引申義有三：(1)武藝或手段的高低。如：「他們二人各顯身手，一定要見個山高水低。」(2)是非曲直。如：「他倆各說各的理，爭吵了半天，也沒搞出個山高水低。」(3)好歹。〔例〕第六十二回：「你若有些山高水低，迎春教他伏侍我，繡春叫他伏侍二娘罷。」

割肚牽腸 即俗謂牽腸掛肚。意謂時刻掛心，惦念不已。此用以形容感情深重，難以割捨。〔例〕第六十二回：「我實指望和你相伴幾日，誰知你又拋閃了我去了。甯教我西門慶口眼閉了，倒也沒這等割肚牽腸！」

一沖性兒 北方口語。常用以形容人性情暴躁，見到不順心的事立即發火，事過便不再計較。〔例〕第六十二回：「你家事大，孤身無靠，又沒幫手，凡事斟酌，休要那一沖性兒。」

　　根絆兒　北方口語，猶言後代。「根」，引申作後人、後代。「絆」，北方稱子女年幼者為絆腿的（或絆腳的）。喻身旁有年幼子女，行動不便。二詞連用，仍指稱子女。〔例〕第六十二回：「他身上不方便，早晚替你生下個根絆兒。」

　　淹淹纏纏　亦作「淹纏」。北方口語，意謂無休止地拖延。「淹」，遲延。「纏」，糾纏住不易解脫。〔例〕第六十二回：「生了個拙病，淹淹纏纏，也這些時了。」

　　熱突突　意謂事出意外，突然間。〔例〕第六十二回：「熱突突死了，怎麼的不疼。」

　　頂上　謂頂禮拜上。頂禮，為佛教最尊敬的禮節。比喻崇拜到了極點。〔例〕第七十一回：「夏公又留下了一個雙紅拜帖兒，說道：『多頂上老公公，拜遲，恕罪。』」

《金瓶梅》人物名號瑣議

　　《金瓶梅》這部近百萬字的長篇小說，在中國古代小說發展史上有著深遠的影響。對於本書的思想、藝術乃至方言俗語、風習人情，都曾有人作過不同程度的探討，但對小說的人物命名，自張竹坡的「寓意說」以來，卻很少有專文述及。就全書的人物姓名、字號來看，有的是作家信手拈來的不經意之筆，有的則未嘗不蘊含著其刻苦用心。從作品中人物的名號來探討本書的思想內涵和藝術價值，這或許也是一個途徑。

一、從人物的姓名、字號，看《金瓶梅》的認識價值

　　《金瓶梅》以「泉」字為別號的有五人，即富豪西門慶，號四泉；狀元蔡蘊，號一泉，二人均為奸相蔡京之假子。內府匠作太監何沂侄何永壽，號天泉，與西門慶一起在提刑所掌刑理事。巡撫侯蒙，號石泉，亦為西門府中之座上賓。已故王招宣之子王寀，號三泉，為西門慶假子，其母林太太與西門慶有姦情。和西門慶有關這幾人，均以「泉」字為號，這恐不是偶然的巧合。「泉」與「勸」讀音相諧，蓋隱寓勸懲之意。且「泉」字前多冠以數字，無非是一再暗示讀者，勿把此書作淫書看，辜負了作家的良苦用心。

　　許多評論文章都指出，《金瓶梅》是一部「偉大的寫實小說」，細膩地刻畫了權貴官僚、富商惡霸、幫閒無賴、娼妓蕩婦形形色色人物的醜態，揭露和鞭撻了封建社會末葉種種腐敗、墮落現象。這是《金瓶梅》所產生的客觀社會效果。但是，作者的主觀動機如何，我們可以從《金瓶梅詞話》的一些序跋裏，多少窺到一點端倪。

　　欣欣子的〈《金瓶梅詞話》序〉，稱笑笑生作此傳者，蓋有所謂也。「無非明人倫，戒淫奔，分淑慝，化善惡，知盛衰消長之機，取報應輪回之事」，「關係世道風化，懲戒善惡，滌慮洗心，無不小補。」明言此書有勸懲之意。廿公〈跋〉也極力申辯此書並非淫書，以「處處埋伏因果」寄寓勸懲，「曲盡人間醜態」。東吳弄珠客的〈序〉，亦謂此書「借西門慶以描畫世之大淨，應伯爵以描畫世之小丑，諸淫婦以描畫世之醜婆，令人讀之汗下」，「奉勸世人，勿為西門之後車可也。」這些序跋的作者，均與笑笑生生活的時代相去不遠，對其秉筆之旨，當能略知一二。他們的「勸戒說」，或非無稽之談。而且，從小說的本身，也可以尋到一些蛛絲馬跡。

　　《金瓶梅》卷首冠以〈四貪詞〉，先後申斥了破家亡身的「酒」「色」「財」「氣」的危害，謂「酒」：「酒損精神破喪家，語言無狀鬧喧嘩。疏親慢友多由你，背義忘恩盡是他。」勸戒「色」則稱：「休愛綠鬢美朱顏，少貪紅粉翠花鈿，損身害命多嬌態，傾國傾城色更鮮。」說「財」，「錢帛金珠籠內收，若非公道少貪求。親明道義因財失，父子情懷為利休。」說「氣」，「莫使強梁逞技能，揮拳挽袖弄精神。一時怒發無明穴，到後憂煎禍及身。」而作者筆下的主人公西門慶，則「四貪」均占，他的「家反宅亂」，暴病身亡，皆與此有關。這無疑是給世人提供了一份令人警醒的反面教材，使浪子回頭，愚頑醒夢。小說中的絕大部分情節，都是由「四貪」派生出來的。由「四貪」而「四勸」，由「四勸」而「四泉」，乃至「三泉」「一泉」「天泉」，其中的內在聯繫頗能引人玩味。

　　另外，再將以「泉」字為名號者之姓連在一起看，竟然是王、侯、西門、何、蔡，這就組成一個大可驚詫的問句。即「王侯西門何才」？那麼，洋洋灑灑的百回長文，便是對這一問句的形象回答。實際上，明確的答案在人物名號中同樣能找到，比如，以「橋」字為名號的有三人：韓道國，號西橋；來保，號雙橋；客商汪東橋。按照古時風習，只有讀書士子、風雅之輩才有別號，而這裏，連西門慶的店中夥計、家裏僕從，乃至逐利之商賈，竟然也附庸風雅，取起別號來，實屬罕見。作者如此安排，並非信筆塗鴉。「橋」與「敲」音諧，東敲、西敲，不就是那些權臣、貴官、豪紳、幫閒之「德行」和「才幹」的絕妙寫照嗎？作家如此安排，恰給貪官污吏下一針砭，也使小說的思想內容有所深化。西門慶以及他周圍的大小官吏，無一不是到處敲榨以中飽私囊的。

　　至於用意經營謀得榜首的蔡一泉，則甘當相府鷹犬。西門慶對他曲意奉承，以白銀百兩等物相送，張竹坡於第三十六回評道：「此回乃作者放筆寫仕途之醜、勢利之可畏也。夫西門市井小人，逢迎翟雲峰不惜出妻獻子，何足深怪。乃蔡一泉，巍巍榜首，甘心作權奸假子，而且矢口以雲峰為榮。止因數十金之利，屈節於市井小人之家，豈不可恥！」蔡一泉則代表了官僚階層的又一種類型。他是由科舉而晉升，後又投靠權貴的，意在說明斯文之淪喪。王寀則是簪纓之家的不肖子孫，他與其母的所作所為，都表明封建貴族家庭頹敗的不可挽回。封建正統觀念很強的官吏侯蒙，曾被朝廷譽為「居外不忘君，忠臣也」[1]，在小說家筆下，他竟然也與市井小人西門慶打得火熱，可見官僚機構腐敗到何種程度。何天泉的升官，則由於其叔是皇妃近侍太監之故。作者以「泉」為西門慶等人命名號，決非率而操筆，而是經過周密考慮的，大致概括了當時官場的各類人物。

---

[1] 　　《宋史·侯蒙傳》。

二、「名」與「實」

作者將批判的筆觸伸向世俗社會的各個角落，以濃墨重彩塗抹出一幅群魔亂舞的百醜圖，使作品中人物「皆如狐窮秦鏡，怪窘溫犀，無不洞鑒原形」[2]。「王侯西門何才」，不過是隱含於書中的一條主線，由此生發開去，旁及各類人物，特略舉一二：

花子虛，隱含「子虛烏有」。花太監之姪，家頗富饒，多內宮寶物。該人在外眠花宿柳，撒漫使錢。因同族兄弟爭奪家產，打官司耗費許多。值錢珍寶玩好之物，又由其妻李瓶兒搬入情夫西門慶家中。子虛氣絕身亡，潑天家私化為烏有。

應伯爵，即「應白嚼」。細絹鋪商之子，家業敗落後，「專一跟著富家子弟幫嫖貼食」（第十一回）。終日在西門慶周圍謀食騙財，渾名叫「應花子」。西門慶剛死，他隨即投入新任提刑張二官懷抱，並竄掇張謀取潘金蓮。將「平日深恩，視如陌路。當初西門慶待應伯爵，如膠似漆，賽過同胞兄弟，那一日不吃他的，穿他的，受用他的。身死未幾，骨肉尚熱，便做出許多不義之事」（第八十回），豈非白嚼？

謝子純，諧「蠍子臀」之音。蠍尾有毒刺，能蜇人。謂幫閑篾片皆勢利之徒，見人有錢便如蠅逐臭，叮住不放；見人落魄則投石下井，趁火打劫。此類人最為歹毒，不可接近。

吳典恩，即「無點恩」。「縣陰陽生，因事革退，專一在縣前與官吏保債，以此與西門慶來往」（第十一回）。受西門慶差遣，去東京給蔡京送禮，冒稱西門慶舅子，得任清河縣馹丞。西門慶身亡，他升任巡檢，恩將仇報，反面無情，嚴刑拷打平安，讓他指攀吳月娘與家人玳安有姦情，欲從中訛詐錢財。

孫天化，化，化緣。意謂像行腳僧那樣，天天靠乞求別人施捨過日子。綽號「孫寡嘴」，貧嘴寡舌，「專在院中闖寡門，與小娘傳書寄柬，勾引子弟，討風流錢過日子」（第十一回）。在李桂姐院中尋趁，曾將其鍍金銅佛塞在褲腰裏，偷回家去。

常時節，經常受西門慶接濟，毫無氣節可言。家中交不出房租，向西門慶死乞百賴討得銀子。回家後，「輕輕把袖裏銀子摸將出來，放在桌兒上，打開瞧著道：『孔方兄，孔方兄！我瞧你光閃閃響噹噹的無價之寶，滿身通麻了，恨沒口水咽你下去。』」（第五十六回）活現出見錢眼開之醜態。

祝日念，比喻像豬那樣貪吃懶惰，不攆不走。「念」諧「攆」音。他曾帶富豪張二官去行院，鴇兒閉門不納，祝竟然「直撅兒跪在天井內」苦苦哀求，「饒人那等罵著，他還不理」，被稱作「好個涎臉的行貨子」（第三十二回）。

2　謝頤〈《金瓶梅》序〉。

　　雲離守，即「雲裏手」。捉雲拿霧，到處亂伸手。襲兄參將之職後，見結拜兄長西門慶身死，吳月娘守寡家居，且頗有財產，便有謀財奪人之意。

　　白來創，即「白來噇」。噇，吃喝無度。《集韻·四江》：「噇，食無廉也。」《西遊記》第四十七回：「呆子不論米飯面飯，果品閑食，只情一撈亂噇。」亦白嚼之意。

　　賁地傳，「賁」與「肥」「傳」與「喘」音相諧，意謂因貪吃而肥得發喘。

　　韓道國，北方「國」讀「歸」音，與「鬼」音諧，即「韓搗鬼」，由其弟名「二搗鬼」可證。他「許人錢，如捉影捕風；騙人財，如探囊取物」，故有此稱。曾慫恿其妻王六兒與西門慶通姦，從中謀利。西門慶死，又拐帶走其千兩白銀等逃往東京。

　　李外傳，即「裏外傳」。縣中皂隸，「專一在縣在府綽攬些公事，往來聽氣兒撰錢使。若有兩家告狀的，他便賣串兒；或是官吏打點，他便兩下裏打背工」（第九回）。

　　王六兒，即「網罶兒」。「網」與「罶」均為捕魚工具。為了掙得錢財，竟不惜辱身自獻。其行為類似張網捕魚，故稱。

　　夏延齡，即「瞎眼驢」。作品說他「接物則奴顏婢膝，時人有丫頭之稱；問事則依違兩可，群下有木偶之誚」（第四十八回），與瞎眼驢正相類。

　　李拱極，名達天。北方口語中有「拱擠」一詞，指採取不正當的手段拔弄是非，裏拱外攬，不夠安分。號與姓名連在一起，即「拱擠立可達天」，安分未必能升官。此人為清河知縣。

　　夏恭基，即「瞎拱擠」。清河縣典史。

　　錢成，有錢便成，錢能通神。清河縣丞。

　　黃葆光，「葆光」諧音「剝光」。暗喻官吏貪酷，搜刮民財，非剝光不可。工部主事。

　　車淡，扯淡，亂說。

　　管世寬，即「管事寬」。多管閒事。

　　游守、郝賢，即「遊手好閒」。

　　臧不息，即「贓不息」，暗指其經常貪贓。為清河典史。

　　霍大立，即「獲大利」。新任清河知縣。陳經濟逼死西門大姐，按律該判絞罪，因得陳百兩紋銀賄賂，便私改案卷，「止問了個逼令身死，繫雜犯，准徒五年，運灰贖罪」（第九十二回）。小小知縣，一樁案件便得銀許多，故名。

　　陰騭，清河縣當案孔目。來旺兒無故蒙冤，他大為不忿，便左右周旋，使其免遭毒手，遞解徐州為民。因其秉公斷事，積下陰德，故名。

　　羅萬象，以「萬象」為名，且前面冠以「羅」字，暗示給讀者，書中所寫的人和事包羅萬象。

以上所列，僅是《金瓶梅》中部分人物的姓名，多「名」「實」相合。張竹坡稱此書「無一名不有深意」，雖然有些言過其實，但是卻畢竟道著了這部小說在人物命名上的特徵，並非是不情之論。

三、人物名號與諷刺藝術

張竹坡稱《金瓶梅》是「一篇市井的文字」。所謂市井文學，就是說它所反映的社會生活面比較廣闊，以各階層、各類型的人物和事件，組成一幅世俗社會的風習畫。為了表達這種複雜而豐富的內容，它當然不可能像歌功頌德的廟堂文學那樣，以粉飾現實迎合統治階級的需要為宗旨，擺出冠冕堂皇的架式，去踐踏勞動人民心靈深處的創痕，將毒癩說成鮮花，把痛苦歪曲為歡樂。與此恰恰相反，作家必須面對慘澹的人生，以冷峻的目光正視社會現實。一方面無情地解剖附庸於封建時代這一臃腫無力、苟延殘喘的軀體之上的惡性腫瘤，一方面又冷嘲熱諷那種醜惡現象和畸形靈魂。

由思想內容所決定，藝術上必然表現出莊諧雜出，亦莊亦諧，寓莊於諧的特徵。《金瓶梅》的人物名號，正是從屬於這一基本藝術特徵的。書中所寫的二百多個人物，幾乎都是作者要撻伐的對象，他們「直與豺狼相同，蛇蠍相似。強名之曰人，以其具人之形，而其心性非復人之心性，又安能言人之言，行人之行哉」[3]！對於諸如此類人物，作者若以高雅的字眼命其名號，顯然與整部作品的總基調不相符，也與人物言行舉止不諧。而這裏，作者將人物隱私、惡德、品行歸納入名號，實在耐人尋味，恰如戲劇舞台上丑角的鼻端畫一道白色的油彩，使人物形象更為鮮明突出，達到了內部與外部的和諧統一，加強了作品的諷刺效果。

再者，《金瓶梅》曾被稱作「洩憤」之書，而其中又隱寓著勸戒。作者一腔憤懣的發洩，不是靠空洞的說教和直露的謾罵，而是借助於一個個具體生動、觸目可見的人物形象來表達的，以小見大，「因一人寫及全縣」。所以，作者在結構情節時，不捐細微，「清河縣前西門家，大大小小，前前後後，碟兒碗兒，一一記之」[4]這些現象看起來無關緊要，然而，卻是「正在崩潰的舊世界的一個碎片」[5]。作者正是以這些「碎片」，來映射出世俗社會的種種腐敗和墮落。作者將剝削者的日常生活和衣食起居攝入筆底，這就撕下了他們以炫人眼目的「仁義道德」的彩線編織成的溫情脈脈的面紗，還其醜惡、淫

---

3   清在茲堂刊本《金瓶梅》文龍評語。

4   張竹坡〈批評第一奇書金瓶梅讀法〉六十三。

5   〔蘇〕高爾基〈給初學寫作者的信〉，《論文學》，北京：人民文學出版社，1978年，頁230。

濫的本來面目。作者是以「穢言」而「洩憤」的，耽心讀者為「穢言」模糊了視線，故而，有時來一點點睛之筆。例如，應伯爵在與西門慶打趣逗樂時，借說笑話為西門慶畫像，說「賦（富）便是賦（富），有些賊形」，而把自己比作曲意逢迎的捧屁秀才。點出二人的各自「本色」。此外，還借人物名號，時時提醒人們注意，把自己的創作動機暗示給讀者，這則是化隱為顯的另一種方法。

《金瓶梅》是一部早期的性格化描寫的小說。這一藝術特徵，早已為前人所指出，稱：「西門慶是混賬惡人，吳月娘是奸險好人，玉樓是乖人，金蓮不是人，瓶兒是癡人，春梅是狂人，敬濟是浮浪小人，嬌兒是死人，雪娥是蠢人，宋惠蓮是不識高低的人，如意兒是頂缸之人。若王六兒與林太太等，直與李桂姐輩一流，總是不得叫做人。而伯爵、希大輩皆是沒良心的人。兼之蔡太師、蔡狀元、宋御史皆是枉為人也。」[6]這就點出了人物個性的差別。

作品所寫的儘管多是些令人詛咒的反派人物，但是，「在喜劇底愚蠢而醜惡的人物後面，你仿佛看到另外一些美好的、富於人性的人，你的笑裏沒有歡樂，卻是含著悲哀和痛苦的味道。……在喜劇裏，生活所以被寫成它實際上的那種樣子，就為的使我們想到生活應該有的樣子[7]。否定假的、惡的、醜的，就是為了肯定真的、善的、美的，「通過對醜的現實的揭露，達到美的理想的展望」[8]，這正是《金瓶梅》審美價值的之所在。作者撰寫此書而意存勸懲，他在「看官聽說」裏所表述的對理想的展望，雖然夾雜有不少封建倫理觀念，但畢竟與西門慶諸人的種種寡廉鮮恥的醜行大相逕庭。瞭解作者在人物命名上的刻苦用心，對於研究《金瓶梅》的思想和藝術價值不無裨益。

6　張竹坡〈批評第一奇書金瓶梅讀法〉三十二。

7　〔俄〕別林斯基著，梁真譯〈詩底分類和分型〉，《別林斯基論文學》，上海：新文藝出版社，1958年，頁 188。

8　王朝聞《美學概論》，北京：人民出版社，1981 年，頁 60。

彭城張氏家族與張竹坡《金瓶梅》評點

古人稱：「徐之山逶迤兮，徐之水蒼茫以長。徐之風土兮實勁以武，中有異人兮為國之良。」[1]彭城張氏便是文武兼擅的名門望族，《金瓶梅》評點者張竹坡，便出生在戶部山南側一街巷中。

一、名滿鄉邑的彭門望族

張氏一族，原籍浙江紹興臥龍山，相傳乃「報秦原不為封侯」[2]的漢代留侯張良之後。至明中葉，其高祖張棋（字合川），始攜眷來徐，隱居徐州東南呂梁之河頭。至其曾祖應科，再遷彭城。應科，號敬川，以省祭赴部選而不仕。事父以孝，友于兄弟，慷慨俠烈，遇事明決。洞中機微，才幹通達，器量弘偉。晚杜門不出，逍遙田園。鄉里俱稱為善士。祖父張垣（1593-1645），本名聚井，字明卿，號曙三，幼聰穎絕倫，先達器之。博學強記，無所不窺，下筆浩瀚，跌宕詩賦。弱冠采芹。崇禎中，士羞以章句稱。垣憤時事不可為，思以身許國，遂棄文就武。中崇禎癸酉（1633）科武舉。弘光朝，興平伯高傑移駐徐州，識其有文武才，特檄署戶部榷司事，又署河防篆。閣部史可法節制淮揚，召署本標提塘。凡興利除弊軍餉機宜，條陳入告，痛切窾要，為史公所重，題授歸德府管糧通判。高傑移鎮開、洛，垣與宜興陳定生參其軍事。督餉睢陽，總兵許定國叛，誘高傑入城，醉之以酒，捕殺之。垣怒斥叛將，數其罪狀，為亂刀所殺。垣坦率曠達，輕財仗義，目破萬卷，胸羅武庫。意味閒淡，風骨棱棱，為詩慷慨激烈，豪放空闊。有《夷猶草》傳世。

日和天晴，他時常攜一二同社君子，游雲龍山，登歌風台，賞三春美景，覽湖光山色，山鳥水魚，綠樹紅花，光風霽月，吊古懷舊，無不拈入詩中。臨風舉觴，談古論今，何等快意。醉心於「揮塵高談當世事，開編能見古人心」[3]的風雅生活，留連「鷓鴣啼入

---

1 戴名世〈誥封光祿大夫又封榮祿大夫驃騎將軍副總兵官都督同知張公墓誌銘〉。

2 張彥琦〈留侯廟〉。

3 〈答羅商雨先生見贈用韻〉。

杜鵑花」[4]的春景，欣賞「載酒野航堪劇飲，論文別業共交遊」的雅趣，沉迷於「遠山暝古寺，晚照落荒台」[5]的靜謐，忘情於「出入雲為伴，招遊鶴是書」[6]的超然，滿足於「入門饒木石，據案有圖書」[7]的恬淡。他武能跨馬揮刀，出入戰陣，文能對客揮毫，筆吐錦繡，堪稱是一位文武兼具之才。

其父張翃，與伯父膽、鐸齊名，並稱「彭城三鳳」。膽（1614-1690）字伯量，幼即倜儻有大志，見天下多故，不屑舉業章句，思以武功顯，攻孫、吳家言，亦中崇禎癸酉武舉。閣部史可法鎮淮揚，錄用軍前，題授河南歸德府城守參將。是時，其父垣為歸德府通判。父子俱仕一邦，為世所重。聞父死於許定國叛軍，乃泣血屬眾，率所部直搗其師，定國脫逃，則殲其餘眾而還。清兵南下，豫王率師圍歸德，匝月，城將破。膽出降，隨之南征，擢副總兵官，號令嚴整，三軍皆畏服之，每至一地，無敢剽掠，士女皆安堵。順治三年，任浙閩總督張存仁標下中軍副將，加都督同知。後以覃恩授驃騎將軍。會有修怨者假事中傷，革職回籍。歸里後，兢兢株守，紵衣粗食，而樂善施。自辛酉（康熙二十年，1681）以來，淮徐之間，仍歲饑饉。膽出米數千石賑徐人，復運麥三千石輸淮安，分賑各縣。徐州黃河水汜濫，膽捐貲以助築堤。復於里中設義塾，延名師教諸貧家子弟之不能學者。徐民不堪重壓，多逃散他縣。膽請求官府，汰除民之積逋，並代償無力償還者之債務。徐州東北荊山口（今徐州金山橋開發區），湖流巨浸，風濤甚險，往來者皆苦之。膽斥資造石橋其上，長四五里，花費不啻巨萬，過往稱便。並教育子孫：為官者，以志勤報國，以清節惠民；居鄉者，以耕讀傳家，以詩禮裕後。

二伯父張鐸（1637-1694），字仲宣，號鶴亭，自幼天性莊毅，絕不與群兒為伍，父垣殉難睢陽，鐸以九齡孺子，徒步數百里，扶柩歸里，鄉里稱奇。弱冠，以恩蔭得官，先後任內閣辦事中書、內國史院中書、內弘文院典籍、雲南臨安府同知，湖廣漢陽府知府等職。在臨安任所，曾捐俸修整黌宮，聚士課義，鼓勵人才。又捐資創修曲江箐口關石橋，以利行人。而自奉寒薄，甘之若飴。遇悍卒肆橫，即嚴撻以懲。一時強悍之徒，聞其名莫不斂跡避去，不敢入境。在漢陽任時，兵興旁午，羽檄星馳。鐸才堪回應，遊刃有餘。當是時，親王重鎮，雲集荊襄，耳鐸之才，莫不願為一見。而鐸廉介自持，剛屬不屈，與時相左，不能宛轉叶貴人意，故被吏議。乃笨車朴馬，遄回故里，優遊林下。囊橐蕭然，閉戶讀書，怡怡自得，視富貴如浮雲。其生平秉禮持正，莊敬不阿。每惡世

4 〈春日丘無為社集諸子同賦送張仲美還吳用花字〉。
5 〈集社中諸子飲雲龍山〉。
6 〈訪潘從平山居次胡濤公韻〉。
7 〈次韻張天放游華將軍〉。

風偷薄，思欲力挽頹俗，反之古道，故遇有懷詐而嫚者，輒斥責譙讓無所容。然喜賦詩，亦好飲酒。每於花晨月夕，呼子侄輩分韻拈題，傾杯倒甕，笑語達旦。有《晏如草堂集》行世。

父張翀（1643-1684），字季超，號雪客、山水友。尚在繦褓，其父遇難睢陽，隨母與仲兄歸里，長途跋涉，驚恐成病，故自幼體弱。年十三，兩兄並仕，宦遊在外，翀親幃獨奉，色笑承歡。且秀眉炯目，神采煥發，周旋恬雅，揖讓雍容，奇氣英英。幼有練達之才，綜理家政，部署有方，每令老生宿儒對之撟舌。且淡於功名，無意仕進，視富貴如塵芥。閭里苦苦相助，親知殷殷叮囑，他笑而不語。伯兄膽強令之入都，逼之仕，激相問曰：少而學，壯而行，致身顯盛，光大前人。遺烈此語竟忘之耶？翀勉應之，授職五城兵馬司正指揮。然旋即歸，終不仕，無軒冕情，有丘壑想，廣結賓朋，座中常滿，肆力芸編，約文會友，誦讀之聲，盈於里巷。每於長松片石之間，山曉水明之候，琴樽自適，絲竹怡情，朗曠之懷，不容纖塵。嘗結同聲社，中州侯方域，北譙吳國縉，皆間關入社。湖上李笠翁（漁）偶過彭門，寓於廡下，留連不忍去者將匝歲。同時十數朋好，常與其徜徉於煙霞泉石之間，友麋鹿而侶魚蝦，臨清風而邀明月，芥功名而塵富貴，摒俗輩而蹟高賢。嘗築草堂於層巒之上，構環堵於曲水之濱，蔭長松，坐纖草，聽鳥觀魚，吟詩論文，曾稱：「癖愛煙霞塵富貴，性甘泉石老林丘」，「美景從來憐易歇，春光休教送無端。」挾不世之才，負泉石之癖，蓄異書古器，以嘯詠自適。亦曾出遊任城、漢陽、吳江、杭州等地。康熙甲子歲末，哭其至友過慟，歸途冒風雪，病亡。能詩文、解音律、工繪畫，尤以七律見長，天然流麗，蘊藉多致，為時所稱。著有《山水友》《惜春草》《同聲集》。其詩如：「朝霞暮靄連松葉，夜月春風冷石華」[8]、「一灣流水無人渡，十里空山有鳥啼」[9]、「花眠露浥香初細，柳靜風牽影漸長。擁石高歌舒嘯傲，拋書起舞話興亡」[10]、「白鷺閒依荒草渡，錦禽爭過斷楊橋」[11]、「燕山明月宮牆柳，楚地春風驛路花」[12]、「霸氣全消空戲馬，陽春初轉滿雲龍」[13]等，皆清麗流轉，膾炙人口。

張氏一門，多能詩。竹坡祖父的曠達超邁，大伯父張膽的利民濟物情懷，二伯父張鐸的「生成傲骨難逢世」[14]、「奴顏婢膝實堪羞」[15]的情志，其父優遊林下、對客揮毫

8　〈白雲禪院〉。
9　〈春日訪渡愚上人〉。
10　〈初夏靜夜玩月偶成〉。
11　〈泗水懷古和石蘊輝韻〉。
12　〈送董建戚之京〉。
13　〈春日雲龍山懷古和孫漢雯韻〉。
14　〈感懷〉之八。

的風雅，其兄道弘（字士毅，號秋山）的醉心丹青、終以畫隱，其弟道淵（字明淵，號蓮庵）的跌宕笑傲、淡泊處世，從兄道祥、道源的勤敏練達、直諒好義且才情卓著、佳詩迭出，……如此等等，皆對張竹坡性格的形成有著重要影響。

二、氣度非凡的落魄書生

張竹坡名道深，字自得（或作自德），竹坡乃其號。出生於康熙庚戌（1670）七月廿六日。張翮之次子。竹坡生母沙氏，乃同郡廩生沙日清之女，賦性沉靜，雍肅端正，弱齡以孝女聞，于歸以賢婦名，晚歲以仁母稱。相傳她身懷六甲時，一夕夢繡虎躍於寢室，掀髯而立，化為偉丈夫，始生竹坡。竹坡於〈撥悶〉詩中追述道：「我聞我母生我時，斑然之虎入夢思。掀髯立起化作人，黃衣黑冠多偉姿。」宦門生虎子，舉家之歡然可想而知。坡亦隱然以虎自許，稱：「我志騰驤過於虎。」遊姑蘇虎丘，則心跳耳熱，醉眼觀燈，亦「半類獅子半類虎」[16]，足見其對虎情深。

竹坡受父兄薰陶，幼聰穎異常，甫能言笑，即解調聲，六歲輒賦小詩。總角侍父側，座賓命對曰：「河上觀音柳。」竹坡應聲曰：「園外大夫松。」舉座稱奇。與弟道淵同就外傅讀書，淵盡日咿唔，不能成誦。坡終朝嬉戲，及塾師考課，始為開卷，竟過目成誦。一日，師外出，淵揀時藝一紙、玩物一枚，與兄約曰：「讀一過而能背誦不忘者，即以相授。設有遺落，當以他物相償。」竹坡笑而應之，乃一手執玩具，一手持文讀之。道淵從旁催促，且故作他狀以亂之。讀竟複誦，隻字不訛，同社盡為傾倒。[17]

少而學、學而壯、壯而仕，此乃傳統社會中，家長為兒孫安排的生活道路。出身於簪纓之族的張竹坡，自然不能免俗。在張氏一門中，致身榮顯者代不乏人，惟張翮一支仕途不顯。翮厭聞名利，性耽山水，曾稱：「丹詔九重，難致草堂之居士；白雲一片，堪娛華陽之隱君。」[18]其耿耿自信如此。在他所珍藏的「異籍」中，當不乏《水滸》《金瓶》之類正統文人所不齒的稗官野史。這為竹坡幼即接觸說部提供了條件。他一方面遵從父訓，在經書裏面翻跟頭，焚膏繼晷，兀兀窮年，一方面又如饑似渴地尋覓異籍來讀，並接觸一些小說名著，讀起來快若敗葉翻風，一目能十數行下，晷影方移，而覽輒無遺。稍長，即嗜酒如狂，「千載隱懷誰共解，相憐唯有酒中仙」。遊學交友，傾肝吐膽，雖

15　〈感懷〉之九。

16　〈乙亥元夜戲作〉。

17　張道淵〈仲兄竹坡傳〉。

18　〈山水友約言〉。

居旅舍,而座上常滿。「少年結客不知悔,黃金散去如流水」[19],頗有些豪門公子裘馬清狂的況味。

張翀雖然有泉石之癖,但望子成龍之念卻絲毫未減。他有感於按照常規,童生須經縣、府、院三級考試,合格者始得為秀才,殊羈費時日,便為十四歲的竹坡捐監,走科第之捷徑。此時的竹坡,亦躊躇滿志,欲有所為,能數十晝夜目不交睫、不以為疲。他在後來所寫〈撥悶〉一詩中追憶道:「十五好劍兼好馬,廿歲文章遍都下。壯氣凌霄志拂雲,不說人間兒女話。」則大致道出他青少年時的精神氣概。他曾借詠菊寄寓自己的人格追求,「不是尋常兒女姿,須從霜後認柔枝」[20],對張良「飄然一孺子,乃作帝王師」[21]追慕不已。蕭何的「授漢以王業,卓哉人之雄」[22]也成了他處世之楷模。其雄奇的抱負和遠大的理想,均由此得窺一二。

次年八月,竹坡遵父母命赴江寧鄉試,點額而回。就是在這年的十一月間,其父病逝,家庭支柱的猝然崩坍,固然給竹坡母子帶來沉重的精神與生活上的重壓,但是,周圍的人際環境,包括家庭成員、遠親近鄰的關係,也當會發生微妙變化,給他們的心理罩上無形的陰影。加之其父子不事生業、揮金如土的性格,與傳統家庭道德的要求大相違背。其譜傳儘管未將其父子行為傳為弟子戒,但由張竹坡感慨甚深,並聲稱:「恨不自撰一部世情書,以排遣悶懷」[23]來看,他是熟諳人情冷暖況味的。更何況其父死後,家道中落,時常是朝餐未詰,便典春衫,日不敷出,漸趨拮据。難怪他在〈烏思記〉中云:「至於人情反覆,世事滄桑,若黃河之波,變幻不測;如青天之雲,起滅無常。噫,予小子久如出林松杉,孤立於人世矣。」四顧無援之慨充溢其間。由「年十五而先嚴即見背。屆今梧葉悲秋,梨花泣雨,三載於斯」諸語句來看,竹坡撰寫〈烏思記〉時,當在十八歲。尚在「不識愁滋味」之青春妙年,竟有如此深之感愴,非飽經「世事滄桑」不能吐此。儘管憂傷滿腹,但竹坡仍念念不忘實現亡父之夙願,決計靠科考以取仕。在〈烏思記〉中謂:「矧予以鬚眉男子,當失怙之後,乃不能一奮鵬飛,奉揚先烈,槁顏色,困行役,尚何面目舒兩臂、繫五色續命絲哉?」然而,他先後五次赴考,均未得一售,未免成了終身憾事,正所謂「眼前未得志,豈足盡生平」[24]?決計以「天南地北汗漫遊」[25],

---

19　〈撥悶三首〉之二。
20　〈和詠秋菊有佳色〉。
21　〈留侯〉。
22　〈鄭侯〉。
23　〈竹坡閒話〉。
24　〈撥悶三首〉之三。
25　〈撥悶三首〉之三。

來排遣胸中的鬱悶。

他在二十四歲時，一日家居，與客夜坐。客有敘及都門詩社之盛者。竹坡喜曰：「吾即一往觀之，客能從否？」[26]客以其言為戲，未即應。次晨，客曉夢未醒，而竹坡已束裝就道，遊學都下，結識不少同道。京師詩社，每聚會不下數十百輩，竹坡往訪，登上座，長章短句，賦成百有餘首。眾皆傾倒，目為竹坡才子。竹坡真有點喜形於色了，在〈春朝〉一詩中寫道：「呵凍莫愁三月浪，望雲已癢一聲雷。」似乎蟾宮折桂，指日可待，單等那報春的一聲驚雷。此時，躍躍欲試的竹坡，盤桓於繁華帝京，仰視雲間鳳闕，欣賞籬邊疏梅，徘徊於湖邊沙堤，流覽那水畔亭榭，是何等快意！在京兩載始歸。元宵節時，「荊妻執壺兒擊鼓，弱女提燈從旁舞」[27]。家中雖然貧困如故，但得享天倫之樂，再加上入京獲取美譽的興奮，使他暫時忘卻了愁苦，自信「男兒富貴當有時，且以平安娛老母」[28]。

三、頗具匠心的小說評點

康熙乙亥（1695）年初，二十六歲的張竹坡，在為弟道淵閒話時，曾說：「《金瓶》針線縝密，聖歎既歿，世鮮知者，吾將拈而出之。」[29]遂鍵戶旬有餘日而批成。張竹坡批點《金瓶梅》，固然是出於對稗官野史之類「異書」的特殊愛好，如其所云：「我喜其文之洋洋一百回，而千針萬線同出一絲，又千曲萬折不露一線。……如此妙文，不為之遞出金針，不幾辜負作者千秋苦心哉！」批書是為「使天下人共賞文字之美」。但是，也不能排除他「為窮愁所迫，炎涼所激，於難消遣時」，欲借評點「世情書」來「排遣悶懷」的一面。[30]同時，竹坡的「窮愁著書」，「不過為糊口計」，「本因家無寸土，欲覓蠅頭以養生耳」。[31]

次年春，張竹坡批點的《第一奇書金瓶梅》付梓，載之金陵。於是遠近購求，才名益振。四方名士來白下，日訪者以數十計。八月，五應鄉試落第，窮愁無聊。秋冬間，往揚州，得與「性好幽奇，衷多感憤」的著名文士張潮相識。兩人同聲相應、同氣相求，

26　張道淵〈仲兄竹坡傳〉。

27　〈乙亥元夜戲作〉。

28　〈乙亥元夜戲作〉。

29　張道淵〈仲兄竹坡傳〉。

30　〈竹坡閒話〉。

31　〈第一奇書非淫書論〉。

加之又是同姓，很快便引為知己。竹坡稱譽張潮為「昭代之偉人，儒林之柱石」[32]，並為其《幽夢影》撰評語八十餘段。

康熙丁丑（1697）春，竹坡移寓蘇州，寄身客舍，落魄潦倒，游虎丘時，由「虎阜」而聯想到母夢虎而生己身，感慨頓生，遂寫下了〈客虎阜遣興〉一組詩，中云：「千秋霸氣已沉浮，銀虎何年臥此丘。憑弔有時心耳熱，雲根撥土覓吳鉤」；「故園北望白雲遙，遊子依依淚欲飄。自是一身多缺陷，敢評風土惹人嘲。」流落他鄉的苦況、思念老母的隱衷、壯志未酬的積憤、落第不歸的愧赧，各種複雜的情感，一併湧來，流注於筆下。本想借酒消愁，然囊中羞澀，只能借「詩思消愁思」。他雖說才二十八歲，卻緣生活的煎迫、精神的重壓，已使得白髮種種、青春難駐。他在〈撥悶〉一詩中歎道：「愁多白髮因欺人，頓使少年失青春」，「不見天涯潦倒人，饑時雖愁愁不飽」，「老大作客反依人，手無黃金辭不美。」吟詩寄愁，以吐積憤。

或許因所批《金瓶梅》「隱寓譏刺」，給他帶來了麻煩，他一朝大呼：「大丈夫寧事此以羈吾身耶？」[33]遂將所刊梨棗，棄置於旅店主人，罄身北上，遇故友於永定河工地，為友人所薦，參與治水事宜。晝則督理鍤畚，夜仍秉燭讀書達旦。儘管身體瘦弱，但精神卻獨異乎眾。工竣，詣巨鹿，會計帑金。寓客舍，一夕突病，嘔血數升，氣絕身亡。年僅二十九歲。在他的行囊中，僅發現四子書一部、文稿一束、古硯一枚，別無長物。

竹坡自六齡能詩至病逝，二十餘年間，詩、古文、詞無日無之，然皆隨手散之，不復存稿。現傳世者，僅詩十八首，文〈烏思記〉〈治道〉兩篇。其次是《金瓶梅》評點。這類文字，總計約十幾萬字，大致可分為三類：其一，書首專論，包括〈雜錄小引〉〈金瓶梅寓意說〉〈冷熱金針〉〈第一奇書非淫書論〉〈苦孝說〉〈竹坡閒話〉〈書序〉〈凡例〉等十篇文字。其二為回首總評。其三為文間夾批、眉批、旁批、圈點。在小說評點方面，上承金聖歎，下啟脂硯齋，發展了中國古代小說理論，構築起自己的組織結構體系。涉及題材、情節、結構、語言、內容、技巧諸多方面。約略來說，最具價值者有如下幾點：

（一）對《金瓶梅》思想內容的重新認識。

《金瓶梅詞話》這部現實主義的小說，自問世之後，譭謗者就時有人在，「竟目為淫書」[34]、「穢書」[35]，「以其猥瑣淫媟，無關名理」[36]，「乍一展卷，滿目盡淫穢之語，

以至懸為禁例，毋許刊行」[37]。張無咎的〈三遂平妖傳序〉，則極力貶低其藝術價值，稱《金瓶梅》「如慧婢作夫人，只會記日用帳簿，全不曾學得處分家政」。申涵光謂此作乃「喪心敗德」之「淫穢之書」[38]。如此之類甚夥，不一一枚舉。彭城張竹坡，針對歷代文人對這一小說的誣衊或誤解，於《金瓶梅》書首，專擬〈第一奇書非淫書論〉一目，以獨具隻眼的審美目光，準確地揭示出它的思想及文學價值，一針見血地指出：《金瓶》乃是《詩》中〈褰裳〉〈風雨〉〈蘀兮〉〈子衿〉「諸詩細為摹仿耳」。詆毀此類作品，便是不明白《詩經》亦有勸有懲，「善者起發人之善心，惡者懲創人之逆志」，不理解「聖賢著書立言之意」。並強調，只有「淫者自見其為淫耳」。還在〈批評第一奇書金瓶梅讀法〉中說：《金瓶梅》「必盡數日之間，一氣看完，方知作者起伏層次，貫通氣脈，為一線穿下來也」（五十二），「凡人謂《金瓶》是淫書者，想必伊止看其淫處也。若我看此書，純是一部史公文字。」（五十三）欲借批點，廓清強加於《金瓶梅》的種種霧靄，為其正名，恢復其本來面目，以「新同志之耳目」。張評本《金瓶梅》流傳最廣，影響最大，竹坡功莫大焉。

（二）對小說創作與生活之關係的揭示。

張竹坡在〈批評第一奇書金瓶梅讀法〉中說：「作《金瓶梅》者，必曾於患難窮愁，人情世故，一一經歷過，入世最深，方能為眾腳色摹神也。」（五十九）這就是說，小說的創作，應以堅實的生活經歷為基礎，「讀之，似有一人親曾執筆在清河縣前西門家，大大小小，前前後後，碟兒碗兒，一一記之，似真有其事」（六十三）。作家只有具備了豐富的閱歷和真實的感受，才能真實地透現筆下人物形象的精神風貌。所謂「入世」，便是指對現實人生的切身體驗與考察。他進而又說：「若果必待色色歷遍，才有此書，則《金瓶梅》又必做不成也。何則？即如諸淫婦偷漢，種種不同，若必待身親歷而後知之，將何以經歷哉？」（六十）於是謂：「假捏一人，幻造一事，雖為風影之談，亦必依山點石，借海揚波。」[39]這便揭示了生活真實與藝術真實如何處理的問題。意謂，作者對筆下所寫人物行為，不可能逐一體驗，但必須按照相類的生活事理（依山、借海），加以合理想象和藝術虛構（點石、揚波），使之「各盡人情」，「於一個人的心中，討出一個人的情理」[40]，使之符合生活邏輯。此即「依山點石」「借海揚波」之謂也。

---

35 弄珠客〈《金瓶梅》序〉。
36 謝肇淛〈《金瓶梅》跋〉。
37 〈《金瓶梅》袁跋〉。
38 《荊園小語》。
39 〈寓意說〉。
40 〈批評第一奇書金瓶梅讀法〉四十三。

（三）對作家創作心理的探討。

明清之時評論者，在談到《金瓶梅》的思想內容時，所看到的往往是情節的表象，認為所寫無非是枕席之歡、男女私情，這便貶低了《金瓶梅》的價值。而張竹坡，卻透過文字表面，從作家創作心理的角度，去挖掘深隱於文字背後的嚴肅社會內容。〈批評第一奇書金瓶梅讀法〉認為，「作者無感慨亦必不著書，一言盡之矣。其所欲說之人，即現在其書內。」（三十六）《金瓶梅》「是用險筆以寫人情之可畏」（十四），「到底有一種憤懣的氣象」（七十七）。並在〈竹坡閒話〉中稱：「作者不幸，身遭其難，吐之不能，吞之不可，搔抓不得，悲號無益」，「上不能告諸天，下不能告諸人」，「借此以自泄」。作家「因一人寫及一縣」，全面暴露世俗社會之醜惡，以抒己「屈身辱志」「負才淪落」之歉慨。這一觀點，既是對歷史上「發憤著書」說的繼承，同時，聯繫當時理學思想對文學創作的禁錮這一現實來，則又注入了新的時代的內容。「借書洩憤」之說，無疑透現出創作主體自我宣洩、自我實現的內在心理，對儒家「樂而不淫，哀而不傷」的「中和」美學原則，當是一個突破。張竹坡從作家創作心理的視角，來探討《金瓶梅》內容，則拓寬了人們的研究視野，進而正確把握該小說的思想價值。

（四）對《金瓶梅》「市井文字」藝術風貌的把握。

張竹坡以「市井文字」，極為簡要地概括了作為世情小說的代表作——《金瓶梅》的藝術風貌。在〈批評第一奇書金瓶梅讀法〉中稱：「《金瓶梅》倘他當日發心，不作此一篇市井的文字，他必能另出韻筆作花嬌月媚，如《西廂》等文字也。」（八十）《金瓶梅》「是用險筆以寫人情之可畏」，作「市井文字」。而《西廂記》等作品，是以「韻筆」作「花嬌月媚」文字，展示人生帶有理想色彩的富含詩意的內容。這便充分肯定了《金瓶梅》在中國小說史乃至文學史上獨樹一幟的特殊地位，揭示了「市井文字」與「花嬌月媚」文字在作品取材、創作趨向、審美追求等方面的諸多不同。在張竹坡看來，「市井文字」之寫人，應是市井無賴、幫閒篾片、三姑六婆、惡僕悍婦、小廝僕女、販夫走卒。且所寫「並無一個好人，非迎奸賣俏之人，即趨炎附勢之輩」（四十七）。由對英雄人物的謳歌、才子佳人的豔羨，轉而為對世俗社會芸芸眾生的觀照。非此，便不能洞現市井風情。並應在人物性格上討「情理」，「於一個人心中，討出一個人的情理」，「雖前後夾雜眾人的話，而此一人開口，是此一人的情理。非其開口便得情理，由於討出這一個人的情理，方開口耳」（四十三），「凡有描寫，莫不各盡人情」（六十二），「各自的身份，各人的談吐，一絲不紊」（四十五）。注重人物個性化的塑造。選材則不避巨細，只要能反映人情世故，則「大大小小，前前後後，碟兒碗兒，一一記之」（六十三）。以「勢利市井之言」，使「幽慘惡毒」之「世情浮現」。用「一派地獄文字」，引起人們心靈的震顫與警醒。尤其值得稱道的是，張氏還注意到，生存環境與人物性格形成的

關係。他在論及潘金蓮時，曾說：「今看其一腔機詐，喪廉寡恥，……吾知其自二三歲時，未必便如此淫蕩也。使當日王招宣家，男敦禮義，女尚貞廉，淫聲不出於口，淫色不見於目。金蓮雖淫蕩，亦必化而為貞女。」（二十三）所言甚有見地。張竹坡當是發現古代通俗小說在人物描寫上由「類型化」向個性化轉換的為數不多的評點家之一。他對潘金蓮性格演化的分析，就頗具理論價值和開創意義。這便從整體與局部上，勾勒出「市井文字」的藝術風貌。

（五）對《金瓶梅》創作經驗的梳理與總結。

張竹坡對《金瓶梅》在結構特徵、人物塑造、情節安排等方面的藝術技巧，作了認真歸納及總結。在結構藝術上，他指出：《金瓶梅》「千針萬線同出一絲，又千曲萬折不露一線」，「千萬根共具一體，血脈貫通，藏針伏線，千里相牽。」[41]所選取的表現現實人生的視角比較獨特，「一人寫及一縣」、寫及京師，以致上下貫通關聯、穿插成趣，形成針線綿密的網狀結構。具體說來，即「千百人總合一傳，內卻又斷斷續續，各人自有一傳」[42]。在各種技法上，他梳理歸納出映照法、襯疊點染法、關鎖法、冷熱法、旁敲側擊法、畫龍點睛法、深淺法、層次法、草蛇灰線法、起伏頓挫法、烘雲托月法、影寫法、文字掩映法、顧盼照應伏線法、脫卸影喻引入法、白描法、對鎖法、以類引類法等，不下數十種。儘管歸納未必皆準確，但畢竟為《金瓶梅》藝術之研究，提供了可貴的借鑑。他還就藝術上的一與多、隱與顯、犯與避、淺與深、曲與直、真與假，作了有益的探討，同樣給人以啟迪。

然而，對這樣一位頗有成就的小說批評家，若干年來，其姓名都很少為人所知。或謂張竹坡乃書商之偽託，實無其人；或謂張氏乃安徽歙縣人。惟清劉廷璣《在園雜志》有簡略記載，然因文字過省，而引起後人諸多揣測。1984 年春夏間，學人吳敢君，歷盡艱辛，先後訪得多種清刊《彭城張氏族譜》，無疑是滄海獲珠。並根據得之不易的各種文獻，梳櫛整理，先後撰寫出《金瓶梅評點家張竹坡年譜》《張竹坡與金瓶梅》二書，分別交付遼寧人民出版社、百花文藝出版社梓行，在海內外學界引起很大反響。這一工作，不僅廓清了張竹坡研究方面的種種疑團，也為徐州地方文獻的整理作出了貢獻，功莫大焉。

41　〈竹坡閒話〉。

42　〈批評第一奇書金瓶梅讀法〉三十四。

視野的拓展與藝術的超越[*]
——論《金瓶梅》與《白雪樓二種曲》的創作傾向

　　蘭陵笑笑生的小說《金瓶梅》與孫仁孺的傳奇《白雪樓二種曲》（含《東郭記》《醉鄉記》二種）不僅出現在同一時期，所表現的內容也非常相似，而且，作為文學藝術形式，它們對於前代作品，在思想意蘊、外在形式上都既有所借鑒，又有所超越，在藝術價值上更是上升一個新台階。本文試從創作傾向、表現角度、寫人藝術以及審美價值幾個方面，對此予以闡釋。

一

　　創作傾向是體現作家價值取向的重要標準，而從《金瓶梅》《白雪樓二種曲》中，可以看出，作家們不再像前代人那樣執著於「歌德」「頌聖」，也不再執著於虛構理想人物，而是著力於展現真實的世俗風貌，並且對於現實的描寫少了許多憧憬，多了幾分無奈。細細尋繹，他們在創作傾向上則表現出如下特徵：

　　首先，由「歌德」「頌聖」轉向「刺時」「罵世」。回顧歷史可知，明初的統治者在政治上對知識分子所採取的籠絡與高壓手段、所推崇的程朱理學與推行的八股取士政策，使得士人思想僵化，脫離現實。於是詩壇上歌功頌德、粉飾現實的「臺閣體」詩歌盛行，宣揚忠孝節義、神仙道化或美化現實的戲曲作品如《伍倫全備記》《香囊記》等充斥文壇，宣導「若與倫理無關緊，縱使新奇不足觀」的陳腐功利觀，而小說於《三國演義》《水滸傳》之後繼其響者亦甚少。但隨著明中後期統治集團內部與外部矛盾的激化、心學思想的興起、資本主義的萌芽以及市民意識的覺醒，小說、戲曲則出現了繁榮局面。尤其嘉靖、萬曆之時，在詩歌創作領域，前後七子的復古運動尚未止息，唐宋派

---

*　　本文與陳俠合作，曾刊《明清小說研究》2003 年第 4 期。

的反復古、「三袁」的「獨抒性靈」與李贄的「童心說」則紛紛出現。這些要求人性解放的思想，大大影響了小說、戲曲的創作。在當時劇壇，出現了《寶劍記》《浣紗記》《四聲猿》《牡丹亭》等等優秀劇作，直接或間接地觸及當時現實的政治鬥爭與人性解放諸較為敏感的問題，還產生了很多重在諷刺的作品，如《東郭記》《醉鄉記》《齊東絕倒》等。在小說領域，則湧現《金瓶梅》這樣貼近生活、曲盡人情，對現實的醜惡給予痛罵的力作。它們所要表現的都是「兼金世界，妾婦名流」的真實生活，描繪的是世紀末「最墮落的社會」。在這一點上，《白雪樓二種曲》與《金瓶梅》是表現得最為直接與突出的。雖然兩部作品都託名前朝，但內容卻是在暴露明中後葉黑暗腐敗的社會現實，並對其進行鞭撻與咒罵。

其次，由對理想人物的描繪轉向對世俗社會的針砭，由對人生前景的展望轉向抒寫現實的無奈與哀歎。這一轉變，是作家創作意識進步的體現。由於明中後葉的作者們多傾向於反映現實，所以，無論是在《白雪樓二種曲》，還是在《金瓶梅》中，作者所要刻畫與塑造的都已不是那些理想人物，而是在心學思想與市民意識影響下「務實」的芸芸眾生，以及在他們身上所體現的世俗風貌。具體反映在文學作品中，就是那些為人所忽視的社會各角落裏為生計而忙碌的人群的活動：交通官府，經商買賣，婚喪嫁娶，送往迎來，嫖妓偷情，吃喝穿戴，妻妾爭風，奴才使壞等等，整個交織成一幅晚明社會的風情圖，無所不包，無所不含。甚至為女擇婿，也不論人品與文才，「貪他厚貲，孔方兄絕好良媒氏」[1]，「有穿有吃的，便是好兒郎」[2]。錢財成了唯一的價值取向。在這風情圖中，以往作品那些對人生與現實的美化已不復可見，卻代之以對世俗人生真實地精雕細琢披露。

而這種真實，即是現實世界的諸多缺陷。以往戲曲、小說中，所揭示的那些能力超凡的人、神對世界的能動性與掌控性，卻時而被弱化為凡人俗輩對現實的被動與被掌握。人是社會的個體，社會道德文明程度如何，往往會影響到個體人格品質的高下。正因為當時的吏治腐敗，行賄成風，科場黑暗，錢能通神，才會有《醉鄉記》中胸無點墨的白一丁，仗錢神之力「僥倖做秀才」，「滿袖銅錢響有聲的」銅士臭名中榜首，正所謂「『當今之人，唯錢而已。』有錢，朱衣也點首白衣；無錢，大魁也變做小鬼」[3]。劇中臨節令，對寒門書生，拒絕相見，但「有富貴子弟、或監生等送禮幣的，倒與相見」。並聲稱：「不是我老爺貪濫，好官多得錢耳！」[4]《金瓶梅》中西門慶，憑錢財做盡喪天良之事而

1　《醉鄉記》第十六齣。

2　《醉鄉記》第十五齣。

3　《醉鄉記》第三十二齣。

4　《醉鄉記》第十四齣。

安然無恙，且得居官位。面對這一惡濁風氣，即便清廉如包拯，識拔人才如韓愈，賢明如歐陽修，亦無能為力。他們主持考試，有錢子弟照樣瞞天過海、夾帶作弊。難怪作者借劇中人物之口慨歎：「想才華何用？普人間多多鱉公」[5]，「幽憤無端愁千種，長使英雄痛」[6]，所發抒的正是英雄末路的無奈。《東郭記》中，偷雞賊也可做高官。在這裏，權、錢已成一切的主導，世界已無可救藥。所謂「惡有惡報，善有善報」，不過成了人們聊以自慰的話語。人們的期望與結果無法等同。而作者又文人力薄，對此，只能借罵世之文以求得心理的安慰。

二

我們在觀照文學作品時，不僅要考察其外在形態，還應在把握其思想內蘊的同時，探索「它是如何寫成的」，借用何種方式與途徑，「讓形式融解為內容本身」[7]，「描繪出恍如洞見這人世因果奧秘的畫面，使那些隱微難見的事物顯現出來。」[8]在傳統社會裏，由於受自給自足的自然經濟和封建宗法倫理制度所制約，遂形成封閉、凝滯的家庭結構。有些家庭，又常常以「毋入城市，毋傳述時事」自律，很少與外人交往，加之「家醜不可外揚」觀念的束縛，故而，無論內部情況如何，他人難以窺其底裏。正如康有為在〈去家界為天民〉中所說：「故凡中國之人，上自簪纓詩禮之世家，下至里巷蚩氓之眾庶，視其門外，太和蒸蒸；叩其門內，怨氣盈溢，蓋凡有家焉無能免者。」[9]家庭，既是社會的一個細胞，是封建政權賴以存在的基礎，也是最神秘之所在。

在此前後的敘事文學作品，雖然也涉及家庭道德生活，但往往從正面著筆，為「長幼之序」「男女之別」「治家之方」樹立道德的典範，令世人效仿。如元雜劇《九世同居》、傳奇《殺狗記》《躍鯉記》等，雖說都是以描述道德生活的變化來體現創作宗旨，但與《金瓶梅》《白雪樓二種曲》不同。前者是以肯定的筆觸，展示忠孝節義在維繫家庭生活中的特殊作用，以教化世人，恪守禮教。常常是在社會主流正統的空間中，讓典範人物憑藉對道德的篤誠，去點撥、引領誤入歧途者走上「修身齊家」之路，或以忍辱、退讓換取家庭內部環境的一時安定。人稱：「雖一家之小，無尊嚴則孝敬衰，無君長則

5　《醉鄉記》第五齣。
6　《醉鄉記》第五齣。
7　徐岱《小說形態學》，杭州：杭州大學出版社，1992 年，頁 274。
8　〔日〕坪內逍遙《小說神髓》，北京：人民文學出版社，1991 年，頁 26。
9　《大同書》。

法度廢。有嚴君而後家道正，家者國之則也。」[10]這正是古人對家庭倫理津津樂道的潛在原因。

而後者則不然。作者對忠孝節義說教的感召力量似乎已失去了信心，所看到的是各色家庭的男盜女娼、營私舞弊、賣官鬻爵諸骯髒不堪的醜惡與荒謬，是以否定的態度暴露現實人生。作品中的主人公蠅營狗苟、惡貫滿盈，幫襯者則趨勢逢迎、奴顏媚骨，現實的泥沼之中幾無清蓮。各色人等對所幹「營生」樂此不疲，卻無人當頭棒喝，予以匡正。而隨波逐流、和光同塵者卻比比皆是。作者對這一司空見慣的道德淪喪的毒瘤狠下針砭，無疑加大了批判現實的力度。

它們與以往的作品比，雖然都是描寫家庭道德生活，但是，在切入點上，有很大不同。家庭道德劇，所描寫的範圍僅僅限於家庭親屬關係，充其量擴至其友人。而這類作品則不然，雖說也是從家庭道德生活入手，但卻由「一家」寫及「天下國家」。隨著人物性格的多層次開掘，情節亦得到由此及彼的有序擴展，給讀者留下了更為廣闊的想象空間。主人公的蹤跡，就是一條綴滿了各色事件與人物的長線。無論其走到哪裏，與其相關的活動場景、人際關係便在哪裏鋪展開來。在《金瓶梅》所寫的西門慶周圍，出現的人物包羅萬千：有朝廷命官，王公貴族，宦官惡霸，地痞流氓；有誥命夫人，妾婦妓女；有高級幫閒，窮酸秀才，僕人小廝；又有三姑六婆，乞兒、和尚、道士等。他所活動的空間又分佈在官衙、家庭、商場、妓院、僧院、尼庵等各種環境中。這與《東郭記》中齊人身邊「書生輩」「官人輩」「朝臣輩」「鄉閭輩」的各種表演以及齊人的活動範圍也極其相似。而《醉鄉記》，則是以「雄文出世，俠概凌虛」的烏有生有才而不得售的遭際為情節主線，進而引出白一丁、銅士臭諸人醜行，在兩相對照中，深化了批判現實的主題，反映出晚明社會傳統的人生價值觀、婚姻觀、人才觀所面臨的嚴峻挑戰。作品雖有點荒誕色彩，但其精神意脈卻是與《金瓶梅》《東郭記》相貫通的。在這類作品中，其主人公足跡遍及之處與其所結交的三教九流共同構成了一個姿態百異的社會空間。社會內容千千萬萬，而作者儘管只取一家，卻已足夠表現整個世態，這就是此種寫法的妙處所在。

紛繁世界的缺陷，萬千人物的表演，使得眾多作者的目光集注於一個焦點，即道德崩潰。家庭道德生活是最能體現社會風氣與世情的。作家之所以會注意到這一內容，有著多方面的原因。

首先，傳統題材如歷史演義、英雄傳奇之類，已不能容納日趨複雜的社會生活，也難以傾吐作家對現實世界的感悟與體察。這勢必激使作家另外尋覓創作的出路，在英雄

10　《二程集》。

與聖賢之外的「另類」人物中捕捉描寫對象。這種目光的轉移，恰恰表現了作家思想的轉型與對世俗社會的認同。其次，城市商業經濟的發達，使得市民階層隊伍迅即擴大，逐漸形成了自己的思想意識、道德追求與行為規範。這一客觀實際，為世俗人物進入小說等通俗文學作品提供了可能。再次，在「有利則趨，無利則止」的商品交易思維模式的刺激下，人們的思想傾向和價值取向發生了很大的變化，不再去追求那些虛無縹緲的幻想境界，而更多地關注衣食住行之類與自己最切近的實際享受。還有，在「百姓日用即道」的哲學命題下，由對英雄豪傑的崇慕，轉向了對市井芸芸眾生的體察，在感悟深蘊於「百姓日用」中的「道」的同時，有了更多的對底層群體人生況味的咀嚼與含吮。另外，在統治階級腐敗奢侈生活方式與富商鉅賈肆意揮霍的影響下，不少人放鬆了道德的自律，放縱自我，自私自利。道德的棄置使人的欲望肆意膨脹，導致毫無節制的人倫異化，於是是非混淆，黑白不清。社會的麻木與不悟，模糊了大多數人的廉恥之心與道德標準。於是，呈現於世人眼前的便是：

> 朝野之政務，官私之晉接，閨闥之媟語，市里之猥談，與夫勢交利合之態，心輸背笑之局，桑中濮上之期，尊罍枕席之語，駔儈之機械意智，粉黛之自媚爭妍，狎客之從臾逢迎，奴怡之稽唇淬語……（謝肇淛〈金瓶梅跋〉）

這種景況，讓大多數人沉迷其中自得而不自知，少數有識之士卻痛心疾首。作家處在如此重重包裹的惡濁氛圍中，不可能再有《三國》《水滸》作者的那般凌雲豪氣，無法、也沒有心思再對現實進行裝點，也沒有了歌功頌德的閒情逸致。面對混沌的人世，他們所能做的，也只能是對世俗的鞭撻與對道德良知的呼喚。

三

　　人物是作品的靈魂。無論在《金瓶梅》還是在《東郭記》中，主人公都已不是作者理想的化身。《醉鄉記》雖寫及正面人物烏有生，但仍以揭露善於鑽營的白一丁、銅士臭之類醜行為主要內容。他們的性格則呈現出多向度、多層次的傾向，活動場地多是由市井日常生活細節組成。在塑造人物方面，呈現出獨樹一幟的特色。

　　首先，是對理想人物模式的突破。人物塑造的好壞，直接影響著作品的品質。在傳統的文學作品裏，尤其在小說中，出現過很多不朽的形象，像關羽、諸葛亮、曹操、李逵、武松……，但由於古代小說家多基於文學社會功能的考慮，又受傳統倫理觀念的主導，所以，在塑造這些人物時，由於頭腦中先有了善惡、美醜的標準，於是自覺不自覺地就把人物寫成了善或惡的化身。故而，人物的行為與道德表現可超越一切時空限制，

好人幾乎是全無缺點的完美者，壞人是一無是處的壞蛋。作者對人物的褒貶態度，令人一目了然，帶有濃重的理想主義傾向。而《金瓶梅》中的西門慶與《東郭記》中的齊人則不然。他們首先不是作者心中理想的化身，身上也沒有神聖的光環，更多的是為生存而施展的算計與伎倆。其次，他們以及他們這一類人是被否定的對象，在他們身上體現的是世俗甚至是市儈習氣，以及在塵世中人格被扭曲的悲劇命運，他們是市井奔波的凡人，與以往所寫英雄豪傑的壯舉根本無法相比。

還有，這類作品中的人物性格，往往呈現出多向度、多面性的特點。《三國演義》中有「三絕」為世人所稱道，即「智絕」「奸絕」「義絕」。這是評論家對小說中三個主要人物諸葛亮、曹操、關羽性格特徵的高度概括。但這也同樣反映出小說中人物性格的片面、單一，似乎有失真實。這是因為，「人物形象如果太鮮明，就勢必會變成一種性格特徵、一種人物類型」[11]。故魯迅先生評價此書：「至於寫人，亦頗有失，以致欲顯劉備之長厚而似偽，狀諸葛之多智而近妖。」[12]在這種臉譜化的創作理念的指導下，曹操的禮賢下士、體恤百姓被說成是奸偽；張飛的鹵莽常常被認為是忠義。這種單一性格，到了《水滸》有所改觀，不僅寫出了人物性格的複雜性，而且還展示了英雄人物性格發展的艱難歷程。至《金瓶梅》與《東郭記》，又有了很大進步。西門慶、應伯爵、齊人、淳于髡等人，總體來講都不是好人，給人的感覺也不美。但我們不能說這些人物形象遜色於宋江、劉備。相反，在某種程度上來講，他們卻顯得有血有肉，栩栩如生。這種血肉感，實際上就是人物性格複雜性、多向性的體現，他們都是圓形人物。《醉鄉記》中烏有生，雖自詡為豪氣凌雲，但已失去了「安能摧眉折腰事權貴，使我不得開心顏」那種傲骨，為功名或婚事，照樣請託人情，奔走私門，應聘於酒海龍王，遭到鱉相公折辱；投靠臨筇令，又受其冷遇。與傳統士子的一言不合便拂袖而去大相徑庭。

單純的好壞常常給人不真實的感覺。《金瓶梅》與《東郭記》中人物雖多是作者極力否定的對象，但又機敏過人。以西門慶為例，他是精明成功的商人，時刻充滿著野性與獸性，然而又不是簡單的野性與獸性疊加的人物。比起繼承大筆財產又無力管理的拜把子兄弟花子虛，比起偷雞摸狗、猥瑣有餘的陳經濟，比起只會溜鬚拍馬的應伯爵，不知要高明多少倍。在商場、情場、官場上，他無往不利，可以稱「雄」。而同時，他又有著常人的喜怒哀樂，再狂妄也有恐懼之心，也擔憂旦夕禍福。當他聽說親家陳洪被劃為楊戩一黨可能會連累自己，嚇得連他很喜愛的李瓶兒也不敢娶了；他亦非無情之人。

11　〔挪威〕克努特·哈姆遜〈論易卜生〉，高中甫編選《易卜生評論集》，北京：外語教學與研究出版社，1982年，頁64。

12　魯迅《中國小說史略》，上海：上海古籍出版社，1998年，頁87。

李瓶兒死時，曾大為哀傷，動了真情，一連「三兩夜沒睡，頭也沒梳，臉也還沒洗」（第六十二回），茶湯飯水難進，對李瓶兒的後事更是極盡鋪張。他還「廣為善事」，常常給應伯爵、常時節以幫助，也齋戒佈施。西門慶就是這樣的一個惡霸、流氓：為一己之利益毫不手軟但又有一些人性存在的統一體。這種矛盾附著的人物，才是生活中真實的人，才體現了人性中最本質的特徵。這如同有人所說：「作為社會關係總和的人，他們的性格世界都不是純粹的單一性格因素（或絕對肯定因素，或絕對否定因素）構成的，都不可能只是單一的社會生活內容的反映，而是正反二重性格因素按照一定的聯繫方式而形成的性格結構。……人物性格的深邃，正是寓於人物性格世界深層結構中的這種矛盾交織。」[13]

　　人物複雜性格的體現需要一定的空間，這個空間就是人物活動的背景。比之諸葛亮、劉備「指點江山」「揮斥方遒」的氣魄與排場，《金瓶梅》與《東郭記》中人物的生活天地已弱化為細節與瑣碎。西門慶、齊人的性格，就是在日常瑣事甚至私室生活的人際交往中體現出來的。《醉鄉記》雖說是遊戲之筆，但為人物所安排的活動場景，無非是私家宅院、酒海醉鄉，在同輩交際、人情翻覆中，寫出人物性格不同側面。大凡英雄建立功業，必須給其時代的機遇、廣闊的天地以供其施展才華。故關羽、諸葛亮，因三分天下而叱吒風雲；宋江、武松，因梁山起義而有所作為。在他們背後，只能是崇高與莊嚴的正義事業。《東郭記》「燕齊之戰」中，可能能找到一點正義事業的影子，但又顯得十分齷齪。《金瓶梅》所寫，則完全是芸芸眾生的生存法則，爭風吃醋、飯桌床幃等雞毛蒜皮的小事，給西門慶等人提供了足夠的表現空間，一針一線、三言兩語、幾個眼神，便孕育了足夠情致。

　　此外，加大心理描寫成分，這在烘托人物性格方面也起到重要作用。《三國》《水滸》中，心理描寫文字較少，要麼不直接刻畫人物心理，要麼靠人物動作、行為去透視人物心理奧秘。這需要從人物的語言中去揣測，是間接的表現手法。如《水滸》中寫武松打虎，武松「叫聲『啊呀！』從青石上翻將下來，便拿那條哨棒在手裏，閃在青石邊。那個大蟲又饑又渴，把兩隻爪在地上略按一按，和身往上一撲，從半空裏攛將下來。武松被那一驚，酒都變做冷汗出了。」（第二十三回）作者只是連寫了武松的幾個動作「叫」「翻」「拿」「閃」「嚇」等，半字不提他心中所想。可讀者卻可從中猜出他內心世界的波動。從「酒都變做冷汗出了」可看出，平素勇猛的武松，面對突然出現的猛虎，的確是有些心慌了。這些都是事實會有而作者又沒有寫出來的。但到了《金瓶梅》，就有了很大的不同。在寫潘金蓮與西門慶見面時，《水滸傳》只寫「不多時，只見西門慶一轉

13　劉再復《性格組合論》，上海：上海文藝出版社，1986 年，頁 165-166。

趲入王婆茶坊裏來，便去裏邊水簾下坐了」（第二十四回）。一字不提他心理活動，如此簡單。同樣是這件事情，在《金瓶梅》中卻有一段心理描寫：「這西門大官人自從簾下見了那婦人一面，到家尋思道：『好一個雌兒，怎能勾得手？』猛然想起那間壁賣茶王婆子來，『堪可如此如此，這般這般。撮合得此事成，我破幾兩銀子謝他，也不值甚的。』於是連飯也不吃，走出街上閒遊，一直徑趲入王婆茶坊裏來，便去裏邊水簾下坐了。」（第二回）從《金瓶梅》可看出，作者已經從對人物一般心理的描寫，上升到對其內心感情的挖掘了。

再如，西門慶哭李瓶兒、夢李瓶兒。西門慶第一次哭時，是他看到李瓶兒臨死前「身上著一件紅綾抹胸兒」，後在夢中「只見李瓶兒驀地進來，身穿慘紫衫、白絹裙」，因夢思人。故「從睡夢中直哭醒來」，便問潘金蓮：「前日李大姐裝梛，你每替他穿了甚麼衣服在身底下來？」（第六十七回）由此引起潘警覺。在潘金蓮的盤問下，始承認自己「方才夢見他來」。是借助夢境寫心理活動。後來看戲，見戲中玉簫唱「今生難會，因此上寄丹青」一句，「忽想起李瓶兒病時模樣，不覺心中感觸起來，止不住心中落淚，袖中不住取汗巾兒揉拭」。（第六十三回）把他對李瓶兒的思念之情細膩寫出。但緊接著又寫到他與奶媽如意兒勾當，簡直讓人吃驚。就在這樣的推波助瀾急轉直下中，西門慶心理的多變與性格之多棱角也就呼之欲出了。

作品之所以在人物塑造上能夠取得這樣的成就，一方面是作家對現實觀察的深刻與選取角度的獨特，以及表現技巧的高超。另一方面也與當時的文學理論發展有著密切關係。明中後葉，那種「發乎情，止乎禮義」的「載道」之文逐漸受到人們的冷遇，文壇上反對因襲傳統、追求「真性情」的呼聲也日益增高，強調「發乎性情，由乎自然」。這對於擺脫「存天理，滅人欲」的理學思想束縛，無疑具有重要的啟示意義。同時，隨著個性解放思潮的崛起，人們對文學創作特徵的把握，已與以往有著很大的不同。如徐渭「疏縱不為儒縛」[14]，信心而行，恣意談謔，為文強調「出於自得」，追求本色自然。李贄「為文不阡不陌，攄其胸中之獨見」。更值得注意的是，他在容與堂刊本《水滸》批文中說到人物性格的個性與共性的關係時，曾提出「同而不同」的觀點，認為要將人物「形容刻畫，各有派頭，各有光景，各有家數，各有身份，一毫不差，半毫不混」，使之具有鮮明的個性，且這些個性又體現著共性，「說淫婦便像個淫婦，說烈漢便像個烈漢」，這與他所提出的抒寫「真性情」當是一致的。無礙居士在〈警世通言敘〉中也曾提出為文要「理真」「情真」之類觀點。正因為有諸如此類的理論背景做支撐，所以，才會產生小說創作觀念與技巧的飛躍。

14　〈自為墓誌銘〉。

四

打開《白雪樓二種曲》與《金瓶梅》，不會給人以愉悅的感受，這幾乎是所有讀者的同感。原因就在於，作品中少有讓人接受的光明正大的正人君子和賞心悅目的事件，而幾乎全是醜人醜事充斥其中。與中國傳統美學以表現美、善為主要基調大不相同，他們是以「醜」作為審美對象的。其實，以「醜」為審美客體，在其他藝術形式中並不陌生，像雨果筆下巴黎聖母院醜陋的敲鐘人，羅丹以妓女為題材的雕塑，八大山人筆下醜陋的水禽，中國傳統園藝中「醜石以醜為美」的審美標準……這些永恆的藝術或藝術審美標準，都因「醜」而散發著動人的光芒。

「常有這樣的事，在自然中越是醜的，而在藝術中越是美」。那是因為「在自然中覺得醜的，其實要比那種覺得美的更表現它的『性格』」。「在藝術中有『性格』的作品，才稱得上是美的，可談到『性格』，即……高度真實……」。[15]「真」的東西就是美的。《白雪樓二種曲》與《金瓶梅》，表現的就是人性中的「真」，有缺陷的「真」。無論潘金蓮與西門慶的人品是如何的低劣、醜陋，但他們讓人們深深記住，甚至還成為某類人物的代名詞，人們並不因為其醜就不再提起，反而在襯托美時常常以之作比較與烘托。這也是醜的一個作用。

審美過程就是肯定「美」、否定「醜」的過程。朱光潛在《談美書簡》中曾經說過：「審美範疇往往是成雙對立而又可以混合或互轉的。例如與美對立的有醜，醜雖不是美，卻仍是一個審美範疇。……既然叫做審美範疇，也就要隸屬於美與醜這兩個總的範疇之下。」[16]「美醜是相對的名詞，有醜然後才顯得出美」[17]，作家之所以執意寫「醜」，就是為了讓人「曉得這人事中有許多悲慘的、冷酷的、愁悶的、齷齪的現狀。……這個世界不是已經美滿的世界，乃是向著美滿方向戰鬥進化的世界。」[18]將人們的視野引向更為廣闊的現實，以激起人們的深思與警醒。對「醜」的否定，首先要通過「審醜」來實現，故審美領域因「審醜」而拓寬。《金瓶梅》與《東郭記》就是兩部以表現醜為目的的作品，但作家在描繪醜的事物時是冷靜的，客觀的，否則就會很容易陷入俗套，不自覺地向理想化的「完美」傾斜。這種客觀就是「真」，醜的「真」。所以，無論劇中人說過或做過多麼令人不齒的話和事，但總讓人感覺，他們是活生生的，是真實可信的。如果他們沒有這種行為，反而不對勁了。就是在對「真」的描寫和「醜」的暴露中，作

15　〔法〕羅丹《曠世名典·羅丹藝術論》，北京：中國社會出版社，1999年，頁58。

16　朱光潛《談美書簡》，上海：上海文藝出版社，1981年，頁148-149。

17　朱光潛《談美書簡二種》，上海：上海文藝出版社，1999年，頁145。

18　宗白華《美學散步》，上海：上海文藝出版社，1981年，頁227。

者少了幾許浪漫，多了幾分詼諧與冷笑，變得更加的現實與理性，他們已開始思考真實的人生。作品所記述的事件，儘管有時過於瑣碎，所謂「大大小小，前前後後，碟兒碗兒，一一記之，似真有其事」[19]，但其目的卻是「於一個人心中，討出一個人的情理」[20]。

「他們把日常生活中的每一事件看做是提出了一個內在的道德問題，……他們憑藉內省和觀察，試圖建立他們道德確定性的個人體系」[21]。所描寫的內容「都與支配性的道德意圖相結合。」[22]在譏諷、嘲罵的筆調中，卻包蘊進豐富的道德內容。即便是近於戲謔的《醉鄉記》，亦是如此。在這部作品中，慧眼識俊才，選王羲之為女婿的太傅郗鑒，也變得庸俗勢利，一改往日風雅，專揀有錢者做東床；卓文君之妹不愛文才，不懂琴音，不講愛情，甘願委身滿身銅臭的紈絝子弟；酒海中的鱉丞相，嫉賢妒能，把持要津，對賢能之士則排擠傾陷；守錢虜的處事原則是：「但教財帛交關，便嫡友至親，莫想鬆他半下；若是金銀出入，縱男婚女嫁，休思放過一毫。」[23]此類種種怪異現象的組合、連接，使得情節有些怪誕，且故事的發展也打亂了生活邏輯的順序，但卻透露出作者對黑暗世道、道德淪喪的痛惡之情。

人生並不如希望與信仰的那樣，是不容虛構的。不合理、不順心都會客觀存在，忽略與躲避都無意義，靠夢幻亦不會解決問題。那麼，就只有接受並讓生活的本質特徵呈現在世人面前，即使是最隱蔽、最黑暗的角落。揭開麻木之人身上的瘡疤，讓人羞於睜眼，這是作者的意圖。他們就是要在這種審美體驗中實現對醜的否定與對美的呼喚。

在「醜」的世界中，作家們也開始對生活的格局進行思考。必然與偶然構成日常生活，追求功名固然可以發財致富，但除此以外，致富的途徑尚有許多。只要可以衣食無憂，各有各人的算盤，各有各人的願望與理想，各有各人的生活圈子。每個人的生活都是一個故事，每個人都是其中心。體現在作品中就是生活格局不再單一，不再圍繞一個中心而捨棄其他，而是出現多樣化、複雜化趨勢。這是又一不同於以往作品的地方。作家們在對所寫的人和事進行著全方位的思考，從觀念到表現手法，從人本身到社會以及社會中人與人複雜的交際與矛盾，是現實的反映與刺激，促使作家根據社會潮流變化作出滿意與否的回饋。作家的意識在更新，作品也在隨著作家的意識而更新。

所以說，《白雪樓二種曲》與《金瓶梅》的出現，是傳統文學的一次審美革命。即使他們存在著這樣或那樣的缺陷與不足，但他們出現的貢獻與意義也遠大於此。

19　張竹坡〈批評第一奇書金瓶梅讀法〉六十三。
20　張竹坡〈批評第一奇書金瓶梅讀法〉四十三。
21　〔美〕伊恩·P·瓦特著，高原等譯《小說的興起》，北京：三聯書店，1992年，頁88。
22　〔美〕伊恩·P·瓦特著，高原等譯《小說的興起》，頁143。
23　《醉鄉記》第二十二齣。

附　錄

一、趙興勤小傳

　　1949 年 7 月生，江蘇沛縣人，江蘇師範大學文學院教授，中國古代文學、戲劇戲曲學研究生導師。兼任中國元好問學會理事、中國元代文學學會理事、中國《金瓶梅》研究會（籌）理事，江蘇省明清小說研究會副會長、《西遊記》研究分會常務理事、常州市趙翼研究會副會長等職。已出版的學術著作有《古代小說與倫理》《明清小說論稿》《趙翼評傳》（南京大學版）《中國古典戲曲小說考論》《古代小說與傳統倫理》《趙翼評傳》（江蘇人民版）《理學思潮與世情小說》《元遺山研究》《話說封神演義》《趙翼年譜長編》（全五冊）《古典文學作品鑑賞集》《趙翼研究資料彙編》（上、下冊）《清代散見戲曲史料彙編（詩詞卷・初編）》（全三冊）《中國早期戲曲生成史論》《清代散見戲曲史料彙編（詩詞卷・二編）》（上、下冊）等 22 種，主編、參編《中國風俗大辭典》《中國古代戲曲名著鑑賞辭典》等 30 餘種，在海峽兩岸發表論文 180 餘篇。近年獨力承擔國家社科基金項目 2 項，獲教育部高等學校科學研究優秀成果獎（人文社會科學）、江蘇省哲學社會科學優秀成果獎等市級以上科研、教學獎勵 30 餘項次。

二、趙興勤《金瓶梅》研究論文目錄

1. 《金瓶梅》人物名號瑣議
    淮海論壇，1986 年第 1 期。
2. 「真」中見「奇」——《金瓶梅》之「奇」瑣議之一
    徐州師範學院學報，1986 年第 1 期。
3. 《金瓶梅》寫真風格及其形成原因
    復旦學報，1986 年第 1 期。
4. 第二屆《金瓶梅》學術討論會在江蘇省徐州市舉行
    文學遺產，1987 年第 1 期。
5. 「平」中見「奇」——《金瓶梅》之「奇」瑣議之二
    徐州師範學院學報，1987 年第 1 期。
6. 《金瓶梅辭典》辭條選登
    徐州師範學院學報，1987 年第 3 期。
7. 潘金蓮和王熙鳳——試析《金瓶梅》、《紅樓夢》中兩個潑辣女性形象
    淮海論壇，1987 年第 4 期。
8. 也談《金瓶梅》的作者及其成書時間
    金瓶梅研究集，濟南：齊魯書社，1988 年 1 月。
9. 《金瓶梅》方言釋略
    鹽城師專學報，1988 年第 4 期；人大復印報刊資料《中國古代、近代文學研究》1989
    年第 4 期全文轉載。
10. 考察《金瓶梅》作者的新途徑——《金瓶梅》作者與羅汝芳的哲學思想
    金瓶梅藝術世界，長春：吉林大學出版社，1991 年 7 月。
11. 傳統家庭倫理與《金瓶梅》的「家反宅亂」
    徐州師範學院學報，1992 年第 1 期；人大復印報刊資料《中國古代、近代文學研究》
    1992 年第 9 期全文轉載。
12. 「邪言」中透出「真性」——潘金蓮性格演化述略
    金瓶梅女性世界，長春：北方婦女兒童出版社，1994 年 10 月。
13. 《金瓶梅詞話》源流談略
    古典文學知識，2003 年第 4 期。
14. 《金瓶梅》與《白雪樓二種曲》的創作傾向

明清小說研究，2003 年第 4 期。

15. 彭城張氏家族與張竹坡《金瓶梅》評點
中國古典戲曲小說考論，長春：吉林教育出版社，2004 年 11 月。

16. 張竹坡
徐州名人，北京：中華書局，2005 年 3 月。

17. 從《金瓶梅詞話》到豔情小說——一次小說史演進中的分流與畸變
河池學院學報，2005 年第 6 期。

18. 《金瓶梅詞話》與傳統倫理的錯軌
金瓶梅研究，第八輯，北京：中國文史出版社，2005 年 12 月。

19. 詩意的消解與心靈的叩問——《金瓶梅詞話》敘事策略的文化解讀
金瓶梅文化研究，第五輯，北京：群言出版社，2007 年 5 月。

20. 從《金瓶梅詞話》到才子佳人小說——世情小說的蛻變與小說創作的轉軌
《金瓶梅》與臨清——第六屆國際《金瓶梅》學術討論會論文集，濟南：齊魯書社，
2008 年 6 月。

21. 水滸傳「武松打虎」故事的源與流
歷史月刊，第 252 期，2009 年 1 月號。

22. 鞋、鞋杯及文人怪癖
歷史月刊，第 260 期，2009 年 9 月號。

23. 從《金瓶梅詞話》到《紅樓夢》——世情小說文化品格的躍升與小說創作的跨越式
發展
河池學院學報，2009 年第 4 期。

24. 王孝慈藏本《金瓶梅》木刻插圖研究
《金瓶梅》與清河——第七屆國際《金瓶梅》學術討論會論文集，長春：吉林大學
出版社，2010 年 7 月。

25. 《金瓶梅詞話》對《花影集》的借鑒——由陳經濟樓身晏公廟故事說起
2012 臺灣金瓶梅國際學術研討會論文集，臺北：里仁書局，2013 年 4 月。

26. 情節模式的承繼與改造——論《金瓶梅詞話》中的常時節故事與韓小窗《得鈔傲妻》
的改編
《金瓶梅》與五蓮——第九屆（五蓮）國際《金瓶梅》學術研討會論文集，北京：
中國文史出版社，2013 年 12 月。

27. 陳經濟樓身晏公廟故事由來及其他
明清小說研究，2013 年第 4 期。

後　記

　　我最早接觸《金瓶梅》，是在上個世紀六十年代初期，不過，並非《金瓶梅詞話》，而是由上海卿雲書局出版的《古本金瓶梅》。名為「古本」，其實不過是清末民初存寶齋所印《真本金瓶梅》的翻刻本，冠之以「古本」，乃係書賈蓄意牟利的狡獪之伎。因為該書不像《水滸傳》《西遊記》那樣有驚心動魄的故事情節，故而幾年下來，我才勉強看完前面的二十回。到了上個世紀八十年代中期，徐州市文化局與我校等單位共同發起召開全國首屆《金瓶梅》學術討論會，我作為與會者，不能不寫一篇學術論文。當時，我們學校圖書館收藏有張竹坡批評第一奇書本《金瓶梅》，以及日本慈眼堂藏本《金瓶梅詞話》的影印本，由於時處改革開放之初，思想解放程度與今相比尚有較大距離，為借閱該書，特請圖書館館長親自簽字，才獲准一讀。我在閱覽室用了半個多月的工夫始讀畢，後撰成一文，提交討論並大會發言。自此，便踏入《金瓶梅》研究之門，以後歷次學術會議，幾乎均曾參加。是《金瓶梅》研究這一平台，使我得以結識諸多海內外學界名流，如王利器、吳曉鈴、徐朔方、程毅中、林辰、甯宗一、侯忠義、魏子雲、梅節等，緣《金瓶梅》研究之故，與上述先生時而晤面，叨陪末座，如沐春風，受益良多。與甯宗一、王汝梅先生相識於全國首屆《儒林外史》研討會，但真正相熟、相知，仍借助《金瓶梅》學術研討會。王先生諳熟《金瓶梅》版本源流，甯先生則長於文本內蘊之發微，都給我以很多啟迪。

　　在上個世紀八十年代初，我即留意於古代思想史、倫理史與小說史的交匯這一研究視角。尤其是在《金瓶梅》研究方面，更體現出這一特色。系列論文和相關專著發表後，許多先生都曾給予熱情鼓勵。南京大學吳新雷教授評價說：「從思想史的角度，來研討明清小說的各種複雜形態」，「這是過去學者很少涉及的課題」，「其中的見解絕不重蹈前人的窠臼，完全是作者獨立思考的創見。」小說史專家林辰、江蘇省社科院研究員陳遼稱道拙著《古代小說與倫理》：「對這個中國小說史上不曾開墾過的課題，作了深入的研究，開拓了小說史的領域」，「有著發前人所未發的新見地。」蘇州大學嚴迪昌教授亦評價本人的研究：「以社會世情、以商業文化、以儒理之學論明清世情小說，深抉『世情』之底奧，則誠屬創辟之舉。」吉林大學王汝梅教授則充分肯定這一研究視角，稱：「從中國固有的文化背景、哲學思潮研究世情小說及其作者思想，是一條小說研究

的『井岡山之路』。」並將本人觀點引入研究生課堂教學。我深知，本人的研究，還遠遠達不到諸位先生所推許的那種高度，但無疑，他們的期許，乃是我努力之方向。幾十年來，我時時以諸位先生的謬獎自勵、自警，認真讀書，刻苦鑽研，筆耕不輟，從不敢稍作懈怠，在這一領域不斷探索前行，努力做出點成績。我之所以將各位先生的意見臚列於上，並無意於自我標榜，乃是對曾予我以鼓勵、幫助的諸多師友，聊表謝意，也是為自己的學術歷程存儲一點回憶文字。當然，我的從思想史的角度觀照《金瓶梅》之內蘊的論文，大多已收入自己近年出版之專著，因版權期未滿，故只能忍痛割愛。收至本集中的文字，或為早年散落的作品，或為近一、二年新作，有的不夠成熟，所以談不上「精選」，但它畢竟記錄下我在《金瓶梅》研究領域中不斷探索的印痕，敝帚自珍而已。需要說明的是，早期之論文由於在引文格式上不像如今之嚴格，所以注釋均為簡注，有的參考文獻的原書已無法找到，此次整理過程中，筆者不憚繁瑣，對所有引文均以現行權威版本進行重校，以致有一些參考文獻的出版時間反而晚於論文的發表時間。這一遍看不見的「笨功夫」，消滅了不少手民之誤，盡可能減少了遺憾。在學術觀點上，則未予修正，以存歷史之本來面貌。是耶非耶，讀者自會評判。

　　說及《金瓶梅》研究，不得不提及有「小孟嘗」之稱的吳敢兄，他在《金瓶梅》研究會中的作用，學界早有公論，自不必我多饒舌。這裏主要說點私人交情。1979 年 8 月，他由江西九江考入我校，跟從古代文學研究名家王進珊、鄭雲波先生攻讀元明清方向研究生。當時，我隨進珊先生當助教，並擔任七七級、七八級本科生元明清文學的教學任務。1982 年 4 月，我晉升為講師；7 月，吳敢兄畢業離校，去徐州市文化局工作。由於所從事的乃同一個專業，學術方面的愛好、興趣又多相投，交往自然多了起來。那時，我孤身一人在徐，他的家則安在徐州。如此一來，他那雲龍山西麓不大的房舍，就成為我們小酌的最佳場所。說實在話，他那時之酒量，則遠遜於我，往往是三、五杯「八五酒」下肚，馬上熱血充盈，面泛紅光，情緒亢奮，手舞足蹈，或大呼浮白，即興吟詩；或切磋學問，談經論道；或點檢史籍，析疑論難，大有書生意氣、揮斥方遒之況味。有時於酒足飯飽之後，漫步於雲龍湖畔，欹倚於湖堤斜坡，面對西下夕陽，眼望波光粼粼之湖水，遠眺綿延不斷之群山，藍天澄澈透明，花草濃豔如染，人在畫中，畫為我設，心胸頓時為之廓然。那情景，至今思來，仍陶醉其中，令人神往。他心胸開闊，聰明過人，慷慨磊落，伉爽豁達。為學亦頗勤苦，在《趙氏孤兒》研究、張竹坡研究、戲曲曲律研究等方面，均有相當造詣。後來，他走上行政崗位，擔任主要領導工作，事務繁忙，聯繫自然少了許多。有些時候，我也有意識迴避，以免干擾他工作。但這並不影響我們之間的關係，反而加深了彼此的理解和信任。他年齒略長，凡事總遷就於我。在其仕途最得意，滿目鮮花、掌聲一片時，我出於書生的迂執和對世情冷暖的體味，卻總愛給他

潑冷水，講一些不合時宜的話。他每每啞然一笑，把尷尬化解在杯酒之中，從不和我計較。當然，我們在一起，談得更多的乃是專業亦即小說戲曲研究現狀、成敗得失以及一些懸而未決的學術問題。他在不少方面都給我以幫助和啟迪。就這樣一路走來，三十餘年，依然如故。在利益湧動、時而左右人際關係之親疏的當下，能做到這一點，洵非易事。

《金瓶梅》研究，是古代小說研究的一方重鎮，集聚了海內外許多有分量的專家、學者，也出版了相當數量的研究論著。然而，卻零零散散，從未有出版機構將此領域代表性學人的著述集結面世，未免是一遺憾。臺灣師範大學國文系教授胡衍南先生有此雅意，甘作嫁衣，並得在學界享有盛譽的臺灣學生書局的鼎力襄助，玉成此「金學叢書」，功莫大焉！此次大陸、臺灣學者精誠合作，共襄盛舉，必將成為兩岸學術交流史上的一段佳話。衍南先生年富力強，才華橫溢，且胸懷坦蕩，待人真誠，我倆傾蓋如故，話頭多合，此次蒙其盛情相邀，敬謝不敏，終勉力承擔。至於書中舛誤之處，還祈方家通人賜教。

我的學術興趣異常廣泛，《金瓶梅》只是自己古代小說研究的一個方面；而古代小說研究，又只是個人研究領域的一個截面。2010 年出版《理學思潮與世情小說》後，本人之學術興趣已轉回戲曲研究和學術史研究，但種種機緣，又使自己不得不分兵多路，同時在不同領域展開各項研究工作。如 2011 年出版了《元遺山研究》《趙翼評傳》（上、下冊典藏本）；2012 年出版了《話說封神演義》；2013 年相繼推出《趙翼年譜長編》（全五冊）、《趙翼研究資料彙編》（上、下冊）、《古典文學作品鑑賞集》，其中不乏百萬字之巨的大部頭作品；2014-2015 年，又將有本書及《清代散見戲曲史料彙編（詩詞卷・初編）》（全三冊）、《清代散見戲曲史料彙編（詩詞卷・二編）》（上、下冊）、《中國早期戲曲生成史論》等 4 部著作問世，至於《莊一拂《古典戲曲存目彙考》補正》《民國時期戲曲研究學譜》《兩漢伎藝發展史論》以及《清代散見戲曲史料彙編》的後續幾編（計劃出版「詩詞卷」「方志卷」「筆記卷」「小說卷」「詩話卷」「尺牘卷」「日記卷」「文告卷」「圖像卷」等多種，字數應在 1000 萬字以上）等，或積累有年，或蘖枝新發，亦均列入自己未來幾年的學術規劃，雄關漫道，唯不懈求索而已。

或許是機緣巧合，前年此日，孫兒趙智周出生；去年此日，我撰成《古典文學作品鑑賞集》「後記」；今年此日，又成此篇，這種冥冥中的安排，即是一種人生與學術的緣分吧！最後，謹以一個作者的身份，向衍南教授及為本叢書操勞的老友吳敢、霍現俊先生致以真摯的謝意！

趙興勤

二〇一四年元月十一日

古彭城鳳凰山東麓倚雲閣

國家圖書館出版品預行編目資料

趙興勤《金瓶梅》研究精選集

趙興勤著. – 初版. – 臺北市：臺灣學生，2015.06
面；公分（金學叢書第 2 輯；第 17 冊）

ISBN 978-957-15-1666-0 (精裝)

1. 金瓶梅　2. 研究考訂

857.48　　　　　　　　　　　　　　104008095

趙興勤《金瓶梅》研究精選集

著　作　者：趙　　　　興　　　　勤
主　　　編：吳　敢、胡　衍　南、霍　現　俊
出　版　者：臺　灣　學　生　書　局　有　限　公　司
發　行　人：楊　　　　雲　　　　龍
發　行　所：臺　灣　學　生　書　局　有　限　公　司
　　　　　　臺北市和平東路一段七十五巷十一號
　　　　　　郵 政 劃 撥 帳 號 ： 0 0 0 2 4 6 6 8
　　　　　　電　話　：（0 2）2 3 9 2 8 1 8 5
　　　　　　傳　眞　：（0 2）2 3 9 2 8 1 0 5
　　　　　　E-mail：student.book@msa.hinet.net
　　　　　　http://www.studentbook.com.tw

定價：精裝 30 冊不分售
　　　新臺幣 45000 元

二 〇 一 五 年 六 月 初 版

金學叢書 第二輯